FOLIO SCIENCE-FICTION

Laurent Kloetzer

Le royaume blessé

Denoël

Cet ouvrage a été précédemment publié
dans la collection Lunes d'encre aux Éditions Denoël.

Né en 1975. Laurent Kloetzer a débuté une prometteuse carrière littéraire avec *Mémoire vagabonde*, paru aux Éditions Mnémos en 1997 (prix Julia Verlanger 1998). Situé dans l'univers de la Renaissance imaginaire qui constituait le cadre de son premier roman, *La voie du cygne* construit une énigme haletante dont l'efficacité redoutable est digne des œuvres d'Arturo Pérez Reverte. Ont suivi *Réminiscences 2012*, première incursion de l'auteur dans la science-fiction et, dernier en date, *Le royaume blessé*, œuvre monumentale, hommage aux grands maîtres de l'*heroic fantasy* (Robert E. Howard, Fritz Leiber et J.R.R. Tolkien).

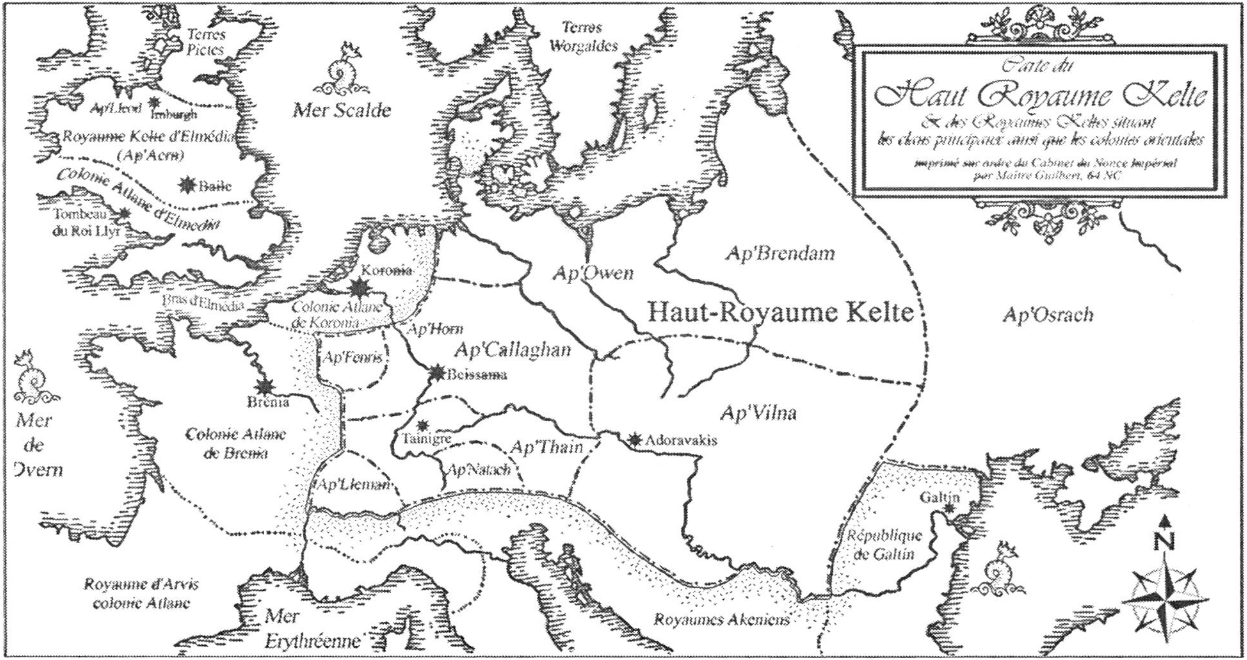
Carte du
Haut Royaume Kelte
& des Royaumes Keltes situant
les clans principaux ainsi que les colonies orientales
imprimé sur ordre du Cabinet du Nonce Impérial
par Maître Guilbert, 64 NC
Terres Pictes
Mer Scalde
Terres Worgaldes
Imburgh
Royaume Kelte d'Elmédia
(Ap'Acrn)
Colonie Atlane d'Elmédia
Baile
Tombeau du Roi Llyr
Koronia
Colonie Atlane de Koronia
Bras d'Elmédia
Ap'Owen
Ap'Brendam
Haut-Royaume Kelte
Ap'Osrach
Ap'Horn
Ap'Callaghan
Ap'Fenris
Beissama
Brénia
Ap'Vilna
Mer de Dvern
Colonie Atlane de Brenia
Tainigre
Ap'Thain
Adoravakis
Ap'Natach
Ap'Lleman
Galtin
République de Galtín
N
Royaume d'Arvis colonie Atlane
Mer Erythréenne
Royaumes Akeniens

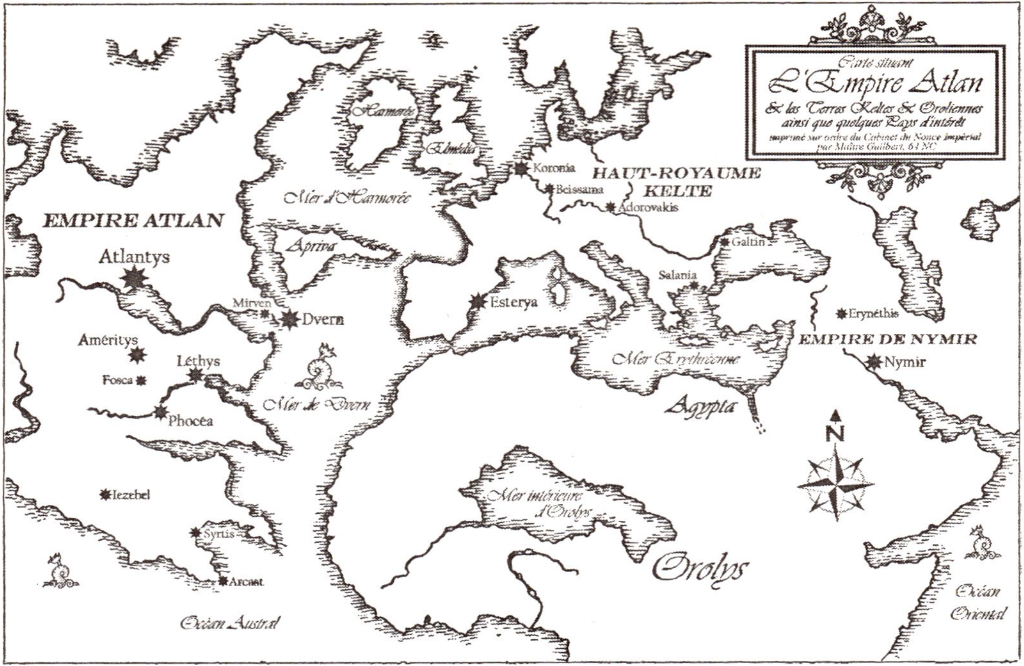
Carte situant
L'Empire Atlan
& les Terres Keltes & Oroliennes
ainsi que quelques Pays d'intérêt
imprimé sur ordre du Cabinet du Nonce impérial
par Maître Guilbert, 64 NC
EMPIRE ATLAN
Atlantys
Améritys
Fosca
Léthys
Phocea
Mirven
Dverrn
Iezebel
Syrtis
Arcant
Océan Austral
Mer de Dverrn
Mer d'Harmorée
Apriva
Harmorée
Elmédia
Koronia
Beissama
Adorovakis
HAUT-ROYAUME
KELTE
Esterya
Salania
Galtin
Mer Erythréenne
Agypta
Erynéthis
EMPIRE DE NYMIR
Nymir
N
Mer intérieure
d'Orolys
Orolys
Océan
Oriental

À se changer en roi,
A hurler à la lune,
À traquer la fortune,
Tout ça pour traîner son poids

Noir Désir, *Comme elle vient*

Pour Anne, en mémoire,
et Laure, pour la vie.

1

Les terres keltes

Je suis le chemin
Je suis la poussière
Je suis les pas vers l'ouest
Je suis les ombres qui s'allongent

Je suis la fatigue douce et tranquille
Je suis la mélancolie des ciels gris
Je suis l'alcool qui réchauffe
Je suis la musique qui berce

Je suis une voix dans le silence
Je suis des mots sous les étoiles
Je suis une parole,
Et la lumière dans ton regard

Kyle, *Le Dit de l'errant*

Écoutez !

Écoutez ! Ma parole est vérité ! Voici l'histoire d'Eylir Ap'Callaghan !

Je rêvais de lui longtemps avant que nos chemins ne se croisent. Un guerrier résolu, avec ses grandes bottes et l'épée Misère à sa ceinture, avançant dans les marais en menant son cheval par la bride... Eylir, foutu Kelte ! Droit, fort, obstiné, colérique et généreux, qui rit dans la bataille et soulève les femmes par la taille ! Eylir, tombé dans la boue et monté si haut, jusqu'à poser sur sa tête la couronne du Roi des Rois. Un héros, capable de changer le monde de ses propres mains.

Il est ma part de rêve, mes lambeaux d'autre monde, ma certitude qu'il existe des ciels si bleus qu'ils blessent les yeux et des amours qui valent de mourir pour eux.

Je l'ai aimé, jalousé, détesté. J'ai trahi les siens, causé leur perte, j'ai guidé ses meurtriers pendant des années, je les ai amenés jusqu'à lui. Je l'ai vu tomber, frappé à mort, abattu comme un chien. Et pourtant...

J'ai encore besoin de lui. Même maintenant, alors que toute cette histoire est terminée. C'est lui qui m'a forgé. Alors écoutez l'histoire d'Eylir Ap'Callaghan !

Sur la route

Je venais de loin, d'un pays gris et triste où je ne voulais plus rester. Après avoir marché longtemps, sans autre richesse que des vêtements grossiers et de mauvaises chaussures, je me suis retrouvé sur la route de Koronia. Koronia, ma première grande ville ! Eylir y avait vécu plusieurs années, mais je n'avais encore jamais entendu parler de lui.

J'ouvrais des grands yeux ronds comme le dadais naïf des pièces de théâtre. Depuis le chemin, je voyais la mer, le ciel gris du Nord, et cette autre mer, celle des toits de bardeaux et d'ardoise, et les centaines de clochers, les milliers de fumées de la grande cité tenaillant l'estuaire du fleuve. Une troupe de fantassins m'a doublé d'un pas martial, leur pique sur l'épaule. Leurs uniformes aux armes blanc et or de l'Empire me paraissaient alors les plus beaux vêtements du monde. Je me suis retrouvé pris dans la foule qui s'accumule à la porte sud. J'ai été poussé, bousculé, un bateleur a tenté de me voler le peu qui me restait. Les bruits de marchandages, les odeurs de crottin et de poissons, le dialecte rugueux des campagnes, le parler précipité de la ville, tout me rendait ivre. On m'a donné un coup d'épaule, j'ai fait trois pas en avant, j'ai passé le portail fortifié, je me suis retrouvé dans une ruelle, j'étais perdu, la ville m'avait avalé. Il bruinait. Je ne savais pas encore qu'à Koronia, ça veut dire qu'il fait beau.

Je n'avais aucun endroit où aller et je voulais tout voir. J'ai traîné dans les ruelles sales, dans la boue du quartier des îles, dans le port militaire, le long des façades à pignons des maisons commerçantes. Je suis passé sur la colline des Atlans dans les beaux quartiers, devant le grand porche de l'université et les grilles dorées du palais Vendares.

Les gens me fascinaient. Les vêtements bruns ou gris des bourgeois et leurs belles écharpes de laine épaisse. Les prêtres de l'Unique, avec leurs longues robes blanches et leur air sévère, les riches à pied ou dans leurs carrosses, en promenade dans le parc. J'admirais la tenue des messieurs avec leurs longues vestes à parements, leurs perruques, leurs cannes. Et je regardais les dames, et surtout les demoiselles. Je sais bien qu'il n'y a rien de plus étouffant pour une femme, mais j'aime le port et la démarche que donnent les robes à corset. J'étais jeune et ces seins qui pigeonnaient au creux des décolletés bordés de dentelle me faisaient tourner la tête.

Mais l'émerveillement ne nourrit pas son homme.

Je ne savais rien faire d'utile pour la bonne société. Je me serais bien fait engager comme valet chez une de ces belles jeunes filles, mais je ne savais pas à qui m'adresser. Alors je suis entré par nécessité dans une manufacture du quartier du Nolamon, un nouveau quartier, rempli d'immeubles de brique et d'usines. Durant trois mois, je me suis sali les mains sur des machines de bois et de fer huilées, je me suis écorché à monter et démonter les moteurs à vapeur qui donnent leur vie aux grandes fabriques, ces chefs-d'œuvre d'ingéniosité. J'ai détesté ce travail épuisant, je pouvais à peine tenir debout. La paye était faible, de quoi faire quelques économies en logeant sur un grabat pourri d'insectes. Mais sans cet emploi ingrat, je n'aurais pas vraiment rencontré de Keltes. Certes, à Koronia ce ne sont pas les mêmes Keltes que dans le Haut-Royaume, pas des Callaghan, aucun de ces héros fous qui chargent nus à la bataille. Ce sont juste des brutes mélancoliques, des rêveurs buveurs de bière, qui croient à la parole donnée et aiment se raconter des histoires.

J'ai fini par me faire chasser de mon poste, trop faible et maladroit pour une telle tâche. Des économies sur trois mois de salaire d'ouvrier, ça ne fait pas grand-chose. Échoué à la Grange, la grande taverne des étudiants située dans un ancien entrepôt à foin où la bière est bon marché, j'ai décidé de me saouler plusieurs jours de suite, jusqu'à ce qu'il ne me reste plus rien.

Au bout de cinq jours à dormir sur les bancs de la Grange et à me nourrir de Guÿn noire, je ne valais plus grand-chose. J'empestais, mes vêtements étaient en loques et mes cheveux graisseux couvraient mes gueules de bois. Pourtant je n'étais pas malheureux. J'étais sorti d'une vie de brumes pour arriver dans la grande ville, au croisement de l'Empire et des terres keltes, pour rien au monde je n'aurais voulu retourner en arrière.

C'est alors que j'ai fait la connaissance de Jude, qui est aussitôt devenu mon compagnon de beuverie.

Jude, un ancien militaire, plus âgé que moi ; le corps sec, toujours drapé de noir, les joues creuses, la tête penchée en avant comme un vautour. Son allure de prêtre négligé me plaisait.

Il venait seul, tous les soirs, ne connaissait personne mais parlait kelte. Il passait la plus grande partie du temps à regarder les gens et parfois il tirait le portrait des filles. Son coup de crayon m'a impressionné, très vif, juste et brutal. Entre deux portraits, il dessinait des caricatures obscènes qui le faisaient éclater de rire, un rire brusque, une explosion incompréhensible avant le retour au calme. Je le faisais rire aussi, quand il me poussait à boire et que je me ridiculisais en racontant n'importe quoi... Il me payait mes bières, on avait une heure de conversation cohérente puis on se mettait à commenter les filles qui passaient devant notre table et je recevais des gifles de leur part.

Un soir, un type a voulu me casser la gueule, parce que je vantais un peu trop les seins de sa fiancée, une belle rousse qui faisait le service. Il m'a jeté par terre et m'a collé quelques coups bien sentis dans l'estomac. Jude a interrompu le portrait de la rousse et est venu à mon aide. La bagarre entre le fiancé et lui a eu lieu sous la pluie, dans le champ boueux derrière la grange.

Le fiancé était un soldat, jeune, athlétique, bien bâti, et très en colère. En face, Jude me paraissait nettement plus frêle. Ses vêtements mouillés lui collaient au corps, lui donnant l'air misérable.

Le combat n'a pas duré, les parieurs en ont été pour leurs frais. Jude a triomphé sans élégance : un coup de genou dans les couilles et un autre au menton pour mettre l'autre par terre. Il a roué le soldat de coups de pied jusqu'à ce qu'il ne bouge plus, la mâchoire en sang, recroquevillé sur lui-même... Pour Jude, l'efficacité primait sur l'honneur, je l'ai oublié trop souvent.

« Viens, m'a-t-il dit. On ne reste pas là, tous ses copains vont vouloir le venger. »

On a marché sur les quais, je grelottais de froid. Il a demandé d'un ton détaché, comme si le fait n'avait aucune importance : « Tu as envie de rester poivrot toute ta vie ? » J'ai répondu non. Alors il m'a donné de l'argent, de quoi manger, me changer et passer deux heures dans un établissement de bains. Et une adresse où me présenter le lendemain matin.

Plus que portraitiste pour filles d'auberge, Jude était cocher. Il avait toujours aimé s'occuper des chiens et des chevaux. Il jouait de plus l'homme à tout faire pour sa patronne, lui réservant ses chambres lorsqu'elle voyageait, portant ses messages et ses lettres. Ce dernier rôle l'ennuyait, il voulait quelqu'un pour faire le messager et le porteur de courrier à sa place pendant que lui pourrait passer du temps dans l'écurie pour s'occuper des bêtes, ou bien rester à l'auberge et dessiner.

Au matin, donc, je me suis présenté devant la femme pour qui il travaillait.

Je me souviens très mal de cette entrevue. Il faisait gris et froid, je n'étais qu'à moitié réveillé, elle n'avait pas beaucoup de temps à me consacrer. Elle m'a reçu dans les beaux salons aux plafonds peints de l'hôtel de Galcin et nous avons bu un café. C'était une toute petite femme, âgée de quarante ans environ, portant la robe couleur de rouille des Sœurs de Stefana. Elle m'a écouté avec attention, m'a jaugé d'un regard, a parlé brièvement et nous sommes tombés d'accord. Elle se nommait sœur Serena Fonte de Fosca, son nom m'a beaucoup impressionné. Quelques minutes plus tard, je sortais de l'hôtel avec pour mission de retrouver Jude.

J'étais embauché.

Dans les jours qui ont suivi, j'ai commencé à être quelqu'un à Koronia : je servais Mme Serena Fonte, je portais ses lettres et ses invitations. Je logeais dans une pension dans la chambre voisine de celle de Jude. J'avais un habit et un ami, ce même Jude. Je n'étais plus bigleux, Jude m'avait acheté des lunettes. Et porter des lettres m'ouvrait les portes des hôtels particuliers de la belle ville, que je découvrais depuis l'entrée de service ou leur cour intérieure. Je me suis aussi rendu au monastère des sœurs, à l'hôtel de ville, à la banque Impériale et chez différents grands financiers. Je ne connaissais pas le rôle officiel de Mme Fonte, qui restait silencieuse à ce sujet. Elle voyageait discrètement, logeant dans la même pension que nous, ses petits déjeuners à l'hôtel de Galcin étant sa seule concession au luxe. Mais j'ai su très vite que j'avais été embauché par une personne importante. On recevait mes courriers avec empressement, on répondait vite, et certains bourgeois étaient obséquieux devant moi comme ils auraient pu l'être devant elle.

Jude m'a appris à bien me tenir, à regarder les grands, à saluer les prêtres et les officiers, il était intraitable à ce sujet. Il a également tenté de commencer mon entraînement physique, mais en vain. Nous avons continué à boire ensemble et à commenter les filles qu'on voyait dans la rue. Quant à Madame, je lui parlais assez rarement.

Au bout d'une semaine, fier de mon nouveau statut, je suis sorti sans Jude. Je voulais retourner à la Grange, j'avais gardé de la tendresse pour cet endroit. Le patron, Bolger, avait été vraiment gentil et patient avec moi durant mes journées de déchéance. Jude ne voulait pas venir, de peur de retomber sur le soldat de l'autre fois. Madame l'avait sermonné en disant qu'elle ne voulait pas d'ennuis à Koronia.

C'est ainsi que toute cette histoire a commencé.

La vieille grange à foin était pleine, un grand feu brûlait dans le foyer central. La jolie rousse qui m'avait valu des ennuis virevoltait dans la salle, elle donnait du plaisir rien qu'à la regarder. La clientèle était la même que d'habitude. Étudiants, ouvriers du Nolamon, quelques bourgeois égarés, quelques poivrots habituels. Et un nouvel arrivant, le conteur.

Il avait attiré mon attention. Un type efflanqué avec un grand manteau mouillé de pluie, des cheveux très longs et un regard ardent : Kyle l'errant, voyageur un peu louche aux vêtements usés et aux poches percées.

On le disait plus ou moins barde, mais personne ne se souvenait l'avoir entendu jouer de la harpe qu'il trimballait toujours avec lui. Il s'arrêtait à la Grange de temps en temps, puis on n'entendait plus parler de lui pendant des années... Je suis sûr que vous l'avez déjà croisé.

Il était assis près du feu et plusieurs personnes semblaient attendre quelque chose de lui. En vérité, il avait promis de leur parler de la bataille... Et voici les mots qu'il a prononcés, tels que ma mémoire les a gardés.

MAHARKAL

La première bataille d'Allander.
Allander, 1er récit. (Notes pour Serena Fonte.)

« Écoutez-moi ! Voici l'histoire de Maharkal ! Une bataille qui a donné à festoyer aux charognards ! Un combat qui a bien nourri la terre !

Écoutez-moi ! C'était il y a vingt ans ! Du temps de vos pères !

Écoutez. Je vais parler d'Angus. Il n'a pas d'autre nom. Pas de grand clan noble, pas de nom de village ou de ville dont il veuille se prévaloir. C'est un guerrier, un vétéran, déjà. Il se bat depuis qu'il a douze ans. Escarmouches, coups de main, brigandage... Il a tué bon nombre d'hommes, pillé des villages, brûlé des maisons. Il dit qu'il se bat pour l'argent, mais ce n'est pas vrai. En fait, il ne sait rien faire d'autre. Il excelle à l'épée, à la hache ou à mains nues. À cheval ou pied à terre. Sans enthousiasme, car il n'aime pas tuer. Soldat de fortune, voilà son métier. La guerre le nourrit.

Angus est sur la plaine de Maharkal, loin au sud d'ici, entre la forêt et la rivière Sieg. Vingt mille Keltes y sont rassemblés. »

La silhouette maigre de Kyle se découpait devant les flammes du foyer. Sa voix grave a obtenu le silence et partout dans la grande salle de la Grange, des bancs aux tables de buveurs, des vieux près de l'entrée aux gamins perchés sur les poutres, l'attention s'est tournée vers le conteur. C'est le talent des meilleurs bardes d'aller chercher chaque spectateur dans son coin d'ombre pour l'amener dans son histoire... Quand il a évoqué le nom de Maharkal, plus personne dans la salle n'a songé à ses affaires ou à sa conversation. Et moi, l'étranger, le porteur de cartes de visite, je me suis retrouvé assis le cul dans l'herbe, entouré par les vingt milles guerriers keltes du récit.

« Aujourd'hui, à Maharkal, la terre est riche des milliers d'hommes qui y sont tombés. L'herbe pousse verte là où s'étendent les cadavres. Les armes et les armures rouillent entre les roseaux ou bien sous les racines des arbres et il arrive souvent que les enfants qui vont jouer là-bas en ramènent un vieux poignard ou quelques lambeaux de cotte de mailles... Maintenant, à Maharkal, Atlans et Keltes sont mêlés, les ennemis s'enlacent sous la terre.

Pour Angus, Maharkal est une plaine rase sous un matin d'automne. Les Keltes sont au sud, autour de lui. Vingt mille hommes, venus de tous les clans occidentaux. Des jeunes et des vétérans, des guerriers d'élite et des mercenaires. Tout ce qui reste de la fierté du royaume de l'Ouest. Ils attendent, le cul dans l'herbe pleine de rosée, bouffant leurs dernières réserves, buvant pour se donner du courage. Leurs enseignes de bronze sont plantées de guingois dans le sol. Ils parlent, se vantent, chantent. Il y en a même certains qui prient.

La guerre avait commencé quatre mois plus tôt. Ici même, à Koronia ! Vous avez entendu parler de l'usurpateur, de ce prince Anton Calliclès de Dvern, qui était tout aussi prince que moi. Anton de Dvern..

Un homme riche avec beaucoup d'amis, beaucoup d'argent, beaucoup d'ambitions… Ici, à Koronia, voici le discours qu'il avait tenu aux oligarches, aux généraux, à la population : *Les Keltes sont dangereux ! Ils veulent piller votre cité, violer vos femmes, trancher les mains de vos enfants… L'Empire ne vous aidera pas… L'Empire est faible, il préfère céder devant eux, il n'ose plus se battre… Nous avons la meilleure armée du monde, nous avons nos canons, nos légions, pourquoi attendre ? Pourquoi attendre qu'ils nous attaquent ?*

Anton le Dvernian n'était peut-être pas plus prince que vous et moi, mais il était loin d'être un imbécile. Il savait que quand une population a peur, elle fait des bêtises… Et il avait promis aux soldats des légions de Koronia des terres prises sur les Keltes soumis. *Envahissons le royaume de l'Ouest*, ce furent ses mots. *Et nous nous le partagerons. Du simple soldat au général…*

Vingt mille Keltes le cul dans l'herbe, je vous dis. Morts de trouille, mais ne le montrant pas. Ils se demandent ce qu'ils foutent là, rassemblés par un gamin de quinze ans, face au plus puissant, au plus dangereux des adversaires : l'armée atlane. Les quatre légions de Koronia, victorieuses, au complet. Car ils sont là, les Atlans… De l'autre côté de la plaine. Ils se mettent en place, les petits groupes de fantassins se déplaçant en formation comme autant de briques métalliques construisant un mur infranchissable. Une ligne à la fois souple, puissante et mobile. Trente mille hommes. Dont six mille cavaliers… Et vingt canons, là-bas, sur la colline à l'ouest… Vous vous croyez peut-être courageux ? Vous aussi vous vous seriez compissés en voyant s'assembler l'armée atlane, en apercevant l'éclat des boucliers, des lances et des épées. Une troupe tellement disciplinée qu'elle agit comme un seul corps, le corps d'une bête immense et dure, pleine de dents et de griffes…

La guerre avait commencé quatre mois plus tôt. Anton de Dvern avait attendu l'occasion de se jeter sur les cinq clans de l'Ouest. Ap'Thain, le clan de l'ours, clan du roi, Ap'Natach, le sanglier, Ap'Lleman, le cygne, Ap'Fenris, le loup. Et Ap'Callaghan, clan de l'aigle, le plus puissant, le plus prestigieux de tous. Eylir Ap'Callaghan le vieux était un putain de héros, grand combattant, grand seigneur... Il avait uni les clans de l'Ouest, obtenu par les armes l'admiration et l'obéissance de tous ses vassaux, la richesse et de bons traités avec les Atlans. Ce n'était que par injustice et jalousie que la couronne était tombée sur la tête de ce pauvre Arvik Ap'Thain, chef rusé et sans charisme. Eylir Ap'Callaghan, oui, c'était un bon seigneur, qui aurait dû être roi. Un sacré amateur de filles, aussi... Atlanes ou keltes, grandes dames ou servantes, à condition qu'elles aient la peau douce et les seins ronds. C'est ça qui a causé sa perte. Un soir, sa femme, folle de jalousie, en a eu assez de ses frasques et lui a planté un poignard dans le cœur. Sous les yeux de son amante, de celle qui partageait alors le lit du seigneur Callaghan. Eylir le vieux est mort dans son lit, un poignard de femme dans le cœur. Mort indigne d'un guerrier, mort indigne d'un chef ! Tristesse et honte sur les Callaghan !

Anton avait choisi ce moment pour attaquer. Il avait dirigé lui-même l'armée d'invasion... Il fallait frapper les Callaghan tant qu'ils étaient faibles, puis les autres tomberaient ensuite. Le roi de l'Ouest, Arvik Ap'Thain, avait pris alors une bonne décision. Il avait rassemblé les clans, secoué les Callaghan frappés de stupeur ou bien de honte, levé en masse une armée dans les villes, dans les villages, dans le fin fond des campagnes. Aux armes ! On en veut à vos terres, à vos enfants, à votre vie ! Plus de cent mille hommes s'étaient rassemblés en chantant, venus de tous les clans, chacun autour de son enseigne, chacun poussant son cri de guerre. *Fenris ! Lleman ! Natach ! Thain ! Callaghan !*

Ils avaient marché vers le nord, se portant à la rencontre des quatre légions. Ils étaient presque à quatre contre un. Près de la rivière Belverus, les clans s'étaient jetés en hurlant contre les murs d'acier atlans. Ils avaient chargé face aux canons, torses nus peints aux couleurs de la Déesse. Chaque clan de son côté, chaque clan à son tour, pour avoir le privilège de la victoire, la folie et la gloire… Idiots ! Fous ! Qu'espéraient-ils ?

Près de la moitié d'entre eux moururent ce jour-là. Arvik Ap'Thain s'était enfui, la queue entre les jambes. Un roi qui connaît la défaite peut-il encore régner ? Les clans étaient dispersés, les corbeaux festoyaient et Morregan riait dans l'autre monde. Fous !

Trois mois avant Maharkal, Angus s'était donc battu au Belverus. Il faisait partie des mercenaires engagés par Kulayn Ap'Callaghan, le régent, le frère d'Eylir. Il a vu les charges folles, la mort et la défaite. Ce n'est pas un idiot, ai-je dit. C'est un bon soldat. Il fait plus confiance à une cotte de mailles en bon acier qu'aux tatouages bleus de la Déesse. Et quand il faut reculer, il recule. En ordre, en protégeant ses voisins.

C'était il y a trois mois. Cela fait trois mois que les Atlans avancent au cœur du pays Callaghan, soumettant les places fortes, menaçant la capitale même, Beïssama. Trois mois que les Keltes attendent la soumission et la défaite… Mais… Certes, ils sont peut-être fous, barbares, violents… Mais ils ne sont pas des lâches ! Chez les Ap'Callaghan, quelque chose a changé. Le fils d'Eylir a pris le pouvoir dans le clan. »

À cet instant, il a fait une pause. On entendait juste craquer le bois dans le feu. Et le nom qu'il a prononcé a éclairé le regard des autres autant qu'une flamme du foyer. Ce nom a gonflé ma poitrine comme s'il m'appartenait, comme si l'entendre seulement suffisait à m'emplir de fierté.

« Allander. »

« Allander.

À l'époque de la guerre, c'était un gosse de quinze ans à peine, ayant grandi caché dans l'ombre de son père, un garçon sage et silencieux. Il n'a pas accepté la défaite. Pour ce gamin à peine monté à la tête de son clan, le combat n'était pas fini ! Il a demandé à tous les clans de rejoindre l'aigle des Callaghan, de s'unir de nouveau, pour continuer à se battre ! Sa voix parlait de courage, de mémoire, des héros qui jugent les guerriers depuis l'autre monde. Et ce gosse au regard fou qui visitait les clans au grand galop, en hurlant de retourner au combat, ce gosse a réussi à en convaincre quelques-uns.

Angus l'a vu pour la première fois, deux semaines après le Belverus, alors qu'il était en train de se saouler dans une auberge paumée. Allander est arrivé, escorté juste de quelques guerriers, avec ses longs cheveux blonds et son manteau noir, écumant de sueur sur un cheval épuisé. Il est rentré dans l'auberge, a secoué les soldats, a parlé de gloire et d'héroïsme, de chants et de mort au combat. Allander Ap'Callaghan, avec son regard ardent, ses colères teintées de démence et cette flamme en lui...

Quelques soldats l'ont écouté, quelques-uns l'ont suivi. Angus en faisait partie. Allander ne promettait aucune solde. Juste la gloire et la mort. »

Kyle l'errant allait et venait devant le feu, escogriffe bizarre, la main posée sur la garde d'une épée imaginaire. Son regard s'est posé sur chacun des spectateurs, sur les étudiants, les bourgeois, les ouvriers venus du Nolamon. Son regard s'est posé sur moi... Aurais-je osé suivre Allander ? Le suivrais-je, maintenant ?

« Ainsi, ils se sont retrouvés à Maharkal, ce matin-là, dans la plaine couverte de rosée. Des survivants du Belverus, quelques renforts envoyés par les Ap'Fenris ou les Ap'Natach, des paysans Callaghan et les derniers guerriers d'élite d'Eylir. Ses Compagnons, comme il les appelait. Ils ont attendu avant de rencontrer les Atlans, ils ont reculé, se sont cachés dans la forêt, sont passés par les collines, ont refusé le combat une fois, deux fois, dix fois ! Mais maintenant ils sont coincés sans possibilité de repli. S'ils évitent la bataille une fois de plus, Anton de Dvern prendra Beïssama, la capitale Callaghan, et l'étoile atlane flottera sur les tours du Haut-Koensar... Ce serait la fin du clan Callaghan.

Les Keltes vont se battre de nouveau. Ils savent que pour la plupart d'entre eux, cette bataille sera la dernière. Que le Grand Cornu fera ce soir une ample moisson d'âmes... Mais ils mourront sans honte, versant leur sang pour défendre leur terre et leur jeune seigneur, Allander.

Les longues cornes de cuivre battent le rappel. Les hommes saisissent leurs armes, se lèvent. C'est bientôt midi, une des dernières belles journées d'automne. Angus vérifie son armure et ses armes, puis celles de ses compagnons. Il se bat dans l'infanterie, il dirige un petit groupe d'hommes, paysans et artisans mal armés venus des environs de Beïssama. Motivés mais inexpérimentés. Il les encourage, donne quelques bourrades. Les hommes se mettent en place. L'infanterie est dirigée par Legh Ap'Tenar, ancien mercenaire passé au service des Callaghan, un homme courageux respecté par les vieux soldats. La cavalerie, massée entièrement sur le flanc gauche, est menée par Allander lui-même. Le flanc droit s'appuie contre la forêt. Ça y est. Les hommes sont en ligne. Les cavaliers trépignent. Les fantassins serrent fermement leurs longues lances ou leurs épées pour ceux qui en ont une.

En face résonnent les tambours atlans. La bataille commence. Angus sent ses tripes qui se nouent et il crache par terre. Ce sera son unique prière. Il est midi, le ciel est d'un bleu sans faille.

La cavalerie kelte s'élance au cri de : *Callaghan !* Elle charge en masse sur la cavalerie atlane, en face, une mêlée sauvage s'engage, le porte-étendard d'Allander tombe, les Keltes ne savent plus où est leur chef ! Les cris et les hurlements parviennent assourdis au milieu des lignes de l'infanterie. Les canons atlans tonnent, la fumée s'élève dans les airs, les hommes tremblent. Angus sourit. Les canons sont trop loin, les projectiles n'atteindront pas les fantassins keltes, pas s'ils ne se rapprochent pas. Par contre, la cavalerie…

Un des voisins d'Angus veut courir, maintenant, oui, maintenant, courir contre le mur d'acier de l'infanterie atlane, courir contre les fantassins lourds qui avancent, bouclier contre bouclier. Courir pour ne plus avoir peur, courir pour ne plus attendre… Angus connaît ce sentiment. À Belverus, lui aussi a eu envie de courir, de se jeter contre les lances atlanes pour mourir… Les Atlans n'attendent que ça. Peut-être, oui, que sous l'effet du choc leur première ligne peut se briser. Mais contrairement aux Keltes, les Atlans avancent sur trois lignes, chacune profonde d'une dizaine d'hommes. Et la furie kelte s'écrasera pour mourir contre la deuxième ou, au mieux, la troisième. Donc il ne faut pas charger car ceux qui vont charger vont mourir.

Expliquer toutes ces considérations à ses voisins hurlants et furieux est au-delà de la capacité d'Angus. Ne trouvant pas d'autres arguments, il écrase son poing dans la figure du récalcitrant. On se serre les coudes, on échange des regards farouches. Quelqu'un commence une chanson et Angus reprend les paroles de sa voix sourde. Bientôt toute la ligne chante, pour ignorer la peur et les tripes qui se nouent, pour ignorer l'implacable infanterie atlane qui s'avance… »

Ô feu ! Ô acier ! Ô chêne ! Ô terre et flots !
Les Keltes sont attaqués !
Tiens tête, toi qui es kelte de cœur !
Mieux vaut la colère que la honte de la défaite !
Combats pour ta liberté !

Nous avons chanté, nous avons frappé avec nos bocks sur la table, nous avons entendu le pas des guerriers et les armes heurtant les boucliers !

« Les Atlans ne sont plus qu'à un jet de pierre. On distingue les regards des soldats de première ligne pardessus les boucliers… Au loin, sur la gauche, la mêlée des cavaleries est confuse, charges et contre-charges se multiplient. Angus note que les canons atlans se sont tus. Une bonne chose. Alors il donne l'ordre. Le seul ordre qu'il a reçu avant la bataille. *Quand vous verrez le blanc des yeux des Atlans, reculez. Restez en ligne, reculez en ordre, au rythme des tambours.*

“Reculez !”

Les Keltes ne bougent pas. Ils ont bien entendu les instructions, ce matin, pourtant. Les jours précédents, ils se sont entraînés à reculer ensemble, en ligne… Mais ils ne bougent pas… Les Atlans ne sont plus qu'à quelques dizaines de pas.

“Reculez, bordel de merde ! Reculez !”

Alors on entend les tambours, dispersés parmi les guerriers. Roulement sourd. *Bronn… Bronn… Bronn…* Et mue par ce grondement régulier, la grande masse des soldats keltes fait un pas en arrière, puis un autre et encore un autre, restant face à l'armée atlane. *Bronn… Bronn… Bronn…* Étrange spectacle que ces guerriers keltes, fous de rage et de colère, le regard froid, l'arme serrée dans leur poing, qui reculent un pas après l'autre face à l'ennemi en beuglant leur chant de combat :

Souffle de colère et tourbillon sur les villes,
Fumées et terres brûlées pour vous, paysans !
C'est le sang des Keltes qui coule.
Rassemblement devant la grande ville de Beïssama !
Casse-leur la tête et le ventre !

Angus ricane. Les Atlans ne comprennent pas, ils hésitent, arrêtent un temps leur avance, et les Keltes continuent de reculer... Angus sait qu'ils ne pourront reculer indéfiniment. Derrière eux se trouvent des champs, des murets, leur belle ligne risque de se briser et alors les Atlans chargeront. Mais il n'en sera pas ainsi.

Il aperçoit une confusion dans les lignes ennemies. Le mur d'acier ploie de l'intérieur, se déforme, se courbe, se brise en un point. Et les grands chevaux des Ap'Callaghan enjambent les fantassins atlans morts. En tête, son cheval maculé de sang, le regard fou et l'épée à la main se tient l'enfant qui est venu chercher Angus dans cette auberge où il moisissait quelques semaines plus tôt, le chef qui a uni les Keltes par la force de sa parole, source de courage et de folie. Allander !

Cri d'espoir et de joie dans toutes les gorges... *Callaghan ! Callaghan !* Les cavaliers keltes ont vaincu par leur fougue les cavaliers atlans et pris l'infanterie à revers... *Callaghan ! Callaghan !* Il n'est plus temps de reculer, maintenant, le mouvement s'inverse comme une grande marée d'équinoxe. Angus sent un souffle puissant dans son cœur et la rage du combat lui fait serrer le poing sur sa hache. Bientôt des mères et des épouses pleureront dans les grandes demeures bourgeoises de Koronia... Ils courent vers leur seigneur, leur étendard, leur roi... Ils vont le rejoindre au cœur du combat. Ils viennent se battre pour lui, ils viennent mourir pour lui. *Callaghan !*

C'est le temps de la bataille ! Donnons à bouffer aux charognards ! »

Cent mille sont rassemblés sur la plaine !
Chant et plainte et combat !
Chant de victoire et danse à toi, soleil,
Chant d'espoir et de combat !
Que l'arc-en-ciel brille sur leur front !

Et nous nous sommes levés, nous avons fait trembler les murs de nos voix unies. Nos pieds qui martelaient le sol étaient ceux d'une armée prête à partir, le cœur gonflé par le chant et le souvenir de nos aînés tombés pendant le combat. Allander Ap'Callaghan ! Un nom qui flottait comme une oriflamme, pour qui nous aurions donné notre sang, maintenant dans cette auberge, sous les yeux du conteur…

Le chant s'est tu. Nous l'avions repris dix fois, dix fois nous avions appelé à la bataille et au combat, puis nous sommes retombés, épuisés, sur nos bancs. Alors, le visage humide de sueur, les cheveux collés à son front, Kyle a repris la parole.

« Oui, combat et victoire ! Angus s'est bien battu, on se souviendra de lui ! Angus de Maharkal, voici son nom ! Les Atlans sont vaincus, comme ils seront de nouveau vaincus au fleuve rouge, puis ici même, aux portes de Koronia… L'usurpateur sera chassé, la paix conclue avec l'Empire. Oui, l'enfant Ap'Callaghan a le sang d'un roi, et il régnera ! Des milliers d'hommes sont tombés, sang, carnages et massacres, le Grand Cornu en a emmené sa part dans les brumes de l'autre monde.

Écoutez-moi ! Je vous parle de celui qui balayé le monde d'un vent de colère, de conquêtes et de destruction ! Je vous parle de celui qui a réveillé le souffle de la terre ! Je vous parle du héros des Keltes, d'un héros digne des Keltes ! »

Quelqu'un a crié: « Raconte-nous comment il a régné !

— Je vous le raconterai demain ! » Kyle a écrasé son chapeau sur sa tête et est retourné s'asseoir, ignorant les cris et les protestations.

Je suis sorti de la Grange. Une pluie froide a chassé les visions de bataille. Dehors, tout était noir et calme... Mon ivresse se dissipait, j'étais enthousiaste et effrayé. Étais-je devenu kelte ? Non, et je ne le serai jamais. Mais ce soir-là, par les mots et le feu, par le regard et la voix, j'étais entré dans une grande histoire.

Dans l'auberge, des musiciens avaient sorti leurs instruments et commencé à jouer une danse kelte énervante, un rythme enjoué qui tourne, tourne, tourne et remplit la tête et le corps. J'entendais les pas des danseurs frapper le sol avec force, comme s'ils se défoulaient dans la danse des combats qu'ils n'avaient pas livrés. Et des dizaines de voix hurlaient en chœur :

Tam tam dir o dir
Tam tam dir a tam tam tam...
Dir a tam tam tam
dir o dir a tam !

Je suis rentré à la pension, gardant précieusement le souffle et l'enthousiasme qui venaient de m'être transmis. Je savais qu'une nuit de sommeil, une journée de travail, un rien pourrait chasser cette folie de mon cœur, me faire oublier ce qui m'avait été donné. L'élan, la grandeur, la vie, l'union derrière un nom sacré, Allander Ap'Callaghan, triomphe et gloire.

Je devais faire quelque chose, transmettre à mon tour ce trésor.

Je me suis installé dans le petit salon où Madame travaillait habituellement, j'ai pris un de mes cahiers et j'ai couché le récit sur le papier à la lumière d'une lampe à huile. J'avais pris conscience d'être à la frontière de deux mondes. L'Empire civilisé et les terres keltes, où ni les livres, ni les villes, ni le dieu des Atlans ne s'étaient vraiment implantés. Et à Koronia, cité kelte d'origine, dominée par les Atlans, ces deux mondes se rencontraient.

Je suis sorti de ma transe quand les cloches ont sonné minuit, la main douloureuse et le souffle court, encore étonné de tout ce qui s'était produit. Alors je me suis rendu compte que la sœur Serena me regardait depuis le pas de la porte. Elle pouvait tout aussi bien être là depuis une heure, mais je soupçonne qu'elle venait tout juste de descendre… Elle avait dû oublier quelque chose dans le salon.

J'ai croisé le regard de Mme Serena Fonte et je l'ai vue pour la première fois. Elle était pieds nus et portait une chemise de nuit très simple. Ses cheveux noirs défaits tombaient sur ses épaules, elle était à la fois détendue et attentive. J'ai vu que la travailleuse sérieuse et obstinée était une femme, que la religieuse austère pouvait être belle… Et à penser cela devant elle je me suis senti rougir. J'ai balbutié : « Je… j'écrivais. Quelques mots sur une histoire entendue ce soir, vous savez, un de ces conteurs… L'histoire d'Allander Ap'Callaghan, la bataille de Maharkal… »

Elle est entrée dans le petit salon, elle a vu mon cahier. Elle parlait doucement pour ne pas réveiller les autres pensionnaires endormis.

« Bonsoir… La bataille de Maharkal… Puis-je lire ce que vous avez écrit ? »

Elle m'a souri. Elle aussi me voyait pour la première fois je crois. J'ai compris que j'aimais bien cette femme, que j'avais envie de pouvoir lui parler, que malgré notre différence d'âge et de statut, je voulais m'en faire une amie. Alors je lui ai laissé mon cahier et avec lui tout le souffle de la bataille. Nous nous sommes souhaité le bonsoir tout doucement et sommes allés nous coucher.

Le lendemain matin, nous nous sommes revus dans le même petit salon. Elle, assise derrière sa table de travail couverte de documents, en piles bien ordonnées, ses cheveux dissimulés par son voile blanc. Moi, debout en face d'elle dans ma tenue brune de domestique, attendant ses instructions. Elle a signé deux lettres et les a cachetées, m'a indiqué les personnes à qui les porter. Puis elle a levé les yeux vers moi.

« Je vous rends votre cahier. Vos mots et ceux du conteur sont justes. Je ne puis aller écouter la suite moi-même. Ferez-vous cela pour moi ? Vous pourrez m'écrire ce que vous entendrez... Vous vous en sortez plutôt bien. »

J'ai osé une question un peu personnelle, croyant que l'air du matin aurait conservé un peu de la magie de notre rencontre nocturne : « Vous connaissiez déjà ces histoires, Madame ? L'histoire des Keltes vous intéresse ?

— Oui je connais déjà ces histoires. Mon père est mort à Maharkal, face aux soldats d'Allander. Bonne journée, monsieur. Rapportez-moi votre cahier, ce soir. »

Un peu gêné, je suis sorti dans la grisaille koronienne. Et l'après-midi, je suis retourné à la Grange.

MEYRIN

L'alliance des clans Vilna et Callaghan.
Allander, 2e récit. (Notes pour Serena Fonte.)

La pluie frappait le toit de la Grange. Dans la partie de la salle la plus éloignée du bar, on marchait sur la terre nue, vite transformée en boue par l'eau ramenée par les visiteurs. Les vêtements des clients qui se massaient près du feu fumaient de vapeur.

Les vêtements et le grand chapeau de Kyle étaient secs, il avait dû passer la nuit ici. Assis dos au bar, il regardait les clients d'un air rêveur. Quand je suis passé près de lui, il s'est levé brusquement et m'a posé la main sur l'épaule, comme si j'étais une vieille connaissance. J'ai sursauté, affolé.

« Tu es revenu ? a-t-il dit. N'aie pas peur ! Puisque tu es là, ce soir j'aurai quelque chose pour toi. »

J'ai voulu répondre, j'ai balbutié, pris par la timidité. Je n'étais qu'un spectateur et lui pouvait créer des batailles, comment aurais-je pu croiser son regard ? Bien sûr, je me trompais. Il n'était qu'un homme aux longues jambes et au visage creusé, fatigué par ses voyages. *Quelque chose pour moi...*

Je suis allé m'installer dans l'ombre, loin de lui. Il m'a regardé m'éloigner, incertain, comme s'il n'était pas sûr d'avoir parlé à la bonne personne. Dehors, il faisait si sombre que Bolger a demandé aux filles d'allumer les lampes. Quelques autres clients sont arrivés, ceux de la veille avaient fait rappliquer leurs amis, je n'étais pas le seul à avoir été transporté. Kyle a attendu encore un peu, le silence s'est fait peu à peu. Nous étions respectueux comme au Temple.

« Il pleut. Cette sale pluie d'hiver, qui ruisselle sur votre nuque et vous donne envie de rejoindre vite la lumière et la chaleur de la maison. C'est l'hiver. Adorovakis est couverte de neige sale.

Adorovakis, au bord du Donau. La plus grande cité kelte. De belles maisons de pierre resserrées autour du Hornburg, le château des Ap'Vilna. Des murailles, des ponts fortifiés traversant le fleuve. Une population immense, industrieuse et prospère. Des artisans, des bourgeois, des voleurs. Quelques bardes et des prêtres unidéistes.

Il pleut, pour la première fois de l'hiver. La pluie lave la neige accumulée sur les toits, elle fait baver la boue dans les rues, elle fait gonfler le bois des charpentes. Le genre de temps où vous seriez resté chez vous, près du feu… Pourtant, ce jour-là, tout le monde est dehors depuis le matin. Les artisans, les bourgeois, les voleurs. Les bardes et les prêtres. Les femmes et les enfants. Mais peu de guerriers, peu de soldats. Car ils sont à la guerre.

Je vais vous parler de Meyrin Ap'Vilna.

Meyrin Ap'Vilna attend dans la salle du trône, au cœur du château du Hornburg. Elle a eu quinze ans pendant l'automne, elle n'a encore jamais fêté Beltane. Ses yeux sont bleus, comme ceux de son père. Son visage est fermé, sa coiffure austère. Elle ne laisse pas deviner la peur et l'angoisse qui lui tordent les entrailles. Par les grandes fenêtres en ogive, elle voit l'ouest de la ville et la foule dense et noire dans les rues. Elle est la fille aînée du roi Durin.

Le roi Durin Ap'Vilna a fait réparer les murailles de la ville, a dressé les tours les plus hautes, a équipé ses soldats des meilleures épées atlanes. Il a fait apprendre à ses forgerons à fabriquer des lames encore meilleures. C'était un vieux roi, fier et sans pitié, qui passait par l'épée ceux de ses vassaux qui osaient se rebeller.

Le visage ridé, le regard dur, il n'a cessé de parcourir ses terres à la tête de ses troupes pour maintenir la paix. Trois ans plus tôt, avec l'aide des clans Ap'Owen et Ap'Brendam, ses alliés historiques, il a fondé le royaume kelte de l'Est. Il a fait régner l'ordre sur les terres de l'Est, il a permis aux villes de grandir, aux paysans de prospérer. C'était un homme dur, mais un bon roi, aimé de son peuple. Aimé des gens qui attendent, là-dehors, qui se laissent tremper par cette pluie qui ne cesse de tomber depuis trois jours. Aimé et compris par sa fille, qui attend à la fenêtre, au pied du trône creusé dans un chêne.

Durin Ap'Vilna, le seul homme qui aurait fait un aussi bon roi de tous les Keltes qu'Eylir Ap'Callaghan. Les deux se connaissaient, s'estimaient et ne s'aimaient pas.

Mais voilà. Ça fait bientôt deux ans qu'Eylir le vieux est mort. Et un peu plus d'un an que le tonnerre de Maharkal s'est fait entendre.

Il y a ce nom qui parcourt la foule comme une vague, passant de rue en rue, de maison en maison, jusqu'à la salle du trône où il alimente les murmures des courtisans. Allander Ap'Callaghan. L'enfant-roi. Allander, qui a vaincu l'armée de l'usurpateur à Maharkal, qui l'a battu une nouvelle fois lors d'une bataille si sanglante qu'on l'a appelée la bataille du fleuve rouge, et qui l'a écrasé, enfin, devant les murs mêmes de cette ville, ici, à Koronia.

Anton de Dvern, l'usurpateur qui n'était pas plus prince que vous et moi, a fui si loin que nul ne sait ce qui est advenu de lui. Les armées et les limiers de l'Empire sont arrivés pour mettre un peu d'ordre. Allander, grand seigneur, ne voulait pas la guerre contre l'empereur Rhadamanthe. Il a rendu Koronia après y avoir séjourné une saison, non sans réclamer des terres à l'Empire pour lui et ses alliés. Et l'Empire, qui ne voulait pas la guerre non plus, a cédé.

Les Keltes du royaume de l'Est ont appris avec soulagement que le jeune seigneur rentrait dans sa capitale, se faire sacrer roi du royaume de l'Ouest et y laisser reposer son armée.

C'était mal le connaître. Le souffle qui était né à Maharkal allait se transformer en tempête... Après quelques mois de repos seulement, Allander rassemble de nouveau son armée et marche sur le royaume de l'Est. Sur Cardhann. Sur Adorovakis. En plein hiver.

On ne se bat pas, en hiver. Ravitailler les soldats est

trop difficile et les routes couvertes de neige ralentissent les armées. Mais Allander s'en moque. Il ne promet que la victoire et la gloire à ses soldats et ceux-ci le suivent dans le froid et le gel. Ils ont vu la flamme qui brûle en leur roi, ils ont senti le vent qui se lève...

Le roi Durin a appelé ses alliés. Il a rassemblé ses lanciers, ses cavaliers, et il tend une embuscade à l'armée de l'Ouest lorsqu'elle s'aventure imprudemment dans les montagnes. Une bataille dans la neige et la glace... l'armée de l'Ouest est dispersée... on dit qu'Allander est mort. Victorieux, Durin rentre se faire acclamer à Adorovakis. Les Ap'Callaghan ne vaincront pas les Ap'Vilna. L'aigle ne triomphera pas du cerf.

Mais un mois plus tard est arrivée une nouvelle alarmante. Allander venait de prendre la cité de Kirchonn, à cinq jours de cheval d'Adorovakis. Une armée surgie de nulle part, menée par le jeune roi Ap'Callaghan, a pillé une cité voisine de la capitale Ap'Vilna... Se serait-on trompé ? L'armée vaincue dans les montagnes n'avait-elle été qu'un leurre ?

Qu'importe. Le roi Durin a sonné le rappel des lanciers et des cavaliers. Les guerriers sacrés Ap'Brendam sur les grands chevaux noirs. Les farouches soldats des plaines du Donau. Son armée était immense et puissante.

La princesse Meyrin a embrassé farouchement son père et a caché ses larmes d'enfant. La guerre lui fait peur. Ces files de soldats, ces hommes sombres portant de longues épées l'effraient... Mais une fille de roi n'a pas le droit d'avoir peur, alors elle n'a rien montré de ses sentiments. Elle est retournée dans ses appartements, attendant des nouvelles. Et les nouvelles sont venues. Très vite.

L'armée du roi Durin a affronté l'armée de l'Ouest devant Kirchonn. La bataille a été indécise, nul ne pouvait dire qui était vainqueur. L'armée de Durin a perdu beaucoup d'hommes, l'armée Ap'Callaghan a une nouvelle fois disparu. »

La pluie sur le toit de la Grange n'était plus la pluie de Koronia mais celle d'Adorovakis. Les voûtes du château du Hornburg avaient remplacé le plafond noir de l'auberge, nos murmures inquiets étaient ceux du clan Ap'Vilna en guerre. Au fond de la salle, un ivrogne qui n'avait rien compris s'est mis à chanter : *Casse-leur la tête et le ventre, casse-leur la tête et le ventre*... Son voisin l'a fait taire.

« Les deux armées se sont retrouvées une semaine plus tard sur la plaine enneigée de Moronn, non loin de la forêt du même nom, qui cache des passages vers l'autre monde. À Moronn, les clans de l'Ouest ont affronté les clans de l'Est, le jeune roi s'est retrouvé face au vieux roi pour la seconde fois.

On en est là. On ne sait pas encore qui est vainqueur...

Dans les rues d'Adorovakis, les citadins attendent des nouvelles de la bataille. Des habitants des villages éloignés disent avoir vu des cavaliers portant l'enseigne de l'aigle Ap'Callaghan. D'autres parlent de ceux arborant le cerf Ap'Vilna. Et depuis ce matin, il paraît qu'une armée approche, qu'elle vient vers la ville.

À midi, malgré la pluie qui détrempe les robes, les manteaux et les chapeaux, le peuple inquiet se masse sur les murs de l'ouest, en haut des tours, pour voir, pour savoir enfin ce qui s'est passé à Moronn. Pour conjurer le sort, ou bien par prévoyance, les rues ont déjà été pavoisées aux couleurs du cerf. De grands étendards vert et blanc pendent aux façades des maisons tout le long de la rue qui mène au Hornburg. Dans les cuisines du château, le banquet est prêt, un bain brûlant attend le roi. La princesse Meyrin a revêtu une longue robe verte brodée d'or. Elle porte coiffure et bijoux de fête.

La rumeur s'enfle, on aperçoit une troupe. Ses couleurs ? Impossible à voir, dans cette lumière grise de crépuscule. Juste une marée compacte et sombre, un serpent d'hommes, de cavaliers, avançant tranquillement vers la cité. "S'ils étaient des pillards, ils viendraient vers nous au galop", lancent ceux qui veulent se rassurer.

Puis ils s'approchent, on les voit mieux. On distingue la forme des enseignes de bronze, les couleurs des cavaliers. Noir et or. L'aigle a vaincu.

La foule est saisie d'une étrange stupeur. On le savait, mais on refusait de le reconnaître. On s'en doutait, mais on refusait de penser que cela puisse se produire. La grande armée du roi Durin, vaincue par un enfant, à la tête d'hommes épuisés par la marche et par l'hiver. Les grands clans du royaume de l'Est balayés par une troupe de paysans recrutés autour de Beïssama. Ce ne peut être le fait d'un homme. C'est la volonté des dieux.

Les Keltes sont un peuple fataliste.

C'est sans doute pour cela que les habitants d'Adorovakis n'ont même pas pris la peine de fermer les portes de leur ville, qu'ils n'ont même pas cherché à résister en s'enfermant derrière leurs belles murailles. Ce jour-là, l'ensemble des Keltes a compris que les dieux soutenaient Allander Ap'Callaghan. Et que rien n'est impossible à celui qu'ils aiment.

Il passe les portes de la ville, chevauchant en tête de ses troupes. Il est tête nue et torse nu. Ses longs cheveux sont collés dans son dos par la pluie, l'eau ruisselle sur son visage, sur sa poitrine. Il avance dans les rues, sous les étendards détrempés des Ap'Vilna. Son visage est ferme, son regard ne quitte pas le château.

Sur son passage, la foule fait silence. Ils sont fascinés par le jeune roi, qui marche sans frissonner ni trembler sous la pluie glaciale. Par ce beau jeune homme imperturbable à l'apparence de statue...

Et derrière lui vient la rumeur, folle et sans cesse amplifiée. Le roi Durin est mort à Moronn, la victoire des Callaghan est écrasante, il y a tellement de cadavres sur le champ de bataille que le vol des charognards a obscurci le ciel comme une nuit en plein jour...

La rumeur se propage comme une fumée, monte jusqu'au château, jusque dans la salle du trône où les courtisans regardent la progression de l'armée ennemie dans les rues de leur cité. *Le roi est mort... Le roi est mort...* Meyrin tremble, seule face à la ville. Elle se protège la poitrine de ses bras, comme pour se réchauffer. *Le roi est mort.* Son père est mort. Elle ne pleurera pas. Non, elle ne pleurera pas.

Le Callaghan approche, il suit la route qui monte le long du château, il est dans les murs. Frappés de la même stupeur que la foule, marqués par l'aura du héros, les soldats l'ont laissé entrer sans combattre. Les courtisans murmurent, ils sont comme un troupeau sans maître. Donal Ap'Vilna, jeune cousin de la princesse, parle de se battre en personne contre le jeune roi, d'autres renchérissent, posent la main sur leurs épées. Seul le Haut-Druide Amter ne dit rien. Sa voix grondante se tait aujourd'hui. Il observe la cour de sous ses sourcils broussailleux, son disciple à sa gauche.

Alors Meyrin se détourne de la fenêtre, faisant face à la cour. Aucune trace de larmes sur son visage. Son regard est dur, comme celui de son père. À cet instant, l'enfant en elle est morte. Les courtisans se taisent.

“Écartez-vous !”

Elle s'avance au milieu d'eux. Ils reculent vers les murs, impressionnés. Elle se tient dos au trône, ce siège royal creusé dans un chêne majestueux dont le tronc traverse le plafond. Elle se dresse face aux grandes portes, mince silhouette fière et ferme. Les portes s'ouvrent en grand. »

J'étais la reine portant sur mes épaules de quinze ans tout le poids de mon clan. J'étais Allander foulant pour la première fois le sol de la demeure de mon ennemi... De ces deux volontés face à face, l'une devait plier.

« Allander entre, ruisselant de pluie. Lui et ses cavaliers ont mis pied à terre, leurs bottes laissent des marques luisantes sur les dalles de la salle du trône. Il avance à grands pas vers la princesse, son regard ne se détache pas d'elle. Il n'a plus rien du jeune homme fou et enthousiaste qui recrutait ses troupes dans les auberges de son pays... C'est un guerrier froid et implacable. Ses Compagnons le suivent de près, des hommes silencieux portant de grands boucliers ovales et de longues épées.

"Tu es Meyrin Ap'Vilna."

Sa voix résonne sous la grande voûte. Il s'est arrêté devant elle, il est plus grand qu'elle, mais elle ne détourne pas les yeux quand il la regarde.

"Je suis Meyrin Ap'Vilna. Où est mon père ?

— Je l'ai tué."

La haine apparaît sur le visage de la jeune femme. Elle saisit la dague à la ceinture d'Allander, le frappe à l'abdomen. Le sang coule, mais la blessure n'est pas profonde... Ce n'est pas maintenant qu'Allander Ap'Callaghan mourra de la main d'une femme. La main du roi se referme sur le poignet de Meyrin, le serre si fort que la dague tombe au sol.

Il pose les mains sur ses épaules comme pour une accolade. Elle tremble de peur et de rage. Alors il déchire la robe et sa chemise, jusqu'à ce qu'elle se tienne nue et frissonnante devant lui. Il la jette à terre. Les Compagnons martèlent leurs boucliers de leurs épées, faisant trembler les vitraux cerclés de plomb. Et Allander Ap'Callaghan viole Meyrin Ap'Vilna, lui prenant son honneur et sa virginité, au pied du trône de son père... Le bruit des armes contre les boucliers couvre ses cris.

Il se relève.

Silence.

Meyrin rabat contre sa poitrine ses vêtements déchirés.

Le roi parle : “Tu seras ma femme et ma reine. Tu porteras mon fils.”

Elle baisse les yeux, pleure de rage. Il sourit.

Et autour de lui, la cour l'acclame

Callaghan !

Callaghan !

Callaghan ! »

Nous avons frappé nos tables à coups sourds comme le roi violait la reine... Les femmes ont regardé les hommes avec la peur dans les yeux, les serveuses se sont réfugiées le long des murs. Kyle a parlé d'un ton amer, comme si notre réaction l'attristait sans qu'on n'y puisse rien...

« Allander a eu raison pour deux choses. Elle a été sa femme et sa reine, la seule reine qui pouvait être digne de lui... Grâce à elle, Allander réussira ce qu'aucun Kelte n'avait réussi depuis le roi Llyr Ap'Dana, au début des temps. Par son père, il était devenu roi des Keltes occidentaux. Par sa femme, il deviendra roi des Keltes orientaux. Tous les Keltes sous un seul commandement, sous une seule couronne... Un Haut-Roi. Après son passage à Adorovakis, Amter le mène à la pierre de Fâll, et la pierre crie, comme elle crie pour tous ceux qui sont dignes de régner. Allander Ap'Callaghan devient le Haut-Roi des Keltes, l'homme dont la parole lie tous les clans. Son corps est la terre, sa parole modèle le monde. Mais croyez-vous que cette couronne suffise à son orgueil ? »

Kyle s'est tu, essoufflé. Peu à peu nous nous sommes tus nous aussi. Alors Kyle a crié : « Croyez-vous que cette couronne lui ait suffi ? »

Et nous étions tous silencieux, surpris par la colère qui habitait le conteur en cet instant. Kyle a soupiré.

« Non, bien sûr. Même le cri de la pierre, même tous les clans, même le Haut-Royaume, cela ne pouvait suffire. La gloire appelle toujours à plus de gloire. Allander a regardé vers l'ouest, il a vu l'empire des Atlans, le plus grand, le plus puissant de tous. Il a vu l'Empereur-Dieu, Rhadamanthe d'Atlantys, l'homme le plus puissant et le plus sage de l'univers. Alors Allander a rêvé de l'égaler. Et je vous dirai ce soir comment il a accompli ce rêve. Maintenant, je veux me reposer. »

Nous nous sommes éveillés peu à peu de ce rêve sombre, les conversations ont repris. Certains hommes baissaient les yeux, d'autres faisaient de grasses plaisanteries sur la putain kelte qui en avait eu pour son compte. Une femme, outrée, a quitté bruyamment les lieux. Le frou-frou de ses jupes et son teint rouge en ont fait rire certains, l'atmosphère s'est peu à peu détendue. Et j'essayais de justifier le Haut-Roi. N'était-ce pas nécessaire d'épouser Meyrin Ap'Vilna, même de force, pour unir tous les clans ? Et je rêvais de l'homme qui voulait égaler l'Empereur-Dieu.

Kyle buvait sa bière, j'avais l'impression qu'il hésitait à continuer.

J'ai passé les deux heures qui ont suivi à écrire frénétiquement dans mon cahier. Pendant ce temps les gens continuaient à entrer dans l'auberge et une foule mouillée s'agglutinait autour des tables. Les serveuses étaient débordées. Ça sentait la bière et le ragoût. Je craignais le moment où quelques Keltes à moitié ivres jugeraient ma table d'écrivain digne d'intérêt. Mais ça ne s'est pas produit, car la personne qui m'a rejoint n'était pas du genre à m'attirer des ennuis.

Jude avait l'air sombre. Sa veste à longs pans noirs lui donnait un air de corbeau et il avait pris son épée. J'ignorais qu'il disposait d'une autorisation pour circuler armé. J'ai arrêté de me relire et je lui ai demandé : « Qu'est-ce que tu fous là ? L'Empire est en danger ? »

Il m'a fait un sourire crétin.

« Sur le conseil de Madame, je suis venu aussi pour écouter les jolies histoires keltes. Je ne plaisante pas. Où est le bonhomme ? »

J'ai cherché mon conteur des yeux. Kyle était en train de manger avec appétit à une des meilleures tables, près du feu. Il parlait aimablement avec une servante, mais je devinais dans son attitude que ce n'était qu'une pause avant de s'attaquer à quelque chose de plus grave. Je sentais une tension, un orage qui ne demandait qu'à jaillir... Toute la salle le sentait aussi.

« Ce n'est même pas un vrai Kelte, a dit Jude. Mais ça n'a aucune importance... »

Il s'est replongé dans sa bière et n'a plus rien dit.

Bientôt, les bruits de couverts se sont tus, les conversations joyeuses se sont muées en murmures discrets et le conteur a repris la parole.

RHADAMANTHE

Le Roi blanc et le Roi rouge.
Allander, 3e récit. (Notes pour Serena Fonte.)

« Plus de cinq ans ont passé depuis les batailles de Maharkal et de Moronn, là où le roi Durin a été vaincu. Et là, j'entre en scène, moi, Kyle, qui vous parle. J'entre en scène à Salania, la porte d'Orient. Chassez la pluie, le brouillard et la boue de Koronia, passez au bord de la mer, dans une belle ville aux maisons blanches baignées de soleil. Voyez la mer, d'un bleu éclatant, voyez les oliviers, les petites cours pleines d'ombre, pensez au vin sucré, au port qui pue le poisson, le sel et la sueur. À Salania s'arrêtent tous les bateaux qui vont d'une mer à l'autre, tous les marchands qui circulent entre l'Orient et l'Occident. Et l'acropole s'élève au centre de la ville, avec le grand temple blanc de l'Unique aux deux clochers, et le palais à côté des jardins suspendus de la princesse. »

Jude a bougé, allongeant confortablement les jambes, mais je ne le voyais déjà plus. J'étais à Salania et je voyais l'horizon bleu de la mer, loin au-delà des murs de la Grange. Capturé par la voix de Kyle, je voyageais comme je n'avais jamais voyagé.

« La princesse... Depuis mon arrivée j'avais beaucoup entendu parler d'elle. Eldia Sarenis, la princesse borgne. Son œil manquant n'enlevait pas grand-chose à sa beauté. Une belle et jeune veuve, avec son bandeau ouvragé sur le visage et ses dizaines d'amants. Avec ses prisons, aussi. Et ses bourreaux pour tous ceux qui contestaient sa façon de gouverner. Pas une princesse facile croyez-moi, une vraie femme d'État.

J'étais là depuis deux semaines. Je passais du bon temps, je faisais la sieste à l'ombre des oliviers, j'allais raconter mes histoires dans les auberges, le soir, je parlais avec les gens, je traînais sur le port. Je faisais comme tout le monde.

J'attendais.

Les gens remettaient à plus tard la signature des affaires, ils repoussaient la date des mariages, ils hésitaient à reprendre la mer...

Ils attendaient.

Qui donc ? Allander ? Non, pas Allander.

Allander était là depuis deux semaines. J'étais arrivé avec lui, ou plutôt avec son armée. Oui, les Keltes étaient en ville, ici, à Salania, loin de chez eux. Des milliers de Keltes, suant sous le soleil, piétinant les champs et les jardins autour de la ville, là où ils avaient installé leurs campements. Buvant le vin de Salania, car là-bas ils ne savent pas faire la bière. Ils attendaient eux aussi, ils se battaient entre eux pour passer le temps... Ils formaient une armée puissante, alors. Je vous ai dit,

Maharkal et Moronn remontaient à plus de cinq ans. Depuis, Allander avait écrasé les tribus nomades des Ap'Osrach, il avait étendu sa domination sur la plaine infinie. Puis il avait soumis les clans indépendants du sud, et enfin, quand il n'y a plus eu de Keltes à vaincre, il s'est tourné vers l'extérieur du royaume, laissant Meyrin Ap'Vilna, sa femme, gouverner les Keltes en son absence. Il ne devait jamais revenir.

Le Haut-Roi des Keltes, l'aigle d'Occident, souffle de gloire et de colère, s'est tourné vers la république de Galtin, ce vieil État plein de cités à moitié indépendantes, si indépendantes que la République était alors en pleine guerre civile.

Allander s'est arrangé pour que l'une des cités l'appelle à l'aide. Et dès que la porte de la République lui a été ouverte, la furie kelte s'y est engouffrée. Il a joué une cité contre l'autre, un camp contre l'autre, a battu tout le monde et a ramassé la mise. Il lui a fallu deux ans, pas plus, pour se faire élire premier Citoyen de la République disposant des pouvoirs exceptionnels. Étonnant ! Lui, le Haut-Roi des Keltes, venant se mêler de ces politiques byzantines ! Ses soldats n'y comprenaient rien, mais lui s'en sortait plutôt bien.

Et il est arrivé là, à Salania, la ville le plus au sud de la République, épargnée par les conflits. Il est arrivé là, avec son armée qui l'adorait. Ses Compagnons, cavaliers pleins de fureur, ses lanciers de Galtin, ses archers aux cheveux longs et les bardes qui chantaient sa légende. Ils se sont tous échoués là, à Salania, épuisés par la chaleur, et maintenant ils attendent, et il attend lui aussi.

Qui attendent-ils ? Ils attendent les Atlans. On attend l'Empereur. On attend l'homme le plus puissant du monde, Rhadamanthe d'Atlantys lui-même.

Oui, signez-vous, c'est bien de lui que je parle, de celui qui, de là-bas, d'Atlantys, veille à vos destinées.

L'Empire atlan, là-bas, à l'ouest. Immense, incroyablement puissant, adorant l'Unique. L'Empire et son cortège de villes toutes plus incroyables l'une que l'autre… Dvern, Aria, Calcys… Et au-dessus de toutes, plus grande et plus belle que toutes, Atlantys, la capitale du monde. Cet Empire dont ici, à Koronia, nous ne sommes qu'une colonie. L'empire d'Elmanthe le Bienheureux puis de Rhadamanthe le Sage, son fils, les Empereurs Incarnats, Dieux vivants, l'Unique fait homme, Savoir et Lumière…

À Salania, tout ça leur paraissait très lointain. En Orient, ils refusaient d'admettre la divinité de l'Empereur, ils disaient que l'Unique n'avait jamais eu qu'un seul Incarnat, Andall le pèlerin.

Un dieu fait homme, de nos jours, tout ça ne leur paraissait pas très crédible et ils faisaient comme toi, là-bas. Ils crachaient par terre quand on prononçait le nom de l'Empereur. Mais maintenant ils ne fanfaronnent plus trop, non. Parce que c'est facile de se moquer des puissants quand ils sont loin. Ça l'est moins quand ils décident de vous rendre visite.

Rhadamanthe visitait les colonies, il est même passé ici, à Koronia, je suis sûr que la plupart d'entre vous s'en souviennent. Puis il a continué plus loin vers l'est, venant rencontrer les rois et les princes d'Orient. Venant rencontrer Eldia Sarenis, la princesse borgne. Venant rencontrer le Haut-Roi des Keltes.

Alors on l'attend. On regarde la mer avec impatience et résignation, comme si on se préparait à un phénomène naturel ravageur et inéluctable.

Les premiers navires arrivent. De grands navires de ligne à trois mâts, avec leurs dizaines de canons et leurs voiles comme des ailes blanches posées sur l'eau. Des navires de guerre, immenses et beaux, qui donnent l'impression d'occuper tout entier le grand port de Salania. L'escorte de Sa Majesté. La flotte de guerre de l'Empire, dont les canons peuvent dévaster une ville. La flotte de guerre de l'Empire, qui confère à ce dernier la domination totale des mers...

Vous savez que je ne suis pas un guerrier. Et même si j'en parle beaucoup, je n'aime pas la guerre. Mais ces navires sont beaux et nobles et même moi ce jour-là, je les regarde depuis le port, comme n'importe quel môme. Je compte les voiles et les canons et j'imagine l'Empire entier en déplacement, avec ses cités, ses forteresses, ses montagnes, ses plaines, ses paysans, ses nobles et ses savants, j'imagine toutes ces choses qui recouvrent Salania de leur aile. Et la belle ville blanche au bord de la mer si bleue me paraît soudain fragile et éphémère...

Puis d'autres navires arrivent dans la journée et les derniers le lendemain. La population, impressionnée, comprend qu'on ne recevra pas ce visiteur-là comme le prince d'une cité ennemie, ni même comme le Haut-Roi des Keltes, ce barbare à la tête de ses barbares. Alors ils pavoisent les rues de la ville entièrement en blanc. Et partout, partout les draps sont pendus aux fenêtres et la grande rue qui monte à l'acropole devient un grand chemin paré de soleil.

Les premiers soldats débarquent durant la matinée, avec leurs grandes vestes claires et leurs arquebuses. Leurs culottes et leurs bas. Leurs visages bronzés ou rougis par le soleil, leurs tricornes, leur accent affecté et leurs chansons. Ils montent au pas jusqu'à l'acropole, jusqu'au palais, préparant la venue de leur empereur. Et comme ils montent dans la ville par ce beau matin, la foule se rassemble dans les rues. Les femmes, les enfants, les prêtres et les marchands. Même ceux qui, hier encore, conspuaient l'arrogance de l'Empire. Même les prédicateurs qui maudissaient la prétention des empereurs soi-disant dieux. Ils veulent voir les soldats, leur parler, les toucher. Comme s'ils n'étaient pas vrais, comme s'ils venaient d'un monde impossible, d'une terre qui n'existait pas.

Et peut-être qu'ils n'ont pas tort... Comment croire au grand Empire au-delà des mers, comment se figurer un endroit aussi différent de leur quotidien ? Comment s'imaginer Atlantys, cité parmi les cités, capitale du monde, autrement que comme un rêve ?

Certains soldats parlent, lâchent quelques mots quand une femme au beau sourire les interpelle. Oui, toute l'ambassade est arrivée, oui, il y a douze navires, sept pour transporter la délégation impériale et cinq pour l'escorte. Oui l'Empereur est là, et son navire s'appelle le *Carmina*...

Je suis dans la rue moi aussi, au milieu de tous ces gens. De mon emplacement sous mon porche, je distingue les soldats grimpant dans les rues en pente de Salania, je vois le port et la forêt de mâts des grands navires aux voiles ferlées. Lequel est le *Carmina* ? Celui-ci ? Celui-là, là-bas ? Le plus grand, certainement. Et laquelle de ces petites silhouettes, là-bas sur le pont, est celle de l'Empereur ? Aucune, certainement, l'Empereur ne peut être qu'un géant ! Un Daghda terrible au regard débonnaire et au gros ventre, traînant derrière lui sa massue assez grosse pour creuser des lacs quand elle frappe le sol !

Et nous attendons encore, donc. Puis vers midi, la dame Eldia Sarenis descend du haut de la ville avec sa cour pour accueillir son hôte de marque.

C'est vraiment une belle journée. Il y a un peu de vent, qui chasse les puanteurs du port, qui fait flotter les étendards. Les étendards aux couleurs de l'Empire, aux couleurs d'Atlantys... Une étoile d'or sur fond de neige. Et partout donc, ces drapeaux blancs dans le vent et quelques nuages dans le ciel si bleu... Moi, dans mon coin, je bois quelques gorgées de vin frais à une outre opportunément achetée le matin même. La foule attend, impatiente mais paisible...

Je vois la dame Eldia Sarenis sur le port, au milieu de sa cour riche et colorée. Allander, lui, n'est pas venu.

Et il y a ce frémissement, ce cri: “L’Empereur vient! L’Empereur arrive!” Effectivement, plusieurs petits navires se sont détachés du *Carmina* et des rameurs vigoureux les mènent vers le port. Alors un orchestre de musiciens amenés par la princesse joue quelque chose comme ça, *ploum, ploum, ploum*, et les notes sont emportées par le vent.

À ce moment-là, le gosse commence à chanter. Il est juste à côté de moi, debout sur un rebord de fenêtre, avec ses yeux noirs et ses cheveux noirs et sa peau brunie de gamin des rues. Il n’a pas plus de dix ans et je vois sa mère qui le regarde avec admiration et fierté. Il chante un chant de messe qu’il a appris au Temple et sa voix monte vers le ciel. Sa voix forte est pure, pure comme le ciel bleu au-dessus de nous, pure comme la lumière céleste... Et autour de nous les femmes et les hommes se signent et l’orchestre arrête ses *ploum ploum* et moi je me mets à pleurer... Parce que sa voix est si belle qu’elle en devient douloureuse, parce qu’elle parle à mon cœur, à mon âme, parce qu’elle est si pure qu’elle me déchire. Et le vent porte sa voix sur la ville, sur la foule, et ils se taisent pour l’écouter, pour entendre la musique des cieux.

Plus tard, certains ont dit que c’était un ange qui avait chanté ce jour-là. D’autres ont raconté que l’Empereur avait fait débarquer en secret une dizaine de chanteurs, mais moi je sais que c’est faux. C’était un gamin du pays, de Salania, un fils de marin, d’aubergiste ou de paysan, qui sait?

Son chant cesse dans un grand tremblement de lumière et de larmes. L’Empereur a débarqué, avec sa famille et ses ministres. Je le vois bien, de là où je suis. Rhadamanthe d’Atlantys, Incarnat de l’Unique... Je vois un homme vêtu de blanc au visage de moine, un visage calme, doux et émacié. Une silhouette fragile et simple devant la cour exubérante de Salania, au milieu des robes et des fichus colorés de la foule, je le vois à travers mes yeux embués de larmes. Je vois cette silhouette fragile et simple porteuse de tellement de choses. De la puissance et de la gloire de l'Empire, de la vie et de la mort de millions de gens comme vous et moi. Et de la parole et de la lumière de Dieu. Tout cela, je le vois, je le sens en moi, je crois que je ressens ce que sentent les moines qui après une nuit de prières sentent approcher la lumière de l'aube…

Et la foule le sent elle aussi, elle converge vers lui comme il monte sur le cheval blanc que lui a offert la princesse, comme il revêt le grand manteau orné de l'étoile d'Atlantys, marque de son rang. Et les hommes et les femmes l'entourent avec une calme impatience et leurs regards et leurs visages sont tournés vers lui et ils tendent les doigts vers lui pour toucher le manteau, le vêtement ou la main de cet homme doux et clair qui règne sur l'Empire. Car il porte en lui la lumière du chant de l'enfant et cela, chacun le sait au creux de son âme.

Oui, je vois vos visages, je vous entends et ce que vous dites, je l'ai pensé moi aussi, alors… Est-il juste qu'un homme soit ainsi adoré comme un dieu, élevé au-dessus des autres hommes ? Je ne crois pas. Mais que dire, alors, si cet homme est un dieu ?

Vous savez, je ne pense pas que les Atlans soient un peuple meilleur que d'autres. Leurs soldats tuent autant que les autres, leurs commerçants arnaquent les gens et leurs diplomates mentent. Et même leurs plus belles femmes chient quand leurs intestins les y forcent. Les Atlans sont bons ou mauvais comme les hommes peuvent l'être. Mais je sais aussi que j'aime l'Empereur. Non parce qu'il dirige nos destinées, non parce qu'il règne au-dessus de vous mais parce que c'est un homme sage et bon, parce qu'en le voyant, j'ai ressenti un espoir immense pour moi et pour tous, un grand souffle qui a balayé mon âme…

L'espoir. C'est cela qu'ils ont crié quand il a commencé à monter vers l'acropole. Ils n'ont pas crié son nom, mais juste ce simple mot. *Espérance.* Rhadamanthe était l'espérance... »

Je ne savais plus où je me trouvais. Cette nuit étrange, dans la Grange... à écouter Kyle. Cette nuit-là, j'ai vu Eylir sans le voir, j'ai rencontré ce que je serais un jour. Cette nuit, debout sur un tonneau, des larmes de soleil et de joie plein les yeux, j'ai vu l'Empereur saint marcher vers moi. Je n'étais plus un simple Kelte parmi l'armée grondante, j'étais moi, debout dans la rue venteuse de Salania, assistant à un miracle, voyant marcher parmi nous l'espérance. Et pourtant je restais en même temps assis dans l'auberge à côté de Jude.

« L'Empereur monte vers l'acropole, où il sera reçu dans son palais par Eldia Sarenis et où il rencontrera Allander... Je n'ai pas parlé des Keltes, dans la foule. Il y en avait quelques-uns, j'y étais bien moi-même, mais nous n'étions pas très nombreux. La plupart attendent plus haut, les soldats agglutinés de chaque côté de la rue qui ont regardé le passage des soldats d'Atlantys d'un air méprisant. Eux, l'armée du Haut-Roi, ils ont vaincu l'usurpateur atlan, ils ont écrasé tous les clans, ils ont envahi la république de Galtin. Ils ne craignent plus rien ni personne, plus même l'Empire... Et ils n'ont pas totalement tort. Ils attendent avec impatience l'arrivée de l'Empereur blanc, l'arrivée du Roi blanc, roi du centre du monde... »

Kyle s'est tu, un instant j'ai repris conscience de ma place, j'ai vu les serveuses habiles et silencieuses qui apportaient à boire aux buveurs sous les hautes poutres de la Grange. Puis le conteur nous a amenés ailleurs.

« Je dois maintenant vous raconter la soirée de la veille, alors que les premiers navires de l'Empire entraient dans le port... Au soir, j'étais monté vers le palais, j'avais rejoint les beaux jardins de la princesse borgne. J'avais quelques amis dans l'armée, je voulais boire avec eux et chanter sous les étoiles... Je vous ai dit qu'il faisait beau et que nous n'avions rien d'autre à faire que d'attendre.

Mais voilà. Une grande partie de l'armée s'était rassemblée dans les jardins parce que Allander devait parler à ses hommes, leur parler de la visite de l'Empereur. Il y a des soldats keltes partout, à moitié nus, assis sous les bosquets d'arbres taillés, faisant un feu de bivouac avec les essences rares. Des gros costauds aux cheveux longs piétinant les fleurs et pissant contre le piédestal des statues. Ils sont venus nombreux, amenant du vin, ils effraient les serviteurs du palais, ils secouent un peu les belles dames de la cour, certains s'amusent à casser les vitres à coups de cailloux... Rien de pire que des soldats qui attendent. La venue de l'Empereur les rend nerveux.

On discute beaucoup. Allander doit s'adresser à eux depuis cette terrasse, là-bas, encore vide pour l'instant. Ça discute parce qu'une rumeur courait depuis plusieurs mois, une rumeur propagée par Lysender Ap'Thain à l'origine que d'autres ont reprise à leur compte car elle les arrange bien. Allander serait un bâtard, disait-elle. Un bâtard. Sa mère, Meina Ap'Lun, l'aurait conçu avec un simple guerrier du clan lors de la cérémonie de Lugnasad. Lors de cette fête d'union des dieux et des hommes, Meina, maudit soit son nom, aurait trompé Eylir le vieux avec un inconnu, Lysender disait en avoir été témoin... Bien sûr, ça ne prouve rien. Mais une rumeur suffit. Meina, je vous le rappelle, avait tué par jalousie son mari dans son lit alors qu'il était en compagnie de sa maîtresse. Meina avait poignardé Eylir Ap'Callaghan, père d'Allander, juste avant l'invasion du royaume de l'Ouest par l'usurpateur. Et maintenant que Meina était morte, exécutée pour son crime par son propre fils, on pouvait la charger de tout et n'importe quoi…

Ces rumeurs en arrangent bien certains. Mehalann Ap'Brendam, chef de l'aile droite de la cavalerie, n'a jamais bien admis le fait qu'un Ap'Callaghan devienne Haut-Roi des Keltes. Il menace d'abandonner l'armée actuelle, de retourner à Adorovakis et de laisser Allander se débrouiller. Et si lui part, alors ce sera toute la légitimité du Haut-Roi qui se retrouvera mise en cause… Et chaque clan rentrera chez lui bouder et faire la gueule, laissant les Ap'Callaghan se débrouiller avec cette guerre d'Orient…

Rien de plus terrible que la rumeur, comme ennemi. Insaisissable, impossible à combattre de front. C'est vous dire si l'armée kelte et son roi sont troublés, à la veille de l'arrivée de l'Empereur. Et puis les soldats ont l'impression de perdre leur chef, qui se mêle plus de politique que de combat, qui passe son temps en beaux habits dans le palais de la princesse borgne, qui passe ses nuits à baiser la même princesse, c'est bien connu. Il a vingt ans et il est tout aussi incapable que son père de résister à un bout de cuisse entrevu sous une jupe… Alors les soldats se saoulent et cassent des vitres, attendant que leur roi vienne leur parler, qu'il vienne leur dire qu'il les aime, qu'il pense à eux, qu'il va leur donner la bataille, la gloire et la victoire… »

Un groupe de buveurs de la veille est entré dans la Grange, des ouvriers déjà salement éméchés. Ils ont crié joyeusement : *Callaghan !* et Kyle a paru agacé ; je le comprenais, je partageais sa tristesse devant l'armée abandonnée à elle-même, moins grande dans l'ivresse que dans la bataille.

« Et moi, dans tout ça ? Je n'ai pas trouvé les soldats que je cherchais, je rôde donc le long des murs du palais comme une âme en peine et j'envisage de me saouler pour aller ensuite dormir à la belle étoile dans un coin moins fréquenté. Le soleil va bientôt se coucher, promettant une belle soirée à la fraîche et du repos pour votre serviteur. C'est là que je me suis trompé. Au lieu d'aller me saouler, je suis rentré dans la Grande Histoire... Voilà comment :

J'entends des cris. Puis une grande fenêtre devant moi se brise en mille morceaux, aspergeant le jardin d'éclats de verre. Et une femme crie de douleur... J'hésite un peu, mais les seuls soldats alentour sont vautrés à poil dans un bassin à nénuphars et ils ont tellement bu que la fin des temps elle-même ne les réveillerait pas. Alors je me drape dans mon manteau et je traverse la fenêtre en morceaux.

Je débouche dans un salon, je vois un fou furieux en beaux habits en train de démolir les meubles à coups d'épée. Vlan ! Une table basse explose. Et vlan ! Un tableau tombe du mur... Deux femmes et un gamin se sont réfugiés dans un coin de la pièce, une des femmes protégeant les deux autres... Le fou m'aperçoit à ce moment. Son visage est déformé par la rage et une flamme de folie brûle dans ses yeux et moi je regrette un peu ma téméraire intervention au moment où je le reconnais.

C'est Allander, bien sûr.

Ses cheveux sont hirsutes, son visage est bouffé par la barbe. Il porte un habit à l'atlane rouge et une chemise de soie rouge aussi, toute froissée. Et il est en colère. Déjà à l'époque je savais que les colères du Haut-Roi étaient des tempêtes dévastatrices, qui naissaient sans raison et détruisaient tout sur leur passage. Plus tard, il fera raser des villes entières dans un geste de fureur. “Que fais-tu ici ?”, crie-t-il.

Comment exhorte-t-on un Haut-Roi à se calmer ? Je l'ignore. Mais une des femmes intervient alors, profitant du fait qu'Allander ne fait plus attention à elle. Elle saisit un chandelier et l'abat sur le crâne de sa majesté, suffisamment fort pour l'assommer. Je la reconnais alors : elle est Selaya Ap'Rilke, une amie du roi, peut-être la seule qui ne soit pas sa maîtresse. Une de mes amies aussi. Le gamin, âgé de cinq ans, est son fils.

L'autre femme a le haut de sa robe déchiré, laissant voir un beau sein blanc. Elle a le visage dur, un bandeau ouvragé sur l'œil droit… Je m'agenouille devant la princesse. Mais Selaya a l'air de considérer qu'il n'est pas le temps pour les courbettes : "Altesse, rejoignez vos appartements. Kyle, emmène le petit avec toi pendant que je m'occupe d'Allander."

Alors je sors avec le garçon. Je l'emmène dans les jardins. Et ainsi se termine une de mes brèves rencontres avec le Haut-Roi. »

Kyle a pris le petit garçon par la main. Un petit gamin blond, très calme, qui regardait en silence le Haut-Roi des Keltes frapper des femmes et détruire le mobilier. Me voici face à Eylir, mais je ne le sais pas encore. C'est par lui que je finirai par jouer un rôle dans la Grande Histoire… Le regard de Kyle m'a trouvé jusque dans mon coin d'ombre à côté de Jude. *Quelque chose pour moi…* Dans la salle, l'armée des buveurs s'est échauffée, enivrée par les seins blancs de la princesse et ceux des serveuses qui ont distribué quelques claques légitimes.

« Je suis donc avec le gamin dans le jardin, avec le fils de Selaya Ap'Rilke. Et Selaya était la femme qui se trouvait dans le lit d'Eylir Ap'Callaghan au moment où Meina Ap'Lun, son épouse, lui a traîtreusement planté un poignard dans le cœur, lui donnant une mort indigne d'un grand chef kelte. L'enfant est son fils, conçu juste avant la mort de son père. Selaya l'a appelé Eylir aussi, Eylir Ap'Callaghan, Eylir le jeune. Le petit frère d'Allander… Les deux frères se suivront très loin, jusqu'au bout du monde.

Mais pour l'instant Allander a vingt ans et Eylir en a cinq. Il est juste une petite tête blonde au regard attentif, un enfant sage qui ne cesse d'apprendre. Je l'emmène dans les jardins, le soleil est bas sur la ville. La rumeur court vite, le roi a eu une nouvelle crise de folie, il est indigne de régner, demain nous rentrons au pays. Certains pleurent stupidement les victoires qu'ils n'auront pas, mais ils sont ivres.

Puis vient le coucher du soleil. On attend Allander sur la terrasse. Certains disent qu'il n'a pas repris conscience, voire qu'il est mort... Keltes stupides, je vous dis. Et Eylir, inconscient de tout ça, a trouvé un guerrier qui accepte de le laisser monter sur son cheval. À cinq ans, le gosse a déjà de l'assiette.

Legh Ap'Tenar, chef de l'infanterie depuis Maharkal, apparaît sur la terrasse. Les hommes le sifflent, le huent. Il sourit, d'habitude il est beau parleur et sa belle gueule convainc bien les foules, mais là il ne peut rien tant les soldats beuglent, saoulés comme ils sont de vin et de soleil. J'ai récupéré le gamin près de moi, je ne voudrais pas qu'il se prenne un mauvais coup. Le soleil est couché, restent quelques reflets rouges sur les toits et dans le ciel, là-bas à l'ouest.

Alors Ap'Tenar disparaît, rentre la queue basse dans le palais. Et Allander arrive. Titubant. Même de loin on peut deviner le sang dans ses cheveux, la fixité hargneuse de son regard... Les hommes s'apprêtent à gueuler de plus belle, ces idiots y ont pris goût ! »

Cris et grondements dans la Grange. Le conteur était monté sur une table, sa silhouette se découpait contre le feu, son grand chapeau l'auréolait d'ombre. Et sa voix a tonné, écho terrifiant d'un grondement plus grand encore :

« Mais le Haut-Roi n'est pas seul. À ses côtés se tient une grande silhouette à la crinière de cheveux blancs, aux sourcils et à la barbe hirsutes, semblant soulevés par un souffle de folie. À côté d'Allander se tient Amter, Amter à la voix grondante et tonnante, Haut-Druide des Keltes, parole de sagesse et de vérité. Et les hommes se taisent, impressionnés par cette silhouette terrible dont le soleil couchant macule les cheveux et la barbe de sang. Et lui parle, et sa voix caverneuse semble être celle des rocs et de la terre elle-même.

“Debout, guerriers du Haut-Royaume ! Debout, soldats de Morregan ! Et que le sang coule du dernier qui m’obéira !”

Je suis un des premiers debout, j’ai pris l’enfant sur mes épaules. À l’évocation du rituel de l’exécution des retardataires, les soldats se sont levés, titubants, vomissants, malades, mais ils se sont levés. Et bientôt, à l’autre bout du jardin, j’entends crier, un hurlement terrible. La tête sanglante du dernier levé passe de main en main pour atterrir au pied de la terrasse. Les guerriers sont debout, attentifs…

“Je suis Amter ! Parole de vérité ! Souffle de vérité ! Écoutez-moi !

Je dis : La Déesse est triple !
Elle est Bloedwen, vierge et enfant !
Elle est Brigid, épouse ardente !
Elle est Morregan, soir et combat !
Je dis : Il y a trois dieux qui sont frères !
Daghda le blanc, force et justice !
Ogma le rouge, guerre et parole !
Govannon le noir, ruse et artifice !
Je dis : Il y a trois rois :
Le Roi blanc, paix et prospérité !
Le Roi rouge qui mène les armées !
Le Roi noir qui n’est pas connu !”

Sa voix a roulé comme le tonnerre dans le parc et le jardin. Le gamin perché sur mes épaules se tient à mes cheveux de toutes ses forces, le druide lui fait peur, mais il l’écoute avec attention. Et là, tous les Keltes sont comme lui… Ils ont à l’esprit l’image de leurs dieux, immenses et terribles. Car les nommer, c’est les invoquer... Ils voient au-dessus d'eux Daghda, le géant au ventre énorme traînant son gourdin si lourd qu'il est pourvu de roues, ce gourdin capable de tuer ou de ressusciter les hommes par dix à la fois. Ils voient Govannon le noir se dresser dans le ciel de Salania, ses deux lances à la main, ses deux lances qui jamais ne manquent leur cible. Ils voient Ogma, enfin, sa peau rouge couleur de sang, couleur de soleil mourant, sa langue tirée d'où pendent des milliers de chaînes liant les hommes à ses pieds...

"Je dis: Allander n'est pas fils d'Eylir! Car Eylir Ap'Callaghan était chair et sang et semence divins!

Je dis: Eylir était chair d'Ogma!

Je dis: Eylir était sang d'Ogma!

Je dis: Eylir était semence d'Ogma!

Je dis: Allander Ap'Callaghan est fils d'Ogma! Je dis: Allander est le Roi rouge! Je dis: Allander mène les armées!"

Alors ils deviennent fous, tous, ils lèvent leurs épées et ils hurlent: *Ogma!* Ils font gronder le nom dans leur poitrine, ils le font éclater dans la nuit! *Ogma! Ogma!* Et Allander grimpe sur la balustrade, arrache ses habits de civilisé, brandit son épée au-dessus de lui. *Ogma!*

Et ils frappent leurs boucliers et ne cessent de crier à en abattre les murs. Ils savent maintenant que leur roi est un demi-dieu, un héros. Ils savent qu'ils ne seront jamais vaincus, qu'il les mènera au bout du monde, qu'ils le suivront au bout du monde! Car parole de druide est parole de vérité! Car Amter est le Souffle de la terre.

Moi je tremble, la parole du druide m'ébranle tout entier et le gamin sur mes épaules la boit, les yeux écarquillés. Il faut que je l'emmène loin de tout ça, de cette frénésie, de l'orgie qui s'annonce. Le Haut-Druide recule derrière le roi, appuyé par son bâton, épuisé et satisfait. »

Les cris montaient vers le ciel, dans la Grange ou les jardins de Salania. Ma tête me tournait, j'étais perdu. Jude m'a attrapé le bras comme pour me retenir de tomber. Kyle soufflait, épuisé par la parole du druide passée à travers lui. Une fureur guerrière s'emparait des buveurs, le feu au centre de la pièce semblait lancer des flammes plus ardentes, le conteur était dépassé par son histoire… Une fois encore, sa voix a couvert le tumulte.

« Alors le lendemain, l'armée kelte, folle et barbare, attend au pied de l'acropole. Elle attend Rhadamanthe, le Roi blanc, paix et justice. Elle attend, épuisée et grondante, la folie de la nuit dans ses yeux… Elle se rappelle le palais de Salania secoué par l'ivresse, elle se rappelle celles des dames et des servantes qui n'ont pas pu fuir, prises et prises encore par des dizaines d'hommes exaltés, elle se rappelle les hordes de guerriers nus se répandant dans les rues du haut de la ville et terrorisant les bourgeois, elle se rappelle son roi, nu et immensément joyeux, tenant dans ses bras le corps abandonné de la princesse de la ville… Et le nom d'Ogma grondant, grondant encore dans la nuit.

Et l'Empereur paraît dans la rue montant à l'acropole, il paraît en tête du cortège, monté sur son cheval blanc. Rhadamanthe, Incarnat de l'Unique, Roi blanc et fils de Daghda avance entre des files de guerriers fous et fervents qui ne cessent de répéter ces noms d'une voix sourde : Ogma ! Daghda !

Et sur les marches du palais l'attend un enfant de vingt ans aux colères insensées et destructrices, le chef barbare d'une armée de barbares, le conquérant au regard de flamme. Allander Ap'Callaghan, fils d'Ogma, le Roi rouge, l'égal de l'Empereur ! »

Un groupe d'ouvriers s'est levé d'un seul bloc, ils ont brandi leurs chopes vides. L'ivresse rendait leurs yeux brillants de folie… D'une seule voix, ils ont lancé un cri terrible : *Callaghan !* Mille voix ont répondu, les verres valsaient sur les tables, les murs tremblaient... Un jeune homme au visage rougi et à la crinière noire a sauté sur la table en face du conteur. Il a dégainé un grand couteau avant de hurler, la gorge renversée en arrière : *Callaghan !* Je ne savais plus où j'étais. Jude m'a collé deux claques, même lui s'inquiétait, il marmonnait : « Mais où ils sont ? Qu'est-ce qu'ils foutent ? Hé, réveille-toi ! »

J'étais incapable de comprendre de qui il parlait. J'étais au milieu d'une tempête, je ne voyais que des faces hurlantes, des membres brandis, des lames de couteau, des bouteilles brisées. Kyle avait disparu, absorbé par la foule. Les meubles et les tabourets étaient fracassés, une brute aux yeux injectés de sang a assommé le pauvre Bolger qui tentait de protester. La plupart des femmes s'enfuyaient, d'autres, hystériques, se joignaient à la foule. Des cris sonnaient partout, des appels au clan... Jusqu'à ce qu'une voix ajoute : *Mort aux Atlans !*

Le chaudron était porté à ébullition et j'étais en plein dedans. Un jeune homme à lunettes (donc atlan), s'est fait soulever du sol et jeter violemment devant le feu. J'ai prestement rangé les miennes, de lunettes, avant qu'ils se décident à se jeter sur moi à leur tour. *Mort aux Atlans !* D'autres hommes qui avaient eu le malheur d'être bien habillés se sont retrouvés au centre, on leur a arraché leurs vêtements, des poings se sont écrasés sur les visages des récalcitrants... J'avais peur et j'étais fasciné, je ne bougeais pas, je partageais l'excitation des guerriers keltes à Salania, saoulés par les paroles du druide, grisés par la force qu'ils tenaient de leur roi. Je voyais des visages en sang, des mains se lever et s'abattre, je voyais voler les coups de pied de tabouret, comme au ralenti, les mouvements découpés en ombre chinoise sur les flammes. *Callaghan !*

Puis les flammes se sont couchées sous un vent froid. Les cris se sont tus, juste un instant... Les grandes portes à foin de la Grange se sont ouvertes, l'air nocturne et la pluie se sont engouffrés à l'intérieur, tourbillonnant dans l'air brûlant et enfumé. Une compagnie d'une quarantaine de gendarmes, veste bleue, bâton de bois peint en blanc à la main, se trouvait dans l'encadrement. Leur chef, un grand Kelte à la moustache noire, a gueulé à son tour : « Au nom du Domniam ! Cessez cette bagarre ! Rendez-vous ! »

Et ils ont chargé. Les buveurs ont chargé en retour et la mêlée a été générale. Les gendarmes frappaient fort, assommant les clients, propulsant dehors ceux qu'ils avaient neutralisés. Une bataille sanglante, violente et ridicule ; Salania se dissipait dans l'air humide de la nuit koronienne, la fureur sacrée d'Allander retournait au passé...

Puis quand le meneur est tombé, ceux qui restaient se sont calmés. On a jeté du sable dans le feu, l'ombre et l'air froid ont achevé de dégriser ceux qui ne l'étaient pas. J'entendais quelques gémissements de douleur. Deux gendarmes tabassaient à coups de bâton un ouvrier dans un coin. Jude s'est alors avancé devant le chef des gendarmes. Il a désigné une demi-douzaine de silhouettes recroquevillées au sol, le visage en sang : « Dessiren... Emmenez ceux-là, laissez les autres. Et puis quelques-uns auront besoin d'aller à l'hôpital... »

Les gendarmes lui obéissaient en lui donnant du « monsieur ». Je n'y comprenais rien. Dans mon coin, je reprenais conscience de moi-même...

Kyle a surgi à côté de moi, j'ai sursauté comme quand il m'avait touché, plus tôt dans la journée.

« Petit, aide-moi à sortir d'ici, je vais avoir des ennuis. Et puis occupe-toi du gamin ! C'est ton tour, maintenant... Occupe-toi du gamin ! »

Il me serrait le bras avec insistance. Je n'ai rien fait, rien compris, pas bougé, je n'osais pas, je ne savais pas... Alors Jude s'est retourné, il a aperçu Kyle.

« Voilà le meneur ! »

Kyle a juré méchamment puis s'est enfui vers la porte, sa harpe jetée sur l'épaule. Jude lui a couru après en sautant sur les tables, les pans de sa veste lui donnaient encore plus l'air d'un corbeau. Il a rattrapé Kyle, lui a donné un coup de poing au creux des reins puis une manchette à la tempe qui l'a envoyé rouler au sol, étourdi.

« C'était le meneur, il a provoqué tout ça. Bouclez-le ! »

Alors je me suis frotté les yeux, comme pour sortir d'un rêve, et j'ai regardé autour de moi le chaos de la salle d'auberge. Écœuré et épuisé, je me suis laissé tomber sur un tabouret.

Jude m'a fermement raccompagné à la pension : je me suis laissé faire. Il était très tard, mais je ne me suis pas couché. Mes oreilles sifflaient encore de tous les cris de guerre que j'avais entendus, une part de mon cœur était restée à Salania auprès d'Allander et des siens. Je voulais y retourner, j'avais trouvé mon pays de rêve et, par les récits d'un barde, j'y avais mis le pied.

Je me suis mis à mon bureau pour écrire, pour Madame et pour moi.

À Koronia, au service de Madame, j'étais sujet de Rhadamanthe, seigneur puissant, pacifique et lumineux. Face à ce Roi blanc s'était dressé le Roi rouge qui mène les armées, le jeune dieu flamboyant qui bouleverse le monde. C'était vers lui que penchait mon cœur, peut-être parce que je savais que rien ne survivrait de son épopée folle, peut-être aussi parce que son œuvre était celle d'un seul homme, d'une seule voix.

Et grâce à Kyle, par ces nuits de fièvre à la Grange, j'étais devenu membre de cette grande histoire. *Occupe-toi du gamin...* En me disant ces mots, il m'avait confié le petit Eylir, Eylir le jeune, frère du Roi rouge. Je tenais la main de l'enfant blond, il m'avait accompagné jusque dans la retraite de ma pension, regardant toute chose d'un air tranquille. Je rêvais et l'interrogeais en silence. Et toi, qu'es-tu devenu dans le sillage d'un frère aussi illustre ? As-tu pris les armes à ton tour ? Es-tu mort dans une de ses guerres ? Es-tu quelque part dans le monde, marié et paisible, cultivant ton jardin ? Pourquoi Kyle m'a-t-il parlé de toi ? Pourquoi à moi ?

Ma lampe crachotait, je me suis remis à écrire avec frénésie l'histoire de la rencontre de Salania, retrouvant dans l'écriture un peu de la lumière de Rhadamanthe et de la fureur d'Allander.

Le lendemain, je dénoncerais Jude à Madame, j'obtiendrais la libération de Kyle, il me raconterait Allander et Eylir le jeune. Je reprendrais la route des Aigles, sur les pas du Roi rouge !

2

L'Orient

Au service de l'Empereur

J'avais peu dormi, inquiet de savoir Kyle en prison. Par lui seulement, croyais-je, je pourrais continuer mon voyage dans les grandes aventures du passé. Quand le sommeil m'a pris, j'ai fait des rêves rouges, de guerres et de batailles lointaines, et j'avais l'impression de savoir monter à cheval. À l'aube, pâle et agité, je suis parti à la recherche de la sœur Serena.

Madame prenait son café en lisant sous les dorures et les lustres du salon de l'hôtel de Galcin, un des rares luxes qu'elle se permettait. Je suis allé l'y retrouver, pâle et agité. J'aurais voulu crier, tempêter, mais le regard lourd des valets et des serveurs m'a convaincu de ne rien en faire. J'ai ravalé ma colère et je me suis avancé vers ma maîtresse avec plus de dignité.

Elle a levé les yeux de sa lecture et m'a fait signe de m'asseoir. On m'a servi du café, des brioches et des petits pains pendant qu'elle terminait sa page. J'ai aperçu une liasse de feuilles écrites à la hâte posées sur un coin de la table, j'ai reconnu celles que j'avais déposées devant la porte de sa chambre peu avant l'aube dans l'espoir qu'elle les lise au plus vite. Elle m'a souri d'un air aimable mais sérieux.

« Bonjour, monsieur mon assistant. Vous vouliez me

parler au plus vite. Que se passe-t-il qui nécessite tant d'empressement ? »

J'avais en tête des paroles de fureur et de protestation, des mots pour renverser les murs ; ils furent dispersés par la politesse distante de mon employeuse. J'ai hésité, j'ai balbutié et j'ai sorti toute mon histoire par petits bouts qui ne ressemblaient plus à rien. J'étais retourné la veille à l'auberge (ce qu'elle approuvait), j'y avais vu ce conteur, très intéressant, et cette foule agitée. La bagarre avait éclaté et Jude, de lui-même, avait appelé les gendarmes, frappé l'homme en question, et fait enfermer... De quel droit s'était-il permis cela ? Ne pouvait-on pas libérer Kyle de cet enfermement injuste ?

Je m'attendais à ce qu'elle se moque de moi, mais aussi à ce qu'elle critique l'action de Jude. Elle n'en a rien fait.

« Jude a agi ainsi sur mon ordre, c'est moi qui lui ai demandé de vous rejoindre. À travers votre récit, j'avais deviné le talent de ce barde, je ne connaissais pas ses motivations, je craignais qu'il ne provoque une émeute, comme cette ville en a trop souvent connu, ce que vous ignorez peut-être. J'ai moi-même prévenu les militaires et Jude est venu vous rejoindre pour veiller sur vous. Quant à votre conteur, il a provoqué suffisamment de dégâts pour mériter de passer quelques jours en prison. Ensuite, un tribunal décidera de son sort... »

Je suis resté bouche bée, je me sentais trahi. Elle a paru plus compréhensive.

« Jude vous a-t-il parlé de mes fonctions ? Vous a-t-il expliqué qui je servais, qui vous serviez à travers moi ? S'il ne l'a pas fait, il a commis une faute. »

Je me figurais Madame comme une érudite bien née de la bonne société, pourvue de quelque charge de convenance et bien rétribuée... À l'époque, les rouages des administrations et des ordres monastiques m'étaient encore étrangers. Elle a dissipé mon ignorance tout en tartinant de miel un petit pain.

« Je suis un nonce impérial. J'appartiens à la hiérarchie religieuse et je ne rends compte qu'à l'Empereur, en tant que chef suprême de l'Église. Je suis ses yeux et sa bouche, je lui rapporte ce que je vois, je parle en son nom, je vais là où il ne peut se rendre. Bien entendu, ma présence en ville et particulièrement mon titre sont tout à fait confidentiels. Dans quelque temps, je m'annoncerai peut-être officiellement, mais pour l'instant je voyage incognito. »

L'Empereur. J'ai mis un temps avant de faire le rapprochement entre l'homme dont elle me parlait, le puissant souverain dont la loi s'exprimait par les coups des gendarmes sur les Keltes pleins de rage d'hier, et l'homme du récit de Kyle, la blanche espérance venue à Salania. Car c'était bien le même empereur, Rhadamanthe d'Atlantys, l'homme qui régnait sur la moitié du monde. Madame a continué : « Ce voyage, la pension, ce repas et donc votre salaire sont payés par les fonds propres de la maison impériale. »

Comme je restais stupéfait, elle m'a souri. Je la sentais attentive et amusée, pleine d'amitié également. Et j'ai fini par comprendre que ce silence signifiait : « Sachant cela, sachant que je vous ai fait confiance, voulez-vous rester à mon service ? » J'ai haussé les épaules, je ne savais pas trop quoi dire. Madame était un personnage de la plus haute importance, j'étais au service de la voix de l'Empereur. Pourquoi pas ? C'était même une nouvelle plutôt flatteuse, mais je n'avais pas le cœur à me réjouir.

« Il n'empêche... La manière dont les gendarmes sont intervenus hier... C'était affreux...

— Vous avez raison. Ils auraient dû intervenir plus tôt. Je suis certaine que Jude a fait de son mieux. »

Elle prenait calmement la responsabilité des événements d'hier, sans joie, mais comme une personne habituée à répondre de ses actes. Et bien que les visages sanglants des émeutiers de la veille soient encore présents à mon esprit à cet instant, j'ai admiré Madame et j'ai su que je resterai à son service. Une femme forte et humble, infiniment dévouée à son lointain souverain, l'empereur Rhadamanthe, lumière et foi de tout un peuple. Mon seigneur, que j'avais vu hier, dans un rêve éveillé, monter lentement dans les rues de Salania. À cet instant je suis devenu atlan, aussi atlan qu'Eylir est kelte.

Je me suis alors levé pour prendre congé, triste et abattu. C'en était fini des récits de batailles et des voyages en terres keltes, je redevenais le coursier de Madame, je partirais bientôt à Atlantys, là où son Altesse attendait des nouvelles de la sœur Serena. Mais l'espoir m'est revenu d'une manière soudaine, par la voix même de ma maîtresse.

« Je n'ai pas dit que votre travail était terminé. Les affaires keltes, comme vous savez, m'intéressent tout particulièrement, comme elles intéressent Son Altesse impériale. Kyle, votre barde, parle d'un enfant, le fils de l'ancien seigneur Ap'Callaghan avec une Atlane, le propre frère d'Allander. Il doit avoir votre âge, maintenant. Enquêtez un peu en ville et alentour, dites-moi ce qu'il est devenu. Règne-t-il quelque part, dans les terres keltes ou en Orient, sous ce nom ou un autre ? Est-il vivant ? Mort ? Disparu ? Tout ce que vous trouverez m'intéresse... »

Un détail paraissait la préoccuper.

« Je dois entreprendre un voyage en Elmédia avant notre retour à Atlantys, ce voyage risque de devoir durer quelques semaines. Jude m'accompagnera. Cela ne vous gêne pas de rester seul ici ? Bien sûr, vous aurez de l'argent et je vous ferai une lettre d'introduction. Et votre manière de rédiger vos rapports me plaît bien... Ne vous privez pas de continuer. »

Par une chance mystérieuse, par un signe de ce destin auquel je ne crois pas vraiment, je me retrouvais donc à devoir obéir à l'ordre de Kyle. *Occupe-toi du gamin. Trouve ce qu'il est devenu.* Eylir le jeune, qui aurait à peu près mon âge… Madame m'ordonnait d'aller là où mon cœur me poussait. Qui ne s'en serait réjoui ? Ça n'allait pas être facile, mais plus rien ne me faisait peur. J'ai réglé quelques détails avec elle, souhaité une bonne journée à la sœur Serena et suis sorti en souriant dans le soleil.

Prison et œufs sur le plat

Madame et Jude ont embarqué pour Elmédia à midi. Je les ai accompagnés sur le port, puis je me suis attelé à ma mission. Un peu de soleil perçait toujours les nuages, entretenant mon enthousiasme.

La prison de Koronia était un bâtiment austère construit sur le flanc de la colline artificielle dominant la ville. Sa façade gris et noir jugeait de haut les quartiers des Fabriques, donnant aux ouvriers une idée sévère de la justice impériale. Mais je m'y suis présenté sans crainte ; une lettre de Madame m'avait ouvert le passage dans les méandres administratifs. On ne refusait rien au secrétaire de Mme de Fosca… Je découvrais le pouvoir.

Je me suis dégrisé quand je me suis retrouvé face à la porte de la cellule. Il faisait froid, l'endroit puait la pisse et le renvoi d'ivrogne. Le geôlier m'a demandé si je voulais toujours entrer, j'ai répondu que oui. Ma voix inquiète lui a tiré un sourire moqueur.

Dix personnes dans la cellule. Des visages indistincts dans la pénombre. Loques de vêtements, barbes mal taillées, dents pourries et visages sales. Et le conteur, assis contre le mur dans le coin le plus éloigné, serré dans son manteau, m'a regardé marcher vers lui. Il a relevé le bord avant de son chapeau pour pouvoir continuer à me suivre des yeux. J'avais réfléchi à quelques formules de salutation, une manière de me présenter en me glorifiant un peu de ma position, un rappel amical de la veille... Son regard me transperçait. J'ai bafouillé quelques vagues paroles.

« Qu'est-ce que tu veux ? »

J'avais oublié sa voix grave. Mais le ton n'avait plus rien de chaleureux ni d'enthousiaste. Il n'exprimait plus qu'une froide méfiance. J'ai répondu : « Hier... Vous m'avez proposé... Vous m'avez dit de m'occuper du gamin. Je me suis dit que c'était une bonne idée, mais qu'il fallait que vous me donniez un peu plus d'informations... sur lui... sur Eylir le jeune...

— Voilà, au moins, une approche sincère. »

Il a ri. D'autres détenus ont ri avec lui. Une main a effleuré ma jambe... J'ai fait un bond en arrière, inquiet, et ils ont ri de plus belle. Kyle a dit : « J'ai dû me tromper à ton sujet, petit. Le gars que je cherchais n'aurait pas été le petit chien des bleus... »

Les bleus... les gendarmes. J'ai mis quelques instants à comprendre.

« Je suis désolé... Je connais des gens qui... pour le procès... parce que j'ai besoin de savoir.

— Ne te fous pas de moi, petit. Je vais te donner un bon conseil... »

Il s'est relevé d'un seul mouvement. Sa silhouette a rempli la cellule, ses yeux ont brillé sous le rebord du chapeau : « Fiche le camp d'ici ! »

J'ai reculé, impressionné. Puis j'ai buté sur quelque chose, le pied d'un prisonnier malveillant sans doute, et je me suis étalé en arrière de tout mon long. Mes cris ont appelé le geôlier et je me suis précipité dehors, comme si j'avais tous les démons de l'Achéron collés aux fesses.

Voilà comment je me suis retrouvé dans la salle d'attente des visiteurs, en train de me frotter le crâne. J'avais vu le secrétaire et le portier me regarder de loin en riant et, à vrai dire, je n'étais pas très fier de moi. Hier, je m'étais senti une secrète fraternité avec Kyle, comme si nous nous comprenions de manière évidente, sans un mot, juste avec le regard. Mais Kyle était un vagabond, un homme en marge de la société et des lois. Comment aurait-il pu apprécier celui que j'étais ?

« Monsieur, monsieur... »

Le geôlier au visage fruste qui m'avait ouvert la porte de la cellule venait vers moi.

« Un truc qui va peut-être vous intéresser, monsieur... Le gars que vous êtes allé voir, il a demandé du papier.

Il va faire du courrier... Vous voyez ce que je veux dire ?

— Vous pourriez me dire à qui il va adresser son courrier ?

— Ça se pourrait... »

Il s'est planté devant moi. Je ne m'attendais pas à beaucoup de sympathie de la part de cet homme au métier ingrat. Mais il était quand même venu me prévenir. Il a fallu qu'il s'impatiente un peu pour que je comprenne le véritable sens de sa démarche... J'ai sorti quelques pièces et les lui ai tendues. Il les a regardées sans aménité... Intimidé, j'ai sorti le double de la somme pour les lui coller dans les mains. Et j'ai ajouté : « Tu m'amèneras les lettres.

— Pas de problème, monsieur. »

J'ai inspiré un grand coup en sortant de la prison. Le soleil s'était caché, il bruinait, mais je tenais à la main le fil ténu qui me ramènerait peut-être aux Keltes, au Roi rouge et à Eylir. Deux lettres : l'une adressée à

Mme Merial, chez le maréchal-ferrant Merial, sur l'île Longue. L'autre carrément à *la princesse Vendares, au palais Vendares, de la part de Kyle.* Le vagabond avait des amitiés bien placées et moi j'avais eu du flair. Chacun de ces courriers, que je n'ai pas eu l'indiscrétion de lire, s'est révélé à sa façon un guide sur la trace d'Eylir.

La famille Vendares était une des plus fortunées et puissantes de Koronia, leur palais entouré de jardins se dressait sur la colline des Atlans, dans les quartiers riches. Je n'ai pas osé passer les grilles, j'ai remis mon courrier à un laquais qui me regardait de haut, je pensais n'avoir rien à tirer de cette visite. Sur le coup, tout mon espoir résidait donc dans la seconde lettre. *Mme Merial, sur l'île Longue.* Ce qui m'a fait passer des ors de la colline des Atlans à la boue du quartier des îles.

La pluie tombait de plus en plus fort, les rues du quartier des îles étaient parsemées de grandes flaques bourbeuses qui ont taché mes bas et mes chaussures.

Je n'aimais pas le quartier des îles. C'était un endroit incertain, effrayant pour qui portait le moindre signe de richesse. Les mendiants abrités sous les porches me reluquaient d'un mauvais œil, et je ne cessais de penser aux coupe-jarrets qui devaient m'attendre au coin des ruelles. Mais je connaissais l'île Longue et ses auberges pour y être déjà venu en compagnie de Jude ; la bière n'y était pas plus chère qu'à la Grange.

La demeure du maréchal-ferrant Merial se trouvait au fond d'une petite cour tout à fait déserte. Une grange, une enclume, un peu de foin. De l'herbe poussant entre les pavés. Une petite maison aux murs défraîchis. Et la pluie pour rendre le tout vraiment triste.

J'ai avancé à l'abri de l'auvent, cherchant une trace d'activité. J'étais tendu, mon cœur martelait ma poitrine… J'avais préparé un petit mensonge pour Mme Merial, afin qu'elle me laisse entrer chez elle, mais pas de traces de Mme Merial. Ni de M. Merial.

C'est une odeur d'huile chaude qui m'a guidé. J'ai poussé une porte donnant sur l'atelier et entendu un bruit de friture. J'ai frappé à la porte, j'ai appelé, on m'a crié d'entrer, je suis entré.

Je me trouvais dans une cuisine qui devait occuper la moitié du rez-de-chaussée de la petite maison attenante à l'atelier. Un gros poêle de cuisine crachotait et fumait et, debout devant ce monstre de fonte, une femme d'une quarantaine d'années faisait revenir des pommes de terre dans la graisse. Elle s'est vigoureusement essuyé les mains sur son tablier et m'a regardé en haussant les sourcils. Assez grande, les épaules musclées, elle portait une longue jupe brune et un chemisier aux manches retroussées. Elle avait une certaine finesse d'allure, complètement gâchée par la grossièreté de ses vêtements et par ses cheveux blonds tirés n'importe comment en arrière.

« Vous êtes bien madame Merial ?

— C'est moi.

— Je viens de la part de Kyle.

— Tu viens de la part de Kyle.

— Il s'est fait arrêter par les gendarmes, hier, il était pris dans une rixe. Je rendais visite à un ami emprisonné dans la même cellule, il a profité de mon passage pour me donner cette lettre et m'a demandé de vous la porter. »

Elle a pris la lettre, l'a dépliée et l'a lue très vite. Juste le temps pour moi de remarquer la cicatrice qui lui courait sur la joue, sous l'œil gauche. Mais en vérité, c'était une assez jolie femme sous ses airs durs et vulgaires.

« Bien. Merci. »

Elle est retournée à ses pommes de terre. Les gouttelettes d'huile brûlante qui tombaient sur ses avant-bras nus ne la faisaient même pas frémir. Elle avait des gestes brusques, comme si faire la cuisine signifiait se battre contre un adversaire redoutable. Je me suis presque senti congédié, alors j'ai décidé de continuer : « Kyle m'a dit autre chose aussi… »

Elle m'a regardé : « Kyle t'a dit autre chose. »

Je commençais à me sentir inquiet. Mme Merial paraissait avoir une humeur féroce et décidée. Elle avait compris que je baratinais, elle allait me chasser de chez elle à grands coups de pommes de terre brûlantes dans la figure. Je n'ai jamais été très courageux... Alors j'ai parlé très vite. Je suis sûr que ma voix tremblait.

« J'ai entendu les récits de Kyle, à la Grange. Il parlait d'Allander, de sa rencontre avec l'Empereur... Et à un moment, il a parlé d'Eylir Ap'Callaghan. Le petit frère du Haut-Roi. Le fils de Selaya Ap'Rilke. Il m'a dit que vous pourriez peut-être m'en dire plus à ce sujet. »

Elle n'a pas réagi. Saisissant des œufs, posés à côté d'elle, elle les a cassés sur le rebord de son plat, un par un, avec des gestes précis et rapides. Ils ont cuit dans un grésillement de mauvais aloi. Elle avait compris mon mensonge, elle n'avait pas cru à mon baratin... Prudemment, j'ai reculé vers la porte, un pas d'abord, et puis l'autre. Elle s'est tournée vers moi, je me suis préparé à accélérer ma fuite. Du pouce, elle a désigné le plat fumant : « Tu en veux ?

— Non... non merci.

— Tant pis. Assieds-toi. »

Je me suis laissé tomber sur un tabouret de bois. Elle a posé son plat sur la table, s'est assise et a mangé directement les œufs et les pommes de terre, sans se servir d'une assiette. Elle avalait de grosses bouchées avec sa fourchette et ne cessait de me regarder. Une fois son repas terminé, elle s'est essuyé la bouche avec une serviette épaisse et a éclaté de rire. J'ai souri un peu, pour faire bonne mesure. Puis elle a poussé un verre vers moi : « Tu bois quand même. Je déteste boire seule. »

Elle nous a servi à tous les deux une grande rasade de stretch. Elle s'est rincé la gorge avec, tandis que je le dégustais en plus petites gorgées. Apparemment, l'heure de mon exécution n'était pas encore venue... Et je n'ai pas été vraiment surpris quand elle a dit : « Je l'ai bien connu, le petit Eylir. Je l'ai même connu tout gamin. J'ai même fait une grosse connerie avec lui, quand il avait six ans. Tu as déjà entendu parler d'Erynéthis ? »

ERYNÉTHIS

Où Eylir le jeune découvre sa filiation.
Eylir, 1er récit. (Notes pour Serena Fonte.)

J'ai rêvé d'Erynéthis. J'ai rêvé le ciel et les montagnes, j'ai rêvé cette ville de soleil et d'eau au milieu de l'Orient désertique. J'ai rêvé le sable, au sud, et l'empire de Nymir et les terres de Seljucie. J'ai rêvé les montagnes rouges et sèches, des dents fendillées pointant vers le ciel, j'ai rêvé les arbustes agrippés à leurs pentes donnant un peu d'ombre aux bergers. J'ai rêvé le ciel bleu, si bleu, d'un bleu de joyau... Sans qu'aucun nuage ne vienne jamais le ternir.

Et sous le ciel, la ville, seul point de fertilité dans un pays hostile, terre de pèlerinage et d'accueil. Une cité de pierre et de boue séchée, au bord du lac des Amants, au cœur d'un cirque de montagnes rouges, parfaitement circulaire. Perfection des formes, simplicité des couleurs. Des maisons aux toits plats, entourant des palais cyclopéens. Et au centre du cirque, au bord du lac, la pyramide à double pente du temple des Amants célestes. En dessous, formant la base, la pyramide à pente douce, demeure d'Ishtar, la femme, l'eau, la fertilité. La continuant au-dessus, pyramide à pente raide, demeure d'Adonis, l'homme, le feu, la guerre. Deux temples, deux salles, les prêtres et les prêtresses vêtus de pagnes et de pectoraux d'or, le ruissellement de l'eau dans le temple d'Ishtar, le flamboiement des braseros dans celui d'Adonis. Et des milliers de pèlerins.

Un seul chemin jusqu'à cette ville sacrée : une longue vallée serpentant dans les montagnes, suivant le cours d'une rivière. Quelques villages s'égrènent le long de cette route, quelques escales pour les caravaniers. Et d'un coup, au détour d'un coude de la vallée, un mur colossal : le barrage. Une construction de pierre, dressée par Seth ou bien par Adonis lui-même, du temps où le serpent ne jalousait pas encore le lien des Amants. Ils veillent sur les voyageurs de chaque côté du mur. Deux statues immenses les représentent, hautes comme dix étages. Ils sont assis, dos à la montagne, les mains sur les genoux, souriant éternellement à ceux qui font l'ascension… Car la ville ne se révélera à eux que quand ils auront atteint le sommet du barrage, la surface du lac. De là, ils sauront qu'ils sont arrivés.

J'ai rêvé l'émerveillement des pèlerins. J'ai rêvé aussi cette expédition d'exploration, ces hommes et ces femmes aventureux qui redécouvrirent la ville, deux ans après la naissance d'Eylir. Qui arrivèrent en haut du chemin, qui aperçurent les rues abandonnées de la cité frappée par une malédiction oubliée. Ils ont vu le temple et le lac bleu et froid et le cercle des montagnes rouges, si rouges. Inondés de soleil. Un lieu de fertilité et de beauté. Une ville silencieuse, une princesse endormie qui n'attendait qu'un baiser, qui n'attendait que de reprendre vie.

Eylir était avec ces aventuriers. Je sais qu'il a découvert la vallée, âgé de deux ans, perché sur les épaules d'un de ses oncles, la tête sans doute enveloppée dans un turban lui donnant l'air comique. J'ai rêvé de son regard bleu d'enfant découvrant sans ciller cette terre si vraie, si réelle, que je n'avais jamais vue.

Voici ce que Mme Merial m'a raconté :

Selaya Ap'Rilke faisait partie de cette expédition d'aventuriers. Elle arriva à Erynéthis en compagnie de son amant, Markil Vendares, un Atlan de grande famille qui avait tout abandonné par amour pour elle, et d'Eylir, son petit garçon. Elle découvrit la ville avec émerveillement, en parcourut les allées désertes, caressa du bout des doigts les bas-reliefs du temple, souriant en réponse au sourire mystérieux des statues. Elle entra dans les maisons vides, traversa les jardins à l'abandon, tenta de déchiffrer le passé de cette très belle cité laissée à elle-même, elle s'offrit au calme et au mystère serein de l'endroit. Et elle sut qu'ici elle pourrait vivre et être heureuse.

À la fois neuve et ancienne, la ville sacrée reprit vie en quelques années. Les prêtres revinrent, les habitants affluèrent. Il y eut des nomades djinns adorant Adonis, des Seljucks du Sud lointain et des Élamites aux barbes bouclées… Peu à peu, Erynéthis devint une cité d'Orient comme une autre, dirigée par un savant équilibre de pouvoirs entre les grandes familles seljuckes, les prêtres du temple des Amants et les différentes minorités. Mais les Premiers, comme on nommait Selaya et ceux de l'expédition, conservèrent un statut privilégié et particulier, malgré leurs origines souvent keltes ou atlanes.

La mère d'Eylir mena à Erynéthis une vie de princesse, en élevant son petit garçon. Elle vécut dans une grande maison près du temple, entretenue par les revenus de terres de la vallée que Markil faisait fructifier pour eux. Markil, qu'elle trompait si souvent et à qui elle revenait toujours…

Selaya était belle, là-bas, la peau bronzée et ses cheveux blonds pâlis par le soleil d'Erynéthis. Elle ne travaillait pas et ne faisait que ce qu'elle aimait : de la danse, de l'escrime et l'amour.

Eylir grandit entouré d'enfants djinns, fils et filles des amis de sa mère. Il parlait trois langues et monta à cheval pour la première fois à l'âge de trois ans.

Les Djinns… Nomades, arrogants, prétentieux, des cavaliers du désert aux visages bruns et aux cheveux d'or rouge, de beaux démons des sables. Une de leurs communautés vivait à Erynéthis. D'habitude, les Djinns ne fréquentaient les cités que pour en piller les richesses, mais ils vénéraient les Amants Adonis et Ishtar, et certains d'entre eux étaient venus s'installer auprès de leur sanctuaire. Leur peau presque noire et leurs cheveux de flammes impressionnaient les pèlerins. Ils montaient des petits chevaux secs, se battaient avec de longues épées recourbées qu'ils maniaient avec une terrifiante aisance. Les caravaniers les craignaient par-dessus tout. Les ennemis d'Erynéthis apprirent à les craindre également.

Alors qu'Eylir avait quatre ans, sa mère lui donna une sœur, fille de Markil, la petite Lauryn, une enfant blonde et rose. Il veilla sur elle avec une attention grave et sérieuse qui faisait rire les adultes. Il fallait bien pourtant, lui et sa sœur étaient les seuls enfants à la peau pâle de toute la ville. Les gamins roux et turbulents avec lesquels il jouait l'appelaient « Kelte ! » au lieu d'utiliser son prénom, ce dont il n'était pas peu fier. Lui leur criait « Djinns ! » et ils se battaient en roulant dans la poussière.

Mme Merial arriva en ville quand Eylir avait cinq ans. Elle ne portait pas encore ce nom alors, et ne s'appelait que Kaymin. Mais par une fantaisie des amis de son père, tout le monde l'appelait Kay. Kay, tout court, sans nom de famille, sans nom de clan. Elle était kelte, n'avait pas vingt ans, de longs cheveux blonds, une peau bronzée, une bouche et des seins à se damner et un mauvais tempérament. Sa mère ayant disparu, Kay s'était retrouvée la mascotte des amis de son père, une bande de mercenaires vendant leurs services partout dans les terres keltes. Les soldats avaient appris à la jeune fille l'équitation, le maniement de sept sortes d'armes, le langage des tavernes et les chansons de guerre. Pour l'amour, ils s'étaient contentés de lui commenter leurs chants paillards. Conséquence logique, à treize ans la petite se dépucelait avec un piquier de rencontre, qui ne dut qu'aux larmes et aux suppliques de Kay de ne pas être étripé sur-le-champ par les mercenaires.

Certains d'entre eux faisaient escale à Erynéthis et Kay les avait accompagnés. Peu de travail, mais la vie y était douce et les Keltes bien vus, malgré leur étrangeté.

Selaya et Kay, seules femmes keltes de la ville, sympathisèrent vite, devinrent comme une grande sœur et une petite sœur ; elles se ressemblaient d'ailleurs un peu. La vie libre de la mère d'Eylir satisfaisant l'appétit de jouissance de la jeune fille. Elle habita chez Selaya et chez Markil, délaissant un temps la compagnie des amis de son père, gagnant en féminité ce qu'elle perdit en ardeur combative, à la grande satisfaction de son père.

Ce furent pour Kay des années d'or. Une vie à l'abri du besoin dans la plus belle des cités d'Orient. Plus de liberté que partout ailleurs, elle et Selaya ne manquant ni de distractions ni de prétendants. Des années d'or pour Erynéthis également, vécues avec d'autant plus d'intensité que des présages annonçaient un destin tourmenté pour la région. L'empire de Nymir, au sud, était agité par des révoltes endémiques… Le Roi des Rois de Nymir, Ardeshir III, avait appris de ses devins que bientôt toutes les terres de la mer Érythréenne à la mer de Vendhya se trouveraient unifiées sous une même couronne. Le Roi des Rois décida alors que ce serait la sienne… Levant de puissantes armées, il se tourna vers les tribus djinns et maachanites du Sud, les soumettant lors de sanglantes campagnes. Les habitants d'Erynéthis craignirent à juste titre qu'une fois assurée sa frontière sud, il ne se tourne vers la petite cité-État indépendante du nord… Erynéthis renforçait ses défenses, mais sa population n'était alors pas très nombreuse.

Quelques rumeurs provenaient parfois de l'ouest, colportées par les voyageurs. Le Haut-Roi unifiait son royaume, menait une guerre contre les Ap'Osrach ou contre un clan mineur... Les victoires de Maharkal et de Moronn étaient passées depuis quelques années, mais Allander ne rencontrerait Rhadamanthe à Salania que l'année suivante.

Quelques jours avant les célébrations du solstice d'hiver suivant son arrivée en ville, Kay partit en montagne porter du ravitaillement à un Kelte vivant en ermite dans une grotte, à quelques heures de marche. Une horde d'enfants djinns impétueux voulut absolument l'accompagner. Ils se découragèrent pour la plupart au bout d'une heure d'ascension sur des chemins escarpés pleins de cailloux. Seuls Eylir et Ajar, un de ses amis, insistèrent pour continuer l'ascension, malgré sa difficulté. Eylir, parce que l'ermite, comme tous les Keltes de la ville, était son oncle, et Ajar par défi. Si Eylir, qui était plus jeune que lui, pouvait y arriver, il y arriverait aussi.

Quand le soleil fut trop violent, ils firent escale sur une pente couverte d'arbustes secs pour manger du fromage et boire à la gourde. Les enfants étaient épuisés. Kay espérait qu'ils tiendraient encore l'heure de marche suivante car elle n'avait pas envie de les transporter sur ses épaules, déjà alourdies par sa charge.

Comme la jeune femme faisait la sieste, les deux enfants partirent explorer les environs, échappant à son attention. Eylir en tête, Ajar le suivant et ne cessant de se vanter des exploits de son père, mort durant une razzia.

Alors Eylir vit l'aigle, perché sur un gros rocher, le bec plongé dans le corps déchiré d'un jeune chevreau. Il le désigna en silence à son compagnon et les deux enfants se figèrent, captivés par les grandes ailes à moitié déployées pour maintenir l'équilibre, par le bec dur et tranchant, par l'œil jaune et ovale qui les regardait. Vision belle et sanglante d'un roi en train de se repaître.

Il y eut un bruit. Kay s'était levée, inquiète, elle venait vers eux sans discrétion. L'oiseau, dérangé, déploya ses larges ailes et se jeta lourdement vers le bas du rocher. Ajar cria comme le rapace glissait vers eux dans un grand claquement de plumes. Eylir se retourna, voulut fuir, l'ombre le recouvrit. Les serres se plantèrent dans ses épaules, il cria de douleur quand, battant l'air de toutes ses forces, le rapace voulut l'emporter dans le ciel. Il se débattit, courut, portant la bête sur ses épaules. L'aigle renonça. Il donna un coup de bec et reprit son envol, projetant l'enfant au sol sous le choc de son départ.

Kay courut jusqu'à Eylir. Elle serra les dents en voyant le sang sur ses épaules, sur sa tête, poissant ses cheveux blonds. Mais Eylir se releva d'un bond, comme s'il était tombé lors d'un jeu, et demanda calmement à Kay : « Où il est ? Où il est, l'aigle ? »

Ajar et Kay ne répondirent rien, fixant le petit garçon ensanglanté qui scrutait le ciel, ne semblant pas ressentir la douleur. Alors Kay désigna un point noir dans le ciel, en direction d'Erynéthis. Et elle parla très vite, pour qu'Eylir ne fasse pas attention au sang, pas attention à la douleur. Elle déchira sa chemise pour éponger le sang et faire un pansement aux blessures.

« Il est là-bas, chéri. Il monte dans le ciel pour mieux te regarder. C'est l'aigle de ta famille, c'est le protecteur de ta famille... C'est l'aigle Callaghan, l'aigle de ton père.

— Kay, mon père a le même nom que moi. »

Il fixait toujours l'oiseau et avait parlé avec une assurance tranquille.

« Oui, Eylir. Un nom de guerrier, un nom de chef, un nom de roi. »

Puis il aperçut du sang sur son bras.

« Kay, je saigne.

— C'est un baptême de guerrier, Eylir. Du sang pour un guerrier, donné par l'aigle de ta famille. »

Eylir sourit. Un baptême de guerrier pour un fils de guerrier. Kay lui parlait, elle ne cessait de lui parler, très vite, inquiète, comme si elle avait énormément de choses à lui dire en si peu de temps. Dans le ciel bleu d'Erynéthis, il vit l'aigle d'or de sa famille, il vit l'aigle sur l'étendard de ses ancêtres. Il vit le Haut-Koensar, le château des Callaghan, navire de pierre sombre perché sur un éperon surplombant leur ville. Le château, les forêts, plus d'arbres qu'on ne pouvait compter, une infinité d'arbres, et de grands fleuves larges et des milliers de rivières, suffisamment d'eau pour devenir plus riche que les plus riches d'Erynéthis. Et des villages, et des villes derrière des murailles de grosses pierres. Des milliers de guerriers blonds criant son nom sous le soleil.

Parcourant ces terres riches et sauvages, il y avait un géant. Un homme à la crinière de lion et au rire de tonnerre, le plus grand guerrier de tous les Keltes, Eylir Ap'Callaghan, son père. Selaya avait été sa dernière et sa plus belle concubine, une cavalière atlane aux cheveux courts et portant l'épée, la dernière femme qu'il avait aimée...

Il vit le géant entrant dans son château, portant Selaya dans ses bras. Émerveillé, il découvrit les hauts murs et les tours rondes de la forteresse, les guerriers aux cheveux longs et aux boucliers ronds, les femmes aux épaules nues, au visage hâlé par le soleil, et encore et encore les grands étendards aux couleurs de Callaghan, aigle d'or sur fond noir.

Il vit enfin le géant foudroyé dans son lit d'un coup de poignard donné par Meina Ap'Lun, l'épouse jalouse. Les cris et les pleurs des femmes, et un jeune homme au regard sombre suivant le convoi mortuaire jusqu'à la profonde vallée où se dressent les tumulus des Callaghan...

« Qui était-ce, Kay ? », murmura l'enfant au bord de l'inconscience.

Kay serra un dernier pansement. Il ne pesait rien dans ses bras et était devenu très pâle. Kay ressentait la force du présage, un froid glacé lui saisissait la nuque, la faisant trembler de tout son corps.

« C'est Allander, le fils de Meina Ap'Lun, le Haut-Roi des Keltes. C'est ton frère, Eylir. »

Alors l'enfant ferma les yeux.

Jours de pluie à Koronia

« Il a survécu. Une semaine au lit, puis il courait partout comme une chèvre. Ce gosse n'était pas du genre à se plaindre. »

Le soir tombait, la pluie n'avait pas diminué, mais je ne l'entendais pas. J'avais continué mon voyage, et vu Erynéthis, et l'aigle, et Eylir tout gamin rêvant de la grandeur de sa famille : comment ne l'aurait-il pas fait ? Les mots simples de Kay, que plus tard je retranscrirais, m'avaient emmené par-delà l'horizon tout comme ceux de Kyle.

J'ai bu un troisième verre de stretch. Je me sentais encore assez net, mais mon expérience me disait que ce n'était qu'une illusion. Elle avait vidé la moitié de la bouteille et ne se portait pas plus mal. J'ai essayé de me la figurer vingt ans plus tôt, sous les traits de la jeune fille kelte d'Erynéthis vivant sous le toit de la mère d'Eylir. Peut-être à cause de l'alcool, j'y suis plutôt bien arrivé, et j'ai dû faire des efforts pour détourner les yeux de son chemisier entrouvert. Pour dissimuler mon trouble, j'ai demandé : « Tu as dit que tu avais fait une connerie ?

— Ouais. Je n'aurais jamais dû lui raconter tout ce que je lui ai raconté pour le distraire alors que je le soignais. Sel' ne lui avait jamais vraiment parlé de sa famille, elle ne voulait pas qu'il se monte la tête avec ça, elle voulait vivre en paix, aussi. Et puis, je t'ai dit, j'ai senti... je ne sais pas... un signe, une force, le destin, appelle ça comme tu veux. » Elle est restée silencieuse et triste un moment. Puis elle a rempli nos verres : « Voilà, tu sais ce que je sais et tu sais qui je suis. Maintenant, tu pourrais te présenter… »

J'ai frissonné, je me suis souvenu de mes mensonges. Mais rien ne m'empêchait de dire la vérité, presque toute la vérité. C'est ce que j'ai fait, ça a semblé lui convenir. La boisson et les histoires l'avaient rendue plus chaleureuse, son visage s'était adouci. Nous avons bavardé puis elle m'a proposé d'aller finir de nous saouler ailleurs, dans un endroit où il y avait de la musique.

« Mon mari ne rentre pas avant des jours. Quand ni lui ni les gosses ne sont là, je m'emmerde sec ! »

Voilà pourquoi l'agent de l'Empereur que j'étais s'est retrouvé à danser de manière approximative dans un établissement de marins baptisé *Le Loup des mers*. La clientèle était bien plus patibulaire qu'à la Grange, mais j'avais beaucoup trop bu pour que cela m'inquiète. Je me souviens surtout de Mme Merial, ou plutôt de Kay, ne cessant de m'arracher à mon siège pour venir me faire danser avec elle. Quant à la fin de la soirée, il ne m'en est rien resté.

J'ai rouvert les yeux au milieu de la nuit. J'étais chez elle, dans son lit, je me suis senti très gêné, d'avoir été ivre comme cela, de m'être retrouvé là. Nous étions enlacés, nous réchauffant mutuellement. Je sentais ses seins écrasés contre ma poitrine et la chaleur de sa cuisse sur ma hanche… Je suis resté longtemps comme ça, juste à écouter sa respiration, à goûter sa présence. Puis, à un mouvement de sa part, j'ai compris qu'elle était éveillée aussi. Alors, avec un profond sens du sacrifice, j'ai murmuré : « Je devrais peut-être rentrer chez moi… Ce n'est pas encore l'aube et les voisins… »

Je l'ai entendue soupirer.

« T'es vraiment con, toi, parfois. »

La chaleur de son corps était si agréable... J'ai essayé d'être un peu moins stupide et je l'ai embrassée.

J'avais un peu moins de vingt ans, et une expérience des femmes pour ainsi dire nulle. J'ai aimé sa peau sous mes mains et son corps contre le mien, sa tendresse un peu brusque. J'étais émerveillé, ne cessant de me dire que les femmes étaient douces et elle plus que toutes... Et je l'ai prise dans mes bras, elle, l'aventurière et la voyageuse qui avait tant vu et tant vécu, en ayant l'impression de la réconforter. J'ai senti une larme couler en l'embrassant au visage.

« Tu n'es pas heureuse, ici ?

— Mêle-toi de tes affaires. »

La réponse a claqué comme une gifle. Puis, adoucie, comme pour se faire pardonner, elle a reparlé d'Erynéthis, du soleil et des montagnes rouges, pour chasser la pluie koronienne, le froid de cette grande ville du Nord. Elle m'a raconté comment un an après le présage, Eylir avait quitté la ville avec sa mère, ses oncles et elle-même, fuyant devant l'armée de siège du Roi des Rois. Comment ensuite ils avaient rejoint l'armée d'Allander à Galtin. Kay était présente à Salania, là où Allander rencontra Rhadamanthe.

« Mon père servait dans l'armée, je t'ai dit. Après la rencontre de Salania, lorsqu'il a été sûr qu'Allander passait le détroit vers l'Orient, il m'a interdit de le suivre. Ils ont dû me retenir de force, parce que je voulais y aller, oh oui putain, qu'est-ce que je voulais y aller ! Je n'ai pas suivi les conquêtes, mais j'ai su comment tout s'était passé. J'avais tellement d'amis qui étaient partis. Et puis mon père, bien sûr... Markil non plus n'est pas parti, tu sais, l'amant de Selaya... Ils se sont séparés avant le départ de l'armée, elle en a pleuré pendant des semaines. Lui est reparti chez lui, emmenant la gamine, Lauryn. Il n'avait jamais été un guerrier, et il était atlan. Rien à foutre avec tout ce bordel kelte, n'est-ce pas ? Et elle,

elle est partie, dure et responsable, pour ne pas perdre son gamin. Parce que Allander n'avait pas de fils, que des filles. Toutes les nanas qu'il baisait ne lui pondaient que des filles. Alors il a désigné le petit comme son héritier et il a voulu veiller sur lui et ne plus jamais le lâcher…

— Qu'est-il devenu, alors ?

— T'impatiente pas, une chose à la fois… »

C'est comme cela que j'ai connu l'histoire d'Allander, d'Eylir et celle de leurs voyages. Racontée avant l'aube par la voix fatiguée de Kay, qui faisait naître les conquêtes, les batailles et les déserts dans l'obscurité humide de la chambre. La nuit est propice à l'imagination et aux histoires, comme elle est propice aux caresses et aux baisers. Si on m'avait demandé de choisir entre les deux, je n'aurais pas su répondre.

Il y eut trois nuits, puisque chez les Keltes tout va par trois. Ça a été mes nuits d'amour et d'aventures, des moments parfaits. Je ne connais rien de plus beau que de rêver avec celle qu'on aime.

Et le jour, quand je ne pouvais pas rester avec elle, je m'installais dans une taverne, me commandais quelque chose de chaud et sucré à manger et j'écrivais ses récits. Dans l'ombre du conquérant, Eylir grandissait et me devenait plus proche.

L'HÉRITIER

Dans l'ombre d'Allander.
Eylir, 2ᵉ récit. (Notes pour Serena Fonte.)

C'était le temps de la guerre et des victoires.

« Tu es mon frère, Eylir. Tu es mon héritier. Tu restes avec moi. »

Voilà ce qu'avait dit le Roi rouge, son frère. Alors Eylir était sorti avec lui de la tente surchargée d'or, de soies et de coussins. Et le roi lui-même l'avait hissé sur Petit Orage, le cheval noir qu'il lui avait offert. Du haut de la selle, portant une longue tunique de soie noire brodée d'un aigle d'or et un pantalon de cavalerie à sa taille, Eylir surplombait le monde. La tente royale avait été dressée sur les hauteurs surplombant la grande cité de Nymir, une étendue immense de maisons beige et brun aux toits plats, agglutinées comme des petits cubes derrière d'interminables murailles. Nymir était la capitale de l'ennemi, du Roi des Rois Ardeshir III, un homme qui avait un millier de femmes, dix mille éléphants, un million de chevaux. Eylir peinait parfois à prononcer son nom.

Nymir était encore loin, de l'autre côté de la plaine sèche où se disposaient les armées dans un poudroiement de poussière. Au pied des murs, Eylir le savait, se trouvait la dernière armée du Roi des Rois, ses derniers fantassins, ses derniers cavaliers, venus de toutes les satrapies de l'Empire. Ils étaient innombrables. Eylir essaya de les compter, comme Allander le lui avait appris, en dénombrant les étendards. Le jeu l'ennuya vite.

D'autres cavaliers rejoignirent le roi. Eylir en connaissait certains, qui le saluaient en souriant. Là, c'était Legh, chef de l'infanterie. Là, derrière, c'était Angus le bougon, chef de la garde personnelle. Eylir l'aimait bien. Et puis d'autres encore. Et enfin, Selaya. Eylir agita les bras, joyeux, en apercevant sa mère. Il la reconnaissait de loin aux reflets du soleil dans ses longs cheveux blonds.

Elle vint à côté de lui et lui ébouriffa les cheveux pour le faire grimacer. Il lui tira la langue. Aujourd'hui était une journée particulière, une journée de bataille. Un jour de fête ! Eylir était fier que sa mère porte l'épée et chevauche avec le roi. Il savait qu'aucune autre mère ne faisait ça.

Ils n'eurent pas le temps de parler longtemps. Dans un grand bruit de sabots, la cour du Roi rouge dévala les pentes de la colline. Chevaux harnachés d'or, chatoiements des soieries, éclat des épées incrustées de pierres précieuses, provenant du butin d'anciennes batailles. En bas de la colline attendaient les Keltes.

Le Roi rouge ralentit, fit venir Eylir à son niveau et lui désigna son armée d'un grand geste du bras. Le cœur d'Eylir se gonfla de fierté. Il voyait les cavaliers tatoués, les immenses compagnies d'infanterie brandissant leurs longues lances comme des forêts en marche. Et les auxiliaires, les archers seljucks, la cavalerie des Djinns d'Erynéthis, venus assister leur libérateur. Si Ajar voyait ça, il ne médirait plus jamais, non plus jamais de la puissance des Keltes ! Allander lui fit nommer les unités : Compagnons, phalanges, tirailleurs, lanciers, garde royale. Eylir reconnaissait les antiques enseignes de bronze venues des terres keltes, si loin là-bas, là où il était né. Ces hommes étaient des géants invincibles. Personne, jamais, ne pourrait les arrêter.

« Je suis Allander Ap'Callaghan ! Je suis le fils d'Ogma ! Ce soir, la ville sera à nous ! »

L'armée répondit dans un cri immense.

Juste un instant, Eylir regarda dans l'autre direction, vers la ville. Ils n'étaient plus sur la colline, maintenant, il ne surplombait plus l'ennemi. L'enfant perçut une interminable ligne de boucliers, à un demi-mille de là. Il se demanda où était le Roi des Rois. Sans doute sur son char royal, qu'on disait tiré par trente-trois chevaux. Allander lui avait expliqué : ce soir, ils prendraient la capitale de l'ennemi. Ce soir, le grand empire de Nymir serait abattu et se soumettrait au fils d'Ogma. C'était ainsi que les choses devaient se passer.

Il se demanda si Allander allait se battre contre le Roi des Rois. Il se demanda à quoi ressemblait un Roi des Rois prisonnier. Et juste un instant, Eylir se demanda à quoi ressemblait le visage du Roi des Rois.

Il y eut une bataille.

Eylir était descendu de Petit Orage parce qu'il était fatigué et sa mère était restée avec lui. Ils étaient retournés dans la tente, son amie Celyn les avait rejoints et ils avaient joué au jeu des grains sans faire attention au bruit qui montait de la plaine. Eylir avait gagné.

Il aimait bien Celyn. Elle était enceinte... Eylir espérait qu'il aurait bientôt un neveu. Jusqu'à maintenant, il n'avait eu que des nièces et il trouvait ça énervant. Cela irritait aussi Allander, sans doute pour les mêmes raisons. Il pourrait jouer avec un neveu, il s'ennuierait moins.

Puis vinrent le soir, la fraîcheur et les moustiques. Il sortit de la tente pour accueillir les soldats qui revenaient. Eylir vit Angus qui lui fit un petit signe de la main avant de rejoindre ses hommes. Sa mère l'emmena manger de la viande grillée près d'un feu de soldats. Les hommes parlaient fort entre eux, Eylir ne comprenait pas trop ce qu'ils racontaient... Ils regrettaient de n'avoir pu entrer dans la ville avec les autres hommes, pour s'amuser. Pendant qu'ils parlaient, Eylir tisonnait le feu et l'alimentait régulièrement en bois. Il aimait bien ces moments-là.

Plus tard, Kyle les rejoignit au bivouac. Un des hommes cria : « Kyle, chante-nous la bataille ! »

Kyle s'assit près du feu et plia ses longues jambes. Il but trois gorgées de vin à même une cruche ébréchée. Il dit en riant : « Il faut déjà vous conter vos exploits ?

— Kyle, la bataille ! »

C'était Eylir qui avait parlé. De nombreux autres soldats les avaient rejoints. Avec la fureur de l'ivresse, ils frappèrent leurs armes et leurs boucliers et réclamèrent à leur tour le récit des combats. Alors Kyle, fatigué, finit par se lever. Et quand il parla, Eylir vit le galop des chevaux, les fantassins en marche, les nuées de flèches qui obscurcissaient le ciel. Il vit le sang sur le sol, le soleil dans les yeux des hommes, la sueur et la fatigue. Et il vit les Compagnons, et il vit son frère, le regard fou, ses cheveux comme une crinière, ses yeux étincelants d'une rage froide. La charge répétée des Compagnons au milieu de l'océan noir des fantassins ennemis. Et les Immortels eux-mêmes, les innombrables soldats d'élite de la garde du Roi des Rois, renversés, dispersés par l'ouragan de la furie kelte.

Épuisé par les combats, l'enfant finit par s'endormir.

Le lendemain à l'aube, son frère vint le chercher dans la tente.

« Tu restes avec moi. Hier, nous avons remporté la victoire. Ce matin, nous entrons dans la ville. Nymir est à nous. Le Roi des Rois nous attend pour se soumettre dans son palais. »

Allander prit son petit frère sur ses épaules, puis joua à le porter très haut et à le faire tourner et Eylir cria de toutes ses forces.

Bientôt, ils passaient les portes de la ville. Cette fois-ci, Eylir était juste derrière son frère. Tout le monde était là, avec eux. Sa mère, ses oncles, Gart, Alvin et Mackear, les généraux Ap'Tenar et Metreides, et Angus aussi, avec les Compagnons. La foule criait d'admiration tant ils avaient fière allure, le soleil levant leur donnait l'air de héros de légendes. Aussi bien que si Kyle l'avait raconté.

Puis ils entrèrent dans le palais et mirent pied à terre. Ils montèrent fièrement les dizaines de marches, passèrent entre les hautes colonnes ornées d'immenses soldats de céramique bleue. Les soldats d'Angus forcèrent les gardiens à ouvrir les portes de la salle du trône… Le Roi des Rois devait trembler de peur depuis son siège orné de lions ! Les immenses battants de bronze verdi furent repoussés en arrière et Eylir aperçut la plus vaste salle que l'on puisse imaginer. Le plafond était si haut ! Les colonnes qui soutenaient le toit avaient l'épaisseur de cinq chênes. Le soleil matinal y pénétrait en larges rais de lumière oblique chargés de poussière dansante. Les Keltes, impressionnés, se tinrent en retrait. Une armée aurait pu se masser ici, des hordes d'archers en embuscade.

Allander s'avança alors. Ses pas résonnèrent dans l'espace immense de la salle du trône. Eylir trouva que son frère était tout petit dans ce palais, petit et seul. Il courut derrière lui pour le rejoindre et l'aider. Et ce mouvement entraîna celui du reste de l'entourage du Roi rouge, ces hommes habitués à renverser les royaumes.

Ils s'avancèrent en silence, écrasés par la simplicité majestueuse de l'architecture. Et Eylir vit Allander escalader l'estrade du trône et regarder le siège de bois précieux orné de lions. Il cria de toutes ses forces : « Où est-il ? »

Un long manteau bleu pendait sur les accoudoirs du trône, seule trace du passage du Roi des Rois. De rage, Allander le transperça de son épée et le déchira.

« Où est-il ? »

Eylir alla se cacher derrière sa mère. Le Roi rouge descendit les marches en courant, le visage brillant de colère.

« Trouvez-le-moi ! Je le veux ! Je veux sa couronne ! Je veux sa soumission ! »

Angus donna des ordres, les soldats se dispersèrent dans le palais, dans les cours et les jardins. Ne pouvant plus attendre, Allander s'y mit à son tour. Il renversa les objets de culte, les idoles de marbre et d'ivoire, lacéra les rideaux ornés de fils d'or ; les serviteurs fuyaient devant lui comme devant des fauves. Eylir tenait la main de sa mère, qui, méfiante, avait l'épée à la main. Elle craignait un piège.

Il n'y eut pas de piège. Allander croisa un de ses soldats, à la mine réjouie.

« Qu'y a-t-il ?

— Là-bas, sire, de l'autre côté de ce jardin... Il y a ses femmes. »

Allander plissa les yeux. Puis il sourit. « Eylir, tu restes avec Selaya. Trois hommes pour m'escorter pendant que je rends visite aux reines. »

Ils ne trouvèrent pas le Roi des Rois ce jour-là. Ni les jours suivants. Ardeshir III s'était enfui, laissant derrière lui ses femmes et son trésor. Alors Allander s'installa au palais de Nymir. Il revêtit les immenses robes de cérémonie de son ennemi et posa la lourde tiare d'or ornée de pierreries sur ses cheveux blonds de Kelte. Il se fit acclamer par la foule de la ville, qui n'avait pas été pillée par l'armée victorieuse. Il épousa en grande cérémonie, au temple des Amants, six des femmes du Roi des Rois, les plus jeunes et les plus belles. Parfois, Eylir pouvait venir s'asseoir à ses pieds quand il régnait depuis le trône des lions. Mais il savait qu'Allander n'était pas satisfait. Son frère ne pourrait pas devenir le véritable seigneur de Nymir tant qu'Ardeshir serait encore en vie.

Ils restèrent à Nymir plusieurs mois. Ce fut une époque atrocement ennuyeuse pour l'enfant. Quand il sortait de sa chambre vaste comme une maison, Eylir était obligé de revêtir de grandes robes qui l'empêchaient de courir. Petit Orage était gardé dans une écurie si lointaine qu'il était impossible d'aller le retrouver et puis de toute façon ça aurait été indigne d'un frère de roi d'aller se promener tout seul. Il y avait d'autres enfants, certes, mais c'étaient tous les descendants du Roi des Rois, des gamins au visage brun et aux cheveux frisés, qui ne voulaient pas jouer avec lui. Les garçons le griffaient, les filles tiraient sur ses cheveux blonds qui les fascinaient. Bien sûr, Selaya était là. Elle avait dit qu'elle lui apprendrait bientôt l'escrime... Il rêvait d'avoir une épée à lui. Et il y avait Celyn, aussi, qui venait d'accoucher d'une nouvelle petite fille nommée Lumia. Il y a longtemps, Celyn était une servante dans le château des Callaghan, à l'époque où le père d'Eylir était encore vivant. Allander et elle étaient amoureux, ils devaient se marier.

« Mais Allander est devenu roi, et les rois n'épousent pas les servantes. »

Elle disait cela à Eylir d'un air triste en lui caressant les cheveux. Alors Eylir la serrait dans ses bras et blottissait sa tête dans le creux du cou de Celyn. Et il lui disait : « Quand je serai grand, moi, je pourrai t'épouser.

— Non, Eylir, tu épouseras une princesse belle comme le jour, j'en suis sûre. »

Et puis il y avait Sadi. Sadi était un Seljuck maachanite du Sud qui avait été réduit en esclavage. Il était très grand, presque aussi grand que l'oncle Alvin ! Il était également très fort. Dans une cité qu'Allander avait soumise quelques mois plus tôt, Sadi avait été offert en tribut au Roi rouge, au milieu des rouleaux de tissus précieux et des bijoux d'or. Et Allander avait donné Sadi à Eylir à leur arrivée à Nymir comme marque de son rang.

On avait expliqué à Eylir que Sadi était son esclave. Il devait faire tout ce qu'Eylir voulait. Tout ce qu'il voulait ! Eylir avait trouvé que c'était une très bonne idée et il avait commencé par demander à Sadi de se mettre sur la tête, qu'il avait chauve. Sadi avait gentiment regardé Eylir de ses yeux noirs et avait fait non de la tête. Le petit frère du Roi rouge fut extrêmement déçu de découvrir qu'on lui avait menti. Il se hissa sur la pointe des pieds et martela la poitrine du géant de ses petits poings. Le rire sonore de l'autre le mit encore plus en rage… Alors Sadi le souleva sous les aisselles et le hissa sur ses épaules. Et ils ont couru, couru, couru dans les cours et les jardins d'honneur, sous les lions et les archers gigantesques de mosaïque bleue, jusqu'à l'épuisement de l'enfant et de sa grande monture.

Avant d'être esclave, Sadi avait été ermite dans le désert, élevant des chèvres et habitant dans une grotte, près d'une toute petite source suintant d'un rocher noir. Avant d'être ermite, Sadi avait été bâtisseur de temples, de murailles, de maisons. Porteur de pierres et de briques sur tous les chantiers de sa ville natale.

« J'ai construit bien des tours, petit prince. J'ai beaucoup travaillé pour rapprocher les hommes du ciel, mais ils ne s'en sont pas rendu compte. »

Et il riait encore en tenant Eylir sur ses genoux, Eylir qui aimait s'entendre appeler « petit prince ».

« Ils ont voulu que je sois soldat, ils ont voulu me faire porter l'épée et la lance et le bouclier. Mais dans ma main, l'épée s'émousse, le tranchant disparaît, la lame se fendille. Je ne suis bon à rien avec ces choses-là. Et puis de toute façon, je n'aime pas ça... »

Et des soldats de Kassad l'avaient sorti de sa retraite du désert pour l'engager de force dans leur armée contre le Roi rouge. Sa rébellion lui avait valu l'esclavage. Sadi n'aimait pas la guerre, il n'aimait qu'Ishtar, la divine Ishtar aux seins blancs dont il adorait une idole, une statuette d'ivoire gracieuse aux yeux de rubis, son trésor le plus précieux.

« Elle est la seule femme que j'aimerai jamais, petit prince. Je l'ai vue en rêve, une géante au corps d'ivoire, allongée dans les dunes, non loin de ma grotte, magnifiquement belle. M'appuyant sur un rocher, j'ai escaladé ses épaules. J'ai marché sur son ventre et sa poitrine. Ses seins étaient de grandes collines douces... Du lait nacré en coulait pour nourrir les enfants endormis, de minces ruisseaux qui serpentaient sur sa peau. Mais je n'ai pas bu là, non, petit prince. J'ai marché doucement sur son ventre et je suis allé m'abreuver à la source du vallon noir. Alors elle a dû sentir ma présence, comme celle d'un minuscule insecte contre sa peau. Je l'ai sentie frémir, se réveiller et ses doigts m'ont saisi, soulevé dans le ciel. Elle m'a posé dans sa main et m'a regardé. Il y avait plus d'étoiles dans ses yeux que dans le ciel et sa peau prenait aussi la couleur et le velours du ciel. Nous nous sommes aimés et j'ai connu la règle. La règle était de ne jamais jamais dire un mot.

— Mais pourquoi ?

— Le grand amour se passe de mots, petit prince. »

Et Sadi posait son large doigt sur les lèvres d'Eylir qui ne disait plus rien. La nuit, le petit prince rêvait à la géante au regard d'étoiles. Et, de temps en temps, il allait regarder la statuette que Sadi avait posée dans une petite niche entourée de petits fruits en offrande. Sous le regard précieux de la belle Ishtar, Eylir ne disait mot.

Puis ce fut l'hiver, une saison de pluies qui transforma la vallée en marécages. Les champs étaient noyés, le fleuve doubla de largeur. Eylir, hissé sur les épaules de son esclave, regardait la ville depuis le toit du palais du Roi des Rois. Il laissait la pluie dégouliner sur son visage et sur son front et buvait les gouttes la bouche grande ouverte. À Erynéthis, il ne pleuvait jamais. Eylir trouva que la pluie était triste.

« Adonis pleure d'avoir été séparé d'Ishtar. Ses larmes ensemencent la terre et le corps d'Ishtar se gonfle pour les accueillir. Regarde comme le fleuve est large, petit prince... »

Eylir pleurait quand personne ne le regardait. Il aurait voulu qu'Ajar soit là, il aurait voulu que Markil soit là, il aurait aimé que sa petite sœur Lauryn soit restée avec eux. Mais Markil et Lauryn étaient retournés dans leur pays, à Koronia, la ville qui était à la fois kelte et atlane, là-bas, si loin à l'ouest. Selaya priait régulièrement l'Unique de leur accorder protection.

Eylir aurait aimé que son frère fasse plus attention à lui. Mais Allander ne le réclamait que pour des parades dans la rue, pour des audiences ou d'interminables cérémonies dans des temples pleins de fumée. Alors quand les esclaves du roi venaient le chercher, Eylir se cachait. Dans les jardins, sur le toit, sous la pluie, dans les caves, n'importe où. Et les esclaves du roi revenaient bredouilles affronter la colère du Callaghan, le grand roi incapable de retrouver son petit frère. Assis sous un palmier, Eylir et Sadi riaient tous les deux en se goinfrant de fruits.

Alors revint le temps de la guerre, à la fin de l'hiver.

Un banquet immense avait lieu devant le trône des lions. Assis sur le trône recouvert de fourrures de lions et de tigres blancs, sous un dais de tissu précieux, portant sa robe pourpre et violette de grand prêtre d'Adonis, le sceptre de pouvoir et la triple tiare du Roi des Rois, le fils d'Ogma, aimé des dieux, Élu des Amants et Choisi de Maachan, veillait sur ses soldats, ses sujets, ses adorateurs.

Eylir était à ses pieds, comme tant d'autres, à voir défiler les innombrables viandes rôties offertes en holocauste aux dieux de la cité et à leur représentant en ce monde. L'enfant n'avait plus faim depuis longtemps mais il n'était pas question de quitter la table. Les généraux, vêtus à la manière orientale de soieries et de bijoux, s'ennuyaient ferme. L'oncle Gart était absent, l'oncle Alvin chatouillait une servante qui étouffait ses rires. Selaya, elle, avait l'air sombre et saisissait souvent la main de son fils pour la serrer un instant dans la sienne.

Une rumeur courait depuis la veille. Le Roi des Rois Ardeshir III aurait été capturé ! Il avait trouvé refuge dans la ville d'Accar à quelques semaines à l'est... Les citoyens de la cité, soucieux de ne pas déplaire au nouveau maître de Nymir, avaient fait prisonnier leur ancien souverain et l'offraient en présent à Allander. Allander voulait se rendre à Accar lui-même pour affronter son ennemi lors d'un duel à mort. Voilà ce qu'on disait, oui.

Alors des cloches sonnèrent. Des flûtes stridentes

vrillèrent les oreilles des assistants, on martela des cymbales. Puis le silence se fit. Allander sembla sortir de la torpeur distante dans laquelle il était plongé depuis le début du séjour à Nymir.

« Je dis : voici les limites de mon empire. À l'ouest, il s'arrête où commence celui de Rhadamanthe. Au Roi blanc le centre du monde. À l'est, il s'arrête à l'Océan au bord du monde. Au Roi rouge, l'est du monde. »

Certains soldats soupirèrent de soulagement. Les conquêtes allaient continuer, cet interminable séjour dans l'incompréhensible cité d'Orient se terminait.

L'armée fut en ordre de marche au bout d'un mois. On avait recruté des milliers de Seljucks et de Nymiriens, flattés de se joindre à la troupe du grand conquérant. Les Keltes ne les aimaient pas beaucoup et se méfiaient d'eux, mais ils venaient compenser les pertes des batailles de Massara et de Nymir. La foule acclama les étendards de bronze, les robes colorées, les grands chevaux et les longues épées... Ils avaient accepté Allander comme roi tout comme ils avaient accepté le précédent, lui-même descendant de conquérants. *Les rois passent comme les saisons, seuls les dieux sont éternels*, disait un de leurs adages.

Eylir était heureux. Ils avaient repris la route. Sadi marchait à côté de Petit Orage et lui tenait la bride. L'oncle Gart était revenu, il parlait avec les autres de toutes les découvertes qu'il avait effectuées dans les bibliothèques de Nymir dont il avait déchiffré les antiques parchemins. À l'est, encore plus à l'est, se trouvaient paraît-il les bibliothèques suspendues de Tar et il en parlait dans des termes qui faisaient rêver l'enfant. Selaya aussi souriait et fermait les yeux face au soleil, laissant ses rayons caresser son visage. Elle avait cessé de fréquenter Legh Ap'Tenar, le chef de l'infanterie, qu'Eylir n'aimait pas et passait dorénavant toutes, toutes ses soirées auprès de son fils.

Avant le départ, Eylir avait regardé les cartes avec Allander. Il avait suivi du doigt le dessin sinueux des fleuves, il s'était figuré les chaînes de montagnes dentelées et infranchissables. Vers le nord, des pays inhabités. Vers le sud, le golfe de Quram et ses eaux d'un bleu profond chantées par les poètes. Vers l'est, d'immenses territoires, Élam, Accar, et là-bas, ce nom aux consonances si mystérieuses, Vendhya. Allander rêvait aussi en regardant les cartes. Il disait à Eylir : « Nous allons entrer dans cette ville, nous y passerons quelques semaines pour nous ravitailler avant de passer les montagnes. Alors nous fondrons sur ce royaume, là, Assus, et son roi effaré viendra nous rendre hommage. Puis là-bas, vers le nord, vers l'est. Ils disent qu'il y a de l'or et des pierreries et des royaumes de cavaliers. Je les vaincrai comme j'ai vaincu les Ap'Osrach, en défiant leur roi en duel… »

Et il riait d'une joie pure et simple.

« Et après ?

— Après ? Nous irons jusqu'en Vendhya et après… Nous atteindrons la mer de l'Est. Alors j'aurai atteint la limite orientale de mes terres, le bord du monde. Après… il faudra faire d'autres campagnes, et tout unifier. Tracer des routes, fonder des villes… Il reste beaucoup à faire, petit frère. Tu seras adulte quand tout ceci sera terminé. »

Et il passait la main dans les cheveux d'Eylir. Aussitôt son frère parti, Eylir se replongeait dans la contemplation des cartes et apprenait par cœur le nom des fleuves. Les fleuves de son royaume.

Ils arrivèrent à Accar, quelques semaines plus tard. Le pays était chaud et sec, la soif se faisait sentir, lors des longues étapes. Les grands chevaux des Compagnons étaient épuisés. On monta le camp face aux murs de la ville et l'armée se déploya, impressionnante. Sadi tenait Eylir devant lui pendant que les cavaliers allaient çà et là, porter les messages du fils d'Ogma.

« C'est la ville d'où je viens, petit prince. Mon père, ma mère et mes sept sœurs y vivent. La septième de mes sœurs doit avoir ton âge, elle pourrait t'épouser.

— Bah ! Je veux pas me marier !

— Je suis heureux de les revoir. Ma famille m'a manqué. En revenant avec ton roi, ils seront obligés de m'accueillir. En étant simplement ton esclave, petit prince, je suis de plus haut rang que le satrape de la ville. »

Et il éclata de rire en renversant la tête en arrière.

Allander avait promis de récompenser richement toute la ville pour avoir capturé Ardeshir. Il allait jeter des joyaux dans les rues, construire des temples et de hautes murailles. Les architectes recrutés à Nymir avaient présenté leurs plans à leur nouveau seigneur durant le voyage.

Quand l'armée fut disposée, à midi, Allander envoya des messagers afin qu'on lui livre le Roi des Rois. Eylir était content : il allait enfin voir le visage de leur ennemi. Allander tenait à la main la longue épée d'acier de son père, de leur père.

Le retour des messagers se faisait attendre. Allander s'impatienta. Là-bas, derrière les murailles ocre de la ville, ils devaient être en train de ramener le char de guerre du Roi des Rois. Jamais ils n'auraient osé assassiner les envoyés du grand conquérant... Les hommes suaient sous le soleil de midi. Ils avaient cessé de chanter. Des gourdes de vin destinées aux festivités du soir passaient déjà de main en main. Allander avait jeté par terre son manteau de cérémonie et il se dressait sur ses étriers avec une impatience rageuse. Enfin, après un temps interminable, les messagers revinrent. Bredouilles.

Eylir, qui se tenait maintenant juste à côté, juché sur Petit Orage, entendit clairement leur rapport.

« Il est parti, seigneur. Il a quitté la ville voici deux mois en soudoyant ses geôliers, sans doute. »

Alors Eylir cria de peur. Il vit le visage de son frère devenir rouge, il vit ses traits se crisper en une grimace monstrueuse. Et il l'entendit hurler: «Il est parti? Parti ?»

Le cheval royal fit un écart qui effraya Petit Orage. Allander fit volte-face, se tourna vers le reste de sa cour qui s'écarta prudemment. La lame nue de son épée jetait un éclat dangereux. Les chevaux effrayés hennissaient et leurs cavaliers avaient du mal à les tenir. Des nuages passèrent devant le soleil, créant une ombre passagère. Legh Ap'Tenar s'approcha d'Allander, mais la menace de l'épée le fit se tenir à distance. Eylir vit que son frère respirait profondément, les yeux baissés vers le sol. Il sembla se calmer, regarda le reste de sa cour, la tête penchée en avant comme un fauve. Eylir avait peur, il eut envie de pleurer.

Et Allander parla d'une voix froide à ses généraux. Legh Ap'Tenar, Angus et les autres…

«Prenez la ville. Pillez. Tuez tout le monde. Rasez tout. Ce sera leur châtiment.»

Le visage d'Angus devint encore plus sombre que d'habitude. Legh Ap'Tenar et Selaya s'approchèrent, tentant de raisonner le roi. Mais Allander se dressa sur ses étriers et cria d'une voix si forte qu'on l'entendit d'un bout à l'autre de l'armée: *«Je dis: Pillez! Tuez! Brûlez! Rasez tout!»*

La parole du fils d'Ogma modèle le monde. Les Compagnons s'élancèrent les premiers vers Accar et leurs chevaux firent trembler la terre. Puis l'infanterie s'avança à son tour, poussant des cris terribles, et bientôt la fumée s'éleva depuis les jardins de la ville. Selaya avait pris Eylir avec elle; ils retournaient au galop vers le camp. Eylir ne disait rien, il voyait le visage de son frère déformé par la colère, il voyait l'épée d'acier atlan dans sa main, tournée contre les siens, et il ne comprenait pas.

Il perdit l'équilibre, vida les étriers et tomba de Petit Orage. Cela se fit si soudainement que même au sol, il mit du temps à comprendre ce qui lui était arrivé, il avait à peine senti le choc. Il gisait sur le dos, tourné vers le ciel, hébété. Galop d'un cheval. Des cailloux volèrent autour de lui. Une main le saisit brusquement à l'épaule et l'arracha dans les airs.

« Tu restes avec moi, petit frère. »

Allander l'installa devant lui, sur son propre cheval. Eylir vit sa mère, qui tenait la bride de Petit Orage et avait fait demi-tour pour aller le chercher. Elle cria : « Je ne veux pas qu'il voie cela. Je ne veux pas qu'il voie tes folies ! Rends-le-moi ! Il doit venir avec moi ! »

Le bras d'Allander serrait la taille d'Eylir avec violence. La colère froide de son frère lui faisait peur, il voulait rejoindre sa mère.

« Il doit voir. »

D'autres cavaliers arrivèrent, des membres de la garde personnelle du roi. Allander se tourna vers eux : « Empêchez-la de me suivre. Mais ne la tuez pas. »

D'autres nuages avaient masqué le soleil. La fumée noire des incendies montait en gros panaches dans le ciel. Et assis devant le roi, blotti contre la poitrine du fils d'Ogma, Eylir vit le feu. Il n'arriva pas à fermer les yeux.

Il vit les flammes rouges dévorer les maisons, jaillir par les fenêtres. Il vit les temples rougeoyants trembler, palpiter, comme animés d'une vie propre. Il vit les palais s'effondrer en grandes gerbes de braises. Et le cheval du roi marchait lentement au milieu du chaos.

Un groupe d'habitants jaillit sous les jambes du cheval du roi. Deux ou trois familles, une vingtaine de personnes, des voiles de soies bleues tachés de suie, des yeux noirs effrayés luisant de la rougeur des flammes, voici tout ce qu'Eylir put remarquer. En face, un groupe de soldats keltes aux corps nus marqués de spirales, aux grandes épées et au regard farouche. L'homme en tête des fuyards tomba à genoux et désigna en grimaçant de terreur sa famille qui le suivait, implorant la pitié des guerriers. Une épée lui passa à travers le corps pour toute réponse, le faisant se tordre en deux, comme secoué par un colossal hoquet. Les femmes se mirent à hurler, couvrant de leurs cris les craquements des flammes, le grondement des palais qui s'effondraient. Eylir vit le sang jaillir des gorges sectionnées. Les guerriers tranchèrent les mains et les pieds des vieillards et éclatèrent de rire quand leurs victimes tentèrent lamentablement de s'éloigner tels des insectes démembrés. Ils enfoncèrent leurs doigts dans les yeux des hommes et leur arrachèrent la langue. Les jeunes filles et les femmes furent dénudées et violées par les lames maculées de sang. Et un géant blond à la peau rougie souleva en riant son épée sur laquelle était empalé un enfant aux cheveux noirs, tordu de douleur. Le cheval du roi se détourna enfin.

Les habitants fuyaient, comme la population d'une fourmilière renversée d'un coup de pied. De manière désordonnée, courant dans tous les sens, d'une rue à l'autre, d'un incendie à l'autre. Et partout les soldats les attendaient, les longues lances des phalangistes, les épées des cavaliers, les arcs des Nymiriens. Et le sang et la mort... Toute la nuit, le cheval du roi erra au milieu des massacres, des flammes et des étincelles projetées par les brasiers.

Puis l'aube vint. Près des murailles, un groupe de Nymiriens avait acculé un géant chauve couvert de sang, le menaçant de ses flèches. Sous le ciel blanchâtre, les yeux d'Eylir recommencèrent à voir, sa bouche se desserra. Il avait un goût de cendre sur la langue : « Sadi ! »

Le géant grimaça. Voyant venir le roi, les archers hésitèrent.

« Sadi ! Je ne veux pas qu'il meure, je ne veux pas ! Je veux qu'il puisse revenir avec nous ! Laissez-le ! »

Autour des archers gisaient les corps lacérés d'une demi-douzaine de jeunes femmes et d'enfants. Allander parla : « Faites ce que dit l'enfant. »

Un peu hésitants, les archers baissèrent leurs arcs et laissèrent aller Sadi. Titubant, le géant se redressa. Ses mains étaient couvertes de sang. Il jeta un long et froid regard à Eylir puis s'éloigna dans les ruines.

La ville brûla durant trois jours. Eylir ne quitta pas Allander. Il eut un sommeil entrecoupé de cauchemars et aucune femme n'eut le droit de l'approcher pour le réconforter. Assis sur son trône que des esclaves avaient dressé sur la colline, Allander regardait brûler la cité et ne disait rien. À l'image d'un dieu terrible et inquiétant, il contemplait l'œuvre de sa colère.

Puis l'incendie s'épuisa enfin, le vent chassa la fumée qui s'accrochait encore aux bâtiments noircis. Le roi ferma les yeux et s'endormit. Alors les guerriers keltes laissèrent les rares survivants pénétrer dans les décombres et Selaya put enfin approcher son fils et nettoyer l'odeur de cendres et de sang qui lui imprégnait la peau. Serré convulsivement contre sa mère, Eylir enfouit sa tête dans le parfum de ses cheveux.

Quand Allander s'éveilla, il regarda longuement la ville et parut déçu. Plein d'une sombre lassitude, il se fit amener toutes les femmes captives et se choisit une nouvelle épouse parmi elles. La noce fut célébrée au milieu des tentes, face aux ruines de la cité de la mariée. On but beaucoup ces jours-là pour chasser tous les souvenirs.

On ne séjourna pas longtemps sur cette terre ravagée. Les habitants des villages se prosternaient sur le passage de l'armée, le visage empreint de terreur. Le fils d'Ogma se déplaçait maintenant à bord d'un énorme char d'apparat tiré par un attelage de quarante-neuf chevaux sacrés. Assis sur son trône, à moitié dissimulé aux yeux des soldats par un dais de tissu arachnéen, il caressait les cheveux de ses favorites en rêvant sombrement.

Ce fut le temps de la poursuite et des longs chemins.

Le Roi rouge poursuivit ses conquêtes. Terrifiés par l'exemple d'Accar, les satrapes des autres cités lui offraient leur soumission et l'accueillaient par des fêtes somptueuses. Des espions indiquaient qu'Ardeshir, traqué, abandonné peu à peu par l'ensemble de sa suite, s'enfonçait toujours plus loin vers le nord et vers l'est. À Assus, ce fut la première épouse d'Ardeshir qui se rendit à Allander d'elle-même, s'offrant avec ses deux fils, ses trois filles et ses soixante suivantes. Elle vint se prosterner dans la poussière auprès du trône. D'un geste las et magnanime, Allander la renvoya à Nymir avec enfants, servantes et honneurs.

Bientôt on quitta les terres du Roi des Rois. Toutes les satrapies étaient soumises. Des otages voyageaient avec l'armée, servant de garanties au souverain. Allander distribua de l'or aux fidèles et donna aux rebelles une chance de se racheter en lui envoyant des soldats. Il reçut des ambassadeurs, édicta des lois, ordonna l'édification de relais sur toutes ses terres, d'Adorovakis à Assus, de Galtin à Nymir. Et partout, aussi, on posa des bornes, dans toutes les langues et toutes les écritures, portant la parole royale. Enfin, l'armée quitta les terres élamites pour se rendre vers les mystérieux royaumes montagnards de Bactrin.

Les routes difficiles forcèrent à abandonner le char d'apparat. Le roi-dieu redevint un homme, au moins pour son petit frère. Eylir passa souvent la soirée dans la tente royale à regarder les cartes et à suivre leur progression. Allander plaçait des villes avec la même attention soigneuse qu'on dispose des pions sur un jeu d'échecs. Des messagers ne cessaient de partir pour Nymir, sa nouvelle capitale, diffusant ensuite ses ordres dans tout son empire. Pendant la journée, Eylir allait chasser avec sa mère et ses oncles. Il se fit offrir un aigle dont le regard dur l'effrayait et qu'un serviteur portait pour lui. Il eut de nouveaux esclaves aussi, qui l'ennuyaient et ne le faisaient pas rire.

Une nuit, il rêva de Sadi. Il rêva de son esclave assis en pleurant sur le corps d'une géante à la peau chaleureuse, un corps déchiré, parcouru de sillons sanglants. Et Sadi leva lentement les yeux vers lui. Quand leurs regards se croisèrent, Eylir se réveilla et se mit à hurler.

Il y avait des chemins de montagne, où l'armée s'étirait en un ruban interminable d'hommes fatigués. Il faisait de plus en plus froid, les étoiles paraissaient briller d'un éclat plus net et Eylir apprenait à reconnaître et à nommer les constellations. De grands braseros réchauffaient la tente royale. Chryseis, la brune favorite d'Allander, se prélassait sur les coussins de la couche royale, un lourd pendentif d'or tombant entre ses seins. Quand personne ne regardait, elle crachait sur Celyn et la traitait comme la moindre des servantes. Celyn baissait la tête et berçait sa petite Lumia. La petite fille faisait rire Eylir qui lui apportait du miel.

Il y avait les déserts où hommes et chevaux mouraient de soif. Petit Orage avait maigri, Eylir savait qu'il n'allait pas bien. Le soleil brûlant lui donnait mal à la tête et c'était alors sa mère qui le transportait, le tenant contre elle comme un tout petit garçon. Le visage de Selaya était hâlé par le soleil, ses yeux paraissaient d'autant plus clairs et ses cheveux plus blonds. Elle parlait peu, sauf à son fils, et ne le quittait presque plus, assistant silencieusement aux soirées qu'il passait avec Allander.

Il y eut une tempête de sable terrible durant laquelle cinq mille hommes s'égarèrent.

Et de temps en temps ils arrivaient en vue d'une cité ou d'un village perdu, dans des royaumes de la taille d'une vallée. Là des interprètes venaient annoncer la gloire du Roi rouge aux autochtones. Parfois, ceux-ci se soumettaient. Parfois ils tentaient de lutter. Un groupe d'hommes, menés par Angus ou par Legh Ap'Tenar, se chargeait alors de les soumettre. Leur roi était ensuite traîné à genoux devant le Roi rouge et décapité publiquement. Et une nouvelle ville était conquise. Il n'y avait plus de batailles, juste des escarmouches. Allander, fatigué, ne se battait plus.

Le temps s'étira, les couleurs des drapeaux pâlirent. Des hommes disparaissaient, morts de faim, de fatigue ou de froid, arrière-gardes tombées dans des embuscades de brigands ou de roitelets, quelle différence ? Cela faisait longtemps qu'aucun messager ne partait plus pour Nymir. Le Roi rouge s'enfonçait dans les terres froides du nord à la tête de son armée de fantômes.

Eylir partait souvent seul en promenade, échappant à la surveillance épuisée de sa mère. Adieu les vêtements royaux et les lourdes robes encombrantes ! À son grand plaisir, on le laissait revêtir un pantalon de cavalier, une grande tunique noire ornée d'un aigle d'or aux couleurs passées. Alors lui et Petit Orage se lançaient à l'assaut des crêtes et ils regardaient la terre âpre qui les entourait. Vue d'en haut, l'armée de son frère paraissait toute petite et fragile.

Une nuit, Eylir se réveilla. Il était allongé derrière une tenture, il s'y était assoupi après une longue promenade à cheval. Sa mère était là, qui parlait avec son frère. Silencieusement, il risqua un regard de l'autre côté de la tenture. Son frère portait une robe bleue brodée d'or. Selaya, elle, était vêtue d'un pantalon blanc et d'une longue tunique rouge échancrée. Elle avait ramené ses cheveux en un chignon compliqué maintenu par des bijoux d'or. Eylir la trouva belle. Elle souriait, semblait sereine, et son sourire donnait envie de l'aimer.

Allander posa ses mains sur les hanches de Selaya et s'approcha d'elle. Eylir retint sa respiration quand son frère se pencha sur la femme pour l'embrasser. Après l'avoir repoussé doucement, elle prit le Roi rouge dans ses bras, le serra contre elle avec tendresse et accueillit sa tête dans le creux de son cou.

Eylir recula dans sa cachette et se blottit dans un coin. Il était triste, avait envie de pleurer et ressentait une douce brûlure au creux de sa poitrine. Mais cette brûlure, il ne voulait pas la voir disparaître.

Puis enfin, ils arrivèrent à Lashkar. Plus de montagnes, une vaste steppe balayée par les vents, une armée de cavaliers armés d'arcs. Allander chargea torse nu dans le vent mordant, vit son ennemi lui échapper dix fois avant de l'abattre enfin. Dans la cité soumise, les interprètes firent parler les habitants... Au nord, il n'y avait plus rien. Juste la plaine, infinie. Aucune ville, aucun homme à part quelques éleveurs ne possédant que le vent et les étoiles. On pourrait y voyager des années sans rencontrer aucune âme. Alors le Roi rouge dit que c'était ici que se trouvait la limite nord de son empire.

À leur arrivée dans la ville, un char avait quitté la cité, s'enfuyant dans la steppe. Une bande de Compagnons se lança à sa poursuite et le rattrapa. Ils furent rejoints par Allander et sa cour. Tout autour d'eux s'étendait la steppe. De longs nuages gris dérivaient dans le ciel.

Quand Allander mit pied à terre, Eylir le suivit. Le conducteur du char était mort, tué par les Keltes. Restait le passager, un petit homme au nez busqué et à la barbe noire bouclée, digne mais tremblant de peur dans sa lourde robe rouge de cérémonie.

Allander se tint face à lui, l'épée à la main. Son regard était empreint de lassitude.

« Veux-tu te battre, Ardeshir ? »

Le passager du char regarda le Kelte avec une moue de mépris et fit non de la tête.

Alors Allander saisit son épée à deux mains et prépara son coup. Et avec un cri bref, il décapita le petit homme.

La tête roula aux pieds d'Eylir et émit un gargouillement comique. L'enfant n'avait pas bougé.

« Est-ce ainsi que meurt un roi, mon frère ? »

Allander s'étira, écarta les bras et inspira l'air à pleins poumons. Il paraissait revigoré, comme s'il venait de déposer derrière lui toute la fatigue de ces mois de voyage.

« Non, Eylir. Il n'était plus roi depuis longtemps.

— Et maintenant ? demanda Legh Ap'Tenar d'un ton épuisé.

— Maintenant ? »

Allander bondit sur son cheval et se tourna vers ses hommes.

« Maintenant ? Nous continuons vers l'est. Jusqu'à l'Océan au bord du monde ! »

Et il partit au galop.

Invitation pour *La Reine des mirages*

Le troisième matin, nous nous sommes réveillés très tard. J'ai quitté la chambre en premier. Comme j'étais un peu flou, j'ai mis du temps avant de me rendre compte que quelqu'un attendait dans la cuisine. Une fille de mon âge, brune, avec un visage rond et de grands yeux sérieux. Elle portait une drôle de robe verte cousue de grosses fleurs en tissu, un vêtement plus comique qu'élégant. Tout de suite, je l'ai trouvée jolie.

« Salut. »

Je me suis senti un peu gêné de la rencontrer ici. Je lui ai rendu son salut. Elle m'a dit : « Je suis Beth. Kay est là ?

— Elle est en haut.

— Tu crois que je peux monter la voir ? Elle est réveillée ? »

J'ai hoché la tête. Elle m'a souri. Elle me regardait droit dans les yeux, j'étais intimidé.

Elle est restée quelques minutes dans la chambre à discuter avec Kay. J'en ai profité pour aller acheter trois galettes en face. Quand elle est redescendue, elle s'est attablée avec moi. On a échangé quelques mots dont je ne me souviens plus, puis elle m'a demandé : « Qu'est-ce que tu recherches ? »

Elle avait le regard intense que les enfants posent sur le monde. Je n'ai pas trop compris le sens de sa question, mais ça avait l'air important pour elle. Alors j'ai répondu la vérité.

« Je recherche l'histoire d'Eylir le jeune et d'Allander... Pour moi et pour ma patronne.

— C'est qui ?

— Mme Serena Fonte. C'est une nonne », ai-je cru bon de préciser, tout en me disant que je ne risquais pas grand-chose à révéler son nom puisqu'elle était ici incognito.

« Je la connais », a-t-elle dit, comme si c'était une évidence.

J'étais amusé par cette sorte de vantardise enfantine, mais je ne l'ai pas dit. Elle s'est levée.

« Si tu veux des histoires, a-t-elle dit, tu n'as qu'à venir voir le spectacle de marionnettes de mon père. C'est une histoire d'aventures. *La Reine des mirages.* Le théâtre est sur la place des Drôles. Tu me diras ensuite si tu as aimé. Tu viendras nous voir ? »

J'ai promis que oui. Alors elle est partie, marchant du pas décidé de celle qui sait où elle va. Dehors il pleuvait encore, et la pluie semblait l'agacer. Je l'ai regardée longtemps, me rendant bien compte que cette rencontre était importante sans savoir pourquoi. Un signe, une force, le destin. Quelque chose de kelte.

En tout cas, j'avais rencontré Beth.

Quand je suis ressorti, le soir, il pleuvait à verse. J'avais passé la journée dans la quiétude de ma chambre de pension, à terminer de coucher sur le papier mon rapport pour Madame. Allander aimait le petit Eylir. À sa mort, son empire avait été divisé entre les siens. Eylir était peut-être devenu le seigneur d'une de ces terres orientales immenses, enfant perdu seul sur un trône et entouré de conseillers persifleurs. Les jeux de pouvoir intéressaient Madame... Je me disais que Kay m'expliquerait tout cela.

Il faisait vraiment très sombre et je suis arrivé dans le quartier des îles crotté jusqu'aux genoux.

Kay et moi sommes allés dîner au *Loup des mers.* Malgré la lumière et la chaleur, l'endroit était agité et bruyant alors que j'avais envie de calme et de temps avec elle. Mais ça n'a pas paru la déranger... Je lui trouvais l'air préoccupé. Et je ne savais pas trop comment m'y prendre pour lui redonner le sourire. La moindre chose que je disais semblait l'agacer, je me sentais idiot et maladroit, je ne comprenais pas ce qu'elle avait...

À la fin du repas, nous sommes sortis dans l'arrière-cour et nous nous sommes assis sous l'auvent. Elle avait emporté une bouteille de stretch que nous nous passions mutuellement. À mon grand soulagement, cette situation nous évitait d'avoir à discuter. La pluie faisait comme un rideau au-delà des limites de l'auvent. De temps en temps, un peu de lumière tombait dans la cour boueuse comme un buveur la traversait en titubant pour aller vomir dans un coin. Et c'est là, qu'accompagnée du bruit de la pluie et de la chaleur de l'alcool, elle a repris son récit.

« Il a continué vers l'est. Oh oui, il a continué... »

ANGUS

La folie du Roi rouge.
Eylir, 3e récit. (Notes pour Serena Fonte.)

Il s'appelle Angus de Maharkal. Il a acquis son nom lors de la première victoire du Haut-Roi, neuf ans plus tôt. À son service, il a gagné ses cicatrices, ses marques de guerre. Il marche d'un pas lent, soucieux sur la plaine boueuse. Il est Angus le chêne, Angus l'indéracinable et la peau de son visage est crevassée comme de la vieille écorce, au creux de laquelle se cache l'ardeur de son regard.

Voilà neuf ans qu'il suit Allander, le roi à la parole de feu qui l'a arraché à sa condition de mercenaire pour faire de lui le plus fidèle des fidèles. Neuf années de voyage vers l'est, neuf années de combats et de conquêtes. Angus ne connaît même pas le nom de la terre qu'il foule, ni celui du fleuve qui gronde dans les ténèbres du soir, derrière eux, derrière l'armée. Ce fleuve qu'ils ont mis une semaine à traverser, sur des embarcations de fortune et des ponts flottants. Les guides parlent du pays de Poreas, sans dire si c'est le nom de la terre, du fleuve, ou bien du roi qui attend là-bas, derrière les collines, et qui franchira celles-ci demain matin avec son immense troupe, pour rejeter les envahisseurs dans le courant bouillonnant.

Angus passe les hommes en revue, la grande armée kelte partie d'Adorovakis des années plus tôt. Il regarde les hommes avachis dans la boue, sous la pluie chaude de cette saison de fièvres. Combien sont-ils ? Trente mille ? Oui, mais avec près de la moitié de mercenaires, de ces foutus cavaliers légers, archers en turban, fantassins bardés d'osier... Ces Seljucks, Élamites, Nymiriens... Les ennemis d'hier, devenus les alliés d'aujourd'hui, au nom du Roi rouge, au nom d'Allander qui fait trembler le monde. Et les autres ? Ceux venus des pays keltes, de ces terres que l'on pouvait encore comprendre ? Angus regarde les fantassins hagards, le visage envahi de barbe comme une ronce, la faim au creux du ventre, rongés par la fatigue et par la maladie. Leurs feux de bivouac ne sont que fumées et braises crachotantes sous la pluie lourde du soir. Il voit les Compagnons, les cavaliers de la première heure, les plus keltes des Keltes, ceux qui se battent torse nu en hurlant, le visage et la poitrine tatoués des marques de la déesse. Il voit ces hommes avachis par les langueurs de l'Orient, portant soieries et cuirs fins, il voit ces hommes perdus dans des pays qu'ils ne comprennent plus depuis longtemps, des pays où les marchands leur mentent, où les femmes qui se donnent à eux les assassinent dans leur lit, où des dieux effrayants leur lancent des grimaces dans des temples aux allures de pyramides et de bulbes végétaux. Ils ont vaincu, ils ont conquis, oui, mais où sont leurs conquêtes ? Où sont ces royaumes qu'ils ont écrasés sous leur botte, où sont ces terres dont ils ont renversé les armées dans un grand élan furieux ? Pour eux, elles ne sont pas plus qu'un rêve, là-bas, derrière eux, de l'autre côté du fleuve. Des cités d'or et de vieilles pierres perdues dans les brumes de l'autre monde, colonnes de temples et femmes à la peau brune, bois précieux et soieries… Tout cela est si loin d'eux… Juste un rêve, oui, dans les yeux de leur roi, dans les orbites vides de leurs compagnons morts sur la route. Angus pense avec amertume que les Keltes pourront retrouver leur chemin en arrière en suivant l'immense ligne de cairns qui balise le trajet du Haut-Roi.

Angus le chêne marche d'un pas soucieux, les lignes épaisses de son front plissées au-dessus de ses yeux. Il est le chef de la garde personnelle du roi, de ses ambacts comme on les nommait dans les temps anciens. Deux cents vétérans, des brutes puissantes tatouées de bleu, aux cheveux décolorés. Deux cents fanatiques prêts à mourir à chaque instant pour le fils d'Ogma. Il les aime ces foutus crétins... Ils ont dix ans, vingt ans de moins que lui et l'enthousiasme de la folie. Ils ne se battent presque jamais, puisque maintenant le Haut-Roi dirige les mouvements de ses troupes depuis une colline voisine, sous un dais de tissus précieux à la manière des rois d'Orient. Alors Angus doit les retenir à chaque combat, à chaque bataille, pour éviter qu'ils ne se précipitent dans la mêlée pour se couvrir de sang. Angus a la confiance absolue du Haut-Roi. Peut-être à cause de la prophétie que fit Amter, à la veille de la rencontre de Salania. *Tu mourras aux pieds de ton roi.* La parole des druides est vérité, alors ces mots guident les pas et le destin d'Angus. Il mourra aux pieds de son roi, en le défendant, en donnant sa vie pour lui. Peut-être est-ce à cela qu'il pense en entrant dans la petite ville qu'ils ont prise la veille, en montant vers le palais de pierre brune où il doit délivrer son message.

Arrivé à l'entrée, au bas des marches usées et tachées de mousses et de verdure, Angus se retourne. Au pied de la ville, l'armée kelte est regroupée comme une nichée frileuse se serre contre les flancs de ses parents. Les nuages sont bas et sombres, sauf à l'ouest, derrière eux, où éclate la flamme rouge du soleil couchant. Angus soupire et passe les portes. Il doit transmettre un message à son roi.

Le palais appartient à un prince, un marchand, un notable de la région, Angus n'en sait rien, il ne l'a jamais vu. Est-il encore chez lui ? Peut-être a-t-il été chassé, peut-être que les guerriers d'Allander l'ont tué dans un accès de rage, avant de violer ses femmes et ses filles... C'est un homme important, sans doute, mais pas démesurément riche. Les murs bas de sa demeure sont recouverts de plantes grimpantes, favorisées par l'humidité du climat. Les lichens tachent les visages des dieux souriants sur les murs. Angus traverse la cour d'honneur, passe entre les ambacts occupés à jouer aux dés. Certains lui jettent un salut amical mais il n'y prête pas attention... Les yeux baissés, il entend un galop sourd et lointain. *Ta da dam. Ta da dam.*

Les murs de la plus grande pièce sont recouverts de fresques écaillées. Des personnages nus dansent de profil devant des dieux aux multiples bras. Des guerriers s'affrontent dans des orgies sanglantes. Des monstres grimacent dans les ombres.

Au pied des fresques sont rassemblés le gouvernement, les proches et les intimes du Haut-Roi, regroupés autour de lampes à la flamme dorée. Angus en connaît certains depuis le début. D'autres sont des arrivistes persévérants qui ont voulu affronter les longues marches militaires, la guerre et la maladie pour récolter un peu d'or ou de gloire auprès du conquérant. Parmi les premiers, Angus reconnaît Legh Ap'Tenar et Nikolaus Metreides, généraux commandant respectivement la cavalerie et l'infanterie. Et là, dans le coin, le mage et le maître des espions du roi.

« Angus, tu as des nouvelles ? »

C'est Selaya Ap'Rilke qui vient de parler d'un ton inquiet en venant vers lui. Elle porte un large pantalon de toile informe qui rentre dans ses bottes et une chemise épaisse, salie par les journées de voyage. Cela fait une éternité qu'elle n'a pas mis une robe... Plus l'armée s'enfonce vers l'Orient, plus elle prend son rôle de garde du corps d'Allander au sérieux. Elle passe de longues heures avec lui, dormant dans sa tente durant les longs voyages à travers les cols et les vallées. On dit qu'elle est sa maîtresse, mais Angus n'en croit rien. Elle aimait trop le père pour se donner au fils... Non, la vraie raison pour laquelle elle ne le quitte plus se tient debout derrière elle.

Eylir est un petit garçon de neuf ans, attentif et silencieux qui regarde le vieux guerrier d'un air grave. Ses cheveux blonds auraient besoin d'un bon coup de peigne, ses vêtements ont connu des jours meilleurs. Angus sait ce que c'est que d'élever un enfant en campagne... Le gamin tient une épée de bois à la main. Sa mère l'entraîne à l'escrime. Le gosse n'a pas beaucoup de distractions, Allander le veut toujours près de lui, toujours sous sa main. Le Haut-Roi veille sur son petit frère avec jalousie.

Ignorant la question de Selaya, Angus demande : « Où est le roi ? Je dois lui parler.

— Il est en train de boire, avec ses femmes... Angus, tu es sûr que ça va ? »

Angus baisse les yeux. Il a l'impression que la lumière rouge du couchant s'est glissée jusqu'ici, jusque dans la grande salle obscure où la Cour épuisée attend la parole du roi. Et il entend le galop, encore, plus fort. *Ta da dam. Ta da dam.* Mais personne d'autre que lui n'y prête attention. Comment font-ils pour ne pas l'entendre ? Le gamin croise un instant le regard du guerrier. Angus se sent triste. Il aime bien ce gosse, il l'a porté sur ses épaules, une éternité plus tôt, à Nymir.

Le roi est avec ses femmes. Bien. Angus écarte le rideau du fond. Sa main calleuse froisse le fin tissu brodé, c'est tout juste s'il ne l'arrache pas. Dans la grande chambre qu'il aperçoit, les esclaves ont débarqué les trésors du Haut-Roi. Les vasques d'or et de pierres précieuses, les grands tapis brodés, les sièges sculptés, les armes d'or et d'argent des soldats. Albâtre, jade, ébène et corail, les matières précieuses se mêlent aux métaux. Les femmes à la peau brune, noire ou caramel sont étendues sur les coussins et les tapis, reines ou concubines du Haut-Roi. Les esclaves, les courtisanes et les chanteuses ramassées dans les bordels se mêlent aux princesses et aux filles du Roi des Rois de Nymir. Et agenouillée au pied du trône, féline et sombre, Chryseis, la favorite au regard de feu, pose sa tête sur les genoux de son seigneur.

Allander semble dormir. La triple tiare qu'il porte tombe de guingois sur ses cheveux, sa barbe mal taillée lui mange le visage, son corps disparaît sous la lourde robe de cérémonie de soies et brocarts rouges qu'il porte maintenant en public. Auprès de lui, un astrologue au long visage récite une mélopée lancinante. D'autres quémandeurs, à genoux, attendent qu'il daigne leur accorder son attention et s'attirent chuchotis et quolibets de la part des femmes.

« Roi ! dit Angus. Je dois te parler. Maintenant. »

Les pieds boueux du vieux soldat laissent des traces sur les tapis précieux. Les filles ne lui inspirent qu'indifférence, quant à ces trésors, il s'en moque. Il aimerait peut-être pouvoir les distribuer afin de remonter le moral à ses soldats épuisés. La lueur rouge du couchant se glisse jusqu'ici, illumine les vasques et les ors, les tache d'éclaboussures sanglantes qui viennent se refléter jusque dans les yeux sombres des filles.

« Roi ! Écoute-moi ! »

Allander redresse la tête, contrarié. La tiare glisse de sa tête et va rouler aux pieds de l'astrologue, qui se tait.

« Angus. Quelles nouvelles ? »

Le regard du Haut-Roi est devenu dur et précis, comme chaque fois qu'il parle d'affaires militaires.

D'autres membres de la Cour, profitant du courage d'Angus, se sont glissés dans la chambre des femmes derrière lui. Eylir, tenant la main de sa mère, regarde avec attention son frère qui règne.

« Roi, les soldats ne veulent pas se battre demain. Ils savent ce que t'ont dit les éclaireurs. Le roi de Poreas a cinquante mille hommes, des chars, des cavaliers. Ils savent surtout qu'il a deux cents éléphants de guerre.. »

Allander se lève, arrogant : « Et alors ? »

Angus regarde son roi droit dans les yeux. Le galop du cheval cogne sourdement à ses oreilles. *Ta da dam. Ta da dam. Ta da dam. Ta da dam.* Il a du mal à se concentrer.

« Ils se souviennent des escarmouches, mon roi. Ils savent comme les chevaux ont peur devant ces monstres, devant un seul de ces monstres. Il y en a deux cents. Je dis que les Compagnons vont être balayés et que l'infanterie ne sera pas assez nombreuse ni assez forte pour tenir. Ces lanciers nymiriens ne valent rien et leurs cavaliers sont tout juste bons à paître dans les champs... Mon roi, les hommes ne veulent pas se battre et ils ont raison. Ils veulent descendre le fleuve vers le sud, rejoindre la mer, repartir en arrière. Nous vaincrons ce roi lors d'une autre campagne... »

Il se tait, épuisé par ce long discours. Le sang bat à ses tempes. Allander se lève brusquement, s'extirpe de la lourde robe de cérémonie, apparaît torse nu, luisant de sueur. Il est fort, encore, à peine amolli par ses excès. Chryseis se lève souplement à son tour et se glisse comme une chatte contre lui. Comme importuné par un insecte, le roi la gifle violemment. C'est le premier signe, le premier éclair de l'orage...

« Ainsi ils ne veulent pas se battre ! »

Il a crié. La colère est apparue soudainement, comme un orage sec d'été. Ses yeux brillent, les tendons de son cou sont saillants. La cour recule, les femmes se réfugient dans les ombres, l'astrologue a disparu. Eylir s'est placé bravement devant sa mère, pour la protéger.

« Ils ne veulent pas se battre ? Mais qui êtes-vous, tous ? Que faites-vous là ? Vous ne voulez pas vous battre ? Alors partez ! Nul ne vous retient, sinon votre parole, sinon votre courage, votre honneur ! »

Il ramasse une longue lance ouvragée à la lame en feuille de laurier ciselée d'or. D'un geste rageur, il l'abat sur une vasque de vin, qui se fend et déverse son contenu sur les tapis. Il renverse un chandelier, une table, détruit les verres dans un claquement de cristal brisé.

« Chiens ! Menteurs ! Lâches ! Quand la voix des dieux appelle, vous restez sourds ! Je suis le Roi rouge ! Je mène les armées et j'irai jusqu'à l'océan oriental, jusqu'au bord du monde ! Alors fuyez, incrédules ! Je ne peux pas être vaincu. Pas être vaincu ! »

Sur ces trois mots, la lame de la lance s'enfonce dans le tapis, manque de transpercer la cuisse d'une concubine assommée de drogue qui se réveille en criant. Voyant l'arme immobilisée, Legh Ap'Tenar, le vieux compagnon, s'avance pour tenter de raisonner le roi, pour tenter d'apaiser la tempête, de ses seules mains nues...

Angus en a assez vu, il se retourne et s'en va, retourne auprès de ses hommes. Le galop sonne de plus en plus fort, étouffant presque les cris du roi. Tous les visages lui paraissent teintés de sang, les vêtements, les armes, les murs sont teintés de sang, éclairés par un immense ciel rouge et puant. *Ta da dam. Ta da dam.* Angus marche vite, le galop fait trembler le sol, c'est le galop d'un cheval immense, portant un immense cavalier, il vient vers lui, dans son dos, il s'approche. *Ta da dam. Ta da dam.* Il avance dans le palais, il avance au milieu de la lumière rouge, il marche dans un immense champ de bataille, couvert de cadavres, partout, partout, partout. Visages morts écorchés par les vautours, ventre béant des chevaux mangés par les vers, épées rouillées pointant vers le ciel. *Ta da dam. Ta da dam.* Le cavalier s'approche encore... Et le grondement des sabots derrière lui, l'ombre longue et noire du cavalier qui le recouvre. *Ta da dam. Ta da dam.* Angus est fatigué. Il reconnaît la voix enragée de son roi, le cri marqué de folie d'Allander : « Angus ! Lâche ! Retourne-toi ! Je te l'ordonne ! Je te l'ordonne ! Retourne-toi ! »

Ta da dam. Ta da dam. Ta da dam. Ta da dam. Angus se retourne, lentement, face au cavalier. Il se campe fermement dans le sol, bouclier devant, sa hache à la main. Et il attend. Et il voit. L'immense silhouette noire dressée sur sa monture de géant, les grandes cornes de cerf sur les côtés du casque qui se découpent dans un scintillement sur le soleil couchant, le long épieu pointé vers lui. Alors il a un rire bref, sentant l'inutilité de son armure et de son bouclier face à un tel adversaire, le seul que nul ne puisse vaincre. *Ta da dam. Ta da dam.* Le cavalier est sur lui, le Grand Cornu.

Et l'épieu le frappe, traverse l'armure et les chairs, transperce la vieille poitrine du soldat. Angus le chêne, campé sur ses pieds, vacille mais ne tombe pas. Il ne tombe jamais, il ne tombera jamais. Il pense aux paroles d'Amter, comme le sang coule de sa bouche jusque dans son cou. Il pense aux mots du druide. *Tu mourras aux pieds de ton roi.* Alors, tranquille, il lâche ses armes et son bouclier fendu et regarde le ciel rouge, rouge, rouge…

Angus de Maharkal s'effondre, ses yeux sont déjà morts. La lance à lame en feuille de laurier lui a traversé la poitrine de part en part. Stupéfaction silencieuse. Eylir regarde les visages des adultes, les yeux horrifiés de sa mère, de son oncle Gart. Il regarde son frère, torse nu, debout auprès du corps du vieux guerrier qu'il aimait. Toute colère et toute folie ont quitté Allander, il regarde la main qui tenait la lance, comme s'il voulait maintenant retenir son geste. Il y a moins de lumière, les flammes semblent avoir baissé. Alors Allander se tourne vers ses courtisans, ses amis, ses femmes.

« Laissez-moi. »

Il crie : « Laissez-moi ! »

Et tous s'enfuient devant la colère du roi. Seule restera sa douce Celyn, qui ne le quittera pas de la nuit.

Eylir passe la nuit auprès de Selaya. Elle ne dit rien, se contente de le serrer très fort dans ses bras et de l'embrasser sur le front. Il n'a pas peur, elle est là, avec lui. De toute façon, il est kelte, il n'a jamais peur. Il ferme les yeux. Dans son sommeil il entend son oncle Gart dire que le roi est fou, qu'il peut accepter des choses, oui, beaucoup de choses mais pas ça. Pas la mort d'un ami, pas la mort de leur ami. Eylir se serre plus fort contre sa mère qui lui caresse les cheveux. Il dort.

C'est le matin. Eylir est sur la colline, avec sa mère. Il voit les feux de camps, les bivouacs, il voit les chevaux. Il aimerait aller prendre son cheval, son petit Orage, et aller loin, très loin, très vite, sauter les rivières et les murs, courir dans les plaines. Il est malheureux et sa mère ne lui dit rien, regardant fixement devant elle, lui tenant la main avec fermeté. Selaya pleure en silence, en regardant l'armée du roi de Poreas qui s'assemble, là-bas. On peut voir les éléphants, avec leurs petites tours de guerre pleine d'archers. Et les chars aux roues ornées de lames. Les Keltes parlent de partir, Eylir a entendu parler les soldats. Mais ils n'ont pas le droit ! Ils doivent livrer bataille, encore une fois ! Ils ne peuvent pas abandonner son frère ! Il faut se battre, encore, encore !

Angus a été allongé dans une fosse bordée de pierres, creusée dans le sol dur, non loin du fleuve. Il a ses armes à côté de lui, et son grand bouclier le recouvre. Le ciel est gris, il ne pleut pas. Un homme joue de la cornemuse, criarde et mélancolique. Eylir connaît la mort, il a vu les soldats mourir, il a vu la maladie et les blessures. Mais il n'a jamais vu mourir de héros car les héros, eux, ne meurent pas. Ils ne peuvent pas, n'est-ce pas ? Il regarde le visage endormi du mort, il regarde ses moustaches épaisses, ses traits bougons. Encore une fois, le vieux soldat va lui donner une tape sur la tête parce que Eylir a touché à ses armes, il est certain qu'il le fera encore. Il suffit juste qu'il se lève.

Eylir tient la main de sa mère. Selaya s'agenouille près de la fosse, après Gart, avant Mackear, et dépose une grosse pierre tout au fond, sur le bouclier. Ils le couchent sous la pierre, sous un lit de pierres, il va maintenant dormir sous un lit de pierres qu'il ne pourra jamais soulever... Eylir comprend enfin.

« Arrêtez ! Arrêtez ! Pourquoi vous faites ça ? Il pourra pas, il pourra plus jamais... »

Il crie, tire Selaya en arrière, essaye de tirer les autres. Elle l'attrape, s'agenouille près de lui, le prend dans ses bras, dit des paroles douces, pour l'apaiser. Alors enfin il pleure, sans s'arrêter, dans la chaleur des bras de sa mère.

Plus tard, les yeux rouges et le visage pâle, il va lui aussi ramasser une lourde pierre, la plus lourde qu'il puisse porter. Et il se glisse dans la longue file de soldats, ambacts, fantassins et cavaliers qui défile auprès de la tombe du guerrier mort. Au son de la cornemuse, Eylir dépose sa pierre. Le tumulus est déjà plus grand que lui. À la nuit tombée, ce sera une petite colline et Eylir y aura apporté des dizaines de pierres.

Ce jour-là, le roi de Poreas n'attaque pas.

Le lendemain matin, Eylir est encore sur la colline avec Selaya qui lui tient la main. Cette nuit encore il a dormi contre elle, loin du palais. Cela fait deux nuits de suite qu'il dort loin de son frère, sans tous les soldats autour de lui pour le protéger, il sent venir le changement. L'armée est rassemblée, les phalanges, les Compagnons, les archers nymiriens, ils sont tous là. Le roi de Poreas est en face, tout près, à mille pas devant, Eylir regarde les éléphants en plissant les yeux. Les éléphants sont des animaux très drôles, c'est aussi ce que dit son frère. Ainsi, il y aura une bataille !

« Maman, est-ce que mon frère sera victorieux ?

— Ton frère a toujours été victorieux jusqu'à maintenant, Eylir. Mais il est allé trop loin. Il est trop fatigué. »

Eylir ne comprend pas ce que sa mère veut dire. Son

frère est le Roi rouge, son frère est un dieu. Il ne peut pas être fatigué.

« Maman, est-ce que je suis un dieu, moi aussi ? »

Selaya lui fait un sourire doux, un sourire qui rassure.

« Non, mon chéri. Et c'est très bien ainsi. »

Le Haut-Roi apparaît à cheval. Nulle clameur ne l'accueille, les hommes sont épuisés. Et Allander est seul, caracolant devant son armée. Il s'est rasé le visage, il est vêtu à la kelte, portant d'épaisses braies de toile et son manteau royal de fourrure noire sur son dos. Eylir sait que son frère est un grand guerrier, il aime mieux le voir ainsi que dans ses vêtements d'apparat de roi d'Orient. Allander s'immobilise face à son aile gauche, ses Compagnons. Et il crie :

« Ogma ! »

Eylir crie depuis le haut de la colline :

« Ogma ! »

Et toute la troupe de cavaliers reprend :

« *Ogma !* »

Alors Allander galope le long de son armée en ligne, et comme un incendiaire répandant ses flammes, il crie le nom du dieu rouge de place en place, embrasant les cœurs. Il est le Roi rouge, il mène les armées... Et quand il se lance en avant ses hommes le suivent en hurlant. Vers les troupes deux fois plus nombreuses du roi de Poreas, vers ses cavaliers, ses chars, vers ses deux cents éléphants de guerre.

La bataille est longue et confuse. Malgré le soleil qui a percé les nuages, Eylir n'y voit pas grand-chose. Il entend de loin les cris des éléphants et cette longue clameur sourde associée aux combats. Assise par terre, Selaya regarde aussi, triste et inquiète. De temps en temps, Eylir se tourne vers l'autre colline, le tumulus de pierre, non loin de là. Il sourit, il sait qu'Angus est dans l'autre monde, maintenant, sur les îles bienheureuses des guerriers. Il est sûr qu'il regrette de ne pas pouvoir se battre aujourd'hui.

Des blessés reviennent, à pied où à cheval. Épuisés, ils donnent des nouvelles contradictoires. Le Haut-Roi est tombé. Les Compagnons dispersés. L'armée ennemie recule. On ne sait trop ce qui se passe. Puis Eylir voit de moins en moins d'éléphants, ils fuient, fous de rage et de douleur, chargent leur propre camp. Alors la clameur s'intensifie, devient immense. Eylir entend les noms des clans, portés par le vent, partout sur ces terres étranges dont on ne connaît même pas le nom. Fenris ! Vilna ! Callaghan ! Callaghan ! Callaghan !

Et d'autres blessés reviennent. Euphoriques, riant malgré leurs blessures. C'est la victoire ! La victoire ! Allander a tué le roi de Poreas, il a chevauché l'éléphant du roi, a chargé les troupes du roi ! Le Roi rouge est invincible... Eylir bat des mains, se réjouit. Ce soir encore ou bien demain, il va y avoir une fête folle, de la musique, des danses ! Son frère est invincible, il est victorieux des chars, des éléphants, de tous les rois du monde entier ! Il voit Selaya, admirative malgré elle, regarder dans la direction de la bataille.

« Maman, mon frère est vainqueur ! Mon frère est vainqueur !

— Oui, encore vainqueur. Par l'Unique, où s'arrêtera-t-il ? »

Elle se tourne vers Eylir : « Nous partons, Eylir.

— Nous allons le rejoindre ?

— Non, nous n'allons pas le rejoindre.

— Mais je dois le rejoindre, maman ! Je suis l'héritier ! Je dois être avec lui, pour apprendre à régner, pour apprendre à commander comme lui ! »

Sa mère l'entraîne d'un pas ferme vers le pied de la colline, où les attendent leurs chevaux, ainsi que ses oncles Gart, Mackear, Alvin et d'autres amis de sa mère. Eylir sent que tout a été préparé, qu'il ne reverra pas son frère, que sa mère veut l'emmener loin, loin d'ici ! Alors il crie, il doit rejoindre son frère, il doit rejoindre le roi ! Il est l'héritier !

Ils montent en selle, les chevaux dévalent les collines, Eylir pleure en silence, tenant les rênes de Petit Orage. Autour de lui, les adultes sont plongés dans leurs pensées. Alors il fait volte-face, quitte le groupe, pousse de grands cris d'encouragement et lance son cheval en direction de l'armée kelte.

Petit Orage semble voler au-dessus des cailloux du chemin, Eylir galope vers l'horizon, vers l'est, vers son frère...

Les autres le rattrapent dans un grondement de sabots. Une main s'empare de ses rênes, on le force à s'arrêter. Eylir tente de dégager son cheval, croise le regard de sa mère. Selaya est triste et fatiguée. Le gamin renonce.

Eylir monte devant sa mère, qui le retient d'un bras. Elle ne le laisse même plus monter Petit Orage, les autres ne veulent pas. Il renifle, essuie ses larmes et dit d'un ton rageur : « On va où ? Il nous retrouvera partout !

— Nous retournons chez moi. À Koronia. »

La digue

Ainsi, il était venu à Koronia, là même où je me trouvais en ce moment ! J'ai tenté de percer du regard le rideau de pluie, comme si je pouvais l'apercevoir. J'avais fini ! Je l'avais retrouvé ! Je brûlais de demander à Kay où il était maintenant...

« La suite de l'histoire, n'importe qui pourra te la raconter. Le Roi rouge n'a pas continué ses conquêtes, il est revenu vers l'ouest. À Nymir, une pute en colère l'a frappé d'un coup empoisonné et il est mort comme un con, comme son père, frappé par une femme... La malédiction des Callaghan... La malédiction... »

Sa voix s'est tue. Elle avait le visage enfoui dans ses bras. Je me suis rendu compte avec stupeur qu'elle pleurait. Dans un geste rendu approximatif par tout le stretch que j'avais avalé, j'ai voulu lui passer un bras autour des épaules pour la réconforter. Toute la joie de savoir Eylir si proche avait disparu d'un coup face à mon inquiétude. Mais elle m'a brutalement repoussé et m'a foudroyé du regard. « Fous-moi la paix ! Rentre chez toi ! »

Elle a crié si fort que sa voix s'est éraillée. J'ai tenté de discuter un instant, puis j'ai compris que si j'insistais, elle allait me briser les os. Alors je l'ai laissée, je suis parti sous la pluie, affolé, sans rien comprendre. Mais je ne suis pas allé loin, juste de l'autre côté de la rue. J'ai attendu, je l'ai vue sortir de l'arrière-cour et prendre la direction de la ville haute. Elle marchait vite, la pluie lui battait le visage, je crois qu'elle ne savait pas trop où elle allait. Elle s'est mise à courir, je me suis essoufflé à la poursuivre jusque dans les rues pavées. Qu'est-ce que j'espérais ? Si je tentais de lui parler, elle me chasserait.

Elle est montée sur la digue qui protège la colline. En haut de l'énorme mur de pierre construit par les Atlans, les rafales de pluie étaient plus violentes. Le vent soufflait depuis la mer en grosses bourrasques chargées d'écume. D'un bond, elle est montée sur le parapet, se tenant en équilibre sur l'étroit muret. Elle regardait la mer, à peine visible dans la nuit. Elle regardait vers le lointain et elle criait : « Maudis ! Je te maudis, Callaghan de merde ! Crève encore, Allander ! Crève mille fois ! »

Le vent collait ses cheveux trempés sur son visage, la pluie noyait ses larmes. Debout en équilibre instable sur un muret mouillé à trente pieds au-dessus du sol, elle était fière et pathétique. Elle donnait des coups de poing en avant comme si le roi s'était tenu devant elle. Si elle avait tenu une épée, elle en aurait fouetté l'air…

Puis j'ai vu qu'elle perdait l'équilibre. Alors je me suis précipité, je lui ai enlacé la taille, je l'ai tirée en arrière.

Nous sommes tombés tous les deux, elle sur moi, nous avons roulé sur le sol de pierre, trempant encore plus nos vêtements. Après un instant d'hésitation, elle s'est relevée et m'a regardé alors que j'étais encore au sol.

« Tiens, tu es encore là, toi... »

Elle m'a relevé.

« Tu es un gentil garçon. Rentre chez toi, ça vaudra mieux pour nous deux. »

Je n'ai rien répondu, je l'ai prise dans mes bras. La pluie me ruisselait dans le cou, mais je m'en moquais. Parce que finalement, j'avais compris pourquoi elle pleurait, elle, la fille de guerrier élevée par des guerriers. Je l'ai serrée un peu plus fort et j'ai dit : « C'était Angus ton père, n'est-ce pas ? »

On est restés comme ça un moment, elle n'a rien répondu. Puis finalement elle m'a repoussé, gentiment et fermement.

« Rentre chez toi, c'est juste à côté.

— Je te verrai demain ?

— Oui, si tu veux... »

Je l'ai embrassée une dernière fois et nous nous sommes séparés. J'avais encore tant de questions à lui poser... Et je crois que j'étais en train de tomber amoureux. Alors je me suis séché et je me suis couché, en rêvant au lendemain, quand j'allais pouvoir la retrouver. J'étais naïf.

Le lendemain, je suis passé chez elle en fin de matinée. La pluie avait quasiment cessé, les rues du quartier des îles étaient creusées d'énormes flaques boueuses. Je suis rentré dans la cour de sa maison et je me suis arrêté net. Dans l'établi, le four était allumé et un homme grand et fort aux épaules nues était en train de tisonner les braises. Une petite fille de cinq ou six ans est sortie de la cuisine en courant vers l'homme.

« Papa ! Maman dit que si tu dois manger, faut manger maintenant sinon elle viendra te casser la gueule ! »

L'homme a foudroyé la gamine d'un regard comique, puis l'a prise dans ses bras. L'enfant a hurlé de rire en tentant de s'échapper. L'homme m'a alors aperçu à l'entrée de la cour et a demandé s'il pouvait faire quelque chose pour moi. Honteux et stupide, j'ai reculé et suis parti sans rien dire.

3

Koronia

J'ai vu un pays entre terre, ciel et eau. Une ville noyée au milieu des marais. J'ai vu des palais de pierre, de fer et de fleurs, aux arcs comme des plantes, aux fenêtres de cristal et de verre coulé. J'ai vu les lumières de fêtes oubliées briller dans les étages engloutis. J'ai tenu les mains d'une femme aimée, sur un balcon surplombant l'eau stagnante.

J'ai vu les longues gondoles sculptées d'un peuple joyeux, naviguer entre les palais comme des îles. J'ai vu les fêtes et les danses au-dessus, les marais autour, les choses noires et stagnantes au-dessous. J'ai vu venir le bateau d'or, j'ai vu les épreuves des rois. J'ai vu Thilée l'engloutie, souvenir triste et heureux à la fois.

Kyle, *Le Dit de l'errant*

Le palais Vendares

J'étais triste, je me croyais amoureux, les nuits me paraissaient vides. J'avais pris le goût de la volupté, le corps de Kay me manquait, ses histoires également. Je n'avais pas assez d'expérience pour savoir que notre relation n'aurait de toute façon pas duré... Je repensais aussi à Eylir, à son étrange destin de grandir comme le fils d'un roi barbare, puis d'être enlevé par sa mère pour passer le reste de son enfance dans une ville civilisée comme Koronia. Quelle ironie de le savoir si près de moi, alors que je l'avais cherché si loin ! Qu'était-il devenu ? Qui me le dirait ?

J'ai repris mon travail. J'ai essayé de raconter la mort d'Angus sur un ton juste, de manière à plaire à Madame. Puis, me relisant, j'ai trouvé sous mes yeux la réponse à mes questions. Kay ne m'avait-elle pas dit que l'amant de Selaya se nommait Markil Vendares, noble citoyen koronien ? Et n'avais-je pas porté une lettre de la part de Kyle au palais du même nom ? En consultant un vieil exemplaire des carnets mondains de la ville datant de l'année précédente, j'ai découvert que l'actuel prince Vendares se nommait Markil, et son épouse Selaya. Alors j'ai ri tout seul en imaginant mon petit prince barbare transporté sous les ors et les stucs d'un palais atlan.

Le lendemain, au petit matin, je me suis habillé de mon mieux et je me suis rendu sur la colline, au bout de l'avenue de l'étoile, devant les grilles dorées du palais Vendares.

Il pleuvait encore. Je me suis tenu à distance de la grille, embrassant du regard la cour et la belle façade du château, les volumes élégants du corps de bâtiment principal équilibraient les lignes plus sobres des communs. J'étais sans doute face au plus riche palais de la ville. Je me suis amusé à compter les fenêtres et à imaginer l'impression qu'Eylir avait dû ressentir en arrivant ici, tout enfant, après avoir connu les campagnes d'Allander et dormi sous une tente de soldat, fut-elle celle d'un roi...

Oubliant mes chagrins d'amour, j'ai traversé la cour d'un pas allègre.

Le début de mon enquête dans le beau monde n'a pas été une réussite. Je me croyais proche d'Eylir, j'en étais encore très loin, et j'allais le découvrir à mes dépens.

Le palais Vendares m'a émerveillé. Je suis resté le nez en l'air dans le hall d'entrée, à admirer les marbres, le plafond peint de scènes antiques, les escaliers et les perspectives donnant sur les salons… Je m'imaginais retrouver Eylir Ap'Callaghan devenu jeune noble atlan, bien droit dans une veste à parements, avec un air rêveur dans le regard qui rappellerait ses origines keltes. Je lui parlerais de Kyle, de Madame, il m'évoquerait les grandes campagnes d'Allander et nous deviendrions amis… Tout serait si simple !

Un laquais m'a amené devant une femme à la mine austère, aux cheveux sombres tirés en arrière, une domestique de rang important, qui m'a demandé froidement ce que je voulais. Ne me laissant pas intimider, je me suis présenté et j'ai demandé naïvement à rencontrer Eylir Ap'Callaghan… ou bien Eylir Vendares, peut-être avait-il changé de nom. Elle m'a adressé un regard sévère. Je me suis un peu démonté.

« Eylir nous a quittés voici cinq ans, monsieur, pour se rendre dans les pays keltes. Je crains que vous ne soyez arrivé trop tard. »

Cet obstacle n'allait pas m'arrêter ! Savait-on où le trouver ? Non. La jeune femme l'avait-elle connu ? Très peu. Qui pouvait me renseigner, alors ? Elle ne savait pas, et me fit sentir que mes questions me rendaient inopportun, surtout venant de la part d'un simple domestique en visite dans une des plus riches maisons de la ville. J'oubliais toute l'éducation reçue au service de Madame… Après tant d'impairs, il ne me restait plus qu'à me retirer, frustré, abattu, mais montrant un peu d'élégance.

Pourtant, j'ai insisté, traversé par une idée absurde.

« Alors pourrais-je discuter avec la princesse Vendares ? »

Ma question a poussé l'agacement de la domestique à son comble. Mais à force d'insistance et d'excuses, de maladresses et de sourires, j'ai réussi à obtenir qu'elle note mon nom et mon adresse et me dise de revenir demain à cinq heures… Peut-être alors pourrait-on me recevoir…

Je me suis retrouvé devant le palais, sous la pluie, en me traitant d'imbécile. Mais il me fallait absolument parler à Selaya Vendares. Le jeune noble aux regards rêveurs que j'avais imaginé s'était dissipé, celui-là ne serait jamais retourné dans les terres keltes. Seule sa mère pourrait me dire ce qu'était vraiment devenu le petit garçon arraché à la garde de son frère.

Le lendemain, je suis arrivé au palais à cinq heures pile. J'ai préparé mon second assaut du palais Vendares avec minutie, je n'avais pas droit à l'échec. Je crevais donc de trouille.

La blanchisseuse avait impeccablement nettoyé ma chemise, ma veste tombait aussi bien qu'elle en était capable, j'étais rasé de frais et bien coiffé. Arriverais-je à tenir mon rang ? Selaya Vendares avait été une aventurière, je le savais, mais son mariage l'avait fait accéder à la plus haute noblesse. Si je la rencontrais, je me promettais de me souvenir qu'elle et moi n'appartenions pas du tout au même monde.

La domestique brune se souvenait de moi.

« Je ne peux rien vous promettre. Madame pourra peut-être vous recevoir tout à l'heure. Si vous désirez attendre... »

On m'a installé dans un salon, près de l'entrée, après m'avoir débarrassé de mon manteau et de mon chapeau dégoulinants de pluie. Les fauteuils étaient tapissés de tissu de prix, le moindre tabouret valait un mois de mon salaire. Pas facile d'être un petit domestique et de jouer dans le monde des riches et des puissants... De temps en temps, des visiteurs traversaient mon salon, messieurs et dames bien habillés, grands bourgeois, généraux ou banquiers. Ils ne m'accordaient pas un regard et moi j'attendais, les mains sur les genoux, en regardant par les fenêtres la pluie tomber dans le grand parc, craignant à chaque instant de me faire jeter dehors. Ma condition a curieusement touché la jeune femme qui m'avait reçu. Elle m'a proposé du thé et a dit avec un demi-sourire : « Vous risquez de rester là un bon moment. Soyez patient. »

Le thé n'a pas chassé l'angoisse. La journée a tiré vers sa fin, les nuages étaient très épais, la nuit viendrait bientôt. Enfin, la jeune femme brune est venue me chercher. Je devais être bien pâle.

J'avais imaginé mille impairs à commettre, qui feraient échouer ma quête, décevant Madame et me fermant toutes les portes vers les mondes que Kyle m'avait ouverts. Je ne m'étais pas figuré que je pourrais tomber amoureux de la princesse Vendares.

Elle m'attendait dans un salon vert d'eau, lisant une lettre à la fenêtre. Je suis entré d'un pas léger dans un tableau aux lumières douces et un peu tristes. Elle a reposé son courrier et s'est tournée vers moi, bougeant comme une danseuse, et le corset et les dentelles de ses riches vêtements augmentaient sa grâce plutôt que de la contraindre. Je l'ai aimée tout de suite, comme Eylir le vieux avait dû aimer la jeune aventurière au corps élancé. Et cet amour et le trouble qu'il m'a causé n'ont arrangé ni ma pâleur, ni ma maladresse.

J'ai salué, j'ai raté ma révérence, elle m'a accueilli d'un mot bref, comme on accueille un quémandeur imprévu au terme d'une longue journée, elle paraissait préoccupée et fatiguée. Nous nous sommes assis, la domestique a emporté quelques papiers, a fermé la porte du salon et nous a laissés seuls. Ses yeux gris étaient magnifiques, le temps avait à peine marqué son visage. Je suis resté assis à côté d'elle sans rien dire, durant l'éternité de trois battements de cœur, puis il a fallu parler.

Elle m'a demandé d'un ton fatigué : « Ainsi, monsieur, vous recherchez des nouvelles de mon fils ? »

Oui bien sûr... Je m'intéressais aux Keltes, à Allander, je voulais savoir ce qu'il était devenu... Savait-elle où le retrouver ? Et dans sa voix j'entendais comme une fêlure à ces mots. *Mon fils.*

« Comme on vous l'a déjà dit, monsieur, Eylir est parti, et nul à Koronia ne sait où il se trouve en ce moment. Ni moi ni personne. »

J'ai entendu ce qu'elle ne disait pas. Si moi je ne le sais pas, c'est que personne ne le sait. Et mes questions la rendaient méfiante, elle a voulu savoir pourquoi je m'intéressais à lui. J'ai répondu n'importe comment, lui parlant de la sœur Serena, car je voulais être honnête, mais ne pouvant lui dire pour quelle raison la sœur m'avait confié cette enquête, cela m'était interdit, j'étais désolé.

Elle a ri un peu méchamment : « Vous êtes désolé ? Ne me dites pas que mes questions vous étonnent ! Qu'espériez-vous que je vous dise ? »

Elle a soupiré et s'est levée, le visage fermé, le regard dur, sa colère a transpercé mon cœur ouvert, elle s'en moquait et elle avait bien raison. Je me comportais n'importe comment, elle allait mettre fin à notre conversation et je l'aurais bien mérité. J'ai dit d'un ton pas très sûr : « Je pensais... vous auriez pu me parler de sa vie ici, à Koronia, quand vous l'avez ramené... »

Je me suis souvenu qu'on ne devait pas rester assis quand une dame, qui plus est de haut rang, s'était levée. Je me suis levé à mon tour, trop tard, bien sûr, et mon manquement aux bonnes manières m'a valu un regard moqueur.

« Vous pensiez de travers, monsieur. Je suis désolée tout comme vous. Peut-être votre employeuse voudra-t-elle se présenter en personne, que nous puissions parler... »

Elle a fait un pas vers la porte, c'était terminé, j'avais raté mon occasion. Alors je l'ai regardée dans les yeux et elle n'a pas paru offensée. Et je lui ai dit qui j'étais. J'ai dit que je venais d'un pays sans lumière ni grandeur, j'ai dit que Kyle m'avait montré le passage vers un monde de héros et de batailles, et que j'avais vu l'espérance dans les rues de Salania et le Roi rouge galoper vers le bord du monde. Eylir avait mon âge, il était mon chemin vers ces pays, ces histoires, ce souffle… J'ai parlé de Kay, qu'elle connaissait. J'ai tout expliqué : la Grange, Kyle, la mort d'Angus. J'ai dit que j'aimais déjà ce gamin qui avait grandi dans l'ombre du Roi rouge, je me demandais comment il avait pu grandir après ce qu'il avait vécu, ce qu'il avait pu devenir… Et j'ai dit que je l'aimais encore plus maintenant que je savais qu'il était son fils.

« Je dois le rechercher pour le compte de la sœur Serena. Je le rechercherai pour vous. Je le retrouverai, je vous enverrai tout ce que j'apprendrai, croyez-moi, madame. Je vous en donne ma parole, pour peu qu'elle ait de la valeur pour vous. »

La princesse Vendares savait depuis longtemps lire le cœur des hommes. Elle m'a considéré pour la première fois et m'a souri avec une douceur un peu lasse.

« Voilà qui me convient mieux, monsieur. Reprenez place, et parlons encore un peu. »

Nous avons parlé. J'ai donné ma parole, solennellement, de lui faire savoir tout ce que j'apprendrai de lui. Et dans la pénombre du soir, dans ce beau salon bien fermé, j'ai appris comment Selaya Ap'Rilke avait ramené son fils d'Orient et comment elle l'avait perdu.

AIGLONS ET MARIONNETTES

Une éducation atlane.
Eylir, 4e récit. (Notes pour Serena Fonte.)

« Allander est mort. Le fils d'Ogma a rejoint la vallée des brumes. »

Voici ce que Kyle venait de dire, se faisant l'écho de toute la confrérie des bardes. Allander était mort. Là-bas, en Orient, si loin d'ici que cela paraissait être un autre monde, le Roi rouge avait succombé après un mois d'agonie, d'une blessure empoisonnée infligée par une petite courtisane jalouse. Assise dans le grand salon près de la fenêtre, Selaya regardait la neige tomber. Elle pleurait.

Assis dans un autre fauteuil, ses habits de voyage salis contrastant avec la richesse de l'ameublement du château Vendares, Kyle buvait un grand bol de café en silence. Selaya repensait à l'enfant qu'Allander était encore quand douze ans plus tôt elle était arrivée au Haut-Koensar dans les bras du seigneur Eylir Ap'Callaghan. L'enfant avait brûlé de passion, de gloire et de colère. Maintenant c'était fini, il ne restait plus rien du jeune homme qui voulait renverser le monde, sinon l'écho de ses exploits et de sa légende. Selaya se sentit devenir vieille.

« Que va-t-il se passer, Kyle ?

— Il y a Celyn qui est là-bas, à Nymir, avec Allander II. Le gosse a juste un an. Metreides ou bien Ap'Tenar se voient bien protecteurs du royaume. Et Meyrin Ap'Vilna règne de fait à Adorovakis. Elle est sa reine, après tout, même si elle le détestait. Elle tiendra les clans et le Haut-Royaume, les autres se disputeront le gamin et l'Orient. Ça va mal se terminer, je crois que les conquêtes ne survivront pas à leur conquérant. » Après une hésitation, il ajouta : « Tu devrais aller voir ton gosse. Il est descendu très tôt ce matin, il m'a vu dans la cuisine. Je ne lui ai rien dit, mais il se doute de quelque chose. »

Selaya se leva. Il avait raison, elle devait le dire à Eylir.

Elle traversa le château pour se rendre dans l'aile ouest, là où ils habitaient tous, Markil, Lauryn, elle et lui. Cela faisait presque un an qu'elle avait débarqué ici avec Eylir, épuisée par l'interminable voyage depuis

Vendhya. Il pleuvait et il faisait froid quand elle était entrée dans la ville, elle ignorait encore ce qu'elle allait devenir. Alors elle s'était présentée chez le seul homme qui l'accueillerait avec chaleur, chez Markil, qui, après leur séparation cinq ans plus tôt, était retourné chez lui alors qu'elle continuait vers l'est avec Allander et Eylir. Et alors que Markil et elle s'enlaçaient sous la pluie devant la grande façade blanc et jaune du château, il lui avait demandé sa main.

Maintenant elle était princesse Vendares, de la plus riche et la plus noble famille de la ville. Elle avait abandonné ses vêtements de voyageuse pour les robes à corset de la bonne société, elle était servie par des dizaines de domestiques et elle avait la responsabilité de gérer la fortune immense que les folies de jeunesse de son époux avaient bien entamée. Elle vivait dans ce château aux larges fenêtres ouvertes sur le parc et la ville, le même château qu'elle fréquentait clandestinement alors qu'elle et Markil étaient amants. Lucian Matteo, son vieux mentor, aurait apprécié sa réussite.

Eylir aussi vivait ici, lui qui n'avait connu que le soleil d'Erynéthis, les palais d'Orient et les campements des armées.

Quand il entra pour la première fois dans le palais Vendares, les domestiques crurent avoir affaire à un sauvage. Il regardait autour de lui avec méfiance, comme s'il se trouvait en pleine terre vierge. Cela faisait rire sa sœur… Lauryn était toute petite, blonde et rose comme un bonbon. Grâce à elle, Eylir s'acclimata, il cessa de garder son poignard djinn sous son oreiller. La route avait été si longue, depuis Vendhya…

Lorsque Selaya épousa Markil, Eylir vint à l'église. Il portait un petit habit rouge, avec des culottes et des bas, il souriait, il était heureux pour sa mère, et les soucis de Selaya s'apaisèrent. Sans complètement disparaître.

Elle ouvrit la porte de la chambre de son fils.

Il n'était pas là. Elle sentit un frisson glacé descendre dans son dos et elle chancela, si bien qu'elle dut s'appuyer au dossier d'une chaise pour ne pas tomber. Calmement, elle reprit sa respiration. Eylir n'était pas là. C'était normal, il était neuf heures du matin, on était dimanche, il se levait toujours tôt. Mais malgré son éducation atlane, Selaya avait appris à faire confiance aux signes et à ses intuitions. Il était parti. Il savait et il était parti... Mais comment? Il n'avait que onze ans! Elle examina la chambre rapidement. Ses livres de classe étaient ouverts sur le bureau, le lit était défait. Il avait dormi ici. Elle fouilla le coffre et la garde-robe. Manquaient ses bottes, son pantalon d'équitation, son poignard djinn. Il était parti.

Froid. Trop froid. Elle tomba sur la chaise du bureau, lut machinalement les lignes du devoir de vieil atlan sur lequel Eylir travaillait la veille. Qu'est-ce qu'il écrivait mal! Ses yeux furent noyés de larmes, elle n'arrivait plus à lire. Elle devait se relever, partir le chercher, se lancer à sa poursuite mais elle n'avait aucune force. Son corset l'étouffait. C'était ridicule... Elle avait affronté les déserts, les tempêtes et la guerre, elle s'était plus battue que bien des hommes, elle avait défié le Roi rouge lui-même et elle était incapable de se relever.

Parce que Eylir était parti. Parce que son fils était parti.

C'est dans cette pièce que Markil la trouva. C'était un homme chaleureux et doux et il n'y avait personne au monde qu'il aimât autant que sa femme et sa fille. Il la prit dans ses bras, lui parla tendrement, lui fit servir un remontant. Et le plus vite possible, il donna des ordres pour qu'on fouille le château et le parc. Il fit porter un message au chef de la police et au chef de la garnison de gendarmes de la ville qui étaient tous deux des anciens amis de son père. Il fallait retrouver l'enfant. Eylir n'avait jamais montré à Markil qu'une amitié polie, mais il était le fils de Selaya. Il ferait donc tout ce qui était en son pouvoir pour le retrouver. Et à Koronia, le pouvoir du prince Vendares était grand.

Des gendarmes surpris l'avaient vu sortir de la ville sous la neige, au petit matin. Il montait le cheval que Selaya lui avait offert l'année passée pour compenser la perte de Petit Orage, mort durant leur voyage vers Koronia. Des patrouilles étaient parties à sa recherche, suivant particulièrement la route du Rohan qui menait vers les pays keltes et les terres Ap'Callaghan. Une tempête de neige s'abattit sur la région, elles ne retrouvèrent pas ses traces.

Dès qu'elle fut en état, Selaya prit un cheval et fouilla la campagne à son tour, cherchant le moindre indice de son passage dans les villages ou les grandes fermes. Elle alla aussi interroger ses quelques camarades de classe, du moins ceux qu'elle connaissait. Mais Eylir avait disparu. La terre semblait l'avoir avalé. Selaya ne dormait plus.

Une semaine plus tard, une heure avant l'aube, elle attendait impatiemment à la porte des écuries qu'on selle son cheval. Elle ne parlait plus à personne et ses yeux brillaient de fièvre. Si Markil la voyait, il ne la laisserait jamais repartir, elle le savait, c'était la raison pour laquelle elle voulait quitter le château avant le jour.

C'est à ce moment qu'elle le vit marcher vers elle, petite silhouette titubante de fatigue trébuchant dans la neige du parc. Il était sale, n'avait pas de manteau, sa chemise était déchirée, un gros hématome lui marquait la pommette, un autre l'arcade sourcilière. Il s'arrêta juste devant sa mère et dit d'un ton épuisé : « J'ai perdu le cheval. »

Avec un mélange de colère et de soulagement, Selaya gifla Eylir, puis tomba à genoux et le serra contre elle à l'étouffer.

« Eylir, idiot, idiot, ne refais jamais ça, ne refais jamais ça, je t'en prie, Eylir... »

Eylir ne voulut rien dire, ni où il était allé, ni ce qu'il avait voulu faire. Selaya comprit qu'il avait chevauché vers l'est, qu'il avait fait une mauvaise rencontre, mais il n'en reparla jamais. Une malle de poste l'avait ramassé au bord de la route. Il promit qu'il ne recommencerait pas et ne fut pas puni, Selaya savait qu'il tiendrait sa parole. Plus tard, il refusa quand Markil Vendares voulut lui offrir un autre cheval. Il disait qu'il les perdait tout le temps. Il retourna à l'école et ne parla jamais plus de sa fugue.

Eylir n'avait pas voulu de précepteurs et Selaya pensait qu'il serait heureux de rencontrer d'autres enfants de son âge, alors il avait été inscrit à la petite école. Les débuts de l'enfant dans le monde réglementé de l'école n'avaient pas été faciles. On avait dû lui couper les cheveux et il n'avait plus le droit de prendre son poignard djinn, qu'il avait pourtant porté sur lui durant tout le temps du voyage depuis l'Orient. De plus, il avait été inscrit sur les registres sous le nom de Eylir Ap'Rilke, le nom de sa mère. Ap'Callaghan aurait été trop peu discret et il ne pouvait porter le nom de Vendares. Et le nom de Ap'Rilke n'avait rien de honteux, les Ap'Rilke n'avaient jamais démérité. Une bonne partie du clan s'était même fait massacrer auprès des Ap'Fenris lors de la bataille de Bressel, contre les Atlans.

Dans les premiers temps, il s'était beaucoup battu, particulièrement contre les menteurs. Eylir voulait être kelte au milieu des Atlans, et les Keltes ne mentaient jamais, et les Keltes n'avaient jamais peur. Il ne refusait aucune bagarre, et il faillit être expulsé plusieurs fois pour avoir cogné un peu trop fort ses camarades moins vigoureux. Par chance, son instituteur, maître Reuel, parvint à gagner sa confiance. L'homme était sévère, mais tenait sa parole et ne mentait jamais aux enfants comme les adultes le font parfois. Il s'intéressa particulièrement à Eylir, se montra patient et tolérant et réussit à adoucir peu à peu le petit garçon, et à lui faire aimer le savoir.

Puis Eylir était devenu ami avec Julian Leiss, et il cessa quasiment de se battre à l'école. Julian fut le premier garçon de son école qu'il ramena au palais Vendares. Un petit gamin brun, aux cheveux frisés, vif, avec des yeux très bleus. La première fois qu'elle le vit, Selaya eut l'impression qu'il ne tenait pas en place, qu'il voulait tout voir, tout découvrir. Eylir et lui couraient dans le parc, exploraient le palais, visitaient les combles, jouaient de sales tours aux serviteurs, ils étaient intenables. Selaya était heureuse de les voir ensemble. Et peut-être fut-ce grâce à Julian qu'Eylir revint au palais après la mort d'Allander.

Les deux garçons étaient amis et rivaux, et Julian était le meilleur. Il surpassait Eylir à la course et au saut. Il était brillant à l'école, savait mieux tirer à l'arc et apprenait à jouer du piano. Il savait même monter à cheval, heureusement pas aussi bien qu'un Djinn. Par contre, et tant mieux pour la fierté kelte, Julian ne connaissait rien à l'escrime.

Ils passèrent donc une sorte d'accord, s'entraînant l'un l'autre (sauf pour la musique, domaine dans lequel Eylir n'était bon à rien). Quand ils ne jouaient pas, ils couraient ou bien s'exerçaient avec des épées en bois. Selaya leur donnait trois leçons d'escrime par semaine et leur compétition amicale la faisait rire. Elle aimait ces moments avec les garçons. Julian était toujours très respectueux envers elle.

Le père de Julian, Piter Leiss, dirigeait une compagnie de marionnettistes installée à Koronia, la Compagnie de Phocéa. Il était veuf et vivait avec ses ouvriers dans une ancienne forge reconvertie en atelier. C'était un homme massif, aux épaules de lutteur et au crâne tonsuré par l'âge. Il invita un jour Selaya à lui rendre visite, ce qui la toucha beaucoup, sachant la différence de leurs conditions. Il l'accueillit de manière très simple et naturelle et ils devinrent amis, oubliant vite le poids des conventions sociales.

Piter Leiss avait quitté la ville de Phocéa, sur Atlan, pour fuir de mauvais souvenirs, qui le rendaient parfois mélancolique. Le reste du temps, son regard était à la fois doux et passionné. Lui et sa troupe fabriquaient et animaient de magnifiques personnages richement vêtus qui évoluaient dans des décors découpés comme des dentelles. Il écrivait pour eux de beaux contes poétiques.

Eylir et Julian jouaient et rêvaient souvent dans son atelier, observés par les princes et princesses aux mains longilignes, et les grosses têtes aux sourcils saillants alignées sur les étagères comme des pots de confiture. Piter leur montra les lanternes aux verres multicolores, les décors d'arbres et de châteaux et le vieux piano désossé qui servait de harpe à tonnerre, et les deux garçons admiraient en silence le travail des ouvriers.

La nuit, l'atelier devenait leur royaume et prenait des apparences fantastiques. Julian se dissimulait au milieu des ombres bizarres des marionnettes pour surprendre son ami. Mais un vrai Kelte n'avait jamais peur.

Ysbeth Leiss, dite Beth, la sœur de Julian, fut la première fille qui attira jamais l'attention d'Eylir. À vrai dire, ses qualités féminines n'entraient pas vraiment en compte. Beth faisait de l'équitation également et elle devint membre à part entière de la bande de copains d'Eylir et de Julian, avec qui elle allait courir dans les bois lors des beaux jours, bâtir des cabanes et fabriquer des arcs.

Un été, Eylir avoua au frère et à la sœur son plus grand secret, sa parenté avec Allander, secret qu'ils reçurent avec toute la gravité requise. La bande de copains se métamorphosa alors, devenant une société secrète, les Aiglons, dont le nom reprenait l'emblème des Callaghan. Leur but était de placer un chef juste à la tête du clan Callaghan, qui établirait lui-même des républiques dans toute la région. Pour accomplir ces plans grandioses, les conspirateurs de douze ans convinrent que la première chose à faire serait de construire un vaste repaire perché dans les arbres, pas trop loin de la maison. Ils y passèrent une bonne partie de l'été.

Et quand, à la grande tristesse de toute la bande, Beth dut repartir à la fin de l'été sur Atlan, là où elle poursuivait ses études, il fut entendu qu'elle deviendrait le premier agent des Aiglons dans l'Empire.

Puis vint un automne où Eylir fut admis au gymnase. Il avait passé avec succès les examens d'entrée, stimulé par sa concurrence avec Julian. En moins de deux ans, il avait rattrapé son retard sur les autres élèves de son âge : il avait dû apprendre l'essentiel de l'histoire de l'Empire, de la grammaire atlane, de l'orthographe, de l'histoire religieuse, faisant la fierté de sa mère. Julian et lui entrèrent au gymnase Amaros, un des établissements les plus réputés de Koronia.

Mais autant Eylir avait apprécié la petite école, et la tolérance patiente de maître Reuel, autant il détesta le gymnase. Il trouvait les journées trop longues, le travail l'ennuyait et le fatiguait. Il ânonnait d'une voix agacée les déclinaisons du vieil atlan qu'il étudiait près de dix heures par semaine. Il prit vite en haine l'uniforme noir des élèves et les murs oppressants du grand bâtiment et ne se fit pas d'amis parmi les autres élèves, tous membres de bonnes familles de la ville.

Selaya sentait qu'il étouffait dans cet environnement cloisonné, entre les salles de classe, les couloirs étroits, les barreaux aux fenêtres et la discipline stricte maintenue par M. le surveillant général. Pour ne rien arranger, on l'avait forcé à écrire son nom Aprilke, en ne séparant plus la particule. Les règlements administratifs l'imposaient. Eylir Aprilke, ça ne ressemblait plus à rien.

Selaya s'inquiétait un peu, mais n'osa pas lui proposer d'abandonner en cours d'année. Eylir en avait fait une affaire personnelle, il voulait prouver qu'il pouvait réussir là où les fils des Atlans réussissaient, là où Julian réussissait.

Il fut puni de nombreuses fois, parce qu'il se battait ou qu'il discutait les ordres ou les leçons de ses professeurs. Il prit en grippe l'un d'entre eux, M. Gerson, un homme par ailleurs d'excellente réputation, qui avait eu le malheur de lui donner à lire des textes d'histoire où les Keltes étaient présentés comme des barbares guerriers et violents, toujours plongés dans la guerre, pour mettre en valeur les Atlans unis en paix sous la férule de l'Empereur.

« Ces textes n'ont pas tort », dit un jour Selaya à son fils.

Eylir s'assombrit. « Il dit que les Keltes n'ont jamais été unis par aucun roi. Et mon frère ? Et Llyr Ap'Dana ? Il ment, il prétend savoir, mais il ne sait rien. Il ne sait rien sur mon peuple. »

Il ment, tout était dit, Selaya sentit que la conciliation serait difficile.

Il n'y eut pas de conciliation. À la fin de l'année, Eylir fut renvoyé du gymnase et prié de n'y jamais remettre les pieds. Il avait provoqué un chahut terrible dans la classe de M. Gerson, on avait renversé les tables, brisé les encriers, cassé les fenêtres ; la classe entière fut punie.

« Les Keltes, un peuple barbare et violent ! s'exclama Selaya. Qu'est-ce que tu as prouvé, là ? Que tu étais capable d'unir une classe derrière toi ? Et pour quelle noble cause ! »

Eylir regarda fixement devant lui et ne répondit rien. Selaya le punit en lui interdisant de monter à cheval durant un mois complet. Il garda cette attitude butée jusqu'à ce que, quelques jours plus tard, il aille de lui-même présenter des excuses à son professeur.

Son renvoi fut comme une libération, que même sa punition ne parvint pas à gâcher. Il avait treize ans, il ne retourna plus jamais à l'école. Le reste de son éducation formelle se fit dans les livres du château, du moins ceux qui l'intéressaient, et ils étaient rares. Il se fit toutefois un devoir de lire tous les traités de stratégie militaire atlans.

Puis il accompagna Selaya ou bien Markil dans leurs voyages, sympathisa avec un officier ami du prince Vendares et obtint le droit de l'accompagner dans des missions dans les colonies voisines ; le métier des armes semblait lui plaire.

Le petit garçon devenait un jeune homme rayonnant, sa mère était folle de lui. Elle se prit à rêver qu'il suivrait une carrière militaire, elle était certaine qu'il porterait très bien la longue veste blanche des cavaliers atlans. Elle rêvait pour lui, et lui était heureux.

La Reine des mirages

La nuit était venue, Selaya retournait au passé d'où j'avais eu l'indiscrétion de la rappeler, restait la princesse Vendares, une belle femme sophistiquée dans un beau salon, rendue lointaine par l'évocation de ces souvenirs.

« Pourtant, il a fini par partir, dissipant mes illusions. Je l'avais toujours su, mais je ne me l'étais jamais avoué… Il a commencé par voyager beaucoup, il accompagnait des amis de mon mari, ou bien des voyageurs de hasard, il voulait découvrir les terres keltes. Il a même poussé Julian Leiss à abandonner le gymnase pour le suivre, quelques années plus tard. Piter lui en a beaucoup voulu pour cela. Il avait de nombreux amis thiléens, que je ne connaissais pas, et beaucoup de jeunes gens qui venaient des terres Callaghan ; il a vécu quelques aventures avec eux dont il ne me disait pas grand-chose. Et quand il a eu dix-sept ans, il a décidé de retourner dans le Haut-Royaume, pour réclamer son héritage. Il pensait que son destin était là-bas. Son destin. Je voulais qu'il ait le choix, vous comprenez ? »

Elle s'est interrompue, triste et absente. Deux fois déjà la domestique était passée la voir pour lui porter des messages, je sentais qu'une réception se préparait au palais ce soir-là, que mille choses n'allaient pas tarder à accaparer l'esprit de la maîtresse de maison.

« Je ne saurais vous en dire plus. Eylir est parti pour la vallée du Rohan. Il n'a jamais écrit et je n'ai eu de lui que des nouvelles confuses auxquelles je n'ai pas su me fier. Sans doute m'en apprendrez-vous plus un jour… Votre visite s'est faite à un curieux moment, en vérité. Ysbeth Leiss, la sœur de Julian, est venue ici même voici quelques jours pour me parler de cette époque, peut-être pourriez-vous la retrouver ? Vous me donnerez de ses nouvelles… »

Nous nous sommes levés et salués, il était temps de prendre congé, je n'avais pas envie de partir. Mme Vendares a regardé d'un air amusé ma révérence maladroite, mais quelle importance ? En d'autres temps, en d'autres circonstances, je l'aurais désirée, j'aurais voulu lui plaire, la faire sourire, l'aimer non pas comme on aime un rêve de femme impossible à atteindre, mais comme on aime une vraie femme dont on chérit les lèvres et la chaleur. Ne me restait qu'un sentiment doux, un peu triste et vain, que j'ai gardé et que je garde encore.

Car ce n'était pas moi qui pouvais guérir sa blessure. Son fils.

J'ai quitté le château Vendares, je ne pensais pas revenir lui poser d'autres questions, j'avais ravivé assez de douleurs comme cela. Mais je savais maintenant où aller, puisqu'elle m'avait parlé d'Ysbeth Leiss.

Le théâtre de marionnettes de la Compagnie de Phocéa était installé dans le quartier des Drôles, dans une ancienne halle de marché. Je m'y suis rendu le lendemain, à l'heure de la représentation.

Je ne me rappelle plus très bien la pièce, *La Reine des mirages*. L'histoire de deux amis, deux voyageurs, partant à la recherche du trésor d'une mystérieuse reine d'Agypta, se perdant dans un labyrinthe au cœur d'une pyramide et se retrouvant dans un pays magique et merveilleux, pays de légendes et de parole, où, à défaut de richesse, ils trouvent la sagesse et l'amour, sur les pas de la reine. Je me souviens des couleurs, riches et chaleureuses, éclatant sur le fond noir. Des décors de navires, de tombes et de déserts, et des personnages aux vêtements amples. Toutes les voix, sauf celle de la reine, étaient faites par la même personne, changeant de ton et de timbre suivant que l'atmosphère était tragique ou comique. Dans le public, les enfants riaient, puis finissaient par se taire, émerveillés, quand les personnages pénétraient dans le monde magique des mirages. Et moi avec eux.

Les lampes ont été rallumées, les manipulateurs et le narrateur sont venus saluer le public et je me suis joint aux spectateurs qui venaient les féliciter, cherchant Beth du regard, sans la trouver. Un marionnettiste moustachu m'a expliqué d'un air désolé qu'elle n'était pas venue ce soir. Tant pis… J'ai tout de même félicité l'homme pour le spectacle et je lui ai demandé à tout hasard s'il avait connu Eylir. Pour ma plus grande joie, c'était bien le cas.

« Eylir ? Ça fait des années qu'on ne l'a pas vu. Ça fait bien cinq ans, oui. Il est parti chez les Keltes, c'est ça ? Il traînait pas mal chez les Thiléens, là-bas, au bord du fleuve, avant son départ. Peut-être qu'ils auront des nouvelles de lui ? »

Les Thiléens, bien sûr ! Mme Vendares les avait évoqués elle aussi. Et voilà comment, parce que j'étais de bonne humeur après un bon spectacle, mon aventure a rebondi sur une simple conversation.

J'avais entendu parler des Thiléens, peuple de bateliers qu'on disait voleurs et paresseux. Ils avaient leur quartier à eux, à Koronia, sur le fleuve, en amont de l'île aux Vaches, non loin du Nolamon où se construisaient les grandes fabriques. Il ne pleuvait pas, alors, comme un imbécile, j'ai eu envie de suivre cette piste immédiatement. C'est donc en pleine nuit que j'ai traversé l'île aux Vaches (que je connaissais bien, à cause de mes fréquents séjours à la Grange) pour arriver dans le quartier thiléen. J'étais avide d'en découvrir un peu plus sur ce peuple.

J'avais déjà aperçu de loin leurs grandes maisons sur pilotis, aux toits longs et inclinés, descendant presque jusqu'au sol. Elles projetaient dans les rues des ombres qui n'avaient rien de rassurant. C'est pourquoi je me suis dirigé vers la première qui paraissait un peu éclairée. J'entendais de la musique, de la guitare, j'ai donc cru que c'était une auberge. J'y suis entré.

Une seule grande pièce, construite sur deux niveaux, le centre où se trouvait le foyer étant un peu plus bas. Une trentaine de Thiléens y étaient rassemblés, une femme rousse jouait de la guitare. Rien qui ressemble à une auberge. J'ai failli faire demi-tour, d'autant que tout le monde me dévisageait en se taisant, même la musicienne. Et je découvris combien les Thiléens peuvent avoir l'air hostile face aux étrangers. Mais j'ai pris mon courage à deux mains et fait quelques pas à l'intérieur, dans leur monde.

Des odeurs de bois et de cuisine, des hommes et des femmes maigres et nerveux, aux vêtements colorés, des couteaux au manche ouvragé à la ceinture, des foulards rouges, bleus ou verts dans les cheveux. Et surtout, cette atmosphère. Un chatoiement, une lumière due aux lampes de verre rouge et jaune, quelque chose dans l'air de fragile, de festif et de tendu. L'impression que malgré leur apparent dénuement, ces gens étaient riches.

Pendant quelques instants, ma fascination a chassé la peur. J'ai salué, je me suis excusé de déranger aussi tard... Ils n'ont rien répondu. Le silence était palpable, l'angoisse m'a noué la gorge. J'ai quand même réussi à dire que j'étais à la recherche d'Eylir, Eylir Ap'Callaghan... Peut-être l'un d'entre eux saurait me donner de ses nouvelles... Non ?

Non. Je n'étais pas le bienvenu, il était temps de s'en rendre compte. J'ai reculé de quelques pas, me suis excusé platement, me traitant intérieurement de crétin et d'imbécile. Qu'est-ce qui m'avait pris de débarquer dans un des quartiers les plus malfamés de la ville, chez des gens que je ne connaissais pas, en pleine nuit ? Quelle aberration ! J'aurais dû m'enfuir en courant. Trop tard.

J'ai fait quelques pas, une lame froide s'est posée dans mon cou, je me suis arrêté net. Une main m'a rapidement fouillé.

« Bouge pas. Qu'est-ce que tu lui veux, à Eylir ? »

La lame appuyait, l'homme qui me maintenait n'hésiterait pas à me trancher la gorge. Alors j'ai balbutié, j'ai répondu n'importe quoi, la vérité peut-être, sans doute un gargouillis incompréhensible... Il m'a poussé en avant, vers d'autres types, des ombres tout aussi inquiétantes, avec un couteau à la main. J'ai bredouillé que je ne leur voulais aucun mal, juste m'en aller tranquillement, rentrer chez moi...

Je me suis souvenu que j'étais dans un quartier isolé de la ville, dans un coin où les gendarmes ne venaient pas. J'étais chez eux, seul. Des mains m'ont agrippé, m'ont arraché mon manteau, mon argent, ma ceinture. J'ai essayé de me débattre, mais c'était en vain. Puis ils m'ont attaché les mains et les chevilles, m'ont passé une corde sous les aisselles. Ils ne disaient rien, je distinguais juste de temps en temps un regard inquiétant. Quand ils m'ont attaché une pierre aux chevilles, j'ai commencé à crier, à appeler à l'aide. Un coup dans l'estomac m'a fait taire, essoufflé. Ils m'ont traîné au bout d'un ponton et balancé à la flotte, dans l'eau noire du fleuve. J'ai coulé raide, pieds en avant, sans avoir le temps de me rendre compte que j'allais mourir. L'eau était très froide.

Je ne suis pas mort, bien sûr. Ils m'ont tiré hors de l'eau, juste la tête, grâce à la corde qu'ils m'avaient passée autour de la poitrine. J'ai entendu la voix du gars qui m'avait parlé plus tôt.

« Tu lui veux quoi, à Eylir, alors ? »

J'ai tenté d'expliquer que je travaillais pour une religieuse atlane, que je voulais juste connaître son histoire, mais je ne devais pas être convaincant, la réponse ne lui a pas plu. Il m'a laissé couler de nouveau, j'ai avalé un peu d'eau sale et froide. Toutes les fois où il m'a fait ressortir, j'ai maintenu ma version des faits, incapable de penser à quoi que ce soit d'autre. Mon tortionnaire s'est lassé.

« Je reviendrai tout à l'heure quand tu auras réfléchi. Si tu cries, on coupe la corde. »

Et il m'a laissé dans l'eau froide, désespéré, la tête au ras de la surface, me demandant ce que j'allais bien pouvoir lui inventer pour sortir de là au plus vite. Car je savais que si je restais trop longtemps dans l'eau froide, je n'allais pas tarder à mourir.

Alors s'est déroulé un des épisodes les plus curieux de toute mon existence, un mystère que je n'ai jamais su élucider vraiment. J'étais donc dans l'eau froide, je ne voyais même pas les étoiles, je m'engourdissais tellement que je n'avais même plus peur. Peut-être même que j'ai rêvé dans un état de demi-conscience tout ce qui s'est produit ensuite.

Quelqu'un s'est penché sur moi du haut du ponton, et m'a dit d'un ton familier : « Oh là ! ça n'a pas l'air d'aller fort ! »

J'ai tenté en vain de distinguer mon interlocuteur. Ce n'était pas le Thiléen que je connaissais, mais plutôt un jeune homme, assis en tailleur au-dessus de moi. Je n'ai jamais pu éclaircir vraiment qui il était, et pourquoi nous avons tenu cette étrange conversation. Mais il est indéniable que j'en suis sorti très enrichi.

Il a commencé par me dire : « J'ai une bonne et une mauvaise nouvelle pour toi. Je commence par laquelle ?

— La mauvaise, ai-je soufflé.

— Je ne peux pas te sortir de là. Les autres me tueraient si j'osais…

— Et la bonne ?

— Je peux te parler d'Eylir. Il paraît que tu le cherches.

— Où est-il ?

— Je n'en sais rien.

— Qu'est-ce qu'il est venu faire chez les Thiléens qui les rende aussi méfiants ?

— Ça, je peux te le dire. Ça t'aidera à passer le temps, jusqu'à ce qu'ils viennent te chercher… Peut-être… C'est ça les Thiléens. Gentils, mais aimant bien embêter leur monde.

— Tu… devais me parler d'Eylir.

— C'est vrai. Eylir, quand il était beau, jeune et stupide. Écoute… »

L'ONDINE

Des aventures thiléennes.
Eylir, 5e récit. (Notes pour Serena Fonte.)

Eylir était donc beau, jeune et stupide. Il avait quatorze ans. C'était l'été.

L'été peut être vraiment agréable dans la région de Koronia. C'est le moment où la pluie se fait un peu oublier, où la terre sent bon, où les rivières sont fraîches et agréables pour se baigner. À cette époque, Eylir était assez oisif. Il avait oublié l'école, mais sa mère lui avait interdit de paresser dans les beaux salons du château Vendares. De toute façon, ça n'aurait pas été son genre... Alors il passait tout son temps dehors et gagnait sa vie en escortant des commerçants et des voyageurs à travers les terres de la colonie. Il commençait à être grand et paraissait tout à fait crédible avec une épée au côté.

Julian l'accompagnait, l'été, quand il ne devait pas suivre ses cours au gymnase. Il préférait lui aussi se balader dans la campagne plutôt que de passer son temps dans les salles d'étude...

Là, ils n'étaient pas loin de la ville, à quelques milles au sud, c'était l'après-midi. Il faisait vraiment très beau, ils étaient sortis faire un tour à cheval. Bien sûr, ces deux idiots n'avaient qu'un seul cheval et ils passaient leur temps à se disputer pour savoir qui aurait le droit de le monter.

Le cheval se nommait Argo. Il appartenait à Beth, la sœur de Julian, et c'était une brave bête, un animal lourd, gentil et calme, sans être totalement indolent. Le genre de cheval à supporter deux imbéciles qui passent leur temps à se chamailler en rigolant. Ils parlaient de leur bande des Aiglons, leur conspiration d'enfants.

Julian rêvait, proposait que tous s'en aillent de la ville et qu'ils deviennent bandits de grand chemin sur les terres keltes. Ils se cacheraient dans un de ces châteaux qui se dressent sur des pitons rocheux, dans la vallée du Rohan, dissimuleraient leur route dans la forêt. Et alors, à eux la richesse, la gloire, les filles ! Les filles surtout. À quinze ans, le sujet les travaillait pas mal. Julian prétendait être aimé d'une putain du quartier des îles qui lui offrait tout son savoir juste à cause de sa belle gueule. Il allait la retrouver à la sortie du gymnase, le samedi soir. Cela agaçait Eylir, qui n'arrivait pas à savoir si c'était là vérité ou mensonge. Quant à lui, les occasions n'avaient pas manqué : il faisait plus que son âge, avait de l'allure et buvait comme un homme. De quoi impressionner même les moins lubriques des filles d'auberge. Mais il gardait une distance méfiante…

Il se souvenait peut-être de la manière dont étaient morts son père et son frère, chacun d'un coup de poignard, chaque fois porté par une femme. Ou peut-être qu'il était timide, va savoir.

Il faisait vraiment chaud, ils avaient galopé sur les chemins de terre et ne savaient plus trop où ils étaient. Mais là, derrière les fourrés, ils avaient entendu une rivière. Alors ils ont laissé Argo, ils ont couru à travers les fourrés en essayant de se mettre à poil le plus vite possible. Chemise, pantalon, culottes, bottes, chaussures, tout a volé en s'accrochant dans les branches, Julian avait cinq pas d'avance, ce salaud courait vraiment vite. Et là, juste avant de sauter à l'eau, il s'est arrêté net. D'un geste, il a stoppé Eylir avant que celui-ci ne le pousse à la flotte.

« Regarde… mais regarde ! Fais pas de bruit ! »

Eylir s'est baissé et a regardé, là, entre les feuilles. Il a regardé la lumière dans les branches et le scintillement de l'eau, et les rochers, le beau mélange de soleil et d'ombre, de fraîcheur et de chaleur. Et là, cent pas plus bas, en plein milieu du cours d'eau, il a vu un rêve, il a vu la magie, il a vu une ondine.

Le soleil et les feuilles faisaient des taches jaunes et vertes sur ses épaules. Elle était nue, debout dans l'eau, leur tournant le dos, nouant ses cheveux sur sa nuque. Ils se sont rapprochés, sans faire de bruit, pour mieux voir, tous les deux à poil sous les branchages avec les ronces qui leur caressaient les jambes. Mais pas question pour eux de faire aucun bruit... C'était déjà une chance que leur course effrénée n'ait pas été entendue...

Et ils ne quittaient pas des yeux le dos et les épaules délicates, la silhouette effilée et les belles hanches qui émergeaient de la surface mouvante, juste assez pour qu'ils imaginent les fesses et les cuisses qui allaient avec, si ce n'était pas une queue de poisson. Ils l'ont contournée, plus silencieux que des Pictes dans la lande. Et ils se seraient tués plutôt que de respirer trop fort.

Leurs efforts ont été récompensés, ils ont pu la voir tout entière. Elle était belle, bien sûr. Elle avait fermé ses grands yeux et se tenait immobile, le visage et le corps offerts aux rayons du soleil. Ils voyaient maintenant les gouttes qui coulaient dans son cou, dans le creux de ses épaules, sur sa poitrine. Elle avait des seins tout petits et pointus, ils n'avaient jamais rien vu d'aussi charmant ni désirable. Ses mains traînaient dans l'eau, portées par le courant, et la surface masquait ses doigts palmés. Et en même temps, ils ont fixé le bas de son ventre, que les agitations de l'eau dévoilaient parfois de manière infime, cherchant à en deviner les ombres et les mystères.

Ils ont bien profité de leur instant de grâce, la respiration retenue et le corps tendu. Puis, toujours en même temps, ils se sont regardés en souriant, ils ont vu l'état dans lequel ils étaient... Alors ça les a fait craquer, ils ont pouffé, puis ri de plus en plus fort, sans pouvoir s'en empêcher. Et là, il ne fallait pas trop en demander au destin, elle les a entendus et elle a plongé, filant juste sous la surface, nageant à une vitesse stupéfiante.

« Crétin, a dit Julian. Tu l'as fait fuir. »

Mais Eylir n'a rien entendu, il était déjà parti en courant. Et quand Julian a compris ce qu'il voulait faire, il était déjà trop tard. Eylir a foncé de toute la force de ses jambes, se griffant la peau dans les branchages, débouchant sur le chemin. Courir jusqu'à Argo, détacher le cheval, sauter en selle debout sur les étriers. Et foncer vers le bas de la rivière en passant devant un Julian médusé.

Eylir était heureux et fou, à galoper ainsi comme un de ses ancêtres, sans autre armure que sa peau. Ses cheveux avaient repoussé depuis l'école, il avait une belle crinière blonde, une vraie tête de Kelte. Et ça l'a fait rire, rire, rire !

Il avait bien vu… Plus bas, le bord de la rivière était dégagé et l'ondine terminait de s'habiller, montrant de vraies et belles jambes de femme aux cuisses fuselées. Quand elle a entendu le galop du cheval, elle a filé en courant, vêtue uniquement d'une robe vert et bleu, pieds nus sur le chemin. Mais c'était un mauvais réflexe, elle aurait dû rester dans l'eau, parce qu'à ce jeu-là, Eylir était plus rapide. Il faut croire qu'il aurait bien poursuivi la belle fuyarde plus longtemps.

Quand il est arrivé à son niveau, il s'est penché très bas sur le côté et l'a saisie brusquement à la taille, un coup qu'il avait vu faire par les Djinns d'Erynéthis avec leurs femmes. Les dieux devaient être avec lui, il ne s'est pas cassé la gueule, l'a arrachée au sol dans un cri et posée assise sur la selle devant lui, la tenant fermement du bras droit. Argo a ralenti son galop.

Elle était là, tout contre lui, elle souriait crânement, l'ondine, et ses cheveux mouillés lui dégoulinaient dans le cou.

« Comment tu t'appelles ? Moi, c'est Eylir. »

Elle l'a dévisagé en souriant. Ce n'était pas facile de la tenir contre lui, sur le cheval, mais il adorait ça. Elle s'est accrochée à son cou, ses mains se sont glissées dans son dos. Et elle a parlé, d'une voix un peu rauque pour une jeune fille.

« Amène-moi jusqu'au chêne, là-bas, au bord de la rivière, et je te le dirai. »

Alors il a fait ce qu'elle voulait, faisant marcher le cheval au pas, la dévisageant et se disant sans cesse qu'il n'avait jamais vu une femme aussi belle et tentante, avec ses yeux couleur d'eau et sa peau bronzée, son nez un peu busqué. Une Thiléenne, il avait capturé une Thiléenne, un de ces trésors que ce peuple cache au creux de ses navires. Une première flèche dans le cœur d'Eylir.

Un navire était accosté juste sous le chêne, un de leurs longs bateaux effilés. Et autour de lui, une famille d'une dizaine de personnes avait monté un camp. Ils se sont tous levés pour marcher vers lui, femmes et enfants compris.

Alors elle a levé tendrement le visage vers lui. Il a souri. Elle l'a mordu sauvagement à l'épaule et a profité de sa surprise pour sauter à terre.

Et quand Eylir a ouvert les yeux, aveuglé par la douleur, il a vu que tous les hommes le regardaient sans amabilité, tenant un couteau à la main. La fille n'était en vue nulle part, sans doute cachée derrière le bateau. Il s'est alors rappelé qu'il était nu et seul.

« Hé ! Tu ne m'as même pas dit ton nom ! »

Mais seuls des regards noirs et les lames des couteaux lui ont répondu. Alors, très dépité, il a compris qu'il devait partir.

Quand il a rejoint Julian, il était de meilleure humeur. Il s'est rhabillé, et a raconté son bref enlèvement avec tant d'emphase que l'autre ne lui a plus jamais parlé de sa putain du quartier des îles. Quant à la fille, elle allait marquer leurs conversations et leurs rêves pendant des mois. Avaient-ils jamais rien vu d'aussi merveilleux ?

Mon mystérieux interlocuteur s'est préoccupé de ma santé. J'étais tout engourdi par le froid, je sentais à peine mon corps.

« Pourquoi tu me racontes ça ? Fais-moi sortir, je t'en prie !

— Je t'ai dit que je ne pouvais pas. Mais pense à l'ondine, ça devrait te réchauffer. Imagine-la ! Une fille pareille, rien que de la voir marcher, ça te rend un homme heureux. »

Silence béat.

« Écoute, ai-je dit. Je veux bien, je te crois, mais tu comprendras que j'ai d'autres sujets de préoccupation.

— Bon, bon, bon. »

Son ton était agacé.

« Je n'en parlerai plus, alors. Elle n'interviendra pas dans la suite, de toute façon. Au fait, ça t'intéresse que je te raconte la suite ? Tu préférerais peut-être mourir tout seul et en paix… »

Je me suis senti très malheureux. J'avais envie d'appeler à l'aide, mais je savais que j'étais loin de tout et que les Thiléens viendraient couper la corde. Alors, même si ça signifiait rentrer dans un jeu stupide auquel je ne comprenais rien, autant l'écouter, ça me distrayait du froid.

« Vas-y, continue. »

L'autre épisode que je veux te raconter s'est passé un an et demi plus tard, au printemps. Eylir venait d'avoir seize ans, il était devenu un peu plus intelligent. Il voyageait toujours en accompagnant des convois, en jouant les gardes du corps, les cochers ou les simples commis, mais il allait beaucoup plus loin maintenant. À cet âge-là, il avait visité la plupart des grandes villes de l'Ouest, du moins toutes celles qu'on peut atteindre par les terres : Esterya, Brenia, Marsivin, et puis aussi les cités keltes de moindre importance. Il était entré sur les terres du Haut-Royaume, également, là où régnait sa belle-sœur, Meyrin Ap'Vilna, la femme d'Allander, que le Haut-Druide avait couronnée Haute-Reine quelques années auparavant. Il s'était intéressé à la politique, et n'avait donné son vrai nom à personne.

Il avait découvert les terres de son clan, les Callaghan, le plus grand et le plus puissant des clans de l'Ouest. Kulayn Ap'Callaghan, son oncle, régnait sur les terres, les forêts, les champs et les guerriers. C'était un homme habile, sans charisme mais qui savait bien s'entourer. Il avait échangé la gloire des Callaghan contre la prospérité. Il faut dire que pas mal de guerriers étaient morts pendant les guerres d'Allander et que les premières années du règne de la Haute-Reine n'ont pas été faciles...

Le peuple n'aimait pas beaucoup Kulayn et ses percepteurs d'impôts. C'était un peu injuste... Même si c'était un chef sans caractère, le pays était riche. Mais on lui reprochait surtout d'être un chien venant lécher la robe de la Haute-Reine, un Callaghan agenouillé aux pieds des Vilna, le grand clan du cerf, le clan de la reine. Tu sais comment se passent ces choses-là, hein ? Il n'en faut pas beaucoup pour faire naître des haines éternelles.

Eylir écoutait, il voyait et il avait le sentiment qu'il devait faire quelque chose. Mais quoi ? Sa mère l'avait tenu sciemment éloigné de la politique. Alors qu'elle-même jouait un rôle de premier plan dans la vie de Koronia, à cause de son mari, le papa de la petite Lauryn, elle ne parlait jamais de politique kelte à Eylir et n'avait jamais cherché à le placer dans les hauts cercles de la société koronienne.

Mais bon, tout ça, c'est très théorique. Je rappelle qu'Eylir était jeune et que d'autres sujets le tracassaient :

améliorer son escrime, s'occuper du cheval que ses économies lui avaient permis d'acheter et essayer de le dresser correctement. C'était une bête bien plus rétive qu'Argo, mais ce dernier appartenait à la famille Leiss. Et aussi, bien sûr, trouver enfin une fille avec qui perdre son pucelage, ça commençait à devenir urgent. Il était devenu sur le sujet d'une timidité ombrageuse et cognait quand on l'ennuyait trop avec ça. Comme il cognait fort, ses compagnons de voyage évitaient de se moquer de lui et ne le fréquentaient pas plus que nécessaire. Eylir rêvait donc beaucoup et ne traînait pas trop avec les autres gens de son âge, sauf Julian durant l'été.

La scène s'est déroulée à l'auberge Verte, tu connais peut-être. Une grande baraque isolée à une journée de cheval au sud de Koronia, sur la route de Nordham... La mer n'est pas loin et tout autour c'est la plaine de Flann. Quand il vente, les gros murs de la Verte sont accueillants pour tous les gens qui vont et viennent de Koronia. C'était le soir, la grande salle était pleine. L'auberge Verte, c'est un endroit agréable et agité, avec poutres noircies, verre dépoli aux fenêtres, de grosses chopes de bière et un grand feu dans la cheminée.

Eylir mangeait tout seul dans son coin, il revenait vers Koronia. Il voyageait seul depuis Brenia, transportant juste un peu d'argent, un collier pour sa sœur, une bague pour sa mère. La salle était très bruyante, deux groupes y avaient fait escale. L'équipage d'un navire-dragon worgald échoué sur la plage et un groupe de mercenaires, surtout des jeunes, venus des pays keltes et partant s'embarquer pour Elmédia. Ça gueulait à qui mieux mieux, ils faisaient des concours de descente de bière et de bras de fer. Bonne journée pour l'aubergiste, pour autant que ces dingues de Worgalds ne cassent pas tout.

Et des Thiléens. Dès qu'Eylir les a entendus accorder leurs instruments, kithans et guitares, il a levé les yeux ; il n'avait pas oublié l'ondine. Deux jeunes gars, un costaud, l'autre fragile. Foulards rouges, chemises noires, couteaux à la ceinture et le regard brûlant pour tous ceux qui les méprisaient, pour tous ceux même qui osaient les regarder en face. Ils ont joué, pour l'argent bien sûr, des rengaines keltes, de ces trucs qui tournent dans la tête et font danser.

Et la foule massée dans l'auberge a crié quand elle a vu apparaître la danseuse. Debout pieds nus sur la table, dans sa robe vert et bleu, un foulard dans les cheveux, la taille cambrée, les mouvements vifs comme une cascade. L'ondine.

J'ai dit tout doucement : « Tu avais dit que tu ne parlerais plus d'elle.

— J'ai menti. »

L'eau qui rebondit sur les rochers, l'écume des torrents de montagne, elle était tout ça quand elle dansait. Tourne, tourne, cambre et se penche, et sa robe volait autour d'elle, et ses mains capturaient les regards, comme ses yeux et ses hanches... Eylir s'est levé brusquement, il a voulu se jeter sur elle, attraper l'ondine qui dansait sur les tables, les marches de l'escalier, sautait par-dessus les genoux des clients médusés, là, dans la lumière du feu. Il n'était pas le seul, d'autres clients tendaient les mains pour essayer de saisir la danseuse. Généralement, ils n'en ont eu que le parfum. Et ils savaient bien que le jeu voulait qu'ils ne l'attrapent jamais. Alors ils lui jetaient des pièces qu'elle saisissait au vol avant de les relancer aux musiciens. Et de danser encore et encore.

Mais un des Worgalds, visiblement, ne connaissait pas le jeu. Et quand la fille est passée à son côté, il a tendu ses grands bras et lui a saisi la taille. Un cri, la musique s'est arrêtée. La brute a grommelé quelque chose dans sa langue, le public a ri en se moquant des Thiléens et de leurs filles. Quelque part, ça les a satisfaits que quelqu'un rompe la règle, qu'on capture cette insolente qui les faisait tous rêver sans jamais rien leur donner. Les deux musiciens, méfiants, ont posé la main sur leur couteau. Ils ne se sentaient pas à l'aise, ce genre d'incident n'était pas si fréquent. Rires de soldats, et la fille qui se débattait dans les mains de la brute qui lui caressait les cuisses…

Eylir a bondi. Renversé sa table, son tabouret et foncé tête la première sur le Worgald. Le gars, percuté de plein fouet par la tornade kelte, est tombé brusquement en arrière, lâchant la danseuse qui s'est échappée dans un bond. Le Worgald s'est relevé, furieux. Eylir se tenait face à lui. Même si le gars le dépassait d'une tête, il n'allait pas se défiler. Il était kelte et la peur n'est pas un sentiment digne d'un guerrier. Alors la foule a crié. Le spectacle changeait de nature et il allait être presque aussi plaisant que l'autre.

Les autres membres de l'équipage ont crié : « Erik ! Erik ! »

Erik, c'était donc ça l'adversaire d'Eylir. Je l'ai déjà dit, une tête de plus qu'Eylir, un beau grand garçon de sept pieds, haut et fort comme un tronc d'arbre, sûrement aussi dur à abattre. Et un grand sourire plein de dents au milieu de la barbe, prêt à croquer le gamin kelte. Les bras nus d'Erik portaient des tatouages. Tueur d'ours et de dragons, dompteur des vents et de l'écume. De la frime, sûrement, mais ça impressionne. Il a regardé Eylir d'un air méchant, il a grogné, espérant sûrement l'intimider. Et Eylir lui a envoyé ses deux poings réunis dans la gueule. Frapper en premier, pour gagner… Sinon il allait se faire éclater.

Rires de la foule, Erik a titubé, le nez en sang, tout surpris. Puis il a balayé l'air de ses grands bras, les poings énormes comme des marteaux, et Eylir s'est envolé, traversant toute la pièce jusqu'à se retrouver dos à la cheminée, s'agrippant aux montants pour ne pas tomber dans les flammes, sentant la chaleur lui roussir le dos. Erik a rigolé, ses copains avec lui. Il s'est avancé d'une démarche tranquille pour finir le gamin... Alors Eylir s'est jeté dans ses jambes, de toutes ses forces. Et le grand tronc a trébuché, est tombé en avant, s'est éclaté la gueule par terre. Le gamin a sauté sur ses pieds, pendant que l'autre se relevait en gémissant. Les servantes ont applaudi, le jeune Kelte avait leur faveur... Et c'est l'une d'elles qui a crié : « Attention ! »

Car le Worgald était furieux. Deux coups dans la gueule de suite, ça suffisait ! Maintenant il était en rage, plus de sourire carnassier, et le sang coulant de son nez maculait sa barbe et son cou. Avec un grognement, il s'est emparé de l'épée appartenant à son capitaine, qui traînait là, sur la table. Et il a dégainé la longue lame droite en regardant Eylir d'un air glacial.

Ce dernier a frissonné face à la montagne en marche. Lui était désarmé.

Alors il a crié *Callaghan !* pour se donner du courage. Et, à sa grande surprise, tous les mercenaires, derrière lui, ont crié *Callaghan !* pour lui répondre. La reconnaissance du clan ! Ces guerriers étaient des siens. Ils lui ont tendu leurs épées, leurs haches, leurs couteaux. Qu'il choisisse ! Qu'il lui fasse la peau, à ce Worgald de merde !

Eylir a saisi une épée, sans la sortir du fourreau. Il a dansé joyeusement devant le Worgald, soutenu par les hurlements des siens. Bloqué un coup maladroit du marin ivre et fait voler son arme. Vif sur ses pieds, comme sa mère le lui avait enseigné. Utilisant l'épée bridée comme un bâton. Et un coup à gauche, à droite, sur les doigts, sur les bras, dans les jambes, dans les couilles. L'autre est tombé à genoux en gémissant, enfin vaincu, et la foule a crié victoire.

Bien sûr, c'est à ce moment que les gendarmes sont

intervenus, ils attendent toujours le dernier moment. Ils ont rappelé en gueulant que se battre à l'épée n'était autorisé qu'aux nobles et aux soldats. Et ils ont arrêté Eylir et Erik pour aller les foutre en prison. En l'occurrence, les enfermer dans un cellier de l'auberge en attendant de les transférer à Koronia.

Eylir s'est retrouvé assis en compagnie de son ennemi, euphorique et abattu. Abattu, bien sûr, parce qu'il allait devoir faire appel à sa mère pour le sortir de là… La justice atlane n'était pas clémente pour les jeunes Keltes furieux comme lui. Abattu parce qu'il faisait noir, qu'il était tout seul, qu'il avait mal. Mais ça, ce n'était rien à côté de la joie d'avoir remporté une victoire devant des hommes de son clan.

Et à côté de la joie de… Ah oui, je ne t'ai pas raconté. Revenons un peu en arrière. Il venait donc de remporter la victoire, il a rendu l'épée même pas dégainée à son propriétaire, et les gendarmes étaient en train de franchir la porte. Et là, une silhouette souple est venue se couler dans ses bras, l'enlacer, sourire. Dès qu'il l'a touchée, dès qu'il a posé les mains sur elle, sur sa taille, sur ses hanches, il a senti le feu lui vriller le corps. Elle l'avait reconnu bien sûr, son sourire disait cela. Et quoi d'autre ? Elle l'a embrassé, un long baiser d'amante, brûlant, trop court. Puis un des musiciens l'a arrachée aux bras d'Eylir, lui jetant un regard haineux qu'il n'a même pas vu. Voilà pourquoi il était euphorique. Elle avait eu le temps de lui glisser son nom.

Lyciane.

Et puis il n'est pas resté longtemps emprisonné. Le chef des mercenaires s'appelait Korben Ap'Callaghan, c'était un ami du gendarme qui avait bouclé Eylir. Quelques pintes de bière, quelques pièces, et l'infraction n'était soudain plus si grave. Les fonctionnaires de province... Ce n'était qu'une bagarre, après tout, et il n'y avait pas eu mort d'homme.

Eylir est donc sorti le lendemain matin, Erik aussi. Il faisait encore un peu la gueule, mais quelle importance ? Et dans la grisaille du petit matin, les soldats ont congratulé Eylir, lui ont donné de grandes bourrades, lui ont demandé de quel coin des vastes terres du clan il était. Question délicate, comme tu peux le deviner. Il s'en est bien sorti.

« Mon père était de Beïssama. Ma mère est atlane d'origine kelte. Elle m'a élevé à Koronia, sans jamais me faire oublier mon sang. »

Alors ils ont crié de joie, ils se sont tous enivrés avant midi. Des Keltes. Bêtes et enthousiastes, c'est leur côté agréable.

Ces soldats, des jeunes désœuvrés nostalgiques des guerres d'Allander, étaient dirigés par Korben, un vieux chien de guerre. Ils se battaient dans l'ouest, pour le compte des clans mineurs pas encore inféodés ni au Haut-Royaume, ni aux Atlans. Et là ils passaient en Elmédia, faire la guerre aux Pictes.

Parmi eux, un gars de l'âge d'Eylir. Barbe blonde, épaules carrées, sourire franc.

« Je m'appelle Maharkal Ap'Callaghan. Je suis né le jour de la première victoire du Haut-Roi, c'est pour ça que mes parents m'ont appelé comme ça. »

Voilà comment il s'était présenté. Eylir l'a aimé tout de suite, ce jeune homme aux allures de vétéran qui portait les armes comme d'autres portent la robe. Ils se sont assis sur la plage, une bouteille entre eux. Eylir a demandé : « Pourquoi tu suis Korben ? Il n'a pas l'air facile, je ne supporterais pas quelqu'un qui me parlerait comme il te parle.

— Vaut mieux le suivre lui que d'être dans l'armée de Kulayn, le valet des Vilna. Mon père s'est battu pour Allander pendant dix ans, il a perdu une jambe et pour toute récompense, on l'a renvoyé dans ses foyers, sans or, sans terres. Il n'y a plus aucun mérite à servir le maître de Beïssama.

— Qu'est-ce que tu cherches ? »

Maharkal a ri si fort que les mouettes se sont envolées dans le ciel gris.

« La gloire et la renommée, quoi d'autre a de la valeur ? Je veux que mes enfants citent fièrement le nom de leur père, comme on cite celui d'Angus ou de Thorann de Braise ! J'espère, Eylir, qu'un grand roi naîtra dans notre peuple, tant que je serais en vie. Et quand ce roi sera né, je me mettrai à son service, je le suivrai jusqu'à ma mort. Et toi, que cherches-tu ? »

Eylir a ri à son tour.

« La même chose que toi, mais mon nom est déjà porté par un autre, n'est-ce pas ? Et je cherche aussi une Thiléenne, une petite danseuse qui s'appelle Lyciane. Je fouillerai le pays entier pour la retrouver. » Il a ajouté, d'un ton définitif : « Je l'aime. »

Maharkal a ri encore plus fort. Eylir, indigné qu'on se moque de lui et de ses sentiments, a songé à se mettre en colère. Mais comme il se savait ivre, il a repris un peu de vin et a dit : « Explique-toi, et vite !

— Une petite danseuse, Eylir ? Une petite danseuse, Rohan Lyciane ?

— Rohan ? Comme le fleuve ? Comment connais-tu son nom ?

— La femme que j'aime est thiléenne aussi, compagnon. Et si cette tribu porte le nom du fleuve, c'est parce que ce sont eux qui l'ont nommé, bien avant que les douze héros des clans ne viennent pisser sur ces terres ! Lyciane est la fille de Rohan Yal, le duc des marches de l'Est, un des plus grands seigneurs de ce peuple, le plus grand de ce côté de l'Océan ! »

Eylir était impressionné : « Mais si elle est la fille d'un duc, pourquoi danse-t-elle dans les auberges ?

— C'est une Thiléenne, chez eux même les filles de duc et de roi dansent dans les auberges. Et tu auras beau fouiller le pays, tu ne la retrouveras pas, pas s'ils ne le veulent pas. Il y a tellement de fleuves et de rivières... »

Eylir a bu encore une longue gorgée, submergé de tristesse par l'ivresse et l'amour. Et Maharkal lui a donné une grande tape dans le dos, souriant de toutes ses dents.

« Ne t'en fais pas, compagnon, ne t'en fais pas. Que dirais-tu d'un petit voyage en Elmédia ? »

Mon narrateur a fait une pause. Je ne sentais plus rien, l'eau clapotait dans mon cou et j'écoutais stupidement ce qu'il me racontait. Je me suis dit que je risquais de mourir, mais une part de moi n'y croyait pas. Alors, malgré mon état de délabrement physique et moral, j'ai quand même posé une question pertinente : « Alors il l'a retrouvée, sa Thiléenne, celle dont tu ne devais plus me parler ?

— Ah çà, oui, il l'a retrouvée. Plutôt deux fois qu'une ! »

Eylir a accompagné la troupe de Korben Ap'Callaghan, à titre amical, mais il ne s'était pas encore engagé, ça viendrait plus tard. Ils ont embarqué depuis Koronia et se sont rendus dans le sud d'Elmédia, pour fêter Imbolc à la cour du roi Seamus. On parlait de guerre contre les Pictes, à l'époque, ça attirait les mercenaires. Julian avait accompagné Eylir. Je ne sais pas comment il avait réussi à le convaincre de laisser tomber le gymnase... Peut-être en lui disant qu'il fréquentait maintenant de vrais Keltes, de vrais guerriers. Peut-être en lui reparlant de Lyciane, en le faisant rêver. Le plus certain c'est que Julian en avait marre et que finalement il ne deviendrait jamais docteur en médecine, comme il avait promis à son père de le faire. En tout cas, les explications avec la famille n'ont pas dû être faciles.

Julian et Maharkal ont sympathisé. Et, juste après avoir fêté Imbolc, ces trois-là se sont esquivés et se sont rendus sur la côte sud, dans un des plus grands sanctuaires de la terre kelte, le tombeau du roi Llyr.

C'est un endroit fabuleux, si tu aimes les grands espaces, le vent, la mer, les falaises blanches, les grandes plages et les vagues. Imagine un énorme tumulus, recouvert d'herbe et de rochers, couronné par deux cercles concentriques de pierres dressées. Le vent souffle tout le temps. Devant le tumulus, les chevaliers de Meydral, des types sévères en armure, gardaient un sanctuaire qui contient la sainte Lance. Et ce qui est incroyable, c'est que cette lance est sainte pour tout le monde. Pour les druides, elle est la lance de Llyr Ap'Dana, qui a uni tous les Keltes au début des temps, le premier grand roi. Pour les prêtres de l'Unique, elle est la lance de saint Meydral, qui a évangélisé ces terres, faite dans le même bois magique que le bâton d'Andall lui-même. Et pour les Thiléens, son bois est celui de l'arbre qui pousse au centre du monde, un bois tellement sacré qu'il transmet ses propriétés à tout ce qu'il touche.

J'aime croire que tout le monde a raison. Par chance, et ce n'est pas si fréquent dans ces circonstances, le roi d'Elmédia est d'accord avec moi. Les chevaliers de Meydral, bien qu'uni-déistes, permettent à tous ceux qui le désirent de venir se prosterner devant la Lance. Une bonne attitude, qui évite les disputes.

Eylir et ses deux copains sont donc arrivés au tombeau au début du printemps, juste à temps pour la procession des navires. Et là, ils ont vu des centaines de navires thiléens, grands et petits, venir s'échouer sur les plages au pied du tombeau. Toute une foule fière, colorée, sérieuse et gaie a débarqué sur cette côte en quelques jours. Et le dimanche, ils sont montés en procession vers le sanctuaire des chevaliers de Meydral. Depuis le sommet de la colline où il campait, Eylir a pu voir tout ça. La longue file qui marchait depuis la plage, à travers lande et champs, vers le petit sanctuaire de pierre au pied du tumulus. Les silhouettes en armure et les étendards des chevaliers. Et la lance, brandie par l'éliarche d'Elmédia, la grande lance à la lame rouillée, au bois imputrescible. Et chaque famille de Thiléens amenait jusqu'à la lance une pièce de son navire : gouvernail, simple cheville, mât, proue ou bien poupe, pour la mettre en contact avec le bois sacré, pour la faire bénir par l'éliarche. Certaines familles amenaient même le navire entier porté sur des dizaines d'épaules ou bien poussé sur des chemins de rondins. Et les longues coques grimpaient ainsi à l'assaut de la colline.

Ça a duré toute la journée. Messe, procession, bénédiction. Eylir était impatient, il voulait courir sur la plage, chercher partout la silhouette de danseuse et le regard d'eau de l'ondine, mais Maharkal, qui avait plus de plomb dans la tête, l'a retenu.

« Je suis aussi pressé de retrouver ma petite Mab. Mais là, ils ont autre chose à faire que de recevoir chez eux des Mabdens.

— Des quoi ?

— Des Mabdens. C'est comme ça qu'ils nous appellent. Ça veut dire ours ou bien brute, dans leur langue, je crois. Attends demain matin, l'occasion sera bien meilleure. C'est la deuxième fois que je viens, fais-moi confiance. »

Après la procession, ils ont allumé des dizaines de feux, tout autour du tumulus, et sur ses pentes aussi. Et là, dès que la nuit est tombée, les femmes ont dansé sur la musique que jouaient les hommes. Elles ont fait rêver Eylir et Julian, qui n'ont pas dormi de la nuit, sous le charme des silhouettes se découpant devant les feux, des rythmes de la guitare, du kithan et des tambours. Ce soir-là, ils ont dû tomber amoureux de tout un peuple… Ou au moins de toutes ses femmes. Les Thiléennes, c'est vraiment quelque chose. Je crois que seules les femmes djinns les surpassent en beauté et en mauvais caractère... Elles ont dansé toute la nuit, oui, jusqu'à l'extase ou l'évanouissement.

À l'aube, ils sont descendus tous les trois de leur colline. Ciel gris, air froid et bruit de vagues, quelques notes de musique encore, un peu de brouillard accroché aux pierres dressées du tumulus. Des filles effondrées près des feux, dans les bras rassurants des hommes. D'autres qui dansaient encore d'un air languide, comme si elles attendaient que la fatigue les achève. Et mes trois bonshommes, comme des fantômes au milieu de cette fête dont ils n'étaient pas, cherchant les élues de leur cœur.

Maharkal a trouvé en premier, une toute petite brune qui lui a sauté au cou. Il a échangé un sourire heureux avec Eylir et Julian, qui ont continué tout seuls.

Et eux de dévisager ces visages épuisés, de deviner les yeux sous les longues mèches, de se faire foudroyer du regard par les hommes qui trouvaient que ces deux Mabdens regardaient leurs sœurs, filles et épouses d'un peu trop près. Et ils ont trouvé l'ondine là-bas, derrière le tumulus, debout dans le vent près d'un feu éteint. Elle avait le même visage serein et heureux que quand ils l'avaient surprise nue dans la rivière et elle se laissait aller dans le vent. Elle a fini par ouvrir les yeux, les a vus et a souri. Eylir lui a tendu la main, il voulait la prendre contre lui, l'embrasser, mais elle n'est pas venue. Julian a certainement été attristé ou énervé par ce geste. Ne devaient-ils pas la séduire ensemble ? Ne l'avaient-ils pas découverte ensemble ? Au fond, je ne sais pas trop ce qu'il espérait, sinon partager la gloire et les conquêtes de son ami.

Mais deux Thiléens ont surgi, Eylir a reconnu les deux musiciens. L'un grand, assez fort, la moue arrogante. L'autre plus mince, plus beau, jetant des regards méprisants aux deux Mabdens. Et la même chevelure noire, le même regard à transpercer les âmes. Deux frères, Feral et Lukas, des Rohan aussi, des cousins de Lyciane.

Feral, le plus grand, est passé dans le dos de l'ondine, l'a tenue plaquée contre lui. Et lui a dit, tout en regardant Eylir : « Tu ne fréquentes pas de Mabdens ! »

Eylir a senti la colère venir. Il aurait aimé faire ravaler leur arrogance à ces deux imbéciles ! Lyciane eut un sourire abandonné et se laissa aller dans les bras de Feral ; sa sensualité avait enivré tous les hommes présents.

« Je fréquente les Mabdens si je veux. J'aime bien celui-ci. »

Coup de poignard dans le cœur de Julian, qui n'était pas le *celui-ci* désigné par cette main fatiguée. Mais il a gardé son attention tournée vers les deux frères. Lyciane s'est redressée. Son regard était joyeux, comme celui d'une petite fille qui a trouvé une idée amusante.

« Eylir… Mes deux cousins ne t'aiment pas. Alors si tu ne les bats pas à la course des fous, je ne te reverrai jamais… Par contre, si tu les bats… »

Eylir a souri. Elle s'était souvenue de son nom. Et ce *par contre* contenait tellement de promesses…

« Les Mabdens ne participent pas à la course des fous !

— Aurais-tu peur de te faire battre ? »

Julian venait de parler. Lukas a craché par terre.

« À tout à l'heure, Mabdens. Vous allez manger de la boue ! »

Eylir se moquait de ces menaces. Elle se souvenait de lui ! Et ce *par contre…*

La course des fous. C'est un bon jeu, kelte à l'origine, adopté par les Thiléens, si ce n'est pas l'inverse. Le principe est simple et les règles peu nombreuses : une bande de jeunes courent ensemble, et le dernier encore dans la course a gagné. Mais attention, ils sont obligés de suivre le coureur de tête et de ne pas le perdre de vue. Donc, si tu cours en tête, tu peux emmener tes copains patauger dans les rivières ou dans la boue ou bien sur tous les terrains difficiles que tu peux imaginer. Bien sûr, il faut être un minimum frimeur pour jouer à ça. C'est pour ça que c'est un bon jeu pour les Thiléens.

Ils en faisaient une, avec tous les gars encore capables de tenir debout après la folle nuit que je t'ai racontée. Une centaine de gars, qui partaient depuis la plage où les bateaux avaient accosté. Sous les acclamations de leurs parents. Eylir, Julian et Maharkal en étaient, se sentant regardés de travers par tous les petits gars des navires. Ils s'étaient mis pieds nus, comme tout le monde, et s'échauffaient sans montrer qu'ils étaient intimidés. Après tout, il suffisait à Eylir de battre les deux cousins, Feral et Lukas. Rien de bien difficile, non ? Et Julian et Eylir savaient depuis l'école qu'ils couraient bien.

Alors quand la corde est tombée, ils se sont élancés dans la cohue avec les autres. À ce moment de la course, si personne ne prend clairement la tète, le jeu est à l'eau. Mais je t'ai dit, ce sont des frimeurs. Taram a pris la tête. Eylir a capté son nom tout de suite parce que c'était celui que criaient ses parents. Un grand gars roux, Taram, aussi grand que Maharkal, avec de belles enjambées longues et souples, un gars qu'Eylir ne battrait jamais. Heureusement, il fallait juste battre Lukas et Feral, ne pas abandonner avant eux… Et c'est Taram qui les a emmenés de sa grande foulée assurée. Hop, hop, hop, ils ont quitté la plage, sont arrivés sur la lande, là où le terrain fait plus mal aux pieds. Et là, il a emmené tout le groupe à travers des champs cultivés. Eylir et ses copains ont eu du mal à ne pas se faire distancer. Et tous les plus jeunes et les moins forts sont restés en arrière. Lukas et Feral collaient à Taram, sans problème à ce qu'il semblait.

Une fois sorti des champs, Eylir a accéléré, épuisant son souffle pour coller au rythme de l'autre. Le grand vicieux leur a fait traverser une cour de ferme. Sauter par-dessus les poules, créer de grandes envolées de canards... ça devait être marrant. Un petit blond méchant a commencé à remonter tout le monde, il est arrivé au niveau de Maharkal et d'un grand coup d'épaule l'a poussé dans l'auge à porcs. Eylir ne s'est pas arrêté pour l'aider, il ne semblait pas s'être fait mal. Mais il allait accumuler trop de retard et être forcé d'abandonner...

Julian et lui se sont engouffrés dans la suite du blondinet. Alors qu'ils passaient sur un pont de pierre, ce dernier a tenté de faire basculer Lukas dans la flotte. Malheureusement, c'est le cousin de Lyciane qui était le plus lourd et le blondinet est allé piquer une tête. Ça a fait rigoler Eylir, qui n'avait pas besoin de ça. Il a repensé à l'ondine, repensé à son *par contre...* et il a continué à courir, malgré ses pieds écorchés et ses poumons brûlants. Taram les a entraînés dans le ruisseau, plouf, plouf, plouf, et encore trois types par terre, qui n'en pouvaient plus, ils n'étaient plus qu'une quinzaine. Et là, hors du ruisseau, dans les rochers. Sauter d'un rocher glissant à l'autre, sans tomber, sans perdre de temps. Eylir est arrivé au niveau de Feral et malgré l'épuisement, il a voulu briller un peu, montrer à l'autre qu'il allait le battre pour les beaux yeux de Lyciane. Et Feral a été déconcentré, il est tombé d'un rocher, s'est cassé la gueule, a crié en se tenant la cheville.

Eylir s'est arrêté net, est revenu sur ses pas en trottinant, tout le monde l'a dépassé. Une entorse, un truc comme ça... Feral l'a regardé d'un air triste et méchant : « Pas besoin de ta pitié, Mabden ! »

Eylir a fait demi-tour. De toute manière, il avait perdu... Lukas était devant. Pour la beauté du geste, il a mis ses dernières forces dans une accélération qui l'a ramené au niveau du reste du groupe, sur le tumulus. Taram les faisait courir entre les pierres dressées, un coup à gauche, un coup à droite, le grand Thiléen restait tranquille, infatigable apparemment. En bas des falaises, la mer était bleue et les mouettes se foutaient de leurs gueules depuis le ciel. Lukas aussi se moquait d'Eylir, il avait compris que le Kelte n'avait plus de souffle.

Alors Eylir a été brillant. Quand Taram leur a fait quitter le sommet, il a mis tout son cœur, toute son énergie à le rattraper, le dépasser... C'était vain, bien sûr, puisque l'autre avait plus d'endurance, mais il l'a fait quand même. Et Julian l'a suivi, a couru à son niveau. Pendant quelques secondes, Eylir était le maître de la course. Il les a tous emmenés vers le bord de la falaise, à fond, de toute la force de ses jambes et ils étaient obligés de suivre. Et quand il est arrivé au bord, il ne s'est pas arrêté, ni lui, ni Julian, ni Taram. Lukas et les autres les ont regardés plonger vers la mer en hurlant de tous leurs poumons. Ils ont dû avoir l'impression de voler.

Il ne s'est pas tué. Aucun ne s'est tué. Ils ont été secoués, je peux te le garantir. Ils ont vaguement nagé et sont venus s'échouer sur la plage. Et on les a portés tous les trois en triomphe, le Thiléen, le Kelte et l'Atlan. Parce que ça faisait longtemps qu'on n'avait pas vu une si belle course.

Eylir a retrouvé l'ondine entre deux bateaux, sur la plage. Elle n'a pas été avare, non, elle s'est coulée dans ses bras et il l'a embrassée encore. Ils tombaient tous les deux de fatigue mais ce n'était pas grave, Eylir était heureux. Ils se sont vautrés dans le sable et il lui a caressé le visage et les cheveux. Il a découvert combien c'est beau, le visage d'une femme amoureuse. Il l'a déshabillée, a touché de près toutes les merveilles qu'il avait vues de loin.

Et elle s'est endormie dans ses bras avant qu'il puisse

faire quoi que ce soit, en lui murmurant : « Ce soir, Eylir, ce soir, je suis si fatiguée... »

Elle s'est endormie comme ça, dans ses bras, en frissonnant. Et je te jure que le Kelte n'était pas malheureux...

Quelque temps plus tard, Eylir est parti chercher à manger pour lui et sa belle endormie. Il était midi passé et son corps hurlait de fatigue. Il ne savait pas où était Julian. Et puis un groupe de Thiléens l'a apostrophé. Parmi eux il a vu Feral, boitillant, Lukas, et un grand type plus âgé, aux cheveux longs et au visage profondément buriné, un visage fort, capable d'être aussi facilement amical que sévère. Là le gars croisait les bras et c'était plutôt la seconde option qu'il fallait envisager.

« Tu as triché, Mabden, a gueulé Feral. Tu m'as fait tomber. »

Eylir s'attendait vaguement à ça. Feral était vraiment en rage, Eylir n'avait jamais vu un homme aussi haineux. C'était de sa faute si Lyciane le préférait, lui ?

« Ce n'est pas vrai, je n'ai pas triché.

— Le sang dira qui de nous deux a raison. »

Le Thiléen a pris son couteau et s'est coupé à la main gauche. Le sang a coulé par terre. Et, sans cesser de fixer Eylir, il a dit : « Cette nuit, je me battrai loyalement contre toi. Et à l'aube un seul d'entre nous vivra. »

Eylir a soutenu son regard. La haine de l'autre le mettait en colère, parce qu'elle était injuste. Et tous les Thiléens le fixaient, moqueurs, croyant qu'il allait se défiler. Certains lui ont même dit qu'il pouvait encore partir, sans répondre à la provocation. Alors il a sorti son couteau et a imité le geste de l'autre.

« Cette nuit, je me battrai loyalement contre toi. Et à l'aube un seul d'entre nous vivra. »

L'homme au visage buriné est intervenu. Et Eylir a compris qu'il s'agissait du duc Rohan Yal, le père de

Lyciane, le plus noble Thiléen de ces terres, vêtu aussi simplement que le reste des siens.

« Je vous ai entendus, tous les deux. Je dis que tu es fou, Rohan Feral, et que ton arrogance ne mérite pas qu'on se batte pour elle. Et toi, le Kelte, tu es fou aussi, ton courage n'a pas de raison, nos couteaux vont te tuer. Rétractez-vous maintenant ou alors ce duel aura lieu. »

Eylir avait parlé, il ne pouvait revenir en arrière. Feral a hésité, mais il ne s'est pas rétracté.

Alors Eylir est allé se balader un peu plus loin, il aurait aimé trouver Julian et Maharkal. Aucun des deux n'était visible. Il avait l'impression de se réveiller brusquement. Il allait se battre au couteau contre un Thiléen, cette nuit. Lui, son arme, c'était l'épée, pas le couteau. Tout ça parce qu'il avait voulu poursuivre Lyciane jusqu'ici. Tout ça à cause d'une ondine vue dans une rivière. Puis ça l'a amusé et il a ri, tout seul, dans la lande.

Et à ce moment-là, à la fin de sa promenade solitaire, il s'est passé quelque chose de très important. Quelqu'un l'a appelé.

« EylirAp'Rilke ! »

Ce nom-là, il ne sy attendait vraiment pas. Depuis une tente du campement des Thiléens, une femme l'appelait : « Eylir Ap'Rilke, qu'est-ce que tu fais là ? Tu ne me reconnais pas ? »

Il l'a reconnue. Une femme dans la quarantaine, aux beaux cheveux roux, vêtue d'une robe magnifique de brocart rouge et bleu. Une amie de sa mère, venue quelquefois au château Vendares quand il était plus jeune, une femme à l'amitié facile qui parlait l'atlan et le kelte avec un fort accent populaire. Elle s'appelait Tessan Fortune, prétendait que c'était son vrai nom et qu'il lui allait bien. Sans doute la dernière personne qu'Eylir se serait attendu à rencontrer dans une fête thiléenne.

Elle l'a invité à rentrer dans sa tente, meublée comme une chambre d'hôtel de luxe, et l'a présenté à un homme basané aux airs d'intendant qui l'accompagnait.

« Karel, voici Eylir. Le fils de Selaya, tu te souviens ? Tu veux manger quelque chose, Eylir ? »

Eylir s'est souvenu qu'il avait faim et a accepté. Le dénommé Karel a maintenu entre eux une froideur distante avant de s'excuser en prétextant des affaires à l'extérieur. Ça a fait rire la Dame Fortune et sourire Eylir. Il s'agissait d'une femme aimable et il n'a pas mis longtemps à être à l'aise avec elle. Elle lui a raconté ce qu'elle faisait là : elle accompagnait des amis thiléens de la famille des Lorelan, puis prévoyait de se rendre en Orient.

« Karel, c'est votre mari ?

— Pas exactement. Je voyage avec lui, et avec Valerien, un écrivain, tu le verras peut-être tout à l'heure. »

Eylir s'était toujours demandé quel était son métier, la soupçonnant un peu honteusement d'être une courtisane. Il lui a posé franchement la question. Cela l'a fait sourire. Elle avait le visage doux et drôle, celui d'une gamine qui a fait croire qu'elle devenait raisonnable.

« Je joue, Eylir. Je joue aux cartes. On gagne bien sa vie, quand on sait jouer. »

Il a senti que cette réponse comprenait une plaisanterie qu'il ne pouvait pas encore comprendre. Cela n'avait pas d'importance. Il se sentait bien avec elle, il pouvait enfin se reposer. Et il lui a raconté ses aventures, Lyciane, la course des fous, le duel, tout ce qui lui faisait peur. La réaction de la Dame a été immédiate : « Valerien va revenir avec une voiture. Tu la prendras pour toi, et tu enlèveras ta douce. Plus de problèmes, comme ça.

— Non, je ne peux pas. J'ai dit que je me battrai, je dois y aller. Je dois tenir ma parole.

— Quand il s'agit de ta vie, ce genre de principe devient idiot, tu ne trouves pas ?

— Je suis un Kelte. C'est comme ça. »

Elle a eu un rire sec, n'a plus parlé de ça. Elle lui a offert des fruits, un peu de viande froide, du vin. Et une chemise propre après qu'il est allé se baigner dans la rivière.

« Reste dormir un peu, tu es épuisé. Quoi que tu fasses ce soir, tu dois te reposer. »

Alors Eylir s'est allongé entre des draps blancs et frais, dans cette tente extraordinaire, petite île de luxe et de confort dans la campagne elmédianne. Vivre cela, aimer Lyciane et même se battre ce soir, tout allait dans le même sens. C'était naturel. Je crois qu'il était vraiment heureux. La suite n'allait pas le décevoir...

Quand il s'est réveillé, il faisait presque nuit. La Dame Fortune était assise à côté du lit, soucieuse.

« Il est tard, elle a dit. Valerien est revenu, une voiture est prête. Tu peux aussi ne prendre que les chevaux.

— J'ai un cheval, murmura Eylir. Je ne partirai pas avant demain matin. »

C'est quand même un des côtés désagréables d'Eylir. L'impression qu'il ne changera jamais d'avis. Il a voulu se lever, mais elle lui a fait signe d'attendre. Elle est allée fermer le rideau de l'entrée, a allumé une petite lampe, a détaché ses cheveux et lui a souri. Eylir était tendu, attentif.

Alors elle s'est assise à côté de lui sur le lit et lui a dit, en le regardant droit dans les yeux.

« Embrasse-moi. »

Elle était extrêmement sérieuse, et amusée à la fois. Son sérieux a convaincu Eylir de céder. La tentation a dû y jouer un rôle aussi. Embrasser la Dame Fortune a été une expérience plutôt agréable.

Alors, devant le Kelte médusé, elle a enlevé sa robe,

gardant sa chemise et ses bas, et s'est allongée à côté de lui dans le lit. Il était gêné, tenté, ne savait pas où se mettre. Elle a ri, un peu triste. « Je ne te plais pas ? »

Eylir l'a examinée. Si, bien sûr, elle lui plaisait… Mais c'était une amie de sa mère, et puis il y avait Lyciane, et puis il ne comprenait rien. Alors elle lui a caressé la joue et a dit : « Ne t'inquiète pas, nul n'en saura rien, ce sera un secret. Et moi je pourrai te saluer demain matin. »

Il n'a pas compris ce qu'elle voulait dire, ni en quoi l'un impliquait l'autre. Mais elle était douce, aimable, désirable et au fond de lui, il avait peur pour le duel. Alors il a cédé. Elle a été très tendre, et lui, très maladroit.

J'étais tétanisé par l'eau froide, je luttais pour ne pas dormir, pour ne pas mourir de froid maintenant. Je crois que je me serais endormi en rêvant de Thiléens et de la tente de la Dame Fortune, ça n'aurait pas été désagréable… J'ai quand même trouvé la force de demander : « Si ça devait être un secret, comment tu l'as su ?

— Chut, laisse-moi finir… »

Il a quitté la tente, un peu égaré, entendant à peine qu'elle lui disait *au revoir*. Il faisait nuit, on avait rallumé les feux. Quand Julian et Maharkal l'ont retrouvé, ils se sont affolés au sujet du duel, ils venaient d'apprendre le défi de Feral. On l'attendait, c'était ce qu'ils disaient. Il a été touché qu'ils ne lui proposent pas de fuir, touché par leur amitié. Il le leur a dit.

Feral l'attendait sur la plage, au milieu d'un cercle d'hommes et de femmes. Certains portaient des torches. Le duc était là.

Malheureusement pour Eylir, le Thiléen semblait ne plus vraiment souffrir de sa cheville, il boitillait à peine. Et la lame du couteau brillait à la lueur des torches. La rage de Feral était encore présente, une rage froide. Par contre, Eylir n'avait plus aucune colère en lui. Où allait-il trouver l'énergie pour se battre ?

« Je vivrai demain matin, Kelte ! »

Eylir a craché par terre et sorti son couteau. Tout le monde a crié et ils se sont battus. Le Thiléen dansait, vite, et son couteau traçait des courbes dangereuses. Beaucoup trop rapide pour Eylir. Bientôt il a été blessé trois fois, pas très gravement. Un coup au bras, à la cuisse, au cou. Du sang sur la chemise propre de la Dame Fortune. Il a vu Lyciane qui ouvrait des grands yeux effrayés. Il n'avait pas envie de tuer l'autre. Si au moins il pouvait l'épuiser... Mais Feral était endurant.

Le Thiléen a joué un sale coup : il s'est baissé en souplesse, a ramassé du sable, l'a jeté à la gueule d'Eylir, qui n'a pas eu le réflexe de se protéger et s'en est pris dans les yeux. Aveuglé, il a reculé, sous les cris de la foule. Le Thiléen a enchaîné d'un coup de pied qui a frappé la main d'Eylir, lui faisant lâcher son couteau. Et il a bondi sur lui pour l'achever.

Quand Eylir a senti le poids de l'autre l'écraser par terre, quand il a perçu le bras qui se levait pour l'achever, il n'y a pas cru. Si vite ? Il allait perdre si vite ? Il a eu peur, a bloqué le bras de Feral qui s'abattait, de tout son poids. Et l'autre lui pesait dessus, et forçait, et le couteau allait s'enfoncer dans sa gorge.

Alors Eylir a tâtonné convulsivement de la main gauche, sa mauvaise main, sa main libre. Et sa main est tombée pile sur son propre couteau.

Il a frappé, pour survivre, de toutes ses forces. Deux fois. Un coup sous les côtes, un coup dans la gorge. Et Feral a roulé sur le côté en s'étoufrant dans son sang.

Eylir s'est relevé en titubant, ses mains étaient pleines de sang. La mère de Feral a hurlé, elle s'est jetée sur son fils et elle a hurlé encore plus fort. Aucun Thiléen ne bougeait, puis plusieurs, lentement, ont sorti leurs couteaux. Tout ce qu'Eylir a trouvé a été de dire : « Il… il ne s'est pas battu loyalement. »

Lukas a craché par terre : « Tu n'es qu'un Mabden. »

Eylir a été rejoint par Julian et Maharkal, ce dernier a sorti son épée. Si les Thiléens avaient de mauvaises idées, ils devraient les tuer d'abord… Et Lukas a dit : « Je réclame vengeance. Je le tuerai pour venger mon frère. »

La tête d'Eylir tournait. Lui, et combien d'autres après ? La blessure de sa main était encore fraîche du défi de Feral… Les hurlements de la mère lui vrillaient les oreilles.

Alors Lyciane s'est avancée. Elle a pris la main blessée d'Eylir dans les siennes, l'a regardé avec audace et fierté : « Nul ne réclame plus vengeance de lui. Je veux l'épouser. »

Eylir a repris brusquement conscience. Elle le regardait dans les yeux, infiniment sérieuse.

Le duc a giflé sa fille, si fort qu'elle en est tombée. Puis il s'est planté face à Eylir. Celui-ci s'est rendu compte qu'il l'admirait. Sa fierté et sa noblesse rappelaient celle des chefs djinns…

« Tu as entendu ma fille ? Qu'as-tu à répondre ? »

Le sentiment de l'après-midi revint, le même sentiment de joie, de jubilation face aux événements.

« Je veux l'épouser aussi. Je veux qu'elle soit ma femme. Je l'aime.

— Prouve-moi que tu es digne de la fille d'un duc de Thilée. »

Eylir aurait pu lui donner son nom, sa lignée, son sang. Celui des rois et des conquérants. Mais il s'est tu, cela aurait été indigne de s'en vanter. Alors le duc a continué : « Prouve-le-moi avant la prochaine procession des navires. Si je ne suis pas satisfait, je te tuerai. »

Eylir a hoché la tête. Et les Thiléens ont approuvé leur seigneur.

Eylir et les siens sont partis immédiatement, saluant au passage la Dame Fortune, puis faisant escale non loin. Ils ont discuté pendant des heures, Maharkal soucieux parce que raisonnable, Julian partagé entre l'enthousiasme et la jalousie.

Et non loin de l'aube, ils se sont endormis, à l'abri d'un grand rocher.

Alors pour quelques heures, l'ondine est venue le rejoindre. Elle a marché dans l'herbe haute jusqu'à lui, s'est agenouillée près de lui et l'a embrassé en silence. Dans la lueur de l'aube, ses yeux semblables à de l'eau cachaient tout ce qu'il y avait en dessous de la surface, cachaient tous ses secrets d'ondine. Ils se sont mis nus et elle lui a fait l'amour au-dessus de lui et elle était belle et souple comme une danseuse. Oh oui, elle était belle sur le ciel gris de l'aube et ce moment-là, il ne l'oublierait jamais. Et ils se sont étouffés de baisers pour ne pas réveiller les deux autres endormis.

Elle s'est allongée contre lui, le caressant avec une tendresse possessive.

« Je t'aime, Mabden. Même si mon père ne veut plus de toi, je m'enfuirai pour te suivre. »

Eylir lui a embrassé le front, a joué avec ses cheveux.

Et il s'est perdu dans son regard d'eau.

Léto

J'ai vaguement repris conscience quand ils m'ont sorti de l'eau. J'étais dans un rêve agréable où je faisais l'amour à de belles Thiléennes à la taille souple dans la chambre de Madame, à Koronia. Dans mon rêve, le lit était chaud et confortable. La réalité s'est avérée beaucoup plus froide.

Ils parlaient autour de moi, ils m'ont trimballé, jeté par

terre comme un gros sac. Mes vêtements étaient glacés, ils me collaient à la peau, je grelottais. Il faisait encore nuit ; j'étais dans la maison où j'étais entré plus tôt, trop loin du feu pour pouvoir vraiment me réchauffer. Et surtout Beth était là.

Une dizaine de Thiléens, hommes et femmes, la regardaient d'un air méfiant. Elle leur parlait.

« C'est à cause de moi qu'il est venu ici, laissez-le repartir, il ne vous voulait rien de mal. Il ne connaît pas la ville, ni vos coutumes. »

À ce moment, un petit Thiléen arrogant s'est planté devant elle, le type même du gars énervant qui sait qu'il est fort parce qu'il est chez lui avec dix copains. Elle n'avait pas l'air d'avoir peur, elle l'a écouté avec calme, son courage m'a beaucoup impressionné.

« Pourquoi on croirait des Mabdens ? Qu'est-ce que tu es prête à nous donner pour qu'on te laisse repartir ? Et pour qu'on le laisse repartir avec toi ? »

Elle a regardé dans ma direction avec une expression un peu grave. Je me suis senti rassuré, j'avais le sentiment confiant qu'elle pourrait me sortir de là. Elle s'est tournée vers le petit hargneux : « Je peux danser pour vous. »

Il a craché par terre, méprisant son offre. Mais un autre gars, assis par terre un kithan entre les jambes, a dit calmement : « Moi je suis d'accord. J'aimerais bien la voir danser. Si ça nous plaît, on les laisse repartir. Et toi, Lukas, tu te calmes. »

Les autres ont approuvé. Ils ont allumé quelques lampes de couleur, donnant un peu de lumière à la grande salle de leur maison. Puis ils se sont assis, assez loin du feu pour lui donner de la place. Le gars au kithan a parlé à l'oreille de Beth et est allé se rasseoir aussi. Et moi je grelottais toujours dans mon coin.

Il a joué et Beth a dansé pour moi. Sur un air kelte, quelque chose de très lent, qui allait en s'accélérant, une musique triste et grave. Elle portait une robe kelte de laine bleue, brodée de jaune et de rouge, ses cheveux étaient retenus par une barrette de cuivre. Elle aimait cette musique, ce feu, cet instant, ça la rendait belle... Un autre Thiléen a pris un tambour, une femme a chanté d'une voix un peu rauque et moi j'ai oublié le froid qui me rongeait. J'ai pleuré parce que j'étais malade et épuisé, mais aussi pour Beth qui dansait pour moi, pour la musique, pour cet instant magique que je vivais. La musique est allée plus vite, elle a suivi, les Thiléens tapaient dans leurs mains, le musicien s'amusait, il s'est arrêté juste avant qu'elle ne tombe, épuisée et souriante.

Elle m'a séduit, elle a séduit les Thiléens et ils ne m'ont pas tué.

« Tu répondras de lui. »

Beth m'a mené près du feu, déshabillé, frictionné. Elle avait les mains fortes et sûres. On m'a donné une couverture, je me suis enroulé nu dedans et le sommeil m'est tombé dessus.

Au matin, j'étais toujours nu dans ma couverture et le ciel gris koronien vu par la porte ouverte de la maison thiléenne m'a convaincu que j'étais bien vivant. Il y avait du mouvement autour de moi, des odeurs de cuisine, la journée était bien avancée et rien ne m'avait réveillé. Mes vêtements séchaient non loin du feu, Beth remuait une marmite de soupe chaude. De mes hôtes de la veille, ne restaient qu'elle et l'homme au kithan. Il était curieusement trapu, pour un membre de son peuple, avec un visage avenant, des yeux et des lèvres de séducteur et de très beaux cheveux noirs aux boucles courtes. Il s'appelait Léto.

Beth m'a donné de la soupe chaude et a ri en me voyant enroulé dans ma couverture, blotti autour de mon bol pour en récupérer la chaleur. Léto me trouvait ridicule, il s'est moqué de moi, mais je n'en avais cure.

Beth et moi avons parlé d'Eylir. Je lui ai dit comment j'en étais venu à le chercher, elle m'a raconté comment elle l'avait connu, au temps des Aiglons, des cavalcades dans les prés et des maisons dans les arbres, et ces histoires nous rendaient complices. J'ai tout de suite aimé sa gentillesse et sa prévenance.

Léto a interrompu ces agréables moments: « Quelle idée, Mabden, de venir comme ça poser des questions sur le Kelte en pleine nuit, à n'importe qui ! »

Beth lui a retourné sa moquerie: « Il aurait fallu te demander à toi ? Tu l'as bien connu ? »

Le musicien a pris un air mystérieux, se faisant désirer. J'ai insisté : « Est-ce qu'il a fini par épouser Lyciane ? Est-ce que le seigneur Rohan a trouvé qu'il en était digne ? Ça doit se savoir, non ? »

Beth, elle, ne savait pas qui était Lyciane, ce qui m'a étonné, mais elle avait cessé de passer l'été à Koronia à l'âge de seize ans.

« J'ai dû donner mon cheval, Argo, à mon frère, et je suis allé finir mes études sur Atlan. C'est la première fois que je reviens depuis longtemps. Je ne connaissais pas Lyciane, ils ne m'en avaient jamais parlé. Des affaires de garçons, j'imagine... »

Amusé par son ton moqueur, je lui ai raconté l'histoire de l'ondine. Ça a laissé Léto perplexe.

« Je me demande qui t'a raconté ça... Le lutin, certainement, je l'ai vu traîner dans le coin, hier. Et tu n'en sais pas plus ?

— Rien de plus. C'est pour ça que je te demande.

— Je suis pilote, moi, pas conteur. »

Beth s'est assise à ses pieds et lui a souri, séductrice comme une chatte.

« Raconte-nous, s'il te plaît. » Ça l'a fait rire, bien sûr, mais il a joué le jeu, il s'est laissé avoir. Il a passé sa main dans les cheveux noirs de Beth qui l'a dégagée d'un geste ferme accompagné d'un sourire. J'étais jaloux, mais je voulais connaître la suite. Et comme conteur, il ne s'en sortait pas si mal.

MAK MORN

Des aventures pictes.
Eylir, 6e récit. (Notes pour Serena Fonte.)

Une terre âpre et sauvage, un paysage de landes et de crêtes qui dissimulent l'horizon, un ciel triste et mélancolique. Ce sont les Hautes Terres du pays scott. Il pleuvait depuis des jours, c'était l'été. Une petite troupe progressait lentement de vallée en vallée, les chevaux pataugeaient dans les ruisseaux glacés, on longeait des forêts basses et humides. Eylir Ap'Callaghan faisait son apprentissage de soldat.

Une rumeur de guerre parcourait le royaume d'Elmédia. Là-bas, au nord, dans les Hautes Terres des Scotts, on disait que les Pictes se préparaient à sortir de leurs landes et de leurs cachettes pour de nouvelles expéditions de pillage. On les avait vus courir, disait-on, d'une forêt à l'autre, à travers les hauts plateaux. Les sentinelles avaient entendu battre leurs tambours, elles avaient vu la fumée de leurs feux de guerre s'élever au-dessus des frondaisons. Et la réputation des petits hommes noirs avait fait frissonner dans les villes et les villages de l'ensemble du royaume. Le connétable, Sean Ap'Aern, cousin du roi Seamus, avait rassemblé une armée d'un millier d'archers et de fantassins pour prévenir le danger. Une poignée de chevaliers de Meydral avides d'aventures l'accompagnait, et quelques petites troupes mercenaires, comme les jeunes hommes de Korben Ap'Callaghan, s'étaient jointes à lui.

C'était dans la guerre que les ancêtres d'Eylir s'étaient illustrés, c'était donc dans la guerre qu'il pourrait prouver sa valeur au duc Rohan Yal des marches de l'Est pour gagner sa fille. Le Kelte s'était engagé dans la troupe avec enthousiasme. Korben Ap'Callaghan, vieux soldat blasé, l'avait jugé en plissant les yeux. Eylir possédait la jeunesse, le courage et un cheval. Il lui manquait une épée que le vieux chef lui remit, en échange de ses trois premiers mois de solde. Eylir accepta l'escroquerie avec le sourire. Son frère s'était-il jamais soucié d'argent ? Julian s'était engagé derrière lui, ne voulant pas que son ami vive des aventures qu'il n'aurait pas connues. Et la centaine de soldats de Korben avait suivi vers le nord la troupe du connétable.

Le voyage fut long et épuisant. Eylir connaissait déjà le froid, la boue et la misère des soldats traversant un pays qui ne voulait pas les accueillir. Il restait longtemps à cheval, rêvassant à d'autres temps et d'autres armées qui s'étiraient jusqu'à l'horizon.

Maharkal avait vanté les exploits de ses deux amis durant la course des fous des Thiléens. Les soldats de Korben étaient pour la plupart des jeunes Keltes de la région de Beïssama qui n'avaient pu ni hériter ni obtenir une position avantageuse à la cour d'un seigneur. Ils avaient la nostalgie de ceux qui sont nés trop tard pour les grandes épopées. Ils n'avaient connu sous les ordres de Korben que quelques conflits de château à village dans les petites seigneuries de l'Ouest et n'étaient pas encore aigris par les horreurs de la guerre. Les amours d'Eylir les enthousiasmèrent et ils furent nombreux à rêver de hauts faits leur permettant de conquérir le cœur d'une belle héritière. Eylir se sentait bien parmi eux. Il avait beau être le plus jeune, ses compagnons d'armes le respectaient et le traitaient comme un frère. Seul Korben et ses plus proches lieutenants se montraient plus distants.

Ils arrivèrent au bout de deux mois interminables sur les terres du clan Ap'Leod, un des plus septentrionaux des clans du pays scott, à la limite du pays picte. D'après le connétable Ap'Aern, Neil Ap'Leod devait fournir deux mille fantassins à l'armée royale afin de grossir celle qui se portait au-devant des Pictes. Dans les faits, il sembla à Eylir que les Ap'Leod n'étaient pas pressés d'aller parcourir la lande. Certes, plus de mille guerriers Ap'Leod stationnaient au pied des murailles d'Imburgh, la puissante cité du clan, mais ils s'inquiétaient plutôt des menées de leurs voisins Ap'Nern que des mouvements pictes. Était-ce de l'inconscience ? Les Ap'Leod connaissaient sans doute les Pictes mieux que quiconque, Eylir supposa donc qu'ils avaient raison ou bien que Neil était un incompétent. En attendant, la troupe du connétable stationnait à Imburgh et faisait du grabuge dans les auberges de la ville au grand mécontentement de la population.

Au bout de deux semaines, Neil permit à son neveu Liam de mener une expédition de reconnaissance vers le nord, afin de voir si les rumeurs qui parcouraient le pays étaient justifiées. Eylir se proposa immédiatement pour en être et avec lui une vingtaine d'hommes de la troupe de Korben, dont bien sûr Julian et Maharkal. À leur grande surprise, leur demande fut acceptée et ils furent les seuls soldats à accompagner Liam, farouche guerrier aux yeux clairs et aux avant-bras tatoués de dragons.

Cela faisait donc deux jours qu'ils avançaient dans ce pays triste et vide, cherchant des traces, des feux de guerre, des mouvements. Ils ne trouvaient rien, mais savaient que les Pictes étaient habiles à la dissimulation, que les petits hommes noirs avaient la réputation de courir la nuit comme des ombres et de s'enfoncer sous terre quand venait le jour, pour mieux surgir par surprise derrière les guerriers isolés. Malgré ces préventions, Liam avait décrété que si le lendemain ils ne trouvaient rien, ils rentreraient à Imburgh annoncer au seigneur Ap'Leod qu'il n'y avait pas de danger ; alors l'armée du connétable rentrerait chez elle.

Encore une vallée encaissée pleine de rochers. Le ruisseau charriait déjà des feuilles d'automne. Julian revint essoufflé d'une longue cavalcade en éclaireur.

« Je n'ai rien vu, Liam.

— Un gamin comme toi, ça verrait jamais un Picte même s'il était debout sur un rocher. »

Liam était de mauvaise humeur, il prétendait depuis le début de la journée que quelqu'un avait marché sur sa tombe et ne cessait de considérer tout le monde autour de lui d'un air méfiant. Eylir n'y fit même pas attention. Il regardait autour de lui avec attention... Deux jours sans voir le moindre sauvage. Comme ce pays était vide ! Il était pourtant curieux de rencontrer un membre de ce peuple qui avait fait trembler aussi bien les Keltes que les Atlans.

« J'ai mal au cul, décréta un des soldats, un nommé Connor. On fait une pause ?

— Il n'y a aucun abri ici, dit Maharkal. Et il pleut. »

Connor grimaça. C'était un Callaghan de Beïssama, la grande ville du clan. Il avait des airs de mauvais garçon, mais protestait toujours contre les inconforts. À se demander pourquoi il les avait accompagnés.

« Il n'y a aucun abri nulle part dans ce coin. Et il pleut partout. Alors ici ou ailleurs... »

Quelques hommes descendirent de cheval. Liam les imita et alla pisser contre un rocher. Julian avait rejoint Eylir et commencé à discuter de ce qu'ils feraient une fois rentrés à Imburgh. Le fait d'être ici avec ses amis chassait pour Eylir tous les inconforts du voyage.

On entendit un bruit, un bout de bois tombant sèchement sur le sol. Liam Ap'Leod rabaissa son kilt et se tourna pour ramasser un objet qu'il avait aperçu sur sa droite. Une courte flèche noire. Juste le temps d'un juron. Puis une deuxième flèche se ficha dans sa cuisse, le faisant tomber au sol. Elle venait de derrière eux… Il jeta aux autres un regard effrayé. « Ils sont là ! Dispersez-vous ! Piquez des deux ! Vite ! Restez pas comme ça ! »

Eylir sauta à terre pour l'aider à se relever et à monter à cheval. Mais avant qu'il ait pu l'atteindre, une troisième flèche noire avait transpercé l'œil de leur guide, s'y enfonçant profondément.

Sentant l'affolement de leurs maîtres, les chevaux se cabrèrent et hennirent. Tous les guerriers à cheval, une dizaine, s'élancèrent dans la vallée, dans la direction opposée d'où venaient les flèches. Cinquante pas plus loin, ils essuyèrent une volée de projectiles empennés de noir. Cinq nouveaux hommes tombèrent à terre et deux autres furent écrasés sous leurs chevaux.

En quelques instants, la moitié de la troupe avait été tuée ou blessée, plusieurs hommes agonisaient sous la pluie. Tout allait trop vite ; Eylir restait debout au milieu des hommes affolés, regardant toute cette agitation autour de lui comme si elle ne le concernait pas. Il fallut un cri de Maharkal pour le faire sortir de sa transe : « Devant, ça vient de là-bas, derrière les rochers !

— Et derrière la crête ! Ils sont là-haut ! »

Eylir aperçut un endroit un peu plus haut dans la vallée, où le ruisseau était un peu encaissé. Là, ils seraient à l'abri des deux groupes de tireurs, pour autant que ces derniers ne bougent pas.

« On remonte ! Laissez les chevaux, allez vous cacher là-bas ! »

Comme pour vaincre leurs hésitations, une nouvelle volée de projectiles tomba depuis la crête. Maharkal cria, mais la flèche n'avait fait que lui écorcher le dos de la main. Les soldats se précipitèrent dans le ruisseau et pataugèrent en se baissant jusqu'à l'abri désigné par

Eylir. Tant qu'ils ne se redressaient pas complètement, ils étaient à l'abri. La douzaine de survivants se regardaient les uns les autres sans savoir quoi faire, les blessés gémissaient. Maharkal risqua un regard à l'extérieur, vers la crête où se cachaient sans doute les plus proches de leurs opposants.

« Vu les flèches qu'ils décochent, ils sont au moins une dizaine, comment on va faire ? »

Ils entendirent des bruits de galop. Harcelés par les projectiles, les chevaux s'enfuyaient. Un des soldats se mit à pleurer, ils étaient foutus, les Pictes allaient venir les cueillir ici, le cul dans l'eau, ils allaient crever dans ce pays de merde… Eylir et Julian étaient pâles.

« Quitte à mourir, dit Julian, autant le faire avec un peu de panache. »

Eylir approuva et sourit. Il se tourna vers le soldat qui gémissait et s'affolait et le frappa au visage.

« Ça suffit ! Sur ma vie, on va s'en sortir ! »

Les autres paraissaient incrédules.

Eylir et Julian jaillirent hors de leur cachette. Avec un peu de retard, quelques flèches saluèrent leur apparition. Ils se jetèrent à plat ventre, à côté du cadavre de Liam, et ramassèrent son grand bouclier ovale. Puis, dans un bel élan, brandissant le bouclier devant eux, ils montèrent vers la crête en courant.

Sifflement de flèches. Un choc dans le bras d'Eylir, quelque chose d'autre ricocha à ses pieds mais avant d'avoir le temps d'avoir peur, ils arrivaient à la crête.

Callaghan !

Ils lâchèrent le bouclier et bondirent sur les archers pictes, l'épée à la main.

Ce n'étaient pas des Pictes, mais une dizaine de Keltes, des soldats, des vétérans, armés de longs arcs et de flèches noires. Eylir en reconnut certains, qu'il avait aperçus dans la troupe du connétable. La surprise ne l'arrêta pas, il se jeta sur eux.

Les archers lâchaient précipitamment leurs arcs, d'autres brandissaient leurs épées, encore étonnés de voir que deux de leurs cibles avaient osé courir jusqu'à eux...

Un homme brun au visage mangé de barbe les désigna en criant : « Tuez-les ! Débarrassez-moi d'eux ! »

Eylir et Julian se mirent dos à dos et ils furent vite entourés. Ils occupaient l'espace, lançaient des coups furieux qui ne touchaient personne mais forçaient leurs adversaires à reculer et les faisaient se gêner les uns les autres. Les soldats étaient prudents, ils savaient que les deux jeunes hommes ne tiendraient pas longtemps à ce rythme-là. Quelques lames s'entrechoquèrent, Eylir et Julian s'essoufflaient.

Et les autres soldats de leur troupe, menés par Maharkal, surgirent dans la mêlée.

Le choc fut brutal et confus, plusieurs archers tombèrent sous les coups des compagnons d'Eylir, les autres rompirent le combat et s'enfuirent vers leurs chevaux, qui les attendaient plus loin.

Malgré la fatigue, Eylir se jeta à leur poursuite, courut en avant des autres et se précipita dans les jambes d'un des derniers fuyards. Ils roulèrent au sol tous les deux, se relevèrent, ramassèrent leurs armes. L'adversaire d'Eylir était un homme musclé, au visage dur, un soldat expérimenté.

« Tu es allé trop loin, gamin ! »

Il asséna son épée avec force, comme on frappe avec un bâton. Eylir sauta en arrière, esquiva une fois, deux fois, et retrouva les gestes des leçons de sa mère. Il écarta l'épée de son adversaire, le déséquilibra et lui plongea son épée dans le cœur. L'autre parut tout surpris, regarda Eylir d'un air étonné et mourut.

Julian rejoignit son ami. Eylir se tenait immobile, près du corps de l'homme qu'il avait abattu. Le premier homme qu'il tuait de ses mains. Julian le tira de sa contemplation : « Les autres archers sont trop loin, maintenant. Trois sont morts, je crois que celui-là était leur chef. Il faut qu'on s'en aille sinon ils reprendront courage et reviendront nous achever en nous tirant dessus. »

Eylir se baissa, ferma les yeux de son ennemi. La tension était retombée, la pluie froide lui lavait le visage.

« J'arrive. »

Ils quittèrent les lieux en marchant, sept hommes valides et cinq blessés. Il ne fallait pas rester là, les archers d'en face allaient apprendre ce qui s'était passé et essaieraient de leur tendre une nouvelle embuscade. Même les plus hébétés des hommes avaient compris le sens de leur présence. Le connétable voulait sa guerre picte, et pour cela il lui fallait l'aide des Ap'Leod. Alors quoi de mieux qu'une embuscade où des soldats trouveraient la mort, où le neveu même de Neil succomberait, pour convaincre le grand clan Scott de se mettre en guerre ? Et on ne perdait pas grand-chose à sacrifier un petit groupe de mercenaires, qu'ainsi on éviterait de payer.

Eylir marchait vite, en tête. Il était plein d'une énergie farouche, indigné par la traîtrise dont ils avaient été l'objet. Le connétable, un homme qu'il n'avait aperçu que de loin, lui inspirait un profond mépris. Il fallait prévenir Neil Ap'Leod au plus vite, qu'il sache qu'on avait tenté de le manipuler.

Malheureusement, ils ne progressaient pas vite. Les chevaux étaient perdus, les blessés ralentissaient le groupe. Julian avait insisté pour partir seul en avant jusqu'à Imburgh mais Eylir l'avait retenu, sans savoir exactement pourquoi. Il ne voulait pas voir partir son ami, le séparer du reste du groupe. Mais c'était une raison idiote… Julian s'en serait très bien sorti.

La pluie avait cessé, le soleil venait de disparaître derrière une colline. Le sol détrempé alourdissait leurs bottes, ils marchaient depuis deux heures à pas rapides, ils étaient épuisés. Et ils virent un Picte.

Il était assis dans un creux de terrain abrité du vent, tisonnant un feu de tourbe qui produisait une abondante fumée. Eylir crut d'abord que c'était un enfant. Sa peau sombre et l'obscurité naissante l'avaient rendu pratiquement invisible. Eylir s'approcha, les autres dégainèrent leurs épées et l'entourèrent. Ils étaient fatigués et méfiants, on ne savait jamais... Le Picte leva les yeux sur Eylir. Comme tous ceux de son peuple, il avait le front bas et le visage plissé. Ses cheveux étaient coiffés en longues mèches huilées terminées par des perles de bois, et son corps était bien trop musculeux pour être celui d'un enfant. Il portait un pagne et des scarifications sur les épaules et le visage. Une courte lance à pointe de métal était posée à sa gauche mais il ne fit pas un geste pour la saisir.

« Salut, Picte. Je m'appelle Eylir Ap'Callaghan. La paix sur toi et les tiens. Saurais-tu nous mener à Imburgh ? »

Le Picte le regarda avec attention, recroquevillé sur lui-même. Le fond de ses yeux était presque jaune. Eylir était certain que ce petit guerrier voulait qu'on le prenne pour un imbécile.

« On le capture, grogna Maharkal. Et il nous guidera à coups de pied. »

Le Picte cracha par terre à ces mots puis continua à fixer Eylir. Comme un guerrier regarde un autre guerrier pour l'estimer. Ils avaient sans doute le même âge, mais alors qu'Eylir était encore un jeune homme, le Picte était déjà un combattant confirmé.

Julian s'essuya le visage. Un gros hématome lui marquait la pommette. Il avait l'air profondément désabusé.

« On ne capture personne. Ce sont eux qui nous capturent. Ou qui nous tuent. »

Une vingtaine de petits hommes noirs avaient surgi

d'on ne savait où pour les entourer en silence. Ils gardaient leurs distances et chacun tenait une flèche encochée sur son arc. Un soldat cria : « Le petit, au centre ! On le prend en otage ! »

Eylir le fit taire d'un geste et pesta contre sa propre stupidité. Il aurait dû accepter l'idée de Julian… Maintenant, les choses allaient être encore plus compliquées. Il se retourna vers le petit guerrier, qui s'était levé et venait de dire quelques mots dans sa propre langue rauque à ses compagnons.

« Picte, ne nous emmène pas. Nous devons aller prévenir le seigneur Neil Ap'Leod. Il va vouloir vous faire la guerre, injustement, croyant que vous avez tué son neveu. Si tu nous laisses aller, nous pourrons le prévenir.

— Il ne comprend rien, cracha un des soldats. Et moi je ne laisse pas un de ces monstres me toucher ! »

Les Pictes se rapprochèrent. Les archers étaient trapus, des peintures blanches ornaient leurs bras et leur poitrine. Quelques-uns portaient une courte barbe tressée.

Eylir répondit sombrement au défaitiste : « Nous devons vivre.

— Qui te dit qu'ils ne vont pas nous tuer après ?

— Si nous résistons, ils nous tueront tout de suite. »

Et il jeta son épée ostensiblement. Maharkal l'imita et les autres soldats avec lui, à contrecœur.

Les Pictes les emmenèrent dans les ténèbres. Les Keltes marchaient en rang, on leur avait lié les mains avec des cordelettes de cuir, les blessés avaient du mal à garder le rythme rapide des sauvages. Ils s'enfoncèrent au fond d'une vallée, les pieds dans la boue, le front heurtant les branches basses des arbres. C'étaient là des bois anciens, recroquevillés sur eux-mêmes où même en plein jour le soleil ne devait pas toucher les racines serpentant dans la boue. Les Keltes ne cessaient de trébucher ou de tomber. Généralement, un archer les saisissait vivement à l'épaule ou au bras au dernier moment pour les empêcher de s'affaler dans la terre détrempée. Personne ne parlait. Eylir croyait parfois entendre quelques murmures entre Pictes, mais rien n'était moins certain. Il doutait. Il avait fait des erreurs, il aurait dû envoyer Julian en avant, et peut-être aussi résister à la capture... Deux ou trois d'entre eux auraient pu survivre indemnes et aller prévenir les Ap'Leod. Les soldats le suivaient, il en était devenu responsable.

Une clairière sous la lune. Quelques grands chênes aux racines noueuses dont les branches s'étendaient devant le ciel. Un village. Des huttes de terre, de bois et de boue séchée, blotties au pied des arbres. On devinait un feu dans celle-ci ou dans celle-là. Et partout, des silhouettes noires et trapues qui les observaient avec méfiance. On les avait fait avancer au milieu de la clairière, quelques archers les surveillaient nonchalamment.

« Ils vont nous bouffer, Eylir, gémit Connor. À cause de ta putain de bonne idée, ils vont nous bouffer... »

Un Picte plus âgé que les autres s'approcha d'eux. Eylir devina plus qu'il ne vit ses tatouages et ses cheveux épars, ses muscles secs et épais. Il ne tenait pas d'arc, mais un lourd bâton de berger à la main.

« Les Mak Konshee vont pas vous bouffer, Keltes », dit-il.

Il fit taire préventivement Eylir d'un coup de bâton dans les jambes. Un Picte qui les comprenait !

« Les Mak Konshee vont pas vous bouffer, non. Mais votre chef cherche des ennuis, c'est sûr. Les Mak Konshee vont lui montrer que la lande n'est pas à lui. Quand son armée viendra vers ici, il recevra vos têtes, en cadeau.

— Et s'ils ne viennent pas ? » demanda Eylir.

Le Picte rit en montrant une bouche édentée.

« Restez ici, Keltes, asseyez-vous. C'est votre maison, ici, le cercle des prisonniers. Buvez la pluie, soyez sages et vous aurez à manger. Mangez bien, des fois les Mak Konshee en ont marre des châtaignes. »

Il rit encore et fit demi-tour. Eylir cria : « Attends ! Je dois dire quelque chose à ton chef ! »

Le Picte se retourna et ricana : « Tout le monde parle pas comme il veut au chef des Mak Konshee, Tjaden Mak Konshee. Un chef, ça parle avec des chefs. Tu es chef, toi ? »

Les autres hommes approuvèrent doucement. Oui, c'était lui leur chef, il devait pouvoir parler au grand chef picte... Leur interlocuteur riait tout seul, assis en tailleur. Il finit par dire : « D'accord, c'est votre chef. Mais c'est pas le chef des armées keltes. Tjaden Mak Konshee parle qu'au chef des armées keltes... »

Il se moquait d'eux, ce maudit Picte n'arrêtait pas de se moquer d'eux. Cela énervait Eylir. Pourquoi ces bêtises, alors que leurs vies à tous étaient en jeu ? Ce fut pourtant Julian qui comprit comment les en sortir.

« Eylir est notre chef, ami Picte. Il est de plus haut rang que le chef des armées keltes, il est Eylir Ap'Callaghan, et son père était chef du clan, et son frère était le Roi rouge qui a conquis le monde, et tu pourras me manger si je mens. Alors je crois qu'il peut te parler, Tjaden Mak Konshee. »

Le Picte prit une expression sombre et frappa le sol avec son bâton. Pourtant, Eylir était certain qu'intérieurement il riait encore.

« C'est dit. Le frère du Roi rouge peut parler à Tjaden Mak Konshee. Et vous serez mangés si vous mentez. »

L'intervention de Julian allait leur sauver la vie. Mais le plus important, Eylir l'avait senti, c'était maintenant que les hommes savaient qui il était. Les paroles de Julian avaient stupéfié les jeunes soldats Callaghan. Eylir ne savait pas s'il devait s'en réjouir... Le silence que sa mère avait maintenu autour de son nom était rompu.

Eylir parla donc, du connétable, de Korben, de Ap'Leod. Il raconta l'histoire en peu de mots et se tut. Il avait recommencé à pleuvoir et les Keltes grelottaient, assis en rond au milieu du village picte.

« Tjaden Mak Konshee reconnaît là une perfidie kelte... » Certains soldats frémirent mais surent se taire. « Peut-être que tu as raison, Kelte. Peut-être que tu n'as rien compris aussi. Nos peuples ne s'aiment pas et mes guerriers seraient ravis de te voir mourir, et toi, et les tiens. Tjaden te donne ta chance. Chasse l'armée kelte et les Mak Konshee te laisseront partir. Tu iras voir Ap'Leod et les autres resteront ici. J'attendrai jusqu'à minuit demain. »

Minuit ? C'était très court.

« Laisse un de mes compagnons venir avec moi...

— Aucun autre Kelte. Mak Morn t'accompagnera. »

Mak Morn était le petit Picte qui les avait capturés. Eylir et lui quittèrent le village très peu de temps après. Il avait senti quelques regards de reproche de la part de Connor et de quelques autres qui n'avaient reconnu son autorité qu'avec réticence. Confier à un aussi jeune homme la tâche de convaincre le seigneur Ap'Leod ? Avant minuit demain ?

Mak Morn le mena hors de la forêt en moins d'une heure. Des nuages passaient devant la lune, masquant le chemin par intermittence et amenant des averses irrégulières. Eylir avait froid et faim, et il était fatigué.

« Il va falloir courir, Callaghan, lui dit le petit Picte.

— Tu parles aussi notre langue, Mak Morn ?

— Je suis le seul autre. Je ne te lâcherai pas, je dois te surveiller.

— Merci de ta franchise. S'il faut courir, nous courrons. »

Alors Mak Morn l'emmena à travers la lande, de crête en vallée, sur les plateaux et dans les combes. Ils coururent, de nuit, sur des chemins parsemés de creux, de trous d'eau et de cailloux. Eylir avait du mal à suivre, le Picte semblait sans cesse près de disparaître dans le noir, devant lui, mais il finissait toujours par l'attendre, sous un arbre ou sur un rocher. Eylir sentait la fatigue lui brûler les poumons. Ses membres étaient lourds et lents, il était à bout de forces, mais il avait senti le défi et l'avait relevé. Il sut qu'il ne tiendrait pas longtemps et espérait qu'Imburgh n'était pas trop loin, qu'ils y arriveraient avant l'aube...

Il s'effondra bien avant, le ciel blanchissait à peine et une petite averse lui glaçait les muscles. Il s'effondra après avoir traversé un ruisseau, le visage dans la mousse, les pieds traînant encore dans l'eau. Il voulut se relever, mais il ne trouvait plus aucune force. Un peu de temps, juste un peu de temps pour se reposer...

Il n'entendait plus Mak Morn. Se relever, il fallait se relever continuer, aller à Imburgh où on l'attendait.

« Tu es le frère du Roi rouge ? Le frère du fils d'Ogma ?

— Oui. »

Tant que le Picte parlait, Eylir pouvait récupérer. Qu'il parle encore...

« Ton frère est mort et ses conquêtes sont dispersées. Et le Haut-Royaume sera dispersé aussi, quand son temps viendra. Les Pictes sont là depuis longtemps, nous en avons vu des royaumes et des conquérants... Et le premier Callaghan, celui qui a donné son nom à ton clan... »

Eylir se traîna contre un arbre et s'assit. Mak Morn restait debout sous la pluie, les bras croisés dans un air de défi.

« Je m'appelle Ang Mak Morn, je suis descendant de rois. Mon ancêtre Bran Mak Morn a été le dernier roi de notre peuple. Allié à Kendall d'Harmorée, il a battu les Atlans.

— Noble sang.

— Si tu es fatigué, repose-toi un peu. Je vais chasser et nous mangerons. »

La fierté d'Eylir lui dit de se lever et de protester. Mais il savait qu'il n'en pouvait plus. Il sourit. « Pas de honte à être nourri par un fils de roi. »

Ils croisèrent une patrouille des Ap'Leod à quelques milles d'Imburgh. Le soleil était levé. Eylir titubait sur la route, ses pieds trouvant seuls leur chemin. Mak Morn marchait fièrement à côté de lui.

« À partir de maintenant, je me déclare ton prisonnier », dit malicieusement le Picte en remettant arc et flèches à Eylir.

Les trois soldats de la patrouille eurent du mal à le croire, mais Eylir l'affirma avec suffisamment de conviction pour qu'ils le laissent continuer sa route. Et c'est ainsi qu'il arriva à Imburgh, marchant d'un pas lent derrière Mak Morn, portant ses armes, tandis que le Picte croisait les bras d'un air digne et avançait en regardant droit devant lui. L'armée était sur le pied de guerre, prête à partir, apparemment on avait retrouvé le cadavre de Liam Ap'Leod. Et Eylir parvint à se faire introduire auprès de Neil Ap'Leod juste avant que le connétable Ap'Aern n'apprenne son arrivée.

L'armée se mit en marche le lendemain matin. Les archers Ap'Aern, les mercenaires de Korben Ap'Callaghan et les chevaliers de Meydral avec à leur tête le connétable, caché sous une lourde cape de fourrure. En avant-garde, et formant ensuite le gros de la troupe, des centaines d'hommes des Hautes Terres, rudes et épais, portant leurs kilts, leurs tartans et leurs longues épées. Quelques seigneurs à cheval, le vieux Neil Ap'Leod et ses trois fils, leurs cousins et leur famille proche.

La troupe suivait une large corniche qui longeait la mer. Sur la droite tombaient des falaises au pied desquelles venait se fracasser la mer grise. À gauche s'élevaient les pentes rocailleuses d'une chaîne de collines. Les Ap'Leod avaient conseillé ce chemin, le connétable suivait.

Eylir marchait silencieusement derrière le cheval du seigneur Ap'Leod. Le vieux chef de clan n'était pas un homme facile à séduire. La veille, il avait écouté ce qu'Eylir avait à lui dire en silence, le visage renfrogné, les mains tendues vers le feu, sans faire de commentaires. Puis il avait réfléchi, avant de dire : « Donne-moi ta parole que tu resteras en compagnie de mon armée, dans ma suite. »

Eylir n'avait pas eu le choix.

« Je te donne ma parole. Je ne quitterai pas ta suite. »

On l'avait séparé de Mak Morn et il avait été accueilli au château dans une pièce située au dernier étage d'une tour. Mi-chambre, mi-prison.

Il était plus de midi. Le ciel bleu se montrait dans des déchirures de nuages, la pluie allait enfin cesser, les soldats pourraient avancer plus vite. Et les Pictes apparurent.

Un homme noir s'avança au sommet des collines, sur la gauche, se découpant sur l'horizon. Les Keltes crièrent, le connétable ordonna à la troupe de s'arrêter. Un autre Picte se montra, puis un autre encore, et des dizaines et des centaines d'autres. Debout ou accroupis, arcs et lances en mains, narguant les Keltes, inaccessibles. Les hommes s'agitèrent, se mirent en ligne, attendirent les ordres. Les archers d'Elmédia passèrent en avant et bandèrent leurs grands arcs, les seuls ayant une chance d'atteindre des adversaires aussi éloignés. Mais le seigneur Ap'Leod galopa, venant se placer devant eux avec ses trois fils, de farouches gaillards tatoués de bleu. Eylir courut pour les rejoindre. Le connétable leur cria de s'en aller, mais le vieux chef le fit taire d'un geste.

En haut, un Picte marcha plus avant que les autres, s'appuyant sur un épais bâton. Malgré la distance, Eylir le reconnut. C'était Tjaden Mak Konshee, et Mak Morn était juste derrière lui. Ainsi les Ap'Leod avaient libéré le messager...

Face à face, à cent pas, les deux chefs s'observèrent. Le Picte et le Kelte, les deux maîtres de cette région des Hautes Terres. Ils se connaissaient depuis longtemps, partageaient le même goût pour ce pays de vent et de pierres, pour les landes et l'écume contre les rochers, tout en bas. Sans doute s'étaient-ils déjà affrontés, et sinon eux, leurs pères et les pères de leurs pères. Et ils se battraient sans doute encore et le Kelte finirait par triompher du Picte, le vieux chassant celui qui était encore plus vieux, à moins qu'un nouveau conquérant venu d'au-delà des mers ne les balaie tous ensemble. Mais pas aujourd'hui, non, pas aujourd'hui.

Tjaden Mak Konshee balança son bâton d'un air dédaigneux et une douzaine de Keltes furent poussés en avant, hors de son armée. Julian, Maharkal, Connor et les autres, désarmés mais vivants ! Ils descendirent la pente vers les armées keltes, avançant aussi vite que les blessés le permettaient. Et les Pictes reculèrent et disparurent derrière les collines, retournant à leurs terres.

Alors le connétable cria à ses archers : « Tirez ! Maintenant ! Tirez sur ces traîtres ! »

Les archers se regardèrent, hésitèrent. Tirer sur une poignée d'hommes désarmés ? Alors que l'ennemi avait disparu ? Eylir, lui, avait compris qu'on voulait les faire taire, que le connétable essayait de masquer sa félonie. Quelques flèches volèrent, erratiques et le connétable hurlait.

Alors Eylir se précipita aux pieds de Neil Ap'Leod. Le vieux seigneur échangea un long regard avec lui.

« Je te libère de ta parole, Callaghan. Tu avais raison. »

Et le vieux chef partit au galop à l'assaut de la colline, jusqu'à atteindre les prisonniers libérés par les Pictes, les prenant sous sa protection. Les archers baissèrent leurs arcs.

Ils rejoignirent tous le groupe de Korben qui rentrait vers Imburgh. L'histoire avait parcouru l'armée, Maharkal avait parlé, tous connaissaient la traîtrise de Sean Ap'Aern et le rôle qu'Eylir avait joué pour la démasquer. Le connétable était paraît-il retourné à bride abattue vers Baile, s'expliquer devant son cousin, le roi. Neil Ap'Leod avait offert aux soldats de les accueillir encore une semaine sur ses terres, puis ils devraient s'en aller. Les hommes étaient soulagés, les guerres pictes n'étaient bonnes que pour recevoir des flèches empoisonnées, il n'y avait rien à gagner. Leurs femmes étaient laides et leurs terres sans valeur.

La troupe de mercenaires avait accueilli Eylir à grands cris, les Callaghan l'avaient porté sur leurs épaules et promené devant toute l'armée. Eylir était heureux et fier, même s'il avait l'impression d'en avoir fait bien peu pour mériter cette admiration.

Et quand ils furent arrivés devant Imburgh, à la fin de la journée, Maharkal vint s'agenouiller devant lui, euphorique, la main sur l'épée.

« Mort au chien des Vilna, mort à Kulayn ! Vive Eylir Ap'Callaghan ! Vive notre seigneur ! »

Et une centaine de jeunes voix keltes l'acclamèrent, montant vers le ciel rougeoyant du crépuscule. Eylir se sentit vaciller, comme si ces mots se faisaient l'écho de cris plus anciens ressortis de l'enfance. Alors il dégaina son épée.

« Pour le clan Callaghan ! Et pour le Haut-Royaume ! »

Toutes les épées furent brandies, sauf celle de Korben. Et ils braillèrent, chantèrent et dansèrent autour du feu jusqu'à la fin de la nuit.

C'est juste avant l'aube que Korben le surprit. Eylir s'était isolé pour aller vomir la mauvaise bière que Connor était allé acheter (ou voler ?) en ville. Korben jaillit de l'obscurité et le plaqua contre un arbre. Le chef des mercenaires était furieux, son bras écrasait la gorge d'Eylir, le faisant étouffer.

« Petit salopard, non seulement tu nous prives de la paye, tu me piques mes hommes en leur racontant des bobards et en plus ils sont contents… »

Il pressa de plus en plus fort, Eylir ne respirait plus. Il tenta de se débattre mais Korben le tenait d'une manière trop ferme.

« C'est juste dommage que tu te sois cassé la nuque en tombant dans un trou parce que tu étais trop ivre… »

La pression se relâcha brusquement. Korben avait l'air surpris. Une flèche noire lui avait transpercé l'oreille. Il s'effondra, fut secoué par un spasme et mourut dans l'instant. Impressionné, Eylir reprit sa respiration et s'adressa à la nuit, devant lui.

« Mak Morn ? Tu m'as suivi ? »

Le Picte sortit de l'ombre.

« Bien vu, Kelte. Pas évident de toucher par cette lumière… Sauf pour un Picte.

— Merci. Une vie pour toi. »

Malgré la présence du cadavre de Korben, Eylir eut envie de rire.

« Tu n'es pas retourné avec les Mak Konshee ?

— Il est parfois temps pour un fils de roi de devoir faire ses preuves. Avec toi, ce n'est pas trop indigne, tu es presque mon égal. »

Au matin, il fallut annoncer à la troupe que Korben était mort. Eylir raconta la traîtrise nocturne et le secours inattendu venu de son ami picte. Personne ne mit sa parole en doute. N'était-il pas un Callaghan ? Le propre frère du Roi rouge ? Un homme dont la bouche ne pouvait mentir ? Quelques amis de Korben quittèrent la troupe, les autres acclamèrent Eylir, unanimes, et le portèrent en triomphe, le désignant comme chef de la compagnie. Eylir garda les mêmes lieutenants que son prédécesseur, y ajouta Julian, Mak Morn et Maharkal.

Le petit groupe de Keltes stationna encore quelques jours chez les Ap'Leod, puis, ne voulant pas abuser de l'hospitalité du vieux chef scott, prit la route du sud, retournant vers Koronia. Mais Eylir ignorait que son histoire le précédait, colportée par les bardes d'Elmédia, les crieurs de nouvelles et les Thiléens. Eylir n'y pouvait rien, son nom était révélé, son destin s'accomplissait. Il réveillait les rêves de gloire et de conquête, les nostalgies de tous ceux qui étaient nés trop tard pour suivre le Roi rouge.

Pendant qu'il chevauchait fièrement à la tête de sa troupe sur les routes d'Elmédia, la rumeur enflait autour de lui, le feu rougeoyait sous la cendre comme s'il n'avait jamais cessé de brûler. Callaghan... Le nom courait la campagne, de jeunes hommes sortaient de sous la paille l'épée de leur père et en enduisaient la lame de graisse rance. Callaghan... On racontait les aventures en Orient, on se souvenait des victoires fulgurantes, des charges audacieuses. Callaghan... Des gamins montaient à cru sur de grands chevaux et dévalaient les prés en se croyant invincibles. Callaghan... Sur les berges du Rohan, on murmurait contre Kulayn l'usurpateur, contre la reine Meyrin Ap'Vilna, déjà vieille sans avoir jamais été jeune.

Même en Elmédia, que ce soit sur les terres des Ap'Aern ou dans la colonie, des paysans attendaient le passage d'Eylir au bord de la route, puis l'acclamaient, autant pour ses brèves aventures passées que pour ses exploits à venir. Callaghan... Bon sang ne saurait mentir.

Eylir se gardait de trop d'enthousiasme. Il souriait, envoyait des baisers aux jolies filles, persuadé que la rumeur mourrait au bout de quelques semaines aussi soudainement qu'elle était née. Avec Julian et Maharkal, ils pensaient encore trouver des engagements au service de quelques petits seigneurs de l'Ouest. Mais quelqu'un d'autre en avait décidé autrement.

Alors qu'ils arrivaient au bord du bras d'Elmédia, un messager est venu leur porter la parole de Rohan Yal, duc des marches de l'Est. Et ce messager se nommait Léto. Ce même Thiléen qui avait joué du kithan pour faire danser Beth.

4

Le Haut-Royaume

> Nous sommes venus de l'est, du fin fond du continent ténébreux. Par milliers, menés par douze héros. Au temps où nous étions grands.
>
> Il y eut trois batailles. Et par tout le sang versé, notre âme a imprégné la terre.
>
> Kyle, *Le Dit de l'errant*

Rohan

Je suis tombé malade. Le séjour dans l'eau froide, sûrement. La fièvre m'a saisi le matin même où Léto nous racontait l'histoire de Mak Morn. Je me suis rendormi dans mes couvertures, pris de frissons. Beth s'est rendu compte que ça n'allait pas. Je me souviens l'avoir entendue aller et venir autour de moi. Elle m'a approché du feu, m'a fait boire une soupe chaude. Je toussais douloureusement et tremblais de tout mon corps, mais je n'avais pas vraiment peur. Beth était là, j'entendais son pas sûr, sa voix qui savait exactement ce qu'elle voulait. J'étais comme un gosse à qui sa mère dit que tout va bien. J'ai donc plongé dans une longue torpeur, lui abandonnant mon destin.

Je n'ai vraiment repris conscience que quelques jours plus tard. C'était le matin, je me sentais très faible. J'étais roulé dans des couvertures épaisses, j'entendais le clapotis de l'eau. Je me suis levé d'un pas titubant pour aller pisser dans le fleuve.

J'étais sur un bateau. Un navire thiléen, une longue barque effilée, avec au centre une toute petite cabine d'où je sortais. Tout autour, sur le pont, un bric-à-brac de marchandises : rouleaux de tissu, tonneaux, cordes et fanfreluches, à ne plus savoir où poser les pieds. Léto était assis sur le toit de la cabine et fumait une longue pipe.

« Vas-y ! Ne te gêne pas pour moi. Beth dort à terre, dans la tente. »

Le bateau était à l'amarre, une petite tente conique avait été dressée sous un saule pleureur. Le pays était vert et brun, très humide. Un petit matin comme la naissance du monde… Ou était-ce plutôt moi qui renaissais ? Quelques collines en vue, un fleuve très large sur lequel glissait une grande barge chargée de cailloux. Aucun village en vue, aucune ville, juste une fumée qui montait derrière les arbres et se perdait dans le bleu du ciel. L'automne roussissait les feuilles.

« Le paysage te plaît ? m'a demandé Léto.

— C'est très beau. Où sommes-nous ?

— Sur le Rohan. Le fleuve traverse les terres du clan Ap'Horn. Nous sommes sortis hier soir de la colonie koronienne… Pendant que tu dormais. Ou que tu toussais, je ne sais plus. »

Sourire caustique sur les belles lèvres du Thiléen. Je n'aimais pas beaucoup celui-là, il le savait et se moquait de moi. Je me sentais faiblard, avec ma convalescence et ma chemise blanche de malade qui me flottait sur les cuisses. Et il en profitait.

Léto est allé réveiller Beth un peu plus tard car il ne voulait pas traîner. Malgré son visage chiffonné de sommeil, elle fut heureuse de me voir debout et trouva que j'allais mieux. Nous avons mangé un bout de pain et de fromage, assis sur le pont pendant que Léto s'occupait de la voile. Encore un peu étonné de me retrouver sur ce bateau, je me rappelais les conversations vagues, le visage de Beth et ses yeux sombres. Alors que j'étais encore très fiévreux, Léto avait proposé de nous montrer un peu le pays, j'avais accepté, alors nous étions partis avec lui. Nous reviendrions quand il aurait livré ses marchandises à Beïssama.

La suite du voyage a été très agréable. J'ai profité de mon statut de convalescent, qui m'interdisait de participer à la marche du petit navire. À vrai dire, il n'y avait pas grand-chose à faire. Dès que le vent a commencé à pousser le bateau comme il fallait, Léto s'est installé avec nous sur le pont pour jouer du kithan et fumer. Quant à moi, en l'absence de papier, j'ai récapitulé tout ce que j'avais appris depuis la veille et que je devrais transmettre à Madame. J'ai demandé à Léto s'il nous raconterait la suite, ce qui s'était passé après la campagne contre les Pictes.

« Plus tard, si ça t'amuse. »

J'ai fini par comprendre que Léto m'avait admis à son bord uniquement parce que Beth lui en avait fait la requête. Il me le faisait sentir par allusions, juste assez drôles pour ne pas être trop méchantes. De quoi ne pas me sentir tout à fait à mon aise. Il se comportait avec elle de manière trop familière à mon goût, lui saisissant la main à la moindre occasion ou tentant de lui attraper la taille comme elle nous servait du vin. Elle esquivait en souriant, ce qui ne m'empêchait pas de me demander jalousement jusqu'où allaient leurs relations...

Il savait que Beth et moi étions curieux de ses histoires et il en profitait, je n'aimais pas trop ça.

Le lendemain soir, nous avons accosté sur une île allongée et couverte d'arbres, séparée de la rive par un bras d'eau que j'aurais pu franchir à la nage. Léto nous a annoncé au dernier moment que nous y resterions plusieurs jours : c'était là la demeure d'une partie de sa famille.

Nous avons touché terre près d'un grand moulin désaffecté et il a fallu débarquer une partie des marchandises, aidés par un jeune homme débrouillard qui habitait sur place. Puis nous avons été admis à l'intérieur, présentés à la famille, une vingtaine de personnes sur lesquelles régnait une sèche Thiléenne aux cheveux gris. Un homme aux traits creusés, immobilisé dans un siège roulant, se réchauffait près du feu.

Léto nous a présentés brièvement, Beth et moi.

« Ce sont des amis, ils m'accompagnent jusqu'à Beïssama. »

La femme aux cheveux gris nous a regardés avec méfiance, comme si elle cherchait à déceler en nous d'éventuels ennemis. Puis, son examen achevé, elle a souri. « Soyez les bienvenus. Je suis Argine, vous êtes chez moi. »

Le dîner était animé, on parlait et on riait beaucoup. Beth et moi ne comprenions pas leur dialecte et étions devenus observateurs par défaut. Les plus jeunes s'empressaient autour de Léto, comme auprès du cousin parti longtemps qui rapporte des nouvelles du reste du monde. Argine régentait tout, la cuisinière, le petit garçon qui débarrassait la table, le vieil homme dans son siège à roues. À la fin du repas, Beth fut réquisitionnée pour aider à ranger, ce qu'elle fit avec le sourire. Argine apprécia sa diligence.

Une atmosphère curieuse flottait dans la grande salle du moulin. C'était un endroit pauvre mais très vivant. À part Argine et l'homme en siège roulant, les habitants étaient tous plus jeunes que moi et la maîtresse de maison veillait avec une attention jalouse sur une dizaine d'enfants. Ils vivaient comme une famille, même s'ils n'étaient pas tous parents.

À la nuit tombée, Léto m'entraîna dehors, suivi de la plupart des jeunes gens et des enfants.

« Tu viens ? Je vais te donner la suite de ton histoire. Ils seront contents de l'entendre aussi.

— Et Beth ?

— Elle se mêle d'affaires de femmes, elle est avec les femmes. Elle me rejoindra quand elle aura terminé. »

Encore une piqûre de jalousie. Mais Beth ne m'appartenait pas et j'avais vraiment envie qu'il me raconte ce qu'il savait.

Juste éclairés par une lanterne, nous nous sommes tous assis sous la ramure d'un chêne immense qui se dressait au centre de l'île. Son tronc était si épais qu'un cercle de trois hommes n'aurait pu l'entourer.

Léto paraissait heureux, les jeunes garçons et les jeunes filles, les petits enfants et moi étions tous pendus à ses lèvres. Il a allumé sa pipe.

« Je vais vous raconter les grandes batailles de notre peuple. Et vous allez voir que nos soldats ne sont pas moins vaillants que ceux des Mabdens... Nous avons fait la guerre, il y a six ans, au côté d'Eylir Ap'Callaghan. Et bien mal nous en a pris. »

SEIGNEUR AP'CALLAGHAN

Des aventures keltes.
Où Eylir le jeune fait la connaissance de sa suzeraine.
Eylir, 7e récit. (Notes pour Serena Fonte.)

Eylir traversa le parc au galop, depuis le mur d'enceinte jusqu'au château. Il contourna les dépendances, passa derrière les écuries, effrayant au passage un groupe de jardiniers qui rentraient chez eux. Il fit faire un long détour à son cheval et déboucha dans la grande cour pavée où il fit claquer les fers de sa monture, ne consentant à s'arrêter que devant la porte principale.

Julian l'attendait là, en tenue de voyage : bottes d'équitation, pantalon de toile solide, épée suspendue à un baudrier de cuir. Toute cette tenue lui donnait l'air beaucoup plus vieux, faisant presque oublier ses dix-sept ans. À côté de lui, Léto, le Thiléen qui les avait retrouvés en Elmédia, se nettoyait les ongles avec son couteau, assis sans dignité sous le porche du palais Vendares.

« Alors ? » cria Julian.

Eylir sauta à terre, gardant en main les rênes de sa monture.

« C'est un bon cheval, mais je n'en veux pas. Ce n'est pas mon cheval... Je garde ma vieille carne elmédienne. »

Julian avait l'air impatient. Il regardait le ciel que rougissait le soleil couchant.

« Ce n'est pas de ça que je parle. Tu es allé voir ta mère ? Nous devons partir ce soir et nous avons de la route !

— Je dois me trouver un cheval. Mon frère avait le sien, un cheval de roi ! »

Léto sourit, caustique.

« Tu n'es pas roi, que je sache... »

Eylir fit un pas vers lui, pris par la colère. Le Thiléen l'énervait depuis le début, avec sa nonchalance. Il ne comprenait rien... À se demander pourquoi c'était lui qui les accompagnait et non pas un membre plus accommodant de son peuple.

« Ta mère, Eylir. Tu dois parler à ta mère. »

Julian l'énervait aussi avec son ton moraliste. Eylir cracha par terre, se rendant compte de sa stupidité. Il leur en voulait, à tous les deux, parce qu'il n'avait pas le courage d'accomplir ce qu'il avait à accomplir. Mais ce n'était pas facile.

Il tendit les rênes du cheval à Julian et lui dit calmement : « Amène-le à l'écurie. Dis que je ne le prendrai pas. »

Julian donna une tape sur l'épaule de son ami pour l'encourager. Eylir rentra dans le château d'un pas résolu.

Les domestiques allumaient les lustres, on recevrait sans doute ce soir-là. Les dernières lueurs du jour tombaient par les fenêtres, la grande maison bruissait de la calme activité d'une soirée d'été. Un lieu familier et accueillant pour Eylir, plein de lumière, de chaleur, d'or et de connaissances. Que faisait-il ici, avec ses bottes fatiguées et ses braies boueuses, ses cheveux longs et sa chemise rapiécée ? Au moindre mot de sa part, les domestiques se mettraient à son service, regardant peut-être de travers sa tenue de jeune sauvage, mais pardonnant tout au fils de Madame. Mais ce n'était plus sa place.

Il pénétra dans les appartements de Selaya en passant par les couloirs des domestiques. Sa mère était dans sa chambre, en chemise, en train de se faire coiffer pour le soir. Elle renvoya ses domestiques dès qu'elle le vit entrer.

« Maman. »

Elle se leva, très inquiète. Il resta pourtant silencieux, le visage très grave, n'osant rien dire de peur de la troubler davantage. Il la trouvait belle. Des rides très fines donnaient une expression douce à son visage, ses cheveux tout juste peignés tombaient très bas dans son dos, la lumière des lampes leur donnait une teinte d'or sombre. Elle était belle et elle tremblait pour lui, il fallait qu'il parle mais il avait peur de se mettre à pleurer…

« Parle Eylir, je t'en prie. Qu'y a-t-il ?

— Je m'en vais, maman. Ce soir. »

Elle ferma les yeux, respira profondément. Il crut qu'elle allait tomber. Il la prit dans ses bras, la serra de toutes ses forces. Elle était plus petite que lui, maintenant, plus fragile, aussi… Sa voix n'était qu'un souffle.

« Combien de temps ?

— Je pars réclamer mes terres et retrouver mon rang.

— Comment vas-tu t'y prendre ? »

Elle se dégagea de son étreinte et le regarda dans les yeux, lui tenant fermement les mains. Elle avait l'expression décidée qu'il lui avait vue quand elle l'avait emmené loin de l'armée du Haut-Roi, des années plus tôt… Elle n'avait pas mis en doute sa décision, sa question était juste d'ordre pratique. En cet instant, Eylir admira sa mère.

« J'ai des amis, beaucoup. Un homme puissant va m'aider, il a toute ma confiance. Je dois le faire. »

Elle ne demanda pas qui était cet ami, elle ne proposa pas son aide, elle savait qu'il l'aurait refusée. Elle dit pourtant, comme on répète une leçon qui n'a jamais été comprise : « Tu as le choix, tu n'es pas obligé de faire la guerre, de monter sur un trône, c'est une charge très lourde, tu le sais… Tu ne seras pas heureux.

— Que je sois heureux ou pas n'a pas d'importance. C'est mon destin, maman. J'ai un sang de roi et je porte un nom de roi. Je dois leur faire honneur.

— Tu portes mon nom. Mon sang, aussi. On ne m'a jamais rien imposé, j'ai toujours choisi. J'ai choisi d'aimer ton père et de protéger ton frère, j'ai choisi d'épouser Markil. Je ne veux pas qu'un druide t'impose de mourir au nom de la parole…

— Je n'oublie pas. Je ferai honneur à ton nom, comme à celui de mon père. »

Elle sut qu'elle n'avait plus rien à lui dire, qu'elle ne pourrait pas le retenir ni le convaincre. Elle le serra encore une fois dans ses bras, de toutes ses forces.

« Tu reviendras me voir ?

— Si je peux.

— Tu me donneras des nouvelles ?

— Oui.

— Je suis certaine que tu seras imprudent et que tu feras le fou. J'ai quelque chose pour toi. »

Elle avait ri, disant cela. Puis elle était allée lui chercher un long paquet enveloppé dans du tissu. Il en dégagea une belle épée de facture atlane, droite et bien équilibrée.

« Je l'ai fait fabriquer pour toi, on me l'a apportée il y a deux mois, quand tu étais en Elmédia. »

Il joua avec l'arme, se rendit compte qu'il l'aimait et accrocha le fourreau à sa ceinture.

« Une épée digne d'un roi. Tu savais que j'allais partir ? »

Selaya ne répondit rien ; elle souriait et pleurait en même temps. Et elle prit son fils dans ses bras, une dernière fois.

En quittant le palais Vendares, Eylir avait cru qu'il abandonnerait les culottes et les bas, les livres et les bonnes manières, les cheveux courts et les bals, tous les oripeaux de la culture atlane, comme on se dévêt d'un ancien costume pour en enfiler un nouveau. Mais il laissa aussi derrière lui un peu de chair et de sang, une longue déchirure et les larmes d'une petite sœur qui avait refusé ses adieux et lui disait de revenir, revenir, revenir...

Le visage sombre, il rejoignit Julian et Léto. Ils sautèrent sans un mot sur leurs montures et partirent dans la nuit. Les autres les attendaient, le grand voyage commençait maintenant.

Maharkal et Mak Morn étaient à la sortie de la ville. On avait trop tardé, ils ne feraient pas d'escale cette nuit-là. Comme Eylir ne disait pas un mot, Maharkal vint à son niveau pour lui parler.

« Ta mère a eu tort, Eylir. »

Il lui jeta un regard sombre. Ils avançaient à bonne allure sur la route qui longeait le Rohan, les étoiles et la lune éclairaient leur chemin. Maharkal insista : « Ta mère a eu tort de t'emmener loin de ton frère. On ne peut pas tromper le destin comme ça, on ne peut pas y échapper. Tu es le seigneur Ap'Callaghan, tu n'y peux rien et tu le sais. C'était une erreur de vouloir te faire devenir autre chose… Tu ne dois pas croire que tu aurais pu changer. Les druides disent qu'un homme libre, c'est un homme qui accepte son destin. Ta mère n'aurait pas dû t'en écarter. »

Ces paroles rendirent Eylir fou de rage. Sans crier gare, il se jeta sur Maharkal, les faisant tous les deux tomber de cheval et heurter douloureusement la route. Ils se battirent avec violence, ignorant les cris des autres qui leur demandaient d'arrêter. Eylir n'avait pas envie d'entendre les paroles de Maharkal, il ne voulait pas entendre ça, non ! Il prit le dessus, martela le visage de son ami à coups de poing jusqu'à ce que le sang macule sa barbe blonde. Frappant Eylir à l'estomac, Maharkal se dégagea et les deux jeunes hommes se retrouvèrent face à face. Le soldat essuya le sang qui lui coulait dans les yeux et cria : « Eh bien viens donc ! Frappe ! Si c'est le seul moyen de prouver ton courage ! »

Eylir serrait et desserrait les poings. Il avait envie de se battre jusqu'à avoir le corps en sang, il avait envie de hurler, d'expulser la douleur qui lui tordait le ventre. Il pensa à l'aigle, aux batailles, à l'ombre immense de son frère. Il se força pourtant au calme.

« Pardonne-moi, Mark. Mon comportement a été indigne. »

Il observa les autres. Julian, inquiet. Léto, un peu distant. Mak Morn, indéchiffrable.

« Je deviendrai chef de clan, je porterai mon nom avec honneur. »

Maharkal, le visage encore ensanglanté, le fixa longtemps, pesant le poids des paroles qui venaient d'être prononcées. Eylir ne détourna pas les yeux. Alors le soldat vint s'agenouiller à ses pieds.

« Seigneur, mon nom est Maharkal Ap'Callaghan, fils de Cormac Ap'Callaghan. Je jure de t'être fidèle, de te défendre et de te servir jusqu'à ma mort. Que je m'enfonce sous terre si je mens ! »

Eylir ferma les yeux, écouta la nuit, le vent dans les arbres, les chevaux…

« Je t'accepte à mon service, Maharkal Ap'Callaghan. »

Julian prit la place de Maharkal.

« Eylir, je jure devant l'Unique que je te serai fidèle, te défendrai et te servirai jusqu'à ma mort. »

Eylir le releva à son tour. Léto s'avança alors : « Seigneur Ap'Callaghan, je suis Rohan Léto. Je chanterai tes exploits, protégerai ta mémoire et te servirai. Jusqu'à ma mort.

— Merci, Léto. »

Alors Mak Morn éclata de rire. « Très bien, tout cela ! La nuit prochaine, Kelte, toi et moi nous lierons par le sang, comme mon ancêtre avec Kendall l'Harmoréen. D'ici là, en selle, une longue route nous attend ! »

Il leur fallut une semaine pour rejoindre l'île sur le fleuve. Eylir entra dans le Haut-Royaume, sur les terres du clan Ap'Callaghan, ses terres. Il connaissait à peine ces routes, ces champs, ces forêts, mais ici, il se sentait fort. Le souffle de la terre le traversait, comme une grande respiration dont il emplissait ses poumons, une force, une volonté. Souvent, il partait au galop, épuisant son vieux cheval de bataille… Ces terres étaient les siennes, lui et ses compagnons accompliraient de grandes choses !

Le bateau les déposa sur l'île à la fin de la journée. L'île elle-même semblait être un grand navire aux mâts majestueux, illuminée de lanternes et drapée de soieries. De nombreuses barques thiléennes reposaient sur le rivage, on entendait des chants et de la musique, un grand feu brûlait au pied d'un chêne centenaire. Eylir et les siens pénétraient dans un palais chatoyant qu'un claquement de mains suffisait à faire disparaître.

Rohan Yal marcha vers eux, les bras ouverts. Il les serra tous contre lui comme ses propres fils.

« Bienvenue ! De grands jours se préparent ! »

Eylir remarqua qu'il portait une épée, une arme magnifique à la garde en forme de feuilles enroulées. Sur le pommeau éclosait une fleur autour d'un cœur de rubis.

Les femmes s'activaient près du feu pendant que d'autres Thiléens, armés tout comme leur duc d'épées belles comme des bijoux, buvaient du vin et jouaient aux dés. Lyciane courut vers eux, mais une femme austère aux longs cheveux noirs la retint par le bras. La Dame de Rohan, épouse du duc et mère de l'ondine, ne semblait pas heureuse de les voir arriver.

Eylir vint poser un genou en terre devant elle.

« Je demande votre hospitalité, madame. »

Elle eut un sourire dur.

« J'accueille volontiers l'homme qui rendra ma fille heureuse. Mais je ne veux pas du prince, ni du guerrier. Ils n'amèneront que le malheur sur ma maison.

— Nul ne me reconnaît comme prince. Quant au guerrier… »

Eylir détacha l'épée atlane et la tendit à la Dame comme on offre son arme à un suzerain. La Dame ne toucha pas l'épée, laissant sa fille l'emporter. Elle tendit la main à Eylir, encore méfiante.

« Relève-toi, garçon, et bois notre vin. Ma fille est impatiente de te parler. »

Le duc entraîna Eylir un peu plus loin, pendant que Julian, Maharkal et Mak Morn faisaient connaissance avec les Thiléens.

« Ma femme ne comprend pas. Les temps changent… La refondation du Haut-Royaume, le Second Miracle… Nous autres Thiléens ne nous en sortirons pas tout seuls, comme nous l'avons toujours fait. Nous devons rétablir nos vieilles alliances.

— Quelles alliances ? » demanda Eylir, qui marchait juste en retrait du duc.

« Il y a eu un temps où nous avions des cités et des armées, des rois et des chevaliers, mais c'était il y a si longtemps…

— Tu veux retrouver ce temps-là ? »

Le duc eut un rire d'ogre. Les petites rides au coin de ses yeux se plissèrent.

« Non, garçon. Ce temps-là est bien fini… Ce sont les tiens, les Mabdens, qui sont les maîtres de cette terre. Nous gardons juste les fleuves. Aujourd'hui, chacun d'entre nous se tient de son côté, mais j'aimerais retrouver le temps où nous agissions ensemble, le temps où nos peuples ne se méprisaient pas et se reconnaissaient même vaillance et même courage. Un roi est un homme qui unit. Ton frère a rassemblé tous les clans sous la même couronne, pour la première fois depuis des siècles. Il est temps qu'un roi rassemble les peuples. »

Ils arrivaient à la pointe de l'île, loin des feux et des lumières. Eylir marchait lentement, pensif, un peu inquiet. À côté de Yal, il mesurait sa jeunesse et son manque d'expérience.

Le fleuve descendait vers eux, large et puissant. L'extrémité de l'île séparait ses flots, comme l'étrave d'un grand navire de bois, de terre et de sable. Et sur chaque rive, s'élevaient les collines et les forêts du pays kelte, plongées dans la nuit.

« Et si je n'étais pas digne de toi, Yal ? »

Le Thiléen rit encore. Il se tenait les poings sur les hanches derrière Eylir, lui bloquant le passage, l'acculant à l'extrémité de l'île.

« Tu peux encore plonger, Kelte. Il paraît que tu nages bien. »

Eylir inspira profondément le souffle de la terre, sourit et ne répondit rien.

Comme ils revenaient vers le centre de l'île, le duc attira l'attention d'Eylir sur des navires qui glissaient silencieusement sur le fleuve.

« Voici nos invités... Ils vont douter et mettre du temps à nous croire, tout ne sera pas gagné d'avance. Mais j'ai confiance. »

Eylir regarda un moment les navires thiléens qui amenaient ses futurs alliés. Les projets élaborés avec le duc après son retour de chez les Pictes allaient se réaliser. Il avait confiance lui aussi.

Les Keltes débarquèrent pesamment, engoncés dans leurs grands manteaux et gênés par leurs épées. Des jeunes Thiléens portant des flambeaux leur faisaient une haie d'honneur rieuse, malgré les ordres du duc. Ce dernier les attendait au bout de l'allée en compagnie d'Eylir.

Le premier Kelte s'avança d'un pas décidé, le sourcil froncé, la main sur sa lourde épée. C'était un homme trapu, brutal et rusé, encore jeune mais déjà habitué au pouvoir, richement vêtu, portant de lourds bijoux d'or. Un autre homme, portant une longue robe bleue, marchait juste derrière lui.

« Voici Craig Ap'Thain, chef du clan de l'ours, murmura le duc à Eylir. Avec lui, Lysender, un des plus grands druides du royaume, son frère. »

Le chef du clan Ap'Thain donna une accolade brutale à ses hôtes, considéra Eylir avec une méfiance hostile. Lysender se montra plus onctueux. Ses yeux étaient d'un bleu si clair qu'ils en paraissaient laiteux.

Le deuxième visiteur était venu seul. Un vieux guerrier au regard lucide, très à l'aise au milieu des Thiléens. Son manteau tombait avec élégance sur ses épaules. Il salua d'une voix aimable et réservée. Eylir apprit qu'il s'agissait d'Armas Ap'Lleman, ancien chef du grand clan du cygne, chassé de son trône par la Haute-Reine au profit de son fils, plus facile à contrôler.

Quant au troisième, il sauta du bateau dans une exclamation de joie. Lloyd Ap'Horn, chef du clan du faucon, inféodé aux Ap'Callaghan, était un colosse à la puis sante voix de basse, portant une cape de fourrure sur ses épaules nues.

« Yal, duc de Thilée, mon vieil ami ! Cela faisait longtemps ! J'ai pris sur moi d'amener mon imbécile de frère. Il manie l'épée aussi bien qu'un chiot, mais il sait lire ! »

Les deux hommes s'étreignirent chaleureusement. Eylir aima tout de suite cet homme démonstratif et amical. Ap'Horn, qui dépassait Eylir d'une demi-tête, le saisit aux épaules en manquant de le renverser.

« Ainsi, c'est toi le fils caché ? Tu ressembles à ton père… Un homme selon mon cœur ! »

Les Thiléens les acclamèrent et coururent rejoindre le foyer central dans une cavalcade de flambeaux. Duane Ap'Horn, frère de Lloyd, aussi mince que son frère était fort, arriva sur l'île dans une demi-obscurité.

Les enfants alimentaient le grand feu autour duquel tous s'étaient rassemblés pour boire et manger. Les Thiléens conservaient envers les Keltes une distance amicale. Ce n'était pas fréquent qu'ils reçoivent chez eux autant de Mabdens ; Lyciane le fit comprendre à Eylir.

Elle aidait au service, versait du vin, échappait en riant aux hommes qui voulaient l'attirer sur leurs genoux. Seul Eylir arrivait parfois à lui tenir la taille quelques instants. Elle lui posait alors le doigt sur les lèvres et murmurait : « Plus tard… »

Craig Ap'Thain s'essuya la bouche et repoussa son assiette d'un geste nerveux. Contrairement au druide qui l'accompagnait et aux autres Keltes, il ne se sentait pas à l'aise et cela se voyait.

Il se leva, regarda longuement les autres.

« Pourquoi fais-tu tout cela, Thiléen ? Les tiens ne nous aiment pas, d'habitude... Je ne suis venu qu'à cause de Lloyd Ap'Horn, qui dit que tu es homme de confiance. Cette réunion ressemble singulièrement à une conspiration, mais qu'as-tu à voir avec nos affaires ? »

Le duc se leva à son tour et se tourna vers ses hommes et ses invités.

« Je parlerai devant tout le monde, car j'ai confiance en les miens et confiance en vous, Keltes. »

Eylir admira la manière dont la voix de Yal s'était imposée, même au rude Craig Ap'Thain. Malgré ses vêtements simples et ses mains de travailleur, Rohan Yal avait une allure de roi.

« Nos peuples sont séparés, dit le duc. Et je ne me mêle pas des affaires du Haut-Royaume... Mais votre reine a provoqué ma colère. »

Eylir savait déjà ce que Yal allait raconter, il en profita donc pour observer les seigneurs keltes. Tous étaient intrigués, à l'exception de Duane Ap'Horn, le dernier arrivé. Il finissait son assiette et semblait ne pas prêter attention aux paroles du duc, comme s'il connaissait déjà les faits.

« Nous, Thiléens, avons le privilège de voyager et commercer sur les fleuves. Ils sont notre domaine. Mais la reine, pour plaire à ses vieux alliés du clan Ap'Owen, leur a donné le droit exclusif de commercer sur les fleuves du Haut-Royaume. Ils n'ont pas tardé à nous interdire sur tout leur territoire.

— Et alors, il te reste bien assez de rivières en dehors de celles des Ap'Owen », ricana Craig Ap'Thain.

Les Thiléens murmurèrent, ils n'avaient pas apprécié l'intervention du chef du clan de l'ours. Yal dit très fermement : « Les Thiléens vont où ils veulent, naviguent où ils veulent. Aucune rivière ne nous est interdite. Pourtant, les Ap'Owen nous ont réclamé une taxe, pour avoir le droit de commercer sur les rivières du Haut-Royaume, et nous avons refusé de payer. J'ai rencontré votre reine, je lui ai parlé, mais elle ne m'a pas entendu. » Son ton était devenu très ironique. « Pour elle, ses puissants alliés avaient plus d'importance que quelques nautoniers. Et pendant que je lui parlais, sept des nôtres étaient pendus par la foule sous les murs d'Adorovakis parce qu'ils avaient refusé de payer la taxe. Tu as raison, Craig Ap'Thain, nos peuples ne s'aiment pas. Mais contrairement à la reine, je ne me tromperai pas d'ennemi. Kulayn Ap'Callaghan... »

À l'énoncé de ce nom, Lloyd Ap'Horn cracha ostensiblement. Maharkal et quelques autres l'imitèrent.

« Kulayn Ap'Callaghan va étendre cette taxe sur les rivières qui traversent ses terres. Sur le Rohan même. Et on te proposera de le faire aussi, Craig Ap'Thain.

— Et je le ferai. Pourquoi m'y opposerais-je ? »

Eylir se leva brusquement, exaspéré par le chef de clan.

« Parce qu'une fois de plus, tu obéiras aux clans de l'Est. Une fois de plus tu te coucheras devant les Vilna ! La reine veut t'acheter, acheter ta fierté, faire de tes guerriers des commerçants ! Elle veut que tu lui laisses ta force, que tu lui laisses ton indépendance ! »

Ap'Thain aboya : « Gamin, ne me crie pas dessus ! Chez moi, je te ferais rosser ! »

La tempête grondait dans la poitrine d'Eylir. Il était plus grand que Ap'Thain, il sentait bien que sa véhémence impressionnait le chef de clan.

« Tu ne me ferais pas fouetter, parce que je suis ton égal. Le Roi rouge était mon frère, je suis plus légitime que Kulayn Ap'Callaghan, le chien des Vilna ! Je veux redonner sa grandeur à notre clan, lui faire se souvenir qu'il a vaincu les Atlans à Maharkal, qu'il a vaincu le monde entier ! Je ne bafouerai pas la tradition, comme le fait la reine. Je respecterai les clans, leurs droits et leur force. Si les Callaghan sont grands, alors ils feront face aux Vilna ! L'aigle vaincra le cerf !

— Et alors ? Renverse Kulayn, si tu es si fort !

— J'ai besoin de soldats pour vaincre Kulayn et les troupes que la Haute-Reine enverra au secours de son valet. J'ai besoin d'alliés ! Le duc m'aidera, les rivières et les fleuves seront nos routes et nos chemins secrets... Mais il me faut des soldats. »

Craig Ap'Thain hocha la tête.

« Je comprends bien. Tu as besoin de troupes, tu as besoin de mes guerriers. Parce que les Thiléens n'ont pas de soldats. Ap'Horn t'aidera peut-être de quelques centaines d'hommes, mais son clan peut-il fournir plus ? Quant à toi, Lleman... »

Il se tourna vers le vieux chef de clan.

« Combien te reste-t-il de fidèles à t'avoir suivi dans l'exil ? Une centaine ? Le clan de l'ours pourrait te fournir des milliers de guerriers, gamin. Et de l'or pour t'acheter autant de mercenaires... Mais pourquoi le ferais-je ? Pourquoi est-ce que je prendrais le risque de me rebeller pour toi, contre la reine ? Je ne suis pas fou... Jamais...

— Laisse-moi parler, mon frère », murmura le druide, qui s'était jusque-là contenté d'écouter.

Craig Ap'Thain se tut immédiatement, laissant le druide prendre la parole. Eylir fut impressionné par l'autorité de ce dernier.

« Nous te demandons juste de faire tes preuves, Eylir Ap'Callaghan. Tu viens comme un enfant, sans rien à offrir que ton nom, ton élan et ton courage. Cela ne suffit pas pour construire un royaume...

— Je n'ai rien d'autre ! »

Le druide sourit légèrement et dit d'une voix rassurante :

« Je te sais sincère. Fais preuve d'un peu de patience, montre-nous que nous pouvons te faire confiance. »

Le ton de Lysender calma peu à peu Eylir.

« Comment, druide ? Pour tenir mes engagements, j'ai besoin d'être reconnu chef de clan. Pour être reconnu, j'ai besoin de votre aide !

— Pour être reconnu chef de clan, tu dois être acclamé par la population, c'est notre tradition. Fais-toi aimer de ton peuple et nous t'aiderons, n'est-ce pas mon frère ? »

Le chef du clan de l'ours poussa un grognement et vida son verre d'un coup. Armas Ap'Lleman hocha également la tête. Le vieux chef en exil se leva et posa la main sur l'épaule d'Eylir, en signe d'encouragement.

« Il faut nous comprendre, jeune homme. Nous risquons dans cette affaire beaucoup plus que toi. »

Eylir lui sourit, mais il se sentait un peu abattu. Il espérait un peu plus d'enthousiasme, un peu moins de politique… On parla encore, de soldats, de Kulayn, de la Haute-Reine. Lyciane vint s'asseoir contre lui, près du feu, et ils contemplèrent les flammes.

Puis Eylir vit Julian et Maharkal, un peu plus loin, qui finissaient leur repas en discutant joyeusement avec des Thiléens. Leurs yeux brillaient, cette réunion secrète, cette conspiration les amusait, ils voulaient l'aventure et le combat. Mak Morn aperçut Eylir et lui sourit d'un air carnassier. Ils étaient jeunes, ils avaient leurs compagnons, les troupes de Korben, l'aide des Thiléens, et la certitude de se battre pour une cause juste, un sang pour une terre.

Alors Eylir embrassa Lyciane et se plaça près du feu, tourné vers les seigneurs keltes.

« J'entends vos conditions et je les comprends. Mes compagnons et moi-même allons donc prendre possession de nos terres, nous faire acclamer par le peuple, par les paysans comme les gens des villes. Il nous faut de l'or ? Nous le prendrons aux percepteurs ! Des armes ? Les soldats de Kulayn nous les fourniront ! Nous nous cacherons dans les collines et dans les forêts, dans les villages et dans les villes, jusqu'au pied même du Haut-Koensar à Beïssama ! Kulayn apprendra à nous connaître ! Et quand le temps sera venu, nous jaillirons de nos cachettes pour lui botter le cul ! »

Lloyd Ap'Horn se leva brusquement et cria : « C'est parler ! J'avais dit qu'il ressemblait à son père ! Je te donnerai des armes, gamin ! Et des cachettes, et des chevaux, et tout ce que tu veux ! Tu me plais ! »

Le frère du seigneur Ap'Horn dit d'une voix fluette : « Lloyd, tu es un imbécile. Tu ferais mieux de te comporter avec sagesse, comme... »

Lloyd Ap'Horn eut un rire tonitruant et empêcha son frère de terminer sa tirade. Il le souleva de terre et le secoua comme un sac.

« Petit frère, je t'ai fait venir pour en appeler à ta tête, mais ta tête ne dit que des bêtises. Alors qu'elle se taise ! »

Il le relâcha brutalement. Duane se frotta les cheveux et regarda son frère d'un air sceptique, mais ne dit plus rien. Lloyd souleva alors Eylir et le posa sur ses épaules, comme il aurait porté un enfant.

« Du vin, du vin, du vin pour ces grandes aventures ! »

Assis sur les épaules du géant, à la lumière du feu et des étoiles, Eylir se sentit capable de renverser le monde.

La fête se prolongea tard, les chefs keltes rentrèrent chez eux par les chemins de rivière. Lyciane échappa à la surveillance de sa mère et vint se glisser sous la couverture d'Eylir là où il dormait, sous l'auvent au bord de la rivière.

Six mois passèrent et toutes les promesses furent tenues. Eylir rassembla les siens, l'ancienne troupe de Korben, une cinquantaine d'hommes qui s'étaient baptisés ses Compagnons comme les cavaliers d'élite d'Allander. Lloyd Ap'Horn mit à son service une trentaine de chasseurs, des hommes expérimentés qui connaissaient toutes les routes, vers les villes ou vers l'autre monde, s'il le fallait. Il lui fournit aussi plusieurs cachettes, du ravitaillement, des flèches pour les arcs, de l'avoine pour les chevaux...

Jusqu'à la fin de l'été, Eylir traversa les terres Ap'Callaghan, de Llangar à Durgen, du Rohan aux vallées de l'est. Il voyageait accompagné de Julian, Maharkal et Mak Morn, dormant à la belle étoile, visitait villes et villages, écoutant la population. Le pays était prospère, les taxes lourdes, les hommes valides souvent employés à construire les routes ou les ponts que le nouveau chef de clan jetait sur la moindre rivière. Les clans mineurs voyaient leurs privilèges réduits, leurs guerriers devaient chaque année se rendre à Beïssama pour l'entraînement. Les bardes se moquaient de Kulayn, de sa démarche hésitante, de son goût pour le luxe et la richesse. Les druides le conspuaient car il accueillait des unidéistes à Beïssama et dans les grandes villes, faisant reculer les vieilles traditions.

Au début de l'automne, quand les percepteurs du seigneur Ap'Callaghan passèrent dans les villages et dans les fermes pour récolter l'impôt, Eylir passa à l'action. Les trois charrettes chargées de céréales, l'intendant et les vingt soldats qui l'accompagnaient tombèrent dans une embuscade en plein jour, à trois milles à peine de Beïssama ; on voyait même dans le lointain les fumées de la ville. Les bandits ne cachèrent pas leurs visages, ils donnèrent même leurs noms. Complètement nus, les soldats et l'intendant pénétrèrent en courant dans la ville comme s'ils avaient le Corrupteur à leurs trousses. On envoya un groupe de cavaliers aussitôt, mais les traces des bandits disparaissaient dans une rivière.

Le grain fut redistribué dans les villages, une partie fut conservée pour les Thiléens. Et le jeu continua. Mak

Morn organisait les embuscades, Maharkal commandait un groupe d'hommes, Julian un autre et Eylir le troisième. Les trois jeunes gens riaient en voyant les mines déconfites des percepteurs, le visage effrayé des guerriers qui les escortaient. Leur cœur battait à tout rompre quand ils galopaient à bride abattue le long des champs ou des rivières, poursuivis par les soldats de Kulayn.

Callom le Gris, un ancien membre des Compagnons d'Allander, dirigeait la garnison de Beïssama. Ce n'était pas un imbécile. Il fit renforcer les escortes, changer au dernier moment les trajets des percepteurs, promit une récompense à ceux qui dénonceraient le bandit. Mais ce brigand-là lui donnait du fil à retordre…

Les attaques audacieuses d'Eylir lui valurent l'amour de la population. Son nom fut connu partout ; un barde célèbre, Damneit, composa trois chants à sa gloire. Les Keltes, naturellement rebelles, l'avaient adopté. On l'aidait à se cacher, on le ravitaillait, des jeunes gens pauvres en mal d'aventure ou de pillages le rejoignaient. Il favorisa les premiers, punit sévèrement les seconds. Une bande de pillards qui se réclamaient de son nom fut décimée par une volée de flèches noires enduites de poisons pictes. Quand vint l'hiver, la troupe d'Eylir comprenait près de deux cents hommes, bien équipés et armés. Ils étaient chez eux dans les campagnes, parcourant librement le pays. Seules les villes leur étaient encore interdites et, parmi celles-ci, la capitale.

Avec la neige et le gel, leur activité se ralentit un peu. Les hommes se dispersèrent dans les cachettes ou bien retournèrent dans leurs familles. Eylir, lui, hiverna sur l'île au milieu du fleuve. La Dame de Rohan emmena sa fille vers le sud, loin de lui et le duc ne put s'y opposer.

« Tu l'épouseras quand tu seras chef de ton clan, avait dit Yal. À ce moment, même ma Dame ne pourra refuser. »

Sur le coup, la nouvelle le fit enrager, il envisagea de courir dans le Sud pour enlever sa promise… Puis il compris que cet éloignement était une épreuve, que la distance fortifierait leur amour. Bientôt, il serait chef de clan et Lyciane serait sienne.

Pour tromper l'ennui, Eylir s'entraîna. Julian avait fait de grands progrès à l'escrime et au combat à mains nues. Ses hommes adoraient son audace et l'admiraient. Seule l'amitié qui les unissait avait empêché Eylir de le considérer comme un rival. Ils s'affrontèrent de nombreuses fois, se battirent dans la neige ou en équilibre sur une barque, firent la course sur les rives du Rohan, sans parvenir clairement à se départager.

Julian avait depuis quelques semaines une maîtresse, la fille d'un fermier important de la région, nommée Stefana. Il disparaissait parfois plusieurs jours pour aller la rejoindre et revenait en rapportant des nouvelles du monde. Deux de leurs hommes, des recrues récentes, avaient été dénoncés, reconnus et pris par Callom le Gris. Le chef des troupes de Kulayn les fit écorcher vifs et pendre aux portes de Beïssama... La nouvelle fit enrager Eylir.

« Si nous l'avions appris plus tôt, nous serions allés les libérer ! »

Mak Morn avait répondu : « Et nous serions tombés dans un piège, en pleine ville. Nous avons de la chance qu'ils n'aient pu en dénoncer d'autres... Ne fais pas l'imbécile et patiente, l'hiver finira bientôt. »

L'inaction pesait à Eylir, il regardait avec envie Julian quitter l'île pour aller rejoindre sa belle. La sienne, disait-on, dansait dans les auberges des villes de la mer Érythréenne, là où l'hiver était doux... Julian, au retour d'une de ses dernières expéditions, lui apporta une nouvelle qui rompit sa morosité.

« Stefana m'a dit que la Haute-Reine rendait visite à Kulayn. Elle sera à Beïssama pour fêter Imbolc. Apparemment, la rumeur de nos exploits a atteint les terres du clan Vilna ! » Julian rit. « Il y aura beaucoup d'agitation dans la ville, de nombreux visiteurs. Stefana a été engagée pour servir au château... Et elle m'a appris que la reine offrirait en présent à Kulayn un cheval de ses écuries personnelles, un magnifique étalon venu d'Orient. Tu ne cherchais pas un cheval, Eylir ? »

Eylir découvrit donc Beïssama deux semaines plus tard, pour la fête d'Imbolc. Julian et lui pénétrèrent en ville, déguisés en paysans, menant un chariot de fourrage sous lequel étaient cachées leurs armes.

Le printemps se faisait sentir, la neige avait fondu dans les rues de la ville, rendant les chemins boueux et difficiles à pratiquer. Mais le soleil brillait, l'aigle des Callaghan et le cerf des Vilna étaient visibles partout, affichés aux fenêtres, sur les grands étendards qui pendaient le long des murailles. La population se réjouissait, les jours prochains seraient jours de fête !

Se souvenant de Koronia, Eylir fut saisi par la saleté et le désordre de Beïssama. La ville était bien plus petite qu'il l'imaginait, les rues étaient si étroites, les maisons si sombres ! Les habitants s'entassaient dans des quartiers insalubres, l'activité débordait des échoppes jusque sur le pavé, quand il y avait du pavé...

« Quand je régnerai, je changerai tout cela. Je ferai venir des ingénieurs atlans et... »

Julian lui donna un coup de coude.

« Parle plus fort, ne te gêne pas. Tu pourrais crier qui tu es aussi. »

Eylir se sentait euphorique. Il était maintenant au cœur de ses terres, dans la ville où son père et son frère étaient nés, la source de leur grandeur et de leurs conquêtes. Même si elle n'était pas belle, Beïssama était une cité active et vivante, enrichie par le commerce sur le Rohan, avec les autres cités keltes et avec Koronia, tout au bout du fleuve. Ses habitants étaient fiers de vivre dans la seconde cité du Haut-Royaume, derrière Adorovakis, la capitale des Ap'Vilna.

Le chariot monta péniblement la route qui gravissait la colline et franchit enfin le pont-levis du Haut-Koensar. Eylir ne tenait plus en place, il dévorait le bâtiment des yeux, balançant entre le rire et les larmes. Le château se dressait comme un grand navire de pierre sur la hauteur rocheuse qui surplombait la ville, avec ses murs immenses, ses courtines, ses tours rondes couvertes d'étendards. Le donjon, carré, veillait sur la puissante forteresse comme une sentinelle. Des soldats arborant l'aigle d'or des Callaghan parcouraient le chemin de ronde, pendant que les cours bourdonnaient d'activité.

On les avait laissés passer sans rien leur demander.

« C'est trop facile, marmonna Julian. C'est trop facile. »

À l'intérieur, valets et cuisiniers préparaient le banquet du soir. Une grande table avait été dressée dans la haute cour. Des servantes étalaient des nappes blanches, disposaient des corbeilles de fruits. Un va-et-vient continuel allait de la porte principale jusqu'aux cuisines, interrompu parfois par un guerrier à cheval ou une patrouille qui remontait des rues de la ville. Personne ne s'occupait d'eux. Ils laissèrent le chariot dans la cour basse et errèrent dans le château, comme deux paysans voyant la ville pour la première fois. Tout rappelait ici la grandeur des Callaghan. Les centaines de soldats et de serviteurs, la richesse des bâtiments d'habitation, la beauté du harnachement des chevaux… Eylir voulait tout voir. Julian lui secoua le bras.

« Nous sommes en avance sur le plan, on est rentrés plus facilement que ce qu'on pensait. Mais il serait peut-être temps de faire ce qu'on est venu faire, non ? »

Eylir acquiesça, un sourire d'enfant sur le visage, puis recommença à admirer les lieux.

Les écuries étaient dignes du château. Elles donnaient

sur la cour haute, on y gardait des dizaines de chevaux. Trouver le présent de la reine ne fut pas difficile : une seule stalle était gardée, par un soldat qui s'ennuyait. Un palefrenier complaisant, voulant épater deux péquenots montés de leur campagne, leur détailla les chevaux, qu'Eylir considéra d'un air appréciateur.

« Vous n'avez pas vu le plus beau, se rengorgea le palefrenier. La Haute-Reine a amené ici un étalon de Seljucie, pour l'offrir en présent à notre seigneur. Il s'appelle Nymir... »

En échange d'une rasade de vin, le soldat les laissa le contempler. Nymir avait la robe sombre comme la nuit, les muscles fins, l'allure fière. Il conservait dans la stalle une attitude hautaine et ne laissa pas Julian lui flatter les naseaux. Eylir fut fasciné par sa beauté et sa noblesse. Ce cheval avait quelque chose d'inaccessible...

« Un cheval de roi ! Un cadeau digne de l'épouse du Roi rouge ! »

Julian et lui échangèrent un sourire. Un seul garde, l'opération serait facile. Ne voulant pas se faire punir, le palefrenier les emmena plus loin, entreprenant de vanter tous les mérites de sa position. Les deux jeunes gens se montrèrent admiratifs et envieux comme il fallait. Quelle chance il avait de servir dans une aussi noble maison !

« Il nous reste plus de deux heures avant que les autres soient en place, dit Julian une fois qu'ils furent seuls. On devrait ressortir, n'importe quel soldat peut nous reconnaître, et nos armes sont dans l'autre cour... »

L'Atlan était nerveux. Eylir, appuyé au rebord d'une fontaine, souriait nonchalamment.

« Tu as raison, mon ami. Va les surveiller... Ce serait dommage qu'un valet trop zélé décharge le fourrage et découvre nos épées.

— Et toi, qu'est-ce que tu fais ?

— Je continue à visiter les lieux... Je suis chez moi, après tout. »

Et sans laisser à Julian le temps de réagir, il se dirigea vers le donjon. Julian lui courut après, lui saisit l'épaule.

« Tu es fou ! Comme tu dis, quelqu'un va te reconnaître… Où veux-tu aller ? »

Eylir sourit à son ami, essayant d'être très convaincant.

« Va garder nos armes. Dans deux heures, je te rejoindrai devant l'écurie. Et arrête de t'agiter, nous allons nous faire remarquer. »

Il lui donna une petite tape sur la joue, sourit encore et s'éloigna, laissant Julian médusé.

Il savait être déjà venu au Haut-Koensar, quand il n'était encore qu'un tout petit enfant. Selaya y avait vécu quelques mois en compagnie de son père, c'était sans doute dans une de ces pièces du donjon qu'il avait été conçu. L'exaltation le disputait à la mélancolie.

Il s'assit sur une pierre, le soleil sur le visage. On risquait de le reconnaître, certes. Ils avaient attaqué tant de convois, certains soldats connaissaient son visage. Mais qui penserait qu'il avait eu l'audace de venir jusqu'ici, au cœur du château ?

Une fille l'aborda, une servante brune, bien en chair, aux lèvres comme un fruit. Elle était plus âgée que lui, une trentaine d'années. Fatiguée par son travail, elle voulait faire une pause et bavarder.

« Tu n'es jamais venu ici ? Tu ressembles à notre seigneur, le seigneur Eylir, je veux dire, je l'ai vu quand j'étais gamine, je me souviens, il m'avait portée sur ses épaules… »

Eylir se raidit. Ainsi la ressemblance était si évidente ?

« N'aie pas peur, je dis ça juste parce que tu es beau garçon. »

La fille souriait, gourmande. Eylir se détendit.

« J'aime ce château. Tu dois être fière d'y travailler, non ?

— C'est épuisant ! Je n'y sers que deux ou trois fois l'an. Tu veux que je te fasse visiter ? »

Elle lui colla un paquet de draps propres dans les bras et ils entrèrent dans le corps de logis. L'occasion était merveilleuse... Ils traversèrent la grande salle à manger aux boiseries noires, montèrent dans une pièce pleine de lumière aux plafonds sculptés. Des seigneurs portant bijoux et fourrures parlaient en riant sans prêter attention à eux. La fille se fit un plaisir d'expliquer à Eylir leurs nobles lignages. Elle lui montra aussi les vastes cuisines, la chambre du seigneur, la salle des baquets où se baignaient les guerriers, et ne protesta pas trop quand Eylir lui vola un baiser.

« Je m'appelle Stefana. Et toi ? »

Eylir s'arrêta soudain et la considéra de haut en bas. Stefana ? La coïncidence le fit sourire comme un petit garçon à qui on offre sa friandise préférée. Elle était vraiment jolie, Julian avait du goût, ses lèvres étaient à croquer. Elle insista : « Et toi, comment t'appelles-tu ? »

Allait-il inventer un nom ? Un Kelte ne doit pas mentir... Il était un peu embarrassé, avec sa pile de draps dans les bras. Il plaqua Stefana contre le mur et l'embrassa jusqu'à lui faire perdre le souffle.

« Tu ne m'as pas répondu !

— Cet escalier mène au sommet du donjon ? Allons-y ! »

Il s'élança dans l'escalier, elle courut à sa poursuite.

Le sommet était illuminé de soleil, aucun soldat ne s'y trouvait. Eylir, essoufflé, lâcha ses draps et saisit Stefana à bras-le-corps dès qu'elle surgit de l'escalier. Il avait envie de rire, de courir partout en disant : Ceci est à moi ! À moi ! Il souleva la servante, l'embrassa dans le cou, ce qui la fit rire, crier et battre des pieds.

« Le seigneur Eylir était toujours servi par de très jolies femmes. Je vois que la coutume n'a pas changé », dit-il en la reposant.

Elle approuva, rieuse et essoufflée. Puis elle l'attira et l'embrassa encore. Eylir pensa brièvement à Lyciane, puis se souvint que les seigneurs Ap'Callaghan n'avaient jamais été réputés pour leur fidélité. Très empressé, il tira sur les lacets de la robe de Stefana. Elle le repoussa : « Attends ! Pas ici ! Quelqu'un pourrait venir... Allons plus bas. »

Il la poussa dans une chambre vide, au dernier étage du donjon. La pièce était jolie et parfumée, le lit venait d'être fait. Stefana s'y allongea, la coiffure défaite et les yeux brillants.

« Viens ! »

Toute cette histoire amusait follement Eylir. Il sauta hors de ses braies et se jeta sur elle pour la dévorer.

Essoufflés, les amants reposaient l'un contre l'autre. Stefana avait posé sa tête contre la poitrine d'Eylir. Des voix juste derrière la porte la firent sursauter.

« Tu as fermé à clef ? lui murmura Eylir.

— Non ! J'ai oublié ! »

Ils se levèrent précipitamment, ramassèrent leurs affaires. Stefana désigna un rideau qui masquait le coin de la pièce destiné à la toilette. Eylir s'y réfugia pendant qu'elle tirait le dessus-de-lit. Elle le rejoignit derrière le rideau au moment où la porte s'ouvrait.

« C'est notre seigneur, murmura Stefana, les yeux écarquillés. Je reconnais sa voix... »

La porte fut refermée, deux personnes discutaient, un homme et une femme. Kulayn était ici, juste derrière le rideau... Très lentement, Eylir enfila ses braies et ses bottes. Pour la chemise, on verrait plus tard. Par les dieux, pourquoi n'était-il pas armé ? Il écarta un tout petit peu le rideau et observa. Ainsi, c'était Kulayn, cet homme neutre aux cheveux prématurément blanchis ? Sans la richesse de ses vêtements, Eylir ne l'aurait jamais pris pour un seigneur kelte, encore moins pour le chef du plus grand clan de l'Ouest ! Mais l'occasion était trop belle... Stefana lui posa la main sur le bras, lui enjoignant de ne pas bouger. Il se dégagea doucement, déposa un baiser au coin de ses lèvres et sourit. Puis il se précipita de l'autre côté du rideau.

Kulayn, surpris, n'eut pas le temps de réagir quand le jeune homme le ceintura et lui arracha son épée. Eylir se plaqua dos à la porte, interdisant toute sortie.

« Ne criez pas ou vous aurez des ennuis ! »

Kulayn fronça les sourcils.

« Qui es-tu ? Ce que tu fais va te coûter cher !

— Je suis Eylir Ap'Callaghan ! Je suis ton neveu et je vais régner à ta place ! »

Son cœur battait à tout rompre, mais il tenait fermement son épée. Il jeta un coup d'œil à la femme qui accompagnait Kulayn, une dame entre deux âges, très sèche, portant une robe de velours cramoisi. Elle ne paraissait pas effrayée, juste curieuse et un peu tendue. Kulayn restait très calme lui aussi ; il parla d'un ton d'instituteur.

« Je sais que tes prétentions sont légitimes, Eylir. J'ai connu ta mère, du temps où elle a vécu ici. Pourquoi avoir pillé mes envoyés ? Pourquoi avoir sali ton nom dans le brigandage ? Je t'aurais reçu, et donné la place que tu mérites...

— La place que je mérite est la tienne ! Me l'aurais-tu donnée ? »

Kulayn sourit.

« Non, bien sûr. Mais j'aurais pu faire de toi mon héritier. Tu aurais complété ici ton éducation, je t'aurais appris à gouverner ces terres... Qu'en connais-tu, à part les chemins de traverse ? »

La petite femme parla alors, d'un ton sans appel.

« Il n'a pas les épaules assez larges pour diriger un clan. La flamme sans l'intelligence ne mène pas très loin... »

Eylir pointa son épée sur la gorge de la femme, qui le regardait avec une froide hostilité.

« Qui êtes-vous pour me juger, madame ?

— Mais c'est la reine, Eylir », annonça Kulayn, moqueur.

La reine ? Il remarqua le cercle d'or qui lui maintenait les cheveux. La reine, cette toute petite femme pincée perdue dans une robe trop grande ? C'était la Haute-Reine Meyrin Ap'Vilna ? Il éclata de rire.

« Je comprends maintenant pourquoi le royaume va comme il va ! »

Les yeux de la reine étaient emplis de colère. Eylir eut envie de la gifler, mais quelque chose l'en empêcha. Il était temps de fuir, de tirer sa révérence. Il avait bien ri.

« Nous nous reverrons donc, majesté.

— Nous nous reverrons, Eylir. »

Cette assurance le fit frissonner.

Il sortit et referma la porte à clef derrière lui. Quand il se précipita dans l'escalier, Kulayn commença à appeler sa garde.

Eylir déboucha en courant dans la haute cour, tenant son épée enroulée dans une nappe. Tant de valets couraient ici ou là, personne ne l'arrêta. Faisant tournoyer son arme, il en abattit le pommeau sur la tête du soldat qui somnolait devant les écuries. Quelqu'un cria. Une chance, Nymir portait déjà son harnachement. Eylir sauta en selle, le cheval noir se cabra et manqua de l'envoyer au sol, lui faisant lâcher son épée. Déployant des efforts désespérés, il calma sa monture et bondit dans la cour. Le cheval sauta par-dessus les nappes blanches, renversa chaises et bancs. Les servantes criaient, affolées, énervant l'animal. Eylir le dirigea vers la sortie, le fit déboucher au galop dans la basse-cour.

« Julian ! »

Julian l'aperçut et ne perdit pas de temps. Il se précipita sur un messager qui revenait de sa course, le tira à bas de son cheval et lui vola sa monture. Aussitôt en selle, il jeta son épée à Eylir.

« Les autres viennent juste d'arriver ! Ils sont en place. »

Eylir sourit mais ne répondit rien, concentré sur sa monture rétive. Il aimait ce cheval !

Des soldats du château se précipitèrent pour fermer les portes. Malheureusement, deux charrettes de foin se trouvaient coincées dans le passage. Eylir et Julian bousculèrent les soldats et bondirent par-dessus l'obstacle. Derrière eux, une main amie jeta un brandon dans le foin, qui s'enflamma instantanément. Ils descendirent vers la ville au grand galop, les foulées de Nymir étaient longues et magnifiques, le peuple dans les rues s'écartait en criant sur leur passage. Leur fuite avait des allures de conquête, ils criaient et riaient durant leur course folle. Un peu de grandeur et de folie ! Avec Kulayn, le peuple de Beïssama n'avait pas vu cela depuis longtemps !

Ils quittèrent la ville par la porte de l'est et disparurent sans laisser de traces, encore une fois. Kulayn, furieux et humilié, envoya ses troupes à leur poursuite mais on ne les retrouva pas. Le seigneur Ap'Callaghan donna alors l'ordre de lever trois mille hommes qui partirent vers le nord dès le début du printemps. Il n'était plus question de brigandage. C'était la guerre.

Argine

« Bon, c'est fini pour ce soir, les enfants. »

Léto avait parlé longtemps, il faisait nuit, nous étions épuisés. Beth m'avait rejoint peu après le début du récit, j'étais heureux de sentir sa présence à mon côté.

« Mais tu n'as pas parlé de la guerre », a gémi un petit garçon d'une voix endormie.

Le vent agitait les feuilles du grand arbre au-dessus de nous. La nuit était fraîche, mais avec mon manteau sur les épaules je n'avais pas froid.

« Il est un peu tard pour faire une guerre, a dit Léto en riant.

— Tu nous raconteras demain ? » a demandé une jeune fille en minaudant.

Il lui a caressé la joue.

« Peut-être... »

Je n'aimais pas Léto, sa manière de se faire désirer m'exaspérait. Comme s'il avait voulu séduire toutes les Thiléennes de l'île, et Beth dans la foulée. Je ne fais pas la part de la jalousie... Plus tard, en retranscrivant son récit pour Madame, j'ai douté de ses histoires, me demandant ce qu'il avait inventé, ou enjolivé. Mais tout cela allait si bien à Eylir...

Cette nuit-là, j'ai dormi avec les jeunes Thiléens de l'île dans une grande pièce sous les toits du moulin. De vieux meubles y avaient été amassés, des tapis, des fauteuils, un lit défoncé. Un gamin m'avait annoncé fièrement qu'ils avaient tué les derniers rats la semaine précédente...

Je me suis roulé dans une couverture, espérant que Beth me rejoindrait vite : elle était restée dehors à discuter avec Léto. Nous avons tous sombré dans le sommeil, gosses et adultes, moi compris. Beth n'est pas venue.

Cavalcades dans l'escalier au petit matin. Un bateau à décharger, tous mes voisins de chambre se sont levés dans le même élan pour se précipiter en bas. Apparemment, la voix d'Argine, la maîtresse de maison, n'offrait pas de possibilité de négociation. Et moi ? Je suis resté couché. Privilège de convalescent, une dernière fois.

Des pas ont monté l'escalier, Beth est apparue, le visage pâle, les yeux cernés. Ses paupières avaient du mal à tenir ouvertes, je trouvais très touchant de la voir ainsi perdue et titubante, elle qui semblait toujours si décidée. Plein d'espoir, je lui ai ménagé une place près de moi. Elle a enlevé sa robe de dessus et gardé sa chemise, restant très convenable. Puis elle s'est allongée contre moi, la tête au creux de mon épaule. J'ai rabattu la couverture sur nous. Elle s'est endormie instantanément.

Je n'avais plus du tout sommeil, j'étais mal installé, j'avais trop chaud mais toute la matinée, je l'ai écoutée dormir. Et pour oublier le bout de bois qui me rentrait dans le dos, je repensais au récit de Léto, je pensais à Eylir en lui caressant les cheveux. Elle dormait en paix. Contre moi.

Elle s'est réveillée un peu avant midi, plus reposée mais pas plus fraîche. M'a reproché gentiment de ne pas m'être levé pour aller aider Argine. Je lui ai demandé de quoi elle avait pu parler la veille. Ça l'a rendue pensive. Selon elle, Léto était un orgueilleux qui avait beaucoup de choses à se faire pardonner.

« Il veut en parler, en même temps il ne veut rien en dire, alors il parle beaucoup pour masquer son malaise. »

Beth a paru surprise quand j'ai demandé envers qui Léto avait des torts.

« Envers les gens d'ici… et envers Eylir, bien sûr ! »

Argine n'a pas voulu de mon aide pour des tâches réservées aux femmes. Elle m'a souri aimablement, m'a servi un verre de vin et m'a installé à l'entrée, au soleil, en compagnie du vieil homme en siège roulant.

« Avec mes filles et l'aide de ton amie, je vais très bien m'en sortir pour le repas. Mais tiens compagnie à mon homme. Il est grognon et ne peut pas parler, aide-le s'il veut aller au soleil, parfois le siège roule mal.

— Il ne peut pas parler ?

— Une blessure », a-t-elle répondu d'un ton sec.

Donc, pendant que Beth jouait la fille de cuisine avec le sourire, j'ai profité de l'air et du soleil. Le vieil homme avait fermé les yeux, il en profitait comme moi. Il triturait les roues de son siège avec des gestes répétitifs, comme s'il voulait prendre appui pour se lever. Puis, dans un mouvement irascible, il s'est lancé en avant. Le siège a patiné dans les feuilles mortes, progressé, puis s'est arrêté, embourbé. Je suis venu l'aider : d'un signe de tête agacé, il m'a indiqué un chemin. Bien.

Nous nous sommes arrêtés au bord du fleuve. En cet endroit, il est encore très large, très impressionnant. L'eau a semblé apaiser le vieil homme. Un bateau descendait depuis Beïssama et encore une fois, je pensais à Eylir. À sa course folle durant une belle journée. À la monture extraordinaire qu'il avait dérobée. Son cheval de roi. Du moins, il le croyait. Je pense que je n'aurais pas aimé le garçon qu'il était alors, arrogant, enthousiaste et impulsif. Il me faisait rire.

Nous avons déjeuné au soleil, puis sommes allés nous asseoir sous le grand arbre, au même endroit que la nuit précédente. Là, sur la demande d'un des plus jeunes enfants, Argine a chanté. Son visage s'est adouci, ses rides étaient moins visibles. Elle avait une voix à la fois pure et puissante, une voix de nymphe des rocs et des lacs. Ce jour-là, j'ai entendu pour la première fois la chanson du Vagabond, et Beth a commencé à l'apprendre.

Le vent était un torrent d'obscurité entre les arbres,
La lune un galion échoué sur des mers de nuages,
Et la route un ruban de clair de lune sur la lande pourpre.

Chacun est retourné à ses activités. Argine est restée pour broder sous l'arbre et nous a demandé des nouvelles du monde et de Koronia en particulier. À ce moment Léto est apparu, pour la première fois de la journée, et a ostensiblement demandé à Beth de venir avec lui. Elle s'est levée. Il avait passé toute la nuit avec elle, maintenant il l'emmenait encore pour je ne sais combien de temps... Voyant le regard que je lui jetais, Argine a dit d'un ton sombre : « Je n'aime pas ce garçon. C'est un menteur, il n'a pas de parole et pas d'honneur... J'espère que ton amie sait ce qu'elle fait.

— Je crois », ai-je soupiré, un peu triste.

L'après-midi sans elle. Je me sentais mélancolique, alors je suis allé jouer à cache-cache sur l'île avec les plus jeunes enfants. Je me suis bien fatigué et j'ai crotté mes vêtements, mais je me suis fait une belle réputation d'ogre. Miam miam !

Beth et Léto ne sont pas réapparus au dîner ; j'avais l'impression qu'Argine me comprenait et m'aimait bien, comme on aime un fils un peu perdu. Je l'aimais bien aussi. Les Thiléens n'étaient pas si hostiles, finalement...

Beth m'a réveillé une heure après mon coucher ; je ne dormais pas vraiment. Elle souriait, heureuse.

« Tu viens ? Léto va raconter la suite de l'histoire. »

LA PIERRE DE FÂLL

Ce qui fait un roi kelte.
Eylir, 8e récit. (Notes pour Serena Fonte.)

« Je veux l'affronter ! C'est le moment ! Je veux être chef de clan, pas brigand ! Si nous continuons, nous finirons par nous faire prendre et nous serons pendus. »

Eylir marchait de long en large, parlait fort. C'était le début de l'été, à Tainigre, sur les terres du clan Ap'Thain. Tainigre était une cité à peine plus petite que Beïssama, bâtie au confluent de trois vallées montagneuses. Une nouvelle réunion des conjurés avait lieu au château de Craig Ap'Thain, dans une petite salle de réception aux murs épais. Presque tous étaient là : Ap'Thain, le druide

Lysender, Armas Ap'Lleman et Duane Ap'Horn, frère du géant Lloyd Ap'Horn. Mak Morn, Julian et Léto avaient accompagné Eylir et se tenaient assis en face des seigneurs keltes. Maharkal était resté avec les hommes.

«Je comprends bien que tu veuilles l'affronter, dit calmement Duane Ap'Horn. Mais encore faudrait-il que tu en aies les moyens. De combien d'hommes disposes-tu ?»

Leur mauvaise volonté énervait Eylir. Il fit un effort pour se calmer.

«Tu le sais très bien, Duane Ap'Horn. Ma troupe compte maintenant quatre cents hommes, cavaliers et archers. En cas de bataille ouverte, je peux compter sur une centaine d'archers thiléens. Et ton frère m'a promis deux mille guerriers. En face ils seront huit mille, essentiellement des fantassins. Et si nous n'agissons pas rapidement, ils garderont toutes les routes, tous les cols, et je ne serais plus du tout libre de mes mouvements. Callom le Gris fait pendre les paysans qui nous ont protégés. Ça ne le rend pas très populaire, mais c'est efficace... J'ai besoin de l'affronter en bataille rangée ! Donnez-moi trois mille hommes et je serai chef de clan !

— Cinq mille contre huit mille, grommela Craig Ap'Thain, engoncé dans un siège de bois sculpté. Il faut qu'ils soient commandés intelligemment. Qui commandera les tiens ?

— Moi.»

Le chef du clan de l'ours sourit, ironique. Armas Ap'Lleman paraissait un peu triste pour Eylir. Cette pitié fit revenir la colère. Il se savait incapable de convaincre autrement que par l'enthousiasme, les négociations le dépassaient et il était trop fier pour se mettre à supplier.

«Vous demandiez l'acclamation du peuple, je l'ai obtenue. Si je rentre à Beïssama, si je prends possession du Haut-Koensar, ils me soutiendront. Donnez-moi trois mille guerriers, ou bien des mercenaires si vous avez peur de vous engager vous-même. Si je ne les ai pas avant le solstice d'été, tout sera perdu... Seigneur Ap'Lleman, tu as de l'or, n'est-ce pas ? Engage pour moi des mercenaires en Galcin, soutiens-moi... »

Le vieux chef du clan du cygne soupira et dit tristement : « Mon ennemi n'est pas Kulayn Ap'Callaghan, mon garçon. Mon ennemi c'est la reine.

— Mais renverser Kulayn, c'est un des pires coups qu'on puisse faire à la reine ! Vous le savez bien ! »

Craig Ap'Thain se leva.

« Cela suffit ! Nous t'avons entendu, Eylir Ap'Callaghan. Nous prendrons une décision demain. D'ici là, allons chasser. »

Le soir, après une discussion avec Julian et Mak Morn, Eylir retourna dans la chambre donnant sur les montagnes que le seigneur Ap'Thain lui avait fait attribuer. L'hospitalité de ce dernier était parfaite, digne d'un chef de clan, mais Craig Ap'Thain ne proposait rien de concret. Il craignait trop de s'engager ouvertement contre la reine... Comment pouvait-on être aussi calculateur ? L'occasion était unique !

Une servante l'attendait dans sa chambre, une jeune fille blonde à l'air fragile qui l'avait lavé la veille, à son arrivée. Son visage craintif raviva la colère d'Eylir contre le seigneur Ap'Thain. Il ne se laisserait pas amadouer par des cadeaux... Il attrapa le poignet de la fille et la jeta brutalement dehors.

Puis il s'allongea sans se déshabiller et mit du temps à trouver le sommeil. Avant de s'endormir, un peu calmé, il regretta d'avoir chassé la servante.

Il se réveilla en sursaut. Quelqu'un était dans la chambre, debout à côté de son lit. Il tâtonna fébrilement à la recherche de son épée... Ap'Thain voulait-il le faire assassiner ?

« Calme-toi. »

Eylir reprit son souffle et reconnut l'homme. Lysender, le druide à la robe bleue et aux yeux si pâles. Lui, au moins, parlait de façon sensée durant le conseil. Même s'il était généralement d'accord avec Ap'Thain. Que faisait-il dans sa chambre ?

« Je devais te parler, dit le druide en s'asseyant sur un tabouret. Je peux peut-être t'aider à obtenir ce que tu veux et aider le clan Ap'Thain en même temps...

— Comment ?

— Viens avec moi, passe une épreuve. Si tu la réussis, le seigneur Ap'Thain et le seigneur Ap'Lleman te suivront. Tu auras de l'or, des guerriers, des mercenaires. Si tu échoues, tu meurs.

— Quelle est l'épreuve ? Que dois-je faire ?

— Me suivre cette nuit. Faire tout ce que je dirai. Ne poser aucune question. »

Eylir considéra longuement le druide. Il savait que les druides ne mentaient jamais car leur parole était sacrée. Et d'après Rohan Yal, Lysender était un des plus grands druides du Haut-Royaume, voire le plus grand de tous depuis la mort d'Amter.

« Les dieux s'intéressent à toi, Eylir Ap'Callaghan. Un homme qui porte ton nom attire leur attention...

— Je ne connais rien de toutes ces forces.

— Je te conseillerai. C'est là mon rôle. »

Eylir aurait voulu parler plus longtemps, mais il n'avait rien à dire. L'alliance de Lysender était précieuse, il savait qu'il aurait dû s'en réjouir. Mais l'homme était si froid, si solennel... Eylir comprenait ses compagnons et ses soldats, mais il ne comprenait pas le druide. Il fallait pourtant lui faire confiance.

« Je passerai ton épreuve. »

Ses compagnons l'attendaient à l'extérieur. Mak Morn

paraissait tout à fait à l'aise, mais Léto était intimidé par le druide. Le Thiléen paraissait mal réveillé et regardait dans la nuit d'un air craintif. Julian parut satisfait de voir arriver Eylir.

« On nous a promis une petite promenade nocturne. Ces montagnes sont très belles...

— Pourront-ils m'aider ? demanda Eylir au druide.

— Ils doivent témoigner. »

Portant des torches, ils quittèrent le château. Le druide marchait en tête, d'un pas sec et vigoureux, Eylir juste derrière lui, Mak Morn en dernier. Lysender les engagea sur un petit chemin boueux remontant le long d'un torrent. L'eau grondante les empêchait de se parler. Eylir se sentait malgré lui intimidé mais sa fierté l'empêchait de le montrer. Le druide marchait vite, malgré son âge, il fallait garder son souffle et ne pas le perdre de vue. Lui ne portait aucune torche, il menaçait sans cesse de disparaître dans l'ombre d'un arbre ou d'un rocher.

Ils se tinrent bientôt près d'une cascade. Des gouttelettes d'eau saturaient l'atmosphère, les étoiles brillaient froidement au-dessus d'eux. Ils avaient marché près de deux heures, la ville était loin, maintenant.

« Déshabillez-vous, laissez vos affaires ici. Mais gardez les torches, nous aurons besoin de leur flamme. »

Eylir et Léto obéirent dans l'instant. Mak Morn jeta son pagne à terre. Julian hésita un peu. Debout à côté de la cascade, le druide les surplombait, hiératique. Malgré le vacarme de l'eau, sa voix s'était parfaitement fait entendre.

Il leur désigna le sommet de la cascade de son bâton : « Tout en haut. Attention aux torches ! »

L'escalade fut malaisée. Les prises étaient nombreuses, mais l'humidité les rendait glissantes. Monter sans perdre les torches fut également assez délicat. Eylir frissonnait. Même en été, les nuits de montagne étaient froides.

Lysender les attendait en haut. Par où était-il passé ? Eylir l'imaginait mal contorsionner sa dignité dans les rochers... Chacun avait réussi à garder sa torche allumée, Lysender en parut satisfait, de même qu'il paraissait satisfait d'être entouré de quatre jeunes hommes nus et attentifs à ses paroles. Julian tremblait de froid et semblait vraiment méfiant. Mak Morn, que sa peau sombre rendait presque invisible, jouait avec son arc. Il avait pu garder une arme et le druide n'avait rien dit.

Ils cessèrent de suivre le torrent et commencèrent à descendre. La terre était froide sous leurs pieds, l'air devenait brumeux. Lysender marchait très vite, Eylir courait à moitié pour le suivre. Puis il le perdit de vue à un détour du chemin.

« Lysender ! »

Sa voix fut répétée par l'écho. Les arbres étaient drapés de brume laiteuse. Une silhouette courbée sur un bâton remonta le chemin vers eux.

« Lysender ?

— Non, désolé mes agneaux, ce n'est pas lui... »

Le nouvel arrivant clopina jusqu'à eux. Il portait une veste rouge élimée, un vieux tricorne de marin et un bandeau sur les yeux. Ses cheveux d'un blanc sale lui tombaient sur les épaules. Un aveugle, sur ce chemin ? En pleine nuit ? Julian lui demanda d'un ton agressif : « Qui es-tu ? Où est le druide ? »

L'homme tâtonna autour de lui, toucha la poitrine de Julian qui se recula immédiatement, dégoûté. L'autre demanda d'une voix d'ivrogne.

« Qu'est-ce que vous allez faire ici-bas, jolis garçons ? Ce pays est gourmand, vous savez...

— Gourmand de quoi ? demanda Léto.

— De ça. »

Avec une vivacité de serpent, l'homme referma sa main sur les testicules du Thiléen. Léto gémit sourdement, se recroquevilla, très pâle. Mak Morn encocha une flèche dans son arc, Eylir saisit l'homme aux épaules. Ce dernier gronda : « Lâche-moi où je les arrache ! Donnez-moi votre flamme, mes garçons, votre force, votre semence. C'est le prix à payer pour ce pays-là ! »

Il avait lâché Léto qui tomba au sol, les mains sur son sexe. L'aveugle agitait sa canne, faisant reculer Eylir, Julian et Mak Morn. Eylir ne comprenait rien. Il ramassa une pierre, mais devina tout de suite que ce serait une très mauvaise idée de la lancer sur cet homme.

« Votre flamme, les petits... Laissez vos petites torches, la vraie force est en vous, n'est-ce pas ? Allez, donnez, donnez au pauvre Enrico ! »

Il tendait la main comme un mendiant. Julian avait peur et agitait sa torche devant lui comme un barrage.

Lysender surgit de la brume, le visage marqué par la colère. Sa voix tonna : « Pars ! Pars, l'aveugle, je te chasse !

— Juste un peu de chaleur, mon bon maître !

— Pars ! Par ma parole, je te chasse ! »

L'aveugle se courba encore plus puis, après une hésitation, s'enfuit vers le haut du chemin avec des sautillements d'insecte. Eylir soupira, soulagé.

« Qui était-ce ?

— Le gardien. Dorénavant, restez près de moi. »

La voix de Lysender était sèche, ses yeux brillaient d'un feu glacial. Titubant, Léto venait tout juste de se relever, Eylir constata qu'il n'était pas blessé. Sans en tenir compte, le druide fit volte-face et descendit vers la brume d'un pas pressé. Ils durent courir pour le rattraper.

La brume se faisait plus épaisse, la terre sous leurs pieds avait fait place au roc. Ils s'entaillaient la peau sur des cailloux pointus, avançant aussi vite qu'ils le pouvaient pour ne pas perdre de vue le druide. Lysender marchait lentement, mais paraissait toujours sur le point de leur échapper, de se fondre dans le brouillard ou dans l'ombre d'un grand rocher. Eylir devinait autour de lui des collines froides, des masses de pierres entre lesquelles lui et ses compagnons se faufilaient, des géants endormis. Le vent sifflait, la flamme des torches vacillait, le froid leur mordait la peau.

Le gel s'était également emparé de leur chair, leur raidissant la nuque et le dos.

« Nous sommes dans l'autre monde », annonça Mak Morn, de la même façon qu'il aurait annoncé la venue de la pluie.

Le Picte était sans doute le moins incommodé de tous. Fermant la marche, il soutenait Léto et Julian quand il leur arrivait de vaciller.

« On est juste dans une... vallée... de montagne, grelotta Julian.

— Les morts sont proches. Leurs mains te caressent l'intérieur de la poitrine. »

Julian se retourna et éclaira le visage du Picte, comme s'il doutait que ce dernier soit sérieux. Le regard de Mak Morn brillait d'un éclat farouche.

« Ne t'arrête pas, l'Atlan. Avance. Plus vite nous serons sortis, mieux ce sera. »

Entendant ces mots, Eylir accéléra le pas.

Quelque chose marchait avec eux. Ils entendirent des cailloux rouler sur le flanc des collines. Bruits de frottements et de raclements, comme un cuir épais glissant sur le rocher.

« Qu'est-ce que c'est ? » cria Léto d'une voix très aiguë.

Le Picte lui saisit le bras et marcha plus vite, ne répondant rien.

Des ombres passaient dans la brume, à la limite du cercle de leurs torches. Les flammes tremblaient ; la silhouette du druide, devant, devenait de moins en moins distincte. Bruit de frottement, encore, quelque chose s'insinuait entre les rochers, là, quelque chose rongeait la terre, près d'eux, en dessous d'eux. Eylir ne s'arrêta pas, se frotta les bras et les cuisses. Sa peau était dure comme de la pierre, couverte de sueur glacée. Mak Morn n'avait rien dit, mais il avait deviné où il était. Ces masses autour de lui étaient les tumulus des rois et des reines mortes. Il se souvenait des paroles de Kyle sur les nuits froides et les tombes des oubliés. Ils traversaient la vallée des morts et les morts, attirés par leur chaleur, se rapprochaient d'eux, leur rendant visite. Il regarda droit devant lui, ne voulant pas voir les silhouettes tout autour, les hommes pourrissants, la peau sèche comme du vieux cuir, portant armes et boucliers rouilles. Il ne voulait pas voir les flammes froides dans leurs yeux, les mains avides de chaleur, les sourires sans lèvres ni gencives...

Julian hurla, de peur et de douleur. Eylir se retourna, courut vers lui. Des mains avaient agrippé le jeune Atlan, des petites silhouettes avaient jailli de la brume pour l'entourer, lui griffant la taille et les cuisses. On aurait dit des enfants, décharnés, le crâne allongé, le ventre gonflé et déformé par la famine. Ils riaient, poussaient des cris stridents. Julian cria encore : « Laissez-moi, laissez-moi, laissez-moi !

— Nous sommes morts à ta place ! Nous sommes morts à ta place !

— Non ! »

Eylir abattit sa torche, révéla un visage mort. Gerbe de braises. Un petit monstre recula. Mak Morn et Léto vinrent à la rescousse, jouant de leurs torches, les créatures craignaient visiblement les flammes.

« Nous sommes morts à ta place ! Ne nous chasse pas, donne-nous ta chaleur ! Donne-nous ta chaleur ! »

Ils reculèrent, restèrent à distance, loin des flammes, dansant de manière grotesque. Julian tremblait, le corps lacéré de petites coupures.

« Il faut courir, cria Mak Morn. Ils ne nous laisseront plus, ils ont goûté ton sang. »

Eylir passa un bras sous les épaules de Julian.

« Nous courrons ensemble, cette fois-ci, mon ami. »

Ils s'élancèrent, agitant leurs torches, chassant le froid et les morts par la lumière. Le bois rougeoyait, presque entièrement brûlé, leurs pieds leur faisaient mal, leurs corps épuisés subissaient douloureusement l'effort. Ils s'enfoncèrent dans la brume, à la poursuite de Lysender, qui avait disparu là-bas, loin devant.

Le chemin finit par monter, ils sortirent du brouillard, laissant derrière eux les cris des monstres. La nuit pâlissait, une aube grise se levait. Un peu d'herbe au milieu des rochers apaisait leurs pieds blessés. Ils étaient sortis de la vallée des morts.

Il fallut continuer l'ascension, sans rien dire. Le soleil ne se leva pas, restant caché au-delà de l'horizon. De grosses collines, des vallées et des crêtes sortaient de la brume comme le dos de monstres anciens. Leurs torches avaient brûlé entièrement.

« Reposons-nous », gémit Julian.

Le Picte fut intraitable.

« Si tu le peux, ne t'arrête jamais dans ce pays. Le druide nous attend en haut. »

Mak Morn les guidait maintenant. Il marchait sans fatigue, son arc posé sur l'épaule. Soutenant toujours Julian, Eylir se dit que le Picte serait sans doute plus digne que lui de passer l'épreuve… Son éducation atlane ne l'avait pas préparé à de tels voyages.

Le sommet était plat, balayé par le vent. Le druide les y attendait, fixant l'horizon de ses yeux bleus si clairs. Eylir ne put s'empêcher de le détester de les avoir entraînés, lui et ses compagnons, dans un voyage aussi difficile, nus et désarmés.

Une pierre haute comme deux hommes se dressait au

milieu d'un plateau rocheux. Sa surface irrégulière était couverte de mousses et de taches brunes. Elle pointait vers le ciel.

« La pierre de Fâll », dit le druide.

Sa voix sonnait, claire malgré le vent. Tremblant, Eylir tenait à peine sur ses jambes. Lysender le regardait lui, tout particulièrement.

« La pierre de Fâll crie quand un roi légitime la touche. Allander est venu ici, la pierre a crié pour lui. Meyrin Ap'Vilna est venue également, la pierre a crié pour elle. Ils ont régné sur les Keltes.

— Et si elle ne crie pas ? demanda Eylir.

— Alors tu ne pourras jamais régner sur les clans. »

Eylir considéra la pierre comme on jauge un adversaire. Le vent sifflait sur les arêtes rocheuses.

« Je veux être chef du clan Callaghan. Que m'importe de régner sur tous les clans ? »

Le druide rit. « Tu te prétends l'héritier de ton frère ! Tu prétends vouloir la grandeur des Callaghan ! La modestie ne sied pas à ceux qui font trembler le monde, Eylir ! Si tu as peur, passe ton chemin !

— Je n'ai pas peur ! »

Il marcha vers la pierre. Un pas, deux pas, trois pas. Il entendit derrière lui Mak Morn bander son arc. Si tu échoues, tu meurs, avait dit le druide. Quelques pas encore. Il suffisait maintenant de tendre la main pour toucher la pierre. Si la pierre ne criait pas, alors il n'était pas digne de l'amitié de Mak Morn et Mak Morn le tuerait. Les flèches noires du Picte le cloueraient contre la surface, il mourrait comme un chien, tiré dans le dos. Le fils d'une Atlane était-il digne de régner ? Était-il un roi légitime ?

Eylir leva les yeux vers le sommet de la pierre qui l'écrasait de sa masse. Sa peau était froide, son sexe recroquevillé entre ses jambes. Mais il n'y avait qu'un seul moyen de savoir.

Il avança, collant son visage, sa poitrine et ses membres contre la surface rugueuse. Il enlaça la pierre de Fâll comme une amante immense, il se serra contre elle.

La terre hurla.

Un cri immense monta des entrailles du sol, une voix, des échos de voix, un hurlement ininterrompu, sans souffle ni respiration, du grave vers l'aigu. Un homme qui meurt, une femme qui se déchire, un enfant qui naît. Le cri résonna à travers la peau et les os d'Eylir, le saisit comme une vague, le souleva vers le ciel. La terre hurla, il se retourna vers les siens, plein de force et de rage.

Mak Morn avait baissé son arc et souriait d'un air sauvage. Julian et Léto semblaient voir un géant, immense et terrifiant. Une flamme brillait dans les yeux du druide.

« Tu as été reconnu. Tu es digne de régner, les hommes te suivront. »

Eylir tomba à genoux et rit. Il portait le souffle de la terre, son verbe était parole de roi. Il régnerait, comme son frère.

Eylir reprit conscience dans sa chambre du château de Craig Ap'Thain. Sans ses courbatures et les blessures à ses pieds, il aurait cru sortir d'un rêve. La servante blonde à l'air fragile était là, qui lui apportait à manger ainsi que des vêtements propres. Elle ne paraissait plus craintive, et souriait en le regardant.

« Qu'y a-t-il qui te mette de si bonne humeur ? »

La fille baissa les yeux.

« Tu as fait crier la pierre, seigneur. Tout le monde le sait. C'est une grande fierté pour moi de te servir. »

Ainsi, le druide avait parlé... Il releva la servante ; elle osait à peine bouger, lui jetant des regards pleins de respect et d'admiration. Il rit. « J'ai juste fait crier une pierre ! »

Elle parut indignée : « Tu es roi. Tu es sacré, ton corps est la terre !

— Je ne suis pas encore roi... »

Il prit la main de la servante et la fit venir plus près. Elle se glissa prestement dans le lit à côté de lui. Apparemment, qu'il soit déjà roi ou pas ne faisait pas grande différence pour elle.

Eylir et ses compagnons quittèrent Tainigre quatre jours plus tard. Chefs de clans, serviteurs et soldats, tous le considéraient différemment. Ses compagnons eux-mêmes étaient devenus plus distants, respectueux. Eylir fut grisé par cette aura qui l'entourait. Il était un géant : maintenant, il pouvait changer le monde.

« La parole du Haut-Roi modèle le monde, avait dit Lysender un matin. Ce que le roi dit est. Le Haut-Roi ne peut jamais mentir, son verbe façonne son royaume. Tu as reçu une éducation atlane, les Atlans sont frivoles et parlent à tort et à travers... Ils croient que le mensonge n'a aucune importance.

— Je sais tout cela ! Je suis kelte, je ne mens pas. »

Le druide l'avait considéré avec un petit sourire, puis avait fait demi-tour. Eylir regretta qu'il ne les accompagne pas... Il avait besoin de Lysender, comme Allander avait eu besoin d'Amter. Il est bon d'avoir près de soi un homme connaissant la volonté des dieux.

Ils quittèrent Tainigre avec de l'or dans leurs sacoches de selle, suffisamment d'or pour lever et équiper une armée. Craig Ap'Thain avait été généreux. Eylir chevauchait en tête, sur Nymir. Suivaient Mak Morn, Léto et Julian... Seul ce dernier ne partageait pas l'euphorie générale. Le voyage dans l'autre monde l'avait affaibli, il était resté au lit frappé de fièvre et ses blessures avaient mis du temps à cicatriser. Même maintenant, alors qu'il allait mieux, son regard se perdait vers l'horizon.

« Un bout de son âme est resté dans l'autre monde, dit Mak Morn d'un air sombre. Funeste, ça, funeste.

— Que pouvons-nous faire ?

— Creuser un trou suffisamment profond pour la retrouver, mon royal ami. »

Le Picte ricana et lança son petit cheval au galop.

Ils levèrent des troupes dans le nord des terres Callaghan : des paysans, des gens des villes, excédés par Kulayn, attirés par l'homme qui avait fait crier la pierre. Quand Eylir traversait une commune, les volontaires se présentaient par dizaines, la flamme se réveillait chez les Callaghan ! Ils le nommaient maître, seigneur, roi ! Au début de l'automne, quatre mille l'avaient rejoint. L'or de Craig Ap'Thain avait servi à acheter des épées atlanes, des boucliers, des chevaux, des arcs, du ravitaillement... Les frères Ap'Horn, le géant Lloyd et le rusé Duane, l'aidèrent à organiser son armée. Il choisit ses lieutenants parmi les compagnons les plus fidèles et prit lui-même la tête de la cavalerie, comme son frère le faisait.

Eylir était infatigable, le souffle de la terre ne l'abandonnait pas. Tout s'organisait suivant sa parole et son désir. Il était le soleil.

Callom Ap'Callaghan, Callom le Gris, monta vers le nord avec huit mille hommes pour chasser le chef de bande. Son armée vivait sur le terrain, les paysans lui étaient hostiles. Il ravagea trois villages notoirement favorables à Eylir, faisant torturer les prisonniers pour savoir où il se cachait. Le temps de la bataille était venu. Les chasseurs de Lloyd Ap'Horn firent parvenir de fausses informations à Callom et l'attirèrent vers le nord, lui faisant croire qu'il pourrait trouver facilement le camp d'Eylir. L'armée envoyée par Kulayn s'enfonça dans les forêts, menée malgré elle vers un terrain choisi par Lloyd.

La veille du combat, Eylir accompagna Yal sur l'île au milieu du fleuve. Le ciel était d'un bleu immense, l'été finissant teintait d'or les champs et les rives. Un temps de force, de combats et de victoires ! La Dame de Rohan les attendait, sombre et résignée, en compagnie de sa fille. Dès qu'il le put, Eylir s'isola avec Lyciane, l'attirant contre lui et l'embrassant avec passion. L'ondine portait une robe blanche très simple, et aucun bijou. Elle repoussa son amant avec fermeté : « Ne t'épuise pas à cause de moi, guerrier. Je n'en suis pas digne. Je te retrouverai après les combats... »

Elle sourit, moqueuse, et s'enfuit. Eylir, enragé, fouilla l'île sans réussir à la retrouver. Puis il rit. Sans doute était-ce sa façon de lui faire payer ses infidélités. Était-ce sa faute si toutes les filles, dans ces villages, voulaient qu'il les engrosse ?

Le duc Rohan Yal et ses trois fils étaient en armes, prêts à partir. Ils portaient d'anciennes épées à la garde sculptée de fleurs, des casques coniques de métal argenté, des boucliers ovales parcourus de cercles et de spirales. Pehran, l'aîné, était un jeune et beau prince aux yeux d'eau impénétrables, aussi mystérieux que ceux de sa sœur.

Leurs armes antiques semblaient n'avoir pas servi depuis des siècles. Les *rats de rivière*, comme on les nommait à Koronia, apparaissaient maintenant comme des seigneurs sans âge, les anciens maîtres d'une terre tombée dans les mains des hommes.

Eylir les rejoignit après avoir renoncé à trouver Lyciane. Quand il apparut près du moulin, là où attendait le navire effilé qui devait les mener à terre, la Dame de Rohan lui cria avec colère :

« Regarde ce que tu as fait ! Regarde mes garçons ! Nous ne faisions plus de guerres ! Nous vivions en paix ! À cause de toi, les miens vont se faire tuer, pour des royaumes qui n'en valent pas la peine ! »

Les fils du duc regardèrent leur mère avec tristesse. Yal prit le bras de sa femme, lui caressa le visage. Elle était en larmes... Eylir devina qu'ils avaient déjà parlé entre eux de tout cela de nombreuses fois. La Dame ne voulait pas comprendre que cette guerre était juste, que c'était le réveil d'une vieille alliance, une légende qui s'incarnait dans le monde... Elle serra son époux de toutes ses forces, cachant sa tête au creux de son cou. Puis elle alla vers ses trois fils et les prit contre son cœur, un par un, leur murmurant à chacun une bénédiction. Elle se tourna enfin vers Léto, armé comme les fils du duc.

« Oublions les vieilles haines, mon neveu. Veille sur toi-même et sur les tiens.

— Je refuse d'oublier, répondit froidement Léto. Mais je suivrai ton conseil et ta prière. »

Ils montèrent dans le bateau et quittèrent l'île. Debout sous les arbres, la Dame les regarda partir, Lyciane ne tarda pas à la rejoindre. Eylir ne les quitta pas des yeux aussi longtemps que l'île fut en vue.

À la nuit, il avait rejoint ses troupes. Il vit les feux de camp de l'armée de Callom... Huit mille hommes bien entraînés, alors que lui n'en avait que six mille, dont une bonne part tout juste levés. Lloyd Ap'Horn riait comme un géant. La nuit lui donnait une ombre immense.

« Les tiens croient en toi, Eylir. Ils sont chez eux, ils défendent leur terre ! Le Haut-Roi Allander n'avait pas fait autrement à Maharkal. »

L'aube vint. Eylir n'avait pas dormi, mais ne se sentait pas fatigué pour autant. Il passa parmi les hommes regroupés près des feux, montant Nymir, suivi d'un porte-étendard brandissant l'insigne des Callaghan. L'armée se regroupa en ligne, les paysans brandirent leurs piques, préparèrent leurs épées, la cavalerie se rassembla sur l'aile gauche, en face de celle de Callom. Le soleil s'était levé, mais il était encore caché par la forêt qui bordait un côté du champ de bataille. De l'autre côté, une rivière rapide interdisait tout débordement.

Eylir sourit en imaginant la surprise des hommes de Callom. S'attendaient-ils à trouver un adversaire si nombreux en face d'eux ? Que cela les démoralise !

« Le soleil de Maharkal ! » cria un soldat plein d'enthousiasme.

Le soleil parut et la ligne de Callom commença à avancer. Les troupes de Kulayn étaient disciplinées et bien armées : des hommes rudes brandissaient de longues piques. La cavalerie longeait la forêt, progressant en même temps que l'infanterie. Eylir respirait avec avidité l'air frais du matin, son cœur battait à tout rompre. L'attente lui pesait, il voulait agir tout de suite, chasser la peur, courir sus à l'ennemi. Encore un peu, encore un peu, qu'ils se rapprochent… Callom le Gris était là-bas, derrière l'infanterie, tout à fait à gauche. Le vieux guerrier d'Allander ne se battrait pas avec ses hommes, pas fou… Avancez encore un peu…

Eylir abaissa son épée, cria de toutes ses forces le nom du clan, puis lança son cheval seljuck au galop, emmenant toute la cavalerie. Agitant une hache de guerre, Lloyd Ap'Horn chevauchait à sa gauche, Maharkal à sa droite. Callaghan !

Choc contre la cavalerie de Callom. Les chevaux tombèrent en hennissant, le vacarme était formidable. Eylir, assourdi, donna quelques coups d'épée inefficaces contre des ennemis qui ne restaient jamais en place. Il vit Lloyd Ap'Horn fendre un crâne, Maharkal bloquer un coup avec son bouclier. Tout allait trop vite, impossible de voir qui avait l'avantage.

Un cavalier grimaçant de colère courut contre Eylir. Celui-ci bloqua un coup, frappa une fois, deux fois, le cavalier tomba, le bras tranché. Lloyd vint vers lui.

« Retraite ! Ils résistent bien, on ne les aura pas cette fois-ci ! »

Eylir s'entendit crier l'ordre de battre en retraite. Sa cavalerie se débanda, fit volte-face, rejoignit ses lignes. L'adversaire ne les poursuivit pas, continuant sa progression...

L'infanterie d'Eylir commença à reculer, comme à Maharkal. Lentement, trop lentement, les paysans marchaient en arrière, gardant l'ennemi face à leurs piques. Eylir laissa Maharkal réorganiser la cavalerie et resta en compagnie des Thiléens, qui étaient à pied. Les soldats de Callom se mirent à courir, cherchant le contact.

« Notre ennemi connaît la ruse d'Allander », dit Pehran en riant.

Eylir tremblait de rage et d'excitation. Plus que trente pas entre les deux lignes. Vingt... Dix... Que faisait Julian ?

Les deux lignes se rencontrèrent. Les hommes poussaient, épaule contre épaule, de chaque côté, pour faire céder l'adversaire. Les coups de lances traversaient les boucliers, les os craquaient. Des corps démembrés furent piétines. Eylir, dressé sur ses étriers, abattit son épée sur le crâne d'un colosse roux qui ne se releva pas. À côté de lui, les Thiléens se battaient furieusement, maniant avec une extrême rapidité leurs épées à garde de fleur. Quatre cadavres d'ennemis entouraient déjà Rohan Yal. Une lance s'enfonça dans l'abdomen de Pehran qui cracha une grande gerbe de sang. Une première bénédiction d'Argine s'était révélée vaine.

Eylir s'en rendit à peine compte, car Julian apparut. Il surgit de la forêt, menant cinq cents chasseurs et Compagnons, à pied et à cheval, derrière la ligne ennemie. Des volées de flèches s'abattirent. Eylir mena un nouvel assaut de cavalerie et l'adversaire se débanda... Galopant à travers la cohue, il fonça droit vers Callom le Gris et ses lieutenants. Son épée faisait des ravages, rien ne l'arrêtait. Nymir se cabra, abattit ses sabots sur deux soldats, et bondit au milieu des chefs adverses.

Callom le Gris était un homme trapu et buriné. Il tourna sa monture face à celle d'Eylir, poitrail contre poitrail.

« Tu vas regretter ça, gamin ! »

Leurs épées se heurtèrent avec violence. Son épée atlane ne pesait rien dans la main d'Eylir, il était invincible. Il feinta, Callom se découvrit, Eylir lui plongea son épée dans le cœur. Tout était si facile, si facile...

Il était encerclé, les adversaires le pressaient de toute part. Ses bras, sa poitrine, son visage furent aspergés de sang... Poussant des cris furieux, Julian et Maharkal vinrent le délivrer. Le reste ne fut plus que confusion. Son bras ne cessait de s'abattre, brisant les lances, tranchant les membres ou fendant des casques. Il abandonna son corps à la fureur du combat, ne pensa plus, se contenta d'agir, tuer et survivre. Sa gorge s'érailla à force de cris de ralliement, mais pas un instant il ne sentit la fatigue.

Puis la fureur s'apaisa, les cris cessèrent peu à peu. Ils avaient vaincu, il le savait, les derniers ennemis s'enfuyaient, poursuivis par les chasseurs de Lloyd Ap'Horn. Debout à côté de son cheval, le géant buvait de grandes gorgées d'une outre de vin qu'il tendit à Eylir. Les blessés gémissaient aux pieds de Nymir, le petit cheval soufflait lourdement.

Eylir voulut galoper, rassembler les hommes, pousser des cris de victoire, mais son corps ne lui obéissait plus.

Il était debout dans un baquet, dans la cour d'une grande ferme. Trois filles blondes fortement charpentées le lavaient avec attention, l'eau se teintait de rouge comme elles nettoyaient le sang qui le recouvrait. Puis il se tint nu face à ses hommes, vacillant. Les filles crièrent :

« Aucune blessure ! Le corps du seigneur est la terre ! Il est indemne ! La terre est indemne ! »

Les hurlements de joie des hommes l'assourdirent. On le porta en triomphe, sur le champ de bataille, près des feux de camp. La terre dansait autour de lui, il n'arrivait pas à se concentrer, il était ballotté, passait de main en main, souriait, n'arrivait pas à parler.

Nu, un grand manteau jeté sur ses épaules, il s'assit à la table d'un banquet en plein air. Lloyd dévorait la viande comme un ogre, les hommes bâfraient. Julian, ivre, chantait de toutes ses forces avec Maharkal. La nuit était tombée, on mit d'autres animaux à rôtir sur le grand feu, le ciel d'été était rempli d'étoiles.

Alors, ayant enfin repris un peu de forces, Eylir s'échappa. Il s'enfonça sous les arbres, tituba sur un chemin, arriva au bord du lac. Bruissements d'insectes, clapotis de l'eau. Plus de cris ni de chansons, plus de guerre, plus de sang. Il regarda autour de lui comme un enfant perdu. Lyciane se tenait à sa gauche, nue comme lui.

« Tu me cherchais, sire ? »

Il posa sa main de guerrier sur les petits seins pointus, sur la taille souple et les belles hanches de l'ondine. Ses yeux d'eau brillaient sous les étoiles. Il fut aussi doux qu'il avait été fou durant la bataille et lui fit l'amour lentement sur le manteau, là, au bord du lac. Elle le serra avec force et lui griffa le dos, possessive comme une louve.

« Ne meurs pas, ne meurs pas ! Tu es roi, dis que tu ne mourras pas ! »

Mais cela, il ne pouvait pas le dire. Il était kelte, il n'avait pas le droit de mentir.

Elle le réveilla à l'aube et se serra, frissonnante, contre lui. Des Thiléens se tenaient au milieu du lac, sur leurs navires, brandissant des flambeaux dans le demi-jour. Le ciel d'un gris liquide se confondait avec la surface, Eylir vit une longue procession s'assembler sur la rive, des hommes et des femmes descendre dans l'eau, d'autres jouer de la musique et chanter. Des voix pures pour l'aube qui naît, chants de mort et d'espoir, chants de Thilée l'engloutie et chants d'un monde nouveau, et tant de noyés qui dansent dans les profondeurs…

Blottie dans les bras d'Eylir, Lyciane pleurait, les paupières baissées, le visage caché contre la poitrine de son homme. Caressant les cheveux de l'ondine, Eylir dit adieu à Rohan Pehran et aux hommes tombés en même temps que lui.

Puis le soleil vint dans le ciel blanc et Lyciane lui échappa.

« Où vas-tu ?

— Nous nous reverrons à midi, mon amour. Mon père a autorisé ce qu'il avait interdit. »

Léto et Maharkal le rejoignirent un peu plus tard. Le Thiléen s'était bien battu, se tenant avec courage au milieu des siens. Quant au Kelte, bien que blessé à la tête, il était euphorique. Ils burent un peu de vin au bord de l'eau. Sur les berges, là-bas, la fête continuait, devenant plus joyeuse.

Eylir accompagna finalement ses amis jusqu'à une ferme voisine. Il s'habilla, mit des bottes neuves, des braies noires et une longue tunique rouge. Il lava et peigna ses longs cheveux blonds, accrochant fièrement l'épée de sa mère à sa ceinture.

Rohan Yal entra dans la salle principale de la ferme et marcha vers lui d'un pas sûr. Le duc avait été blessé au bras, et malgré la perte de son fils aîné, la joie l'emportait chez lui sur la peine. Il posa la main sur l'épaule d'Eylir et sourit, ce qui fit se plisser les rides aux coins de ses yeux.

« Finalement, je ne te tuerai pas, Mabden !

— Non, tu ne me tueras pas. »

Il monta sur un navire thiléen, glissa sur la surface du lac. Les chants avaient repris, le ciel était toujours aussi blanc et lumineux. Des jeunes hommes faisaient lentement tournoyer des torches en de grands cercles de feu comme autant de soleils tombés sur l'eau. Eylir était porté, comme il avait été porté durant la bataille. Son destin s'accomplissait.

Vêtue de voiles et de dentelles, une robe blanche épousant son corps mince, Lyciane l'attendait sur un grand navire, au centre du lac.

Et là, au milieu du lac d'Ederlezi, un prêtre unit Eylir Ap'Callaghan et Rohan Lyciane, renouant la vieille alliance entre Mabdens et Thiléens. Pour Eylir, la fête fut un long rêve, de flammes, rubans et couleurs. Pendant plusieurs jours se succédèrent banquets, joutes nautiques, chants et musique, Keltes et Thiléens à la même table, buvant le même vin. La nuit, Lyciane l'emmenait sur la *Galea*, le long navire de la famille du Rohan. Ils s'aimaient sous les étoiles, à la lueur des flambeaux plantés sur la rive. Les flammes se reflétaient sur la peau humide de l'ondine quand elle sortait de l'eau pour revenir l'embrasser. Et les yeux de Lyciane, lisses et beaux comme la surface du lac, ne livrèrent pas leurs secrets.

Eylir abandonna sa femme à sa famille aussitôt les festivités terminées. Il leva de nouvelles troupes, les équipa avec les armes abandonnées par les hommes de Callom sur le champ de bataille. Certains prisonniers rejoignirent son camp. Les nouvelles étaient bonnes, la victoire des rebelles, la victoire du roi légitime avait levé un vent d'enthousiasme et de colère. Kulayn se terrait dans le Haut-Koensar, seules les troupes de Beïssama lui étaient encore fidèles. Partout, dans toutes les villes qu'il traversait, Eylir était porté en triomphe. Le nombre de ses partisans grandissait si vite qu'il était difficile de tous les équiper. Plusieurs chefs de clans mineurs se joignirent à lui, avec leurs cavaliers et leurs meilleurs guerriers.

Lloyd Ap'Horn aida Eylir à mettre sa nouvelle armée en ordre de marche. Trois semaines après la bataille, ils prenaient le chemin du sud. Ils étaient forts et nombreux, soutenus par la population. Et quand les premières feuilles commencèrent à roussir, ils mirent le siège devant les murailles de Beïssama.

« Avant un mois, tu régneras dans le Haut-Koensar », avait dit Lloyd Ap'Horn en riant.

Un mois ! C'était beaucoup trop long à attendre.

Deux jours plus tard, les éclaireurs annoncèrent la venue de troupes venant du sud, huit mille guerriers au moins, bien équipés et bien armés. Craig Ap'Thain arrivait, accompagné du vieux seigneur Armas Ap'Lleman et de ses fidèles.

Eylir les reçut au soir, dans la grande ferme qui les accueillait, lui et ses plus proches lieutenants. Eylir savait que les lieux n'avaient pas la noblesse et la richesse à laquelle ces seigneurs étaient habitués, mais cela lui plaisait de voir ces puissants personnages sur son terrain.

De nombreux flambeaux avaient été accrochés aux murs de la salle commune où les habitants de la ferme se réunissaient habituellement pour dîner. On avait étalé une grande carte de Beïssama sur la table. Eylir espérait que la population de la ville se soulèverait sous peu contre Kulayn et lui livrerait l'accès à ses rues.

Le seigneur Ap'Lleman paraissait fatigué par le voyage, mais heureux de se trouver là. Le seigneur Ap'Thain, lui, avait toujours l'air contrarié. On dîna, en gardant les conversations importantes pour la fin du repas. Eylir apprit seulement que les troupes de ses alliés étaient venues à marche forcée pour le rejoindre.

Des servantes passèrent entre eux et servirent du vin aux épices. Lloyd Ap'Horn tenta de garder une fille sur ses genoux, mais la renvoya devant le regard désapprobateur de son frère, Duane. Eylir n'aimait pas ce dernier, n'arrivant pas à décider s'il était prudent ou bien lâche.

« Avec ton aide, seigneur Ap'Thain, nous prendrons la ville sans difficulté...

— Pas maintenant, garçon, grommela Ap'Thain. Je porte d'autres nouvelles.

— Ce n'est qu'une affaire de quelques jours ! Quelques semaines au plus ! »

Craig Ap'Thain regarda Eylir par-dessous ses sourcils broussailleux. Ce dernier sentit qu'il prenait sur lui pour ne pas lui rabattre son caquet, faisant l'effort de le considérer comme un chef de clan.

« Écoute-moi. Mes espions m'ont informé que la reine levait une armée contre toi, pour venir en aide à Kulayn. Elle a fait appel à ses vieux alliés, Ap'Brendam et Ap'Owen. D'ici quelques mois, ils seront si nombreux que tu ne pourras plus les compter, ils te balaieront comme ça. »

Il dispersa les bouts de bois qui figuraient les troupes sur la carte. Lysender se leva et posa la main sur le bras de son frère, pour le calmer.

« Ce que mon frère, le seigneur Ap'Thain, veut dire, c'est que la reine n'accepte pas de te considérer comme chef légitime du clan Ap'Callagnan. Et comme tu as fait crier la pierre, tu représentes une menace directe pour son pouvoir. Elle va donc tout faire pour se débarrasser de toi. Elle est puissante, sa voix a plus de pouvoir que la tienne dans le royaume. »

Eylir fut un peu désemparé par ces nouvelles. Léto et Julian firent des commentaires qu'il n'entendit pas.

« Que puis-je faire, alors ?

— Tu peux légitimement régner, dit Lysender d'une voix douce. Tu disposes aussi d'une armée nombreuse et fidèle. Oublie Beïssama pour l'instant. Il faut frapper les

Ap'Vilna, faire comme ton frère. Les vaincre avant qu'ils aient pu rassembler efficacement leurs alliés. Oublie Beïssama et prends Adorovakis. Va réclamer ton trône, seigneur Ap'Callaghan ! La pierre de Fâll t'a consacré ! »

Réclamer Adorovakis. Devenir Haut-Roi ! Eylir s'appuya à la table, pris de vertige.

« Nous devons prendre Beïssama pour assurer nos bases, dit calmement Julian. Si nous perdons contre la reine, Kulayn n'aura pas de difficulté à reprendre le contrôle du clan. »

Craig se leva en renversant sa chaise. Ses larges mains s'ouvraient et se fermaient comme si elles voulaient briser quelque chose.

« Mais tu ne comprends pas ! Je m'engage pour toi, je te donne huit mille mercenaires, et il y a encore autant d'hommes d'élite prêts à te rejoindre. Si tu gagnes, les Ap'Fenris et les Ap'Natach te soutiendront. Tous les clans de l'Ouest seront derrière toi, Eylir ! Mais il faut gagner maintenant ! Il n'est pas question d'attendre ! Meyrin Ap'Vilna est une vipère, il faut frapper tout de suite avant qu'elle ait le temps de retourner tout le monde contre nous ! »

À nouveau, Lysender calma son frère. Le silence retomba.

Eylir se tourna vers le duc Rohan Yal qui se tenait debout contre un mur, les bras croisés.

« Yal, si je deviens Haut-Roi, je pourrai lever les ordres de la reine. Les tiens pourront à nouveau circuler librement dans tout le royaume.

— Je sais que tu tiendras parole, mon fils.

— Crois-tu que je doive tenter ce combat ? »

Le vieux Thiléen resta pensif un long moment.

« Tu as la jeunesse et la chance. Je resterai avec toi quoi que tu décides. »

Eylir regarda de nouveau la carte de Beïssama, puis les visages de ses compagnons et de ses alliés. Il fallait donc accomplir un nouvel exploit, si vite ! Quand Allander avait vaincu les Ap'Vilna, il était âgé de dix-sept ans. Un an de moins qu'Eylir. Il repensa à Meyrin Ap'Vilna, à la petite femme qu'il avait rencontrée dans la tour du Haut-Koensar.

« Nous irons faire la guerre à la Haute-Reine. »

Les troupes d'Eylir, rejointes par les mercenaires recrutés en Galcin par Ap'Thain, levèrent le siège de Beïssama et partirent vers l'est. Trois armées distinctes progressèrent donc vers les terres des Ap'Vilna : les troupes d'Eylir, les huit mille mercenaires commandés par Armas Ap'Lleman et quatre mille soldats d'élite commandés par Craig Ap'Thain.

Les moissons étaient terminées, les grandes forêts des pays keltes brunissaient. La troupe, nombreuse, progressait lentement et avait du mal à se ravitailler. Sur les terres du clan Ap'Vilna, Eylir était un ennemi. Son armée devait suivre les routes et ne plus compter sur l'aide des paysans.

La pluie transforma les chemins en boue, ralentissant encore la progression. Impatient, Eylir ne cessait de galoper d'un bout à l'autre du long ruban de son armée, enrageant de se savoir inutile. Lyciane l'avait accompagné, suivant ses frères et son père. Elle voyageait dans une luxueuse voiture garnie de fourrures et de soieries offerte par un seigneur allié. Enfermée dans cette belle cage, elle s'ennuyait beaucoup, ne souriant que quand son mari la rejoignait le soir. La rumeur se répandit qu'elle était enceinte.

Ils arrivèrent dans la riche vallée du Donau, le grand fleuve menant à la capitale des Ap'Vilna. Fuyant la boue et la lenteur de son armée, Eylir partit faire de nombreuses reconnaissances dans les villages de la vallée, seul ou avec un petit nombre de compagnons.

Un matin, près de six semaines après leur départ de

Beïssama, il découvrit un village en ruine, les maisons encore fumantes de l'incendie qui les avait ravagées. Les habitants s'enfuirent dans les champs quand Julian et lui voulurent les rejoindre. Eylir constata avec dégoût qu'une dizaine d'hommes avaient été pendus aux branches basses d'un arbre surplombant le village.

Il lança Nymir au galop et attrapa par les cheveux une femme qui s'enfuyait.

« Pitié, maître ! Ne me tue pas !

— Je ne te tuerai pas, dit Eylir en la relâchant. Dis-moi seulement qui a détruit ce village. »

La femme, noire de crasse, tomba à genoux dans le champ boueux et leva vers lui des yeux farouches.

« Ce sont les Callaghan, maître. Ils ont pillé nos réserves et tué les hommes. Qu'ils soient maudits ! Et si tu es avec eux, sois maudit aussi ! »

Eylir se détourna et s'éloigna au pas.

« J'avais dit : pas de pillages !

— Nos hommes t'auront obéi, dit Julian. Pas obligatoirement ceux de Ap'Lleman ou de Ap'Thain. »

Au soir, Eylir couvert de boue entra en coup de vent dans la tente richement ornée de Craig Ap'Thain. Il avait dû faire de nombreux milles avant de rejoindre la troisième armée, il était furieux, fourbu et épuisé. Julian entra derrière lui.

« Quelle idée seigneur, de voyager sans escorte comme tu le fais ! s'exclama le seigneur Ap'Thain en abandonnant son repas. Tu vas prendre des vêtements propres et dîner avec moi. »

Eylir écarta les deux jolies servantes qui voulaient lui retirer son manteau.

« Craig Ap'Thain, tes hommes ont pillé un village ! J'avais dit que je ne voulais pas de cela ! »

Immédiatement, toute trace de cordialité disparut du visage dur du seigneur Ap'Thain.

« Comment veux-tu que nos hommes se nourrissent d'autre chose que de racines, quand ces maudits paysans cachent leurs réserves ? J'ai cru comprendre que tu n'avais plus beaucoup de réserves toi non plus... Comment vas-tu t'y prendre quand tes chariots de vivres seront vides ?

— Nous ne ferons pas de pillages ! Tu me donneras de l'or et nous achèterons ce dont nous avons besoin. »

Craig Ap'Thain éclata de rire. Son rire était si insultant qu'Eylir et Julian mirent la main sur leurs armes. L'autre posa la main sur sa propre épée.

« Que vas-tu faire, maintenant ? Tu me menaces ? »

Eylir essaya de se calmer, cherchant une solution. Craig était son allié le plus puissant, il ne fallait pas se le mettre à dos. Heureusement, l'arrivée d'un Lysender essoufflé calma la situation. La robe bleue du druide était tachée de boue. Il joua son rôle de conciliation, écoutant attentivement les plaintes d'Eylir et la défense de Craig. Puis il attendit que chacun soit assis avant de dire d'un ton très calme, fixant Craig de son regard intense : « Le seigneur Ap'Callaghan a raison, mon frère. Un roi ne peut molester ses sujets. Ses futurs sujets. Tu vas donc t'engager à ne pas recommencer, et donner de l'or au seigneur Ap'Callaghan afin que ses hommes s'occupent du ravitaillement. »

À la grande surprise d'Eylir, Craig Ap'Thain acquiesça, tant était grande apparemment l'influence du druide sur lui.

« Je ferai comme tu as dit. »

Puis, voyant l'air méfiant d'Eylir.

« Je suis kelte, mon garçon. Apprends à écouter la parole de la tradition... »

Aucun autre pillage ne fut porté à la connaissance d'Eylir, même s'il fallut rudoyer certains paysans pour se procurer du ravitaillement. Mais tout fut toujours payé. Cette affaire sordide ennuyait Eylir, il ne voulait pas avoir à s'occuper de ces aspects. Il n'aimait pas la tournure que prenait cette campagne, ni la boue dans laquelle s'enlisait son armée. Il rêvait de charges héroïques et d'acclamations, pas de cet interminable voyage…

Enfin, Adorovakis fut proche. Il leur avait fallu près de deux mois pour parcourir le chemin depuis Beïssama. Les éclaireurs rapportaient que l'armée des Ap'Vilna s'était rassemblée vers le nord, non loin de la plaine de Moronn, là où Allander les avait vaincus, près de vingt ans plus tôt. Bouillant d'impatience et voulant voir son adversaire, Eylir partit en reconnaissance vers le nord. Julian, Lloyd Ap'Horn, Rohan Yal et Laza, son troisième fils, l'accompagnèrent. Il s'agissait de dénombrer les troupes de l'adversaire et de choisir le terrain sur lequel on livrerait bataille dans les jours prochains.

Ils partirent au petit matin. La pluie avait cessé depuis la veille, le soleil avait remonté le moral des hommes. Le paysage était vallonné et cultivé, la terre riche et fertile, Eylir fut heureux de pouvoir galoper dans la campagne. Nymir s'en donna à cœur joie ; le soleil avait manqué au cheval aussi.

L'embuscade les surprit à trois milles à peine du camp. Ils longeaient une route bien dégagée, lorsqu'un groupe compact de cavaliers jaillit depuis un bois voisin. Lloyd Ap'Horn les aperçut.

« Demi-tour ! Notre camp n'est pas loin ! »

Les cavaliers étaient une dizaine, engager le combat serait dangereux. Eylir fit faire volte-face à Nymir. Ils avaient un peu d'avance, ils rejoindraient le camp sans que leurs ennemis puissent les rattraper…

Une volée de flèches les dépassa. Leurs poursuivants tiraient à l'arc, tout en galopant ! Ils portaient de courts manteaux noirs et des petits arcs recourbés et puissants.

« Mauvaise nouvelle, dit Lloyd en se couchant sur l'encolure de son énorme cheval de guerre. Ce sont des foutus corbeaux... »

Des guerriers Ap'Brendam ! Ainsi, certains d'entre eux avaient déjà rejoint la reine ! Ces semi-nomades qui vivaient dans le nord-est du Haut-Royaume étaient des alliés traditionnels des Ap'Vilna.

Les tirs recommencèrent, les projectiles passèrent au-dessus de la tête d'Eylir. Il pressa Nymir, qui galopa de plus belle... À cette distance, les Ap'Brendam ne pou vaient pas bien viser.

Puis quelqu'un fut touché, Eylir entendit un bruit de chute. Il fit faire volte-face à son cheval, le duc Rohan Yal était tombé face contre terre, une flèche plantée dans les reins. Péniblement, le seigneur thiléen essayait de se relever.

Eylir et Laza galopèrent vers lui, leurs ennemis se rapprochaient. Quelques flèches les manquèrent de peu.

« Debout Yal ! cria Eylir. Monte en croupe avec moi ! »

Le duc s'effondra. Son visage était figé par une grimace de rage. Eylir sauta à terre, essaya de le mettre debout. Les jambes du Thiléen ne lui obéissaient pas et il était trop lourd pour qu'Eylir puisse le hisser sur son cheval.

« Mon père ! » cria le jeune Laza, affolé. « Que lui arrive-t-il ? »

Une volée de flèches s'abattit sur eux. Nymir tomba dans un grand hennissement, un projectile planté dans la gorge, l'autre dans la poitrine. Le cheval roula des yeux affolés et cracha du sang en se débattant dans la boue. C'était un cauchemar, tout ce qui était beau se faisait détruire, fallait-il donc mourir maintenant ?

Lloyd Ap'Horn et Julian le rejoignirent.

« Monte en croupe de ton copain, petit ! Et passe-moi le Thiléen, je vais le porter ! »

Eylir dégaina son épée.

« Ils ont tué mon ami, et ils ont tué mon cheval ! »

Pris de folie, il courut droit vers la charge des Ap'Brendam.

Il transperça le cavalier de tête et lui prit sa monture. Son épée volait dans tous les sens, il se battit avec une fureur aveugle, le visage déformé par la rage. Lloyd et Julian le rejoignirent et à trois contre dix, leur colère effraya leurs adversaires. Six Ap'Brendam moururent ce jour-là, les autres s'enfuirent. Eylir retourna près de Nymir et acheva l'animal mourant. Puis il essuya la lame de son épée en pleurant.

« Viens, petit, dit Lloyd Ap'Horn de sa belle voix de basse. Ils vont revenir plus nombreux. Nous devons rejoindre le camp. Yal est encore vivant, je crois qu'il pourra s'en sortir. »

Rohan Yal fut installé dans la voiture de Lyciane, qui le veilla en lui tenant la main, le visage baigné de larmes. Eylir et les deux frères de l'ondine restèrent aussi auprès de celui qu'ils considéraient comme leur père. Paralysé, le duc ne pouvait plus parler. À la lumière des flammes, son visage paraissait encore plus creusé et raviné. Ses yeux avaient concentré toutes ses émotions, toutes ses expressions. Il regardait ses proches avec amour et colère à la fois, comme s'il leur reprochait de s'occuper de lui plutôt que des combats à venir… Seule Lyciane eut droit à son indulgence.

Vers la fin de l'après-midi, un soldat ouvrit la porte de la voiture et avertit Eylir qu'une délégation des Ap'Vilna voulait parlementer. Plein de rage pour ses ennemis, Eylir quitta le chevet du duc et rejoignit la tente où attendaient les émissaires. Ceux-ci étaient trois, deux soldats et une femme très jeune, aux longs cheveux noirs. Eylir la considéra avec colère.

« Qui es-tu ? Que veux-tu ? »

Elle avait un visage très doux, qui inspira à Eylir des idées de violence.

« Je suis Melian Ap'Vilna. Je suis ta nièce, mon oncle. Je porte un message de ma mère. »

Melian Ap'Vilna. La fille aînée de la reine et d'Allander ! L'occasion était trop belle ! Quelle folie de l'envoyer en ambassadeur !

« Qu'est-ce qui m'empêche de te prendre en otage, Melian ?

— Moi, répondit une voix. J'ai donné ma parole qu'il ne lui arriverait rien. »

Mak Morn était assis près de l'entrée et jouait avec un couteau. Il fixa Eylir de ses petits yeux noirs.

« Et je n'aimerais pas avoir à trahir ma parole, Kelte. »

Contrôlant sa colère, Eylir alla s'asseoir sur un coffre et fixa la frêle jeune femme. La reine daignait donc lui envoyer sa propre héritière pour négocier.

« Je t'écoute, ma nièce. »

Il ne lui proposa pas de s'asseoir, elle resta debout. Eylir eut le plaisir de constater qu'elle avait peur de lui. Mais sa voix ne tremblait pas.

« Ma mère fait une offre pour toi et les tiens. Rends-toi, Eylir Ap'Callaghan, et tes hommes seront libres de rentrer chez eux. Nul ne les poursuivra s'ils ne commettent pas de crime durant le chemin de retour. Nos troupes sont plus nombreuses que les tiennes, et tes hommes sont fatigués par leur marche. Évite un massacre inutile et fratricide.

— Tais-toi ! »

Melian baissa les yeux.

« Tu as jusqu'à demain matin pour te rendre. »

Eylir eut envie de la gifler, de la faire crier. Sans Mak Morn il aurait fait lapider ces deux hommes qui l'accompagnaient... Quant à Melian... Allander n'avait-il pas violé Meyrin pour s'imposer sur le clan Ap'Vilna ?

« Demain matin je serai avec les miens sur la plaine de Moronn. À l'endroit même où mon frère a vaincu les tiens. Un heureux présage... »

Melian le regarda tristement. Mais elle savait qu'il n'y avait plus rien à dire.

Elle rejoignit les siens saine et sauve.

Le soir tombait. Eylir était toujours assis sur son coffre, la tête entre les mains. Mak Morn non plus n'avait pas bougé.

« Je suis désolé pour Yal. »

Eylir avait envie de tuer quelqu'un. Il jeta un regard sombre au Picte. Ce dernier alluma une grossière pipe en terre et parla d'un ton calme, comme si la colère d'Eylir ne l'affectait pas.

« J'ai d'autres nouvelles, Kelte. Je suis allé en reconnaissance, tout à l'heure. Les Ap'Vilna sont nombreux, ils ont eu le temps de faire venir une partie de leurs alliés Ap'Owen et Ap'Brendam. Mehalann Ap'Brendam lui-même est présent. »

Eylir connaissait ce nom. Mehalann, du clan du corbeau. Il s'était battu aux côtés d'Allander, un combattant redoutable. Il faudrait l'affronter en combat singulier, demain...

« Ils sont plus nombreux que nous, Kelte. Et tous les nôtres ne sont pas arrivés. Ap'Lleman sera là cette nuit, avec les mercenaires. Ap'Thain est encore loin.

— Il doit nous rejoindre demain matin. Nous serons à Moronn demain midi, face aux Ap'Vilna.

— Écoute bien. Je ne sais pas où est Ap'Thain. Sans lui ni ses hommes d'élite, nous ne pourrons pas vaincre. »

Cela laissa Eylir pensif. Les soucis de la bataille à venir prirent le pas sur sa colère et sur sa haine.

« Va à sa recherche. Tu as toute la nuit pour le retrouver et me dire quand il va arriver. »

Le Picte ricana.

« Largement le temps de retourner trois fois chaque motte de terre du pays ! Je te le trouverai, Kelte. »

Eylir ne dormit pas de la nuit. Armas Ap'Lleman les avait rejoints, il élabora avec lui le plan de bataille du lendemain. Ils pourraient gagner s'ils arrivaient à neutraliser les redoutables cavaliers du clan du corbeau... Sans doute en les attirant dans une plaine boueuse que Mak Morn avait repérée. Ce ne serait pas facile... Allander lui-même avait vaincu de justesse à Moronn.

À minuit, il passa voir Rohan Yal et embrassa Lyciane. Mak Morn n'était toujours pas revenu, il commença à s'inquiéter. D'autant que Lloyd Ap'Horn était introuvable. Ses hommes étaient présents, mais pas lui.

Peu avant l'aube, les troupes levèrent le camp pour une marche de deux ou trois heures, la plaine de Moronn n'était pas loin. Les chefs prirent place. Julian avec les chasseurs, Maharkal avec la cavalerie. Armas Ap'Lleman se plaça au centre, il sourit à Eylir d'un air confiant. Le vieux guerrier paraissait heureux de commander à nouveau autant d'hommes.

Eylir passa ses hommes en revue, galopant devant la ligne comme Allander le faisait avant chaque combat. Ses guerriers avaient de l'allure, et ils ne tremblaient pas face à l'ennemi qui se rassemblait, là-bas, en face.

Julian le rejoignit.

« Tu as eu des nouvelles de Mak Morn ?

— Non.

— Alors Ap'Thain ne sera pas avec nous ? »

Eylir regarda la vallée par laquelle ils étaient arrivés, espérant encore voir surgir les quatre mille hommes d'élite de Craig Ap'Thain. Mais la nuit passée sans sommeil le rendait étrangement lucide. La reine avait dû faire sa proposition au chef du clan de l'ours aussi, et ce dernier avait peut-être capturé ou bien tué le messager d'Eylir, puis s'était retiré, craignant lâchement la défaite, préférant le pardon royal. Quant à Lloyd, Duane avait dû le faire boire ou inventer une histoire pour qu'il ne soit pas présent.

« Nous nous battrons sans lui. »

Les deux amis se regardèrent longuement. Leur amitié était une certitude, de celles sur lesquelles on bâtit des empires. Ils combattraient côte à côte.

Il passa une dernière fois au camp. Les feux abandonnés fumaient dans l'air frais du matin, la terre était piétinée par le passage de milliers d'hommes. Pâle et fragile, Lyciane l'attendait près de la voiture couverte où reposait son père. Eylir mit pied à terre et la prit dans ses bras.

« J'ai laissé une dizaine d'hommes pour vous protéger, toi et ton père. Ils vous emmèneront à l'abri si des ennemis viennent par là. »

Elle ne répondit rien, se blottissant contre lui, tremblante et digne. Puis elle l'embrassa doucement et lui caressa la joue.

« Peu m'importe que tu remportes cette bataille ou que tu la perdes, Eylir. Je veux que tu vives. »

Eylir se dégagea de son étreinte, lui tint fermement les mains.

« Quand je serai roi, tu seras reine. Je vivrai. »

Il sourit.

« Tu sais bien qui je suis. Je ne peux pas mentir. »

Il se retourna, monta sur son cheval et galopa vers la plaine de Moronn.

Apprendre à me taire

« C'est tout pour ce soir », a dit Léto.

Il a éteint sa pipe et s'est levé très vite. Le même petit garçon que la veille a protesté : « Mais tu n'as pas raconté la bataille de Moronn ! Je veux que tu racontes la bataille ! »

Léto paraissait très agacé et contrarié. Je devinais à peine son visage dans l'ombre des feuillages.

« D'accord, je vais raconter la bataille. »

Il est resté debout.

« On a perdu. Eylir a perdu. Les Ap'Vilna étaient très forts, presque tout le monde s'est fait tuer. Armas Ap'Lleman s'est fait tuer. Les deux fils du duc se sont fait tuer, presque tous les Thiléens qui ont participé à la bataille sont morts. Ils se sont battus jusqu'au bout. Mais l'héroïsme est stupide quand il ne sert à rien. Et trois semaines après, la reine nous accordait de nouveau le privilège de naviguer sur les voies fluviales du Haut-Royaume. Moralité : faire la guerre ne sert à rien, sinon à se faire tuer. Allez vous coucher, les petits.

— Tu racontes mal ! s'est plainte une fille en se levant.

— Et Eylir ? Et Julian ? j'ai demandé.

— Ils sont morts ! Tu comprends ? Morts ! La reine les a capturés et exécutés ! »

Il est parti d'un pas rapide. Les enfants se sont dirigés en grognant vers le moulin, frustrés de la fin de leur histoire. J'ai pris la main de Beth et nous avons marché ensemble sur la rive, écoutant le fleuve. Nous ne voulions pas en rester là.

Léto fumait à la pointe de l'île. Nous nous sommes approchés. Il m'a apostrophé méchamment : « Tu es content ? Tu as eu ton histoire ? Ton employeuse atlane sera satisfaite ? »

J'ai dit prudemment que je trouvais sa chute un peu déroutante.

« C'est comme ça. Il y a des histoires qui se terminent salement. On n'y peut rien. »

Il a aspiré quelques bouffées. Puis Beth a demandé : « Quand est-ce que tu as quitté la bataille, Léto ? Quand est-ce que tu as vu mon frère et Eylir pour la dernière fois ? »

Léto a ricané.

« Au tout début, ma belle. J'ai fait la seule chose sensée, dans ces circonstances : j'ai fui dès que j'ai compris que ça tournerait mal. C'est trop bête de mourir pour des questions d'honneur… »

Je sentis que Beth avait envie de le gifler.

« Comment est-ce qu'Eylir et Julian ont été capturés ? Tu dois me le dire !

— Je n'en sais rien, et je ne te dois rien du tout. Fous le camp ! »

Le ton du Thiléen devenait violent, Beth tremblait d'une fureur froide. Je l'ai entraînée avant que ça ne dégénère, Léto ne nous dirait plus rien cette nuit. Nous sommes allés nous coucher au milieu des jeunes. Ils ne dormaient pas et protestaient contre Léto qui finissait mal les histoires.

La journée du lendemain aurait été tout aussi agréable que la veille si Beth n'avait pas été si soucieuse. Elle voulait discuter encore avec Léto, mais ce dernier n'avait pas reparu. J'étais moi aussi très frustré de ne pas savoir de manière sûre comment cette affaire s'était terminée. Il me fallait plus de détails sur cette bataille… J'envisageais naïvement d'enquêter dans les pays keltes, de rencontrer des survivants, de me faire expliquer les faits.

Et c'est à la fin du repas que j'ai gaffé. J'étais dans la maison, je mangeais une pomme pendant que Beth aidait la Dame Argine à débarrasser. Le vieil homme somnolait au soleil près de la porte. Croyez-moi, je n'ai pas fait exprès, je n'avais pas compris…

Je réfléchissais à toute cette histoire et j'ai demandé le plus naturellement du monde à la Dame Argine si elle avait déjà reçu chez elle des compagnons d'Eylir Ap'Callaghan…

Je n'avais pas fini ma question qu'elle a lâché un lourd plat de terre qui s'est brisé net sur le sol. Le vieil homme a ouvert les yeux et m'a regardé, très attentif. Quant à Beth, elle a cessé d'essuyer la table, atterrée. Argine s'est tournée vers moi, son regard brillait comme celui d'une prophétesse, son visage était plein de colère, j'ai commencé à prendre peur. Elle a parlé, très lentement, avec une tension énorme dans la voix.

« Personne ne prononce ce nom maudit dans ma maison. Personne. Sors de chez moi... »

Comme je tentais stupidement de m'excuser, elle a crié : « Sors de chez moi ! »

Je me suis empressé d'obéir, j'ai senti qu'elle allait me tuer si je n'obtempérais pas. Hors de la maison, désemparé, je l'ai entendue crier, et Beth qui essayait de la calmer. Le vieil homme me regardait depuis la porte, ses yeux étaient froids, sans indulgence. Il avait de l'allure, même dans un siège roulant.

Et alors j'ai compris, bien sûr. J'ai compris où je me trouvais, avec qui je parlais. Il faut me croire, jusqu'à cet instant, je n'avais pas fait le rapprochement. Je me maudis encore d'avoir été aussi aveugle, aussi bête... Sur le coup, je me suis effondré. Comment me faire pardonner un coup pareil ? C'était impossible...

Beth est venue vers moi, quelques minutes plus tard. Elle m'a regardé, à la fois surprise et énervée.

« Comment as-tu pu dire ça ? »

Elle a vu mes larmes, elle n'a rien rajouté. J'avais envie de me pendre, de me noyer, de m'enterrer six pieds sous terre. Elle m'a juste collé quelques pièces dans la main.

« Prends ça, passe sur la rive. Un peu plus amont, il y a un village, avec une sorte d'auberge. Va m'y attendre, je t'y rejoindrai demain, ou après-demain.

— Toi, tu restes ?

— Je veux savoir ce qu'est devenu mon frère. »

Elle m'a embrassé brièvement sur la joue et est retournée à l'intérieur. Je me suis senti encore plus stupide. J'accordais de l'importance à ma quête : récolter des histoires de bataille pour ma patronne... Je n'avais pas compris sa quête à elle. Il n'était pas question de rêver à des histoires de petit garçon. Juste retrouver une personne qu'elle aimait...

Un jeune m'a fait passer sur la rive, j'ai trouvé le village qu'elle m'avait indiqué et la « sorte d'auberge ». J'étais en dessous de tout, mais je n'avais pas assez d'argent pour me saouler. J'ai passé quatre jours dans ce hameau boueux et pouilleux. Les habitants me paraissaient toujours mi-amicaux, mi-menaçants, et je prenais bien soin de cacher mon argent. Je ne comprenais pas leur dialecte rugueux, seul le patron connaissait vaguement quelques mots d'atlan... Là, je découvrais vraiment les terres d'Eylir, son pays. La rudesse et la pauvreté de ses habitants. Moins beau que dans mes rêves, pour sûr.

J'ai tenté d'aller me promener dans la forêt, mais il s'est mis à pleuvoir. J'ai taché tous mes vêtements et me suis de nouveau enrhumé... Mes éternuements tonitruants faisaient rire les trois clients de l'auberge et je me sentais encore plus malheureux. Stupide et malheureux.

Puis, au soir du quatrième jour, Beth est venue me rejoindre, enfin. Elle a pris gentiment de mes nouvelles, nous avons dîné ensemble, bu quelques verres de vin blanc râpeux. J'ai pris bien soin de ne jamais faire allusion à ce qui s'était passé sur l'île.

Nous nous sommes couchés ensemble, sur la paillasse que je louais dans la salle principale. Elle s'est serrée contre moi.

« Protège-moi, c'est assez malfamé, ici... »

Je crois qu'elle se moquait de moi, mais je l'ai prise très au sérieux et serrée très fort dans mes bras, tout en me demandant ce que je ferais si les indigènes devenaient vraiment menaçants. Alors elle a murmuré : « Eylir s'est fait capturer et exécuter publiquement par la Haute-Reine, mais pas Julian. Apparemment, il a survécu à la bataille, mais personne ne sait ce qu'il est devenu après. Il faudra chercher ailleurs, je crois… »

J'étais triste d'apprendre la fin d'Eylir, mais heureux pour elle de savoir que son frère n'était pas mort. Elle a continué : « J'ai aussi appris autre chose… Ce qui se serait passé à la fin de la bataille. »

Et là, serrée contre moi dans cette petite maison des pays keltes, au milieu des terres Callaghan, elle m'a raconté ce qui suit.

LES TERRES INTERMÉDIAIRES

Comment, parfois, finissent les batailles.
Eylir, 9e récit. (Notes pour Serena Fonte.)

Le cheval marchait doucement dans l'eau peu profonde de la rivière. Son cavalier était plus calme, maintenant, le tumulte de la bataille s'était éteint avec la nuit. On apercevait les étoiles entre les branches des grands épineux. C'était une de ces nuits d'hiver si claires, où les étoiles paraissent être des diamants et la lune une grosse pièce d'argent brillant. Eylir ne regardait pas les étoiles. Il regardait l'eau devant lui, les cailloux noirs qui se devinaient dans le courant, il ne pensait pas, pas vraiment. Il aurait dû avoir mille préoccupations, il aurait dû chercher à rassembler les hommes, il aurait dû rejoindre la ville. Il aurait dû être digne de son nom.

Il était si fatigué.

Sa chemise était tachée d'un sang qui n'était pas le sien. Son pantalon de cuir était maculé de même, ainsi que la robe de son cheval. L'animal lui-même était légèrement blessé, il boitait du postérieur droit. Son avenir s'était effondré, cet aprèsmidi. Il avait été trahi. Son nom l'avait trahi. Dans le silence de la nuit, à peine audible avec le ruissellement de l'eau, il murmura le cri de guerre qu'il avait hurlé tout l'après-midi.

« *Callaghan.* »

Son nom, le nom de son clan, un nom de victoire. Un nom qui avait ébranlé la terre, un nom qui faisait fuir les ennemis.

« *Callaghan.* »

Maintenant ce n'était plus qu'un soupir. La parole lasse d'un guerrier fatigué. Ses épaules étaient lourdes, l'épée pesait à sa ceinture, il ne tenait plus sur le cheval que par habitude. Que faisait un roi qui devait mener ses hommes à la victoire et ne les conduisait qu'à la mort ? Qu'aurait fait le Haut-Roi s'il avait connu la défaite ? Eylir se permit un sourire amer : le Haut-Roi n'avait *jamais* connu la défaite. Et il reconnut là la cause de sa tristesse, l'origine de son découragement. Il avait perdu une bataille, il avait perdu sa plus grande bataille, et les cavaliers qui avaient chargé avec lui étaient morts. Le Haut-Roi pouvait rire depuis la vallée des brumes. Jamais la légende de son frère ne l'atteindrait…

Eylir croyait être une tempête… Mais il n'était qu'un peu de poussière charriée par le vent. Et avec ironie, il murmura une troisième fois son nom de guerre.

« *Callaghan.* »

Le cheval marchait doucement dans l'eau peu profonde de la rivière. Eylir pleurait en silence, il avait envie de chaleur et de sommeil. Il n'y avait plus de Haut-Roi maintenant, plus d'hommes pour le juger, plus que lui-même, alors il laissait couler ses larmes pour ceux qui étaient tombés aujourd'hui. Pour ceux qu'il avait tués ou menés à la mort. Dans cette vallée recouverte par la nuit, à l'ombre des grands épineux, il connut un de ces étranges instants où le temps s'arrête, où le balancier de l'horloge reste suspendu au plus haut de sa course, immobile juste un instant avant de continuer son mouvement.

Il descendait lentement la rivière, il laissait marcher son cheval, il n'avait plus d'avenir. C'était un instant où il aurait pu mourir, sortir définitivement des histoires des hommes. Car il était encore jeune et persuadé qu'un homme ne saurait survivre à une défaite.

Le cheval avançait lentement dans le lit de la rivière, la lune jetait des reflets blancs sur la surface mouvante de l'eau, un peu de vent faisait danser les grands arbres.

Et le balancier reprit sa course.

Il écarta une branche basse qui masquait son chemin. Devant lui, au milieu de la rivière, se tenait un autre cavalier, raide et droit sur sa monture, la main pressée sur son flanc. Eylir avait cessé de pleurer. Il s'arrêta face à l'homme qui lui barrait la route et dit à haute voix : « Julian. Bonsoir mon ami. »

Julian Leiss eut un sourire un peu crispé et inspira difficilement. Sa cotte de mailles était lacérée en de nombreux endroits, du sang lui maculait le front et une blessure encore fraîche lui avait profondément entaillé le nez juste en dessous des yeux, comme un coup de hache pouvait entamer l'écorce d'un arbre. Eylir fut étonné de découvrir qu'une blessure pouvait ressembler à cela.

« Je suis touché, dit Julian. J'ai reçu un vilain coup à la hanche. La lance d'un de ces piquiers. »

Eylir se rendit compte que son ami ne portait plus ses gants, mais que si sa main posée sur sa blessure était noire, c'était à cause de tout le sang qu'elle tentait de retenir.

« Je l'ai tué. Le piquier, bien sûr. J'en ai eu un certain nombre. Tu as eu de la chance de ne pas avoir à te battre au milieu d'eux, c'était l'enfer. Ça ne sert à rien d'être à cheval, ils ont trop d'allonge, je suis un des seuls qui ne soit pas tombé. »

Une crispation de douleur le fit taire. Eylir songea qu'ils devraient s'arrêter, essayer de nettoyer les blessures de Julian. C'était une heureuse rencontre, de croiser ainsi son ami après la bataille, et il se demanda si Julian allait mourir. Juger de la gravité réelle des blessures, encore une chose qu'il ne savait pas faire. Julian continua son discours, à moitié pour lui-même. On aurait dit qu'il tentait de tirer une leçon de tout ce qui s'était passé.

« Nous n'aurions pas dû faire confiance à ces paysans. Ils se sont débandés tout de suite, ils n'ont pas tenu leur ligne contre la charge. Sans une ligne d'hommes derrière nous, comment voulais-tu que nous fassions quelque chose de bien ? D'où l'importance de l'infanterie, d'une bonne infanterie. Le Haut-Roi avait ses lanciers de Dianem, ses phalanges. Il n'avait pas que ses Compagnons… »

Julian lui faisait-il des reproches ? Certainement. C'était vain, bien sûr, même s'il n'avait pas tort. Eylir ne savait pas mener une bataille, il ne savait pas diriger une armée, c'était une évidence, maintenant. À dix-sept ans on n'a que l'enthousiasme, la force et le rire. Rien de plus. Sauf quand on est le Haut-Roi Allander Ap'Callaghan, fils d'Ogma, béni des dieux.

À quoi pouvaient bien penser les généraux défaits dans les batailles ? À reconstituer leurs forces pour aller se venger ? À la mort ? À leur femme ? Eylir eut une brève pensée pour Lyciane. Il fut incapable de se figurer leurs retrouvailles et eut le pressentiment qu'il ne la reverrait jamais. Celui qu'elle aimait était un héros solaire et rieur, pas un général en déroute.

« Je vais peut-être mourir, dit Julian. On dit que les blessures au ventre sont souvent mortelles, et je suis blessé au ventre. À la tête, ça saigne beaucoup mais ce n'est pas grave. Mais au ventre… ça fait très mal. Je crois que c'est parce que j'ai si mal que je ne m'évanouis pas. »

Eylir sourit à Julian pour l'aider à tenir. Heureuse rencontre quand même.

Il y eut un bruit de cavalcade, de branches brisées. Des cailloux roulèrent le long des pentes de la vallée et projetèrent des éclaboussures en tombant dans la rivière. Des voix d'hommes, des cliquetis de métal, des bruits d'armes et de cottes de mailles. Les chevaux débouchèrent dans la rivière dans un fracas d'écume, assez loin derrière Eylir, mais se rapprochant au galop. Julian et lui les attendirent, trop las ou mal en point pour sortir leurs épées. Eylir pensait toujours que c'était un bon endroit où mourir.

C'était Maharkal, à la tête d'une demi-douzaine de Compagnons. Eylir connaissait le nom de trois d'entre eux : Gavin, Alias, Brand. Une autre bonne rencontre... Cette vallée devait être un des chemins possibles pour s'échapper du champ de bataille, ils croiseraient peut-être d'autres rescapés.

Maharkal et ses hommes s'arrêtèrent.

« Oh là ! Seigneur Eylir ! Content de voir que tu es vivant ! Et toi aussi Julian, espèce de râleur !

— Je suis heureux de voir que tu as survécu, Maharkal, annonça Eylir avec sincérité.

— Ce n'est pas une escarmouche comme ça qui va me tuer, seigneur !

— Des nouvelles de Mak Morn ?

— Aucune. Ce traître de Craig ApThain a dû le tuer. On réglera ça plus tard. On n'est pas tout seuls, là. On a un paquet d'hommes à nos trousses, une vingtaine, avec des chevaux frais et des chiens... Je crois qu'ils en veulent à notre peau. On n'a pas intérêt à croupir ici, si vous voulez mon avis... »

Et Julian qui était blessé... Ils n'avaient pas le temps de s'occuper de lui. De toute façon, à l'énoncé du danger, Julian fut le premier à lancer sa monture au galop, suivi par Maharkal et Eylir. Ils dévalèrent la rivière dans un grand bruit d'éclaboussures et de cailloux.

Ils allaient de plus en plus vite, une avalanche grondait derrière eux. Maharkal avait parlé d'une vingtaine d'hommes, mais ils devaient être bien plus nombreux pour faire autant de bruit ! Les chevaux s'affolaient, galopaient sur la rive en roulant des yeux fous. Eylir et les siens fuyaient, fuyaient devant leurs ennemis trop nombreux, pour préserver leurs vies. Mais pour quoi faire ? Ils avaient perdu ! Alors Eylir ralentit, s'arrêta et les autres l'imitèrent. Par-dessus le grondement qui ébranlait la terre, Maharkal cria : « Que fais-tu ? »

Eylir fit faire volte-face à son cheval, dégaina son épée et dit résolument : « Je les attends. »

Les arbres tremblaient, la terre vibrait sous leurs montures. Même à l'arrêt, les chevaux étaient fous de terreur, ils les contrôlaient à peine. Julian vint à côté d'Eylir et posa aussi la main sur son épée. « Pour ce que nous avons à perdre, au moins on se souviendra de nous. »

Les autres Compagnons, fatalistes et fidèles, se rangèrent derrière eux. Sans fierté, Eylir se dit qu'il y avait au moins six hommes prêts à mourir pour lui. Maharkal les rejoignit.

« Vous êtes fous. Je ne veux pas mourir maintenant. Il y aura peut-être moyen de nous rendre. Vous êtes fous. »

Le grondement s'amplifia, des arbres s'abattirent dans un grand fracas. Ils se tenaient prêts. Mais ce n'étaient pas des cavaliers.

La rivière en crue leur parut comme un mur d'écume, une grande vague traversée d'éclats argentés face à leurs épées dérisoires. Eylir rit comme un enfant, car c'était une vision magnifique, mais personne n'entendit son rire. L'eau s'abattit sur eux. Et derrière la vague, il crut voir la silhouette immense d'un cavalier cornu et ses bois de cerf se découper sur les étoiles.

Le courant entraîna hommes et chevaux, les ballottant comme des fétus au milieu des débris de branchages. Eylir lutta pour rester sur sa monture, pour lui maintenir la tête hors de l'eau. Des cailloux et des pierres lui martelaient le corps et les membres, un morceau aiguisé lui entailla la joue.

La vague s'arrêta comme elle était apparue, l'eau se répandit tout autour d'eux, s'étalant sur la terre, absorbée par elle. Eylir se dégagea de son cheval, redressa le pauvre animal. Mis à part quelques égratignures, ils étaient tous deux indemnes. Il tenait encore son épée dans sa main crispée et la rengaina.

Autour de lui, les hommes se relevaient. Ils étaient au milieu d'un paysage d'arbustes, d'étangs et de fondrières. On ne voyait plus les étoiles, cachées par la végétation… Les hommes se rassemblèrent, tous présents, certains légèrement blessés. Aucun de ces bons soldats n'avait perdu son cheval.

« Où sommes-nous ? demanda Maharkal avec méfiance. Je ne connais pas de marais dans cette région. »

Eylir regarda autour de lui, devina d'immenses étendues d'eau boueuse. Un froid étrange lui raidit la nuque.

« Julian ! »

Il courut jusqu'à son ami, encore allongé sur le sol à côté de sa monture au milieu des roseaux. Julian avait perdu conscience, il gisait sur le bord d'un étang, jusqu'à la taille dans l'eau sale.

Avec l'aide des Compagnons, il le tira de l'eau et lui retira son armure en morceaux. La blessure au flanc avait beaucoup saigné, ils la bandèrent comme ils purent et firent de même pour les autres entailles qui lui parsemaient le corps. Puis ils dressèrent un camp de fortune. Eylir veilla toute la nuit son ami, avec au fond du regard l'image du cavalier immense qu'il avait vu se découper sur les étoiles. Le Grand Cornu, le passeur des morts. Mauvais présage.

Julian ouvrit les yeux à l'aube. Sa peau était livide et sa blessure le faisait atrocement souffrir, mais il insista pour se lever.

« Partons. Je ne veux pas mourir ici. C'est un sale pays. »

Un brouillard laiteux s'était levé, masquant le paysage.

« Je ne sais pas où nous sommes, répéta sinistrement Maharkal en sellant son cheval. Il n'y a aucun marais dans cette région, normalement. »

Ils s'engagèrent dans le marécage. L'eau leur montait tantôt aux chevilles, tantôt aux genoux. Il fallait un ou deux hommes à pied pour marcher devant les chevaux, leur chercher la terre la plus ferme et éviter les trous remplis de boues traîtresses. Eylir en était presque toujours. Avancer, tâter la terre avec le bâton, avec le pied, faire signe aux autres d'avancer, chercher le chemin, deviner la qualité du sol à la végétation qui émergeait de toute cette boue : ces gestes répétitifs l'aidaient à ne pas penser au visage livide de Julian, rigide sur son cheval. La bataille s'était déroulée dans un autre monde, dans un autre temps. Maintenant, il n'y avait plus que le marais, il fallait sortir du marais, tous ensemble, vivants.

Gavin mourut en premier. Il y eut un mouvement rapide sous la surface de l'eau, des nuages de boue soulevés, un bref affleurement de peau noire. Puis le cheval de Gavin se cabra et le Compagnon vida les étriers, englouti par l'eau sombre. Il y eut des bulles, des mouvements violents qui projetèrent quelques vaguelettes et ce fut de nouveau le silence. Après un bref instant d'affolement, ils se tinrent tous prêts, l'arme à la main, attentifs ; mais rien ne bougea plus et ils durent continuer leur route, sans savoir ce qui avait emporté leur ami.

Julian était livide.

« Peut-être que je suis mort, murmura Julian, peut-être que je suis mort de mes blessures. On est peut-être quelque part dans votre pays des morts kelte, comme l'autre fois... Il y a des marais dans ce genre de pays, non ? »

Un autre compagnon fut emporté par un éclair noir qui avait jailli de l'eau. Cette fois-ci, Eylir plongea à son secours. Il lutta dans l'eau avec une créature visqueuse qui l'enserra de ses anneaux et qui manqua le noyer. Mais il réussit à dégainer son poignard djinn et à l'enfoncer dans la gueule du monstre. Sa lame déchira les chairs de la bête, lacéra sa bouche, faisant couler un sang répugnant. La créature se tordit en tous sens, puis les mouvements spasmodiques cessèrent.

Alors, retrouvant un endroit où il avait pied, Eylir dégagea son bras couvert d'humeurs visqueuses et écarta les cheveux trempés qui lui tombaient devant le visage. Le corps noir d'un serpent énorme flottait juste sous la surface de l'eau, juste à côté du corps au cou brisé du Compagnon. Il n'avait pas pu sauver celui-ci non plus.

« Je ne sais pas où nous sommes, Maharkal. Les dieux nous ont entraînés sur de drôles de chemins. »

Ils retrouvèrent les corps des deux morts et les jetèrent en travers de leurs chevaux. Ils reprirent leur route en silence, des mouvements dans l'eau les faisaient sursauter, ils se tendaient au moindre remous. Puis les hommes commencèrent à s'affoler, ils se croyaient perdus, Eylir savait qu'ils l'étaient en effet. Le soir venait, leur route devenait de plus en plus difficile à suivre, et tous redoutaient de faire escale dans un lieu aussi dangereux.

Eylir aperçut alors une lueur indistincte dans le lointain, comme une lanterne portée par un voyageur passant sur une route surélevée. Il savait que les feux follets se plaisaient à entraîner les hommes vers la mort, mais avait-il le choix ? Par là ou ailleurs... Il prit la direction de la lumière, puis finit par la perdre de vue au bout d'une heure. Mais ils avaient trouvé entre-temps un chemin menant vers une terre plus ferme.

Ils sortirent du marais à la nuit. Maharkal fit un feu sous le couvert des arbres, pour réchauffer Julian qui grelottait de fièvre, pendant que les autres ensevelissaient les morts, recouvrant leur tombe commune d'un petit cairn. Eylir était épuisé, il n'avait pas dormi depuis la bataille, de même que les autres hommes. Ils se couchèrent autour du feu, au milieu du cercle des chevaux, les uns contre les autres pour se réchauffer.

Désignant du menton le visage pâle de Julian, Maharkal dit d'un ton assuré à Eylir : « La blessure est moche mais il peut s'en sortir. Il a ses chances, ne t'en fais pas, il est jeune et solide. »

Eylir hocha la tête calmement, puis il ferma les yeux et s'endormit. Mais sa dernière vision avant que le sommeil ne le recouvre fut celle du grand cavalier aux cornes de cerf dont le cheval parcourt les champs de bataille parsemés de cadavres.

Au matin, ils décidèrent de partir vers l'ouest, vers les terres des Callaghan. Même si Maharkal n'avait jamais vu les endroits qu'ils parcouraient, ils espéraient retomber sur une route, une ville ou un village connus.

Ils chevauchèrent donc silencieusement à travers une forêt de bouleaux et de châtaigniers. Le sol était recouvert d'une fine pellicule de neige qui crissait sous les pas des chevaux. De gros nuages blancs moutonneux roulaient dans le pâle ciel d'hiver.

Ils progressaient en silence, perdus dans leurs pensées. Ils acceptaient le souvenir de la bataille, celui des Compagnons disparus. D'ici un soir ou deux, peut-être, ils les évoqueraient avec émotion, mais pour l'instant chacun faisait son deuil. Eylir n'avait toujours pas d'avenir, juste une mission. Guider ces six guerriers vers des terres amies, les ramener à leur clan qu'il n'aurait jamais dû leur faire quitter. Et après ? Cela n'avait aucune importance. Retrouver Lyciane, sans doute. Mais pour quoi faire ? Il devait aussi accompagner Julian, qui se tenait les yeux clos et les dents serrées, à côté de lui. L'accompagner dans sa souffrance. C'était par sa faute qu'il avait été blessé.

La femme les attendait au bord de la route. Elle les avait entendus venir et se tenait un peu en retrait, serrée dans son manteau atlan. Elle souriait, amicale, prudente. Eylir, qui marchait en tête, fut le premier à arriver à son niveau et la salua : « Bonjour ! »

Elle lui répondit d'un beau sourire : « Bonjour ! »

Elle prêta un peu d'attention aux autres, à Julian, puis son regard se porta entièrement sur lui. Elle était jeune, blonde avec des cheveux qui lui tombaient aux épaules et un visage plaisant. Elle portait un curieux manteau atlan fait d'un assemblage de losanges de couleur pastel. Et elle sembla tout de suite incroyablement familière à Eylir, comme une amie absente depuis longtemps et enfin retrouvée. Cela expliqua sans doute pourquoi ils restèrent un long moment à se regarder et à se sourire en silence.

« Je suis Callaghan, ma Dame, et ces hommes sont avec moi. Certains de nos Compagnons sont morts, notre route ne fut pas facile. Si tu voyages, prends un de ces chevaux et si ces terres t'inquiètent, voyage avec nous.

— Je te remercie de ton offre, seigneur, je l'accepte avec gratitude. »

Elle parlait kelte avec un fort accent de Koronia, ce qui renforça l'impression de familiarité que ressentait Eylir. Cette femme le troublait, sa présence lui était incroyablement agréable, son simple sourire lui offrait de la chaleur et du réconfort. Julian, lui, la considéra avec méfiance et jeta à Eylir de longs regards fiévreux, comme s'il voulait l'avertir de quelque chose. Mais il ne sembla pas trouver la force de parler… Maharkal et les quatre autres Compagnons, quant à eux, accueillirent avec le sourire cette compagnie féminine.

Maharkal s'aperçut qu'elle transportait une petite lanterne.

« Est-ce vous que nous avons aperçue cette nuit ? Une lumière nous a guidés hors du marais…

— C'est possible… j'ai marché durant toute la nuit. »

Elle s'installa avec souplesse sur le cheval de Gavin. Comme son manteau s'écartait, Eylir put voir qu'elle portait de hautes bottes de cuir souple et un épais pantalon de voyage. Une longue épée atlane jusque-là cachée par le manteau battait contre sa cuisse. Le reste de sa tenue était atlane également : une chemise de qualité et une jolie veste courte de couleur orangée.

La femme sourit de nouveau à Eylir tandis que celui-ci détaillait sa tenue.

« Je viens de Koronia. Là-bas aussi mon costume intrigue parfois. »

Avec son épée et son pantalon, la femme lui rappelait Kay, même si elle était plus douce et moins vulgaire. Elle demanda, coupant court à ses pensées : « Vous vous êtes battus au nom d'Allander Ap'Callaghan ?

— Nous nous sommes battus en son nom, oui. »

Ils se remirent en route sur ces mots et ne parlèrent plus.

Le silence n'avait pas l'air d'incommoder leur nouvelle compagne, qui semblait perdue dans ses propres rêves. L'air était doux, le soleil jouait dans ses cheveux blonds et Eylir ne la quittait pas des yeux. C'était une bonne cavalière, que le cheval de Gavin avait acceptée facilement. Eylir sut qu'il l'aimait, comme on découvre parfois une vérité cachée au fond de soi. Il sut qu'il aimait la courbe de sa nuque, la grâce de ses gestes, sa manière attentive et désinvolte de tenir les rênes. Il aimait ce regard doux et ces belles lèvres et le sourire plein d'indulgence qu'elle posait sur le monde. Et il la regarda ainsi tout l'après-midi, son cœur se réjouissant de sa présence.

Ils bivouaquèrent tard le soir, après avoir trouvé une petite grotte dans laquelle ils purent allonger le corps grelottant de fièvre de Julian. Ils firent une belle flambée à l'entrée de leur repaire. La femme leur offrit de mettre ses provisions en commun avec les leurs et ils acceptèrent avec bonne volonté. Le feu et le repos détendirent les hommes, qui souriaient maintenant plus volontiers et plaisantaient à voix basse. Comme Maharkal était occupé à tisonner le feu de son épée, Eylir se rendit compte que Julian lui faisait signe. La vision de son ami pâle et tremblant fit presque oublier à Eylir le bien-être que lui causait la présence de la femme.

Julian murmura si bas qu'Eylir dut se pencher tout près de lui pour l'entendre : « C'est bien de ne pas lui avoir dit qui nous étions... Mais toi, demande-lui son nom... Je veux savoir comment elle... s'appelle... »

Son souffle était faible. Cette longue phrase l'avait épuisé, il ferma les yeux. Eylir acquiesça à ce que lui avait dit son ami et retourna s'asseoir près de la femme, décidé à lui poser la question. Mais dès qu'il eut croisé son regard, il sut qu'il ne lui demanderait pas, il le sut de la même manière qu'il avait su qu'il l'aimait. Dans ces terres étranges où ils chevauchaient depuis deux jours, cela ne le dérangeait pas de partager son repas et son feu avec une femme dont il ne connaissait que le sourire.

Il prit la troisième garde, celle du milieu de la nuit. Assis près du feu tandis que tous les autres dormaient, il surveillait les chevaux. Elle vint le rejoindre, s'assit à côté de lui, enveloppée dans son manteau. Ils se regardèrent longtemps. Elle ne souriait plus, son visage était troublé. Puis elle lui posa une main sur la joue.

«Tu me rappelles un homme que j'ai aimé. Un homme de ton clan.»

Il lui prit la main, serra les doigts de la femme dans les siens: «Peut-être était-ce moi, car moi aussi je me souviens de toi.»

Il l'attira près de lui avec douceur et l'embrassa sur les lèvres. Son cœur battait comme quand il avait embrassé Lyciane pour la première fois. Elle avait fermé les yeux et respirait profondément. La lueur des flammes dansait sur son visage, elle tremblait elle aussi, elle noua ses bras autour du cou d'Eylir et ils s'embrassèrent encore, d'abord avec prudence puis avec la passion de deux amants qui se retrouvent après une longue séparation.

Il étala son manteau près du feu et la femme s'y allongea avec abandon. Elle ferma de nouveau les yeux quand Eylir la déshabilla, dévoilant la surface douce de son corps. Et quand il la caressa, Eylir regretta que ses mains aient un jour tenu une épée. Il n'imaginait pas que quelque chose d'aussi doux, agréable et beau que ce corps nu éclairé par la lueur du feu puisse exister. Il la regarda un long moment, puis il se déshabilla à son tour, s'allongea contre elle et rabattit le manteau atlan au-dessus de leurs deux corps mêlés.

Elle reposait contre lui, apaisée.

«Tu ressembles à un homme que j'ai connu, tu lui ressembles beaucoup. C'était un seigneur, beau et fort, comme le soleil, il m'avait choisie et je n'avais pas su refuser, je suis tombée amoureuse de lui. J'étais à lui, tout entière, et mon épée devait le protéger… Mais ça n'a servi à rien, il est mort tout de même, il était près de moi et je n'ai rien pu faire… Les druides m'ont dit que je le retrouverai ici, ils m'ont dit que je le verrai, pour qu'il me pardonne. Mais ce n'est pas toi, je sais que ce n'est pas toi, même si tu lui ressembles beaucoup.»

Eylir l'embrassa encore, il ne voulait pas qu'elle en dise plus, il ne voulait pas qu'elle voie ses larmes.

Au matin, ils allèrent marcher dans la forêt comme les Compagnons préparaient les chevaux. Ils ne disaient rien, se tenant simplement la main dans un souvenir de la chaleur de la nuit. Arrivés dans une clairière, sous le ciel bleu de l'hiver, elle se serra contre lui et dit dans un souffle : « Je t'aime. Mais je sens que je ne peux pas continuer à voyager avec toi…

— Non, tu ne peux pas.

— Nous nous reverrons ? »

Eylir se sentait triste.

« Oui. Je suis sûr que tu me retrouveras. »

Elle l'embrassa une dernière fois. Une heure plus tard, elle les quittait, prenant le cheval de Gavin. Elle les avait remerciés, avec ce sourire doux qu'Eylir aimait tant chez elle. Elle partit vers le nord sans se retourner.

Comme ils reprenaient la route à leur tour, Julian, dont la fièvre avait un peu baissé, dit dans un souffle à Eylir :

« Cette nuit… je n'ai pas pu trouver le sommeil. »

Et Eylir se sentit pris d'une étrange inquiétude quand il croisa le regard jaloux de son ami.

Le ciel était devenu uniformément gris. Il y avait moins de neige, aussi. Les sabots des chevaux s'enfonçaient dans une terre noire, humide et froide. La fatigue revenait depuis que la chaleur de la femme s'en était allée. Eylir se serrait dans son manteau, il avait soudain envie d'une présence amie, de quelqu'un de responsable qui lui dirait quoi faire. Cette forêt morne n'avait pas de fin…

Maharkal vint à son niveau : « Seigneur, il faut que tu nous guides hors d'ici. Brand commence à se faire de mauvaises idées, il pourrit le moral des autres.

— Comment pourrais-je vous guider ? Je ne sais pas où nous sommes.

— Ça n'a pas d'importance, que tu ne saches pas. »

Faisant volte-face, Eylir se tourna vers les quatre Compagnons. Quatre visages de soldats, avec leurs cheveux longs emmêlés, leurs moustaches et leurs barbes épaisses, leurs armures de cuir et leurs cottes de métal. Leurs lances, leurs épées, les grands boucliers marqués de l'aigle d'or pendant à la selle de leurs chevaux de guerre. Sur un champ de bataille, des hommes comme ceux-ci permettaient toutes les audaces... Maintenant, le doute se lisait sur leurs visages, ils avaient l'air d'enfants égarés.

« Compagnons, dit Eylir. Vous m'avez suivi, vous avez montré que vous étiez hommes de parole. Je serai homme de parole moi aussi et je vous dis que nous sortirons de ces terres, quelles qu'elles soient. Si nous sommes dans la forêt de Moronn, nous rejoindrons bientôt les terres du clan Ap'Kalowicz puis les nôtres, et vous retrouverez vos femmes. Et si nous sommes dans le pays des morts, alors il ne nous reste plus qu'à chercher les îles bienheureuses et le repos que nous méritons. »

Il vit le visage désapprobateur de Maharkal. Il n'aurait pas dû parler du pays des morts... Pourtant, c'était son intime conviction. Cette forêt était une antichambre, une terre intermédiaire entre le monde des vivants et la vallée des brumes. Il ne voulait pas mentir aux hommes, ni leur cacher ses doutes. On mentait trop souvent aux soldats. Ceux-ci l'avaient suivi assez loin pour mériter la vérité.

Ils chevauchèrent lentement jusqu'à la nuit, le long des crêtes et des vallées, cachés sous l'épais couvert des arbres. Ils chevauchèrent jusqu'à ce que le sol exsude les ténèbres et la brume, jusqu'à ce que le froid se glisse sous leurs manteaux, sous leurs armures, sous leurs chemises, jusqu'à ce que des mains de glace leur caressent la peau avec l'intimité d'une amante. Et même alors, ils ne s'arrêtèrent pas. Aucun feu ne pouvait chasser ces brumes et ce froid. Eylir se dit que cette nuit était la dernière nuit du monde, qu'au-delà l'attendait le néant. Il ne croyait pas aux îles bienheureuses, il ne pensait pas qu'elles puissent être ailleurs que dans le monde réel. Les îles bienheureuses, c'était le feu dans la grande cheminée du château Vendares, c'était le soleil d'Erynéthis, le vin atlan, les seins de son amante d'une nuit. Ailleurs, tout autour, régnaient le néant et les morts et personne n'aurait jamais dû s'aventurer sur leurs terres.

Il sentait l'angoisse et la peur lui ronger le cœur. Son manteau ne suffisait plus à le protéger du froid et les souvenirs heureux n'étaient que de faibles flammes brillant dans les ténèbres. Il aurait voulu savoir prier, pour lui, pour les hommes qui le suivaient aveuglément, mais il n'avait pas la foi. Ni en aucun dieu, ni en lui-même. Et il n'osait pas se retourner, de peur de découvrir qu'il était suivi par une file de chevaux maigres montés par des cadavres aux orbites vides. Il n'imaginait pas que disparaître puisse être un acte aussi lent et aussi difficile.

Alors il atteignit la lisière de la forêt et son cheval émergea de la brume. Une plaine noire montait en pente douce devant lui, éclairée par la lune blafarde de l'autre monde. Et tout en haut, sur la crête, se découpant sur les étoiles, se tenait une armée : lanciers et cavaliers, sur plusieurs rangs de profondeur. Une armée immobile et silencieuse, qui lui faisait face. Aucun vent n'agitait ses étendards, la lumière des étoiles se reflétait à peine sur le métal mat des armes.

Ce n'était pas l'armée des Vilna, non. C'était une armée si nombreuse, qu'en écartant les bras Eylir n'aurait même pas pu embrasser la moitié de sa ligne. C'étaient les lanciers de Dianem, les archers d'Elmédia. C'étaient les dix mille Compagnons de la route des sables. C'était l'armée de l'aigle Ap'Callaghan, l'armée d'Allander, l'armée de son frère. Et elle le surplombait, muraille immobile et menaçante, sortie en silence de la vallée des brumes.

Il avait cru pouvoir fuir sa défaite, ramener au moins

quelques soldats chez eux. Mais sa fuite vers l'ouest s'achevait ici, sur cet ultime obstacle, sur cette ligne indestructible de soldats. Derrière eux, une forêt vide, des marais pleins de serpents noirs. Devant eux, l'armée invincible qui avait soumis le monde.

Alors le désespoir quitta Eylir. Car il n'y avait plus de doute, car il n'était plus question de croire ou de ne pas croire. Il ne restait plus que la froide certitude de se retrouver face à la fin des choses. Il se redressa, enleva son manteau et sa chemise, laissant l'air glacé mordre sa peau nue. Puis il se tourna vers ses Compagnons. Ils le regardaient, vivants et présents. Julian ignorait en souriant les déchirures de sa chair, les yeux de Maharkal brillaient d'un éclat froid. Les quatre Compagnons restants avaient retrouvé leur courage et tenaient leurs longues lances à la main.

« Mes amis, je crois qu'un beau combat nous attend. »

Il rit sans joie et son rire projeta un nuage de condensation. Puis il se tourna vers son ami d'enfance : « Julian, tu...

— Je te suivrai. Si je ne suis pas encore mort, c'est que je dois mourir maintenant. »

Le Koronien cracha un jet de salive et de sang. Eylir hocha la tête et dégaina son épée. Puis il fit face à la ligne immense de ses adversaires, et lança son cheval au galop.

Ils chargèrent tous les sept, comme une rafale de vent qui aurait voulu arracher une montagne, comme une vague voulant abattre une falaise. Le vent fouettait leurs visages, leurs chevaux martelaient la terre dure. Et Eylir laissa les rênes sur le cou de sa monture. Il galopa l'épée à la main, les bras en croix vers la ligne noire des soldats, vers les cavaliers invincibles qui avaient soumis le monde, et un cri monta de sa gorge.

« *Callaghan !* »

Ils étaient le clan vivant face au clan mort, ils étaient le soleil qui dissipait la glace !

« *Callaghan !* »

Il rit, joyeux, et se dressa sur les étriers. Et ils crièrent tous ensemble leur défi aux étoiles froides.

« *Callaghan !* »

Et leur charge rencontra la ligne inflexible des soldats morts.

Les lances éventrèrent leurs chevaux. Les épées rouillées transpercèrent la gorge de trois des Compagnons. Les lanciers de Dianem avancèrent de quelques pas, leurs lances de quinze pieds faisaient comme un mur de pointes et d'acier. Trois d'entre elles traversèrent la cotte de mailles de Maharkal, et la charge de ce dernier était si violente qu'il fut arraché de son cheval et suspendu en l'air comme le gibier qui s'empale sur l'épieu. Il mourut avec le sourire.

L'épée d'Eylir s'abattit de nombreuses fois, fendit des casques, trancha des mains et des doigts. Julian et le Compagnon nommé Brand se tenaient derrière lui, couvrant son dos. Leurs chevaux moururent sous eux, mais restèrent debout tant la pression de la mêlée était grande. Ce n'était autour d'eux que visages livides, mains glacées et regards morts. Et chaque homme abattu était remplacé par son semblable.

Une pluie de coups abattit Brand. Julian fut touché dix fois. Il criait, au milieu de ses quintes de toux sanglantes : « Je suis Julian Leiss ! Je suis Julian Leiss ! »

Et chaque fois qu'il prononçait son nom, il tuait un homme. Puis une épée se glissa dans la blessure à son flanc et trouva le chemin de son cœur. Il tomba sans un mot.

Eylir fut touché au front, à la cuisse, à la poitrine. Le sang recouvrit sa peau nue. Il riait et la folie brillait dans ses yeux.

Puis il aperçut une haute tente conique, au-delà de la foule des soldats, au-delà de la forêt des lances. Alors, prenant appui sur son cheval mort, il se jeta en avant et bouscula les hommes qui l'entouraient. Un espace devant lui, une aspiration, une longue étendue dégagée jusqu'à la tente du général. Eylir courut et cria : « Mon frère ! Mon frère ! Je viens pour toi ! »

Des hommes s'interposèrent, il les tua dans de grands revers de lame. Les archers qui gardaient la tente lâchèrent une volée de flèches. Un trait empenné lui traversa le poumon, un autre l'épaule, cela ralentit à peine sa course. Il abattit sa lame verticalement, tuant un soldat au casque conique, bondit par-dessus le cadavre, balaya les archers et pénétra dans la tente.

Il y avait six généraux au pied d'un trône de bois sculpté et trois marches recouvertes de tissu d'Orient pour y accéder. Eylir se tenait, immobile et sanglant, sur le seuil. Il arracha la flèche de sa poitrine avec un cri de douleur et dit en haletant : « Mon frère... ta vie... pour moi... pour la mienne... »

Et il leva les yeux vers le trône.

Le siège était vide.

Un néant noir s'ouvrait sous le dais, une faille terrible donnant sur les profondeurs du ciel étoile. Et cette faille et ce néant prenaient la forme de la silhouette d'un homme assis, d'un homme majestueux et fier, et deux étoiles froides brillaient là où auraient dû se trouver ses yeux. Alors le cœur d'Eylir se glaça, il escalada le trône et fit disparaître son épée dans le corps de l'homme qui n'existait plus.

Un vent terrible se leva, qui balaya la tente et les généraux, le trône, les lanciers, les archers, les cavaliers, les morts, les cadavres, les arbres et la forêt. Tout disparut dans un grand souffle du ciel.

Eylir ouvrit les yeux.

Des milliers de marches de pierre descendaient dans l'océan, mais était-ce l'océan ou bien la brume ? Des milliers de marches irrégulières, un escalier si large qu'il ne pouvait l'embrasser du regard, qui descendait devant lui et se perdait dans les vagues blanches et froides. Des ombres descendaient vers la mer, des files d'hommes et de femmes à la silhouette floue, comme noyée de fumée, qui marchaient lentement sur les marches et disparaissaient dans la brume, sans hésiter, sans se retourner. Le froid glaçait son corps.

Longtemps auparavant, Kyle disait :

Il y eut la troisième bataille, la bataille des marches, la plus grande et la plus meurtrière, à Endoval, au bord du monde. Là où le sang des géants a teinté les rochers de noir, là où les peuples alliés ont vaincu les dieux pour les enfermer sous les eaux. Là où est né Llyr Ap'Dana, là où il est devenu le premier roi.

Et les ombres indistinctes marchaient sans cesse, une foule innombrable s'enfonçait lentement dans la mer brumeuse. Eylir en reconnut soudain certains, Armas Ap'Lleman, Rohan Pehran, ses compagnons morts... Il voulut courir après eux, les empêcher de disparaître ou bien les rejoindre pour s'enfoncer avec eux, mais des mains froides le retenaient, lui griffaient les bras et les jambes, le tenaient écartelé contre une pierre froide qu'il ne pouvait voir.

« Revenez ! Revenez ! Ne partez pas ! »

Les ombres marchaient vers la mer. Où était le roi Llyr Ap'Dana ? Où était le seigneur qui unit tous les hommes, les vivants et les morts ?

« Où est le roi ? »

Les brumes montèrent et engloutirent tout.

Beth, Jude et moi...

Beth et moi sommes rentrés péniblement à Koronia, descendant le Rohan sur une barque à minerai. Nous ne pouvions plus rester dans les pays keltes, nous n'avions presque plus d'argent et ne connaissions pas les dialectes.

Juste avant de quitter les Thiléens, Beth avait appris que certains Keltes prétendaient avoir aperçu Julian Leiss et Maharkal vivants, plusieurs semaines après la bataille. Par contre, pour eux, la capture d'Eylir par la reine et son exécution publique ne faisaient aucun doute.

Notre enquête se terminait donc en queue de poisson, cette déception avait pesé sur notre humeur pendant le voyage et la pluie n'avait rien arrangé. Julian, s'il était vivant, n'avait jamais donné de nouvelles à sa famille durant les cinq années qui s'étaient écoulées depuis les événements.

Nous avons débarqué à Koronia sous une pluie battante. Il faisait froid, je me sentais fatigué, sale, un rien triste malgré sa présence à mes côtés. Je lui ai proposé de m'accompagner à la pension pour prendre quelque chose de chaud avant qu'elle rentre chez elle. Elle a accepté avec une reconnaissance qui m'a fait plaisir.

J'ai retrouvé la petite pension bourgeoise avec la satisfaction de celui qui rejoint la civilisation. Les poêles de faïence chauffaient bien, ma chambre était impeccablement rangée. J'étais en train d'enfiler des vêtements secs et propres, quand une voix a dit : « Au rapport, soldat ! »

J'ai sursauté. Jude se tenait dans l'encadrement de la porte, comme un grand oiseau noir curieux. Il a eu un brusque éclat de rire à sa manière. Ainsi, lui et Madame étaient rentrés de leur ambassade en Elmédia... La nouvelle ne m'enchantait pas, j'aurais aimé disposer de quelques jours à Koronia avec Beth. Mais ce retour inopiné n'était pas la seule surprise que mon collègue me réservait.

Jude s'est avancé vers Beth qui s'est raidie, contrariée. Il lui a baisé la main, sans la quitter des yeux, lui souriant d'une façon ironique et un peu méchante.

« Mademoiselle Leiss... Madame et moi nous inquiétions à votre sujet. Votre père aussi, d'ailleurs. Le pauvre homme a été bien incapable de nous dire où vous étiez passée…

— Cela suffit, Jude. Je vais aller parler à sœur Serena. »

Jude s'est redressé, faussement effrayé par le ton sec de mon amie. Il a reculé jusqu'à la porte et il a disparu.

Beth a gardé un moment son expression contrariée, puis elle a soupiré et s'est assise sur le lit.

Jude et elle se connaissaient donc ! J'ai trouvé la surprise assez désagréable, parce qu'elle signifiait que Beth m'avait caché des choses, qu'elle ne m'avait pas fait confiance…

« Pardonne-moi. J'allais tout te dire aujourd'hui, mais Jude m'a prise de court… »

La sœur Serena Fonte était une vieille amie de la famille Leiss, quand celle-ci vivait encore à Phocéa. À la mort de la mère de Beth et de Julian, leur père ne pouvant assurer leur éducation, la sœur a recueilli les enfants encore tout jeunes. Plus tard, Julian a pu rejoindre son père qui avait émigré à Koronia, mais Beth est restée sur Atlan, auprès de Madame à qui elle était très attachée. Quand l'éducation de Beth a été terminée, Mme Fonte l'a officiellement adoptée, comme les choses se faisaient souvent dans les grandes familles atlanes.

J'avais voyagé avec la fille adoptive de Madame, sans le savoir.

« Si je te l'avais dit, cela aurait tout faussé, non ? Le secrétaire aurait-il pu être l'ami de la pupille de Mme Fonte ? »

Je ne savais pas si elle avait raison d'avoir agi ainsi, mais je ne lui en voulais pas. Je me suis assis à côté d'elle, je lui ai pris la main, elle a abandonné sa tête sur mon épaule. Ses cheveux étaient encore un peu mouillés de pluie.

Beth avait appris que son frère avait quitté le gymnase, qu'il avait fréquenté Eylir, puis qu'il n'avait plus donné de nouvelles. Alors elle avait profité du voyage de Madame vers les pays keltes pour rendre une longue visite à son père, loger chez lui quelques semaines et pouvoir mener sa propre enquête, au palais Vendares ou auprès de Kay. Voilà pourquoi nous nous étions croisés... Par hasard. Un coup du destin, dans une histoire de Keltes.

Elle m'a embrassé sur la joue puis s'est levée, me laissant tout troublé.

« Je vais parler à Madame. Elle doit être furieuse après moi, avec raison... Une jeune fille de bonne éducation ne doit pas partir sans escorte dans les pays keltes. »

Nous nous sommes souri : ainsi, en restant au service de Madame, je pourrais revoir Beth, l'aider à retrouver son frère, une quête naturelle maintenant que je savais ce qu'il était advenu d'Eylir. J'allais encore passer du temps avec Beth, le monde s'ordonnait comme il le fallait.

Madame m'a reçu une demi-heure plus tard, dans le petit salon. Des papiers étaient éparpillés sur la table et sa dame de compagnie a emporté les tasses à café vides. Je n'avais jamais vu mon employeuse les traits aussi tirés et fatigués. Elle m'a désigné d'un geste sec le siège en face d'elle, j'ai senti que quelque chose n'allait pas. Nos salutations furent brèves.

« Quelles nouvelles de notre Callaghan, mon ami ?

— Il est mort voici cinq ans, Madame », dis-je, contrarié d'annoncer les choses d'une manière aussi brusque.

« M'avez-vous rédigé le récit de vos découvertes ?

— Je n'ai pas eu le temps, Madame. Et j'ai manqué de papier dans les pays keltes...

— Vous en avez, maintenant. »

Un silence un peu gênant s'est installé. Je l'ai rompu en disant : « Même si Eylir Ap'Callaghan est mort, je crois qu'il faudrait retourner dans les pays keltes pour retrouver la trace de Julian, le frère de mademoiselle votre pupille... »

Cette remarque l'a vraiment agacée.

« Nous n'en aurons pas le temps, malheureusement. Les réceptions officielles vont commencer. Nous restons encore deux semaines à Koronia, puis nous retournons à Atlantys. Je vous prierais en l'occurrence d'être prêt pour notre visite chez le Domniam de la ville, demain, à la première heure. »

Cet ordre valait congé. Je me suis levé, hésitant et dérouté par tant de sécheresse à mon égard de la part de la sœur Serena. Comme je ne partais pas, elle a posé son menton sur ses mains et a ajouté : « J'ai de l'amitié pour vous et n'ai pas à me plaindre de votre travail. Mais rappelez-vous de rester à votre place. »

Je n'ai pas apprécié cette façon de me rappeler mon rang. Madame avait des réactions tout à fait irrationnelles quand il s'agissait de Beth... Sur le coup, j'ai pris sur moi et supposé que la situation se calmerait toute seule. Je suis retourné dans ma chambre, Jude m'y a rejoint.

« Madame et la petite Mlle Leiss ont eu quelques mots un peu vifs. C'est curieux, d'habitude elles s'entendent très bien... Après ça, la petite est partie chez son père... Je ne crois pas qu'elle nous accompagnera dans le beau monde. Au moins elle ne nous traînera pas dans les pattes. »

Puis je me suis fait à l'idée que c'était la fin de ma situation privilégiée. Je perdais ma merveilleuse liberté de mouvements et mon sauf-conduit, je devenais un employé comme un autre, au service toutefois d'un nonce impérial.

N'ayant pas de nouvelles de Beth, j'ai travaillé tout l'après-midi et une bonne partie de la nuit, replongeant dans l'histoire d'Eylir, racontant Mak Morn et les Thiléens, la pierre de Fâll et l'autre monde. J'ai écrit avec acharnement, pour faire renaître les terres keltes, pour que Madame sente battre l'enthousiasme des jeunes compagnons d'Eylir. J'ai écrit pour chasser la grisaille, la pluie, la banalité de mon emploi, pour dire à mon employeuse : *Regardez ! Ce sont ces histoires que je veux !*

Mes récits lui ont plu. J'y ai travaillé tout au long de ces deux semaines de mondanités officielles où je devais l'accompagner. Elle les lisait la nuit, avant de dormir et nous en parlions au matin ; elle avait retrouvé son amabilité coutumière à mon égard, et j'étais heureux de cette intimité avec une femme devant qui les puissants s'inclinaient. Elle était sortie de l'anonymat, apparaissait maintenant comme la voix de l'Empereur, portant avec elle la lumière immense d'Atlantys. On la traitait avec un respect distant, de la crainte et peu de sincérité. Je comprenais qu'elle n'aimait pas cela et préférait la simplicité de ses autres voyages.

Quand mes travaux d'écriture ont été terminés, je les ai recopiés soigneusement et les ai envoyés à Mme Vendares, accompagnés d'une lettre expliquant les circonstances de mon enquête. Ne lui avais-je pas promis de lui apprendre tout ce que je découvrirais ? J'ai longuement hésité avant de lui transmettre des nouvelles aussi tristes. Je serais bien passé la voir en personne, mais elle n'était pas en ville et Madame voulait partir au plus tôt.

Jude, Madame et moi avons donc embarqué pour Dvern, puis pour Atlantys. Aucune trace de Beth. Je n'osais pas demander de nouvelles à Madame et je n'avais pas le temps de passer la voir chez son père.

Nous avions quitté le port depuis une heure et je venais de découvrir la cabine que je partageais avec Jude quand ce dernier m'a tendu une lettre décachetée.

« Beth m'a demandé de te transmettre ça. Je me suis permis d'y jeter un coup d'œil. »

Je l'ai arrachée des mains de Jude.

Mon ami,

j'écris ces mots depuis l'atelier de Piter, mon père. Un homme bon, que je ne connais pas aussi bien que je le voudrais, mais qui me comprend, qui parle d'amour comme d'autres parlent de Dieu. Retrouver Koronia, l'atelier, les robes sans corset et les sourires faciles des Keltes m'a touchée plus que je ne pensais. C'est une autre culture, un autre monde auquel j'appartiens, autant qu'à Atlantys ou à Fosca. Je te raconterai Fosca, ses ombres et ses lacs un jour, j'en suis certaine.

Ce monde-là, celui de mon frère, celui d'Eylir, Serena ne le comprend pas. Elle en a peur, il l'a marquée, dans la chair de sa famille.

Je vais repartir dans le Haut-Royaume et elle ne l'admet pas. J'irai à Adorovakis, je verrai la reine, peut-être, et je retrouverai Julian si je le peux.

Je voyagerai seule, ou avec toi. Si tu viens, tu le paieras cher. Je sais l'importance que la confiance de Madame peut avoir, mais tu as encore la possibilité de changer de chemin. Je t'attendrai demain matin jusqu'à huit heures, au théâtre, je sais que tu y es déjà venu, j'aurai un cheval pour toi. Si tu ne viens pas, j'emmènerai tes pensées comme un trésor et je promets de te donner des nouvelles.

Ta décision, j'en suis sûre, sera juste et honnête. Je bois mon vin ce soir en souriant avec tendresse à nos escapades thiléennes.

Ysbeth

La lettre était datée du jour de notre retour, deux semaines plus tôt.

Alors j'ai pleuré de rage devant l'occasion manquée, car je l'aurais suivie. J'ai laissé tomber la lettre, je me suis jeté sur Jude, nous nous sommes battus dans la cabine étroite. Il a pris le dessus, bien sûr, il m'a étalé sur la couchette, le bras en travers de ma gorge, il appuyait si fort que je n'arrivais plus à respirer.

Il m'a dit, sans méchanceté : « Écoute. J'ai lu la lettre et je l'ai cachée pour te faire comprendre quelque chose. Toi et moi nous appartenons à Madame. Elle a besoin de nous, nous n'avons pas le droit de nous envoler, comme ça, même pour l'amour d'une petite. L'obéissance n'est justifiée que quand elle élève le serviteur. Tu comprends ça ? »

J'ai hoché la tête, vigoureusement, je n'acceptais pas mais je voulais respirer. Il m'a relâché.

Il m'a fallu du temps pour comprendre ce qu'il voulait dire. Je crois maintenant qu'il avait raison, même si je ne peux toujours pas approuver ses méthodes. Sur le coup, je l'ai détesté, puis je me suis calmé. Je ne pouvais rien contre lui, je n'avais qu'à me résigner...

J'avais perdu mes Keltes, j'avais perdu Eylir, j'avais perdu Beth. C'était une déchirure, un choc bref et douloureux qui me laissait tétanisé. Mais j'étais jeune, j'embarquais pour Atlantys, une nouvelle vie commençait, j'allais me remettre. En attendant, je pleurais dans ma cabine. Jude ignorait les regards noirs que je lui jetais, me proposait à boire, des parties de cartes, ou bien me racontait des histoires graveleuses. Je ne suis pas rancunier, j'ai cessé de lui en vouloir.

Je n'ai revu Beth que trois ans plus tard.

5

Le bord du monde

Il faut prendre la fortune comme elle vient.
Proverbe thiléen

Une vie atlante

Deux mois de voyage et nous sommes arrivés au centre du monde. Ceux qui se sont rendus à Atlantys me comprendront. C'est dans cette ville que se trouvent la tête et le cœur de l'Empire. Le trône de Rhadamanthe, le siège de l'âme.

J'ai vu le rêve de pierre dont parlait Kyle à l'auberge d'Orient, j'ai vu la cité de lumière. J'ai vu les jardins, les avenues, les églises et les fiacres. J'ai vu le peuple laborieux, les nobles, les prêtres, les moines et les bourgeois. J'ai vu des temples si beaux et si riches qu'ils vous écrasaient sous l'idée de l'Unique.

Le matin même de notre arrivée, la nonce Serena Fonte nous a entraînés, nous, ses serviteurs, au cœur de l'administration impériale. J'ai vu ces bâtiments immenses, grands comme des palais, où s'affairaient des milliers de fonctionnaires, régentant la ville, les plaines d'Atlanie, les provinces de l'Empire, les colonies, le monde.

Il a fallu écrire des rapports, légaliser ma situation. Ce jour-là, en vertu d'une procédure accélérée qui avait été lancée quelques semaines plus tôt depuis Koronia, ce jour-là je suis devenu citoyen atlan. J'étais tout étourdi.

Nous nous sommes installés dans un appartement de la Cité, le quartier le plus riche de la ville, qui entoure l'Apogée où se trouve le palais impérial. Je vivais avec les autres serviteurs de Madame dans la partie réservée aux domestiques d'un très vaste appartement de fonction.

C'était l'hiver, il ne neigeait pas, mais une fine pellicule de givre recouvrait tout, donnant à la ville un lustre éclatant. Depuis les fenêtres des fiacres qui nous emmenaient ici et là, je dévorais tout ce que je voyais avec des grands yeux ahuris qui faisaient rire Jude et m'attiraient parfois des remontrances aimables de Madame.

Elle a fini par convenir qu'il fallait que je connaisse un peu mieux la ville. Un jour par semaine, en plus du dimanche, j'eus le loisir de me promener, sur les bords du lac d'Ylynyn et dans les cafés, dans les thermes et les bibliothèques, les temples, les universités. J'ai pris avec Jude de douloureuses mais utiles leçons d'équitation. Il a aussi essayé de nouveau de m'enseigner l'escrime et la lutte, mais j'y ai mis tellement de mauvaise grâce qu'il a renoncé. Et rien de tout cela n'a jamais complètement changé mon sentiment d'être un étranger.

Puis, plus tard, je me suis fait quelques amis en ville. Lors d'une réception dans notre appartement, j'ai lié connaissance avec Isabel Aemilia, la dame de compagnie d'une amie de Madame. Isabel était une femme douce et calme qui se mêlait de politique. Elle m'a fait découvrir les cafés, les promenades le long des canaux de la petite Atlanie ; j'avais enfin une attache ici.

Alors j'ai apprivoisé la grande cité de lumière, j'ai transformé les avenues vertigineuses en quartiers familiers, j'ai trouvé mes recoins et mes repères, mon café, mon jardin favori, ma statue préférée. Je me suis fait d'autres amis, j'ai suivi des cours à l'école d'Administration impériale pour devenir un fonctionnaire à peu près compétent. J'ai arrêté de sortir boire avec Jude, j'ai emmené Isabel au théâtre (elle m'a communiqué sa passion des acteurs et des salles aux fauteuils rouges), j'ai lu un peu de littérature et beaucoup de livres de quatre sous qui m'amusaient.

J'aimais ces instants fugaces, quand le soleil disparaît et que les lampadaires à gaz s'allument, que le ciel d'Atlantys se déchire de teintes bleues, roses et violettes. Je prenais un thé au bord du lac avec Isabel et nous nous tenions la main.

Les Keltes étaient loin, et leurs épées et leurs chevaux. Quelques Thiléens roublards et menteurs vivaient à Atlantys, bien différents de la famille du Rohan. Le Haut-Royaume ressemblait à un songe lointain. Se pouvait-il que coexistent à trois mois de voyage ce grand phare de civilisation et ces terres puissantes et sombres ? Atlantys et Beïssama ? La morgue des Atlantes leur faisait voir les Keltes comme des barbares bouseux, à peine dignes d'acheter les produits de leurs manufactures. Je savais qu'ils avaient tort, mais n'aurais alors su expliquer pourquoi. Je n'avais pas encore compris que les terres keltes aussi portaient leur lumière.

Puis, un an après mon arrivée, ma vie a de nouveau été ébranlée. Je suivais alors Madame au palais impérial. J'étais devenu un familier de ces corridors et de ces salons, de ces façades et de ces statues qui toutes manifestaient la puissance de la famille impériale, la puissance de la ville et de l'Empire. Je regardais, blasé, les ors et les peintures profanes et sacrées, je saluais même certains membres de la garde kalde par leur nom, ces soldats aux uniformes orange et bleu qui ont fait serment de donner leur vie pour l'Empereur.

Je me piquais même de parler de politique. À la suite

de Madame, j'avais pénétré dans les salons des grands de ce monde. Je leur avais écrit, j'avais lu leurs lettres, arrogantes ou suppliantes envers le nonce impérial. Je me vantais parfois auprès d'Isabel ou d'autres amis de connaître quelques secrets d'État…

J'étais donc avec Madame au palais. Nous sortions d'un rendez-vous important avec un personnage du gouvernement, le jour finissait, l'air était doux. Madame m'avait emmené au jardin des saules, un recoin qu'elle aimait particulièrement. Les saules pleureurs au bord de l'étang artificiel lui rappelaient les arbres de Fosca.

Je ne sais plus de quoi nous parlions, mais un bruit de voix a dérangé notre conversation. Nous nous sommes tus, nous préparant à nous éclipser. Un homme et sa fille sont arrivés au bord de l'étang et nous ont aperçus.

Je n'ai pas fait l'erreur d'Eylir devant la Haute-Reine Meyrin Ap'Vilna. J'ai reconnu l'homme parce que son portrait ornait les pièces de monnaie, parce que son buste, obligatoire, décorait chaque antichambre de chaque administration. Je l'avais aperçu de loin dans le palais, au milieu de ses conseillers et de ses courtisans. J'affectais auprès de mes fréquentations de ne pas l'aimer, de juger son gouvernement conservateur et paternaliste, de penser qu'un État aussi civilisé que l'Empire atlan pouvait se passer de l'omniprésence du Temple et de l'ingérence permanente des affaires religieuses dans les affaires civiles. Voilà ce que je pensais, oui, sans en être vraiment convaincu, lorsqu'au bord d'un étang, dans un jardin au cœur du palais, au cœur de la ville, au centre du monde, j'ai rencontré l'empereur Rhadamanthe d'Atlantys.

Un homme au visage de moine, mince et doux, tellement fort pourtant. Il avait plus de soixante ans, il marchait d'un pas très calme jusqu'à nous, et je me suis rendu compte que la sœur Serena tremblait de tout son corps. Elle s'est agenouillée lentement face à lui, a pris avec une infinie lenteur et une infinie délicatesse la main qu'il lui tendait pour l'effleurer de ses lèvres. Et moi j'ai regardé cela avec une stupeur imbécile et le sentiment d'être un voyeur. Il a parlé.

« Relevez-vous, ma sœur. Vous savez que j'aime cet endroit, tout comme vous. Je suis heureux de vous y rencontrer. »

Elle n'a rien répondu, s'est relevée. Sa poitrine se soulevait comme celle d'une jeune fille amoureuse, elle n'a pas levé les yeux sur lui. Et moi j'ai été foudroyé de comprendre qu'elle l'aimait, oui, avec un respect infini, elle l'aimait de tout son corps, de son cœur, de son âme, parce que ces passions-là vous embrasent tout entier.

Elle a salué d'une voix maîtrisée la princesse Symiel, jeune fille effacée qui suivait son père, puis elle m'a présenté à leurs majestés.

Le regard de Rhadamanthe pouvait tout comprendre, tout pardonner. Il n'y avait ni barrières ni brumes, juste une immense clarté, si belle qu'elle m'a déchiré le cœur. Je me suis à peine rendu compte que je tombais à genoux, la poitrine gonflée d'une terreur sacrée. J'ai balbutié : « Seigneur... »

J'avais entendu l'histoire d'Allander, découvert les Thiléens puis Atlantys, je me croyais blasé. Mais une nouvelle fois l'extraordinaire avait pénétré dans ma vie. L'Empereur-Dieu m'a parlé, à moi qui vous parle. Je garde comme un trésor le souvenir de cet instant.

Je ne sais pas s'il est l'Incarnat, comme le prétendent les unidéistes. Mais je sais pourquoi la sœur Serena mettait tant de dévouement à accomplir sa mission.

Elle a échangé quelques mots avec Sa Majesté. Nous nous sommes tous les deux agenouillés de nouveau puis nous sommes partis. Jude nous attendait près de la voiture, il a aidé la sœur à monter, il paraissait comprendre.

Le regard de Madame était très loin de nous, je ne l'ai pas dérangée de tout le trajet de retour

Tentatives littéraires

Le temps a passé. J'ai su que Beth était revenue de son voyage dans les terres keltes. Elle m'a écrit depuis le château de Fosca, la demeure ancestrale de la famille de Madame où elle logeait. Sa lettre était triste, sereine et fatiguée. Elle avait échoué à retrouver trace de son frère. Je lui ai écrit pour la réconforter, promettant de passer la voir là-bas. Fosca était assez loin d'Atlantys, il fallait trois bonnes semaines pour couvrir la distance.

Je travaillais beaucoup, commençant à gagner une certaine maîtrise des questions diplomatiques. Je devenais enfin un secrétaire efficace... Je ne croisais plus Jude qu'épisodiquement.

Je n'oubliais pas les Keltes. Les lettres de Beth me rappelaient son inquiétude pour son frère.

J'ai oublié de mentionner que j'avais repris l'ensemble des récits faits pour Madame, les avais dépouillés d'un peu de lyrisme et leur avais donné une plus grande rigueur factuelle. J'ai fait publier l'essai qui en est résulté par un libraire-éditeur sous le titre *Histoire d'une révolte kelte*. J'en ai vendu presque six cents exemplaires : apparemment le romanesque de l'affaire avait séduit un petit public. Une revue sérieuse a même parlé de moi, pour dire que j'étais un fumiste qui tenait plus du fabuliste que de l'historien. J'ai gardé précieusement le numéro. Isabel riait en lisant l'article et je me sentais curieusement flatté.

Puis j'ai reçu un jour une curieuse nouvelle. Jude m'avait apporté avec un sourire finaud un numéro de

Voyages singuliers et Aventures extraordinaires, une revue que je lisais parfois, qui contenait des récits populaires, pleins d'exotisme pour les habitants des grandes villes atlanes.

« Ce serait dommage que tu manques ce numéro. Le premier récit est assez intéressant... »

Au premier abord, j'ai cru que l'auteur de *L'Aigle et le Cerf (première partie)* avait recopié mon *Histoire d'une révolte kelte.* Le récit, dans un style flamboyant plein de cavalcades, reprenait exactement le contenu de mon fascicule. Eylir y était présenté comme un héros noble et généreux se révoltant contre la tyrannie d'une souveraine détestée... L'auteur, le professeur Dies, de l'université de Dvern, citait de nombreux détails que je ne connaissais pas, sans doute inventés pour accompagner le style du récit. Mais ce n'était pas là le plus surprenant. Le récit s'arrêtait à la bataille de Moronn, précisant que suite à cet affrontement, Eylir avait été capturé et banni par la reine.

Banni, et non pas exécuté, comme on me l'avait rapporté.

J'ai attendu avec impatience la parution de la seconde partie, qui n'est pas venue, ni dans le numéro suivant, ni dans celui d'après. J'ai écrit au professeur Dies, à l'université de Dvern, et on m'a répondu que le professeur n'enseignait pas chez eux. Le nom était fictif, bien sûr.

J'ai fini par m'en ouvrir à Madame, déboulant dans son bureau un matin d'été.

« Si ce récit est vrai, alors il est probablement vivant, quelque part, peut-être même ici, sur le continent ! »

Mon enthousiasme a fait sourire la sœur Serena. Elle m'a fait asseoir, prendre une tasse de café, le temps que mon agitation s'apaise un peu.

« Ce n'est qu'un récit pour journal populaire, mon ami.

— Je sais qu'il n'a pas été exécuté, Madame. Je le *sentais*. J'ai juste été trop faible, trop idiot pour écouter cette sensation. Et cette histoire dit la vérité, il n'est pas mort, je le sens. Il faut que je parle à ce professeur Dies, qu'il m'explique pourquoi il a écrit ça.

— Pour ne pas donner une fin trop triste à son récit ?

— Je ne crois pas. La mort du héros aurait été beaucoup plus dramatique. Un bannissement… Ça appelle une suite ! »

Elle a ri, j'ai ri aussi, puis nous n'avons pas travaillé et sommes allés nous promener dans le parc et boire une orangeade au soleil.

En automne, Madame avait décidé de prendre quelques semaines de repos au château de Fosca, là où vivait son frère, le baron, là aussi où vivait Beth. Après, nous repartirions pour une nouvelle visite dans les terres keltes. Elle m'a proposé de l'accompagner à Fosca.

« Vous aimerez l'endroit, je crois. Et si jamais vous vous y déplaisiez, Améritys est à moins de quarante milles, c'est une jolie ville, ma belle-sœur y habite. »

Et j'ai surtout gagné l'autorisation de partir avec deux semaines d'avance, pour pouvoir passer par Dvern, essayer de retrouver le professeur Dies.

J'ai mené mon enquête : j'ai rencontré les rédacteurs de la revue, l'imprimeur. On m'a avoué que la seconde partie du récit n'avait pas été publiée parce que jamais rédigée. Quant au professeur Dies ?

« Il n'est pas plus professeur que vous ou moi. C'est un type bizarre, vaguement malhonnête, nous ne l'avons vu qu'une seule fois. Il a donné une adresse, une taverne, à Mirven, pas loin d'ici. »

Ces renseignements en poche, j'ai écrit au professeur Dies, à l'adresse du *Serpent Bleu*. Il m'a répondu, d'une écriture hachée sur une feuille de papier plus très propre.

Passez me voir, que nous discutions. Je serai très honoré de faire votre connaissance.

P. T. Dies.

J'ai donc quitté Dvern, à cheval s'il vous plaît. Une demi-journée plus tard, j'entrais à Mirven, petite cité côtière blottie entre ses falaises, ville de marins, d'embruns et de cailloux. Il pleuvait.

La taverne du *Serpent Bleu* était un établissement propre et rustique. J'y suis entré avec circonspection. On m'avait décrit l'établissement comme plutôt mal fréquenté, je n'avais vu aucun gendarme dans les parages et Jude n'était plus là pour me protéger. Mon expérience de certains quartiers populaires d'Atlantys m'avait enseigné qu'il y avait des endroits où il valait mieux savoir se défendre. Or, si j'avais bien appris l'équitation, j'avais encore du retard en ce qui concernait l'usage des armes.

Les clients étaient des marins barbus aux bras tatoués de motifs keltes. Des pêcheurs, pour la plupart. Ils m'ont regardé d'un œil morne et ont replongé le nez dans leur bière. Il était encore un peu trop tôt dans la soirée pour qu'ils soient ivres…

Puis, alors que je cherchais encore un endroit où m'asseoir, quelqu'un m'a saisi par le bras et entraîné dans un coin de la pièce, une alcôve avec juste une table et quatre chaises, sous une fenêtre étroite. J'ai découvert un jeune homme très brun, trapu, musclé, au nez pointu et aux sourcils très fournis. Ses yeux en amande, curieusement inclinés, lui donnaient un air de loup.

Il m'a désigné un fascicule mal relié, posé sur la table entre deux verres et un paquet d'autres papiers.

« C'est toi qui as écrit ça ? »

J'avais reconnu mon *Histoire d'une révolte kelte*. Le type avait un accent indéfinissable. Ses vêtements étaient aussi crasseux que ceux des autres habitués des lieux. J'ai avoué que oui, c'était moi. Ça se voyait tant que ça ?

« Sûrement que oui. Tu ne ressembles pas à un gars d'ici ! T'as l'air aussi perdu qu'un puceau dans le con de sa première pute. »

Il m'a serré vigoureusement la main, me regardant droit dans les yeux. J'étais gêné par sa familiarité brusque et agressive.

« C'est pas mal du tout, ton histoire. Je suis Tomas Dies, le professeur Dies, si tu veux. »

Ricanement. Je me suis assis, à moitié projeté dans une chaise.

« Faut qu'on parle, toi et moi. Je crois qu'on a des choses à se dire. »

Le bonhomme m'intriguait et m'intimidait en même temps. Il parlait et bougeait avec une énergie animale, comme s'il voulait mordre en permanence. Il m'a commandé à boire, en familier des lieux, un verre de stretch, parce que la bière faisait pisser et qu'il me voulait assis, là. Prenant mon fascicule, il a entrepris un étrange discours, qui mêlait des critiques sur mon style à des commentaires détaillés sur ce que je racontais.

« Je ne connaissais pas l'histoire de sa fugue à la mort d'Allander… Par contre, tu racontes pas toutes les filles qu'il se tapait quand il était chef de sa bande, là, sur les terres Callaghan. Il y a une rousse nommée Meg qui a chauffé son lit pendant près de trois mois, ils ont fini par se battre, les hommes ont cru qu'elle serait celle qui lui planterait un poignard dans le cœur. Tu sais, la malédiction des Callaghan… Enfin, ton récit est vraiment bon, hein, crois-moi… Ce sont les Thiléens qui t'ont raconté tout ça, non ? Là, le style est froid, c'est plein de répétitions, tu t'emmerdes à écrire ça, ça se voit. »

Il me posait des questions brèves, j'y répondais, n'ayant pas le choix. Le stretch me tournait la tête. Je lui ai expliqué que j'avais parlé à Kay, ça l'a étonné et l'a fait ricaner, je ne comprenais pas pourquoi. Je me suis dit qu'il était sans doute un peu fou.

Puis j'ai enfin réussi à parler, posant la question qui me brûlait les lèvres : il prétendait dans son propre récit qu'Eylir avait été banni et non pas exécuté. Comment savait-il cela ?

« Je lui ai parlé, je l'ai vu vivant, comme Andall a été vu ressuscité. Tu veux savoir comment il s'en est sorti ? »

Oh oui, je brûlais de le savoir. Je ne sais pas ce que j'aurais donné pour ça. Si ce gars avait été le Corrupteur en personne (et je lui trouvais clairement quelque chose de démoniaque, ce qui ne manquait pas d'ironie) je lui aurais sans doute offert quelque chose que j'aurais regretté ensuite. Il y avait aussi mille autres choses que je voulais connaître. Qui il était. Où il avait rencontré Eylir… Il a vu mon regard, il a ri encore, bu une grande gorgée de stretch et s'est essuyé la bouche avec la manche.

« Sainte Mère ! Tu vas savoir comment il s'en est sorti ! »

MELIAN

Aux mains de la Haute-Reine.
Eylir, 10e récit. (Notes pour Serena Fonte.)

Le froid avait endormi son corps. La neige tombait sur ses membres, sur son visage, il ne la sentait plus. Il ne voyait plus le jour à travers ses paupières figées. Quelques heures encore et il aurait été recouvert, et le fossé aurait été le tombeau d'Eylir Ap'Callaghan, un tumulus de neige pour un homme qui avait fait crier la pierre de Fâll.

Mais il entendit des aboiements, des reniflements et sentit une langue râpeuse sur son visage. Et un homme au visage crevassé, une grande silhouette drapée de haillons, envahit le ciel au-dessus de lui. Les chiens grognaient, tout à côté, satisfaits d'avoir trouvé une bonne prise.

« Comment tu t'appelles ?

— Eylir... Ap... Callaghan.

— T'as de la chance. »

Eylir sentit des mains puissantes le tirer hors du fossé, le traîner dans la neige. Son cadavre ne pourrirait pas ici. Les chiens aboyaient, mordillaient ses mains et ses bottes. Il s'évanouit de nouveau.

La chaleur. Comme au temps du château Vendares. Des draps fins contre sa peau nue, un édredon épais pour le recouvrir. La fenêtre laissait entrer un jour gris d'hiver. Il se sentait très faible, comme un petit enfant. Les flammes dans le foyer capturèrent son attention, un long moment. Il était bien, son esprit était vide.

Une jeune femme, presque une jeune fille, lisait près de la fenêtre. Elle avait de longs cheveux noirs, le visage appliqué et sérieux. Sa robe kelte soulignait la courbe gracieuse de son cou et de ses épaules. *T'as de la chance*, avait marmonné l'homme qui l'avait tiré du fossé. Eylir sourit à la jeune femme qui ne se rendit compte de rien. Puis il la reconnut et ses souvenirs revinrent. La bataille, les marais, Julian, Maharkal...

La jeune femme tourna les yeux vers lui.

« Bonjour, Eylir Ap'Callaghan.

— Bonjour, Melian Ap'Vilna. »

Il avait reconnu l'émissaire royale qui l'avait rencontré avant la bataille de Moronn, la protégée de Mak Morn. La fille aînée de la reine Meyrin.

« Tu es au Hornburg, à Adorovakis. Un vagabond t'a tiré d'un fossé... Cette chambre est la mienne.

— La reine sait que je suis ici ? »

Elle parut surprise qu'il puisse en être autrement.

« Même si elle ne l'avait pas su, je ne lui aurais pas

caché ta présence. Tu es notre hôte et notre prisonnier, Eylir Ap'Callaghan. »

Melian se leva, le corps tendu. Elle considérait Eylir avec un mélange de méfiance et de bienveillance. Eylir savait qu'elle était un peu plus jeune que lui, très jeune donc. La fille d'Allander et de Meyrin Ap'Vilna, sans doute conçue quand Allander avait violé la jeune princesse de quinze ans dans la grande salle du Hornburg, ce même château où il se trouvait en ce moment !

« Si tu me donnes ta parole de ne pas sortir du château alors tu ne seras pas enfermé ni surveillé.

— Je te la donne. »

Maintenant, il était lié, encore mieux que par les chaînes les plus solides. Quelle importance ? Melian fut soulagée de sa réponse. Elle reprit sa place près de la fenêtre, lui souriant amicalement.

« Tu n'as besoin de rien ?

— Je veux dormir. »

Elle reprit sa lecture.

Il fut réveillé en pleine nuit. On arracha les draps, des mains le saisirent brutalement et le tirèrent hors du lit.

« Debout ! »

Un coup dans le dos pour le faire avancer. Il trébucha, il était nu, les mains le rattrapèrent. Melian avait disparu.

Deux hommes le poussèrent dans un couloir, lui firent descendre un escalier. À la lumière des flambeaux, Eylir les aperçut. Deux guerriers, plus grands que lui, cheveux noirs huilés, des tatouages vivants sur leurs bras et leur poitrine, des plumes de corbeau à leurs oreilles. Ap'Brendam, le clan du corbeau, des sauvages sanguinaires qui arrachaient les yeux de leurs ennemis, ceux qui avaient tué Nymir et tant de ses hommes durant la bataille…

Ils le poussèrent dans une salle immense et vide. Des torches isolées jetaient quelques taches de lumière sur le sol de pierre, les grandes poutres se perdaient dans les ténèbres. La salle du trône. Un chêne poussait près du mur nord, plusieurs fois centenaire. Son tronc traversait le plafond, ses racines s'enfonçaient jusqu'au cœur de la terre. Là, creusé dans le tronc, se trouvait le trône des seigneurs Ap'Vilna, le trône de la Haute-Reine.

Debout au pied du siège royal, un homme chauve portant une robe noire brandissait une torche. Il jeta à Eylir un regard autoritaire.

« Agenouille-toi devant la reine ! »

Les Brendam restèrent derrière lui, il fit quelques pas incertains. La torche de l'homme chauve éclairait un siège vide, la reine n'était nulle part. Eylir parla d'un ton très calme.

« Je ne m'agenouille pas devant mon égale. Encore moins si elle ne daigne même pas paraître devant moi. »

Un coup violent derrière les genoux, il tomba en avant. Les Ap'Brendam le redressèrent, le forçant à se tenir agenouillé devant le trône. Il voulut se débattre mais il était encore trop faible. L'homme chauve parla de nouveau.

« Je suis le chambellan de la reine, je parle au nom de la reine, suivant sa volonté et sa parole. Eylir Ap'Callaghan, tu t'es rebellé contre ton seigneur, Kulayn Ap'Callaghan, contre ta reine, Meyrin Ap'Vilna. Tu as volé des chevaux, du bétail et du blé. Tu as appelé le frère à combattre le frère, le sang à se répandre sur la terre. Tu as meurtri la chair du royaume, la chair de ma souveraine. Tu es un félon. »

Eylir voulut répondre. Un Brendam le frappa au visage. L'autre guerrier brandit l'épée d'Eylir, la lame atlane que sa mère lui avait offerte. Il en asséna un grand coup sur le sol dallé, l'acier se brisa net. Puis il jeta négligemment les débris de l'arme.

« Tu seras enchaîné et emprisonné, dans l'attente de ta sentence. Emmenez-le. »

Eylir se débattit en vain. Il cria: « J'ai donné ma parole ! Je ne quitterai pas le château ! Je suis prisonnier sur parole ! »

La voix du chambellan claqua, humiliante: « La reine refuse ta parole. »

Refuser sa parole. C'était nier son sang, son rang, nier tous ses actes, le traîner dans la poussière. Il en pleura de rage, se débattit encore, mordit un poignet qui le retenait. Les Brendam le jetèrent au sol, le rouèrent de coups.

Il resta allongé là, nu et sanglant, dans la poussière au pied du trône vide. Et il entendit la voix de Melian dans les ténèbres.

« Il a donné sa parole. Je m'en porte garante, en mon nom propre. Je veux qu'on l'emmène dans ma chambre et qu'il se repose. »

Quand il fut recouché, Melian nettoya le sang sur son visage et sur son corps. Les yeux mi-clos, il regarda le visage pensif et responsable de la jeune fille. Elle se pencha sur lui et lui embrassa le front.

« Dors, maintenant. »

Il était donc prisonnier, de sa parole et de Melian, qui devint sa gardienne. Elle lui parla souvent, tandis qu'il reprenait des forces. Il apprit qu'il avait été découvert dans la neige près d'une lune après la bataille de Moronn, alors qu'on le tenait pour mort. Son voyage dans l'autre monde, sans doute...

Eylir fut surpris de découvrir combien sa situation lui pesait peu. Elle était logique... Le seigneur félon, vaincu, était gardé au château de son vainqueur, attendant son verdict. On le nourrissait bien, il avait tout le vin qu'il voulait, et la chambre de Melian pour lui seul. Elle dormait avec une de ses sœurs.

Il put se lever le lendemain. Melian lui fit visiter le château, les dédales de tours et de fortifications, les casernes, le jardin d'agrément. Cette forteresse était encore plus grande que le Haut-Koensar des Ap'Callaghan. Un palais, un lieu d'où le pouvoir se montre plutôt qu'une vraie forteresse depuis laquelle défier l'ennemi. Eylir en conçut une sourde jalousie.

Melian et lui discutaient peu, la jeune femme avait la délicatesse de ne pas s'imposer. Elle marchait à son bras d'un pas mesuré, la tête gracieusement penchée en avant. Personne d'autre ne l'abordait, mais tous semblaient savoir qui il était. Tant mieux. Il n'avait pas envie de discuter. Le temps restait à la neige. Une atmosphère calme, un peu engourdie, régnait dans les salles du château, sauf dans les salles d'audiences et dans la grande cour où les marchands de la ville installaient leurs échoppes.

Au troisième jour de sa captivité, Eylir traversa seul cette esplanade bruyante et populeuse pour se rendre jusqu'aux portes du château. Les grands battants de bois étaient ouverts, il devina qu'on ne les fermait jamais. Une rue pavée descendait entre de hautes maisons de pierre, pour se fondre dans la ville d'Adorovakis, une mer de toits et de cheminées dont les fumées se mêlaient au ciel blanc. Ici, son frère était entré en triomphe, précédant ses guerriers. Il avait soumis cette cité, la plus grande de toutes les terres keltes, la seule qui puisse rivaliser avec les capitales atlanes. Lui aussi avait rêvé de soumettre la capitale du clan du cerf.

Il songea qu'il lui suffirait de quelques pas pour se fondre dans la foule, disparaître d'ici. Mais il avait donné sa parole. Et à quoi bon ? Son destin était de finir ici.

Plus tard, dans l'après-midi, il se promena sur les remparts avec Melian. Ils croisèrent une sœur de la princesse, une enfant blonde de sept ans qui regarda Eylir avec effronterie. Il la prit sur ses épaules, la poursuivit jusque dans les cuisines, la souleva dans ses bras pour la chatouiller. Le rire de la gamine le fit rire à son tour, elle s'appelait Laureen, presque le même nom que sa propre sœur. Melian parut heureuse de le voir s'amuser. Quand Esleen, la gouvernante, eut emmené l'enfant, Eylir demanda à Melian: «Tu n'as que des sœurs, aucun frère. Ça veut dire qu'un jour, tu dirigeras le clan ?

— Peut-être que je dirigerai le clan et le royaume. Ma mère n'est pas seulement maîtresse du clan Ap'Vilna. Elle est la mère de tous les Keltes. Elle continue ce que mon père avait commencé... Unir tous les clans sous une même couronne, pour que nous soyons enfin un grand peuple, aussi grand que les Atlans.»

Quand elle dit cela, la voix de Melian trembla un peu, comme si elle avait peur de cette charge vertigineuse. Puis la princesse se raffermit.

« Ma mère est sacrée, sa parole est vérité, son corps est la terre du royaume. Comme le corps du chef de clan est la terre de son clan. Qui blesse la terre la blesse. Qui la blesse blesse le royaume.»

Eylir se souvint soudain qu'il était le prisonnier de cette femme toute-puissante, de la Haute-Reine sacrée, celle qui fait crier la pierre et qui accouche debout. Tous les rires d'enfants du monde n'y changeraient rien, il était prisonnier. Il fut pris par une vague de désespoir.

«Je sais tout cela !

— Non tu ne le sais pas, tu ne l'as pas compris.»

La colère fit flamboyer le regard de Melian. Eylir eut envie de la gifler, mais il se retint. Ils finirent leur promenade plongés dans un profond mutisme, avec un sentiment de gâchis. Fatiguée depuis le matin, la jeune femme se retira.

Cette conversation avait toutefois rappelé à Eylir la précarité de sa situation. Il ne retourna pas dans sa chambre, marchant sans trêve sur les remparts, l'esprit tourmenté. Il s'était révolté contre la reine, il allait mourir, il le savait. Mais pour la première fois depuis la défaite de Moronn, il fut saisi par un sursaut de vitalité. Il voulait vivre, il n'avait que dix-huit ans. Vivre pour quoi, il n'en savait rien, mais il avait envie de jouer avec des gosses comme il l'avait fait avec la petite Laureen. Il avait envie de faire l'amour avec des filles, avec Melian. En vérité, il désirait la jeune princesse, et il se prit à rêver à ses lèvres et à sa silhouette. Mais comment vivre ? Il ne pouvait pas quitter le château, il était lié par sa propre parole, même si la reine ne croyait pas en lui il était lié... Alors comment vivre sinon en persuadant la reine de ne pas le tuer ?

Quand voulait-elle l'exécuter ? Serait-il pendu comme un brigand ? Certainement, oui. Elle le détestait, elle le méprisait. Combien de jours lui restait-il à vivre ?

Le soir était tombé. Il se précipita auprès de Melian. Il devait savoir, faire des plans... Une servante lui apprit que la princesse avait attrapé une fièvre, cet après-midi, qu'elle était indisposée.

Melian le reçut pourtant dans une petite chambre isolée. Des cernes lourds rendaient son visage très pâle, elle paraissait très fatiguée. Malgré cela, il lui fit part de son inquiétude, s'excusant même du ton brusque qu'il avait employé durant l'après-midi.

Elle lui répondit d'une voix très lasse : « Je ne sais rien, Eylir. Ma mère a quitté le château le jour de ton arrivée, elle ne m'a pas parlé de ses intentions à ton égard.

— Quand revient-elle ?

— Dans une dizaine de jours, je crois, deux semaines au plus... »

Dix jours à attendre, dans l'incertitude...

L'attente le rongeait. L'attitude des courtisans et des serviteurs était toujours aussi distante. Les journées très courtes et le ciel gris inspiraient la tristesse. Melian, très faible, ne le recevait que de courts moments. Si au moins elle n'avait pas été malade, il aurait pu faire sa cour, coucher avec elle, essayer de calmer au lit son angoisse. Il finit par attirer dans sa chambre une servante rousse indolente qui se laissa prendre avec indifférence. Essoufflé, encore allongé sur le corps de la fille, Eylir sentit revenir la peur, qui n'était en fait jamais partie.

Il s'enivra aussi. Tant qu'il demandait du vin, on lui en apportait, alors il but jusqu'à l'oubli.

Un matin, il ressortit dans la grande cour du château, là où les artisans les plus doués de la ville vendaient leur production aux grands seigneurs. Il écouta les conversations, interrogea tout le monde. Dès qu'on le reconnaissait, on se taisait, la reine avait dû laisser des ordres, mais quelques personnes qui ne savaient pas qui il était lui apprirent que la reine était partie accompagnée d'une assez forte troupe.

« Il reste d'importantes bandes rebelles dans les campagnes », lui déclara un usurier d'un ton inquiet.

Il reprit espoir, rêva d'un accident, d'une flèche chanceuse qui tuerait la reine. Ses compagnons n'étaient peut-être pas tous morts... Mak Morn n'avait-il pas disparu peu avant la bataille de Moronn ? Et Maharkal, et Julian... Il les avait vus tomber, mais ce n'était pas dans ce monde-ci. Qui sait s'ils n'avaient pas survécu, tout comme lui ?

« Seigneur Ap'Callaghan ? »

Un homme jeune, petit, portant des vêtements de bourgeois aisé, venait de l'aborder. Pour la première fois depuis des jours, une autre personne que Melian lui adressait directement la parole.

« C'est moi. Qui êtes-vous ? Que me voulez-vous ? »

Le visage de l'autre était aimable, jusqu'à l'onctuosité.

Il parlait atlan, et non pas kelte, ce qui limitait les risques d'être compris par une oreille indiscrète.

« Je me nomme Lamarck, seigneur, je ne vous dérangerai pas longtemps... Je suis envoyé par le seigneur Ap'Horn, votre ami. Il m'a chargé d'une mission auprès de vous, il souhaite que je fasse tout mon possible pour vous aider à quitter ces lieux. La reine va bientôt revenir, ses soldats ont fini de capturer les derniers fuyards de votre armée. Ils les raccompagnent vers la ville, ils ne sauraient tarder à arriver. »

Eylir aurait dû se méfier, il le savait, mais il était si heureux d'avoir des nouvelles de Lloyd et un interlocuteur amical.

« Quels sont les projets de la reine pour moi ? Vous les connaissez ? »

Le visage de Lamarck se fit plus dur. « Elle veut votre mort, tout le monde le sait. C'est pour ça que vous devez fuir !

— Je suis prisonnier sur parole...

— Je m'en doutais. Ce n'est pas grave, il y a des choses dont on s'arrange. »

Lamarck attira Eylir près de lui d'un geste brusque et lui murmura : « Le vrai Kelte tient sa parole, mais ça ne l'empêche pas d'être rusé. Tenez-vous demain à la même heure le long de ce mur de la cour, c'est tout ce que je vous demande. »

Il se leva immédiatement, sourit et salua en s'inclinant jusqu'à terre. « Ce fut un plaisir de faire votre connaissance, cher ami ! »

L'instant d'après, il avait disparu dans la foule.

Eylir ne but pas ce soir-là. Il pensa à ce que lui avait dit le mystérieux émissaire de Lloyd. L'autre voulait certainement l'enlever, le lendemain. Si Eylir ne partait pas de lui-même, rompait-il sa parole ? Et qu'arriverait-il à Melian qui s'était portée garante pour lui ? Il s'était engagé à ne pas sortir du château, rien de plus... Et

Lamarck lui offrait la vie. Mais Eylir n'était pas assez hypocrite pour ne pas se rendre compte que ce raisonnement était spécieux. Le doute le tint éveillé toute la nuit. Il ne voulait pas mourir étranglé au bout d'une corde...

Il n'eut pas à choisir.

Le lendemain après-midi, il se rendit sur l'esplanade comme convenu, sans avoir rien décidé, pesant entre son honneur et sa vie, balançant d'un extrême à l'autre à en devenir fou.

Mais juste quand il arrivait, des soldats à cheval envahirent la grande cour et forcèrent les marchands à replier leurs étals. La reine ! La reine ! Place ! Place ! Il s'ensuivit une grande confusion, comme tous, commerçants et clients, étaient repoussés sur les côtés de la cour. Serré dans la foule, incapable de toute façon de se rendre au rendez-vous qui lui avait été assigné, Eylir assista à l'entrée de Meyrin Ap'Vilna.

Il reconnut la petite femme sèche aperçue au Haut-Koensar. Un manteau rouge recouvrait ses épaules et tombait sur la croupe de son grand cheval noir. Elle se tenait très droite, le visage fermé, un mince bandeau d'or dans ses cheveux noirs. À ses côtés chevauchait Mehalann Ap'Brendam, le vieux chef du clan du corbeau, et derrière elle venaient cent cavaliers aux couleurs des Vilna, blanc et vert.

La foule s'agenouilla, Eylir resta debout. La reine était là, devant lui, traversant la cour au pas pour rejoindre sa demeure. D'une manière ou d'une autre, elle serait sa délivrance. Il aurait dû tomber à genoux avec les autres, elle lui faisait peur, sa majesté était écrasante. Mais sa fierté lui interdisait de se courber devant elle. Il avait envie d'être vu.

Les soldats de l'escorte lui jetèrent un regard mauvais. Elle ne tourna même pas la tête vers lui.

Le retour de Meyrin Ap'Vilna mit le Hornburg en

effervescence. Chacun chercha à présenter hommages ou doléances à la Haute-Reine, mais celle-ci resta invisible. Eylir oublia tous ses projets de départ, plein d'une folle obsession. S'il parlait à la Haute-Reine, elle se souviendrait de leurs liens de parenté, elle ne pourrait le mettre à mort. Il devait juste échanger quelques mots avec elle en privé, juste lui parler un tout petit peu.

Pendant tout l'après-midi et la journée du lendemain, il chercha à la voir. Ses demandes d'audience furent refusées. Il fit le siège de sa chambre, se joignant à une foule de courtisans et de nobles. Vers midi, elle sortit. Les soldats écartèrent vigoureusement les quémandeurs pendant que la Haute-Reine passait pour rendre visite à sa fille alitée. Eylir maudit sa stupidité. S'il était resté auprès de Melian, il l'aurait vue !

Alors il s'agenouilla avec les autres, regardant passer cette femme dont il ne savait plus s'il devait l'adorer ou la haïr, la supplier ou l'insulter.

Elle baissa les yeux sur certains visiteurs, murmura quelques mots. Mais pas un instant ses yeux ne se posèrent sur lui. Eylir fut certain que c'était volontaire.

Il courut frénétiquement dans la cour principale, chercha une trace de Lamarck. L'esplanade était presque vide, on n'avait pas autorisé les marchands à s'y installer ce jour-là. Malgré tout, Eylir marcha de long en large au pied du mur que Lamarck lui avait indiqué, cherchant un enlèvement qui ne vint pas. Les portes ouvertes du château le narguaient, et la route vers la cité. Il suffisait de quelques pas pour franchir le portail, n'était-il pas autant atlan que kelte ? Quelle importance que sa parole ? Que le sort de la fille de son ennemie ?

Il ne s'enfuit pas.

Alors il courut de nouveau dans le château, le parcourant d'un bout à l'autre, cherchant la reine, du vin, la fille rousse, Melian… Il ne trouva pas la reine, mais il attrapa la fille rousse qui sortait des cuisines. Il l'attira contre lui, chercha ses lèvres.

« Viens avec moi !

— Pas maintenant, j'ai du travail. »

Elle avait répondu d'un ton indifférent. Il la gifla. Elle lui cracha au visage : « Ne recommence jamais ça ! »

Il s'enfuit de nouveau, avant que les domestiques ne se rassemblent pour le punir de son esclandre. On finit par lui donner du vin, mais pas assez…

Le soir tombait quand il entra en coup de vent dans la chambre où Melian se reposait. Sa fièvre était retombée, mais la jeune femme était toujours très affaiblie.

« Elle t'a parlé de moi, hein ? Qu'est-ce qu'elle t'a dit ? »

Melian parut effrayée. « Je ne veux pas te parler si tu es ivre. »

Il se laissa tomber sur le lit, les yeux écarquillés, le souffle court. Il aurait voulu se calmer mais il n'y arrivait pas, il sentait cette colère qui ne demandait qu'à jaillir… Il parla, trop vite, embrouillant ses mots : « Elle ne veut pas me recevoir, elle m'ignore, elle joue avec moi. C'est cruel. Je dois savoir, je dois savoir ce que je vais devenir. Elle n'a pas le droit de jouer à ça avec moi… »

Melian fut indignée.

« Ma mère est la reine, tu es son prisonnier. Et tu n'es pas innocent, je te le rappelle. »

Eylir cria : « Elle doit me recevoir ! Je suis presque son frère, elle doit me traiter avec honneur ! »

Melian murmura d'une voix très calme : « Laisse-moi, Eylir, s'il te plaît. »

Il quitta la chambre. Melian tremblait dans son lit.

Eylir erra dans le château. La nuit était tombée, les murs étaient illuminés de flambeaux. Un vent froid faisait vaciller les flammes.

Il entendit bavarder des serviteurs. La reine donnait un banquet dans la salle du trône. Un banquet ? Pendant un banquet elle serait forcée de l'entendre.

Il bouscula les serviteurs chargés de plats, viandes et gibiers, entra dans la grande salle. Flammes, ors et brocarts, la cour était là, assise à la table de la reine et la reine siégeait, au centre du haut bout, laissant vide le trône dans le tronc du chêne. Eylir se jeta en avant et cria : « Meyrin ! Meyrin ! Réponds-moi ! »

Il n'était qu'à cinq pas d'elle, entre eux la largeur d'une table. Elle leva lentement les yeux vers lui, le visage très dur, le regard froid. Ne répondit rien. Les bavardages se turent. Le chambellan de la reine marcha vers Eylir. « Tu n'as pas été invité. Ressors, avant que l'on prenne ta grossièreté pour une provocation.

— Meyrin ! Parle-moi ! Je suis le frère de ton époux ! »

Un éclair de colère dans les yeux de la reine. Sa voix s'éleva enfin, tranchante.

« C'est un titre dont on ne se vante pas en cet endroit. Tu as fait assez de bruit. Que plus personne dans cette salle ne te voie ni ne t'entende. »

Eylir resta stupéfait. Les bavardages reprirent, le chambellan murmura à l'oreille de la reine, Mehalann Ap'Brendam leva sa coupe et dit quelque chose en riant.

« Tu ne peux pas m'ignorer, je suis ton parent, je suis un Callaghan ! »

Personne ne réagissait, le regard des courtisans le transperçait, il n'existait plus pour eux. Il hurla de toutes ses forces : « Je suis un Callaghan ! Un Callaghan ! »

Il se débattait dans une pièce de théâtre, dans un rêve. La cour devenait aussi irréelle qu'un tableau aux riches couleurs... Il ne comprenait plus les conversations, il n'identifiait plus les visages, tout se mélangeait, il était dans un monde, eux dans l'autre, par le pouvoir de la reine, par le pouvoir de sa parole. Sa parole à elle commandait. De sa parole à lui, on ne voulait pas.

Par dépit, il saisit une lourde soupière, la fracassa au sol. Personne ne sursauta, personne ne réagit, il n'existait plus.

Pleurant de rage, Eylir s'enfuit encore.

D'un pas lourd, il entra sans frapper dans la chambre de Melian. La princesse dormait, l'entrée d'Eylir la réveilla en sursaut.

« Elle t'a parlé cet après-midi, elle t'a parlé de moi. »

La voix d'Eylir grondait, son regard était froid. Melian s'enfonça plus profondément dans son lit et murmura : « Sors, je t'en prie, je vais crier...

— Dis-moi ce qu'elle va faire de moi !

— Je ne sais pas, Eylir, je ne sais pas, je ne veux pas le savoir... »

Il écarta les draps avec fureur et attrapa Melian par le col de sa chemise de nuit. Le tissu fragile craqua sous sa prise, Melian était terrorisée, elle balbutia : « Elle a rassemblé tous les prisonniers dans la ville, je crois qu'elle voudra leur parler, demain. Je ne sais rien de plus... Lâche-moi, je t'en prie...

— Elle se joue de moi. Elle ne dit rien, j'imagine que je vais vivre alors que je vais mourir, elle se joue de moi ! Toi tu sais ! Dis-moi ! »

Melian allait s'évanouir, ses yeux écarquillés fixaient le visage d'Eylir avec terreur. Elle ne criait pas. Alors lui vint une idée terrible. Il pouvait agir de manière à ne plus douter, à être certain qu'elle n'ait plus d'autre choix que de le tuer. Son frère avait pris la mère ? Il prendrait la fille, de la même façon...

Lisant l'expression de son visage, Melian comprit. Elle se jeta hors du lit, déchirant sa chemise, la laissant dans la main d'Eylir. Mais elle n'eut pas le temps d'atteindre la porte. Il l'attrapa par les cheveux et la jeta à plat ventre sur le lit, lui pesant sur le dos pour l'immobiliser. Plus elle se débattait, plus il avait envie d'elle, et son corps gracile et ses jambes fines lui donnaient des envies de violence.

Elle arrêta de bouger, vaincue. Il enleva ses braies. Melian pleurait, le visage caché au creux des bras.

« Je t'en prie, je t'en prie… Ne fais pas ça, tu ne peux pas faire ça… Calme-toi, calme-toi… »

Il hésita, vit les larmes, les draps en désordre, le tissu déchiré. Pas un instant elle n'avait crié pour appeler au secours. Elle se retourna lentement, tira un drap sur elle. Malgré les larmes, le visage de la princesse restait digne. Alors la colère se dissipa, l'ivresse s'enfuit. Eylir se vit tel qu'il était, à moitié nu, enragé… Une nausée violente le prit, le forçant à reculer, à s'appuyer à un mur.

Il se rhabilla, recula jusqu'à la porte, titubant.

« Tu feras une bonne reine, Melian. Tu feras une bonne reine. »

Il quitta la chambre, s'enfuit à travers le château. Épuisé, il finit par s'effondrer sur une botte de paille des écuries, cuvant ses larmes, sa peur et sa honte.

C'est là que les soldats de la reine le découvrirent, le lendemain matin. C'étaient les deux Brendam qui l'avaient entraîné dans la salle du trône, le premier soir de sa présence au château. Ils le relevèrent sans ménagement, lui arrachèrent ses vêtements. Il ne se défendit pas, ils ne le battirent pas.

Dehors, les nuages s'étaient levés, laissant voir une aube rose dans un ciel bleu pâle. Le vent le fit frissonner. Sous ses pieds nus, la pierre était froide, recouverte par une fine couche de neige tombée durant la nuit.

Ils l'amenèrent dans la grande cour. Tous les autres prisonniers l'attendaient, mille, peut-être deux mille hommes, nus, agenouillés, serrés les uns contre les autres, tremblants de peur ou bien résignés. Les soldats étaient sur les remparts, contemplant d'un air moqueur cette foule soumise. Eylir en reconnut certains, paysans du clan Callaghan qui n'y comprenaient rien, jeunes exaltés prêts à mourir, mercenaires de Galcin attendant la condamnation. Ils le reconnurent aussi, un murmure les parcourut, mi-rassurant, mi-hostile.

Quelques soldats gardaient un espace dégagé, du côté de la poterne qui menait au château. Ils se réchauffaient les mains à un brasero rougeoyant. Les Brendam firent s'agenouiller Eylir, bien en vue des autres, et la reine arriva.

Elle montait le même cheval noir qu'il lui avait déjà vu, portait le même manteau rouge. Quelques guerriers la suivaient, ainsi que des bardes et trois gros chiens, retenus par un colosse barbu. Les prisonniers murmurèrent encore. Certains crièrent *Vive la reine !* mais les voix se turent bientôt et on put entendre le vent siffler en haut des murs.

Alors la reine parla et sa voix froide et sèche contrasta étrangement avec le contenu de son discours.

« Je pleure ! Je pleure mes enfants pris de folie ! Je pleure les hommes morts pour rien, sans gloire, sans noblesse. Je pleure pour vous, qui ne savez plus distinguer la vérité du mensonge, la parole juste de la parole fausse. Je pleure car on a versé mon sang, car on a meurtri ma chair. Je pleure mes enfants morts. Par votre faute. »

Elle se tut. Eylir, qui était tout près d'elle, juste aux pieds de son cheval, put voir une trace humide sur le visage de Meyrin Ap'Vilna. Pleurait-elle vraiment ?

Personne ne le retenait, personne n'entravait les centaines d'hommes agenouillés dans la neige. Ils auraient pu se jeter en avant, submerger les guerriers, tuer la reine, se faire ouvrir les portes, fuir en ville. Ils n'en feraient rien, bien sûr.

« Je vous chasse. Loin de moi, loin de vos familles et de vos ancêtres. Vous mourrez en terre étrangère. Soyez bannis, tous ! Et je pleure encore de vous perdre, par votre faute ! »

Elle avait crié sur ces derniers mots, sa voix s'était presque éraillée. Puis elle baissa les yeux vers Eylir, croisa son regard.

« Et toi, Eylir Ap'Callaghan, je te pleure plus que les autres. Tu es un enfant chéri et tu es plus fou que les autres car tu les as entraînés à te suivre. Maintenant, ils ne te suivront plus. »

La reine était immense, au-dessus de lui, sur son cheval comme sur un trône. Elle le regardait sans amour, les yeux pleins de larmes.

Les deux Brendam saisirent les bras d'Eylir. Un autre homme s'approcha, un couteau aiguisé à la main. On lui rasa la tête, grossièrement. Ses cheveux tombèrent en mèches sanglantes dans la neige. Il essaya de se tenir droit, de ne pas s'effondrer, de ne pas se recroqueviller sur le sol.

« Je te bannis aussi, ces soldats t'emmèneront aux limites du royaume, ces bardes porteront ma parole. Que ton nom ne soit plus prononcé sans mépris, ou qu'il tombe dans l'oubli ! Tu es indigne de ton sang, tu seras à jamais indigne du trône que tu convoitais ! »

Le bourreau jeta son rasoir et dégaina son épée, les Brendam lui maintinrent les bras en extension, l'épée se leva, s'abattit, Eylir hurla comme son sang jaillissait sur la neige, comme on plongeait son bras mutilé dans le brasero.

Il eut le temps de voir la reine brandir l'épée au bout de laquelle était fichée sa main droite. Le rebut tomba au sol, les chiens se précipitèrent dessus.

Il reprit conscience comme on lui frottait le visage avec de la neige. La cour était vide, les portes grandes ouvertes. On lui fit boire de l'alcool très fort pour calmer un peu la douleur. Il lui fallut un long moment avant de pouvoir se relever, un filet de vomissure coula sur sa poitrine.

« Tu pars », lui dit un des deux Brendam, croisant ses bras tatoués sur sa poitrine. « Tu vivras, on y veillera, la reine veut que les gens te voient, alors on te gardera en vie, jusqu'aux limites du royaume. »

Eylir vit les portes ouvertes, la rue qui descendait vers Adorovakis. Il allait pouvoir franchir les portes, marcher vers la ville. Vers la foule qui l'attendait, moqueuse, méchante, impitoyable, pour le couvrir d'insultes et d'immondices.

Il pleura et fit les premiers pas, tenant son bras blessé serré contre lui.

Soirée de marins

« Et il n'est pas mort ?

— Oh non, il n'est pas mort. Ils lui ont craché dessus, pissé dessus, qu'est-ce que je sais ? Il a dormi dans la merde, il a bouffé de la merde mais il n'est pas mort… »

J'ai reposé mon quatrième verre de stretch. La tête me tournait sacrement, mais quelques idées étaient restées en place.

« Pourquoi tu n'as pas raconté tout ça… dans ta revue ? »

Dies s'est levé, il m'a attrapé par le col et tiré sur la table, je n'ai pas vu venir le coup.

« C'est mon ami ! Tu comprends ? Mon ami ! On ne traîne pas un ami dans la boue ! »

Je me suis dégagé, il s'est calmé, est allé chercher de la bière, pour nous rafraîchir le gosier, le sien, surtout. Autour de nous, la salle était devenue beaucoup plus bruyante, les marins jouaient aux fléchettes, parlaient fort, criaient et se vantaient. Ça n'incommodait pas mon hôte. Cette table était visiblement sa table de travail habituelle, j'avais aperçu de nombreuses lettres, des manuscrits, peut-être… Tout le monde paraissait le respecter, on s'écartait devant lui, on le servait avant les autres, il trouvait ça naturel. Je me suis dit qu'il devait être un caïd local, un de ces petits truands que Jude méprisait (sans doute parce qu'il en avait été un). Là encore, je me trompais, bien sûr.

Dies a plongé son nez dans la mousse de la bière, en a bu une grande gorgée.

« C'est pour lui que j'ai fait tout ça, que j'ai écrit ce truc. Pour sa mémoire, pour que les gens sachent qui il est. Si je suis là, c'est grâce à lui, si j'ai trouvé la lumière, c'est grâce à lui aussi, alors il fallait que je raconte tout ça. »

Il a bu encore, il paraissait très triste.

« J'ai eu des lettres de lecteurs, ils n'ont rien cru, ils n'ont pas compris que c'était vrai. C'est pour ça que je te le raconte, toi, tu es de la haute, tu es un historien. Moi, je ne suis bon qu'à parler aux gens d'ici et à torcher des histoires auxquelles personne ne croit, même si elles sont vraies. Et puis il faut raconter la suite, et la suite ils la croiront encore moins. »

Je l'ai laissé dire ça, j'ai bu ma bière. J'avais déjà tenté d'abuser Kay, je n'en étais pas fier, je ne recommencerais pas. Alors je lui ai dit que je n'étais pas historien, pas un monsieur non plus. Qu'Eylir ne m'avait jamais rien donné, qu'il ne m'avait jamais aidé, que je ne lui devais rien… Tomas Dies ne m'intimidait plus, il m'avait l'air aussi triste qu'il était agressif.

Je lui ai tout raconté, la sœur Serena, la politique kelte, ma promenade dans le Haut-Royaume, on a enchaîné les bières, j'étais de plus en plus ivre. Et j'ai fini par demander où était Eylir, maintenant. Était-il encore vivant ?

« Bien sûr qu'il est vivant. Le Seigneur veille sur ce type, il lui a promis un destin… Un destin… Il ne peut pas mourir, pas comme ça. Mais la dernière fois que je l'ai vu, il s'était lancé dans le désert, pour une poursuite idiote, il n'en est pas revenu. Non, il n'est pas mort. »

Il s'est levé, nous sommes sortis sur le port. La nuit était tombée, un fin crachin nous a un peu dégrisés. Il a pris mon bras, me guidant fermement sur les pierres glissantes. Odeur d'algues, de poisson, de mer. Je devinais dans le noir les mâts des navires de pêche. Quelques marches d'escalier et nous avons passé un porche humide. Je me suis retrouvé dans une petite chambre, attenante à une grande maison.

Il m'a presque assis de force à une table de bois, m'a donné du pain, de l'eau et du fromage.

« Mange ça, je veux que tu sois net pour ce que je vais te raconter. Je ne pouvais pas te le dire à l'auberge. »

J'ai commencé à manger. Il me fixait, le regard ardent. Je me suis encore une fois demandé si je ne me trouvais pas face à un envoyé du Corrupteur…

« Je te connais, il a dit. Kay m'a parlé de toi. Elle m'a dit que tu étais un gars bien, que Kyle te recommandait. Je sais en un coup d'œil si on peut se fier aux gens et je me trompe rarement… »

C'était une remarque prétentieuse, mais je pense qu'elle était vraie. Il se tenait assis en face de moi, je me sentais hôte à la table d'un ogre, d'autant qu'une seule petite lampe éclairait la salle, y jetant des ombres fantastiques.

« Écoute comment j'ai connu Eylir. »

LE PETIT FRÈRE

Une déchéance. Quand le salut vient des tout-petits.
Eylir, 11e récit. (Notes pour Serena Fonte.)

Dès que l'air devenait plus frais ou que le vent soufflait depuis la mer, la foule revenait sur la Promenade. La Promenade descendait depuis les collines de Gaudi et de la Roca Morena, jusqu'à la mer. Une large avenue, plus ou moins droite, plantée d'arbres tout au milieu, bordée de belles maisons, de théâtres et de boutiques. Aucun bâtiment ne dépassait deux étages (à part les églises, mais que ne ferait-on pas pour la gloire de l'Unique ?) et tous étaient pourvus de balcons. La Promenade, c'était l'endroit d'Esterya où voir et être vu.

Dès que l'air devenait plus frais, on voyait sortir les carrosses, les calèches, les landaus. Le beau monde se pavanait, au soleil ou à l'ombre, à pied, en voiture ou à cheval. Les filles sorties du couvent essayaient leurs premières robes, très sages, les jeunes hommes portaient des bas blancs, impeccables, et des épées si longues que l'extrémité du fourreau traînait sur les pavés. Les femmes mariées étaient plus intéressantes. La morale et les confesseurs interdisaient les robes trop légères, alors elles trichaient, elles serraient la taille, elles portaient de larges décolletés noyés de mousseline et de dentelle, elles cachaient derrière des éventails ajourés leurs visages poudrés et maquillés. Les gens étaient si riches ! Ils s'ennuyaient tellement ! Il faisait si chaud, cet été-là ! On ne distinguait plus les femmes honnêtes des courtisanes.

Quand l'air devenait plus frais, les garçons de la bande de l'orphelinat Saint-Calren sortaient de leurs cachettes de l'après-midi, des ombres où ils se reposaient pour s'aventurer sur la Promenade. Là, leurs visages encore glabres, leurs yeux sombres, leur maigreur, la saleté repoussante de leurs haillons attiraient la pitié des belles dames philanthropes et des beaux messieurs voulant faire assaut de générosité devant leurs maîtresses. Les pièces tombaient dans les mains tendues. On longeait les voitures en évitant les coups de fouet du cocher, on suppliait les passagers, on montrait un visage plein d'innocence encore et l'argent venait. Plus tôt l'air du large dissipait l'air chaud de l'après-midi, meilleure serait la journée.

Bientôt la foule passa sur la place Impériale, la plus belle place de la ville, une esplanade carrée bordée de colonnades. Au centre, une fontaine représentait de manière stylisée la cité d'Atlantys, rappelant que malgré toute sa magnificence, la ville d'Esterya était inféodée à la lointaine cité atlane.

C'est sur la place Impériale que Tomà remarqua le Kelte pour la première fois. En fait, il l'avait déjà vu, la veille, au même endroit, mais pensait qu'il n'était que de passage. Apparemment, il n'avait pas bougé depuis. Le Kelte était blond, la peau tannée, les cheveux et la barbe éclaircis par le soleil et le sel. Il portait des vêtements repoussants, une espèce de sale manteau, un pantalon déchiré qui montrait ses jambes maigres. Il avait les pieds nus et crevassés de celui qui marche depuis longtemps sans chaussures. Il se tenait avachi, les yeux clos, adossé à la fontaine, en plein milieu de la place, comme s'il dormait. Sa main gauche reposait à son côté, paume vers le ciel, quelques pièces y étaient tombées, son bras droit était dissimulé dans les plis crasseux de son manteau.

Tomà était accroupi entre le *Café de Tizàn* et le *Café du Soleil*. Il marmonna à l'adresse du petit frère : « Il n'a rien compris, lui, petit frère. On voit bien qu'il est étranger, qu'il ne connaît pas la ville. Il ne faut pas se mettre là. Il a vu un autre pouilleux, au centre de la place ? Non. Tu sais bien pourquoi il n'y en a pas. C'est interdit, les pouilleux, sur la place. Et quand João va passer, ça va barder. » Le petit frère trembla, il avait peur de João.

Tomà était brun, la peau brune, le corps sec et ferme, musclé par la vie dans la rue. Il était encore très jeune, mais on vieillissait vite à Saint-Calren. Tomà disait que quand il mendiait dans la rue, les dames lui donnaient beaucoup, à cause du petit frère, à cause du visage d'enfant du petit frère, rond et doux, avec ses cheveux très noirs, la bouche molle, le regard de velours. En le voyant, les dames disaient : « Qu'il est beau, cet enfant ! Donnez-lui donc un *real*, mon ami. »

Les autres gosses de Saint-Calren, une demi-douzaine d'adolescents, tous plus âgés, se rassemblèrent autour de Tomà. Eux aussi, ils avaient repéré le Kelte, ils s'étaient fait les mêmes réflexions. Yarano, celui que Tomà détestait avec son visage mauvais et sa bouche aux dents cassées, Yarano dit : « J'ai prévenu João. On va rire. »

Tomà cracha par terre. Ça ne se faisait pas, de prévenir João, ça ne se faisait pas.

Le Dessiren João arriva sur la place avec ses hommes. Les gendarmes portaient de beaux uniformes bleu et or. Ils étaient attifés comme des amiraux, armés comme des gentilshommes. C'était un poste enviable que celui de gendarme dans le quartier de la place Impériale. Nombreux étaient ceux qui avaient une maîtresse fortunée.

Ils entourèrent le Kelte. Ce dernier ne dormait pas, il inclina la tête, essayant de garder son visage au soleil, hors de l'ombre projetée par la large silhouette de João. Tomà vit ce dernier se caresser la moustache, satisfait.

La botte du gendarme écrasa le poignet du Kelte, les pièces se répandirent sur le pavé. Un des hommes les ramassa, les tendit respectueusement à l'officier, qui les compta, l'air satisfait. Pour sûr que la prise était bonne ! En plein milieu de la place Impériale ! Il devait en venir, de l'or ! L'argent tomba dans la poche de la veste bleue. Les gendarmes mirent le Kelte debout, ils le secouèrent un peu, gentiment. Au café, quelques dames faussement horrifiées cachaient leurs sourires derrière leur éventail. Des messieurs disaient d'un air agacé : « Il faut faire quelque chose contre cette racaille. »

Tomà et les gosses connaissaient bien le jeu de João. Il allait énerver le Kelte, l'agacer, le forcer à faire un geste de trop. Ça ne manqua pas. Le Kelte leva le bras gauche, essaya d'écarter João, se dégagea de sa prise d'un mouvement d'épaule. Il voulait s'en aller. D'un geste vif, il repoussa un autre gendarme, puis un autre. Tomà l'entendit dire : « Laissez-moi passer, je m'en vais, je m'en vais... »

Les gendarmes ne s'écartaient pas, le Kelte leur rentra dedans, un peu vivement, croyant qu'ils s'effaceraient. C'était bon. Agression contre un membre des forces de l'ordre. Ils y allèrent au poing, à cinq contre un. Puis au pied quand il fut au sol, de gros coups de botte dans les jambes, le dos, la poitrine, au visage. Il ne s'agissait pas de le tuer, oh non, ils ne tuaient que les plus faibles. Juste de lui faire très mal, qu'il comprenne. Tomà les haïssait, ces brutes galonnées qui faisaient couler le sang pour le plaisir des gens de la place, les riches comme les pauvres. Ce genre de scène excitait leurs nerfs, ça les défoulait. Une fois, comme un autre pauvre type se faisait tabasser sur la place, Tomà avait aperçu une femme, penchée à la fenêtre, qui se délectait du spectacle, le sourire aux lèvres. Il y avait une silhouette derrière elle, dans l'ombre, Tomà avait bien vu qu'elle était en train de se faire prendre, en même temps qu'elle regardait.

João redressa le Kelte, lui plongea le visage dans l'eau de la fontaine, le ressortit, le replongea jusqu'à ce que l'autre ait assez de conscience pour comprendre ce qu'on lui disait. Il expliqua les règles. La moitié de ses gains, minimum quatre réaux par jour, et il avait le droit de rester sur la place ou sur la Promenade, mais pas au milieu. Contre les murs, contre les maisons, dans les immondices. Puis deux gendarmes traînèrent le Kelte jusque sous les arcades et le laissèrent tomber là, dans l'ombre, près de la ruelle qui menait vers les maisons de bois et le quartier des marins. À la plus mauvaise place, pour qu'il apprenne. João se lava les mains dans la fontaine et fit le tour de ses connaissances. Tomà le haïssait, il aurait souhaité le voir mort.

Le soir vint, les autres gosses de Saint-Calren partirent traîner sur le port, là où il y avait toujours quelque mauvais coup à faire, quelque voyageur à détrousser. Tomà ne les accompagnait jamais, il disait que ce n'étaient pas de bonnes fréquentations pour le petit frère. Qu'aurait pensé la Sainte Mère en voyant l'enfant en pareille compagnie ?

Il resta sur la place, les cafés ne se vidaient pas avant tard dans la nuit, en été. Et le Kelte, là-bas, ne bougeait pas. Tomà traversa la place, restant dans l'ombre, s'agenouilla auprès de l'homme qui gisait dans une flaque sale.

« Il est blessé, petit frère. Là, là et là ce ne sont pas les coups de Joao. De vieilles blessures… »

Le Kelte ne bougeait toujours pas. Tomà écarta le manteau déchiré, le fouilla. Rien. Pas d'argent, pas de ceinture. La peau sur les os, des poux sur tout le corps. Pas de main droite, non plus. Un moignon affreux en tenait lieu. La chair était sèche, comme brûlée. La blessure le fascina, cette absence l'attira comme un vertige…

« Il est foutu, petit frère, celui-là. Il est foutu, il va crever là, demain. C'est normal, c'est un mendigot, comme nous, la Sainte Mère veillera sur lui demain. »

Pourtant, il ne pouvait se résoudre à le laisser. Il resta agenouillé, dans le noir, auprès du corps inconscient.

L'orphelinat Saint-Calren était un simple bâtiment de bois, une grande maison pas loin du quartier des bordels, offerte par la municipalité à l'ordre des Rafaélites auquel appartenait le père Jacinto. Une lumière brillait encore dans le réfectoire, les derniers gamins étaient en train de manger.

En passant la porte d'entrée, Tomà croisa Iona qui rentrait chez elle. Iona était une grosse femme alcoolique que le Temple payait quelques réaux pour préparer la soupe des trente orphelins du père Jacinto.

Assis sur un banc, le père courbait sa grande silhouette pour aider un des plus petits à finir sa soupe. Le gosse bavait tant et plus, maculant sa chemise de gros grumeaux. Sans lever les yeux de sa tâche, le prêtre dit à voix haute: « Bonsoir Tomà. Tu rentres bien tard... »

Le père Jacinto était jeune et grand. La tonsure rendait son front encore plus haut, son regard bleu encore plus perçant. Souvent, ses yeux faisaient peur au petit frère, il avait envie de se cacher pour leur échapper. Mais pas aujourd'hui, pas maintenant. « J'ai une faveur à vous demander, mon père. Pas pour moi, pour un autre homme...

— La charité est la plus importante des vertus saintes, Tomà. Et cette maison est demeure de charité. Parle... »

Les gosses savaient tous que le père était très savant. Il savait lire et écrire dans plusieurs langues et des dizaines de livres occupaient les étagères de sa chambre, qui voisinait le dortoir. C'était un homme à qui on ne pouvait pas mentir.

Tomà raconta, de la façon la plus claire possible, comment il avait trouvé le Kelte sur la place, comment João l'avait maltraité, comment un gentilhomme avait bien voulu l'aider à amener le Kelte ici. Le serviteur de ce gentilhomme, un homme très fort, avait porté le Kelte depuis la place et l'avait déposé là-haut, sur un lit, dans le dortoir.

« Et quel était le nom de ce gentilhomme ?

— Il n'a pas voulu me le dire, mon père. Il a juste laissé cette monnaie d'or pour payer les frais du Kelte. »

Tomà donna la pièce au père Jacinto.

« Tu as très bien fait de venir, murmura le prêtre en regardant la pièce d'or avec fascination. Nous allons nous occuper de ce pauvre homme. »

Le père se pencha sur le Kelte, le déshabilla, l'examina. Il le fit laver par Tomà, pansa certaines plaies, lui fit respirer des sels pour qu'il reprenne conscience. Les plus jeunes enfants regardaient, amusés, ce grand bonhomme qu'on avait allongé sur un de leurs petits lits.

Le Kelte ouvrit les yeux. Tomà lui parla, doucement, lui dit où il était, lui donna un grand bol de soupe chaude. L'autre avala la soupe avec avidité, buvant à même le bol. Il n'avait pas dû manger depuis des jours.

Aussitôt le plat terminé, il se laissa aller dans le lit. Le père Jacinto était allé se coucher, Tomà aurait dû l'imiter. Mais il ne put s'empêcher de demander : « Comment tu t'appelles ?

— Eylir. »

Le Kelte avait la voix rauque de quelqu'un qui n'a pas parlé depuis longtemps. Tomà lui serra vigoureusement la main et dit d'un ton viril : « Tu peux dormir ici, Eylir, tu peux dormir ici. »

Eylir s'endormit sans être dérangé par les pleurs des tout-petits. Le Kelte s'était recroquevillé, les jambes ramenées contre lui dans le lit trop petit, et Tomà sentit que c'était bien. Il adressa une prière à la Sainte Mère, Stefana la rouge, pour qu'elle veille sur leur sommeil à tous.

Ce ne fut pas le cas cette nuit-là, malheureusement. La porte de la cellule du père Jacinto s'entrouvrit alors que le petit frère ne dormait pas encore. Il trembla de peur, s'enfonça le plus loin possible sous sa couverture. Mais le père murmura, appela le petit frère d'une voix gentille, alors le petit frère dut se lever et aller dans la cellule du père Jacinto et ce fut comme d'habitude. Puis le petit frère retourna dans son lit. Le père Jacinto lui avait donné une grenade. Assis dans son lit, le petit frère mangea la chair rouge de la grenade dont le jus sucré lui coulait dans le cou.

Tomà pleurait.

Le lendemain matin, conformément à ce que le prêtre avait dit, Tomà emmena Eylir en dehors de l'orphelinat. Le Kelte et le petit frère furent installés au meilleur emplacement que Tomà connaissait : à la sortie de l'église Sainte-Stefana-des-Trois-Fontaines. On était dimanche, ils arrivèrent juste avant le début de la messe. Tomà enleva à Eylir son manteau, dégageant bien son moignon et ses plaies, puis il le fit s'allonger sous le porche principal, juste en dehors du passage. Le Kelte se laissa faire avec indifférence.

Avec le petit frère, ils firent merveille. Les dames, surtout, donnaient beaucoup. Peut-être que le sermon du prêtre avait porté sur la charité ? Ou était-ce juste le corps maigre du Kelte qui leur rappelait celui d'un saint ou d'un troublant martyr ? Même en comptant ce qu'il fallait donner au père Jacinto pour l'orphelinat et la part qu'il faudrait reverser à João, il leur restait largement de quoi faire un bon repas. Tomà entra dans l'église et alla se signer, heureux. La Sainte Mère l'avait entendu, finalement, elle l'avait entendu.

Cela dura comme ça pendant trois jours. Ils amassèrent une petite cagnotte dont Tomà comptait les pièces avec plaisir. Andall le Pèlerin, ami des enfants, veillait sur lui, c'était certain !

Mais le troisième jour, Yarano l'édenté passa une fois, deux fois devant eux, leur jetant un regard bizarre, boitillant sur la haute béquille dont il se servait pour compenser son pied bot. Le petit frère eut peur. Tomà essaya de le calmer.

« Il veut nous voler l'argent, petit frère. S'il le fait, je le dirai au père Jacinto... »

Mais cette menace n'impressionnerait pas Yarano, il le savait. Alors que faire ?

Au coucher du soleil, Yarano se pointa avec ses trois acolytes habituels. L'édenté donna un coup de béquille à Tomà. « Donne-moi l'argent. Faut partager avec tes frères, sinon c'est injuste. Je vais faire le partage.

— Tu vas tout garder pour toi, Yarano, je le sais. Et c'est pas mon argent, c'est le sien, c'est lui qui l'a. »

Il désigna Eylir, allongé dans une flaque de soleil, un vague sourire sur les lèvres, apparemment inconscient de ce qui se passait.

« Alors on va lui prendre, dit Yarano. Ton copain, il bouge pas. Il y a quelque chose de cassé, dans sa tête, si tu l'aidais pas à se lever, il se pisserait dessus... »

C'était malheureusement vrai, cela mit Tomà en rage. Eylir ne bougeait pas, ne parlait pas. Il dormait là, sous le porche, ne cherchant pas d'autre abri. Yarano se pencha, ramassa le petit sac de toile que Tomà avait planqué sous le bras d'Eylir, le secoua d'un air appréciateur.

« Pas mal, Tomà, pas mal... Et je suppose que demain tu en auras autant ! »

Il donna un coup de béquille sur le bras blessé d'Eylir, qui cria soudain : « Ma main ! Tu me marches sur la main !

— Ta main ? Mais tu n'en as plus, andouille ! »

La main gauche d'Eylir se referma soudain sur la béquille. D'un geste sec, il l'arracha à Yarano qui en tomba à la renverse, puis le Kelte s'aida de l'instrument pour se mettre debout. Tomà ne l'avait jamais vu pleinement redressé, il était vraiment grand, plus grand que tous les gosses, et effrayant avec sa barbe hirsute.

« Tuez-le, ce type ! cria Yarano à ses troupes. C'est un squelette, crevez-le ! »

Les trois autres gosses sortirent leurs armes. Qui un bâton, qui une planche terminée par un clou, qui un crochet de marin rouillé ; chacun sa façon de démolir son bonhomme. Eylir était appuyé au mur de l'église. Ils le cernèrent prudemment avec la lâcheté des rats qui hésitent avant de bondir sur une proie plus grosse. Un coup de crochet se prit dans les plis du manteau, créant une nouvelle déchirure.

Eylir fit sauter la béquille dans sa main, l'attrapant par le milieu. Le gros bâton tournoya au bout de son bras fatigué. Il ne s'appuyait plus au mur, tenant debout par un équilibre incertain. Les gosses hésitèrent, un instant de trop. La béquille décrivit trois grandes courbes. La première se termina entre les jambes du porteur du crochet, la deuxième fracassa l'épaule de la planche cloutée. Le troisième gosse fit un pas en arrière, la béquille s'abattit sur sa cuisse, Tomà crut entendre le bruit de l'os qui se brisait.

Yarano, incrédule, assista à la défaite de ses troupes. Eylir l'assomma d'un coup à la tête, Tomà se précipita pour récupérer la bourse, le cœur exultant de victoire.

« Viens, viens, on va fêter ça, on va boire du vin ! »

Il entraîna Eylir dans une taverne, laissant les autres sur le pavé ; ils se débrouilleraient bien tout seuls, tiens !

Eylir but une gorgée de vin rouge, d'un air très concentré. Tomà lui demanda avidement :

« Comment tu as fait ça ? Tu étais soldat, c'est ça ? »

Le Kelte répondit, d'une voix rauque et fatiguée :

« J'étais un guerrier. »

À partir de ce jour-là, Eylir commença à parler. Jamais longtemps. Par bribes, Tomà apprit son histoire, fasciné. Son Kelte était un prince, un seigneur en exil, un guerrier vaincu, mais un guerrier qui avait commandé des armées, le frère du grand roi Allander. Cela changeait tout !

Les semaines passèrent, ils mettaient de l'argent de côté. Eylir reprenait un peu de poids. Tomà se demandait comment un prince avait pu en arriver là. Eylir mangeait, buvait du vin, dormait sous le porche de l'église dans son manteau pouilleux. Le jour, il restait allongé au soleil, exhibant son moignon sur lequel les mouches se posaient, et les bonnes femmes lui donnaient quelques pièces. Mais il ne voulait rien d'autre que ça, un peu de pain, de vin et de soleil, et ne parlait à personne. À part, de temps en temps, une histoire et quelques mots gentils pour le petit frère.

Un matin, le petit frère arriva sous le porche en pleurant, les larmes et la morve se mêlaient au jus séché de la grenade autour de sa bouche. Pour la première fois, Eylir a semblé s'apercevoir de quelque chose.

« Qu'est-ce qu'il y a ?

— Il a fait des cauchemars, dit Tomà. Le petit frère fait tout le temps des cauchemars. »

Eylir prit le petit frère contre lui et dit : « Dors encore un peu, ce matin. De toute façon, il n'y a pas grand monde… »

Le petit frère se laissa aller, reconnaissant, s'allongeant contre Eylir, dans l'ombre de l'église et de la Sainte Mère. Eylir chanta une chanson du désert et raconta des histoires de djinns, les démons roux qui vivent à Erynéthis et ne connaissent jamais la soif. Alors le petit frère s'endormit. Sans plus avoir peur.

L'été prit fin, vint l'automne. Tomà eut envie de faire la fête des vendanges, cette année. Une fête, avec de la musique ! Le petit frère serait si heureux !

Sans prévenir personne, il quitta la ville un matin, de très bonne heure. Le plus dur fut de convaincre Eylir de se lever et de le suivre.

« Tu vas voir ! On va travailler un peu, se faire un peu d'argent, et après à nous la musique et les danses ! »

Il ne voulait pas entamer leur capital commun, dont il s'était institué le gardien, le réservant pour une destination plus secrète, une autre idée qui lui trottait depuis longtemps derrière la tête.

Par miracle, Eylir voulut bien se lever. À l'aube, ils

furent dans les vignes, à sept ou huit milles de la ville. On les engagea pour ramasser le raisin, pour récupérer les grains tombés entre les feuilles, oubliés par les autres ouvriers. La moitié de leur récolte était pour eux, plus le repas du midi. L'affaire était honnête.

Le travail était épuisant, le soleil leur cuisait la nuque. Tomà se goinfrait en cachette de grains sucrés, il avait les lèvres noires de jus.

À midi, Eylir en eut assez. Il avala le repas offert par le patron, puis s'allongea sous un olivier. L'ombre des feuilles tachetait son visage creusé, l'air vibrait de la chaleur de midi. Tomà fit tout ce qu'il put pour le convaincre de retourner travailler, finissant même par l'agonir d'insultes, mais il comprit que ça ne servait à rien.

« C'est pas bien de paresser comme ça. Faut bouger ! C'est une insulte à l'Unique, si tu bouges pas ! »

Eylir ricana à la mention de l'Unique et se prépara à une longue sieste sous l'olivier.

« Ce soir, tu vas bouger, je te le promets », grommela Tomà avec un sourire en coin.

Il retourna dans les vignes.

Le soir, ils revinrent dans les faubourgs, près d'une taverne que Tomà connaissait. Il y avait des lampions, des violonistes, du vin et des chanteurs. Eylir but plusieurs pichets du vin rouge qui faisait la gloire de la maison, Tomà se goinfra de pain à la tomate et de soupe au poireau. Puis Tomà alla danser, danser… Il savait que son corps brun et délié n'était pas sans charme. Mais il sentait trop le mendiant, le pouilleux mal lavé. Quelle fille voudrait de lui ?

Eylir, bien sûr, resta en retrait, assis sous un arbre, en bordure du champ où cavalaient les danseurs. Tout en dansant, Tomà le surveillait du coin de l'œil. Une fille s'approcha d'Eylir. Elle était très maquillée et son chemisier ouvert ne cachait pas grand-chose de sa poitrine. Elle se pencha sur Eylir, lui murmura quelque chose, l'entraîna de l'autre côté de la butte.

Tomà cessa de danser et les suivit discrètement, rampa dans les herbes hautes, cherchant à deviner les deux silhouettes dans l'obscurité. La lune était haute, il n'eut pas de difficulté à les apercevoir, là-bas, un peu plus loin. La fille s'accrocha au bras d'Eylir qui se dégagea, une fois, puis deux. Quel imbécile ! Quel imbécile ! Elle chercha à l'embrasser, il la repoussa, si brusquement qu'elle tomba à la renverse dans l'herbe.

Outragée, elle se releva, saisit ses jupons et s'en alla à grands pas. Tomà était catastrophé.

Il sortit de sa cachette, courut au bas de la pente, se jeta sur Eylir, le bourra de coups.

« Imbécile, elle était pour toi ! Une spécialiste ! Elle était belle ! Pour toi ! Je l'avais payée pour toi ! Tout notre pactole, elle t'aurait tout fait, tout ! » Eylir, d'abord surpris, éclata de rire et ne put s'arrêter. Tomà pleurait de rage. « À cause de toi… À cause de toi je suis encore puceau ce soir ! »

Et le lendemain matin, ils retournèrent s'installer sous le porche de Sainte-Stefana. La fête était finie, Tomà boudait.

La journée était magnifique. Eylir dormait, presque nu dans le soleil, la tête reposant sur son manteau roulé. Une belle pièce tomba dans la sébile. Tomà s'en empara d'un geste vif et la fit jouer entre ses doigts.

« Merci, monseigneur. »

L'homme qui avait donné la pièce regarda attentivement les mendiants. Il était jeune et athlétique, les cheveux bruns frisés, le nez cassé, avec une cicatrice récente, juste à la racine. Son pantalon de cavalier, ses bottes usées, sa veste de velours vert, le couteau à sa ceinture lui donnaient beaucoup d'allure. Tomà fut certain qu'habituellement il portait l'épée.

« Que la Sainte Mère veille sur monseigneur », ajouta Tomà, pas certain de ce que voulait l'autre.

Mais le cavalier ne le fixait pas lui. Il regardait le Kelte endormi, et c'était comme s'il voyait un fantôme.

« Comment s'appelle-t-il, gamin ?

— Eylir, monseigneur. »

L'autre éclata de rire, sauta sur place et cria : « Mark ! Mark ! Viens voir ! Je l'ai trouvé ! Je l'ai trouvé ! »

Un autre homme arriva depuis la rue, vêtu comme le premier mais plus grand et plus fort, le visage mangé par une barbe blonde soyeuse. Ses yeux ronds s'écarquillèrent quand il reconnut Eylir.

« Par les couilles d'Ogma. La Dame avait raison ! »

Alors Eylir entrouvrit les yeux et murmura : « Julian… Maharkal. Bonjour, mes amis. »

Tomà connaissait ces noms. Les compagnons d'Eylir du temps de ses exploits. Julian Leiss, infatigable cavalier, archer, escrimeur. Maharkal, le meilleur des capitaines. Il ne manquait que Mak Morn, le Picte !

Ils emmenèrent Eylir à l'hôtel d'Atlantys, le plus bel hôtel sur la place Impériale. Les laquais et le majordome, incrédules en voyant Eylir et Tomà, tentèrent d'empêcher cette intrusion, mais quelques pièces sorties de la bourse de Maharkal calmèrent leurs réticences.

Les deux hommes logeaient dans un appartement immense, richement meublé, le plus grand de tout l'hôtel, sans doute. En se penchant au balcon, Tomà put, pour la première fois, regarder la place Impériale d'en haut. Comme les gens étaient petits et ridicules, vus d'ici !

« Nous ne sommes pas chez nous, dit Julian en voyait l'air ébahi de Tomà, mais chez Madame Fortune, qui nous invite. »

La locataire de l'appartement ne tarda pas à apparaître, une femme de quarante ans, aux longs cheveux roux et au visage de gamine. Tomà, très impressionné, nota qu'aucune dentelle ne venait noyer son décolleté carré.

Elle s'appuyait au bras d'un élégant vêtu de gris, un homme au visage doux et distant, aux vagues airs thiléens.

Julian fit les présentations: la Dame Fortune, leur hôtesse. M. Valerien Carlis, son ami. Et là, vautré dans ce fauteuil, Eylir Ap'Callaghan.

La Dame eut un sourire radieux, embrassa Julian sur la joue. « Je vous l'avais dit, je vous l'avais bien dit qu'on le retrouverait ! »

Eylir se leva, il paraissait vraiment heureux de la revoir.

« Reposez-vous, Eylir, je vous verrai demain. Je dois vous laisser entre vous, messieurs… Mon cavalier et moi-même allons gagner de quoi payer l'hôtel.

— Gagner comment ? murmura Tomà dès qu'elle fut sortie.

— Aux cartes, bien sûr », dit Julian en riant.

On leur fit monter des bains. Des filles vinrent leur frotter la peau, jusqu'à arracher la crasse des moindres recoins de leur corps. Bien sûr, le petit frère eut du savon dans les yeux, mais c'était si agréable, l'eau chaude ! Les servantes coupèrent aussi leurs cheveux, très court, ainsi que la barbe d'Eylir, à cause des poux. Tomà comprit combien Eylir était maigre en voyant la stature des deux autres. Une fois rasé, son crâne laissait voir des cicatrices, dont certaines étaient encore couvertes de croûtes noires.

Julian lui prêta des vêtements et des bottes et une fois habillé, il laissa percer le souvenir du jeune guerrier qu'il avait été.

« Toi, on t'en achètera demain, dit Maharkal à Tomà

en lui donnant une tape à l'épaule. On n'a rien à ta taille ! »

La suite fut un conte de fées. Bougies, lampes, cristal, dîner dans le grand salon de l'appartement, celui qui surplombait la place. Et des fruits, des gâteaux, des crèmes glacées...

Puis tout le monde passa dans le petit salon. Eylir se tenait les yeux mi-clos, étalé sur un sofa, et posait des questions très simples.

Les deux autres avaient fui le Haut-Royaume avec quelques centaines d'hommes, suite à la bataille de Moronn, il ne restait rien de mieux à faire, sans nouvelles qu'ils étaient d'Eylir ni de Mak Morn. À Brenia, ils avaient rencontré la Dame Fortune. Julian se souvenait d'elle, il l'avait aperçue en Elmédia, deux ans plus tôt.

« Elle voyageait avec ces deux types, Carlis et Attaler, dit Julian. Nous lui avons parlé de toi, bien sûr. Elle était certaine que tu étais vivant, elle a voulu partir à ta recherche. Pour ça, elle a changé ses plans de voyage et a dit que nous allions parcourir les grandes villes du Sud, ensemble, pour te retrouver. Qu'avions-nous de mieux à faire ? Une chance pareille, ça ne se refuse pas !

— Pour sûr ! » ricana Maharkal, carnassier.

Ils rirent tous les deux, mais la plaisanterie échappa à Tomà.

« Je croyais que vous étiez morts, murmura Eylir, la voix très basse. Je croyais que vous étiez tombés contre l'armée fantôme, dans les marais de Moronn...

— Morts ? Non, nous ne sommes pas morts ! »

Maharkal rit encore. Tomà vit pourtant que Julian frissonnait, malgré l'air tiède de la nuit. L'autre se tut, on n'entendit plus que le bruit des conversations qui montait de la place. Julian dit sombrement : « Nous ne sommes pas morts, non. Il semble bien que nous ne sommes pas morts. »

Maharkal rompit le silence.

« Seigneur, Julian et moi avons rassemblé les Compagnons. Il en reste près de la moitié, ils te sont toujours fidèles... Nous sommes prêts à continuer la lutte. Nous avons encore des amis pour nous soutenir chez les Callaghan, tu chasseras Kulayn quand tu veux. Et cette fois-ci, Jayle Ap'Fenris nous soutiendra. Julian l'a rencontrée, cette femme ne te trahira pas. Nous n'attendons plus que toi, seigneur. »

Eylir dit tout bas : « Je ne peux plus être roi, Maharkal. »

L'autre parut perplexe. Puis il posa sa large main sur l'épaule d'Eylir.

« Tu as souffert. Je te comprends. Nous en reparlerons quand tu seras remis. »

Ils bavardèrent encore un peu. Tomà se roula en boule sur un sofa et s'endormit. Maharkal le porta dans ses bras jusqu'à un lit aux draps doux comme du duvet.

Deux semaines passèrent. Tomà s'amusait beaucoup du visage des domestiques qui voyaient leur séjour s'éterniser. Tout le monde mangeait à sa faim, des choses délicieuses. Il dormait dans des draps très fins, il se levait tard, buvait du vin quand il voulait... Le petit frère se gavait de biscuits et de crème glacée, il laissait des traces de doigt sucrées sur le cristal des verres. Les meubles, les tapis, les lustres, tout était si beau, ici ! Maharkal et Julian lui racontaient des histoires fascinantes, la Dame Fortune était très gentille avec lui. Si on l'avait écouté, il aurait fallu vivre ici, tout le temps, tout le reste de la vie.

Tomà fit également la connaissance de M. Carlis, l'homme élégant vêtu de gris, qui n'aimait pas beaucoup Julian. Valerien Carlis était écrivain, il fut très surpris de découvrir que Tomà savait lire et écrire.

« Le père Jacinto m'a appris ! Je ne suis pas un ignorant !

— Je n'ai rien dit de tel », protesta Carlis, soucieux de ne pas s'attirer la colère du jeune garçon.

Et, pour prouver sa bonne volonté, il lui donna plusieurs livres. Le cadeau émut Tomà jusqu'aux larmes, il serra les livres contre sa poitrine maigre.

« Je les lirai... pour le petit frère. »

Malheureusement, Eylir ne changea pas. Il discutait un peu avec ses amis ou avec la Dame, mais il passait la plupart de son temps à dormir, manger, et faire la sieste au soleil dans la cour de l'hôtel. Julian lui avait proposé un tour à cheval, ou bien un peu d'escrime, mais Eylir avait refusé en marmonnant, sans se rendre compte qu'il attristait son ami.

Mais là où Julian était triste, Maharkal s'énervait. Trois fois, sur un ton de bonne humeur, il reparla des Compagnons, des clans. La troisième fois, il insista si lourdement qu'Eylir se leva et alla s'enfermer dans sa chambre. Maharkal en brisa son verre de colère.

Puis, un après-midi, l'orage éclata.

Les fenêtres du salon étaient ouvertes, Eylir était allongé sur un sofa et somnolait. En bas, sur la place, la pluie avait chassé les courtisans comme les mendiants les forçant à se réfugier sous les arcades.

Maharkal déboucha dans le salon et renversa le sofa. La chute réveilla Eylir, tout surpris.

« Guerrier, ton devoir t'attend ! »

Eylir se leva, très calme.

« Maharkal, tu m'énerves. »

Mais l'autre était en colère. Il attrapa Eylir par la gorge et le colla contre le mur.

« Écoute-moi ! Je sais bien que tu ne peux pas être roi, mais tu peux encore commander, tu peux encore monter à cheval et même apprendre à te battre de la main gauche ! Tu n'es même pas vieux !

— Maharkal, lâche-moi. Tu n'as aucune leçon à me donner. »

Le guerrier relâcha son seigneur. Eylir se frotta la gorge de sa main valide.

« Écoute, seigneur ! Tu te dois à tes hommes, ils t'ont été fidèles, ils se sont fait tuer pour toi alors tu te dois à eux ! Tu es leur seigneur, tu es mon seigneur, ça te donne des devoirs.

— Personne... personne ne me dit ce que je dois faire. Même pas toi. Même pas les dieux. Personne. »

Alors Maharkal hurla, portant l'attaque finale : « Tu te dois à Lyciane ! Tu te dois à ta femme, Callaghan ! Ta femme ! C'est moi qui me suis occupé d'elle, mais c'est ta femme ! »

Eylir plissa les yeux.

« Tu t'es occupé de Lyciane ? Ça ne m'étonne pas. Eh bien retourne t'en occuper ! »

Et il se jeta sur Maharkal, frappant à coups de poing, de moignon, de tête. Maharkal riposta avec violence, cueillit Eylir à l'estomac, puis au menton. Des meubles furent renversés, la vaisselle se brisa en tombant, les deux hommes roulèrent sur les tapis. Julian arriva enfin, attiré par le bruit, suivi de près par les domestiques. Le combat était fini.

Maharkal se releva, se frotta les mains. Eylir gisait par terre, une lèvre fendue, le souffle haché.

« J'ai tout essayé, Julian, j'ai tout essayé, mais je n'ai pas la patience. Il n'est plus digne de rien, tout juste bon à crever dans la rue. Viens, nous partons... »

Julian paraissait très triste.

« Je reste avec lui, Mark, j'essaierai de te le ramener. Va rejoindre les hommes, dis-leur qu'il va venir...

— Tu es trop bon, mon ami. Il ne viendra jamais, ça je le sais. »

Il se tourna une dernière fois vers Eylir.

« J'aurais aimé t'annoncer ça autrement, seigneur...

Lyciane va accoucher, ça doit même être fait, maintenant. Mais je suppose que ça ne change rien pour toi. »

Il sortit. Tomà vit qu'Eylir pleurait.

Le dîner fut morose, Eylir ne dit pas un mot, même la Dame Fortune paraissait triste. À la fin, Eylir se leva et parla enfin.

« Madame, je vous remercie pour votre hospitalité très généreuse. Je ne crois pas jamais pouvoir vous la rendre. Je vous quitte ce soir.

— Pour aller où ? demanda Julian, incrédule.

— Là d'où je viens. Et je ne tolérerai pas qu'on cherche à me retenir ni qu'on me suive. Tomà, ce que je fais ne t'engage à rien. »

Tomà se leva brusquement ; il savait bien que le conte de fées aurait une fin, il s'y préparait depuis un moment.

« Là où tu vas, je vais. Je te suis. »

Les autres ne tentèrent pas de les arrêter. Julian donna son grand couteau à Eylir, pour qu'il dispose au moins d'une arme. Valerien Carlis proposa à Tomà de l'engager comme secrétaire ou, au moins, d'accepter un peu d'argent... Mais Tomà n'accepta fièrement que les livres. Et, misérables et fiers, ils quittèrent l'hôtel sous la pluie, retournant dans la rue.

Drapant autour de ses épaules le manteau que Julian lui avait offert, Eylir s'installa sous le porche de Sainte-Stefana-des-Trois-Fontaines. Alors Tomà laissa enfin échapper sa colère : « Mais qu'est-ce qui t'a pris ! Tu devais suivre Maharkal ! Ou Julian ! Ou la Dame ! Tu es fou ! Maintenant il va faire froid, il va pleuvoir et le petit frère va tomber malade ! Ce ne sera plus si facile ! »

Eylir s'enroula dans le manteau et lui tourna le dos. Tomà lui donna quelques coups de pied indécis, puis il partit. Tristement, il retourna à l'orphelinat. Il ne voulait pas que le petit frère dorme dans la rue.

Le père Jacinto fut très en colère, parce que cela faisait des jours que les enfants n'avaient pas ramené d'argent. Alors le bon père battit le petit frère, ce qui était juste, puis il l'emmena dans sa chambre pour le consoler.

Le lendemain, Tomà ne rejoignit pas Eylir, ni le surlendemain. Sur l'insistance du père Jacinto, il finit par aller s'asseoir à côté de lui. Eylir avait sali ses vêtements et son manteau, pour avoir l'air plus misérable.

Dans l'après-midi, João et ses hommes passèrent les voir.

« Beaux habits, le Kelte. Beau couteau, surtout… Je veux bien que tu le gardes, les nuits ne sont pas sûres. Mais il y a une taxe, pour ça. Deux réaux par jour. Sinon je te le retire. »

Eylir tendit la sébile.

« Sers-toi. »

João prit l'argent et reposa le couteau en souriant.

Tout redevint comme avant, comme d'habitude. Pire que d'habitude. Le petit frère pleurait tous les matins. Parfois, Tomà avait envie de prendre le couteau et de se le planter dans le ventre. Mais il avait arraché le Kelte à la mort, il l'avait rendu à ses amis, on lui avait donné des livres. Il ne pouvait en rester là. Une résolution féroce s'était fichée en lui comme une mauvaise ronce, prenant sa force dans son abdomen, là.

La cinquième nuit après leur retour, la ronce fut suffisamment forte. Une fleur rouge avait éclos, rouge de sang. Et Tomà ne rentra pas à l'orphelinat.

Il marcha jusqu'à la place Impériale, se faufila dans

l'hôtel d'Atlantys, jusqu'au premier étage. Debout dans le salon vide, il dit : « Je veux voir la Dame Fortune. »

Il y eut un bruit de voix, des pas. La porte de la chambre s'ouvrit, la Dame apparut, elle s'adossa à la porte. Sourit en découvrant Tomà.

« Bonsoir, monsieur. Vous avez eu de la chance de me trouver là, je partais demain… De la chance… »

La Dame rit. Elle était en chemise de nuit légère. Tomà vit son cou laiteux, ses boucles rousses, ses seins lourds. Il se sentit rougir violemment.

« Vous moquez pas de moi, je ne suis pas un monsieur. Eylir vous a interdit de l'aider, mais pas à moi. Faites quelque chose, madame… Je vous en prie. »

Elle réfléchissait. Tomà se demanda si elle allait l'aider, le père Jacinto disait que les femmes étaient traîtresses et puits de perdition. Le sang et la mort les excitaient. Et Tomà n'avait pas besoin d'être savant pour deviner qu'il y avait un homme avec elle, dans la chambre.

« Tu as bien fait de venir, Tomà. Prends ce papier, tu sais lire, non ? Va à l'adresse indiquée, tout de suite. Dis-leur que j'arrive, de préparer ma chambre. J'y serai dans une heure. »

Tomà ressortit en courant dans la nuit. Il ne pleuvait plus, la ville était très calme, et la fleur rouge, là, dans sa poitrine, battait si fort… Il trouva l'adresse, une petite maison jaune, loin du centre. Un vieil homme endormi lui dit que la chambre serait prête comme le voulait Madame.

Resté seul sur le seuil, le garçon se demanda quoi faire. Il finit par escalader les plantes grimpantes du mur et se cacher sur le balcon, observant la chambre, très simple, où le vieux bonhomme alluma un feu et des bougies avant de ressortir.

Une heure plus tard, la Dame y entra, en compagnie d'Eylir. Elle ferma soigneusement la porte. Eylir paraissait toujours aussi indifférent.

Elle le déshabilla lentement, le fit s'allonger sur le lit, se mit en chemise. Elle lui parlait, mais Tomà n'entendit pas ce qu'elle disait. Et elle le lava, et pendant une éternité le couvrit de baisers très doux et de caresses. Elle souriait et sourit encore plus quand il lui répondit, avec autant de timidité qu'un tout jeune homme. Tomà vit tout, et leurs peaux nues, et leurs baisers et leurs étreintes. La fleur battait si fort dans sa poitrine qu'il en pleura.

Ils s'endormirent peu avant l'aube. Il entra alors dans la chambre, marcha près du lit, en silence, observa la femme alanguie, l'homme abandonné. Il prit le couteau d'Eylir.

À l'orphelinat, le père Jacinto ne dormait pas. Quand il entendit du bruit dans l'entrée, il vint et attrapa le petit frère par le poignet, le serrant très fort, à en crier. Puis il l'emmena dans sa chambre et ferma la porte à clef. Il voulut faire comme d'habitude, mais le petit frère était fermé et indifférent. Alors le père se lassa, lui donna une grenade et se recoucha. Le petit frère resta dans la chambre. Il attendit un peu, fouilla son petit tas de vêtements et en sortit le couteau.

Un peu de la lumière de l'aube filtrait à travers les volets de la chambre. Le prêtre était assoupi, Tomà écarquillait les yeux dans l'obscurité. Il inspira un grand coup, le geste pour se libérer était si simple... Il affermit sa prise sur le couteau et frappa, à la gorge, pour qu'aucun son ne sorte, une fois, deux fois, trois fois. Le sang aspergea les draps, le père se débattit en gargouillant, tomba du lit, Tomà dut sauter en arrière.

Le prêtre mourut là, par terre, les mains crispées sur la gorge, baignant dans son sang. Et en même temps que le prêtre, le petit frère mourut aussi. Alors Tomà posa soigneusement le couteau dans la flaque de sang et sortit prudemment de l'orphelinat, refermant soigneusement la porte de la chambre derrière lui, à clef. Iona, la bonne alcoolique, n'arriverait pas avant neuf heures. D'ici là, rien ne serait découvert. La ronce était toujours là, dans son ventre. Elle y serait toujours, sa force, sa fierté.

Il se dirigea vers la maison jaune. Il n'eut pas à escalader le balcon, Eylir se tenait devant la porte, dans la rue, visiblement il venait de sortir. Le Kelte s'étira dans le soleil levant, comme un homme qui a bien dormi, et sourit en apercevant Tomà.

« Aujourd'hui c'est dimanche, dit-il. Jour de la messe. On pourra faire une bonne journée. »

Tomà cracha par terre. « On ne fera plus jamais ça. Si tu vas à l'église aujourd'hui, à midi João va venir avec ses hommes. Il aura ton couteau, plein de sang. Il dira que tu as tué le père Jacinto et il aura raison. Alors il t'emmènera et tu seras torturé et tu seras pendu. Moi aussi, certainement. Donc aujourd'hui on ne va pas à l'église, la Sainte Mère ne le veut pas. Aujourd'hui, on part avec Julian, avec la Dame, on s'en va très loin. »

La voix tremblante, il raconta à Eylir le petit frère et le père Jacinto, et Eylir comprit. Il regarda Tomà d'un air étrange, admiratif, comme s'il se réveillait pour la seconde fois aujourd'hui. Puis il serra Tomà contre lui et dit : « Tu as raison, petit frère, on s'en va. »

Alors ils remontèrent tous les deux dans la chambre, où la belle femme rousse reposait, endormie, au milieu des draps en désordre.

Et Tomà déposa un baiser délicat sur les lèvres de la Dame Fortune.

Au cœur de la nuit, dans la petite pièce humide, Tomas Dies et moi sommes restés silencieux un long moment, comme deux amis qui se comprennent sans avoir besoin d'échanger un mot. Cet homme m'avait fait confiance. J'ai levé mon verre. « À la santé du petit frère...

— Oui, c'est ça... » Il a heurté son verre contre le mien et l'a vidé d'un trait. « Maintenant, au lit. Tu pourras dormir ici. »

Le conteur

Je me suis réveillé dans une petite pièce humide, après une de ces nuits engourdies dont on n'émerge qu'avec difficulté. Les draps étaient d'une propreté douteuse, comme le reste de l'endroit. Une chambre de célibataire pauvre. Par les vitres de la petite fenêtre, je voyais le ciel gris de Mirven.

J'ai mis du temps avant d'oser m'aventurer hors des draps, dans l'atmosphère froide et humide. Mes premiers pas titubants pour sortir de la chambre m'ont mené directement dans l'église. Je me suis retrouvé tout surpris, en chemise et pas très frais, dans une nef de granite, sous le regard désapprobateur de quelques saints. J'ai marmonné une excuse avant de trouver un autre endroit où soulager ma vessie.

Puis je suis parti à la recherche de Tomas. La chambre étant vide, je me suis habillé puis aventuré dans les rues de la petite ville grise. Une pluie fine lavait les pavés et finissait de me réveiller. Je m'étais levé très tard, il était presque midi, tout le monde travaillait.

J'ai retrouvé mon hôte sur le port.

Il portait une chasuble blanche, une étole tissée de fils d'or et la marque de l'Unique cousue dans le dos et sur sa poitrine. Derrière lui, deux enfants de chœur tenaient de grands cierges blancs dont la flamme vacillait dans le vent. Un autre balançait un encensoir de cuivre, dont les fumées n'arrivaient pas à recouvrir l'odeur d'algues, d'iode et de poisson.

La foule l'entourait, il bénissait un navire de pêche neuf avant que l'on abatte les quilles qui le retenaient. Tomas parlait fort, son vieil atlan me paraissait approximatif mais décidé et je suis sûr que tout le monde autour de moi était persuadé de l'efficacité de ses bénédictions. Et quelques gouttes d'eau bénite, *que les saints rendent imperméable ta coque,* quelques gouttes, *que la lumière du Seigneur guide ton chemin, que tu ne te perdes jamais, que tu ramènes toujours tes filets pleins et les hommes à la maison.* Bénédiction du Créateur, de l'Esprit saint, de l'Incarnat.

Une femme m'a abordé spontanément, elle venait d'arriver et voyait la contemplation dans laquelle me plongeait Tomas.

« On l'aime, notre père Tomas. Il a beaucoup voyagé, il connaît les grains et les vagues, c'est sûr. »

Le père Tomas. La révélation me laissait rêveur. Je comprenais au moins pourquoi les gens le respectaient autant, à l'auberge. La femme, l'épouse d'un des marins qui devaient embarquer sur ce navire, a continué : « On sait bien qu'il est pas savant comme les messieurs de l'université, mais il sait lire, c'est déjà ça. Il est comme nous, il nous connaît. Et l'Unique l'écoute quand il faut éloigner les tempêtes... Vous le connaissez depuis longtemps ? Vous êtes prêtre aussi ?

— Oh non. Je suis secrétaire, et un peu écrivain. »

C'étaient finalement mes expérimentations littéraires, qui valaient ce qu'elles valaient, qui m'avaient conduit auprès de Tomas, n'est-ce pas ? Mais la femme n'a pas semblé comprendre le mot.

« Je raconte des histoires, si vous voulez.

— Ah. »

Quelques coups de masse et les quilles sont tombées.

Le bateau a glissé, plaf ! Jusqu'à l'eau. Les gosses ont couru après lui, la grande coque de bois goudronné s'est balancée sur les vagues avant de se stabiliser. Cris de joie, la construction était bonne ! On s'étreignait, se serrait la main, le propriétaire, le constructeur, les ouvriers, le prêtre, tous ceux qui avaient participé à la bonne tenue du navire. Puis un grand mouvement s'est amorcé, on était aujourd'hui dimanche, on allait fêter ça dignement, oui !

Le père Tomas m'a aperçu, a marché vers moi et m'a posé les mains sur les épaules. « Alors, tu t'es enfin réveillé ? Tu viens boire un coup avec nous ? »

Il m'a présenté aux pêcheurs et à leurs familles, comme si nous étions amis depuis des années. Je me suis senti bien. Après mes calmes années atlantes, j'avais retrouvé Eylir et avec lui mon aventure.

La bière a coulé abondamment, on parlait fort et on riait au *Serpent Bleu*. J'étais dans mon coin, pas loin de Tomas, qui était trop occupé à plaisanter avec ses ouailles pour que je puisse lui demander dans quelles circonstances il avait revêtu la robe.

Puis l'ivresse est venue, les hommes ont commencé à devenir grivois, certaines femmes ont quitté la salle. L'une d'entre elles a voulu maintenir l'atmosphère conviviale du début de la réunion, elle a profité d'un calme dans le brouhaha pour me lancer : « Eh toi ! Toi, oui ! Puisque tu es conteur, raconte-nous une histoire ! »

J'ai reconnu mon interlocutrice de la matinée. Tomas m'a posé la main sur le bras et a approuvé. Quelle excellente idée !

J'aurais voulu me recroqueviller sous mon siège, être partout sauf là. Beaucoup de gens s'étaient tus, on me regardait avec curiosité. Certains ont commencé à taper leur verre sur la table en réclamant *une histoire !* avec l'obstination de l'ivresse. Le bruit est revenu, ils criaient en réclamant leur histoire. Alors j'ai fait face, je me suis levé, tremblant, j'avais bu quelques bières de trop, la tête me tournait, mon esprit était vide. Je ne connaissais aucun conte, aucun de ces récits fantastiques mettant en scène le Corrupteur, des animaux fabuleux et quelque jeune homme déluré qui se sortait de tous les ennuis par la ruse. Je ne connaissais aucune charade, aucune devinette, aucun récit énigmatique susceptible d'éblouir l'esprit des auditeurs. Je ne connaissais qu'une seule chose.

Je suis monté debout sur la table, il y avait beaucoup de bruit, les gens faisaient à moitié attention à moi mais il fallait que je raconte une histoire. J'ai jeté de toutes mes forces ma chope vide sur le sol, le fracas les a fait taire.

« Écoutez-moi ! j'ai crié. Écoutez-moi ! Ce que je vais raconter est vrai ! Ma parole est vraie ! Je vais vous raconter une histoire de batailles et d'aventures, de combats et de royaumes ! Je vais vous raconter l'histoire du Haut-Roi Allander Ap'Callaghan ! »

J'étais ivre, je ne sais plus exactement ce que j'ai dit. Je me suis agité du haut de ma table, je suis tombé une fois mais on m'a relevé, je brandissais un tabouret comme une épée. Je les ai fait rire, c'est certain, et je les ai fait crier. J'ai chanté des chansons de guerre, j'en ai au moins inventé une et les paroles d'une autre, parce que je ne m'en souvenais plus. J'ai eu l'impression de parler des heures, je crois que je ne me suis agité que pendant quelques dizaines de minutes. Puis à la fin, je me suis effondré à côté du père Tomas, hilare.

« Tu as du succès, il faudra que tu reviennes ! »

Le soir est venu, nous sommes lui et moi allés nous promener sur le port et nous avons regardé le soleil se coucher. Et là, après avoir beaucoup discuté, j'ai fini par oser demander comment le petit Tomà d'Esterya était devenu le père Tomas.

LA VALLÉE DES ROIS

Où notre Kelte tient son rang.
Eylir, 11e récit. (Notes pour Serena Fonte.)

Trois cavaliers quittèrent Erynéthis, au petit matin, par la grande route des pèlerins. Julian en tête, puis Eylir, puis Tomà. Ils croisèrent les premiers suppliants qui portaient la robe bleue d'Ishtar ou la robe rouge d'Adonis et profitaient de la fraîcheur et de l'ombre pour accomplir l'ultime ascension vers la cité et le temple. Tout ce chemin sous le regard hiératique des Amants divins, qui siégeaient, colosses de pierre, de chaque côté de la route.

Les trois cavaliers étaient vêtus à la façon de Djinns s'apprêtant à traverser le désert. Leurs longues djellabas blanches dissimulaient leurs armes. Julian chantait, repris par Tomà. Eylir, pensif, regardait devant lui s'ouvrir la vallée entre les montagnes rouges. Il pensait à un autre voyage, un autre départ, des années plus tôt...

Un caillou rebondit sur sa droite, un autre atterrit sur sa tête. Julian en reçut un aussi, ils levèrent les yeux vers la paroi rocheuse qui les surplombait.

Accroupi sur une corniche au-dessus d'eux, le vieux Moko les regardait passer. Il se pencha en avant, sa vieille main noueuse crochetée dans le rocher pour l'empêcher de tomber.

« *Il ne descendait jamais seul, ô non, un dieu n'est jamais seul. Foule d'adorateurs et de soldats pour lui, ô oui ! Et là, ils criaient tous vive l'élu ! vive l'élu ! et ils jetaient des fleurs et de l'eau parfumée sur son chemin et ils répandaient la nouvelle de sa venue prochaine dans toutes les villes sur la route. Ils attendent encore son retour, tu sais ! Ils ont préparé pour lui la quarantième tombe, un grand sarcophage vide l'attend ! Mais il n'est jamais revenu.* »

Moko regarda vers le ciel, tordant bizarrement la tête, et il rit. Quelques pèlerins, l'apercevant, marmonnèrent une prière. Les ermites n'étaient pas rares dans la région, et ceux que le soleil avait rendus fous étaient à peine moins nombreux.

« Je sais tout ça, mon oncle, dit Eylir. Est-ce que je reviendrai, moi ?

— Les prophètes voient l'avenir. Et aussi les imbéciles qui ne savent pas quoi en faire. Moi, je ne vois rien... Bon vent ! »

Un an auparavant, Eylir, Julian et Tomà étaient à Terencia, sur la côte érythréenne.

Julian attendait dans le jardin intérieur, à côté de la petite fontaine. Le bruit de l'eau et le léger bruissement des feuilles dans le vent matinal invitaient à la méditation. Julian Leiss était un homme trop impulsif pour méditer. Il s'ennuyait s'il n'avait pas son lot de courses, de danses, de chevauchées.

Les Maachanites venaient tout juste de crier leur première prière de la journée, mais Julian était déjà prêt. Ici, à Terencia, où ne s'appliquait pas la loi atlane, il portait l'épée. Il n'avait pas encore eu l'occasion de s'en servir et ne le souhaitait pas particulièrement.

Il vit Eylir écarter le rideau de la chambre et sortir dans le jardin pour aller remplir une carafe à la fontaine. Il s'interposa.

« Bonjour. »

Eylir bâilla et s'étira. Il était nu, et visiblement moins maigre qu'à Esterya, avec même une légère tendance à s'empâter. La nourriture était trop riche, ici.

« Tu pars faire un tour, Julian ?

— Tu ne veux pas venir avec moi ? Une longue promenade dans la campagne, sous le soleil, et le soir une escale dans une auberge pleine de poux où on nous servira un vin râpeux.

— Non, merci. »

Eylir essaya d'atteindre la fontaine pour pouvoir remplir la carafe et retourner auprès de sa maîtresse mais Julian l'en empêcha.

« Il te faut quitter cette femme, Eylir. L'argent, le luxe, tout est trop facile, avec elle, je suppose que ce genre de choses se paye un jour.

— Je ne vois pas pourquoi ne pas en profiter… Tu as peur qu'elle soit une sorcière, c'est ça ? Qu'un jour elle me vole ma jeunesse pour s'en nourrir ? Je la connais depuis des années, ma mère la connaissait, elles étaient amies… »

Julian s'assit sur le rebord de la fontaine. Eylir comprit qu'il faudrait subir la discussion jusqu'au bout.

« Je sais une chose, Eylir, c'est que nous avons tous couché avec elle.

— Toi aussi ? »

La question énerva Julian.

« Bien sûr, moi aussi. Et Karel, aussi. Et Valerien. Et toi. Je crois qu'il n'y a que Tomà qui…

— Elle fait ce qu'elle veut.

— Bien sûr qu'elle fait ce qu'elle veut, et nous l'aimons tous, ce n'est pas la question. Mais moi, je sais que ça fait plus de dix ans que Karel et Valerien sont avec elle, qu'ils voyagent avec elle et je me dis que ça va t'arriver aussi. »

Eylir souriait, très amusé, devant les hésitations de Julian.

« Je me dis que c'est une sorte de malédiction, Eylir. Pas la plus déplaisante, non, mais si tu continues, on va se retrouver à la suivre, à ne rien faire à part manger et boire du vin dans toutes les grandes villes du monde… Une grande farandole dorée dans la suite de la Dame

Fortune. Et Karel et Valerien vont nous détester, si on continue à s'incruster. »

Eylir rit franchement et donna une tape amicale sur l'épaule de Julian.

« Tu deviens aussi superstitieux qu'un Kelte, mon ami. Tu as peut-être raison, au fond. Mais où irons-nous, si nous partons ?

— Nous remercierons la Dame de son aide et tu nous emmèneras, moi et Tomà, à Erynéthis. Deux semaines de route, un mois en ne se pressant pas, je me suis renseigné. Tu t'es un peu trop vanté d'avoir grandi là-bas, quand nous étions au gymnase. Maintenant, j'ai envie de la voir, cette ville ! »

Ils partirent finalement avec leurs armes, les chevaux, un peu d'argent et la bénédiction de la Dame. La route pour Erynéthis était bonne car la ville était une destination fréquentée.

Eylir montait une jument à la robe claire nommée Soleil, un animal joueur et un peu fou avec qui il s'entendit vite très bien. Sa grande sœur, Tache de vin, beaucoup plus calme, avait été attribuée à Tomà. Julian, lui, avait encore Argo. Le poulain qu'Eylir et lui avaient débourré enfants n'était pas devenu ce qu'on pouvait appeler un beau cheval, avec sa grosse tête et ses sabots très larges. Mais il avait toujours aussi bon caractère, et Eylir fut forcé d'admettre que Julian l'avait très bien dressé. Argo était vif, intelligent et anticipait avec bonne volonté toutes les intentions de son cavalier.

Julian le fit monter à Eylir, sachant bien qu'il allait ainsi éveiller le vieil esprit de compétition de son ami.

Eylir fit donc des efforts pour dresser Soleil. Il travaillait avec elle le matin, quand le soleil ne brillait pas trop fort, pendant que Julian essayait d'améliorer l'assiette de Tomà.

Et quelques jours plus tard, une fois qu'il s'était levé plus tôt que de coutume, Julian aperçut Eylir dans un champ, l'épée à la main, essayant de retrouver de la main gauche son ancienne habileté. Satisfait, il alla se recoucher et ne parla pas de ce qu'il avait vu. D'ici quelque temps, il proposerait à Eylir de s'entraîner avec lui, dès que son ami se sentirait un peu moins maladroit.

Une semaine plus tard, ils découvrirent Erynéthis. La route serpentant dans la vallée de pierre rouge, chargée de pèlerins. Le barrage construit par Adonis lui-même et les statues cyclopéennes des Amants. Puis l'émerveillement du lac et de la cité elle-même, posée dans son cirque montagneux comme un joyau dans un écrin. Tomà en oublia la douleur de la chevauchée, la soif et les insolations. Les yeux écarquillés, il contemplait la ville sacrée en marmonnant toute sorte de jurons.

« Sainte Mère, Sainte Mère, Sainte Mère ! »

Eylir paraissait plongé dans des souvenirs heureux. Julian ne dit rien et entra en ville, se sentant comme un prince en sa demeure.

Eylir reconnaissait tout et ne retrouvait rien. Les rues encombrées de marchands d'amulettes, les chameaux, la foule, les processions, tout l'égarait.

« Il n'y avait pas tant de monde, je crois... »

Puis, alors qu'ils approchaient de la double pyramide du temple des Amants, une grande maison abandonnée attira son attention.

« Ici ! Entrons ici ! »

Ils laissèrent les chevaux dans la cour et passèrent sous les fines colonnades de pierre. L'herbe poussait entre les dalles, certaines mosaïques étaient abîmées, la maison était vide à part quelques meubles recouverts de poussière.

« C'est là que tu as grandi ? Selaya habitait ici ? » demanda Julian, qui avait toujours beaucoup aimé Mme Vendares.

Eylir hocha la tête. Il se tenait immobile, les yeux brouillés de larmes, au milieu d'une salle aux grandes fenêtres. Quatorze années plus tôt, à l'âge de six ans, il avait quitté Erynéthis, et personne d'autre n'avait occupé la grande maison au pied du temple. Être ici, dans cet endroit désert alors que la rue bruissait d'activité, donnait l'impression que le temps s'était arrêté, qu'en un claquement de doigts, l'enfance allait ressusciter. La poussière dansait dans le soleil, un filet d'eau coulait encore d'une fontaine pleine de mousse.

Il y eut un bruit de pas. Ils n'étaient plus seuls.

« La bénédiction des Amants sur toi, Kelte. Quand est-ce que ta mère revient ? »

Trois Djinns à la chevelure flamboyante se tenaient sur le seuil, portant djellabas, sabres et poignards. Le premier d'entre eux avait les poings sur les hanches. Sa stature et sa crinière lui donnaient un air de lion.

Eylir sourit, marcha vers lui et l'étreignit.

« Ma mère ne reviendra pas, Ajar. Elle est princesse dans un autre pays, maintenant. Mais moi, je suis là.

— Alors viens chez moi, avec tes amis, le temps qu'on remette en ordre la maison pour toi ! »

Voilà comment ils s'installèrent à Erynéthis. Julian et Tomà découvrirent l'hospitalité chaleureuse et susceptible des Djinns, leur amour des chevaux, leurs femmes voilées qu'ils cachaient comme le plus précieux des trésors.

Ajar Lin Meyvin était un homme important dans sa tribu, très influent dans la communauté djinn d'Erynéthis. Il traita Eylir comme un frère depuis longtemps perdu et couvrit ses amis de cadeaux.

Une semaine après, les trois voyageurs quittèrent sa demeure pour emménager dans le palais occupé jadis par Selaya Ap'Rilke. Ajar leur avait donné deux esclaves, des tapis, des rideaux, de la vaisselle…

« J'ai souvent prié l'Unique de me donner une belle vie, déclara Tomà, mais une vie comme celle-là dans un endroit comme ça, je n'en avais même jamais rêvé. On s'installe ici pour le reste de notre vie ? »

Julian partageait son opinion. Assis en tailleur, Eylir regardait le lac par la fenêtre. Au milieu de l'eau bleue se trouvait l'île des Amants où se tenait chaque année une fête sacrée, le grand prêtre d'Adonis y épousant la grande prêtresse d'Ishtar, ces personnages étant les seuls à pouvoir accéder à l'île sur un bateau d'or. À l'époque où les Premiers étaient arrivés, les rites étaient respectés moins scrupuleusement et Eylir croyait savoir que sa petite sœur avait été conçue là-bas.

Il hocha silencieusement la tête. Il n'existait pas plus bel endroit où s'installer.

Ils vécurent une vie de princes et de soldats, vivant à trois dans la grande demeure, y invitant leurs amis djinns et seljucks pour boire, chanter et danser. Leur or, ils le gagnaient en accompagnant des groupes de pèlerins sur la route de l'Aigle, le chemin tracé par Allander à travers l'empire de Nymir. Dans ce vieil État de dieux, de briques et de roseaux, les routes n'étaient toujours pas sûres. Elles ne l'avaient jamais été. Et comme au temps d'Ardeshir III, la révolte grondait en permanence dans une province ou une autre.

Les Keltes avaient gardé à Erynéthis et dans tout l'Empire la réputation de guerriers redoutables. Julian se contenta d'affronter lors de joutes publiques quelques-uns des meilleurs bretteurs d'Erynéthis, et leur renommée fut faite.

Tomà, lui, restait en ville, apprenant très vite la langue seljucke, découvrant le culte de Maachan, celui de Bel et celui des Amants. Il dépensait beaucoup d'or auprès des prostituées sacrées d'Ishtar. Un jour, il ramena le vieux Moko au palais, un ermite à la peau si tannée par le soleil qu'on ne pouvait plus dire s'il était kelte, ou seljuck, ou encore autre chose. Les habitants de la ville disaient qu'il apparaissait de temps en temps, qu'il était sans doute un des Premiers et, par ce fait, l'oncle d'Eylir.

« Un oncle à la kelte », dit le vieux en riant.

Il parlait plusieurs langues, ne mangeait que des fruits et citait en permanence toutes sortes d'aphorismes religieux dont Julian soupçonnait qu'il était l'inventeur. Ses connaissances en médecine étaient étonnantes. Il appliqua des emplâtres qui aidèrent le moignon d'Eylir à cicatriser définitivement. Tomà s'institua son disciple, ce qui ne changea pas grand-chose à son mode de vie.

Lors d'un soir d'ivresse, lui qui aimait se voir comme l'âme damnée de la bande suggéra très sérieusement qu'au lieu de perdre leur temps à protéger les voyageurs, ils gagneraient plus et plus vite à les détrousser.

Julian, outré, s'écria : « Nous ne sommes plus avec la racaille d'Esterya. »

Mais cela fit rire Eylir qui parut considérer la proposition avec intérêt. Les Djinns eux-mêmes ne pratiquaient-ils pas encore des razzias sur certaines villes du Sud ? Certes, les tribus établies à Erynéthis avaient abandonné ce comportement, mais rejoindre une autre tribu sur la recommandation d'Ajar devait bien être possible. Ils rêvèrent, avec Tomà, à la constitution d'une bande de cavaliers féroces et insaisissables, qui enlèveraient les femmes et dévaliseraient les caravanes.

Julian alla se coucher plutôt que d'entendre ça, heureux malgré tout de voir son ami de si bonne humeur.

Ils assistèrent bien sûr aux fêtes du solstice d'été, l'une des rares occasions d'apercevoir les femmes djinns sans leur voile. Ajar les invita à plusieurs banquets. Pour l'un d'eux, ils furent servis par Nadia, la sœur de leur hôte, une jeune liane, au regard aussi flamboyant que ses cheveux, au sourire mordant. Le rire facile, l'esprit rebelle, se moquant de son frère comme du reste de sa famille, ruant sous le joug de la tradition masculine des Djinns. Elle ne cessa de décocher des regards brûlants à Julian et à Eylir. Peut-être cherchait-elle chez les jeunes Keltes la liberté qui lui manquait dans sa famille ?

La séduire fut une aventure, il fallait tromper la vigilance de la tribu, de toute la ville, pour lui faire passer des cadeaux, des petits mots écrits en seljuck par la grâce de Tomà qui jouait les interprètes. Essayer d'obtenir par quelques murmures étouffés la promesse d'une escapade nocturne.

Eylir et Julian s'entraidèrent, sachant tous les deux que les baisers de la belle, si baisers il y avait avant que la colère d'Ajar ne les chasse de la ville, ne récompenseraient que le plus audacieux des deux. Eylir, confiant, comptait sur sa maîtrise supérieure de la langue seljucke pour l'emporter sur son rival.

Mais il découvrit un matin que Julian n'était pas dans sa chambre. Julian arriva avant midi, avec les traits tirés de celui qui n'a pas dormi de la nuit.

« Où étais-tu ? demanda Eylir, méfiant.

— Je me suis promené sur les crêtes, là où la vue est très belle, même sous les étoiles.

— Tu étais seul ?

— On ne répond pas à ce genre de questions, mon cher. »

Eylir l'assaillit de remarques jalouses, gronda, ne lui laissa pas une minute de répit. Julian commença par se moquer de lui, puis coupa court à l'affrontement naissant en disant d'un ton ferme : « Je n'ai pas oublié Stefana, chez les Callaghan. »

Eylir en resta stupéfait. Après cela, il laissa Julian en paix et renonça à Nadia.

C'est le vieux Moko qui donna à Tomà l'idée de s'aventurer dans la nécropole.

« Ils l'avaient attendu l'élu des Amants, le quarantième ! Trente-neuf momies dans trente-neuf sarcophages, le dernier était vide, et là devait reposer celui qui dirigerait Erynéthis jusqu'au prochain déluge ! Et Allander est venu, secouant tout sur son passage. Fils d'Ogma chez les Keltes, il devenait enfant d'Adonis chez les Seljucks, tous les dieux du monde découlent de la même essence !

Il est entré dans la nécropole, seul, il disait qu'on l'avait appelé pour le défier. Moi j'étais caché derrière le trente-neuvième sarcophage, j'ai vu s'avancer le fils d'Ogma, sur le pont au-dessus du gouffre. L'épée à la main, une torche dans l'autre, il a attendu.

De l'autre côté du pont, au-delà du gouffre, je ne sais pas ce qu'il y a. Aucune lumière ne va là-bas. Alors j'ai vu sortir l'homme sans visage, celui qui lui avait donné rendez-vous depuis Ankorad, le trou du cul du monde. Ils se sont battus, épée contre épée, sur le pont au-dessus du gouffre. Le sang divin, c'est le sang divin, Allander a gagné. Dans la ville, ils ont dit que le quarantième cercueil était pour lui, ils avaient raison mais ils n'ont rien compris. Et il est parti et le sarcophage est resté vide… Je n'ai rien compris non plus. »

Une nuit, ils ont esquivé sans problème les deux gardiens endormis veillant sur la vallée des morts, en dehors de la ville. Un portail assez haut pour un géant s'ouvrait au fond de la gorge de roche, ils ont allumé leurs torches pour y voir clair, pour se rassurer.

Julian était ivre, comme les deux autres, mais pas assez pour oublier qu'ils profanaient une grande sépulture. Ils ont quand même passé le portail, un frisson leur courant dans le dos.

La nécropole était un grand couloir plein de poussière et de gravats, une nef ténébreuse bordée de quarante chapelles, vingt de chaque côté. Tomà se signa : « Sainte Mère, protégez-moi des morts païens. »

Au fond de chaque chapelle, la statue d'un élu mort les observait, le visage fermé, empreint de mystère. Leurs pas sonnaient bizarrement, ils avaient froid, et Julian se souvint des brumes précédant la pierre de Fâll et des silhouettes d'enfants qui voulaient voler sa chaleur. L'ivresse se dissipa tout à fait.

« Partons, ne restons pas là ! »

Tomà éclata d'un rire forcé, qui se répercuta dans le noir. Ils étaient tout au bout, le sarcophage sur leur gauche était vide, aucune statue sur le piédestal. Eylir ne s'approcha pas de la tombe de son frère, ses pas le menant plutôt vers le gouffre. L'étroite passerelle de pierre était là, disparaissant dans le noir, de l'autre côté, la lumière des torches ne portait pas assez loin.

« Il est où, le corps de ton frère ? » demanda Tomà.

Ce fut Julian qui répondit, le son de sa voix l'aida à se sentir vivant.

« Ils ont voulu le ramener dans les terres keltes pour lui faire un tumulus géant, alors Legh Ap'Tenar l'a mis sur un grand bateau. »

Eylir fit quelques pas sur la passerelle, dégaina son épée.

« Et après ?

— Le bateau s'est perdu en mer, dit Julian. On n'a plus jamais eu de nouvelles.

— Alors ça veut dire qu'on n'a aucune preuve qu'Allander est bien mort, c'est ça ? »

Depuis le milieu du pont, Eylir cria : « Il *est* mort. »

Sa voix sonna longuement dans le vide en dessous de lui.

Ils restèrent là jusqu'à ce que leurs torches ne soient plus que des braises, fixant les ténèbres avec une intensité douloureuse, si longtemps que Julian crut voir bouger quelque chose de l'autre côté du pont, dans les ténèbres, une silhouette vêtue de noir, un gouffre noir à la place du visage.

Mais rien ne vint.

À la fin, Eylir franchit le pont, passant de l'autre côté. Il revint vite.

« Le vieux Moko s'est moqué de nous, il n'y a rien de l'autre côté de ce pont, juste une salle vide. »

Quand ils sortirent de la nécropole, la chaleur de l'air les enveloppa et chassa les brumes des morts.

À la fin de l'année, Julian annonça ses fiançailles avec Nadia Lin Meyvin et Ajar donna sa bénédiction. Toutefois, il lui fallait de l'or, beaucoup d'or avant de pouvoir l'épouser comme il le souhaitait.

Il emprunta de l'argent, qu'Ajar l'aida à garantir, planifiant d'aller acheter des chevaux à des Djinns avec qui il avait pris contact et de les convoyer jusqu'à Nymir pour les revendre le double de leur prix. L'affaire était très rentable mais risquée, car les voleurs ne manquaient pas.

Voilà pourquoi Julian, accompagné de ses amis les plus sûrs, quitta finalement Erynéthis sous les railleries du vieux Moko.

On tenta de les dévaliser une fois, pendant qu'ils emmenaient les chevaux depuis Qabar vers Nymir. L'attaque vint de nuit, une dizaine d'hommes en haillons, armés de javelots et de poignards. Tomà, la vigilance aiguisée par sa vie de mendiant, les entendit avant tout le monde. Ils furent accueillis avec vaillance. Julian, en particulier, se défendit comme un lion. C'était son mariage qu'on voulait voler ! Et les voleurs s'enfuirent sans demander leur reste.

Ils arrivèrent à Nymir avec un mois d'avance, vendirent les chevaux un bon prix. Le mariage serait donc somptueux... On inviterait tout le monde à Erynéthis.

« Ta mère, Eylir, elle sera heureuse de revenir. Et Piter, mon père, je ne lui écris jamais, mais là il viendra, il s'installera ici, avec nous. Et je ferai sortir ma sœur de la prison dans laquelle l'autre cul-bénit la tient enfermée.

— Ma mère a des responsabilités, je ne sais pas si...

— Elle viendra, elle viendra. Elle a trop aimé Erynéthis, elle aura envie de la revoir... »

« Et puis le roi est arrivé au bord du monde. Toutes les batailles étaient gagnées, il n'y avait devant lui plus aucun adversaire, les royaumes envoyaient des tributs et son nom suffisait à faire tomber les cités. Devant Allander, il n'y avait plus qu'une langue de terre couverte de fleurs qui s'avançait vers la mer, et se terminait par une falaise de quarante mille pieds. À cet endroit, la mer bouillonne au bas du précipice, le vent souffle à renverser les chevaux et les étoiles tombent en hurlant dans l'Océan. Alors le fils d'Ogma a laissé derrière lui ses Compagnons, ses épouses, ses chevaux. Il a rejeté ses robes de roi et le cercle d'or de ses cheveux. Seul, il s'est avancé jusqu'au bord du précipice, pour contempler l'infini des eaux et l'infini des cieux. Et là, seulement là, il a consenti à faire demi-tour. »

Eylir avait recommencé à rêver. Ici, dans cette petite auberge de Nymir, la grande cité de brique et de boue, de roseaux et de dieux. Il se souvint du palais, de Sadi qui le portait sur ses épaules. Il se rappela la grandeur de son frère et l'amertume de sa propre déchéance. Les autres le laissèrent seul, fêtant la réussite de leur plan dans les tavernes, veillant jalousement sur leur or, venant le voir quand il avait besoin de compagnie.

Les élucubrations du vieux Moko le hantaient, un écho

lointain des chants de Kyle, des récits de sa mère. Il se promena lentement sur les rives du fleuve, respirant le parfum des fleurs. Sa force était revenue, il pouvait de nouveau monter à cheval, il était un combattant honorable. Il avait de nouveau envie de vin, d'amour et de chevauchées sauvages. Et aussi d'armées, de batailles et de grandeur, mais cela, il sentait qu'il ne l'aurait plus.

« Ma mère m'a emmené à Koronia après la bataille contre Poreas, dit-il un soir. Elle m'a emmené, mais le Haut-Roi a continué vers l'est. Les royaumes de Vendhya se soumettaient sur son passage, lui offraient leurs princesses, leurs idoles et des éléphants de guerre qu'il a rapportés jusqu'à Nymir. Alors il est arrivé au bord du monde, là où les étoiles se jettent en hurlant dans la mer...

— Ça n'existe pas, cet endroit », assura Tomà, qui avait beaucoup lu ces derniers mois. « Les astronomes atlans et seljucks disent que la terre est ronde et que les étoiles sont fixes sur la voûte céleste... Le bord du monde, c'est une invention de vos bardes keltes. »

Eylir lui sourit, comme on sourit à un enfant qui ignore encore beaucoup.

« Ce n'est pas contradictoire. Et la parole des bardes forme le monde, ils ne peuvent mentir. Je veux aller là-bas, marcher au bord du monde, là où le ciel et la mer se mélangent dans l'écume. »

Là-bas enfin, il le croyait, son cœur serait apaisé, et la grande ombre d'Allander cesserait enfin de s'étendre sur son chemin.

Les autres insistèrent pour l'accompagner. Tomà par fidélité, parce que après avoir vu Erynéthis et Nymir, il cherchait un nouveau lieu impossible. Julian hésita plus longtemps. Il avait l'or, son mariage l'attendait. Le voyage que prévoyait Eylir prendrait sûrement un an, peut-être deux... Mais il n'avait pas vingt ans et désirait l'aventure. Là où se rendait le Callaghan, il se rendrait ! Ils suivraient la route de l'Aigle, le chemin des armées, à travers les steppes et les montagnes. Puis il rentrerait et épouserait Nadia, femme de feu, la plus belle qui soit au monde...

Ils envoyèrent un messager à Erynéthis, puis partirent après les grandes pluies, suivant le chemin qu'Allander avait pris, dix ans plus tôt. La trace des guerres du Haut-Roi s'était effacée, de nouvelles guerres avaient laissé leur empreinte. Dans la plaine de Nymir et sur les plateaux d'Elam, la route de l'Aigle était facile à suivre, de nombreux relais sûrs permettaient au voyageur de se reposer. Ils avancèrent rapidement, se montrant chastes et prudents, économisant leur or.

Ils virent une région dévastée. Les plantes poussaient avec peine sur le sol noir, aucun fermier ne tentait de mettre les terres en valeur. Ils virent les ruines d'une ville. Eylir pleura. C'était Accar, la cité de Sadi, que le Haut-Roi avait rasée par colère.

Ils traversèrent Assus, Zerba, Clea. Puis les routes devinrent plus étroites, et ils prirent le chemin de Bactrin.

Dans un village reculé des montagnes, les habitants reconnurent Allander en voyant Eylir. On se prosterna devant eux, on leur offrit des fleurs, de la viande, du bétail et les plus belles femmes. Ils acceptèrent tous les cadeaux, organisèrent un banquet pour les hommes du village et rendirent tout. Ce présage heureux leur donna confiance pour la suite de la route.

« Il y avait des chemins de montagne, où l'armée s'étirait en un ruban interminable d'hommes fatigués. »

Il y avait les déserts où hommes et chevaux mouraient de soif, où le soleil brûlait les pensées, où cinq mille hommes pouvaient disparaître dans une tempête de sable.

Il y avait les cités de montagne, que l'on soumettait avec fatigue, dont on décapitait les maîtres d'un air las.

Et le soleil s'est arrêté dans le ciel, les couleurs des dra-

peaux ont pâli. Les hommes disparaissaient peu à peu, morts de faim, de fatigue ou de froid, tombés dans des embuscades de brigands ou de roitelets, quelle différence ?

Le fils d'Ogma s'en moquait.

La fatigue les prit eux aussi, la poussière alourdit leurs vêtements. Ils veillaient les uns sur les autres et sur les chevaux, échappant par miracle à une avalanche de rochers, sans savoir si elle avait été criminelle ou naturelle.

Ils ne prirent pas la route des steppes, là où Allander avait tué le Roi des Rois, se dirigeant plutôt vers le sud. Plus aucun fortin ne marquait la route des Aigles, seuls des cairns, ici ou là, rappelaient la mémoire des guerriers tombés. Puis le pays devint si sec, qu'il leur fallut engager un guide qui leur indiquerait les points d'eau. Le guide était un jeune homme aux yeux noirs, très vifs, qui leur jetait parfois des regards si intenses que Julian était persuadé qu'il les haïssait, qu'il allait les égarer dans une vallée perdue et les laisser crever de soif. Son nom était Nestid, ou quelque chose comme ça, et c'était à peine s'il comprenait le seljuck.

« Il ne nous trahira pas, disait Tomà. C'est un pauvre, un faible, il n'a rien pour vivre. Il a besoin de nous, il a peur de nous. Je connais ces hommes-là.

— Tu ne les connais pas, répondait sombrement Julian chaque fois. Tu es un citadin, de l'Empire, d'Esterya. Lui, c'est qu'un mendiant des montagnes.

— Ça nous fait un point commun. » Et il crachait par terre.

Eylir reconnut le paysage, il était sur la bonne route. Des montagnes déchiquetées, des pics acérés qui rappelaient ceux d'Erynéthis. Il cherchait un point de repère particulier, une montagne en forme de dos de chameau… Et derrière cette montagne, une vallée qu'il voulait atteindre. Quelque chose l'empêchait de parler de cette étape aux autres, une parole pesait sur sa mémoire, lui interdisant de rien dire.

Après trois jours dans ce paysage terrible, il retrouva la montagne au dos de chameau. Ce soir, ils y seraient. La piste qui y menait serpentait au flanc du roc, il fallait marcher devant les chevaux pour les guider, pour éviter qu'ils ne tombent dans le lit d'une rivière à sec, cent ou deux cents pieds plus bas.

Ils se reposèrent sous un surplomb pendant les heures de midi. Ils n'avaient presque plus d'eau. Nestid leur fit comprendre que le prochain puits était encore à plus d'une journée de marche, leurs réserves suffiraient tout juste.

Julian vérifia pour la millième fois le harnachement d'Argo. Là, dans les sacoches de selle du cheval, dissimulées dans la doublure de vieux vêtements se trouvaient des pierres précieuses, l'argent gagné des mois auparavant, la promesse de ses épousailles. Par prudence, ils n'en parlaient jamais entre eux, même quand ils étaient seuls.

« L'armée est passée par ce pays ? » demanda Tomà, incrédule.

Eylir avait le regard perdu dans le bleu intense du ciel.

« Pas l'armée. Juste le Haut-Roi avec une toute petite escorte et quelques prêtres. Personne ne peut vivre, par ici.

— Des prêtres, pour quoi faire ? »

Eylir ne répondit rien.

Nestid était pressé de repartir, ils abrégèrent leur escale, reprenant la route alors qu'il faisait encore très chaud. Les chevaux avaient très soif, Argo, en particulier. Soleil et Tache de vin tenaient mieux le coup, mais la jument d'Eylir boitait légèrement, ce qui le forçait à redoubler d'attention.

Tomà eut un éblouissement qui le fit s'évanouir. Leurs lèvres étaient aussi sèches que du vieux parchemin.

Un mille plus loin, le chemin s'était effondré sur vingt pas, emporté sans doute par une avalanche. La pente était raide, ils voyaient des prises, un homme pouvait passer sans difficulté, mais ce serait beaucoup plus dur pour les chevaux. Le guide haussa les épaules. Il fallait les abandonner.

« On n'abandonne pas les chevaux, dit Julian. Argo doit pouvoir passer ça. »

Il s'engagea sur l'éboulis, menant Argo par la bride, s'accrochant de sa main libre quand il le pouvait. Argo passa.

« Il a le pied aussi sûr qu'un chamois, dit Julian en caressant les naseaux de sa monture. Je vais faire passer Tache de vin et Soleil. Avec une seule main, tu n'y arriveras pas. »

Tache de vin passa aussi, Tomà applaudit. Puis Julian s'engagea avec Soleil. La jument fit un faux pas, s'affola. Les cailloux roulèrent sous ses sabots, elle glissa et tomba dans le vide. Julian lâcha la bride au dernier moment, déséquilibré. Il se rattrapa de justesse à une pierre proéminente. Puis il dit calmement : « Et merde. »

La pierre sur laquelle il avait le pied se détacha et il tomba à son tour.

Ils virent Julian glisser sur la pente, puis disparaître sous un surplomb. La jument hennissait encore faiblement, ils ne la voyaient pas non plus.

Nestid haussa les épaules.

« Votre ami mort. Partir, maintenant. »

Eylir l'aurait tué. Le soleil l'éblouit, il manqua de s'évanouir, de tomber à son tour. Il reprit ses esprits et dit à Tomà :

« Je descends voir. Garde les chevaux et surveille ce type.

— Je descends voir. J'ai deux mains, moi. »

Eylir posa la main sur son épée et regarda le jeune homme d'un air sombre. Tomà recula et prit la bride d'Argo.

Eylir descendit, très vite, emportant ce qui leur restait d'eau. En haut, sur le chemin, le guide piaillait de façon incompréhensible, disant sans doute qu'il ne fallait pas s'arrêter mais partir, partir, partir.

Soleil se trouvait tout au fond, dans le lit asséché de la rivière. Elle avait deux membres cassés et crachait une écume tachée de sang. Julian gisait un peu plus haut, face vers le ciel, le dos cassé sur un rocher, une grande tache de sang sous la tête.

Eylir courut, se pencha sur lui, prit de l'eau dans sa main en coupe, la fit glisser entre les lèvres immobiles de son ami. Les yeux ouverts de Julian, émerveillés, se perdaient dans le ciel.

« Julian ! Julian ! Julian Leiss, réveille-toi ! »

L'eau se répandit tout autour, inutile. Il en versa encore, et encore, comme on se sert d'un philtre magique. Puis il l'embrassa, donnant son souffle, tout son souffle, il embrassa les lèvres sèches. Il était si sec, lui aussi, il n'avait même plus de larmes, juste un grand cri, à s'arracher la poitrine, à ouvrir les montagnes, il n'avait plus de larmes, plus de souffle.

Il était sec et fort. Il se leva, sortit son épée du fourreau et la planta dans le cœur de la jument qui se tut enfin. Puis il souleva le corps de Julian, le jeta sur son épaule, l'attacha sur son dos à l'aide de sa ceinture. Et ainsi chargé, déséquilibré, il fit l'ascension vers le chemin.

Quand il le vit, Tomà parut effrayé. Il balbutia :

« Nestid… Il s'est enfui…

— Ce n'est pas grave. Tu vas repartir, tu prends les chevaux avec toi. Là-bas, il y a une montagne en forme de chameau. Tu suis le chemin, tu tournes à côté de la tête du chameau, les chevaux peuvent passer. Une vallée étroite. Sur ta gauche, très haut, cherche un bosquet. Pas facile à voir. Là, il y a de l'eau. Tu m'attends là. Tu ne vas pas plus loin. C'est interdit.

— Et toi ? »

Tomà fixait le corps brinquebalant de Julian, par-dessus l'épaule d'Eylir. Les chevaux sentaient le malaise du jeune homme. Ils étaient inquiets eux aussi.

« Moi, je te rejoins.

— Si tu restes, tu vas mourir.

— Attends-moi jusqu'au troisième soir. Après tu repars.

— Ta parole est vérité, grommela Tomà. Impossible de jamais te contredire, foutu dingue. »

Il prit la bride des chevaux et s'éloigna.

Alors Eylir dressa un cairn pour son ami. Il hissa le corps sur un sommet, des soleils rouges dansaient dans sa tête tandis qu'il montait, à bout de souffle, sur les pentes escarpées. Un feu brûlait dans son corps et dans ses poumons, et la nuit n'apaisa rien. Il allongea Julian sous les étoiles et redescendit, chargea son manteau de pierres, comme un baluchon, et remonta. Disposa les pierres avec tendresse sur le corps de Julian, le recouvrit comme on couvre un enfant qui a froid et la nuit était froide sous les étoiles. Le deuxième jour, il fit deux autres allers-retours pour ramener de grosses pierres. Son corps trébuchait chaque fois, il s'ouvrit la main sur une arête tranchante. Même son sang paraissait épaissi à force de sécheresse. Au troisième voyage, son manteau se déchira, il monta les dernières pierres enroulées dans sa chemise.

Le soleil se couchait, Eylir était calme, léger, ascétique. Le monde flamboyait de rouge, les étoiles apparaissaient déjà de l'autre côté de l'horizon. Tout autour, les pics et les crêtes délimitaient le monde.

Il posa une dernière roche, masquant le visage de

Julian. Le cairn était digne de lui, un perchoir pour les aigles, dominant l'univers.

Il descendit rejoindre Tomà, titubant, ne tombant jamais.

« Et maintenant ? » demanda Tomà quand Eylir eut bu un peu d'eau.

Eylir se releva et s'essuya la bouche. Il prit la bride d'Argo et se dirigea vers la vallée qui se trouvait de l'autre côté du chameau. Il avait peur de ce qu'il allait y trouver.

« Les prêtres ont amené Allander dans la vallée des rois, par le chemin des crêtes. L'escorte est restée derrière, le Haut-Roi tient un enfant par la main. Une vallée bordée de falaises, une grande échappée vers l'est, dans l'axe du soleil levant. Et au fond de ce théâtre, face au levant, dos au couchant, un trône de pierre perché sur un piédestal de géants, un siège sur mille trophées accumulés, pour le souverain seul, entre le ciel et la terre.

Dans cette vallée secrète, ils ont sorti la couronne de bronze du Roi des Rois, ils l'ont ointe d'huile magique puis ils ont sacré Allander et l'ont laissé seul face aux dieux.

Quand ils sont partis, le fils d'Ogma a ri et l'enfant a pleuré de peur. »

Ils arrivèrent au soir dans la vallée des rois, telle que l'avait décrite le vieux Moko. Le soleil jetait déjà ses dernières lueurs.

« Il faut faire vite, dit Eylir. Avant la nuit complète. »

Entre les falaises, improbable pyramide, se dressait un piédestal sculpté de trophées de guerre, lances, épées, boucliers, drapeaux... Et tout en haut, le trône d'un géant.

Ils escaladèrent les trophées, jusqu'au trône, qu'Eylir contourna. D'une cavité, il retira la fiole d'huile et la couronne de bronze. Elle était si lourde...

Il enduisit d'huile le pourtour de la couronne et s'assit sur le trône.

« Fais-le, pour moi, ordonna-t-il à Tomà. Je ne peux pas la tenir d'une seule main.

— Sainte Mère, je ne peux pas. »

Le soleil disparaissait derrière les montagnes, jetant d'ultimes flammes.

« Je te l'ordonne. Fais-le ! »

Tomà prit la fiole d'huile, s'en renversa une goutte dans la main, l'appliqua sur son propre front. Alors il put lever à bout de bras la couronne et la poser sur le front d'Eylir.

« Je te fais roi. »

Eylir sourit très doucement.

« Je suis roi. »

Puis soudain son visage se tendit, ses yeux s'écarquillèrent comme il fixait droit devant lui. Il rit, la main crispée sur l'accoudoir du trône, il rit et rit encore, il agitait le bras comme si sa main absente lui faisait mal.

« Maintenant… maintenant nous allons parler aux dieux ! »

Tomà redescendit et se recroquevilla contre le piédestal. La voie lactée traversait le ciel.

Les étoiles tournoient en pluie d'or dans un ciel très bleu. Tout autour, les temples et la jungle émergent des ombres des falaises, luxuriances et cris d'oiseaux nocturnes, et l'eau coule dans le désert. Il rit en contemplant ces merveilles.

Une armée fantôme sort de l'ombre. Phalanges, lanciers, archers. Compagnons et tirailleurs. D'immenses éléphants porteurs de tours. Un peuple fait de brume, transparences mal solidifiées venues se prosterner devant leur seigneur qui accepte leur hommage.

Et là-bas, là-bas, dans l'axe de la vallée, sur l'horizon, Eylir voit un poudroiement d'écume, la mer qui rencontre le ciel et les étoiles qui se jettent en hurlant dans l'océan.

Mais le sol tremble soudain. Un pas immense et lourd à ébranler la terre. *Brom... Brom... Brom...* Tomà crie : « Quelqu'un vient ! Quelqu'un vient ! »

Il se met à hurler, se roule par terre, perd conscience.

Eylir, lui, garde les yeux ouverts.

Le jour revint.

Eylir était calme et très fatigué. Son corps était léger comme celui d'un homme qui n'a pas dormi ni mangé depuis des jours. La couronne avait roulé à ses pieds. En descendant le piédestal, il avait à chaque pas l'impression de s'envoler.

Il réveilla Tomà d'un geste très doux. Ne dit pas un mot. Donna à boire aux chevaux. Tomà regarda en direction du soleil levant, dans l'axe de la vallée rocheuse. Plus aucune trace ne restait des constructions nocturnes, des temples et de la jungle. Une crête rocheuse barrait l'horizon, elle serait certainement très difficile à franchir, mais les armées d'Allander l'avaient fait. Le jeune homme demanda : « C'est encore loin, le bord du monde ?

— Oui, très loin. Nous rentrons. »

Tomà monta sur Tache de vin sans poser de questions, il avait appris quand il fallait se taire. Eylir regarda le trône un long moment, pensif, puis enfourcha Argo et prit la direction de l'ouest.

C'était un bon cheval, Julian l'avait bien dressé.

« Puis nous sommes revenus », m'a dit le père Tomas.

J'ai frissonné. La nuit était bien avancée, il faisait froid. L'auberge était noire, les fêtards étaient retournés chez eux.

« Une longue route, plusieurs années. J'ai rencontré en chemin un homme qui m'a fait comprendre qu'en posant la couronne de bronze sur sa tête, j'avais accompli un geste sacré. J'en ai tiré les conséquences. Nous avons rejoint Erynéthis, les retrouvailles avec la famille d'Ajar ont été plutôt difficiles… Quelques semaines après notre arrivée, la petite fiancée de Julian s'est enfuie avec un aventurier de passage, toute la tribu s'est lancée à leur poursuite, Eylir les a suivis pour qu'ils ne massacrent pas tout le monde. Ils sont revenus, mais pas lui, il avait suivi sa propre route. Je n'ai pas eu de ses nouvelles pendant un an et un jour, j'imagine qu'il n'a pas pu m'en donner. Alors je suis parti de mon côté. Erynéthis avait perdu beaucoup de son charme. »

Après cette histoire, Tomas m'a raconté comment il s'était retrouvé à Dvern, comment il avait joint les autorités ecclésiastiques. Il s'est retrouvé dans cette paroisse, dont il aimait les habitants et dont les habitants l'aimaient.

« Toi, tu peux voyager. Moi pas. Un jour, tu le retrouveras, j'en suis sûr. Ce jour-là, promets-moi que tu lui diras où je suis, promets-moi de m'écrire. »

Je le lui ai promis, comme j'avais promis à Mme Vendares.

Il a souri, le même sourire d'ogre ou de loup qu'il avait d'habitude. J'ai repensé au mendiant d'Esterya, à l'homme qui avait vu le bord du monde, au prêtre de Mirven. J'ai pensé aux vies qui changeaient, et à mon chemin. Je lui ai dit tout ça, ça l'a fait rire. Et il m'a ramené chez lui.

Le château de Fosca

Depuis Mirven, j'ai pris le chemin du Sud, j'ai suivi les grandes routes tracées par les empereurs pour leurs armées dans des temps reculés, puis les chemins sous des arbres roux, dans les collines, vers la baronnie de Fosca.

La sœur Serena avait grandi dans un pays sombre, de forêts, de trous d'eau et de marécages, nimbé de tristesse par les pluies d'automne. En avançant sur ces terres, l'homme des villes que j'étais avait peur des bandits de grand chemin et des bêtes sauvages. Et il s'est perdu.

La journée finissait, je ne savais plus où j'étais, je suivais une route dans une forêt inconnue et il pleuvait. J'ai aperçu un cavalier, au bord de la route. Sa monture était très grande, lui-même était massif, courbé, un long manteau lourd de pluie pesait sur ses épaules. Il paraissait m'attendre, immobile, comme s'il avait toujours été là, intimidant, dans la pénombre naissante. J'ai essayé de l'aborder de manière civilisée, lui demandant s'il connaissait la route du château de Fosca.

Une épée et une arbalète étaient accrochées à sa selle. Il a tourné vers moi un regard soucieux, paraissant à peine m'apercevoir à travers ses préoccupations.

« Je suis Valère Fonte, dit-il. Trois milles encore avant ma demeure. »

Et il s'est retourné et enfoncé dans la forêt avant que je puisse me présenter. Valère Fonte, le propre frère de Madame, le baron de Fosca. Je suis resté un moment sur la route, espérant qu'il reviendrait… Il n'est pas revenu.

J'ai fini par trouver Fosca. Le vent a éclairci le ciel, la lumière du soleil couchant a crevé les nuages. Fosca était un grand village qui avait dû être fortifié un jour. Je l'ai traversé, suis passé devant la petite église avant d'apercevoir le chemin du château. Une colonie entière de corbeaux était installée dans les arbres touffus de l'allée qui y menait, leurs croassements ne cessaient pas. Et la vieille forteresse s'est révélée, fière et blessée, entourée de douves et d'étangs, découpant ses grosses tours sur le ciel flamboyant. Les arbres, tout autour, peupliers et saules, prolongeaient les limites du bâtiment, masquant sa véritable étendue, confondant tout, tours, maisons, murs à moitié éboulés. Les corbeaux croassaient encore, quelques bougies brillaient déjà à l'une des grandes fenêtres. Sous la tour d'entrée, l'ancien pont-levis était toujours baissé.

J'ai cru entendre le galop d'un cavalier, dans le lointain. J'ai pensé au Grand Cornu qui ramassait les âmes.

En entrant dans le château, j'ai vu une femme brune aux cheveux défaits, portant une robe bleue très simple, qui attendait dans la cour après avoir entendu mon cheval. Elle a hésité un instant avant de me reconnaître, elle a couru vers moi, nous nous sommes enlacés, je l'ai serrée contre mon cœur.

J'avais retrouvé Beth.

Elle m'a emmené dans la grande tour d'entrée, elle habitait l'ancienne pièce des gardes, juste au-dessus de la porte, elle en avait fait une grande chambre chaleureuse. Un feu brûlait dans la cheminée, chassant l'humidité. Nous avons mangé et bu ensemble, sans rien dire d'important.

Puis le temps est venu de passer devant le feu, de raconter des histoires.

« Parle-moi, elle a dit.

— J'ai des nouvelles tristes. De belles histoires qui se terminent mal. »

Elle s'est assise plus droite, je me suis perdu dans ses yeux noirs. Je connaissais son courage. Alors je lui ai raconté la mort de Julian.

Mon long récit ne l'a pas surprise, elle avait reçu une lettre de son père quelques semaines plus tôt. Il lui racontait qu'Eylir était venu le voir, qu'il lui avait apporté les nouvelles de ses voyages et de la disparition de son ami. Piter Leiss invitait sa fille à venir le rejoindre pour quelque temps… Et moi, je me trouvais de nouveau sur la trace d'Eylir. Tomas Dies avait raison, il avait suivi son propre chemin depuis Erynéthis.

Je suis resté plusieurs semaines à Fosca. J'ai marché, seul ou avec Beth, le long des rivières, entre les étangs. Elle aimait cet endroit, elle en était l'intendante, la gardienne, elle s'occupait de toutes les tâches d'administration qui ennuyaient Valère Fonte. Le seigneur traînait ses mélancolies dans les grandes salles aux poutres noircies et Beth faisait vivre les lieux. Grâce à elle, un peu de mon cœur s'est mêlé à la terre et à l'eau du pays.

J'ai appris comment elle avait découvert la vieille demeure familiale lors des mois d'été, lorsque Madame l'emmenait hors de la pension de Silvemore où elle avait passé toute son enfance. Elle était tombée amoureuse du château et du pays, et le baron l'avait autorisée à rester, puis à s'occuper des restaurations, des quelques serviteurs et des terres alentour. Elle m'a dit : « Je suis retournée dans les pays keltes, tu sais. Je n'ai rien trouvé. Un barde m'a dit que mon destin n'était pas d'être là-bas, qu'un autre endroit m'attendait, j'ai su que c'était ici. Alors je suis revenue. Du temps de la guerre civile, ce château était un refuge, dirigé par une femme, la Dame Gabrielle… Je voudrais qu'il retrouve un peu de l'âme de cette époque. »

Madame nous a rejoints au bout de quelques jours, Beth et moi lui avons rapporté ce que nous avions appris. J'avais écrit tout ce que m'avait rapporté Tomas Dies pour le remettre à Mme Vendares, j'ai aussi donné mes récits à la sœur Serena. Elle les a lus et commentés ainsi : « Tout cela est très bien. Je crois qu'Eylir Ap'Callaghan n'a plus aucune chance de jouer le moindre rôle dans la politique du Haut-Royaume. Un homme mutilé ne peut pas régner, selon leurs coutumes, n'est-ce pas ? Donc, mon ami, votre Kelte n'intéresse plus l'administration impériale. Mais rien ne vous empêchera de le rencontrer à Koronia, puisqu'il paraît qu'il s'y trouve... et que nous y retournons. »

En effet, nous retournions à Koronia ! Madame venait d'apprendre que l'Empereur désirait se rendre dans les colonies l'année suivante et elle devait préparer son voyage par d'innombrables rencontres avec les hauts fonctionnaires coloniaux. Beth partirait avec nous (ce qui me réjouit fort, comme on le devine) puisqu'elle comptait rendre visite à son père. Quant à moi, ce retour bouclerait la boucle et marquerait la fin de ma quête. Puisque Eylir était finalement sorti du désert où Tomas Dies l'avait vu disparaître, je pourrais le retrouver à Koronia, lui aussi apaisé, après avoir exorcisé tous les fantômes qui le hantaient. Je rencontrerais aussi la princesse Vendares, écrirais au père Tomas, solderais toutes mes dettes, conclurais toutes mes affaires. J'avais tort, bien sûr.

La sœur Serena a passé un peu de temps avec son frère. Je ne savais pas grand-chose de ce dernier, sinon qu'il avait été blessé contre les Keltes à Maharkal, et que sa femme habitait loin de lui, à Améritys. Carolina Fonte, la belle-sœur de Serena, ne supportait pas l'atmosphère humide de la forteresse et Valère n'envisageait pas que le baron de Fosca puisse habiter ailleurs que sur ses terres, dans la demeure de ses ancêtres. L'amour du château et l'impossibilité d'avoir des enfants avaient séparé les époux.

Je n'ai vraiment rencontré le baron de Fosca qu'une fois, lors de ce séjour. Je me tenais dans la pièce froide où le seigneur accordait ses audiences à la population, une salle dallée meublée d'un unique siège de bois au dos orné de frises. Je venais de découvrir un objet étrange, suspendu au mur derrière le trône, et il faut que j'aie été bien jeune pour ne pas sentir son aura funeste.

C'était un lourd étendard de bronze, représentant un aigle aux ailes déployées, emmanché sur une hampe de lance. La matière abîmée et verdie par la corrosion témoignait de l'ancienneté de l'objet. Je rêvassais en le regardant et c'est ainsi que Valère m'a surpris, arrivant dans mon dos en s'appuyant sur sa canne.

« Tu t'intéresses aux Keltes ? Prends garde, ils n'ont jamais vraiment réussi à ma famille. Ma sœur ferait bien de s'en souvenir, plutôt que de se mêler de leurs affaires.

— Cet insigne est kelte ? »

Valère a ri jaune.

« Pour le moins. Il vient de Maharkal… »

J'ai souri bêtement, heureux de trouver en cet objet un dernier lien avec les Keltes de mes histoires, une sorte de conclusion mélancolique de mon récit. Je ne savais pas alors qu'Allander lui-même avait porté cet aigle sur le champ de bataille, dans sa jeunesse et sa folie. Je ne voyais pas tous les morts entassés au pied de ce rêve de gloire. Je ne voyais pas le baron Erion de Fosca mort étendu à côté de l'aigle et son fils ramassant en pleurant ce trophée amer. Je ne voyais pas Valère lui-même, mourant en silence près de l'étendard de bronze. J'ignorais enfin qu'il serait la cause directe de la mort d'Eylir…

Maintenant, je sais tout cela et je pleure.

6

Traversées

Je ne le reconnais pas

Koronia, ma première ville kelte. À Atlantys, les gens affectent de n'y voir qu'un trou boueux et inhabitable où vient s'échouer la carrière des fonctionnaires malchanceux. Ils oublient qu'il s'agit de la plus grande ville du monde kelte, là où les étendards atlans flottent dans les brumes du Rohan. J'y ai débarqué avec le grand plaisir des retrouvailles, tenant Beth à mon bras.

Je croyais connaître Eylir, je croyais tout savoir de lui, et c'est à Koronia qu'il m'a échappé. Je pensais le tenir, je ne tenais qu'une ombre. Le petit frère du Roi rouge, le jeune guerrier impulsif est devenu un errant mélancolique perdu sur les landes et les mers, de plus en plus lointain, n'ayant bientôt pas plus de consistance qu'un fantôme. J'ai pourtant continué à le poursuivre... Parce que Kyle m'avait dit un jour, dans cette même auberge : *Occupe-toi de lui, occupe-toi du gamin. C'est ton tour, maintenant !* Et qu'il était en vérité mon seul moyen d'exister vraiment, d'être autre chose qu'un petit fonctionnaire.

Je me suis rendu au palais Vendares aussitôt que je l'ai pu. J'avais vu Atlantys, les ors, les stucs et les miroirs ne m'impressionnaient plus. Je possédais maintenant une carte de visite qui me permettait d'être reçu par Mme Vendares sans devoir attendre de longues heures angoissées dans un salon.

La princesse m'a reçu dans le grand jardin, sur un banc auprès d'une fontaine. Il venait de pleuvoir, le soleil de l'après-midi donnait à l'air des qualités particulières, un arc-en-ciel se dessinait au-dessus de la mer. J'ai descendu lentement l'allée vers elle, savourant ce moment. Dois-je dire qu'elle était aussi belle que lors de notre première rencontre ? Son regard paraissait plus clair et moins soucieux, aucune mélancolie ne le voilait plus et je savais de façon certaine quel était le soleil qui avait chassé ces brumes-là.

Je lui ai baisé la main avec émotion, elle a souri, s'est levée et m'a offert son bras et nous avons marché ensemble.

« Vous avez changé, monsieur, depuis que nous nous sommes vus.

— Vous pas, madame. Vous êtes restée la même. »

Le compliment lui a plu, j'étais le plus heureux des hommes. J'ai demandé alors : « J'ai appris qu'Eylir était revenu à Koronia. Comment va-t-il ? »

Selaya a contemplé rêveusement le jardin, la mer et l'arc-en-ciel. J'ai apprécié cet instant tout en me demandant pourquoi elle tardait tant à me répondre. Sans doute voulait-elle m'éviter une déception trop amère.

« Quand je l'ai vu, il était très beau, très fort et très égaré. Je lui ai parlé de vous. Il a ri de se découvrir un chroniqueur. Je lui ai donné les lettres que vous m'aviez envoyées. Je ne sais pas s'il les a lues avant son départ… »

Oui, je l'avoue, j'ai été déçu. Pourtant, cette nouvelle m'a fait rire. Sans doute alors ai-je eu le sentiment de ce que je savais depuis longtemps. Ma quête ne se terminerait qu'à la mort du premier d'entre nous… Je ne crois pas que Mme Vendares l'ait compris, et cela valait sans doute mieux. Elle a continué : « Je crois qu'il doit encore voyager loin... Je vous remercie, en tout cas, d'avoir tenu votre part de notre accord, même si je ne peux pas dire que vos histoires m'aient vraiment réconfortée. Ne trouvez-vous pas curieux d'écrire autant sur une personne que vous n'avez jamais rencontrée ? »

Sa question m'avait troublé, mais elle n'a pas paru s'en rendre compte, elle était plongée dans ses pensées.

« Vos récits sont étranges, je ne l'y reconnais pas. Sans doute ai-je une vision faussée, mais la vôtre est encore plus curieuse. D'instants difficiles de sa vie, vous avez fait des histoires... »

J'en avais fait des histoires parce qu'il le méritait, parce qu'il était un Callaghan, un héros d'une lignée de héros, qui s'était fait couronner au bord du monde ! Mais je ne pense pas qu'elle pouvait admettre cela, alors je ne lui ai pas dit et je me suis excusé de mes indiscrétions.

Elle m'a regardé avec une grande douceur et a posé sa main sur la mienne.

« Ne soyez pas désolé. N'est-ce pas moi qui vous ai encouragé dans cette voie ? »

J'ai repris son bras, nous avons continué notre promenade. J'entendais bien ce qu'elle ne disait pas. J'en avais assez fait, je n'avais pas de raison valable de m'immiscer dans son existence.

Alors je n'ai pas demandé s'il reviendrait ici à son retour de voyage. Je n'ai rien dit, et nous avons passé ensemble un long moment agréable.

J'ai su finalement grâce à Beth où était parti Eylir, mais il m'a fallu du temps avant de l'apprendre et encore plus de temps avant de pouvoir tenter de le suivre...

Heureuse rencontre à Koronia

Beth et moi sortions ensemble le soir, du moins avant qu'elle ne retourne s'installer quelque temps chez son père. Nous passions la soirée dans des auberges ou des tavernes, à écouter de la musique, à parler d'Eylir et de nos vies. Jude nous accompagnait rarement.

Un soir que ce dernier était avec nous, nous étions installés dans un de ces établissements où les clients peuvent gagner leur consommation en se faisant applaudir par le public. Poussé par Jude et voulant plaire à ma belle, j'ai tenté ma chance, me souvenant d'un précédent heureux à Mirven.

Je me suis retrouvé debout sur une scène étroite, ma tête touchant presque le plafond, à regarder d'en haut une vingtaine de tables où personne ne faisait attention à moi. J'y suis allé, plein de timidité et de trac, et le patron a obtenu pour moi quelques secondes de silence.

« Je vais te raconter une histoire véridique, noble assistance ! Elle me fut rapportée par un de mes amis, grand séducteur et voyageur devant l'Éternel, épéiste, amoureux, écrivain et poète, menant une vie tourmentée et pleine d'aventures. Il se nomme Jaël de Kherdan. Son titre de noblesse est tout imaginaire, mais n'allez pas le lui faire remarquer : il a la rapière vive et mortelle ! »

J'avais imaginé ce personnage quelques mois plus tôt, à Atlantys, sans doute à partir d'une de mes lectures. Je lui ai improvisé une aventure mystérieuse, dans une cité souterraine, pleine de voiles et de lumières colorées, de femmes masquées et de duels. Chaque fois que je sentais l'inspiration faiblir, je demandais au public s'il voulait la suite…

Au bout de trois épisodes, j'ai conclu par un duel final et un baiser. Une jeune femme de l'assistance m'a fait remarquer que j'avais laissé nombre d'aspects dans l'ombre.

« Votre mémoire vous aurait manqué ?

— C'est mon ami qui ne m'a pas tout raconté… »

Même Jude a apprécié, Beth m'a souri et nous avons bu tous ensemble.

Je garde de ce soir-là un souvenir particulièrement doux. Nous sommes rentrés tard et je me suis retrouvé devant la porte de ma chambre, une chandelle à la main, essayant de ne pas faire de bruit avec la clé pour ne pas réveiller les autres clients de la pension. Beth a posé sa main sur mon bras.

« Ce soir, je te capture… »

Elle m'a posé un doigt sur les lèvres et m'a entraîné dans sa propre chambre.

J'avais de nouveau perdu Eylir et retrouvé le parfum de mes premières aventures dans les pays keltes avec elle, mais j'étais un peu plus mûr, et je savais reconnaître quand j'étais amoureux. Je l'ai suivie le cœur battant, nous n'avons rien dit, nous nous sommes couchés ensemble et je l'ai serrée contre moi.

Il ne s'est rien passé de plus, elle a dormi, moi pas. Je l'ai tenue dans mes bras, mi-souriant, mi-pleurant, ivre de son parfum, de sa chaleur et de la douceur de ses cheveux.

Le lendemain, Beth s'est rendue chez son père. Je n'avais pas à me mêler de ses affaires familiales, alors je l'ai accompagnée et attendue dehors dans un café, passant une longue journée à rêver à des choses qui ne se produiraient jamais.

Elle m'a retrouvé à la nuit tombée, m'a traité d'idiot de l'avoir attendue. Elle passait voir Serena, puis elle irait habiter chez son père les jours à venir. Il n'y aurait donc pas de répétitions aux douceurs de la nuit dernière… Son père n'allait pas très bien, même s'il était entouré d'amis fidèles qui le soutenaient. Quant à Eylir, il était venu deux mois plus tôt, il habitait chez sa mère, il avait rendu visite plusieurs fois à Piter Leiss, il l'avait même accompagné lors d'une de ses tournées, comme autrefois… Piter avait raconté qu'il se sentait très responsable de ce qui était arrivé à Julian, que ça le rongeait d'autant plus qu'il passait du temps avec Piter.

« Mon père a pris une bonne décision, il a dit à Eylir de partir, qu'ils devaient chacun rester seuls avec leur peine, que ça ne leur ferait de bien ni à l'un, ni à l'autre, de se voir encore. Eylir l'a écouté et il a quitté la ville, il est parti en Elmédia, Piter ne sait pas où ni pourquoi... C'était il y a un mois. »

Qu'allait-il faire en Elmédia ? Sans doute pas retourner chez les Thiléens... Je n'en savais pas assez pour continuer.

Beth est donc allée s'installer chez son père et moi je me suis absorbé dans mon travail. Quand il m'arrivait de parler d'Eylir, Jude s'exclamait avec agacement : « Mais tu vas lui foutre la paix, à ton Kelte ? Laisse-le vivre sa vie ! »

Je repensais alors aux paroles de Mme Vendares, mais je me disais qu'ils avaient tort tous les deux.

Les semaines passaient et je craignais de devoir quitter Koronia sans rien avoir appris de nouveau sur Eylir... Mais c'était sans compter sur l'acharnement de Beth, aussi curieuse que moi.

Un soir, alors que je m'apprêtais à me coucher, Beth a frappé à ma porte. Elle portait la robe de laine bleue que je lui avais vue lors de nos voyages en pays keltes. Elle m'a pris les mains et m'a parlé très sérieusement : « Je vais à un rendez-vous un peu dangereux, surtout pour une femme seule. Tu m'accompagnes ?

— Il va falloir remonter le Rohan avec des Thiléens ?

— Non, nous n'irons pas si loin. C'est en ville. »

Elle a refusé de m'en dire plus, ses yeux brillaient, elle était de bonne humeur.

Nous avons marché dans la nuit, jusqu'au quartier des

îles, l'endroit le plus mal famé de Koronia. J'ai cru qu'elle m'entraînait vers la Grange, mais ce n'était pas le cas.

« J'ai rendez-vous derrière une taverne qui s'appelle *L'Anguille d'argent.* »

J'ai passé mon bras autour de son épaule, dans un geste ferme et possessif qui l'a fait rire. Mais aucun marin ivre ne l'a abordée de manière indélicate, aucun sale type ne nous a cherché d'ennuis. Seuls quelques mendiants nous ont demandé sans vraiment y croire une pièce ou un morceau de pain.

On nous a indiqué *L'Anguille d'argent*, un endroit un peu glauque, au cœur du quartier des îles. Derrière, s'élevait un petit immeuble branlant aux fenêtres obscures. La bâtisse paraissait devoir s'écrouler. Personne ne paraissait habiter là, pourtant « on » avait demandé à Beth de monter au deuxième étage.

J'ai regardé l'escalier pourri avec circonspection, mais elle m'a fait monter les marches vermoulues jusqu'à nous retrouver face à une porte close. Beth a frappé, la porte s'est ouverte, une grande ombre nous a invités à entrer.

Nous étions dans un petit appartement obscur, éclairé par des dizaines de bougies dégoulinantes de cire et des petites lampes à huile de verre coloré. Des tapis de prix recouvraient le plancher grinçant et les murs pourris, faisant de l'endroit une sorte de nid, plutôt agréable. Et notre hôte, que les bougies avaient éclairé par-derrière lorsqu'il nous avait ouvert, était un homme roux, très grand, très fort, et à l'expression finalement tout à fait amicale. Son apparence était soignée, il portait des vêtements très simples. Il a posé familièrement les mains sur les épaules de Beth.

« Tu as trouvé, finalement !

— Les indications étaient excellentes. Et nécessaires ! »

Elle m'a présenté à notre hôte : « C'est l'ami dont je t'ai

parlé, qui cherche des nouvelles d'Eylir. Il ne sait pas qui tu es, je lui ai fait une surprise. »

L'autre m'a serré la main vigoureusement.

« Je crains que la surprise ne soit un peu décevante. Je m'appelle Reuter, j'ai bien connu Eylir, il y a longtemps, et je l'ai revu il y a quelques mois. »

La rencontre me faisait plaisir. Reuter était un homme chaleureux, je l'ai tout de suite trouvé sympathique. J'ai demandé : « Tu sais où il se trouve maintenant ?

— Pas exactement, mais j'ai quelques idées. Et il m'a raconté quelques trucs quand il est passé me voir ; Beth m'a dit qu'elle était curieuse de savoir quoi... Et que ça t'intéresserait sans doute. On pourra parler de tout ça après avoir bu quelque chose ! »

Voilà comment nous nous sommes retrouvés assis autour d'une table basse à l'orientale, à boire des liqueurs dans des verres de cristal, tous ébréchés. Les lieux avaient été aménagés par le colocataire de Reuter, qui avait volé des dizaines de tapis précieux pour cacher la misère...

« Il voulait un petit nid d'amour pour vivre avec sa maîtresse, mais elle l'a quitté. Et je l'ai remplacée. »

Grand éclat de rire.

« Le problème, ce sont les rats. Ils grattent et couinent derrière les tentures. »

Beth a frissonné, méfiante. Reuter a posé la main sur le couteau passé dans sa ceinture.

« Je me débrouille pas mal au lancer de couteau. Je les repère au son, et je les cloue contre le mur à travers les tapis. »

Ça n'a rassuré mon amie qu'à moitié. Reuter a débouché une bouteille et rempli nos verres. Nous les avons levés ensemble et il s'est exclamé : « Aux femmes, aux rencontres, à l'amitié, aux aventures et à toutes ces sortes de choses ! »

MISÈRE

Où Eylir se trouve une épée.
Eylir, 13e récit. (Notes pour Serena Fonte.)

Les Djinns lancèrent leurs montures au galop quand ils furent en vue du village de tentes. C'était un petit village, une vingtaine de foyers serrés autour d'un puits. Des gamins les virent arriver et coururent dans les jambes de leurs parents avec des cris stridents, créant un début de panique. La course des chevaux soulevait le sable comme une tempête, ajoutant à la terreur des Seljucks.

Les cavaliers encerclèrent le village, avec leurs épées brandies et le soleil dans leurs cheveux roux. Ils poussaient des ululements terrifiants et galopaient en cercles de plus en plus serrés, rassemblant hommes, femmes et enfants autour du puits. Puis, sur un signal du chef des Djinns, le cercle se brisa, les cavaliers bondirent sur les tentes, traversant le village de part en part. Certains Seljucks se préparèrent à vendre leur vie chèrement, d'autres tombèrent, invoquant la protection de Maachan. Mais les Djinns les ignorèrent, à leur grand étonnement. Et ce cercle des cavaliers se reforma, immobile, centré sur le puits, interdisant toute fuite.

Le chef de la troupe de Djinns était Ajar Lin Meyvin, d'Erynéthis. À côté de lui, ses cheveux blonds dissimulés sous un capuchon blanc, se trouvait Eylir Ap'Callaghan. Argo soufflait et renâclait bruyamment, moins habitué que les petits chevaux djinns à de pareilles courses folles.

« Que le chef de ce village s'avance ! » cria Ajar. Les yeux du Djinn flamboyaient de colère. Personne ne bougea.

« Qu'il s'avance et se nomme avant que je vous abatte les uns après les autres ! »

Eylir posa la main sur le bras d'Ajar, pour l'inciter à

plus de retenue. Ajar se dégagea d'un mouvement brusque. Un homme âgé venait de sortir du groupe, portant une djellaba blanche et un turban bleu. Il se tenait avec dignité, et son visage était fermé et méfiant.

« Je suis le chef de ce village, et je ne me présenterai que quand tu l'auras fait toi-même.

— Je suis Ajar Lin Meyvin. Ce sont mes hommes.

— Je suis Sher Aran Bouraq. Voici ma tribu, que tu as dérangée avant le repas du soir. Tu avais sans doute une bonne raison. »

L'ironie du chef du village échappa à Ajar.

« Je cherche un Atlan. Un Atlan avec une prisonnière, une femme de mon peuple. Je sais qu'il suivait cette piste. Tu l'as vu, c'est certain. Et il n'est pas parmi vous en ce moment. Où est-il ? »

Eylir était tendu et attentif. Le vieil homme avait vu l'Atlan, c'était certain, mais accepterait-il de le reconnaître ? Ajar était dans un état de tension extrême, un geste de sa part suffirait à jeter ses loups sur ces gens sans défense. Le Kelte n'avait pas envie qu'un massacre se produise à cause de la colère de son ami.

Le chef du village prit une bonne décision.

« J'ai vu cet homme dont tu parles. Il ne connaissait pas nos usages, il a bu notre eau, c'est à peine s'il a parlé. Il a vendu la fille à un homme riche qui retournait vers le sud. L'Atlan est parti hier matin, l'homme riche aussi.

— Où ?

— L'Atlan a pris la route de Terencia sur un cheval rapide. »

Le Djinn posa la main sur son épée et la sortit à moitié du fourreau.

« Un cheval rapide ! Tu le lui as donné ?

— Il l'a échangé à l'homme riche contre la fille. Une bonne affaire. »

Ajar plissa les yeux, la colère ne l'avait pas quitté. Un

petit enfant se mit à pleurer dans les bras de sa mère, une chèvre poussa un bêlement plaintif. Le chef des Djinns parla lentement : « Merci de m'avoir aidé, Sher Aran Bouraq. Tu sais reconnaître tes intérêts. »

Puis il se tourna vers ses guerriers. « Nous prenons la route de Terencia. Nous serons sur lui demain ou après-demain ! »

Les Djinns crièrent et commencèrent à se rassembler. Eylir les ignora, mit pied à terre et demanda au vieil homme :

« Et la fille ? Et l'homme riche ? Par où sont-ils partis ? »

Eylir était arrivé à Erynéthis avec Tomà deux mois plus tôt, ils avaient fait une longue route depuis l'Orient lointain. Il apportait avec lui une nouvelle de malheur, et tout l'argent que Julian et lui avaient gagné dans leurs affaires. Ajar accueillit la nouvelle avec tristesse et déception et Nadia, sa sœur, poussa un long cri déchirant en apprenant la mort de son fiancé. Commença alors la période de deuil officielle, et Nadia fut reléguée dans une chambre isolée pour une durée de quarante jours. Eylir et Tomà étaient d'humeur solitaire, ce qui agaça Ajar. Eylir sentait que son ami djinn lui en voulait de ne pas se mêler à la communauté et surtout, de ne pas épouser Nadia en prenant la place de Julian. Expliquer à Ajar que c'était impossible était au-dessus des capacités du Kelte.

Jaran Peron était un Atlan, plus exactement un Esteryan, venu jusqu'à Erynéthis pour faire des affaires avec les Djinns, bel homme, beau parleur, un peu arrogant et assez irresponsable. Ajar l'aimait bien et lui faisait les honneurs de sa maison depuis plusieurs semaines. Eylir l'avait trouvé plutôt antipathique.

Il disparut d'Erynéthis trois jours avant la fin de la période de deuil officielle. Et quand on vint libérer

Nadia de la chambre scellée où elle s'était enfermée pour passer le temps du deuil, on se rendit compte qu'elle avait disparu et que les plats que les servantes lui faisaient passer n'avaient pas été touchés depuis trois jours.

Des témoins confirmèrent qu'on avait vu l'Atlan et la jeune femme, ensemble, descendre la vallée.

« Elle a craqué, dit Tomà, fataliste. Son bel amour disparaît, et avec lui tout espoir d'échapper à son tyran de frère. Et comme toi, tu as dit non, elle est partie avec le premier imbécile qui lui aura fait des promesses. C'était la seule solution pour elle. »

Pris de rage, Ajar démolit tous les meubles de la chambre de sa sœur à coups d'épée. Puis il rassembla ses guerriers pour les lancer à la poursuite de l'insolent qui avait sali son honneur. Eylir demanda à se joindre à eux, mais Ajar n'avait pas envisagé qu'il puisse en être autrement.

Montant sur Argo, Eylir dit à Tomà : « Je vais essayer de l'empêcher de faire des folies. Ils sont prêts à tuer tous ceux qui se dresseront sur leur chemin. S'ils rattrapent Peron, je ne pourrai pas grand-chose pour lui, mais je peux essayer d'éviter qu'il tue Nadia.

— Ce sont des sauvages », dit Tomà.

Dans le village de tentes, Eylir repensait à Tomà. Ajar ne voulait rien entendre, il n'écoutait que sa fierté blessée.

« Ajar ! Le chef du village m'a dit que ta sœur avait été achetée par un marchand se nommant Sher Al Gazali. Je ne viens pas avec toi, je vais la chercher. »

Ajar cracha par terre.

« Quelle importance ? Elle est souillée ! Qu'elle reste l'esclave de ce porc, elle ne mérite pas mieux. »

Eylir faillit se mettre en colère et frapper Ajar, mais

cela n'aurait servi à rien. Et les Djinns l'auraient massacré.

« Je pars à sa recherche, Ajar.

— Si tu la retrouves, garde-la pour toi ! Tu aurais dû l'accepter avant, quand je te l'avais proposée... Nous nous reverrons à Erynéthis ! »

Il tira les rênes de sa monture, fit volte-face et s'élança au milieu de ses hommes. En quelques instants, ils avaient quitté le village, s'élançant vers l'ouest. Et ils ne furent plus qu'un nuage de poussière sur la piste. Stupides Djinns ! Peuple de sauvages ! Eylir repensa à ses propres Keltes et éclata de rire.

Il acheta de l'eau et un peu de vivres à Sher Bouraq et prit la route du sud. Il n'aurait pas voulu être à la place de Jaran Peron.

Eylir suivit la piste des caravanes durant de nombreux jours. Sous le soleil, Argo ne progressait pas aussi vite que les petits chevaux djinns et, comme il boitait légèrement, Eylir ne voulait pas le forcer. Heureusement, Sher Al Gazali laissait derrière lui une piste claire. Ce riche Seljuck achetait à chaque puits de grandes quantités de vivres et d'eau pour sa suite d'une dizaine de personnes, essentiellement des soldats. Eylir pensait à Nadia, à la diablesse aux yeux de feu qui les avait séduits, Julian et lui, à la fiancée amoureuse, devenue veuve avant même d'avoir été mariée. Il en voulait à Ajar d'abandonner sa propre sœur aux mains d'un inconnu.

La longue route lui laissait le temps de réfléchir. Quand il l'aurait retrouvée, que devrait-il faire ? La libérer par la force ? La racheter ? Le moment viendrait vite où ces questions se poseraient. Il gagnait sans cesse du terrain sur la petite troupe du Sher.

Le désert devint rocailleux, des débris de montagnes dispersés par un dieu négligent sous le soleil. Le Sher n'avait plus que quelques heures d'avance, Eylir le rejoindrait ce soir, ou bien demain.

Alors qu'il passait au pied d'une colline toute crevassée, il entendit un bruit d'éboulements et des petits cailloux rebondirent tout autour de lui. Par réflexe, il lança Argo au trot, s'éloignant de la source du danger. Et, une centaine de pas plus loin, le cheval tomba. Eylir vida les étriers et fut projeté brutalement contre le sol, réussissant à ne pas se faire prendre sous l'animal. Le choc lui fit perdre connaissance un instant.

Il se releva, aussi vite que possible, le ciel tournait autour de lui, Argo hennissait, couché sur le flanc. Malgré le choc qui l'étourdissait encore, Eylir courut au secours de son cheval. Pas Argo ! Pas lui ! Il avait déjà perdu assez de montures ! Cette maudite chute lui donna envie de pleurer.

Une corde avait été tendue en travers de la route, qu'on avait sans doute relevée sous les jambes du cheval. Des ennemis se trouvaient donc près d'ici, mais Eylir n'en avait cure.

Il s'accroupit auprès d'Argo, regarda ses membres avec inquiétude. Le cheval se calma un peu, essaya de se relever, y réussit sans difficulté. Il n'avait rien de cassé ! Il tenait debout !

« Bon cheval ! Brave cheval ! »

C'est alors qu'il se rendit compte qu'une vingtaine d'hommes l'entouraient, portant des turbans incrustés de poussière, certains l'épée à la main, d'autres ayant encoche une flèche sur leur arc. Eylir posa la main sur son épée. Les arcs furent tendus un peu plus. Il vaudrait mieux se battre plus tard…

Avec une rapacité brutale, ils lui arrachèrent ses vêtements et ses armes. Ils ne disaient pas un mot. Le soleil l'éblouit et lui fit tourner la tête. Puis ils lui lièrent les bras, lui passèrent des cordes autour de la taille et autour du cou. Ainsi, ils ne voulaient pas l'abandonner en plein désert ? Il fut ainsi traîné comme un esclave vers les rochers. Un des hommes menait Argo par la bride.

Une cinquantaine d'hommes avec au moins autant de chevaux campaient dans une combe étroite et ombreuse. Ceux qui avaient le visage découvert avaient les traits seljucks. Des hommes jeunes, au visage maigre mangé de barbe et au regard ardent, qui se parlaient par cris brefs. Eylir essaya de leur parler, mais ils l'ignorèrent. Peut-être qu'ils ne le comprenaient pas.

Puis un homme apparut, vêtu plus richement. Un Kelte ! Malgré son visage brûlé par le désert, cela ne faisait aucun doute. Il était bien plus âgé que tous les jeunes guerriers qui l'entouraient, mais pas moins vigoureux. Ses traits étaient profondément creusés, ses joues émaciées, mangées d'une vague barbe rousse. Ses yeux d'un bleu glacial lui donnaient un regard étrange.

Eylir cria joyeusement : « Compagnon ! Dis à tes amis de me relâcher ! Je ne leur veux aucun mal ! »

Un de ses gardiens le frappa brusquement sur la bouche, le Kelte parut à peine avoir entendu ce que disait Eylir. Il écarta son manteau et dégaina son épée, une lourde rapière de style atlan, qu'il pointa vers le ciel. Tous les hommes poussèrent un cri de stupeur et se jetèrent à genoux, puis posèrent leur visage contre le sol. On tira sur les cordes d'Eylir pour le forcer à suivre le mouvement.

Quelle était cette folie ?

L'épée retrouva son fourreau, tous se relevèrent dans un silence respectueux. On n'entendait plus que les chevaux qui grattaient les cailloux de leurs sabots. Le Kelte cria quelques ordres brefs dans une langue inconnue. Eylir fut mis entièrement nu et on jeta ses vêtements dans le feu de bivouac. En même temps, on lui passa une corde autour du cou, puis une seconde, et une troisième. À chacune des extrémités se tenait un jeune guerrier. Il essaya de se débattre, tira en vain sur les cordes de sa main valide. Ils le traînèrent d'un côté puis de l'autre, et le jetèrent par terre en une brusque traction.

D'autres guerriers firent claquer des fouets. Les lanières de cuir s'abattirent sur ses épaules, sa poitrine, son dos, ses bras et ses cuisses. Ils frappaient avec application, sans paraître y prendre plaisir, mais avec un incroyable sérieux. La douleur fit venir des larmes aux yeux d'Eylir, ils le fouettèrent jusqu'à ce qu'il perde conscience.

Il ne sentait plus rien, il reposait dans un silence ouaté. Il gisait sur le dos et ne pouvait bouger. Après un temps indéterminé, le silence fut rompu par un bruit de pas familier . Depuis qu'Eylir marchait seul, il l'entendait souvent venir, au bord du sommeil, au plus noir de la nuit. Une présence amicale, qui disparaissait dès qu'il tentait de se concentrer dessus… Cette fois encore, il tenta de tourner la tête pour l'apercevoir. Une ombre se dessinait sur le ciel.

« Julian ? »

Et pour la première fois, l'ombre lui répondit : « Salut, mon roi. »

Eylir cria.

La douleur revint et il ouvrit les yeux et vit les étoiles, éparpillées dans le ciel immense. L'ombre avait disparu, bien sûr… Ils avaient nettoyé ses blessures et l'avaient attaché, allongé, à des pieux de fer fichés dans le sol dur. Quelle était cette folie ? Que lui voulait-on ? Le Kelte roux qu'il avait aperçu était assis sur un rocher, non loin, et le regardait. Le corps d'Eylir le brûlait partout où le fouet s'était abattu. Il avait très soif.

Le Kelte lui donna de l'eau.

« Merci, dit Eylir dans un souffle. Maintenant, dis-moi ce que tu veux. Laisse-moi partir… Je dois libérer une fille. Ou alors, si tu veux me tuer, tue-moi maintenant. Mais fais-le en guerrier. »

L'autre marmonna quelque chose d'incompréhensible. Il posa la main sur l'épaule d'Eylir dans un geste amical, mais son visage restait figé et son regard ne cillait pas. Puis il lui caressa l'épaule, la hanche et les cuisses. Eylir se débattit mais ses liens tenaient bon. Et même s'il criait, le Kelte ne paraissait pas l'entendre. Il passa toute la nuit à veiller Eylir, mais il ne le voyait pas vraiment. Eylir eut l'impression que ses yeux bleus ne se posaient plus dans ce monde-ci depuis longtemps.

Il était donc leur prisonnier. La cinquantaine de guerriers étaient à cheval, d'autres animaux transportaient de l'eau, des vivres et des marchandises. Argo fut relégué à ce service. Le Kelte roux chevauchait en tête.

Ils abandonnèrent le chemin que suivait Eylir, prenant leur propre route dans le désert. Ils lui avaient donné une paire de sandales et une robe blanche, très simple, et une longue bande de tissu pour lui protéger la tête du soleil. Puis ils lui avaient lié les bras dans le dos et passé une corde autour du cou. Deux guerriers à cheval le menaient comme un animal qu'on tient en laisse.

Qui étaient-ils ? Où allaient-ils ? Pourquoi le gardaient-ils ainsi ? Il n'en savait rien.

Un gamin les accompagnait, un garçon seljuck d'une dizaine d'années, perché sur le dos d'un des animaux de bât. Il tenait un instrument de musique à cordes qui ressemblait, en plus petit, aux kithans qu'Eylir avait vus dans l'Ouest. Quand il ne jouait pas de son instrument, il jetait à Eylir des regards graves et curieux.

Le soir vint peu à peu. Le gamin s'était approché d'Eylir. Il lui parla en seljuck.

« Je m'appelle Achad.

— Eylir.

— Pourquoi ils ne t'ont pas tué ?

— Je ne sais pas. Qui sont-ils ?

— Ce sont les faucons de Misère. Ce sont des pillards. Ils viennent du Sud. »

Un des guerriers qui menait Eylir se retourna, agita les mains vers Achad, comme pour chasser une mouche importune. Le gamin s'éloigna.

Dans les jours suivants, Eylir put mener avec Achad une curieuse conversation en pointillé. Ils parlaient à voix basse quand les guerriers, les faucons de Misère, se concentraient sur la route. Eylir raconta brièvement son histoire, Achad donna la sienne.

« J'étais avec une caravane, avec mon père, ma mère et mes frères. Ils les ont tués. Ils ont tué tout le monde, sauf les bêtes. Ils ont pris l'or et l'argent, il n'y en avait pas beaucoup. Peut-être qu'ils ne m'ont pas tué parce que j'avais mon sith. » Il serra son instrument de musique. Achad était très calme. Eylir admira sa retenue. « Alors je le garde. Comme ça ils ne me tuent pas. J'en joue, de temps en temps.

— Tu comprends leur langue ?

— Ils parlent comme les tribus du Sud. Je suis du Sud moi aussi. »

« Et leur chef, qui est-ce ?

— Il s'appelle Gunthar Ap'Horn, c'est un Kelte, comme toi. Il servait le Roi rouge, maintenant il ne sert plus que Maachan. Il est prophète, il connaît les transes, il crie et il bave. Il tient l'épée Misère sans être brûlé, ça veut dire que Maachan l'a choisi, qu'il accomplira de grandes choses.

— Misère ? C'est le nom de l'épée ? Elle brûle les infidèles ?

— Oui. Eux, il les appelle ses faucons. Les faucons de Misère. Ils disent que Misère n'est portée que par ceux que Maachan choisit. Les autres ont la main brûlée. Misère était dans son sanctuaire, dans leur ville. Lui, il l'a prise et il n'a pas été brûlé. Alors ils l'ont suivi.» Achad répéta, comme si cela expliquait tout: «Et il est prophète. Parfois, il a des transes, et il crie et il bave.»

Eylir jeta un bref regard vers le Kelte, en avant de la troupe.

«Si Misère ne lui a pas brûlé la main, elle lui a brûlé l'esprit...»

«Eux, Maachan a changé leur âme. Ils sont tous secs, ils mangent le moins possible, ils ne boivent plus de vin. Ils n'ont plus besoin de femmes, ils font l'amour les uns avec les autres, et en s'aimant comme ça, c'est Maachan qu'ils aiment.

— Qui a dit ça, Achad?

— C'est lui qui le leur a dit. Quand il prophétise.»

Les faucons de Misère, des pillards, dirigés par un fou mystique portant une épée sacrée... Eylir avait entendu dire que le désert faisait parfois perdre la raison aux hommes qui le contemplaient trop longtemps. Lui-même avait éprouvé cette attirance vertigineuse vers l'absolu lorsqu'il avait traîné le corps de Julian en haut d'une montagne d'Orient.

Trois jours passèrent. Combien de temps encore allaient-ils le garder vivant?

Alors qu'ils traversaient une autre région de rochers, des éclaireurs revinrent, pressés et agités.

«Ils ont vu une troupe de marchands, murmura Achad à Eylir. Ils sont tout près d'ici.»

La troupe progressa dans les rochers jusqu'au sommet d'une pente qui surplombait la piste. Une petite troupe composée de cinq animaux chargés et d'une vingtaine d'hommes, de femmes et d'enfants avançait lentement sur la route poudreuse.

Ap'Horn dégaina l'épée nommée Misère et fit un signe à ses hommes. Les guerriers dévalèrent la pente rocheuse au galop, l'épée nue.

Achad et les gardiens d'Eylir étaient restés en haut du surplomb pour assister à l'assaut.

Les faucons de Misère aboyèrent soudain. Ils se jetèrent sur la petite caravane. De loin, Eylir vit les jeunes cavaliers virevolter, l'épée haute, au milieu des marchands affolés. Les cris furent emportés par le vent.

Un peu plus loin, dressé sur un rocher, Ap'Horn brandissait l'épée. Le combat ne cesserait qu'au moment où il l'abaisserait. Ils abattirent les hommes armés, il n'abaissa pas l'épée. Ils tuèrent les femmes, il n'abaissa pas l'épée, ils tuèrent tout le monde, dans une ivresse de massacre. Ils tuèrent même les chameaux et les chevaux, et Ap'Horn restait immobile, l'épée brandie. Ils fouillèrent les corps, coupèrent les doigts qui portaient des bagues et les mains qui avaient des bracelets, rassemblèrent tout ce qu'ils purent trouver comme métaux précieux dans un petit sac de cuir et enfin, Ap'Horn parut s'éveiller de son rêve lourd et abaissa son épée. La curée cessa, des cadavres gisaient partout sur la route, les vautours n'allaient plus tarder.

Eylir avait tenté de se dégager durant le massacre, il ne pouvait pas laisser faire cela, mais ses gardiens avaient tiré brusquement sur la corde qu'ils lui avaient passée autour du cou, et il était tombé à genoux, pleurant et rageant.

À la fin, sans réfléchir, il se lança en avant, dans la pente vers la piste. La corde l'étrangla, mais, entraîné par sa course et par la chute, il projeta un des gardiens au bas de son cheval, et l'autre lâcha son extrémité de la laisse qui le retenait. Ses bras étaient toujours entravés, mais il courut en trébuchant vers la piste, espérant follement trancher ses liens avec une arme abandonnée durant le combat.

Les deux autres s'étaient relevés et jetés à sa poursuite. Ils n'eurent pas de difficulté à le rattraper. Ils le jetèrent au sol, pesèrent sur lui, l'écrasèrent à plat ventre dans la poussière. Il cria, se débattit de toutes ses forces, tira sur ses liens mais en vain. Les faucons riaient de ses efforts, d'autres hommes les rejoignirent, pesant sur les épaules d'Eylir. Ils le frappèrent encore et tirèrent sur ses jambes, le forçant à les écarter, l'un d'entre eux se coucha sur lui...

Mais la voix d'Ap'Horn claqua. La pression se relâcha, ils s'éloignèrent d'Eylir, le remirent debout, déçus. Ils se comportaient comme des jeunes chiens, fous, agités que le moindre cri faisait gémir et obéir. Des jeunes chiens qui aimaient tuer.

Plus tard, alors qu'ils avaient repris la marche, Eylir demanda à Achad d'une voix sombre : « Qu'est-ce qu'il a dit pour qu'ils me lâchent ?

— Il a dit que tu étais pour la femme-araignée de Jéricho.

— Qu'est-ce que c'est ? Qui est-elle ?

— Je ne sais pas. »

Ces mots le poursuivirent pendant toute la journée et pendant les journées suivantes. Jéricho, la cité au cœur du désert des flammes, Eylir en avait entendu parler, mais ne connaissait personne qui s'y soit jamais rendu. Il espéra qu'il trouverait une occasion de s'échapper d'ici là... Jéricho, la femme-araignée, il ruminait ces paroles durant sa marche, le soleil lui donnait maintenant des hallucinations, il faisait des rêves éveillés. Le soir, ils l'attachaient au sol et Ap'Horn venait s'accroupir auprès de lui, il passait sa main rugueuse sur le dos d'Eylir en un geste tendre et répugnant, et il marmonnait pour lui-même des paroles incompréhensibles. Eylir s'endormait, vidé de toutes ses forces par les heures de marche, bercé par cette morne litanie.

Il rêvait d'une tour de pierre noire et lisse, dressée au

milieu du désert. Il était à l'extérieur, en train de marcher vers elle, et en même temps à l'intérieur, enchaîné à un mur. Une grande femme aux yeux noirs et lisses lui rendait visite. Elle portait d'immenses robes couvertes de voiles qui traînaient sur le sol et s'étendaient jusqu'aux murs, devenant des rideaux et des tapisseries. Ainsi, elle était liée à la tour, dont elle faisait irrémédiablement partie. Et elle s'approchait de lui, lui, nu, lisse et dépouillé, elle le regardait d'un air triste et ne le touchait pas. Quelque chose en elle donnait envie de vomir à Eylir.

Il se réveillait au matin avec la nausée.

Et il fallait reprendre la route.

Il marcha ainsi durant des semaines, très affaibli, le soleil lui donnait une fièvre permanente, il puisait sur ses forces pour ne pas s'effondrer. Achad, perché sur le dos d'Argo, lui tenait compagnie, chantant des choses sans queue ni tête et jouant de la musique sur son petit kithan. Mais c'était Julian qui permettait à Eylir de tenir. Le souvenir de son ami marchait avec lui, juste derrière lui, l'épaulait quand la fatigue le faisait trébucher, l'aidait à résister à la folie.

Ils s'enfonçaient de plus en plus profondément dans le désert, marchant vers le sud, suivant les pistes caravanières.

Leur silence était particulièrement effrayant. Ils ne parlaient presque jamais, sinon par cris brefs, comme des animaux. Seul Ap'Horn prononçait parfois plus de deux phrases d'affilée, parlant dans sa barbe, et les autres tendaient l'oreille comme s'il s'agissait de recueillir un enseignement précieux.

Trois fois durant son voyage avec eux, Eylir vit Ap'Horn prophétiser. Il était secoué de tremblements, avait du mal à rester en selle, deux guerriers devaient l'aider à en descendre. Il paraissait alors incroyablement agité, comme secoué par une force plus grande que lui, qui le faisait marcher de long en large, agiter les bras en de grands mouvements, tordre le cou et se contorsionner avec violence. Les guerriers l'entouraient, pleins de crainte et d'admiration. Il balbutiait de longues tirades enfiévrées puis finissait par rouler au sol. Achad traduisait pour Eylir.

« Il dit : un nouvel empire dans le sang des hommes. Un sang beau et pur, la beauté et la vaillance. Il dit : les Keltes et les Seljucks sont frères, le peuple du désert finira l'œuvre du Roi rouge. De l'or pour l'Empire, l'Empire au signe de l'épée, des hommes jeunes et beaux au signe de l'épée. »

Eylir se demanda s'il avait été aussi fou que cela.

Les faucons de Misère attaquèrent d'autres voyageurs isolés, la plupart étaient mis à mort hors de la vue d'Eylir. Ils rançonnaient aussi des petits villages, et l'or était entassé sur les chevaux de bât. Seuls l'or, les pierres et les métaux précieux les intéressaient. Le reste était abandonné à pourrir au soleil.

Et c'est lors d'un de ces combats qu'une occasion se présenta pour Eylir. Il était près de midi, les terres qu'ils traversaient étaient irriguées depuis plusieurs milles, on voyait des cultures et du bétail, ils sortaient du désert. Ap'Horn et ses troupes allèrent réclamer un tribut à un village d'éleveurs qui vivaient dans des maisons de terre. Les éleveurs refusèrent de payer, les faucons donnèrent l'assaut.

Cinq hommes restèrent sous un bosquet de dattiers pour garder le butin et les prisonniers. Depuis cet endroit, Eylir vit partir l'assaut. La vague s'abattit dans les rues du village, les habitants criaient et s'enfuyaient, il allait y avoir un nouveau massacre...

Mais ce ne fut pas le cas. Les faucons refluèrent aussi

vite qu'ils avaient attaqué. Eylir ne tarda pas à en comprendre la raison. Ap'Horn vacillait sur sa selle, une flèche plantée dans la poitrine.

Tous se rassemblèrent non loin du butin. Les hommes, inquiets, entouraient leur chef. Le vieux Kelte parla indistinctement, ils le firent descendre de cheval, l'allongèrent dans l'ombre des arbres. Les gardiens d'Eylir ne faisaient plus attention à lui.

« Achad ! Détache-moi ! »

Le gamin hésita.

« Ils vont me tuer, Kelte !

— Non. Pas si tu me détaches tout de suite ! »

Achad réfléchit un instant puis se décida. Il prit un couteau et trancha les lanières qui entravaient Eylir. Les autres étaient toujours rassemblés autour d'Ap'Horn, penchés sur lui, écoutant ses ordres.

Eylir fit jouer ses articulations endolories et marcha vers eux. Il savait qu'il n'avait aucune chance de leur échapper, même en volant un cheval. Il ne lui restait qu'une seule chose à tenter.

Il avança d'une démarche assurée, écarta les guerriers qui, surpris, le laissèrent passer jusqu'au chef. Espéraient-ils qu'il le guérirait ? Ap'Horn respirait difficilement, ils n'avaient pas encore arraché la flèche qui lui transperçait le poumon. Le vieux Kelte vit Eylir sans le reconnaître. Ce dernier dit : « J'ai besoin de quelque chose qui t'appartient, camarade. »

Il écarta le manteau d'Ap'Horn et posa la main sur la garde de l'épée. Les guerriers frémirent, prêts à faire jaillir leurs armes. Eylir parla haut et fort, même s'ils ne pouvaient pas le comprendre.

« Il paraît que Maachan ne brûle pas ceux qu'il a choisis… »

Il sortit l'épée de son fourreau et la brandit au-dessus de sa tête. Les guerriers crièrent, plusieurs, parmi les plus jeunes, tombèrent à genoux, les autres baissèrent la tête. L'épée ne le brûlait pas. Elle était lourde, bien équilibrée, une très bonne lame.

Il restait cinq ou six faucons, parmi les plus âgés. Ceux qui, envieux, auraient aimé brandir l'épée eux-mêmes. L'un d'eux, s'avança vers Eylir, narquois, trouvant sans doute ridicule qu'un esclave se déclare leur maître.

« À genoux ! » ordonna Eylir.

Il se fendit, vif et précis, et transperça la cuisse de l'autre, qui trébucha, surpris, tomba à genoux puis s'effondra en gémissant. Eylir, heureux d'avoir réussi un coup aussi difficile après des semaines de marche et de soif, ramena l'épée au-dessus de sa tête.

« À genoux, tous ! »

Achad traduisit l'ordre. Tous s'inclinèrent. Derrière Eylir, Ap'Horn gémissait sourdement.

« Il faut que tu ailles attaquer le village, maintenant, murmura Achad à Eylir. Sinon ils vont te prendre pour un lâche.

— Je sais, dit Eylir. Traduiras-tu mes paroles ? »

Le garçon hocha gravement la tête.

« Prenez vos armes ! Nous allons les terroriser. Ils nous donneront tout ce qu'ils ont, et nous les laisserons en vie pour qu'ils racontent qui nous sommes ! »

Les hommes se relevèrent, brandirent leurs épées, acclamèrent le porteur de Misère. Eylir, ignorant son corps endolori, fit débarrasser Argo de ses charges pour pouvoir le monter. Alors qu'il venait de se hisser en selle, il entendit un cri étranglé. Quatre faucons venaient de plonger leurs épées dans la poitrine d'Ap'Horn. Puis, avec une lueur de rage dans les yeux, ils lacérèrent le cadavre. D'autres les rejoignirent, Eylir pensa à un rassemblement de fauves s'acharnant sur la même proie…

« Il était devenu indigne », précisa Achad d'un ton indifférent.

Eylir sentit la bile lui remonter dans la gorge.

Ils menèrent l'assaut à la manière des Djinns. Tournoyant autour du village, terrorisant les habitants. Eylir ne voulait plus de morts. On ne leur envoya aucune flèche, l'archer qui avait tiré sur Ap'Horn était devenu raisonnable. Les faucons rompirent alors le cercle et se rassemblèrent au centre, autour de la population effrayée. Eylir prit bien soin de laisser Misère baissée. Pas de tueries, pas de curée, même si derrière lui les guerriers n'attendaient que cela.

« Je veux votre or, dit Eylir. Les bijoux des femmes et des hommes, les pierres précieuses, les pièces, tout le métal qui a de la valeur. Et je veux parler au chef du village. »

Achad traduisit. Les habitants jetèrent leurs pauvres bijoux à ses pieds, n'osant lever les yeux vers lui. Quelques pièces, trois colliers, des bagues, des bracelets, une broche... et une tête à la barbe bouclée, fraîchement tranchée.

« Qui est-ce ? » cria Eylir.

Le chef du village, qui s'était avancé, répondit en tremblant : « L'homme qui a osé vous résister tout à l'heure, votre majesté. Nous l'avons puni comme il le fallait. Est-ce que nous devons punir sa famille également ? »

Épuisé, Eylir se passa la main sur les yeux. Puis il regarda le chef du village et lui demanda d'une voix fatiguée : « Laisse sa famille en paix. Dis-moi seulement... Connais-tu un homme nommé Sher Al Gazali ? »

Un voyage étrange commença alors. Eylir avait songé à abandonner les faucons de Misère à eux-mêmes, s'enfuyant de son côté avec Achad dès qu'il se serait assez reposé. Mais il n'en fit rien. Il prit leur tête et continua vers le sud.

« Où est-ce que tu les emmènes ? demanda Achad.

— Je les ramène chez eux.

— Où c'est, chez eux ?

— Tu vas le leur demander. »

Ils n'attaquèrent plus de voyageurs, ni de villes, ni de villages. Et Misère ne sortit plus de son fourreau devant les yeux des faucons. Eylir l'avait examinée. C'était une belle épée, sans doute fabriquée il y avait longtemps dans les pays atlans. Son équilibre était excellent, son tranchant acéré, et elle avait été entretenue avec soin. L'œuvre parfaite d'un excellent artisan. Une arme sur laquelle on pouvait raconter des légendes.

Ils marchèrent durant des mois le long des pistes, échangeant des vivres contre une partie de l'or qu'ils avaient volé. Eylir leur dit que le temps des guerres et de conquêtes était révolu, que leurs familles les attendaient dans ces villages d'où Ap'Horn les avait arrachés. Misère retournait à son sanctuaire. La folie dans leurs yeux s'éteignit alors peu à peu et leurs épées furent abandonnées le long du chemin.

Loin vers le sud s'ouvrait une vallée que ses habitants appelaient le pays de Qa. C'est une terre fertile, arrosée par un fleuve rapide qui court entre les rochers. On y trouvait de nombreux villages, entourés par des champs en terrasses. Dans un de ces villages, avait-on dit à Eylir, vivait un homme riche, grand voyageur, nommé Sher Al Gazali.

Il possédait une grande demeure, aux murs rouges et jaunes, entourée de champs et de vergers que travaillaient ses fermiers. Eylir se présenta chez lui en compagnie de trois hommes et d'Achad, car il savait qu'on respecte souvent un homme au nombre de ses serviteurs. Il demanda à voir le Sher.

Al Gazali était un homme plutôt âgé, à la barbe bien taillée et au regard dur. Il reçut Eylir avec toute l'hospitalité convenable, lui fit servir des fruits, du thé, de l'eau fraîche.

« Tu as beaucoup voyagé pour venir me voir.

— Je te cherche depuis longtemps. Tu as acheté une femme djinn à un voyageur atlan, m'a-t-on dit. Cette femme est la sœur d'un de mes amis. Je voudrais la racheter.

— Pourquoi ton ami n'est-il pas venu lui-même ?

— Je ne peux le dire. Mais Nadia m'est très chère.

— Je ne te la vendrai pas. Je l'ai épousée. Et un homme ne vend pas ses épouses. »

Eylir demanda alors à lui parler. Al Gazali le lui autorisa et il envoya chercher Nadia. Elle vint les rejoindre, et s'agenouilla à côté de son mari. Elle portait un long voile bleu devant le visage et ses yeux avaient un peu changé. Moins brûlants, un peu plus tristes.

Eylir et elle parlèrent dans la langue qu'on utilise à Erynéthis.

« Tu as beaucoup voyagé pour me retrouver. Pourquoi est-ce que tu es parti à ma recherche, Eylir ? Tu savais très bien que je ne pourrais jamais revenir à Erynéthis. Et tu n'es pas amoureux de moi. »

Eylir fut troublé, il sentit les larmes venir à ses yeux.

« Tu aurais dû être la femme de mon ami.

— Julian est mort, Eylir. Cela n'a plus d'importance, maintenant. Sher Al Gazali m'a épousée. Il me traite bien et me respecte. C'est un homme juste, et il est riche. J'ai eu de la chance. »

Eylir fut soudain très fatigué et très triste. Il avait besoin de repos, d'un long repos. Il dit pourtant : « Si tu veux vivre ailleurs, si tu veux partir ailleurs, je t'emmènerai.

— Ce n'est pas une proposition très sage, alors je serai sage pour nous deux. Je veux rester ici, et je demanderai à mon époux de t'accorder l'hospitalité, pour que tu sois certain qu'il me traite bien. »

Ils restèrent ainsi une semaine dans le pays Qa. Eylir raconta son histoire et son voyage, et la naissance et la disparition des faucons de Misère. Le Sher Al Gazali proposa à Eylir d'embaucher les hommes qui voudraient rester ici. Il dit aussi à Achad qu'il pouvait l'adopter s'il le désirait. Achad réfléchit longuement à la question, comme il lui était coutumier, puis accepta.

Eylir lui fit alors ses adieux, et lui confia l'or qui avait été volé.

« Qu'il retourne, si tu les retrouves, aux familles de ceux qui ont été dépouillés. Sinon, utilise-le pour de bonnes causes. »

Et il continua vers le sud avec les hommes qui lui restaient. Al Gazali lui avait offert des vêtements de soie, et il avait taillé sa barbe et ses cheveux. En quittant la belle vallée, il eut l'impression de laisser derrière lui un poids très lourd.

Il y eut encore trois semaines de route. Il arriva dans un pays de rocs rouges, de montagnes et de falaises, qui s'élevait au-dessus d'une mer d'un bleu étincelant. Dans les montagnes se trouvaient des villages d'éleveurs, simples et frustes, d'où les hommes d'Eylir étaient originaires. Le pays resplendissait d'une beauté dure, tranchée, qui rappela à Eylir les couleurs du pays d'Erynéthis.

La rumeur de leur arrivée courut bientôt les villages. Et, quand ils pénétraient dans l'un d'entre eux, les mères quittaient leurs travaux pour chercher des yeux dans la troupe leurs enfants devenus hommes. Il y eut des larmes, pour ceux qui ne reviendraient jamais, et des cris de joie pour fêter le retour des fils disparus. Eylir pensa alors que lui-même était parti depuis bien longtemps...

Un vieil homme le mena au sanctuaire de Misère, un monument très simple, le tombeau du héros qui jadis, venu de très loin guidé par Maachan, avait uni les villages et sauvé ces terres d'un grand péril. Quelques lettres atlanes avaient été gravées sur la surface de la pierre tombale, mais le temps et le vent les avaient effacées. Eylir n'apprendrait jamais rien de plus sur l'homme qui avait amené l'épée ici.

La pierre fut soulevée par un paysan robuste et Misère et son fourreau furent déposés dans les bras d'un squelette dont les vêtements noirs tombaient en lambeaux.

Il y eut une grande fête pour célébrer le retour des jeunes hommes, de la musique et de la danse, plusieurs jours et plusieurs nuits durant. Eylir se vit offrir des dizaines de moutons et l'ensemble des récoltes de l'année passée. Comme le devait la règle, il accepta tout et redonna tout à la collectivité. Plusieurs filles, parmi les plus belles, tentèrent aussi de le convaincre de les épouser. Il les refusa toutes, avec une pointe de regret.

La nuit précédant son départ, il alla marcher seul dans la montagne, sous les étoiles, et ses pas l'amenèrent jusqu'au tombeau où reposait Misère. Il avait beaucoup repensé à l'épée, à toutes les passions qu'elle déchaînait dans ce pays. Et aussi à ce voyageur, ce héros dont il ne connaissait pas le nom, venu de loin pour mourir ici.

Il s'agenouilla devant la tombe. De loin, on aurait pu croire qu'il priait.

De son unique main, avec un grand effort, il souleva la pierre tombale, et poussa avec son moignon une pierre en dessous pour la bloquer.

Puis il plongea le bras dans les ténèbres fraîches du tombeau.

« Pardonne-moi, mon frère. Mais tu n'en as plus besoin, maintenant... »

Il prit l'épée et referma la tombe.

Il lui sembla que son ombre familière l'observait depuis une anfractuosité, un peu plus haut sur la pente. Eylir s'imagina que Julian avait été amusé par son geste, qu'en d'autres temps ils se seraient disputé l'épée. Il monta vers le haut de la pente en courant.

« Attends-moi ! Attends-moi ! »

Mais bien sûr, l'ombre avait disparu, si jamais elle avait été là...

Quand il partit, le lendemain, Misère était dissimulée dans son paquetage. Après avoir fait ses adieux, il prit, seul, la route de Koronia. Voilà longtemps qu'il n'avait pas vu sa mère.

Reuter le Grand

Reuter a fini de vider la troisième bouteille dans le verre de Beth. Nous étions tous les trois passablement gris, les rats pouvaient gratter tout ce qu'ils voulaient derrière les tapisseries, nous les aurions ignorés.

« Après... après... je ne sais pas. Il a fait de la route, une très longue route, et il est arrivé à Koronia. Il n'avait plus d'argent, des vêtements en lambeaux, il ne voulait pas se présenter devant sa mère comme ça. Alors il est d'abord passé me voir. Par l'Unique, la surprise que ça a été. Il m'attendait, à cheval, dans la rue, avec ses cheveux longs comme ça et sa barbe sale, mais sale ! *Tu te souviens de moi, Reuter ? Nous étions amis, il y a longtemps.* Voilà ce qu'il a dit. J'ai mis du temps à le reconnaître, je l'ai pris dans mes bras. Il avait été blessé, il avait chevauché sans cesse ces trois derniers jours et son cheval mourait de faim. *Je n'avais plus d'argent*, il a dit, *je n'ai pas voulu dévaliser quelqu'un qui ne m'aurait rien fait.* Je lui ai donné de l'argent, je l'ai envoyé aux bains, ils l'ont récuré, ils l'ont épouillé, rasé, ils ont démêlé ses cheveux. Il s'est aussi acheté quelques vêtements, et il est allé voir sa mère. Des années qu'elle ne l'avait pas vu... Plus tard, il est revenu me voir. J'avais accepté de l'aider, à condition qu'il me raconte tout. Tout ! Quelle histoire… Quelle histoire… »

Je me suis redressé, démangé par une question évidente, puisque je pensais tout savoir d'Eylir. Quand est-ce que Reuter l'avait connu ? Avait-il participé aux expéditions dans le clan Callaghan ? Était-il dans son armée ?

« Pas du tout ! Je ne me suis jamais battu ! On s'est connus à l'école, chez maître Reuel. Je ne suis pas soldat, camarade…

— Avec ta stature, j'aurais cru…

— Elle m'aide pour jouer au soldat. Ou au roi. Ou à l'ogre… Je suis acteur. Reuter le Grand, pour te servir ! »

Il a fait une révérence, s'est empêtré dedans et s'est effondré lourdement sur le plancher. Beth a applaudi avec enthousiasme. « Et conteur ! Et clown !

— Tout, pourvu que ça plaise aux dames », a-t-il grommelé.

Nous avons quitté Reuter une fois la nuit bien avancée. Malgré ses galanteries envers Beth, je l'aimais bien. Il m'avait appris qu'Eylir était parti en Elmédia pour chercher Mak Morn, et essayer de retrouver maître Reuel, leur ancien instituteur. Ma destination suivante était donc fixée. Car, autant je ne me croyais pas capable de retrouver un Picte dans les terres pictes, autant partir à la recherche d'un instituteur était dans mes cordes. Surtout avec l'aide des relations dans l'administration que me donnait mon travail auprès de Madame. Pour autant que cette dernière me laisse le temps de continuer mon enquête…

J'ai revu Reuter plusieurs fois avant de quitter Koronia. Beth et moi sommes allés l'applaudir au Théâtre noir, où il se produisait dans le rôle d'un guerrier du Nord. Et cette sortie m'a rappelé avec une douceur perverse ma vie à Atlantys.

Les jours, les semaines et les mois ont passé. Madame, Jude et moi avons laissé Beth à Koronia et sommes partis dans d'autres grandes villes de la région. Puis, à la fin de l'hiver, comme nous revenions du Sud, la sœur Serena m'a annoncé : « Vous vouliez vous rendre en Elmédia ? L'Unique vous a entendu. Je viens de recevoir une lettre du Domniam de la région. Il faut absolument que je le rencontre. Disons que pour cette fois, Jude suffira à la tâche… Vous aurez cinq jours pour vous. Après nous retournerons quelque temps à Koronia et nous repartirons sur Atlan. Ce voyage a déjà assez duré. »

Si je n'avais pas été aussi respectueux de mon employeuse, je l'aurais embrassée.

La route continue toujours

Le printemps commençait tout juste en Elmédia quand nous y avons débarqué. Il pleuvait tous les jours et, au matin, les brumes restaient longtemps accumulées dans les combes. Je me suis changé, renonçant à mes vêtements de secrétaire atlan pour revêtir une tenue de marche plus appropriée. J'avais retrouvé l'adresse de maître Reuel, mais il habitait assez loin à l'intérieur du pays. Une malle des postes impériales m'a déposé non loin de chez lui et j'ai terminé à pied.

Maître Reuel s'était retiré de la carrière d'instituteur et vivait dans un petit village assez isolé. J'y suis arrivé au milieu de l'après-midi, le soleil descendait déjà vers l'horizon. J'ai apprécié le paysage, la terre était fertile et bien arrosée, les paysans du coin vivaient bien. L'instituteur habitait une maison à un seul niveau sur le toit de laquelle, comme c'était courant dans la région, on faisait pousser des plantes potagères et des framboises. Ainsi recouverte de verdure, la demeure paraissait avoir été creusée dans la colline et j'ai mis bien du temps à la trouver.

Devant la maison s'étendait un potager dans lequel un vieil homme un peu courbé était en train de travailler. Quelques fleurs précoces apparaissaient entre les rangées de plants de légumes. M. Reuel (puisque c'était lui) m'a jaugé d'un regard aigu en tirant sur sa pipe, très intrigué par ma visite impromptue et par le fait que j'aurais souhaité lui parler d'Eylir Ap'Rilke. Puis il a décidé que je devais être inoffensif.

« Allez, ne restez pas dehors, a-t-il fini par dire. Il va pleuvoir encore. Je m'apprêtais à prendre le thé. »

L'intérieur était cossu et confortable. J'ai fait la connaissance de Mme Rose Reuel, une femme ronde et vive, qui nous a installés tout à fait agréablement devant le feu. Mon hôte a rallumé sa pipe, nous avons bavardé, j'ai tout fait pour me comporter comme un visiteur convenable. Il a fini par aborder le sujet qui m'intéressait : « Ça fait plusieurs années que je l'ai eu dans ma classe, ce garçon-là, Eylir. Je ne me souviens pas bien, ils se mélangent tous. Pourtant, avec un beau nom comme le sien... Rose, tu te souviens d'Eylir Ap'Callaghan ?

— Un petit gamin blond, gentil, mais agité comme tout, bien sûr que je me souviens de lui ! Il était tout le temps fourré avec le petit Leiss. »

J'ai bu mon thé pensivement, amusé par ce vieux couple qui me menait gentiment en bateau. Du temps où il était élève, Eylir cachait son nom de clan prestigieux... qu'ils venaient d'utiliser. Je le leur ai fait remarquer, ajoutant qu'un autre ancien élève, le dénommé Reuter, m'avait annoncé la ferme résolution d'Eylir de leur rendre visite.

M. Reuel a plutôt bien pris ma remarque.

« De fait, vous avez raison, jeune homme, il nous a bien rendu visite... Mais en vérité je savais depuis longtemps que c'était un Callaghan. Il me l'avait confié, un soir d'étude, alors qu'il était encore tout petit, et malheureux d'habiter dans cette ville horrible... C'était un grand honneur, cette confiance.

— Quel beau garçon il est devenu», a soupiré Mme Rose avant de disparaître dans la cuisine.

Nous avons fini de prendre le thé, et j'ai aidé M. Reuel à rentrer du bois pour la flambée du soir. Je me suis fait inviter à dîner et il a été implicitement convenu que nous ne parlerions des sujets importants qu'une fois la nuit tombée, le repas terminé et le feu bien lancé.

Le dîner a été excellent. Nous avons parlé du temps qu'il faisait, de la campagne alentour, des saisons et des chemins. J'ai insisté pour que M. Reuel me montre ses peintures et ses calligraphies. Une des peintures s'appelait *La Bataille des larmes*, en souvenir de la deuxième des trois batailles du peuple kelte contre les dieux. Dans un coin, un petit personnage, un obscur soldat peint à la façon des miniatures, avait les traits de mon hôte. Quand j'ai voulu savoir si j'avais bien vu, il s'est contenté de rire. « Un de ces jours, les histoires vous rattrapent. Et vous vous retrouvez tout soudain à en faire partie. »

Il a fumé la pipe, je lui ai raconté mes voyages et mes enquêtes, il m'a écouté avec attention, et la grande flambée est devenue braise, Madame est allée se coucher en nous recommandant d'un ton sévère de ne pas veiller trop tard.

M. Reuel s'est alors laissé aller dans son fauteuil et a commencé à faire des ronds de fumée. Et dans la fumée de ces récits, j'ai vu surgir un autre Eylir, différent. Un marcheur mélancolique, héros kelte hanté par ses fantômes, par celui de Julian qui le suivait depuis le désert d'où il avait tiré son épée. M. Reuel paraissait bien le comprendre.

Eylir était passé le voir après que Piter Leiss l'eut chassé de sa troupe en lui disant d'arrêter de se croire responsable de tout.

« Il s'est arrêté chez nous deux ou trois jours, me disait le vieil instituteur, nous avons bien parlé, il m'a appris la chanson que son ami… Tomà, c'est cela, avait composée en l'honneur de Julian. Je vous la chanterai, si la mélodie me revient. Nous avons eu beaucoup de belles et bonnes conversations, et il est parti pour les royaumes du Nord. »

Bien sûr, j'ai été étonné. « Les royaumes… Il y a des royaumes dans le Nord ? Je croyais qu'il n'y avait plus que les terres pictes ? Est-il revenu vous voir pour vous en parler ?

— Si vous m'interrompez tout le temps, nous n'y arriverons jamais ! Je ne parle pas de son retour, je parle du moment où il s'en va ! Je disais donc qu'il partait pour les royaumes du Nord. Il voulait retrouver son ami picte, Mak Morn. »

ENDOVAL

Où le roi découvre son royaume.
Eylir, 14e récit. (Notes pour Serena Fonte.)

Eylir menait Argo par la bride, le pays était trop accidenté. Aucun chemin ne se dessinait clairement dans les montagnes du pays scott. Ce n'étaient partout que petites vallées, forêts rabougries et tourbières. Et la brume recouvrait tout par intermittence, même en plein été, comme c'était le cas maintenant. Le Kelte dut bien admettre qu'il s'était perdu.

À Imburgh, un vieux berger qui connaissait bien la lande lui avait indiqué comment trouver les terres du clan Mak Konshee. Mais ces terres étaient étendues, et il n'avait pas expliqué où se trouvait leur village.

La brume finit par se lever pour être remplacée par la nuit. Griffé par un vent glacé venu du nord, Eylir vit le soleil plonger derrière les montagnes. Tant pis, il passerait une autre nuit dehors, il commençait à savoir se débrouiller pour faire du feu avec une seule main. Il s'arrêta dans une clairière abritée, au fond d'une vallée.

Il était en train de desseller Argo quand une étrange forme blanche pénétra dans la pénombre de la clairière. Ça avait la forme d'un homme, mais la peau était trop pâle et les yeux paraissaient profondément enfoncés dans les orbites. Argo s'ébroua nerveusement. Eylir se recula et dégaina à moitié Misère.

« Es-tu homme ou démon ? »

La forme s'avança d'un pas souple. Elle était presque nue et tenait un poignard dans sa main droite.

« Ce soir, je me fais un peu fantôme, pour passer dans le monde des morts. Salut, Eylir ! »

Eylir plissa les yeux et sourit, reconnaissant Mak Morn, dont la peau tout entière était recouverte de cendres lui donnant cette apparence étrange. Les deux amis s'étreignirent, et Mak Morn dit en se moquant : « Nos éclaireurs t'ont vu ce matin. Depuis, tous les guerriers se demandent si on doit t'abattre à coups de flèches... pour avoir la gloire de tuer un Callaghan de beau rang. Ou te couvrir de présents car tu es mon ami. En ce moment, nous ne sommes pas très riches, la première proposition avait l'air de l'emporter.

— Les Pictes sont toujours aussi délicats... Pourquoi cette étrange tenue ?

— Je t'expliquerai en chemin. »

Mak Morn toucha la main de bois qu'Eylir portait liée à son moignon par un système de lanières de cuir. « Beau travail...

— Le dieu Nuadha avait une main d'argent. Je me contente d'un matériau plus simple... C'est un cadeau du père de Julian. Une grande main rigide de marionnette... Je suis heureux de te revoir, Picte.

— Moi aussi, Eylir, moi aussi. Tu arrives en un curieux moment... »

Mak Morn mena Eylir sur le chemin de son village qui n'était plus très loin. Ils marchaient à la lumière de la lune sur une vague piste qui cheminait entre les arbres tordus, visible seulement par les yeux exercés du Picte. Ils trouvèrent le village actif et agité. Tous les habitants étaient rassemblés sur l'esplanade centrale où Eylir se souvenait avoir attendu, prisonnier, assis dans la boue. Des torches rougeoyantes brillaient ici et là et plusieurs jeunes hommes étaient aussi recouverts de cendres. Mak Morn avait expliqué à Eylir ce qu'il en était. Son père venait de mourir, les fêtes funéraires avaient débuté plusieurs jours auparavant.

« Cette nuit, nous allons l'emmener aux portes de l'autre monde. Je lui ferai mes derniers adieux, nous ne nous reverrons plus dans cette vie. Son sang vit en moi, maintenant. Il avait la force du tonnerre et des colères de tempêtes.

— Je ne te connais pas ces colères, compagnon... »

Le Picte eut un rire bref. « Heureusement pour toi ! »

Le mort était étendu sur un traîneau barbare, fait de deux grandes défenses de corne, de bois et de fourrures. Le père de Mak Morn le dépassait par la taille et la corpulence. Il avait l'épaisseur et la vigueur d'un vieux chêne et paraissait prêt à se relever d'un bond de la couche où on l'avait recouvert de bijoux de bois et de plumes.

Eylir put participer à la procession, à condition de s'enduire de cendres lui aussi et de laisser derrière tout objet de métal. Il proposa que le traîneau soit tiré par Argo, car les Pictes ne possédaient pas de chevaux. Les Anciens y virent un moyen d'exalter la dignité du mort.

On s'agitait, on criait, on chantait, on se passait de main en main une outre d'une bière infecte ; les yeux noirs et les peaux sombres des Pictes rougeoyaient à la lueur des braises, tout vibrait d'une frénésie barbare.

Dès que le cheval fut attelé, on commença l'ascension

d'une colline voisine. Les jeunes hommes couverts de cendres marchaient en tête, ils seraient ceux qui s'avanceraient le plus loin dans l'autre monde. La marche s'étendit tout le long de la nuit, montant les flancs escarpés de la colline mortuaire, jusqu'à l'entrée des grottes dans lesquelles on irait déposer le père de Mak Morn.

Mais tout d'abord, les porteurs le déposèrent au sommet, allongeant le mort sous la voûte étoilée. Là, retentit le son déchirant et discordant des cornemuses pictes, remplissant les montagnes et les landes de leur longue plainte vibrante. Les Pictes rappelaient ainsi au mort qu'il faudrait un jour qu'il revienne, à travers les brumes de l'au-delà. Que la musique le guide, qu'elle lui rappelle les bruits de la vie, qu'elle sonne à travers les brumes pour le guider d'un monde vers l'autre ! Eylir fut profondément ému, malgré le son horrible des instruments. Debout au pied de la couche de son père, Mak Morn pleurait en silence.

Alors enfin, les jeunes hommes tirèrent le traîneau dans les grottes. Le Kelte devait se courber pour y avancer. Il fut surpris de découvrir que ces plafonds étaient voûtés et taillés, que ces chemins souterrains avaient été taillés par l'homme.

On installa le défunt dans une chambre étroite. Avec des gestes recueillis, Mak Morn disposa autour de lui tout ce dont il aurait besoin dans l'au-delà. Un arc, deux lances, un couteau. Quelques bijoux et amulettes de bois et de plumes, une pierre à briquet et de l'amadou pour le feu. Des provisions symboliques.

Puis enfin, il recula hors de la chambre funéraire qui fut scellée. Plus tard, les esprits grondants et visqueux qui rampent sous la terre viendraient emporter le corps, chose que nul œil humain ne devait voir. Les hommes quittèrent les souterrains, une sueur glacée avait tracé des sillons sur leurs peaux de cendres. Ils étaient heureux de retrouver les vivants.

Mak Morn et Eylir s'installèrent au sommet, attendant le jour. Eylir eut une vision dans le soleil levant. Les rayons rasants de l'aube transformèrent la colline en une antique forteresse aux murs concentriques, faits de pierres énormes étroitement jointes les unes aux autres. Le temps en avait arasé les parapets et les tours, le vent avait accumulé la terre et la pierre entre ses murs. De ce qui avait été une grande place forte, il ne restait plus qu'une sombre et lourde silhouette dominant la région.

Il aperçut alors le pays comme il avait été, ultime refuge d'un peuple de guerriers, de savants et de bâtisseurs, qui adoraient des dieux terribles et déchiffraient les secrets des étoiles. Mais le temps avait tout balayé. Et quand les Keltes eux-mêmes sortirent des grandes ténèbres de l'Est pour fonder leurs royaumes, les Pictes étaient déjà anciens.

Le soleil se leva vraiment, et avec lui monta la brume froide, recouvrant les vieilles pierres. Eylir posa la main sur l'épaule de Mak Morn.

« Tu vas être chef de clan ? »

Le Picte eut un rire triste.

« Moi ? Je suis de lignée royale ! Que m'importe un clan ? Je dois commencer un voyage, maintenant. Je dois faire un pèlerinage, aller à Endoval, apprendre des secrets. Suivre mon initiation de chef de famille, pour le jour improbable où notre royaume renaîtrait.

— Je t'accompagnerai à Endoval.

— Merci, Kelte. »

À l'époque, je ne connaissais pas Endoval. J'ai demandé à M. Reuel ce que c'était. Il a ouvert les yeux et sursauté, comme s'il était surpris de se retrouver chez lui, avec moi. J'ai tisonné le feu pour donner un peu de lumière.

« Endoval ? C'est un sanctuaire druidique, un endroit où l'on enseigne aux prêtres… C'est très loin, une longue route depuis les terres pictes, un long pèlerinage, oui. J'ai longtemps cherché ces lieux sur les cartes, avant de découvrir qu'ils ne s'y trouvaient pas. »

Ils sont partis dans la journée du lendemain, le Kelte et le Picte. Mak Morn montait en croupe derrière Eylir, là où Argo pouvait passer. Le reste du temps, ils marchaient à côté du cheval. Mak Morn racontait beaucoup d'histoires, sur ses ancêtres et sur les temps passés. Le temps des rois pictes, le temps des héros keltes, le temps du roi Llyr Ap'Dana qui avait uni tous les clans, le temps des Atlans et celui de Bran Mak Morn, le dernier roi picte, le compagnon de Kendall l'Harmoréen, le barbare qui, jadis, s'était taillé un royaume sur Atlan et avait fait tomber l'orgueilleuse Atlantys.

Alors les forêts et les landes disparaissaient parfois, les arbres devenaient des tours en haut desquelles flottaient de vieux étendards, et les bois s'écartaient pour dévoiler des villes oubliées. Une brume d'or sourdait du sol, rappelait à la vie les guerriers, les dames et les batailles. Les druides prétendent, disait Mak Morn, que des chemins invisibles peuvent s'ouvrir, que le temps s'enroule sur lui-même, que ce chemin, que tu vois, pourrait nous emmener ailleurs jusqu'au château d'or et d'argent du roi Llyr. Le roi Bran lui-même, l'ancêtre de Mak Morn, n'était-il pas l'écho d'une autre époque, d'un temps où les Pictes étaient plus que des sauvages et des bergers ? Peut-être que les héros marchent non loin de nous, pour qui sait trouver les chemins de l'autre monde. Peut-être qu'Eylir et Mak Morn furent accueillis dans un château d'or et d'argent par la dame pâle qui attendait le retour du roi. Peut-être la dame attendait-elle dans une tour de ruines qui n'était que le souvenir du château. Peut-être virent-ils seulement son tombeau.

Ils partirent à l'été et arrivèrent à l'automne, dans un pays de falaises, de brumes et de mer. L'océan gris se fracassait contre les rochers, les embruns leur fouettaient la peau. Le soleil restait tout le temps très bas sur l'horizon et sortait rarement de son voile de nuages. Une piste passait au milieu des bruyères et longeait la côte ; ils la suivirent des jours durant sans rencontrer ni animal, ni homme.

Et le chemin les mena jusqu'aux marches des géants.

Ils contournèrent un cap et le vent écarta la brume. Une large baie pierreuse s'ouvrait devant eux, en dessous d'eux, faisant face au nord. Ici, nulle plage de sable ou de galets. Les falaises s'étaient effondrées dans la mer, formant des milliers de marches hexagonales, emboîtées les unes dans les autres, descendant progressivement dans l'océan. Les vagues venaient se fracasser contre elles, projetaient des gerbes d'écume, tentaient de les recouvrir toutes mais n'y arrivaient jamais. Des escaliers immenses et inhumains, descendant vers nulle part. Il n'y avait personne.

Eylir frissonna. Il avait déjà vu ces marches.

« Où sont les druides ? Ceux qui doivent t'enseigner leurs secrets ?

— Je ne sais pas, dit Mak Morn. Nous devons les trouver, je suppose. »

Un homme les héla, depuis une autre partie du chemin. Ils le rejoignirent. Il était vêtu comme un chasseur, portant un pantalon solide et de grandes bottes, et un arc dans son dos. Il avait une silhouette robuste, le ventre impressionnant, et des yeux rieurs au-dessus d'une barbe noire fournie.

« Un Picte et un Kelte ensemble ! Autant transporter un chien et un chat dans le même sac ! Je m'appelle Gormar. Que cherchez-vous ?

— Je m'appelle Ang Mak Morn et voici mon compagnon, Eylir Ap'Callaghan. Nous cherchons Endoval, là où les dieux ont été jetés dans la mer.

— Vous y êtes ! Quand la mer se retire assez bas, ce qui ne se produit qu'une fois tous les mille ans, on peut voir leurs os couverts d'algues éparpillés sur les marches. Certains les prennent pour des carcasses de bateaux ! »

Gormar les emmena un peu plus loin à l'intérieur du pays, jusqu'à une colline douce et verte, sur laquelle se dressaient quelques bâtiments de pierre grise, une petite église et une tour très fine au toit conique. Un mur à moitié effondré entourait le tout.

« Nous dînons dans une heure, dit Gormar d'un ton joyeux. Vous joindrez-vous à nous ? »

Eylir désigna l'église : « Ce n'est pas un sanctuaire druidique, ici ? Pourquoi un temple de l'Unique ? »

Gormar prit un air perplexe.

« L'Esprit souffle où il veut. »

Eylir lâcha Argo dans une prairie voisine et alla marcher entre les bâtiments en compagnie de Mak Morn. Partout, au milieu de l'herbe verte, se dressaient des pierres tombales rongées par le vent. L'atmosphère était calme et paisible, la mort ne semblait plus être ici qu'un long sommeil tranquille dont on se réveillerait un jour, dans un monde nouveau. Pour la première fois depuis longtemps, Eylir se sentait apaisé.

Ils rejoignirent la communauté dans le réfectoire. À vrai dire, les habitants d'Endoval n'étaient pas très nombreux : une vingtaine d'hommes et de femmes de tous âges, portant des vêtements simples et pratiques. Assis autour de deux grandes tables en bois, on mangeait de la soupe de pommes de terre, du pain et de la bière, le tout servi généreusement par Gormar. Mak Morn et Eylir étaient assis entre une femme à l'accent chantant, originaire des terres du clan Callaghan, et un druide aux mains fortes et au regard vif qui se nommait Nath. Tous étaient curieux d'avoir des nouvelles du monde extérieur, mais Eylir eut du mal à les satisfaire. Il lui semblait avoir laissé ses souvenirs du monde dans les terres civilisées. Les images qui lui venaient à l'esprit étaient si ténues et si pâles qu'il se demanda comment on pourrait croire un mot de ce qu'il raconterait.

La communauté était dirigée par une femme au regard tranquille et à la voix ferme qu'on appelait Dame Noreen. Ils allèrent marcher tous les trois ensemble, après le repas. Mak Morn lui parla de leur voyage.

« Ton nom est bien connu ici, Ang Mak Morn. Ton père est venu avant toi, et son père avant lui... Ils sont tous venus pour suivre un enseignement.

— Et moi, qu'apprendrai-je ?

— L'histoire des descendants de Bran Mak Morn et de leur vie dans le monde. Jamais aucune autre famille picte que la tienne n'a autant passé de temps auprès des autres peuples. L'homme qui a enseigné à ton père est un barde, il viendra ici bientôt, un peu avant la fête de Samain. Tu pourras lui demander s'il veut bien t'emmener avec lui. »

Elle se tourna vers Eylir : « Et toi, pourquoi es-tu venu ?

— J'accompagne mon ami.

— S'il part avec le barde, tu ne pourras pas le suivre.

— Je le sais, mais j'aimerais passer Samain ici. Sans doute aurais-je alors des questions. D'ici là, j'essaierai de me rendre utile. »

Il montra ses mains. La Dame sourit.

« Ne t'en fais pas, il y a du travail pour tous. »

La nouvelle du départ de Mak Morn attrista Eylir. Son ami allait lui manquer, mais il était heureux d'avoir pu l'accompagner jusqu'ici. Et il restait encore plusieurs jours avant la venue du barde. Ils passèrent la nuit dans l'étable, à l'étage au-dessus des animaux, là où dormait Gormar.

Le lendemain, Eylir se leva avant le soleil et alla marcher dans l'herbe humide, entre les tombes. Perdu dans ses pensées, il mit du temps avant de se rendre compte qu'il n'était pas seul. Une femme maigre et aux cheveux blancs se tenait non loin de lui, regardant vers le nord. Elle portait une épaisse robe de velours qu'elle serrait autour de ses épaules. Eylir ne l'avait pas aperçue aux repas, la veille. Il s'approcha, la salua et se présenta. Elle tourna vers lui un visage sans rides, sans âge. Ses iris étaient blanchâtres et indistincts ; son apparence étrange fit frissonner Eylir.

Elle tendit la main, et lui caressa le visage comme pour reconnaître ses traits. Sa paume et ses doigts étaient froids.

« Qui êtes-vous, madame ? »

Elle eut un sourire vague, vint contre lui et lui baisa les lèvres. Eylir ferma les yeux, sentant un froid étrange l'envahir, un froid comme une brûlure. Puis cette sensation se dissipa. Et quand il regarda de nouveau, elle n'était plus là.

Les jours suivants, Mak Morn alla chasser et Eylir aida Gormar à s'occuper des champs potagers de la communauté. Gormar était tout le temps d'excellente humeur, chantant beaucoup et travaillant avec énergie.

Eylir finit par lui demander : « J'ai aperçu une femme étrange, un matin. Je crois qu'elle était aveugle. Je ne l'ai pas revue. Qui est-elle ? »

Gormar s'appuya sur sa bêche.

« C'est la Dame Moira que tu as vue. Elle vit dans la tour, et elle sort à ses heures. C'est une voyageuse, comme toi, qui reste parfois plusieurs années. Méfie-toi ! Elle aime les beaux garçons vigoureux dans ton genre.

— Pourquoi est-ce que je dois me méfier ?

— Parce que même avec toute ta force et toute ta chaleur, tu n'arriverais jamais à la réchauffer ! »

Le soir, après le souper, certains restaient pour raconter des histoires et chanter. Eylir revécut la grande bataille d'Endoval, où les héros des clans vainquirent les dieux et les Formoriens et les repoussèrent dans la mer, gagnant le droit de diriger la terre. Alors naquit le roi Llyr Ap'Dana, qui unit tous les Keltes sous une même couronne, durant tout le temps de l'âge d'or. Et depuis la mort du premier roi, les royaumes mouraient et les clans se battaient.

« Le Haut-Roi Allander a uni les clans, dit fermement Eylir.

— Pas tous, répondit tristement Noreen. Et sa folie lui a fait oublier son rôle. Ce ne sera pas lui qui réunira ceux qui ont été séparés... »

Un soir enfin, plusieurs jours après leur arrivée, Mak Morn annonça à Eylir que le barde était arrivé.

« C'est un homme grand, efflanqué, courbé, portant une harpe et un grand chapeau. Je l'ai vu, il veut bien voyager avec moi, mais il ne restera pas ici, à peine quelques heures. Je partirai dans la nuit. Il s'appelle Kyle. Il paraît qu'il connaît toutes les routes.

— Je le connais, dit joyeusement Eylir. Je l'ai rencontré quand je n'étais qu'un enfant ! Il m'a porté sur ses épaules, à Salania ! »

Eylir voulut le rencontrer, le chercha dans tous les bâtiments, mais ne le trouva pas. Il lui semblait que le barde ne voulait pas le rencontrer, qu'il le fuyait, comme si Eylir ne méritait pas de s'entretenir avec lui... Eylir en fut attristé car il ne comprenait pas. Alors il renonça et alla faire une dernière marche au bord de l'océan avec Mak Morn. Ils n'avaient pas grand-chose à se dire et étaient tous deux d'humeur mélancolique, mais chacun avait le plaisir de sentir l'autre à son côté.

Mak Morn finit par demander : « Nous nous reverrons, Kelte ?

— Nous nous reverrons.

— Ta parole est vérité ! Quand mon initiation sera terminée, je te chercherai. »

« Endoval est un premier reflet des demeures du crépuscule, m'a dit M. Reuel, soudain plus éveillé et plus frais. Voici ce qu'en dit Kyle l'errant... » Il a réfléchi, puis cité, de mémoire :

J'ai vu une vieille abbaye, très loin d'ici,
J'ai vu un trou de terrain au milieu de la lande.
J'ai vu de vieilles pierres mangées par le lierre,
Et des chevaux libres qui viennent boire dans la rivière.

J'ai vu le pays où le ciel flamboie,
J'ai vu le soleil fixé sur l'horizon,
Un jour qui n'est pas le jour, une nuit qui n'est pas la nuit,
Les demeures du crépuscule éternel.

« Un lieu de repos et de consolation. Hors des brumes froides des morts, mais loin encore du pays chaud et doré des îles bienheureuses. Endoval y ressemble un peu... Tout cela se répète tout le temps, vous savez... »

La fête de Samain eut lieu peu de temps après. Le sanctuaire se retrouva soudain plus peuplé. Les habitants des villages situés à moins de trois jours de marche étaient venus fêter avec la communauté l'entrée dans l'hiver et le jour des morts. On alluma de grands feux sur les collines surplombant la mer, pour chasser les brumes et réchauffer (ou repousser ?) les revenants.

Eylir aida à disposer les tables, à servir la nourriture. Gormar mit en perce plusieurs tonneaux de bière, et l'on joua des musiques stridentes et répétitives, pour danser jusqu'à l'épuisement autour des feux, déborder de vie pour n'être pas glacés par la mort.

Eylir mangea et but, chanta et dansa avec les autres, ne voulant pas s'éloigner du feu. Une jolie fille brune au visage mangé de taches de rousseur se tenait collée contre lui, lui communiquant sa chaleur. Eylir se sentait bien avec elle, presque joyeux. Ils danseraient jusqu'à en perdre le souffle, oui, puis ils tomberaient l'un sur l'autre et feraient l'amour, très lentement, serrés sous une fourrure… Pourtant, même ces pensées ne parvenaient pas à chasser une inquiétude sourde.

Puis, alors que la nuit s'avançait, la lumière des feux diminua. La musique joua plus fort, la fille voulut encore aller danser, elle tira sur la main d'Eylir pour l'entraîner. Mais Eylir aperçut la Dame Moira, frissonnant dans sa robe rouge, à la limite de luminosité des flammes. Il lâcha la main de la fille.

« Je ne peux pas rester avec toi ce soir. »

Elle l'insulta, il l'ignora et s'éloigna des feux.

Il rejoignit la Dame Moira et marcha avec elle, sans rien dire, la musique et les flammes restaient derrière eux. Elle l'emmena aux falaises, à la grande baie qui s'ouvrait vers le nord. Aucun vent ne soufflait, la mer paraissait avoir été remplacée par une brume laiteuse et froide, dont les volutes venaient lécher les marches des dieux. Le soir de Samain, les mondes se mélangeaient.

La Dame descendit les premières marches, elle paraissait avoir encore plus froid que d'habitude.

« Réchauffez-moi, Eylir…

— Répondrez-vous à mes questions ? »

Il la prit contre lui, ouvrit sa chemise, appuya le visage de la femme contre sa poitrine. Ses joues étaient glacées, elle glissa les mains dans son dos, contre ses reins, il ressentit la même brûlure étrange que quand elle l'avait embrassé.

Il respira profondément. Les brumes blanches montaient autour d'eux. Eylir serra la Dame plus fort, il avait peur. D'une voix tremblante, il demanda : « J'ai été couronné, madame. Quel est mon royaume ? »

Elle répondit dans un murmure : « C'est un royaume blessé, pour un roi blessé.

— Suis-je celui qui devra réunir les clans ? Suis-je celui qui devra finir l'œuvre d'Allander ? Rassembler ceux qui sont séparés ?

— Il viendra un jour, Eylir. Il viendra un jour... »

Eylir pleura, des larmes glacées coulèrent sur ses joues. Il était mutilé. Comment un homme mutilé pouvait-il prétendre réunir un royaume parfait ? Un royaume blessé, pour un roi blessé.

Des ombres apparaissaient autour de lui, les brumes le recouvraient, le froid lui saisissait la nuque, son corps entier se figeait. Les ombres se rapprochaient, il les devinait de mieux en mieux, malgré l'obscurité. L'une d'elles lui parut très familière, si familière qu'il sentit son cœur se déchirer.

« Julian ! Julian ! »

Il se libéra brutalement de l'étreinte de la Dame, tituba sur les marches, en descendit quelques-unes avec précipitation, tendit la main droite. Sa main coupée paraissait s'être éveillée, elle devenait douloureuse, comme si le sang tentait de se frayer un chemin entre les lignes du bois.

Cette fois-ci, Julian ne disparut pas. Il se tenait face à lui, sérieux et pâle, les yeux profondément cernés. Il portait ses bottes et son épée, et le long manteau de leurs chevauchées dans les forêts des terres Callaghan, il fixait Eylir avec une curiosité intense et ne disait rien. Il prit la main qu'Eylir lui tendait et commença à reculer. Eylir le suivit, descendant les marches une à une, s'enfonçant dans les brumes. Le froid et la glace envahirent de nouveau sa chair.

Et d'autres ombres l'entourèrent, avides et curieuses. D'autres silhouettes, familières pour certaines, le plus souvent inconnues. Une foule qui sentait sa présence, qui se rassemblait autour de lui, qui tendait la main pour le toucher, pour se nourrir de sa chaleur et de sa vie. Qui murmurait : « Nous t'attendons, sire, nous t'attendons depuis si longtemps… »

Et Julian l'entraînait de plus en plus loin au milieu d'eux.

Mais une silhouette forte et vivante troubla soudain cette marche lente. Gormar lança son poing dans le creux du ventre d'Eylir, qui lâcha brusquement Julian et tomba en arrière, sur les pierres glissantes. D'une poigne ferme, Gormar le remit debout et gronda : « Si tu es roi, comporte-toi en roi ! »

Il remonta les marches, entraînant Eylir derrière lui. Celui-ci se laissait porter comme un enfant hébété.

Ils furent bientôt hors des brumes, en haut des marches, sur le sommet de la falaise. Eylir sentit son corps se réchauffer, il se mit à pleurer, fragile et perdu. Gormar le prit dans ses bras et le serra contre lui pour le réconforter. Au loin, on jouait encore de la musique.

« J'ai peur, Gormar.

— C'est normal.

— Qu'est-ce qu'il y a au-delà des brumes ?

— La paix, mon garçon. La paix. Tu t'en apercevras bien assez tôt… »

Quelques semaines après Samain, Eylir quitta Endoval. Sa main de bois restait figée.

Un cheval sur l'océan

Je me suis réveillé, transi et glacé comme par les brumes de Samain, dans mon fauteuil, devant la cheminée froide de M. Reuel. Ce dernier dormait paisiblement

à côté de moi. Lui avait réussi à garder sa couverture sur ses genoux.

« Mais en voilà des idioties ! s'écria Mme Reuel. Je le savais, je le savais qu'ils n'iraient pas se coucher ! Lui, je l'emmène dans la chambre, pour vous, il y a un lit au fond de la maison. »

Je me suis levé et je suis sorti. Le soleil apparaissait à l'horizon, l'air était vif et froid. Malgré le manque de sommeil et ma nuit sans feu, je me sentais bien. J'ai agité les bras pour me réchauffer et écouté les chants des oiseaux. Voyant que, finalement, je n'irai pas me coucher, Mme Reuel m'a proposé une soupe bien chaude et quelques tartines que j'ai acceptées volontiers, tout en me grondant d'être resté aussi tard à écouter radoter son mari.

Je lui ai demandé quand Eylir était repassé les voir pour tout leur raconter. Ma question l'a surprise… Eylir n'était pas venu depuis l'adolescence. Alors comment M. Reuel avait-il pu tout nous raconter ?

Elle a levé les yeux au ciel. « Vous vous êtes fait avoir ! Il invente ! Il affabule ! Il faut vous méfier de lui, il a une imagination redoutable ! »

Je devais retourner au port, prendre le bateau pour Koronia, mon temps de liberté touchait à sa fin. Je n'ai pas pu revoir M. Reuel, mais j'ai chaleureusement remercié son épouse pour leur hospitalité. Plus tard, je lui ai écrit pour le remercier et vérifier qu'Eylir était repassé le voir en cachette de sa femme, mais soit la lettre s'est perdue, soit il a oublié de me répondre et je n'ai jamais su. Quelle importance ? Je savais que tout était vrai.

À Koronia, j'ai retrouvé Beth. Elle était heureuse d'avoir pu passer de longs moments avec son père mais Fosca lui manquait de nouveau, elle n'allait pas tarder à

s'embarquer. Je lui ai parlé du couple Reuel, ça l'a fait rire, et moi j'avais de nouveau perdu Eylir. Je supposais qu'il avait dû revenir à Koronia, ne serait-ce que pour revoir sa mère. J'ai mené une enquête discrète auprès des serviteurs du palais Vendares. Eylir y était bien revenu, et il y avait passé une partie de l'hiver, pendant que j'étais dans le Sud. Puis il était reparti, on n'a pas pu me dire où. Nous aurions pu nous croiser... La déception ne m'a pas abattu, au contraire, elle m'a stimulé. Beth a réfléchi avec moi lors d'une promenade sur le port.

« Soit il a quitté la ville par la terre, soit il l'a fait par la mer. Si c'est par la terre, tu n'as aucune chance de le retrouver. Mais par la mer... Tu pourras peut-être apprendre des choses en interrogeant les équipages. Il a certainement voyagé avec son cheval. Ce n'est pas si fréquent... »

Et elle se demandait s'il se souvenait encore d'elle...

Beth a quitté Koronia trois semaines avant nous ; elle rejoignait Fosca par Léthys, tandis que nous prendrions le bateau pour Dvern. Nous ne nous sommes pas quittés dans les meilleurs termes. Je n'aurais pas dû essayer de l'embrasser, je m'en suis voulu et cela a gâché mes dernières heures avec elle.

Après son départ, j'ai suivi sa suggestion, j'ai fait le tour des tavernes de marins et des équipages, en compagnie de Jude, après nos heures de travail. Ça a duré plusieurs jours, on buvait beaucoup et ça ne donnait pas grand-chose. Puis l'idée a fini par payer.

C'était ma première soirée sans Jude. Il était tombé malade et avait préféré rester à la pension.

Ce soir-là, j'ai fait la connaissance d'Enrico. Je lui avais payé à boire, dans l'espoir qu'il se souvienne d'un grand Kelte qui aurait embarqué avec son cheval, il y

avait quelques mois, pour je ne sais quelle destination. Enrico était un vieux marin, à moitié, voire complètement aveugle, cheveux sales, mal rasé, qui portait une veste rouge rapiécée. Comment j'avais pu croire qu'un aveugle me dirait où avait embarqué Eylir, je me le demande... De fait, il ne se souvenait de rien, mais nous avons sympathisé et bu ensemble.

La suite n'est pas claire. Il m'a traîné, d'auberge en auberge, jusqu'au milieu de la nuit. Il prétendait chercher un ami à lui, qui allait pouvoir m'aider, et nous buvions un pot chaque fois que nous nous arrêtions.

Et je me suis retrouvé vautré à une table, je ne savais où, en compagnie de mon guide. Là, un gars avec une queue-de-cheval graisseuse a répondu à la question que je ne me souvenais même plus avoir posée : « Un Kelte avec une épée et un cheval ? Une espèce de fou ? Je ne pourrai jamais l'oublier, celui-là ! »

J'ai retrouvé instantanément toute ma dignité, et j'ai demandé à tous les sales mélanges que j'avais ingurgités durant la soirée de rester dignement dans mon ventre. Dans son coin, Enrico chantait doucement. Le gars avec la queue-de-cheval était d'un équipage qui venait d'arriver dans le port. J'ai offert la tournée à toute la table, et il m'a raconté tout ce que je voulais savoir, avec un plaisir visible.

« On l'a embarqué ici, à Koronia. Un grand gars, jeune, j'ai cru que c'était un soldat mais personne ne lui a vu d'uniforme. Il allait à Dvern. Et il tenait absolument à embarquer son cheval, il avait payé le prix fort pour ça. Il veillait sur la bête avec plus d'attention qu'il aurait veillé sur sa femme. Bon, on a embarqué l'animal, une grosse carne bien lourde qui ne ressemblait à rien. Ça aurait été un beau pur-sang, un étalon seljuck, je ne sais pas, j'aurais compris ce qui a suivi, mais là... Bref. On l'a mis en cale. Sur ce navire, on n'avait pas trop l'habitude de transporter des chevaux, c'est lui qui s'en est occupé tout le temps. On quitte Koronia, bon vent, on n'utilise même pas les machines. Au bout d'une semaine, le temps grossit, ça houle sévèrement, puis c'est le grain, le beau grain. Mais le *Prince-Jaran*, c'est un bon bateau. On ferle tout, serré, serré, puis pleine vapeur pour sortir de là. Tout le monde sous le pont, ça secoue sec. »

Puis soudain, boum ! boum ! C'est le tonnerre ? Ce sont les mâts qui cassent ? Pas du tout ! Le canasson fait des siennes, il donne des coups de sabots à tout casser, à défoncer la marchandise. Et là, moi qui suis attaché à la barre, je le vois enfoncer l'écoutille et sauter sur le pont. Je vous prie de me croire ! Le bidet n'avait pas le sabot marin, les paquets d'eau qui lui tombent sur la figure l'affolent, alors il a préféré sortir sur le pont ! Quelqu'un fonce chercher son maître, l'autre galope entre les drisses et le cabestan, hennit tout ce qu'il peut. Et là, on prend une lame un peu de travers. Gros paquet de mer sur le pont, le bourrin passe par-dessus bord. Moi, je crie : *Une rosse à la mer !* Là, je vois le Kelte, il débarque sur le pont, de l'eau plein la figure. Il me voit, je lui dis tout, il court au bastingage. Il distingue quelque chose... Il saute à l'eau pour retrouver son cheval... Le fou ! Il saute à l'eau ! Impossible de faire demi-tour, avec le temps qu'il faisait ! On a prévenu le capitaine, qui a eu les mots qu'il faut : *Il savait ce qu'il faisait.* À Dvern, on a tout signalé. Perdus : un Kelte, un cheval. Voilà.

J'ai pleuré, quand il a dit ça. J'ai pleuré avec tout ce que mon ivresse pouvait me donner de stupidité et d'indécence. Ils ont été gentils, ils m'ont demandé si on était amis, Enrico me donnait des tapes sur l'épaule. Pour exorciser mon chagrin, j'ai dit que j'allais raconter qui était ce Kelte, qui il était vraiment, oui. Je suis monté sur la table, j'ai voulu parler, je me suis étranglé de sanglots, tout le monde s'est foutu de ma gueule, je n'ai pas pu dire un mot.

Et, debout sur ma table, je me suis rendu compte qu'Enrico m'avait emmené à la Grange. Alors je ne sais pas ce qui m'a pris. Ma tête a tourné, j'ai cru que Kyle m'en voulait d'avoir abusé de lui, de l'avoir fait mettre en prison et mal imité. J'ai eu peur, j'ai dit à Enrico : *On se tire.* On est sortis tous les deux en titubant, il voulait m'emmener dans une autre auberge.

Dehors, dans la nuit, j'ai vu une grande silhouette, avec un manteau et un grand chapeau. Kyle était revenu ! Il m'avait retrouvé, il allait se venger de ce petit larbin, escroc et plagiaire que j'étais ! J'ai hurlé toute la peur que j'avais dans le ventre et Enrico s'est pissé dessus de rire. C'était mon ombre, jetée et agrandie sur le mur d'en face par la lumière de la Grange. Voilà pour les présages et je suis rentré me coucher. Cet Enrico était un gars louche, j'ai essayé de le croiser le moins souvent possible dans les jours suivants.

Quelques jours après, nous quittions Koronia pour retourner sur Atlan. La mission de Madame était terminée.

L'histoire du cheval dans la mer a fait le tour de tous les ports que j'ai visités par la suite. À Dvern, à Léthys, à Apriva, tout le monde la connaissait, d'une manière ou d'une autre. On m'a parfois raconté qu'on avait retrouvé ici un cadavre de cheval rejeté sur la plage, là un noyé dont les pieds étaient pris dans des étriers, mais les récits étaient trop imprécis pour que je puisse les croire.

Je n'ai pas renoncé à retrouver Eylir, je ne désespérais pas, même si toutes mes pistes s'arrêtaient dans l'océan. Durant mes voyages en compagnie de Madame, j'interrogeais les gens, dans les ports. J'ai couru les auberges et les tavernes, j'écoutais toutes les rumeurs, je cherchais la silhouette du Callaghan dans celle de tous les marins keltes aux cheveux un peu longs, mais je n'ai rien trouvé. Dans ces endroits où je suis passé, j'ai aussi laissé mes propres histoires, j'avais pris goût à déclamer debout sur une table et à sauter tout autour pour mimer les batailles. Ça me payait mes boissons et Jude m'aidait en me permettant de ne pas me prendre trop au sérieux.

Un jour, alors que nous étions de passage à Dvern, on m'a aiguillé vers un homme qui, paraît-il, connaissait quelque chose. Jude et moi nous sommes rendus sur le port, dans une grande salle éclairée par des lampes sales qui m'a rappelé la Grange.

Il y avait foule, des marins, des ouvriers et des gens mieux habillés venus d'autres parties de la ville, j'ai même vu quelques dames. Tout ce monde criait et vociférait autour d'un espace dégagé entouré de cordes où deux types boxaient avec fureur. Les coups étaient rapides, les poings entourés de tissu frappaient fort sur les mâchoires. Un des boxeurs, celui qui avait l'avantage, était un jeune homme, presque aussi grand que Reuter, et beaucoup plus fort. Voilà le type que nous devions voir. Il s'appelait Erwin et impressionnait même Jude.

Nous avons attendu la fin du combat et j'ai guetté le moment où il se rendrait au bar. Il avait les cheveux très noirs, les sourcils épais et l'air ombrageux. J'étais content d'avoir Jude avec moi. Je l'ai abordé, je lui ai dit que je lui payais à boire. Il a commandé une double pinte. Il considérait le monde entier avec une distance méfiante. Vu les hématomes qu'il avait sur le visage, ce n'était pas étonnant.

Nous sommes allés nous asseoir dans un coin plus calme de la pièce. Sur la scène, d'autres types continuaient à se battre. J'ai dit à Erwin qu'il paraissait qu'il savait des choses sur le Kelte qui s'était jeté à la mer avec son cheval.

« Oui, je l'ai vu.

— Où ? Quand ? j'ai demandé, un peu trop avidement peut-être.

— Je ne sais plus. »

Son visage s'est fermé. Jude a ri. Je ne comprenais pas.

« Comment, tu ne sais plus ?

— Je bois, je change souvent de port, je prends des coups sur la tête. Je ne sais plus. »

Peut-être aussi qu'il ne voulait pas s'en souvenir face à nous… Jude a ri encore. Erwin l'a attrapé par le col et l'a soulevé du sol sans aucune difficulté. Pour une fois, mon compagnon n'en menait pas large… Le boxeur a continué : « Et si je dis que je l'ai vu, c'est que je l'ai vu. Il avait une main en bois. »

Il a relâché Jude, qui a ricané.

« Tout le monde le sait, ça… »

Ce n'était pas vrai, peu de gens le savaient. J'ai commandé trois autres bières, pour la soif, pour après, je lui ai prouvé que je savais de quoi je parlais, que je respectais mon sujet. Alors, renfermé en lui-même, semblant regarder une chose qu'il était seul à voir, il nous a raconté une histoire curieuse. D'ailleurs, il ne parlait pas comme un marin, mais comme un homme éduqué.

L'HARMORÉEN

Où se parlent les âges.
Eylir, 15e récit. (Notes pour Serena Fonte.)

Le cheval jaillit hors de l'écume en bondissant. Le vent sifflait tout autour, les vagues roulaient sur la plage, se brisaient contre les rochers. Les hurlements de la tempête masquaient presque les hennissements de terreur de la monture d'Eylir.

Aussitôt, Eylir lança Argo au galop, pour finir de l'épuiser, pour que la fatigue prenne le pas sur la peur. Et quand le cheval fut calmé, il sauta à terre sans lâcher les rênes. Argo se cabra une fois, retomba sur ses jambes, la tête basse. Parler ne servait à rien, le bruit du vent était trop fort. Il fallait juste être là, ne pas le lâcher, marcher à côté de lui, l'amener dans un endroit où il aurait moins peur. Le paysage était indistinct, noyé par la pluie et le vent. Était-ce le jour ou la nuit ? Eylir n'aurait su dire. Il distinguait des arbres, plus haut, secoués en tous sens par la tempête. Plus loin, peut-être pourrait-il trouver un abri ?

Il mena le cheval vers les arbres. Derrière cet affleurement de terrain qu'il devinait devant lui, ils seraient abrités du vent venu de la mer et Argo pourrait enfin se reposer.

Quand il fut sur la crête, Eylir jeta un dernier regard vers l'océan. Les vagues étaient aussi hautes que des navires, elles dessinaient un paysage déchiqueté, mouvant, sans forme. Il sortait de là, Argo l'avait mené à travers ces vallées, ces monts et ces cols, depuis qu'une lame les avait projetés par-dessus le bord du navire qui les transportait. Brave cheval. Cheval digne d'un roi.

Soudain, il vit que quelqu'un marchait sur la plage, là-bas. Une silhouette titubait, battue par les embruns... À moins que ce ne soit qu'un arbre secoué en tous sens ? Eylir n'aurait pu dire, l'eau salée lui ruisselait dans les yeux. Il appela : « Là-bas, venez ! Venez ! Par ici ! »

Argo se mit à hennir, le vent emporta les cris de l'homme et de sa monture. Il fallait trouver un abri pour le cheval. Mais s'il y avait quelqu'un là-bas...

Eylir attacha Argo à une branche basse d'un grand arbre qui paraissait tenir face au vent et retourna vers la mer.

« Je ne t'oublie pas, cheval... »

Il courut jusqu'à la plage. La tempête redoublait de

force et de violence, des branches et des débris volaient de toute part, lui cinglaient le corps. Il se protégea, croisant ses bras devant son visage. Impossible de voir quiconque sur la plage. Il appela encore. Quelque chose de dur porté par le vent lui heurta le flanc, le projetant à terre.

Puis il distingua les hennissements du cheval. L'arbre auquel il l'avait attaché s'était rompu juste au-dessus des racines. Le vent se prenait dans les feuillages et l'entraînait vers la mer. Et le cheval, fou de terreur, était impuissant à le retenir.

Eylir maudit la tempête et sa propre imprudence. Il savait qu'il fallait mettre Argo à l'abri !

Il s'élança, les débris gênaient sa progression. Une grosse vague s'abattit sur la plage en rouleaux furieux, le reflux entraîna l'arbre auquel Argo était lié. Eylir sauta, réussit à entourer une grosse branche de ses bras et à planter ses pieds dans le sable. Le courant forçait sur ses jambes, menaçant de le faire tomber. Au prochain reflux, l'arbre serait entraîné... Argo avait des difficultés à rester debout.

Si Eylir lâchait l'arbre, il n'aurait jamais le temps d'atteindre les rênes pour les trancher. L'arbre roulerait dans l'océan, entraînant le cheval avec lui pour le noyer. La vague suivante arriva, Eylir fut renversé sous l'arbre, forcé de le lâcher, il crut que tout était perdu.

Il réussit à se redresser, malgré le reflux qui voulait le faire tomber. L'arbre n'avait pas glissé dans l'abîme, un homme le retenait, un homme gigantesque, les pieds plantés dans le sol instable, les bras refermés autour du tronc, battu par la mer et le vent, mais encore debout. Toute la puissance des muscles de ses bras et de son dos était bandée pour retenir l'arbre que la mer voulait lui arracher.

« Tranche les rênes ! » cria le géant à Eylir.

Ce dernier bondit auprès d'Argo et le libéra en un instant.

« C'est bon ! »

Écartant les bras, le géant lâcha le tronc qui fut instantanément entraîné par les flots. Eylir courut sur la plage, entraînant le cheval, suivi par l'autre homme. Ils se précipitèrent à l'abri derrière une petite crête, le vent paraissait avoir un peu faibli.

« Merci pour ton aide ! Je t'ai aperçu, sur la plage, cria Eylir à son compagnon.

— Oui ! J'ai entendu ta voix. Je m'appelle Kendall !

— Eylir Ap'Callaghan ! Nous devons trouver un abri ! »

Ils marchèrent le long de la forêt épaisse. Eylir en profita pour examiner son compagnon. Kendall était grand, bien découplé, mais faisait presque une tête de plus qu'Eylir qui ne se considérait pas comme petit. Sa longue chevelure noire et son visage aux traits durs révélaient qu'il était né sur l'île d'Harmorée, à l'ouest d'Elmédia, issu d'un peuple dur et batailleur qui arrachait sa subsistance à une terre aride.

Leur rencontre était bienvenue ! Kendall portait une tunique détrempée et une lourde épée à sa ceinture. Eylir espéra n'avoir jamais à se battre contre pareil géant. En plus de sa force incroyable, l'Harmoréen bougeait avec une agilité de panthère.

Ils tombèrent par chance sur une petite grotte au sol sableux, dont l'ouverture ne faisait pas face à la mer.

« C'est assez grand pour nous deux, dit l'Harmoréen en se glissant à l'intérieur, il y a des algues sèches au fond, nous devrions même pouvoir nous réchauffer un petit peu. Ton cheval se tiendra dans l'entrée, il nous protégera des grosses rafales. »

Eylir caressa l'encolure d'Argo. Ce dernier était encore très nerveux.

« Bon cheval. Il faudra un barde pour chanter tes

exploits, ta course à travers la tempête. Argo, le cheval qui galope sur les vagues ! »

Le feu craquait, jetait des ombres étranges sur les parois de la caverne. Dehors, le vent hurlait comme un démon dans les branches des grands arbres. Parfois, une rafale s'engouffrait jusqu'au fond du refuge des deux hommes et faisait vaciller leur petit foyer. Ils enlevèrent leurs vêtements mouillés pour se sécher à la flamme.

« Les dieux nous en veulent, ce soir », dit Kendall en riant.

Il n'accorda pas un regard à la main de bois d'Eylir.

« Avec un peu de chance, on doit pouvoir échapper même aux dieux », dit Eylir en jetant un coup d'œil à Argo.

Le cheval, tassé dans l'entrée de la petite caverne, n'en menait pas large.

Kendall s'installa confortablement sur le sable composant le sol de leur refuge.

« Comment t'es-tu retrouvé sur cette plage avec ton cheval, compagnon ?

— Le navire qui m'emmenait à Dvern a été pris dans la tempête. Argo a eu peur, il a sauté à l'eau, je l'ai suivi, il m'a porté. »

Le rire de l'Harmoréen remplit tout l'espace.

« C'est un bon cheval, conserve-le !

— Et toi, que faisais-tu là ?

— J'ai entendu ta voix ! Et avant cela, j'étais sur mon navire. On m'a poussé à l'eau en profitant de la tempête, ce chien de Gersen, j'imagine. Avec quel capitaine étais-tu ? Appartiens-tu à l'armée des Callaghan ?

— Je ne sais pas. Je ne suis qu'un voyageur, je n'appartiens à aucune armée, et mon navire n'était pas un navire de guerre. De quelle flotte parles-tu ? »

Kendall rit encore. Ses yeux étincelaient à la lueur des

flammes. Il ressemblait à un grand fauve, conscient et sûr de sa force.

« Comment peux-tu ne pas savoir ? La plus grande flotte que la mer de Dvern ait jamais connue. Plus de deux cents navires de guerre, avec des troupes de tous les peuples. Keltes, Worgalds, Harmoréens, et même Pictes. Tous en armes, des milliers de guerriers. La plus grande armée qu'Atlantys verra jamais dirigée contre elle. Cinq capitaines la commandent, dont moi-même... Disons que je la commandais. Mais j'ai pu nager. Je retrouverai mes soldats. »

Il caressa un lourd bracelet d'or qu'il portait au poignet.

« Une femme parmi les plus belles m'a donné ce bijou en souhaitant qu'il me porte chance. Je ne me suis pas noyé, j'ai trouvé cette terre ! Alors je ferai venir mon amante auprès de moi, et je la couvrirai d'or et de soieries... »

Eylir tendit les bras vers le feu pour les sécher. Il dit prudemment : « Il n'y a pas de guerre sur Atlan, en ce moment. Le peuple est pacifique.

— Il n'y a pas de guerre ? Nous l'apportons. Les Atlans sont mourants, et corrompus, leur République est pourrie. Chez eux, je deviendrai roi. De mes propres mains.

— On te l'a prédit ?

— Non. Mais on ne m'a pas prédit le contraire... Si nous nous sortons d'ici, te joindras-tu à moi ? »

Eylir réfléchit à la question en regardant le feu.

« Je te remercie de ta confiance. Mais je refuse. J'ai vu assez de guerres. »

Le vent redoubla de violence, Eylir essaya de rassurer Argo, le temps que passe le gros de la bourrasque. Puis il retourna près du feu, lui et l'Harmoréen parlèrent pour tromper la faim. Eylir finit par s'assoupir. Il ne dormit pas vraiment, pensant à cette flotte immense qui, selon son compagnon, cinglait vers Atlan, pleine d'hommes rêvant de s'approprier les richesses légendaires de l'Empire. Il rêva de chevauchées violentes, de femmes enlevées à dos de cheval, d'or, d'ivresse. Et surtout de combats et de sang, plus enivrant que le plus capiteux des vins. Il connaissait ce goût-là, et le goût de la victoire. Puis ses pensées dérivèrent vers les brumes et les milliers d'ombres qui y marchaient.

Quand il ouvrit les yeux, il vit que Kendall ne dormait pas, fixant sombrement le feu.

« À quoi sert d'être roi, Kendall ? »

L'Harmoréen tisonna le feu.

« Le roi est un roc dans la tempête. Il retient les hommes de se déchirer les entrailles comme des loups. Il dirige de justes combats, il empêche la guerre civile. »

Eylir pensa à la silhouette puissante qui retenait l'arbre dans les vagues. Pourtant, il ne put s'empêcher de demander : « Comment peux-tu croire que tu vas changer quelque chose ? Tu mourras sans doute pendant la guerre, et si tu ne meurs pas, ton royaume sera balayé et plongera dans l'oubli, et tes sujets ne seront plus que des ombres...

— Tu as raison, Kelte. Mais mon pays natal a été détruit. Je ne veux pas me cacher, prendre femme et cultiver la terre. Toi comme moi, nous sommes faits pour autre chose, non ? On ne vit pas éternellement, alors je me battrai. Et malheur à ceux qui voudront m'arrêter, dieux ou hommes. » Il fixa Eylir dans les yeux. « Viens avec moi, Kelte. Je sens que nous connaîtrons un grand destin, toi et moi... »

Eylir rit.

« J'en suis certain, Kendall. J'en suis certain. Mais je ne rentrerai pas dans ton armée. Demain, nous verrons les grandes choses que nous pourrons faire pour sortir d'ici. »

Eylir crut que Kendall allait insister, mais l'Harmoréen n'en fit rien. Il savait jauger les hommes. Eylir fut certain qu'il ferait un bon roi.

Dehors, le vent se calmait. Les deux hommes s'allongèrent chacun d'un côté du feu. Eylir plongea lourdement dans le sommeil, si lourdement que ce sommeil aurait pu s'apparenter à la mort. Il eut des rêves sombres où passaient des figures connues. Le druide Lysender, Lyciane, Julian, Mak Morn, puis, plus lointaines encore, sa propre mère, et la grande ombre d'Allander. Et toutes ces figures furent emportées par un grand vent.

Dehors, le soleil se levait. Toujours profondément endormi, Eylir vit en rêve Kendall se lever, sortir de la caverne, contempler l'aube dans le ciel calmé. L'Harmoréen marcha longtemps sur la plage, regardant la mer vide. Puis il mangea des fruits, alla boire l'eau d'un ruisseau et entreprit d'explorer la côte.

Eylir le vit découvrir un navire échoué, que son équipage désespérait de réussir à remettre à l'eau, un navire appartenant à la grande flotte barbare, convoyant une vingtaine de guerriers du clan Callaghan qui avaient survécu au naufrage. La force formidable de l'Harmoréen, alliée à celles des autres hommes, suffit pour repousser la nef sur la mer.

Le rêve d'Eylir devint plus lointain, les figures se faisaient de plus en plus petites. Il avait l'impression de les regarder depuis le sommet d'une montagne ou d'une grande tour. Kendall arriva sur Atlan, fut capturé par le prince de Léthys, devint esclave, puis mercenaire à son service, avant de tuer son maître. Et enfin, il rejoignit l'immense armée qui, bloquée par les divisions de ses chefs et manipulée par les seigneurs de Dvern, avait pris possession des domaines du nord de l'Empire.

La figure de l'Harmoréen devint si petite que c'était à peine si on la distinguait dans la multitude des batailles et des guerres. Eylir devina plus qu'il ne distingua des batailles sans nombre, des chevauchées et des trahisons, jusqu'à ce qu'un cavalier, minuscule tête d'épingle, traverse au galop les avenues de la brillante Atlantys et pénètre, sans descendre de selle, dans le palais des empereurs.

Quand Eylir reprit conscience, il mourait de faim et la journée se finissait. Argo s'était libéré et broutait paisiblement, non loin de là. Dans la caverne, le sable repoussé par le vent avait effacé toute trace de l'Harmoréen. Mais, juste avant de quitter les lieux, Eylir aperçut un éclat d'or.

Écartant le sable, il ramassa le lourd bracelet d'or. Il le passa à son poignet. Peut-être lui porterait-il chance ?

Trois semaines plus tard, un navire passa non loin de la côte où il se trouvait. Le capitaine était d'humeur généreuse, il accepta de l'embarquer avec son cheval.

Je te crois !

« Quelle imagination ! » s'est exclamé Jude après qu'Erwin eut terminé son récit.

Le poing d'Erwin est parti beaucoup trop vite. Jude est tombé, assommé, en un coup. Erwin s'est levé et m'a jeté un regard méfiant. J'ai crié : « Je te crois !

— Je ne sais pas… »

Il m'a épargné et est retourné dans l'arène. Moi, j'ai ramené Jude à la maison. Qu'est-ce que je croyais au juste ? Qu'Eylir avait galopé sur les vagues ? Que sur une île déserte, il avait été sauvé des flots par Kendall d'Harmorée ? Qu'il avait parlé longuement avec ce même chef barbare qui, voici des siècles, avait presque abattu l'Empire atlan et s'était fait couronner roi sur le trône pourpre des empereurs ? Oui, je le croyais, et tout était sans doute vrai, même si Jude ne l'a jamais admis avant de se retrouver lui-même confronté à la grande tempête...

Plus tard, lui et moi avons voulu retrouver le boxeur, moi pour discuter et Jude pour le faire arrêter, mais ça n'a rien donné. Il avait embarqué pour une autre destination, je ne l'ai jamais revu.

Jude m'a dit plus tard : « Le boxeur, au moins, il avait inventé une bonne suite à l'histoire du cheval dans la mer. C'est tout ce que tu peux espérer retrouver. Des rumeurs, des ombres, parfois une bonne histoire. En fait, tu ne sais même pas s'il existe, ton Kelte... »

Les semaines, les mois, les années ont passé. Durant tout ce temps, je n'ai pas trouvé d'autres traces d'Eylir, seulement des rumeurs, des ombres et même pas une seule bonne histoire. L'errant de M. Reuel était devenu fantôme perdu dans l'océan. Un nom, un écho, un souvenir.

7

Fosca

Pour les dames de Fosca

Une grande fête illuminait le château de Fosca. Comme tous les ans, la population de la baronnie fêtait le souvenir de la Dame Gabrielle de Fosca et de sa Cour de Musique. Le baron avait invité les habitants des villages alentour à festoyer dans la cour du château, et à écouter tous les musiciens de la région, qu'ils soient des habitués de ces festivités ou des hôtes de passage. La fête durait tout le jour, on servait des pâtés, des pommes de terre et des poissons grillés le midi, de la viande rôtie le soir, en accompagnant le tout du vin rouge des collines.

Et de grands feux brûlaient toute la nuit devant le château, en illuminant les vieilles façades jusqu'au cœur de la nuit. La vieille demeure resplendissait d'une vie que lui auraient enviée bien des palais plus nobles et plus gracieux à la froideur toute géométrique. La plupart des comtes et des marquis poudrés n'auraient pas compris que cette vie était celle d'un peuple rassemblé sur ses terres, dans son château, devant son seigneur. Le baron Valère de Fosca était un homme ombrageux dont ces mêmes marquis avaient moqué la maladresse boiteuse et le manque de goût pour la vie de cour. C'était un seigneur chevalier, sorti de temps disparus, protégeant ses gens, aimant par-dessus tout ses terres et la chasse. Même les fermiers des alentours sentaient ce que cette attitude avait d'étrange ; la baronne Carolina Fonte n'avait-elle pas fui les salles humides du château pour s'installer en ville, des années auparavant ? Mais on savait que les impôts que l'on devait au baron, bien peu de chose en vérité, ne partaient pas en vêtements de cour et en fêtes galantes. Valère savait recevoir, et il recevait ses gens. Il trônait, devant le château, dans un antique fauteuil sculpté, et les flammes des grands foyers éclairaient son visage.

Cette année-là, un petit scandale avait éclaté durant les premières heures de la fête, et la rumeur en avait couru jusqu'au soir. Après le déjeuner, le baron avait fait venir auprès de lui sa jeune gouvernante et nièce, Mlle Beth, afin que tous l'applaudissent et reconnaissent ses mérites dans l'organisation de la fête. Puis, devant tous, il lui avait offert Robin un jeune étalon que l'on savait être le meilleur de son écurie. Stupéfaite, elle n'avait pu qu'accepter le présent.

Alors les musiciens de la famille Espantar, filles et garçons, avaient donné le signe des danses, avec tambours, flûtes, et vielles à roue. Le baron s'était avancé sur-le-champ, tenant la main de Beth, il l'avait fait danser. Couronnement du scandale ! Que le baron n'ouvre pas les danses avec sa femme, on le comprenait bien et on l'en plaignait. Mais alors qu'il choisisse une femme mariée, de préférence d'un âge respectable, qui serait au-dessus de tout soupçon !

Certains avaient murmuré, d'autres avaient ri. La fille était jeune et gironde, elle était au château depuis des années, et elle n'était pas mariée. Comment le baron n'aurait-il pas fini par être tenté ? À son âge, il n'y avait rien d'étonnant à prendre maîtresse. Les femmes, enfin, avaient plaint la pauvre Beth, qui avait paru toute surprise par ces honneurs inattendus. Mais cette préférence ne pourrait jamais la conduire au mariage, elle salirait juste sa réputation.

La musique était emportée et joyeuse, elle avait dissipé toutes les supputations et les ruminations. Il ne pleuvait pas, le vin de cette année était bon, la fête serait mémorable.

Au soir, deux voyageurs sont arrivés du sud, à cheval. Ils se rendaient au château. L'un d'entre eux était un homme maigre aux allures de vautour, bien armé, portant une épée et une arquebuse suspendue à la selle de son cheval. L'autre se croyait inoffensif et tenait sans grande assurance sur sa monture.

Trois ans environ avaient passé depuis notre rencontre avec Erwin. Jude et moi avions accompagné Madame dans un long voyage officiel dans le sud de l'Empire. Sur la route du retour, elle voulait faire escale à Fosca, mais s'était tout d'abord arrêtée quelques jours chez une vieille amie, nous laissant partir en avance.

Je n'étais pas mécontent d'arriver. Jude était malade depuis plusieurs semaines, des douleurs terribles lui vrillaient le crâne et il était régulièrement pris de vomissements. Les médecins que nous avions consultés dans le Sud avaient dissimulé leur incompétence à le guérir sous leur jargon. Cette faiblesse rendait mon vieux compagnon de route irritable et méchant, il se moquait de tout ce qu'il voyait. En arrivant au château, il avait ironisé sur le goût du baron pour les vieilles pierres.

« S'il veut reconstruire un vrai château, qu'il rase tous ces arbres devant le sien. Inutile de donner un couvert aux armées ennemies.

— Nous sommes en paix, Jude. Il n'y a plus d'armées ennemies. »

Nous sommes arrivés au château à la nuit, la musique était partout, les gens chantaient et dansaient. Nous avons amené les chevaux à l'écurie, des gamins se jetaient dans leurs jambes et Jude pestait.

J'étais heureux de retrouver Fosca, c'était ma troisième visite. Je m'y étais rendu pour voir Beth à mon retour de Koronia pour un séjour de six semaines, au printemps, et je m'étais approprié les lieux, les marais, les corbeaux de l'allée centrale et les vieilles tours du château. Ce séjour commençait à dater, j'étais impatient de retrouver les lieux et de revoir leur intendante.

Et les lettres de Beth me faisaient rêver.

Je l'ai cherchée dans la foule sans la trouver. Elle devait être très occupée par l'intendance du château, je la trouverais plus tard. Jude et moi nous sommes installés sur un coin de table, avons pris un bout de viande grillée et nous sommes reposés du voyage en écoutant la musique. Jude a bu verre de vin sur verre de vin et moi, inconscient, je ne l'ai pas surveillé.

J'avais renoncé à trouver Eylir, faute d'indices. Il m'arrivait encore de sortir avec Jude, dans ces auberges populaires où il s'installait pour *sentir le vent*, comme il disait, écouter la rumeur du peuple, ses cris, ses joies, ses grondements annonciateurs de révolte. On s'asseyait près du feu, il sculptait parfois de petits bonshommes en bois pour oublier les cloches qui lui sonnaient dans le crâne, on écoutait la musique quand il y en avait, et les histoires des gens. Parfois, je me levais et je racontais une histoire de mon cru ou une histoire d'Eylir, espérant vaguement qu'elle causerait un écho, qu'on me parlerait d'un cavalier bizarre, couvert d'algues, qu'on aurait vu sortir de la mer et galoper sur une plage.

Et quand je vivais à Atlantys et que les journées de travail s'étiraient interminablement, je rêvais, parfois au château de Fosca, le plus souvent à un cavalier rapide, qui faisait trembler le sol sous le pas de son cheval. Il galopait dans les corridors administratifs, torse nu, l'épée à la main, il renversait les pupitres des huissiers et des secrétaires, il bousculait les archives dans un grand rire plein de jeunesse. Moi, je souriais tout seul, les autres ne comprenaient pas pourquoi. *Callaghan !*

En bavardant à table avec un palefrenier que je connaissais, j'ai appris le scandale de l'après-midi. Je connaissais le caractère possessif, ombrageux et susceptible de Valère, je me suis beaucoup inquiété pour Beth. J'allais me mettre à sa recherche quand Jude, dans son ivresse, a dit quelque chose comme : « Elle l'a bien embobiné, le seigneur Valère... »

Je n'ai pas apprécié cette remarque. Je lui ai demandé de s'expliquer, mais il était ivre, il avait l'air de mélanger plein de choses qu'il ruminait depuis longtemps.

« Elle a bien joué, je sais reconnaître quand quelqu'un a bien joué. Madame est trop sentimentale, ces gens-là sont nos ennemis. Faut pas se faire bouffer par la culpabilité quand on traite avec ses ennemis. La famille Leiss, c'est la seule faiblesse de Madame. Belle faiblesse... Pourquoi tu crois qu'elle t'a envoyé derrière le Callaghan ? Les Keltes l'intéressaient, mais elle s'inquiétait surtout pour le petit Julian. Et pourquoi est-ce qu'elle a fait de la petite garce sa pupille ? Par culpabilité. Par faiblesse... À cause de Phocéa. »

Je l'ai très mal pris. Je savais qu'il n'aimait pas Beth, mais ça ne l'autorisait pas à dire des choses pareilles. Je lui ai arraché son cruchon de vin, je l'ai fait se lever, pour qu'il marche un peu et qu'il dessoûle. Je voulais comprendre pourquoi il parlait de Phocéa. Madame aimait Beth, je le savais. De quoi pouvait-elle se sentir coupable ?

Phocéa était une grande ville de manufactures et de commerce située sur les rives du fleuve Mestral, plus loin dans le Sud. Je m'y étais rendu avec Jude, juste quelques semaines auparavant, sur notre route vers le château ; il avait voulu visiter de vieux amis.

C'était une grande cité de pierres roses sous le soleil, animée et grouillante, un endroit frénétique où trimaient des milliers d'ouvriers dans les grandes fabriques de tissu, de papier ou de livres. Jude disait : « C'est une ville agitée. S'il doit se passer quelque chose dans l'Empire, ça commencera ici. »

Puis il avait ajouté, moqueur : « Tu sais bien que c'est ici que la sœur Serena a tenu son premier poste politique. »

Non, je l'ignorais. Il m'a expliqué que la ville était administrée par l'ordre de Sainte-Stefana, que l'intendant général de la ville était toujours choisi par l'abbesse du couvent.

« Mme Fonte a tenu ce rôle pendant quelques années. Ça n'a pas été facile, ils l'ont nommée en pleine crise, pour remplacer un imbécile. Elle avait vingt-cinq ans. Elle en est restée très marquée. Demande-lui de t'en parler, un jour. À toi, elle le racontera, mieux que je ne pourrais le faire. Il n'y a pas que les Keltes dans la vie. »

Comme je le traînais vers les douves, je me suis souvenu de ses confidences. J'ai demandé : « De quoi Madame se sent-elle coupable ? »

Jude souffrait, son visage avait une expression méchante. Il a titubé ici et là, il a vomi dans l'eau sale des fossés, je l'ai retenu par la manche pour l'empêcher d'y plonger à son tour. Puis il s'est essuyé la figure, il s'est assis sur le rebord du pont-levis. Son front était couvert de sueur.

« Madame est coupable parce qu'elle a tué leur mère. Quand elle était intendante générale de Phocéa, elle a dû faire réprimer un soulèvement. Des centaines de morts. Dont la pauvre Mme Leiss. Et depuis, la sœur Serena expie. Tous les soirs, elle paie ses premiers morts… »

Il a grimacé, il a craché dans l'eau.

« Putain, mon crâne ! Faut que j'aille me coucher... »

Avec l'aide d'un valet, je l'ai emmené jusqu'à notre chambre. Il délirait, je savais que sa tête le faisait vraiment souffrir. La chambre était sèche et bien chauffée, ça l'a un peu apaisé. Je l'ai laissé et suis redescendu dans la cour.

J'aurais dû me coucher aussi, il était très tard, j'étais épuisé. Mais je voulais parler à Beth, de la sœur Serena, de Jude, de Valère. De moi, surtout. Je l'ai cherchée partout, j'ai même imaginé que, effrayée par les cadeaux de Valère, elle était partie. Puis le vieux Siméon qui allait se coucher m'a dit qu'il avait vu Beth, près du grand saule, là-bas, derrière.

Je l'aurais embrassé.

Le grand saule surplombait les douves de l'autre côté du château, loin des cours illuminées. Une vingtaine de personnes était rassemblée là, autour d'un petit feu. J'ai vu quelques instruments de musique. J'ai aperçu Beth, les flammes sur son visage, ses cheveux retenus par une attache de cuivre, elle venait de se lever. J'ai marché plus vite pour la rejoindre.

Mais un type a commencé à battre un tambour et une fille rousse au visage maigre s'est mise à chanter d'une voix profonde. Beth dansait autour du feu, rapide et forte, le visage très concentré. J'ai repensé à la fois, où, cinq ans plus tôt, elle avait dansé pour moi devant les Thiléens, pour gagner ma vie et la suite de mon histoire.

Je me suis arrêté loin du feu, intimidé par ces gens qui l'entouraient et que je ne connaissais pas. Elle dansait ; je m'approcherais d'elle et je l'applaudirais quand la musique se serait tue, et enfin nous pourrions parler, parler puis dormir. Je l'avais retrouvée, mon cœur s'apaisait.

Un homme s'est levé alors, un soldat, il portait la

longue casaque claire des régiments de cavaliers, les cheveux blonds en bataille, une courte barbe. Il a dansé aussi, sûr de lui ; il avait une certaine allure, la fille rousse chantait et l'autre type battait son tambour comme un cœur lourd et profond. Le soldat poursuivait Beth autour du feu, elle tournait et lui échappait, une fois, deux fois, je voyais son regard, déterminée à ne pas se laisser prendre. Le cœur battait plus vite, la voix montait plus fort, des flammes plus hautes sous les étoiles, j'ai senti mon corps se nouer, j'ai compris que la fuite n'était qu'une feinte, qu'elle fuyait moins loin, de moins en moins loin, je voulais que la musique s'arrête, maintenant, que tout reste en l'état, de moins en moins loin, j'aurais tellement voulu que tout s'arrête...

Il l'a saisie par le bras, il paraissait très fort, il l'a tirée près de lui et son regard disait qu'elle était à lui. Et j'ai vu Beth s'abandonner, se laisser aller près de lui, contre lui, lui donner ses lèvres, et son cœur et son âme. Elle l'a serré de toutes ses forces comme si elle voulait disparaître contre lui, dans les plis de sa grande veste claire de soldat. La musique s'est arrêtée, ils se sont assis au milieu des autres, elle était dans ses bras, j'avais froid.

Je me suis éloigné, avec dans la gorge l'amertume des amours déçues. J'étais jaloux, bien sûr je détestais ce type tout à fait quelconque et sans doute exceptionnel que Beth avait choisi. Ce type qui n'était pas moi. Je me moquais méchamment de moi-même. Ça faisait cinq ans que j'étais amoureux, que je savais que son cœur était libre, que j'avais eu des milliers de moments pour faire ma cour et me déclarer. Et je n'avais rien fait, à part, un soir d'ivresse, essayer de l'enlacer dans un couloir d'auberge. Quel imbécile ! Quel imbécile !

Et, en m'éloignant, j'ai vu Valère Fonte sur son cheval, dans l'ombre d'une futaie, la même silhouette de statue que j'avais déjà croisée en arrivant pour la première fois à Fosca. Son regard se perdait là-bas, auprès des flammes et du grand saule et ses grandes mains étaient crispées sur les rênes.

Ce n'était pas un beau sentiment, mais je me suis réjoui de sa colère. Le beau militaire allait sans doute devenir indésirable dans la baronnie de Fosca.

J'ai dormi d'un sommeil agité. Dans l'autre lit, Jude gémissait de douleur. Ni lui ni moi n'avons trouvé de paix cette nuit-là.

La journée s'annonçait belle. Je me suis jeté hors du lit sitôt le soleil paru et suis descendu dans la cour une fois habillé. Je ne savais pas quoi faire, je me suis assis sur le banc de pierre à la porte de la grande cuisine. La maisonnée était active depuis un moment et les hommes se racontaient en riant leurs souvenirs de la veille. Moi, j'avais envie de pleurer.

J'ai vu Valère sortir d'un pas sombre dans la cour. Il a attrapé un petit valet, lui a demandé où était Beth. Le gamin, ingénu, a répondu qu'elle était partie à cheval avec le soldat. Valère a frappé si fort avec sa canne dans la poussière que le gosse s'est enfui sans demander son reste.

Je me suis senti une certaine fraternité avec le baron. Mais tout démolir à coups de canne n'était sans doute pas une solution.

Alors je suis resté assis dans la cour, à me lamenter sur moi-même, sur cette vie pas facile et sur les occasions manquées.

Un soldat s'est assis à côté de moi. Il était plus grand que celui que j'avais vu la veille et sa barbe était plus fournie. Il a engagé gentiment la conversation, me parlant du temps qu'il faisait, de tout et de rien. Je n'étais pas d'humeur. Puis il m'a dit qu'il m'avait vu la veille, que je m'étais approché du feu mais que je n'étais pas venu m'asseoir. Il a demandé : « Tu avais trop bu ? Notre gueule ne te revenait pas ? »

J'ai senti qu'il ne se moquait pas de moi. Je devais vraiment avoir l'air ridicule et misérable. Ça m'a fait rire jaune.

« Je voulais aborder une belle jeune femme, j'ai répondu. Mais ton ami, l'autre soldat, m'a devancé, j'ai renoncé, et maintenant je me lamente quand il fait beau. »

Il a soupiré, nous avons soupiré tous les deux, ça m'a fait rire.

Nous sommes allés boire ensemble à l'intérieur, je me suis présenté, j'ai su qu'il s'appelait Marcus Flann. Il avait la voix grave et profonde et de beaux yeux bleus qui inspiraient confiance. Ce n'était pas la première fois que son ami brisait des cœurs, il ne pouvait pas s'en empêcher.

« Il est insupportable, je sais. Un jour, il aura autre chose en tête, il en croisera une autre ou bien il ne pensera plus à elle et il l'oubliera. Et toi, tu seras là pour la consoler. »

Cette perspective m'a fait grimacer. Puis j'ai ri encore. Flann faisait ce qu'il pouvait en de pareilles circonstances, ressuscitant la vieille fraternité masculine des hommes délaissés. Son copain avait déjà dû lui faire le coup. Il a ri avec moi, ça allait mieux. Le soleil montait dans le ciel. La cuisine était bien chauffée. J'ai fini par demander de quelle garnison il était, j'avais remarqué que sa veste était blanc et bleu brodée d'un cygne.

« On est de Léthys. On avait une mission qui nous a fait nous promener partout sur la côte. Et on a fait un gros détour pour passer par Fosca. Mon collègue, le soldat Enheren, est venu souvent, pour des raisons personnelles… »

Je voyais très bien pourquoi le soldat Enheren était déjà venu plusieurs fois. Je me suis plongé dans mon verre de vin, et j'ai décidé de détourner la conversation. J'avais remarqué que le soldat Flann avait un accent kelte. Je lui ai dit, ça l'a fait rire, il m'a dit que je parlais atlan avec l'accent kelte aussi. On venait tous les deux de la région de Koronia !

Puis je l'ai bien regardé, Marcus Flann, avec sa grosse barbe blonde, son regard clair, ses mains fortes de soldat d'expérience. Je me suis demandé si... en refusant d'y croire vraiment. J'ai baissé les yeux sur la surface du vin dans mon verre. Le liquide tremblait. Mes mains tremblaient. Je me suis levé calmement, j'ai dit que j'allais pisser, Marcus m'a regardé avec gentillesse et m'a souri, il n'était pas pressé, il resterait bien là quelques instants encore.

Aussitôt franchie la porte de la cuisine, j'ai gravi les escaliers, couru jusqu'à ma chambre, fouillé dans mes papiers. Retrouvé une lettre que m'avait envoyée l'administration koronienne, lorsque j'enquêtais encore.

...Le 22e jour de Samma la chaude, année 43 du nouveau comput, l'enfant nommée Selaya Ap'Rilke, déposée six mois plus tôt à l'orphelinat du ruisseau (île aux vaches, Koronia), a été recueillie par une famille de citoyens de l'Empire. M. et Mme Lenic Enheren l'ont immédiatement fait baptiser.

Des années plus tard, Selaya Ap'Rilke épouserait Markil Vendares, pour devenir la princesse Vendares d'Antrebane. Entre-temps, elle aura rencontré Eylir le vieux, puis Allander Ap'Callaghan. Et mis au monde mon foutu Kelte, mon obsession. *Enheren Enheren Enheren.* Merde... Marcus Flann, Marcus Flann, Maharkal. Alors l'autre soldat, celui qui brisait les cœurs, celui qui m'avait enlevé Beth...

Je me suis assis sur mon lit, je n'ai pas bougé, j'essayais d'envisager toutes les hypothèses pour lesquelles un Kelte venant de la région de Koronia, nommé Enheren, aurait pu venir ici plusieurs fois, *pour des raisons personnelles.* Et séduire Ysbeth Leiss, la sœur de Julian Leiss. Je me suis efforcé de rester calme, de penser juste. Mon cœur battait à tout rompre, le sang cognait à mes tempes, faisant sonner des cloches dans mon cerveau. Les secondes s'écoulaient avec une incroyable lenteur.

Dans le lit en face, Jude s'est retourné. J'avais oublié qu'il était là. Il avait le visage très pâle et le regard fiévreux. Sa voix était rauque.

« Tu en fais une tête... Tu as attrapé la chaude-pisse auprès d'une des paysannes d'hier ?

— Il est ici, j'ai répondu. Bon Dieu, il est ici. »

Je devais avoir l'air fou. Il a fait un effort pour se réveiller un peu et réfléchir.

« Qui est ici ? »

Je me suis enfui.

Je ne sais plus ce que j'ai fait ensuite. Tourner en rond stupidement pendant des heures ? Courir dans la forêt ? Prier dans le temple ? Je me souviens du ciel bleu, de la cour pleine de soleil, d'une fille qui chantait un air absurde en plumant une volaille. Je me souviens avoir regardé la grande cour depuis l'étage et l'avoir vu arriver, lui, montant un gros cheval marron à l'air tranquille. Il est descendu à terre, s'est coincé le pied dans l'étrier, a poussé un juron kelte sonore. Ça ne pouvait pas être lui. Il était si petit, si commun. Il avait les cheveux courts, une barbe mal taillée. Son uniforme n'était pas de la dernière propreté, surtout au soleil.

Ce n'était pas lui. Ce n'était pas lui.

Je frissonnais, en plein soleil.

Il a mené son cheval à l'écurie, lancé quelques plaisanteries aux palefreniers qui le connaissaient bien, visiblement. Puis, comme il entrait dans le château, j'ai entendu un des domestiques l'aborder.

« Soldat ? Le baron de Fosca veut te parler. Maintenant.

— Je te suis. Mène-moi à lui. »

Valère était dans sa grande chambre du premier étage. Il y recevait les visiteurs, sans cérémonie. La pièce lui servait à la fois de chambre à coucher, de salon et de bureau.

Je me suis précipité dans la chapelle voisine, ignorant la statue d'Andall qui me regardait d'un air réprobateur de dessous son capuchon. Et je me suis tranquillement assis près de la porte de communication avec la chambre du maître. Bien sûr, mon attitude était ridicule, c'est très mal d'espionner les gens depuis la demeure du Seigneur. Mais je n'avais aucun scrupule. On parlait à côté. Avec la plus grande précaution, j'ai entrouvert la porte.

Valère se tenait près de la fenêtre, lourd et sombre, s'appuyant sur sa canne. Le soldat est entré, le baron a congédié les domestiques. Ils se sont regardés, face à face, le jeune homme et l'homme mûr. Ils ont échangé des salutations rapides. Valère a dit : « Soldat Enheren, tu sais que je t'apprécie et que je n'ai pas l'habitude d'être hypocrite quand j'ai quelque chose à dire.

— Moi non plus, seigneur. Parle.

— Ysbeth est ma nièce. En l'adoptant, ma sœur lui a donné tous les privilèges et toutes les charges de notre nom, les Fosca. Je lui ai toujours connu un comportement chaste et vertueux, tel qu'il convient à une jeune femme de son état. Ce qui est très bien. Je n'ai donc pas envie que quiconque la pousse à changer d'attitude. Surtout pas un simple soldat, quels que soient ses mérites et les services qu'il m'a rendus.

— Je t'entends, seigneur. »

Le soldat s'est passé la main dans la barbe. Il fixait le baron dans les yeux, ça ne plaisait pas à ce dernier cette manière qu'il avait de le jauger, de le défier. Le baron a tapé le plancher avec sa canne.

« Il me semble que tu es marié, soldat.

— Toi aussi, seigneur. Que cela ne trouble pas ton jugement… »

Cette arrogance a irrité Valère. Le baron avait une

idée très précise des positions que chacun devait tenir dans le monde et ce soldat était insolent.

« Je ne veux pas que ma nièce se compromette avec toi. Quitte mes terres, reviens dans un an. Je serai de nouveau heureux de t'accueillir... Si je te revois avant, je n'hésiterai pas à demander à mes gens de te rosser. »

Et moi j'étais toujours à côté, ridicule, en train d'écouter la conversation. Je me suis levé brusquement, j'ai heurté un banc, le bois raclant contre le dallage m'a semblé faire un bruit d'enfer, mais rien ne s'est passé. Je suis sorti de la chapelle, la tête bourdonnante, me traitant de tous les noms, de celui d'imbécile en premier.

Quelques instants plus tard, le soldat a quitté la chambre de Valère, marchant vigoureusement vers l'escalier, le visage soucieux et fermé. Il ne m'avait pas remarqué. Je l'ai suivi avec quelques marches de retard. Quand il est arrivé dans la cour, j'ai dit : « Eylir ? »

Mon cœur battait si fort, ma voix avait dû s'étrangler dans ma gorge. Il s'est arrêté. J'ai répété : « Eylir ? »

Il s'est retourné bien sûr. Très lentement.

Il avait les yeux gris, les mêmes yeux que sa mère.

« Qui es-tu ? »

J'ai souri. Je venais de me rendre compte que même s'il était assez grand, j'étais plus grand que lui. Lui était plus costaud, il ne fallait pas trop m'en demander. Ma voix tremblait toujours un peu.

« Je suis le secrétaire de Serena de Fosca. J'ai écrit des choses sur toi, je connais ton histoire. Cela fait longtemps que je te cherche... »

Il a souri, toute méfiance envolée, m'a posé la main sur l'épaule.

« C'est toi ? On m'a un peu parlé de toi. Hé ! Un grand jour que celui de notre rencontre ! Viens, sortons d'ici ! Ces murs me pèsent. »

Nous avons récupéré nos chevaux. Ma jument tranquille, et ce cher Argo. Eylir a flatté la grosse tête de son cheval.

« Parfois, on met du temps à découvrir les trésors qu'on a sous les yeux. J'ai été longtemps comme un aveugle.

— Maintenant, tu y vois clair ? »

Il a ri, mais je l'ai senti un peu mélancolique.

« Disons que maintenant je suis comme un borgne… »

Nous sommes montés en selle. J'ai remarqué son aisance, il n'a pas remarqué ma maladresse. D'autant que je fixais avec intérêt sa main droite, dont il ne se servait pas. Une fois que nous sommes sortis du château, passant entre les arbres chargés de corbeaux, il a enlevé son gant de cuir, me montrant la main que Piter lui avait sculptée.

« Si je garde les gants, les gens oublient de se souvenir que je suis manchot et c'est tant mieux. »

Il a ri encore et est parti au trot, je l'ai suivi sans trop de difficulté, et nous nous sommes engagés le long des étangs, au milieu de la verdure exubérante de la région. Le soleil rendait tout cela éclatant de vie, on en oubliait l'automne. Puis nous nous sommes arrêtés dans une clairière, laissant les chevaux brouter tout ce qui dépassait. Il s'est tourné vers moi.

« Parle-moi de toi. Tu me connais et moi je ne te connais pas. Rétablis l'équilibre. »

J'étais troublé. Les choses se passaient si vite, je ressentais une excitation, un frémissement, ce sentiment unique de ne pas savoir de quoi l'instant suivant sera fait, comme avant d'embrasser une femme pour la première fois. J'ai dû rester silencieux un long moment. Il était patient, donnant de temps en temps une petite tape ou une caresse affectueuse à sa monture. Les chevaux ne s'occupaient pas de nous, restant dans leur trou de soleil.

« Je viens d'un monde très différent du tien, ai-je dit.

Je n'ai jamais mené d'armée ni combattu à l'épée. J'ai plus voyagé en rêve qu'en vérité. Je veux trouver pour quoi vivre et pour quoi mourir, je voudrais comprendre pour quoi les autres vivent et meurent. J'aime qu'on me raconte des histoires et j'aime en raconter. »

Et je lui ai raconté la mienne.

Nous avons déjeuné ensemble au relais de poste, à quelques milles de là. Il lui semblait évident que nous serions amis, alors je me laissais porter par son sens de l'évidence. Il piquait des pommes de terre dans son assiette avec la pointe de son couteau et les plongeait dans la crème fraîche pendant que je lui racontais mes voyages dans les pays keltes et ma rencontre avec Tomà. Il s'est réjoui de le savoir vivant, ça ne l'a pas étonné qu'il soit devenu prêtre. Peut-être, plus tard, passerait-il le voir…

Après le repas, nous sommes remontés en selle. Le temps s'était couvert.

« Le baron de Fosca ne veut plus de moi chez lui. Il faut que je me trouve un autre logement… Un paysan voudra bien nous héberger, Mark et moi… »

J'ai repensé à la nuit dernière et à Beth, que je n'avais pas revue depuis. J'ai considéré Eylir, l'assurance tranquille avec laquelle il accomplissait chacun de ses gestes, comme si tout devait tourner exactement comme il le voulait. Même moi, je lui obéissais, naturellement. Comment Beth aurait-elle pu ne pas aimer cet homme-là ?

Nous avons repris la route du château. Je pensais à Beth, j'étais perdu, je ne savais plus quoi faire. Alors j'ai repris mes vieilles habitudes.

« Comment est-ce que tu es devenu soldat ? »

Ma question l'a amusé.

« On passera la soirée ensemble, je te raconterai ça. »

Dire cela l'a fait sourire. Il était vraiment heureux de me connaître, de m'avoir rencontré, comme si ma présence était tout à fait naturelle. D'une certaine manière, il avait raison. Je suppose qu'il voyait en moi son barde, son chroniqueur, l'homme qui racontait ses exploits. Mais moi je ne me voyais ni en barde, ni en chroniqueur. Un barde a-t-il autant besoin de son héros ?

« Retrouve-moi ce soir au relais, il a ajouté. On restera près du feu. »

Puis il est parti au galop et m'a laissé là, sur la route. Un peu moins perdu, puisque j'avais quelque chose à faire d'ici ce soir. Je suis retourné au château.

Je suis passé voir Jude, sans lui parler d'Eylir, sans lui faire partager mon trouble et mon excitation. Il était bien trop malade pour apprécier la nouvelle, de toute façon. Après, j'ai erré, imbécile et inefficace. Et j'ai croisé Beth, dans la cour, près des écuries. Elle rapportait un énorme bac de linge depuis le lavoir, ce n'était pas son travail, mais je suppose qu'elle aidait quelqu'un. Je le lui ai pris, je l'ai apporté dans la pièce à côté de la cuisine où on le mettrait à sécher. C'est là, dans l'ombre, entre les nappes suspendues aux fils, que nous avons pu parler.

Elle était épuisée, s'est excusée trois fois de ne pas m'avoir accueilli la veille, a demandé de mes nouvelles, de celles de Madame, et du voyage. Elle m'a proposé de dîner avec elle ce soir dans sa chambre, que je puisse tout lui raconter. Dans sa grande chambre de la tour d'entrée, la pièce chaleureuse qu'elle s'était aménagée. J'ai repensé aux tapisseries et aux fourrures, aux moments que j'y avais passés. Je lui ai pris les mains, je me suis perdu dans ses yeux noirs.

« Ce soir, je dînerai avec Eylir. »

Elle n'a pas paru surprise, nos mains se sont serrées. Elle a murmuré : « C'est très bien que tu l'aies rencontré. »

Elle paraissait très fatiguée, faisant tous les efforts du monde pour être vraiment présente mais n'y arrivant pas. J'ai ressenti une grande tendresse pour elle. Alors je l'ai prise dans mes bras, elle s'est laissée aller. Un peu. Je l'ai envoyée se coucher.

Je suis ressorti du château une fois le soleil couché, trottant jusqu'au relais. Je repensais aux mots d'Eylir, *on restera près du feu*. Il faisait froid.

Il m'attendait près de la cheminée généreusement alimentée par le patron. Il s'est levé quand je suis entré, m'a pris le bras, souriant, très chaleureux, se réjouissant de ma venue.

On nous a servi un excellent repas, très riche, il avait dû le demander spécialement. Eylir m'invitait et se comportait en prince. Toutes les autres personnes dans le relais traitaient avec respect ce seigneur habillé en soldat.

Il avait trouvé où se loger, mais ne m'a pas dit où. Il plaisantait beaucoup, me parlait d'endroits qu'il avait visités, j'ai compris qu'il était dans l'Empire depuis un bon bout de temps, dans le Sud surtout, là d'où je venais.

À la fin du repas, il a offert une tournée à la cantonade puis nous nous sommes installés devant le feu.

LARVOR DE LÉTHYS

Où Eylir devient soldat.
Eylir, 16e récit. (Notes pour Serena Fonte.)

Eylir débarqua à Léthys par une fin de journée pluvieuse, en compagnie des marins du *Vaillant Coureur* ; ce navire de commerce sillonnait en tous sens la mer de Dvern, reliant Léthys, Koronia, Dvern, et même, parfois, les côtes d'Orolys. L'escale devait durer plusieurs jours. Les marins, qui n'avaient pas l'intention de rester tout ce temps sur le navire, lui proposèrent de les accompagner et d'aller boire et jouer aux dés avec eux dans une taverne.

Eylir accepta la boisson, mais pas les dés. Il descendit la passerelle étroite et posa pour la première fois le pied sur le continent atlan.

Le ciel bas et nuageux l'empêcha de découvrir tout de suite la belle ville de Léthys et son grand port de guerre. Les douaniers ne lui avaient pas fait d'ennuis, grâce au passeport que sa mère avait fait faire pour lui. Il avait juste dû envelopper son épée dans un morceau de toile de voile : le port des armes était interdit dans l'Empire à tous ceux qui n'étaient ni nobles ni militaires.

Les marins s'installèrent dans une taverne crasseuse et enfumée pour dîner et boire. Bien qu'il appréciât ses compagnons de voyage, Eylir ne fut pas un convive très agréable. La pensée que son cheval était resté à bord le préoccupait beaucoup. Les dockers avaient refusé de le débarquer, invoquant l'heure tardive. Il faudrait revenir demain à la première heure et les payer pour qu'ils le fassent immédiatement. Malgré son naufrage, il avait réussi à conserver sur lui une petite somme d'argent, en plus de ses papiers détrempés.

Comme la soirée s'avançait, il se demanda plusieurs fois s'il n'allait pas retourner à bord, dormir près d'Argo. D'autant que Danil, l'un des marins, se montrait particulièrement agaçant. C'était un grand jeune homme brun et maigre, sociable et plus cultivé que la moyenne. Il faisait ce soir de grandes démonstrations d'amitié à Eylir, parlait trop fort, s'asseyait sans cesse à côté de lui, proposait une partie de dés, ou de trinquer à n'importe quelle occasion…

Eylir finit par mettre son agacement sur le compte de ses préoccupations. Il prit sur lui, sourit, et but avec Danil.

Il reprit conscience, la tête vrillée par la migraine, le corps tordu de douleur. Il était mouillé, il avait froid, il gisait à même le sol dans une boue puante. Son ventre se noua sous l'effet d'un spasme de vomissement, il cracha un long jet de bile amère et gémit.

Des gens passaient près de lui et l'ignoraient. Il était en pleine rue. Il se souvenait de cette sensation d'être allongé, invisible, au milieu d'une ville. Mais Esterya et le petit frère étaient loin…

Il essaya de se relever, se rendit compte qu'il n'avait plus sa main de bois. Nouveaux vomissements, il retomba dans l'ordure, recroquevillé autour de ses intestins douloureux. Que s'était-il passé ? Avait-il autant bu que cela ? Il ne se souvenait de rien.

Nouvel effort pour se mettre debout, nouvel échec. Il n'avait certainement plus d'argent non plus. Comment payer les dockers pour qu'ils s'occupent d'Argo, alors ? La rage et la colère lui donnèrent de nouvelles forces. Il se mit à genoux.

Quelqu'un s'était arrêté face à lui et lui tendait la main. Un petit homme, portant une veste bleue élimée, des bottes de cuir souple, des gants de même matière. Eylir saisit la main gantée, s'appuya dessus et se mit debout.

« Merci.

— Je vous en prie. »

La voix de l'homme était curieusement grinçante, un peu métallique. Eylir regarda alors son visage pour la première fois et sursauta. L'autre portait un masque de cuir rigide, percé de trous rectangulaires pour les yeux et la bouche. Il avait des cheveux mi-longs, d'une couleur indistincte, épars comme si on en avait arraché de pleines poignées.

« Je suis le limier Agôn. En raison de mon infirmité, certains me donnent le sobriquet de Face de cuir. C'est sans doute sous ce nom que vous entendrez parler de moi.

— Je suis Eylir Ap'Callaghan. »

Il sentit venir un nouveau vomissement et se détourna pour cracher sa bile. On lui avait pris son épée, bien sûr. Quelle ironie... Sortir Misère du fin fond de l'Orient pour se la faire voler à Léthys ! Et, ultime raffinement, il n'avait plus ses bottes.

« Venez, dit Agôn. Allons nous asseoir quelque part. »

Eylir bredouilla un remerciement et le suivit en se tenant le ventre.

Agôn l'emmena sur le port. L'odeur de la mer lui fit du bien. S'asseyant sur le rebord d'une jetée, il laissa ses jambes pendre dans le vide. Autour de lui, tout le monde s'activait. Il devait être plus de midi, le ciel restait gris et nuageux. Eylir aurait souhaité qu'une bonne pluie le lave. Le limier s'était assis à côté de lui ; il demanda d'un ton neutre : « Que t'est-il arrivé ?

— Je venais de débarquer de ce navire, dit Eylir en désignant le *Vaillant Coureur*. Je suis originaire de Koronia. J'ai passé la soirée avec des amis... Je crois qu'on m'a drogué. »

Eylir cracha dans la mer. Les souvenirs de la veille lui revenaient. Il était certain de ne pas avoir abusé de la bière. Soit un des poissons qu'il avait mangés n'était vraiment pas frais, soit on l'avait empoisonné d'une façon ou d'une autre. Il avait fallu la complicité de l'un des marins, on n'aurait pas pu l'abandonner dans la rue comme cela, sinon. Mais pourquoi ne l'avait-on pas tué ? Le comportement de Danil avait été vraiment curieux. Il exposa ses idées au limier qui l'écouta avec attention.

« Je chercherai ce Danil, dit Face de cuir. Je lui poserai des questions, si je le trouve. Et si tu as été empoisonné, j'ai quelque chose pour toi. Une potion qui va te purger. »

Il tendit à Eylir une petite fiole métallique. Eylir en but une minuscule gorgée, terriblement amère. Ses intestins le brûlèrent, puis la brûlure se calma peu à peu, resta résiduelle.

« Ce soir, tu te porteras mieux. »

Eylir appuya sa main sur son ventre et remercia encore.

« Je vais te donner un conseil amical, Callaghan, dit le limier. Le vagabondage est interdit dans cette ville. Tu risques, au pire l'emprisonnement, mais plus certainement d'être chassé hors les murs.

— Comment ne pas vagabonder ? Je n'ai plus rien…

— Si tu n'as plus d'argent, j'ai une solution pour que tu ne vagabondes pas.

— Dis toujours…

— Il te faut un travail. Le patron d'une des compagnies de dockers, sur le port, me doit quelques faveurs. Je peux te faire embaucher. »

Eylir sourit douloureusement et regarda Face de cuir : « Je te suis très reconnaissant. Pourquoi m'aides-tu autant, limier ? Tes pareils n'ont pas la réputation d'être de grands altruistes. »

La voix de Face de cuir resta neutre et métallique quand il répondit : « Pour ne pas avoir à t'arrêter plus tard. Tu es étranger. Les étrangers font souvent des erreurs, qui peuvent être évitées avec un peu de bon sens. Si je retrouve ce Danil je l'interrogerai et essaierai de mettre la main sur tes affaires. Je t'emmène chez le patron dont j'ai parlé ? Il pourra te prendre dès cet après-midi.

— Non, merci, j'ai abord une visite à faire. Je ne veux pas travailler comme docker. »

Face de cuir parut surpris.

« Tu as tort de considérer les choses de cette manière. Mais je t'aurai prévenu. Fais attention… Dans ta situation, au moindre faux pas tu te feras boucler. »

Eylir rit. « On croirait que tu en rêves… »

Le limier haussa les épaules, et ils se séparèrent.

Eylir sortit de la ville, trouva une petite crique où reposaient de vieilles barques de pêche et s'y baigna, frottant ses vêtements autant qu'il le pouvait pour en retirer l'ordure. Ils étaient usés et déchirés, il les portait depuis son naufrage et ne les avait pas quittés depuis.

Les nuages laissèrent passer quelques rayons de soleil qui lui permirent de se sécher. Il passa ensuite au *Vaillant Coureur*. Les autres membres de l'équipage se souvenaient qu'il s'était assommé d'alcool la veille, et que Danil avait promis de veiller sur lui. Danil, d'ailleurs, n'était pas encore rentré... Il ferait bien de se pointer s'il ne voulait pas se faire frotter les oreilles par le quartier-maître ! Ils confirmèrent à Eylir qu'il lui restait encore trois jours pour faire débarquer Argo. D'ici là, ils veilleraient bien sur le cheval...

« S'il y a un problème, lui cria un des marins tandis qu'il s'éloignait, on s'arrangera avec les gars du port. On arrivera bien à la faire descendre, ta maudite bourrique ! On ne va pas la manger ! »

Eylir les quitta de meilleure humeur. Il se fit indiquer le quartier thiléen, alla bavarder un peu avec les nautoniers, se fit offrir par eux une paire de vieilles sandales et s'engagea dans les jolies rues de Léthys.

Certains bourgeois regardèrent d'un air dégoûté cet homme aux vêtements en lambeaux qui marchait dans les plus beaux quartiers de leur ville, mais son pas était décidé et il paraissait savoir où il allait. Il avait demandé aux Thiléens où demeurait Rohan Lyciane.

Lors de son passage à Koronia quelques mois plus tôt, Eylir s'était rendu dans le quartier thiléen. On l'avait considéré avec méfiance, il avait senti qu'il n'était plus le bienvenu dans la famille Rohan. Il le regrettait, mais ce n'était pas le plus important.

Il avait attendu à Koronia jusqu'à ce qu'on lui rapporte que Rohan Léto revenait du Sud. Et là, il l'avait accueilli, sur l'embarcadère. Léto l'avait considéré avec une morgue distante. « Ainsi tu es vivant, Eylir... Il aurait peut-être mieux valu le contraire.

— On pourrait dire la même chose de toi... Laissons les morts entre eux, parlons entre vivants. Dis-moi ce que je veux savoir et je ne chercherai plus jamais à te revoir. Où est-elle ?

— Ça ne te préoccupait pas autant que ça, auparavant... »

Eylir avait alors parlé très doucement, laissant planer la menace.

« Fais un effort, Léto. Ne me mets pas en colère... »

Le Thiléen avait soutenu son regard, puis avait baissé les yeux. Le courage n'avait jamais été sa première qualité.

Léto avait beaucoup d'affection pour Lyciane. Quand Argine avait chassé de chez elle sa fille enceinte, Léto l'avait prise sous son aile. Il avait un ami, du clan thiléen des Larvor de Léthys, il se nommait Larvor Matias, qui lui devait de grandes faveurs et faisait du commerce sur le Mestral. Léto avait accompagné Lyciane jusqu'à Léthys.

« Elle a une nouvelle vie, là-bas. Elle n'a pas besoin de toi, et il vaut mieux qu'elle t'oublie.

— Tu me laisseras en juger moi-même. Si tu ne m'as pas menti, tu ne me reverras plus. »

À Léthys, Lyciane habitait un petit immeuble lépreux, au deuxième étage, non loin de la rue principale de la ville. Eylir frappa à la porte, nul ne répondit. Il ressortit et l'attendit, assis sur une borne en face de l'entrée. La journée restait belle, ses vêtements étaient totalement secs quand elle arriva.

Il reconnut immédiatement sa démarche de danseuse, malgré ses vêtements de femme atlane, sa coiffure et son maquillage. Un petit homme à la peau brune, vêtu comme un officier de cavalerie, lui tenait le bras.

Sans réfléchir, Eylir se leva et traversa la rue. Lyciane fut surprise mais ne le montra pas.

« Le prince charmant est de retour », murmura-t-elle.

Puis, comme si cette rencontre était toute naturelle, elle fit les présentations avec le sourire : « Eylir, voici le Senssiren Dellynis, un ami très cher. Senssiren, voici Eylir Ap'Callaghan. Mon époux. »

L'officier tendit la main en souriant, puis devint confus en apercevant le moignon d'Eylir. Eylir ne fit pas attention à lui, toute cette hypocrisie l'énervait.

« Nous pouvons parler, Lyciane ? »

Elle lui jeta un regard dur.

« Bien sûr, mon cher époux. »

L'officier trouva opportun de les laisser. Il se retira après des salutations polies. Eylir suivit Lyciane jusqu'à l'étage.

Ainsi, pour la première fois depuis des années, il fut seul avec elle. Elle vivait dans deux pièces sombres mais joliment meublées, pleines de petites choses délicates dont Eylir ne pouvait se figurer l'utilité. Elle était aussi belle que dans son souvenir, très atlane, maintenant, elle lui faisait penser à un objet doux, sophistiqué et parfumé. Mais au fond, elle s'était endurcie, et ses yeux restaient impénétrables.

Eylir se tint au milieu de la plus grande pièce, n'osant toucher à rien, grand guerrier maladroit dans un boudoir féminin. Elle le considéra de haut en bas, moqueuse. « Tu as beaucoup voyagé, m'a-t-on dit. Tu es allé très loin en Orient. »

Eylir désigna ses vêtements déchirés d'un air désolé.

« J'en ai rapporté beaucoup de souvenirs et un peu d'or. J'ai presque tout perdu durant mon voyage, je me suis fait voler le reste en débarquant à Léthys. Peux-tu me donner de l'argent ? »

Elle eut un rire un peu trop aigu qui le mit mal à l'aise. Il ne connaissait plus cette femme, il eut l'impression de ne l'avoir jamais vraiment connue. Ils n'étaient que des enfants quand ils s'étaient mariés. Alors il tenta maladroitement de s'excuser, en colère contre lui-même, regrettant sa stupidité. Il aurait dû accepter la proposition du limier, gagner au moins de quoi se vêtir, avoir un peu de dignité.

Lyciane le surprit encore, devenant aussi douce qu'elle avait été moqueuse. Elle lui tendit une bourse en tissu.

« C'est tout ce que j'ai pour l'instant. Je pourrai te donner plus ce soir. »

Il prit l'argent. Dit qu'il reviendrait la voir quand il serait présentable. Et demanda : « Qui était ce cavalier ? »

La voix de Lyciane se durcit de nouveau. « Un ami, je t'ai dit. C'est ma vie, Callaghan. Ne t'en mêle pas. Va t'acheter des vêtements et ce dont tu as besoin, puis reviens. Nous parlerons. Mais dis-toi que je vis très bien sans toi. »

Eylir se retrouva dans la rue, troublé, hésitant entre la tristesse et la colère. Ses sentiments envers Lyciane n'avaient pas d'importance. Il l'avait épousée, il lui devait fidélité, assistance et protection. Mais avait-elle le droit de le refuser ?

Il fit quelques pas et se retrouva nez à nez avec le cavalier qu'il avait vu plus tôt au bras de sa femme. L'homme avait de l'allure, malgré sa petite taille. Il était nettement plus âgé qu'Eylir, et avait le regard sombre et les lèvres épaisses d'un métis orolien. Il sourit et lui prit le bras d'un geste volontaire. « Je n'ai pas pu vous saluer, tout à l'heure. Puis-je vous offrir à boire ? »

Eylir faillit l'écarter d'un geste brutal. Mais l'attitude de l'autre était sincère, exempte de toute moquerie.

« Trouvez un endroit qui accepte les mendiants. Ou retrouvons-nous à la sortie d'une maison de bains. »

Le Senssiren mena donc Eylir à un établissement convenable et l'attendit à la sortie avec une chemise et un pantalon neufs. Il l'emmena ensuite dans un café tranquille et ils partagèrent une bouteille de vin ; l'officier se présenta de manière un peu officielle.

« Je me nomme Artus Dorian Amatheus Dellynis, je suis âgé de trente-huit ans, dont plus de vingt années de service dans l'armée. Je suis un cavalier, vous avez l'air d'en être un vous aussi.

— Vous servez à Léthys ? » demanda Eylir, qui avait du mal à conserver ses préventions envers un homme aussi cordial.

« Non, je dirige une petite garnison sur la mer de Syrtis. Un pays très sauvage, loin dans le Sud, parfait pour qui aime fuir longtemps la compagnie des hommes... Ce qui n'est pas mon cas. Mon grade et mes états de service m'ont permis de prendre une permission prolongée que je suis venu passer à Léthys. Elle se termine malheureusement dans quelques jours. »

Eylir se demanda où il voulait en venir. Le Senssiren était un homme habile et charmeur, Eylir le savait sincère et ne pouvait s'empêcher de le trouver sympathique. Même quand il continua : « Vous avez une femme remarquable, d'une très grande force de caractère. Elle m'a parlé de vous, bien sûr. Savez-vous que votre ami Maharkal se trouve en ville ? Il s'est engagé dans le régiment du Cygne, l'unité de cavalerie des princes de Léthys, en garnison en ville. Lui et moi nous entendons bien. Je pense qu'il faut que vous passiez le voir. »

Eylir avait du mal à le croire. Mark, présent en ville ?

« Je ne sais pas... si ce serait un bon choix, dit-il en repensant aux circonstances difficiles de leur séparation.

— Permettez-moi d'insister. Je vous accompagnerai,

afin que vous puissiez entrer dans la caserne. Il parle toujours de vous avec beaucoup d'émotion. »

Eylir passa d'abord sur le port, paya enfin les dockers et fit débarquer son cheval, qu'il emmena vers le haut de la ville, là où se trouvait la garnison du régiment du Cygne. Dellynis lui avait promis de pouvoir le faire accueillir dans leurs écuries, il ne saurait être mieux traité ailleurs.

La caserne du régiment du Cygne surplombait la ville. C'était un bâtiment austère et facile à défendre, dont les grandes portes étaient gardées par deux hommes en uniforme. Dellynis semblait y avoir ses habitudes, tous les hommes qu'ils croisaient le saluaient familièrement. L'endroit était bien ordonné et bien tenu. Le prince de Léthys chérissait son régiment de cavalerie et celui-ci ne manquait donc de rien pour son entretien. Eylir ressentit ici la solidarité virile entre combattants qu'il avait connue avec ses hommes, du temps des guerres dans le Haut-Royaume.

Et il vit dans la cour, au milieu d'autres soldats, un grand homme rieur à la barbe blonde bien taillée. Étrange sentiment que de voir son ancien compagnon de combat dans la tenue de ceux qu'Allander avait combattus…

Sentant qu'on l'observait, Maharkal interrompit sa conversation. Ils restèrent silencieux, face à face. Rien n'était oublié, aucun ne savait comment aborder l'autre…

Alors Eylir tomba à genoux et dit, dans la langue kelte de Koronia : « Salut Mark. Si on ne m'avait pas volé mon épée, je te l'aurais remise. »

Maharkal devint très grave, les autres soldats ne comprenaient pas cette scène. Mark tendit la main et releva Eylir, disant d'une voix nouée par l'émotion :

« Je te l'aurais rendue, Eylir. »

Ils s'embrassèrent, riant et pleurant en même temps.

Il fallait fêter les retrouvailles ! Le soir tombait, Mark avait fini son service. Il emmena Eylir ainsi que le Senssiren Dellynis et d'autres hommes de ses amis sous une grande tonnelle à l'extérieur de la ville où l'on pouvait dîner et boire du vin. Les nuages s'étaient écartés, l'air devenait plus doux, le soleil couchant avait de beaux reflets dans le vin rose de Léthys. Ils chantèrent ensemble et burent au souvenir de leur pays lointain, la terre qu'ils avaient laissée derrière eux. Avec Mark, tout était simple, ils étaient amis et rien d'autre n'avait d'importance.

Puis ils prirent une bouteille pour eux deux et s'isolèrent. Ils avaient beaucoup de choses à discuter.

Maharkal avait suivi Lyciane jusqu'à Léthys. Il avait atlanisé son nom, pris femme, et était devenu le soldat Marcus Flann. À quoi d'autre était-il bon sinon à une vie de guerrier ? Mais la vie de garnison en temps de paix n'avait pas grand-chose à voir avec ses aventures avec Eylir. La solde n'était pas mauvaise car le régiment avait du prestige. Et il pouvait veiller sur Lyciane.

« C'est une bonne chose que tu sois revenu, même si je ne sais pas ce que tu vas pouvoir faire. Lyciane a des ennuis. Les Thiléens d'ici ne sont pas comme ceux du duc Rohan Yal, ils n'ont pas de noblesse. Ici, ce sont juste des margoulins, des contrebandiers et des proxénètes. Leur chef, Larvor Yannis, est le plus grand truand de la ville.

— Léto m'a dit qu'il l'avait confiée à un ami fiable.

— J'exagère, ils ne sont pas tous comme ça, Léto avait bien arrangé les choses, Matias était un type bien. Malheureusement, il est mort dans un duel, il y a deux ou trois ans. Depuis, Lyciane a un nouveau protecteur, Larvor Sern, un lieutenant de Yannis, un petit coq, une vraie ordure. Lyciane gagnait sa vie en dansant, maintenant c'est Sern qui ramasse presque tout. Je me suis interposé, une fois, alors ils ont démoli ma maison, menacé ma femme et ils me sont tombés dessus par surprise, à une demi-douzaine dans le port. »

Il caressa une cicatrice dans son cou.

« Dès que tu te mêles de leurs affaires, dès que tu essaies de toucher à quelqu'un ce sont des vengeances sans fin. Lyciane ne veut plus me voir, pour m'éviter les ennuis, elle dit. Je ne sais pas ce qu'on peut faire... À part descendre dans le quartier thiléen avec la garnison et tout démolir. Même avec toi, ça ne marcherait pas.

— Dis-moi où je peux trouver ce Larvor Sern !

— Je te le dirai, si tu me promets de ne pas faire de conneries. »

La nuit vint, Eylir ne promit rien et ils parlèrent d'autre chose. Maharkal dit le plus grand bien du Senssiren Dellynis à Eylir, le présentant comme un homme respectable, un officier d'excellente réputation, qui ne ferait jamais carrière.

« Pourquoi ?

— Son père l'a eu avec une esclave noire. Il l'a reconnu, c'est déjà bien... mais va monter en grade avec la tête qu'il a ! »

Eylir invita l'officier à leur table, ils trinquèrent tous les trois, en soldats.

Au milieu de la nuit, Eylir et Maharkal quittèrent la tonnelle et marchèrent dans les rues de la ville, du palais jusqu'au port. Là, en face de la mer noire sous le ciel étoilé, Eylir raconta à son ami la mort de Julian, et Maharkal pleura. Puis ils attendirent sur la digue le lever du soleil sur l'océan, en regardant les vagues et en rêvant au bord du monde.

Maharkal invita Eylir à venir dormir chez lui. Ils traversaient le port quand quelqu'un appela. Eylir reconnut Danil, qui venait vers lui, comme s'il le cherchait depuis un moment. Il paraissait très agité.

« C'est le marin dont je t'ai parlé, Mark. Il me doit quelques explications... »

Alors qu'ils n'étaient plus qu'à quelques dizaines de pas, Danil fit soudain demi-tour et s'enfuit à toutes jambes, sans raison apparente. Eylir se lança immédiatement à sa poursuite. Danil l'entraîna dans les ruelles sales du port. Tout était calme, le bruit de leur course résonnait entre les murs rapprochés des maisons. Le Kelte avait une plus grande endurance que le marin. Il arriva à son niveau, se jeta sur lui, le plaqua au sol. Ils se battirent quelques instants, Eylir prit le dessus, pesant sur le dos de l'autre. Il le relâcha un petit peu et dit : « Sais-tu où sont mon épée et ma main ? Aide-moi à les retrouver. Je ne me vengerai pas, même si j'ai une bonne raison de le faire. »

Danil haleta, il allait parler, quand une voix aux accents métalliques se fit entendre.

« Il est à moi, Callaghan. C'est moi qui dois l'interroger. »

Le marin se tendit, comme si ces mots l'avaient terrorisé. Eylir leva les yeux sur le limier Agôn. Il ne l'avait pas entendu arriver. Maharkal les rejoignit à son tour. Eylir aida alors Danil à se relever et dit au limier : « Si je règle mon affaire avec lui, tu n'as pas besoin d'intervenir. »

Danil était pâle comme la mort, Eylir dut lui tenir fermement le bras pour qu'il ne s'effondre pas. Agôn hocha la tête, comme à regret.

« D'accord, Callaghan, il est à toi. Mais n'oublie pas mes avertissements... »

Eylir se tourna alors vers Maharkal.

« Mark, veux-tu offrir quelque chose de chaud de ma

part au limier Agôn ? Je lui dois bien ça après son aide d'hier matin. »

Maharkal accepta avec bonne humeur d'entraîner plus loin l'étrange limier.

Une fois les deux autres partis, Danil parut se maîtriser. Il parla vite, d'une voix hachée, un peu agressive.

« Je regrette ce que j'ai fait. Ne me demande pas pourquoi. Ne me demande rien.

— Je veux juste retrouver mes affaires.

— Je sais où elles sont. Je t'y amène. Après tu me foutras la paix. »

Il marchait vite, jetant fréquemment des regards méfiants autour de lui. Malgré le jour pâle, le port de pêche était tout à fait actif. Danil désigna de loin à Eylir une cabane branlante, appuyée aux anciens murs d'enceinte de la ville.

« C'est à l'intérieur… »

Il fit mine de s'en aller. Eylir ordonna : « Attends-moi ici. »

Et il tenta d'ouvrir la porte de la cabane. Un loquet ou un cadenas la retenait. Eylir défonça le bois vermoulu d'un coup de pied. Il entra.

L'intérieur était obscur et puant. On aurait dit la chambre de fortune d'un clochard alcoolique et malade, dont les trésors auraient été constitués de débris ramassés sur le port. Vieux bouts de filet, carcasses de poissons, lambeaux de voiles… Un grabat immonde était visible dans un coin. Eylir le souleva, dérangeant quelques cafards et découvrant son épée. Sans chercher à comprendre plus loin, il continua à fouiller, força une boîte cerclée de fer et y trouva sa main de bois, une petite somme d'argent et des lambeaux de papiers déchirés qui avaient été son passeport.

Il sortit avec soulagement de cette obscurité poisseuse et rattacha sa main à son avant-bras. Danil tremblait nerveusement. Il l'avait quand même attendu.

« J'avais dit que je ne te demanderai rien, dit Eylir. J'ai retrouvé l'essentiel. Merci. »

Ces mots libérèrent le marin de son immobilité. Il s'en fut sans se retourner. Eylir resta immobile un long moment. Le comportement de Danil était étrange, comme était étrange aussi celui du limier. Pourquoi le marin avait-il caché ses affaires dans ce taudis ? Qui pouvait bien vivre au milieu de tant d'ordure ? Il secoua la tête et laissa là ces mystères, tout en sentant qu'ils avaient leur importance.

Après avoir dormi, Eylir retourna en ville l'après-midi. Le soleil brillait, il faisait chaud, Eylir trouva que Léthys était une belle ville, avec ses rues en pente, ses maisons blanches, ses belles façades, ses arcades, et la mer qui s'offrait de partout. Il marchait d'un pas plus léger que la veille, se sentait plus assuré.

Lyciane était chez elle, elle le laissa entrer. Elle portait une robe très simple à la façon thiléenne et avait dénoué ses cheveux, Eylir la préférait ainsi. Sans réfléchir, il la prit dans ses bras et l'embrassa ; elle se laissa faire avec une légère réticence qui l'attrista. Alors il se recula et posa sur un meuble tout l'argent qu'il avait retrouvé, ne gardant pour lui que le bracelet d'or qu'il avait ramassé sur l'île.

« Tu es une princesse, Lyciane, tu ne dois pas danser. »

Elle rit, il la trouva très belle et n'en fut que plus mélancolique.

« Tu sais, en dansant je gagne bien plus que Mark avec sa solde. Comment ferais-tu, toi, pour trouver de l'argent ? »

Eylir hésita : « Je monterais une compagnie de soldats, je louerais mes services…

— Ah oui ? Pour quelle guerre ? Et si tu trouvais une guerre ? Et si tu mourais ?

— Alors nous pourrions voyager, faire du commerce ! Aller en Orient, dans le Nord, je ne sais pas, il y a toujours des endroits où les autres n'osent pas aller ! Ton peuple voyage, ça ne te changerait pas beaucoup… »

Elle ne dit rien, le regarda tristement, le laissant prendre la mesure de l'absurdité de ses idées. Eylir lui prit la main avec douceur, l'attira près de lui.

« Mark m'a dit que nous avions un fils. Où est-il ? J'aimerais le voir… »

Elle se laissa attirer, plus près, baissa les yeux.

« Je suis désolée. Pour l'instant, ce n'est pas possible, Eylir.

— Pourquoi ? Mark m'a aussi parlé de Larvor Sern… »

Il lui caressa l'épaule, elle commença à se laisser aller. Écartant le tissu de la robe, il vit les marques de coups sur son dos, sur sa poitrine… Un instant, elle parut s'abandonner, dévoilant sa faiblesse et son désarroi. Mais elle se recula brusquement et se dégagea.

« Ne te mêle pas de ça, je t'en prie. Tu viens d'arriver, tu ne sais pas tout…

— Explique-moi, alors ! Tu n'es pas obligée de rester ici, maintenant que je suis revenu. Nous pouvons partir, tous ensemble, aller où tu voudras. Tu n'auras plus à danser pour les autres, je te ferai vivre. »

Elle hésitait, troublée, lui tournant le dos ; il crut qu'elle allait pleurer. Mais son attitude changea soudain. Elle s'était approchée de la fenêtre et ce qu'elle vit la fit s'écrier : « Sern arrive ! Il a dû me faire surveiller, apprendre que tu étais là. Pars !

— Je l'attends. »

Elle se mit soudainement en colère. « Pour une fois, fais ce que je te dis ! Pars ! Ne le rencontre pas ! Je vais faire ce que je peux pour arranger les choses, mais il faut que tu partes. »

Eylir ne partit pas. Des pas montaient dans l'escalier. Larvor Sern entra dans l'appartement sans frapper.

Il bougeait vite, parlait vite et net, comme si les choses devaient se courber instantanément à son désir. Il était jeune, vif, trapu, joli garçon comme souvent ceux de son peuple, et bien habillé.

« Bonjour ma belle, dit-il en jetant un sourire charmeur à Lyciane. Tu reçois des clochards, maintenant ? »

Lyciane répondit avec hauteur : « Je choisis mes amis. Je n'ai pas envie de te charger de cette tâche. »

Il sourit, et frappa dans l'instant, au creux de l'estomac. Lyciane fut pliée en deux, haletante. Un second coup l'envoya au sol. Sern se tourna instantanément vers Eylir, il avait dégainé son poignard.

« Qu'est-ce que tu attends pour jouer au héros ? »

Eylir était désarmé, ayant laissé ses affaires chez Maharkal. Il s'avança. Le poignard de Larvor Sern siffla, déchirant sa chemise, lui entaillant le bras. Lyciane murmura : « Pars, Eylir. »

Eylir resta très calme. « Je ne veux plus que tu touches à ma femme.

— Ta femme ? Je la baise, ta femme ! » s'écria Sern dans un rire, le poignard en avant.

Il voulut frapper encore, Eylir l'esquiva, et attrapa le petit Thiléen par le cou. Utilisant toute la force de sa colère, il le souleva, le plaqua violemment contre le mur, puis contre un petit meuble qui vola en morceaux. Enfin, il le projeta à travers la porte ouverte dans la cage d'escalier. L'autre s'écrasa dans les marches, et roula jusqu'au rez-de-chaussée. Il bougeait et gémissait encore, apparemment il ne s'était pas rompu le cou.

Eylir poussa un long soupir, un peu calmé. Lyciane pleurait.

« Qu'est-ce que tu as fait ? Ils vont se venger, maintenant. Je t'avais dit de ne pas te mêler de ça.

— Viens avec moi, dit Eylir, je te protégerai.

— Les enfants sont chez lui, Eylir ! Dans sa famille. Tu peux comprendre ça ?

— Pourquoi est-ce que tu ne me l'as pas dit avant ? »

Il voulut courir dans l'escalier, interroger Sern qui se relevait déjà et quittait la maison en gémissant. Lyciane l'attira à l'intérieur. Elle était très tendue mais s'efforçait de ne pas crier.

« Si je te l'avais dit avant, tu te serais comporté autrement ? Maintenant, tu m'écoutes, Eylir. Tu vas te cacher quelques jours, et tu me laisses me débrouiller seule, je saurais l'accueillir s'il revient. Je vais trouver une solution. D'accord ? »

Elle se serra contre lui, il la prit dans ses bras, ses cheveux sentaient bon. Et à contrecœur, il dit : « D'accord. »

Il passa les trois journées suivantes dans une auberge en dehors de la ville, en compagnie du Senssiren Dellynis qui lui avait trouvé la chambre. Ils parlèrent un peu, firent de longs tours à cheval et un peu d'escrime. Eylir bouillait d'impatience et guettait les nouvelles. Dellynis dut plusieurs fois l'empêcher de retourner à Léthys.

Puis, le troisième après-midi, Maharkal leur rendit visite. Ils se retrouvèrent dans la cour.

« Les choses se sont un peu arrangées », dit-il en descendant de cheval.

Eylir se méfiait des arrangements à la thiléenne. Maharkal expliqua : « Lyciane est allée se mettre sous la protection de l'oncle de Sern, Larvor Yannis en personne, il a bien voulu la recevoir. Sern n'aura pas osé déplaire à son oncle. Maintenant, Yannis veut te voir, toi. Je vais t'accompagner.

— Quand ?

— Tout de suite. »

Larvor Yannis les reçut dans la grande cour de l'hôtel de ville de Léthys, un des points de rendez-vous les plus fréquentés de la ville. Des marchands avaient installé leurs étals sous les galeries, les écrivains publics y rédigeaient des actes administratifs et des bateleurs s'y produisaient.

Le Thiléen les attendait sous une galerie, auprès du petit bureau d'un prêteur sur gages, Thiléen lui aussi. Yannis était petit et sec, le visage creusé de rides, les mains calleuses. Ses vêtements très riches contrastaient avec son allure de vieux matois. Il était entouré de plusieurs Thiléens jeunes et vigoureux, portant des couteaux à leur ceinture. Deux femmes, plutôt belles mais maquillées de façon vulgaire, se trouvaient derrière lui. Il jouait sans faire attention avec la petite balance du prêteur, qu'il reposa quand il vit Eylir.

« Ainsi, c'est toi le Kelte qui jette mes gens dans l'escalier…

— Seulement quand ils manquent de galanterie », dit Eylir en riant.

Yannis contourna la petite table, fit signe à ses gardes du corps de rester en arrière et vint embrasser Eylir.

« Tu fais partie de la famille. Bienvenue. Je ne suis pas de ceux qui méprisent le sang vigoureux des Mabdens.

— Je te remercie pour ton accueil… Tous tes proches ne sont pas aussi chaleureux. »

Eylir apprécia la subtilité du bonhomme qui, en l'accueillant comme un proche, le légitimait auprès des autres Thiléens et revendiquait l'adoption de Lyciane par les Larvor de Léthys.

« Certains de mes neveux sont un peu agités. Quand ils sont petits, ce n'est pas très grave. Il faut juste savoir se calmer quand on grandit. » Il se tourna vers l'arrière de la galerie. « Les enfants ? Vous venez dire bonjour à votre papa ? »

Les deux femmes maquillées poussèrent en avant un petit garçon et une petite fille, de sept et cinq ans, qui marchèrent timidement vers Eylir. Le garçon fronçait les sourcils, méfiant, et hésitait à lever les yeux sur ce grand homme. La petite, elle, le regardait avec franchise et souriait de toutes ses dents. Très ému, Eylir s'accroupit pour se mettre à leur niveau et leur dire bonjour, leur demander leurs noms, parler un peu avec eux…

« Où est Lyciane ? » demanda-t-il enfin, tenant la petite dans ses bras.

Yannis les considérait à la façon d'un patriarche admirant sa belle descendance.

« Elle s'occupe très bien d'eux, tu sais, mon neveu. Elle n'a pas pu venir, cet après-midi. Je suis impatient que vous viviez tous ensemble, avec nous. C'est dommage que ce ne soit pas possible… Pas avant un peu de temps. »

Eylir reposa la gamine sur le sol, lui frotta la tête affectueusement.

« Pourquoi ?

— Il vaut mieux que tu t'en ailles quelques mois, le temps que mon autre neveu se calme. Je veillerai personnellement sur les tiens, sur ta femme et sur tes enfants. Ton ami Marcus viendra souvent nous voir, il pourra en témoigner. »

Eylir restait méfiant. « Pourquoi est-ce que je ne partirais pas maintenant avec eux ?

— Lyciane préfère rester avec les siens, avec une communauté qui veille sur elle, je la comprends… »

Eylir songea un instant à attraper les enfants et à partir, mais Yannis avait certainement anticipé ce genre d'idées. Il pouvait y avoir d'autres Thiléens présents dans la foule.

« Je pourrais aussi rester ici et m'expliquer avec Larvor Sern. »

Le visage de Yannis se ferma. « Je déteste voir mes neveux se battre entre eux. Mais tu es un homme intelligent, Eylir. Je suis sûr que tu prendras la bonne décision. Allez, les enfants, vous rentrez. Votre papa reviendra vous voir plus tard… »

Eylir quitta l'hôtel de ville, marchant dans les rues populeuses du centre avec Maharkal. Ce dernier lui dit : « La proposition du vieux est trop généreuse, elle cache quelque chose.

— Trop généreuse ! s'écria Eylir. Il retient Lyciane et les enfants… Il m'empêche de partir avec eux et il me chasse…

— Peut-être que Lyciane veut vraiment rester… Et Yannis est allé prendre les enfants chez Larvor Sern, qui n'a pas dû apprécier. Il ne t'a rien demandé en échange, ce n'est pas son genre. »

Un jeune Thiléen déboula alors dans leurs jambes.

« Rohan Lyciane veut vous parler !

— Pourquoi ne vient-elle pas elle-même ? demanda Eylir.

— Elle n'est pas censée être là, et Larvor Yannis n'est pas loin. »

Ils partirent derrière lui, méfiants.

Il leur fit traverser une cour d'immeubles vide. Le bâtiment était inhabité, des échafaudages se dressaient le long des murs, un endroit parfait pour une embuscade… Eylir s'écria : « Où est-elle ? »

Mais le gamin s'enfuit en courant. Alors, au dernier moment, Eylir leva les yeux et il vit s'abattre un long crochet de batelier. Il poussa un cri, se baissa, le fer se prit dans sa chemise et lui déchira l'épaule. De sa main libre, il saisit le crochet et tira, faisant tomber dans la cour un homme robuste qui s'était embusqué dans les échafaudages. D'autres crochets s'abattirent, Eylir roula au sol, Maharkal aussi avait été blessé. Larvor Sern sauta dans la cour depuis les niveaux supérieurs, suivi d'une dizaine d'autres hommes. Le Thiléen cria à l'attention de Maharkal : « Va-t'en, soldat ! Sinon on ira rendre visite à ta femme ! »

Maharkal cracha par terre et jeta un paquet allongé à Eylir. Eylir, surpris, déroula le tissu. Son épée ! Restant à distance et fouettant l'air de leurs crochets, les Thiléens attaquèrent, forçant Maharkal et Eylir à reculer. Les deux compagnons avaient maintenant chacun leur arme, mais ne pouvaient approcher leurs adversaires qui allaient les forcer dans un coin de la cour…

Quelqu'un cria alors : « À moi mes hommes ! »

Et le Senssiren Dellynis, seul, l'épée au clair, déboucha dans la cour derrière Larvor Sern. Eylir profita de la surprise de ses adversaires et sauta en avant, écartant deux crochets d'un revers, arrivant sur les Thiléens. Ils lâchèrent chacun leur crochet pour un couteau ou une épée, mais ce combat leur convenait moins… Rapidement, plusieurs furent blessés par Dellynis ou Maharkal. Sern tenta de les rallier et attaqua Eylir en compagnie de deux autres hommes. Ils croisèrent le fer, Eylir recula, mais les Thiléens étaient des marins, des contrebandiers, pas des soldats ; ils ne savaient pas se battre ensemble.

Eylir interposa un de ses adversaires entre lui et les deux autres, le toucha à la main et lui transperça l'épaule, le forçant à abandonner le combat. D'un coup foudroyant, il blessa l'autre à la tête, puis se tourna enfin vers Larvor Sern. Le petit Thiléen était fou de rage, il se fendit, se fendit encore, faisant reculer Eylir sous une pluie d'attaques désordonnées. Eylir esquivait, parait, et ripostait au premier signe d'essoufflement de son adversaire. La première fois, il le blessa au bras, la deuxième fois au pied, la troisième fois il lui enfonça la moitié de Misère dans la poitrine. Sern poussa un cri étranglé, son arme rebondit bruyamment sur les pavés.

Eylir retira son épée d'un geste sec et Sern s'effondra, les yeux déjà vitreux. Très peu de sang coula. L'épée s'était enfoncée en plein cœur.

Les autres Thiléens, voyant tomber leur chef, quittèrent la cour en courant. Le gamin qui les avait menés dans ce piège avait disparu depuis longtemps… Ils restèrent tous les trois. Dellynis était indemne, Maharkal avait été blessé à la tête, Eylir crispait la main sur son épaule douloureuse, la blessure ne saignait pas trop.

« Pourquoi est-ce que tu avais mon épée, Mark ?

— Yannis me l'a collée dans les bras alors que nous le quittions. À croire que... »

Les gendarmes arrivèrent alors, une dizaine d'hommes portant le bâton blanc, menés par le limier Agôn. Eylir ne fut pas vraiment surpris de le retrouver ici, les choses s'arrangeaient un peu trop comme une scène de théâtre... Yannis savait qu'il y aurait une embuscade, il voulait que l'un des deux protagonistes meure, il serait gagnant quel que soit le vainqueur.

Le limier parla de sa voix métallique : « Je t'avais dit de faire attention, Callaghan. Je savais que tu ferais un faux pas. Arrêtez-le. »

Et lui, Agôn, quel rôle avait-il joué ? Eylir se sentait attendu, guetté, comme si le limier rêvait de le mettre en prison, dès son débarquement. Les gendarmes s'avancèrent pour l'arrêter. Encore plein de fureur, Maharkal s'interposa, l'épée haute.

« Laisse, Mark, dit Eylir. Ne te bats pas. Je me défendais, limier. Cet homme m'avait attaqué.

— Ça n'a pas d'importance. Tu expliqueras cela lors de ton procès. »

Un procès qu'un vagabond kelte ne gagnerait jamais... Eylir rit et se prépara à vendre chèrement sa liberté.

Mais le Senssiren Dellynis finit de rajuster sa veste et s'interposa, troublant autant Agôn que le Kelte.

« Pardonnez-moi, messieurs, mais il ne saurait y avoir de procès. M. Callaghan est un de mes hommes, il s'est engagé dans ma compagnie ce matin même ! Nous ne faisions que nous défendre contre une lâche agression, je réponds de lui. Je réglerai tout cela auprès des autorités militaires...

— Pourquoi n'a-t-il pas d'uniforme ? » demanda un des gendarmes.

Amatheus Dellynis dit avec un sourire : « Malheureusement, il n'y en avait pas à sa taille dans les réserves. Mais voyez, il a déjà son épée.

— Nous verrons cela ensemble, Senssiren », dit le limier d'un ton neutre, un peu déçu. « Apportez-moi les documents prouvant son engagement. Si tu as choisi cette voie-là, Callaghan, tu as fait un bon choix. »

Eylir ne pouvait plus rester en ville après avoir tué Larvor Sern, les Thiléens ne comprendraient pas que Yannis laisse vivre près de lui le Mabden assassin d'un de ses neveux et Face de cuir le surveillerait de près. Le mensonge de Dellynis s'avéra finalement la meilleure solution, le Senssiren fit tout pour l'en convaincre. Il lui promit que la vie de soldat à Syrtis Major serait moins monotone que celle que menait Maharkal à Léthys.

Eylir sentait que c'était là le choix le moins mauvais, mais il avait l'impression de céder à quelque chose qu'il aurait dû refuser. Il accepta pourtant, par gratitude pour le Senssiren et parce qu'il ne voyait pas comment faire autrement.

Puis il rendit une dernière visite à Lyciane, portant l'uniforme blanc du régiment de la mer de Syrtis. Il montait Argo, harnaché à la façon des chevaux militaires atlans. Son visage était triste et fermé.

Lyciane le contempla, les mains sur les hanches.

« Ça te va bien. Tu as de l'allure. Tu n'en as jamais manqué.

— Je reviendrai dès que je le pourrai. Je t'enverrai ma solde. »

Elle lui prit la main, retira son gant et lui embrassa le bout des doigts et le poignet. Il sourit un peu, lui fit un signe d'adieu, et partit au trot rejoindre le Senssiren Dellynis.

La nuit était bien avancée. Nous étions seuls devant la cheminée, le patron nous avait dit de l'alimenter aussi souvent que nous le voulions.

« L'engagement était de dix ans. Je suis vite devenu officier, ils étaient contents de moi. Au bout de trois ans, Amatheus a réussi à me faire muter à Léthys et à me prendre dans le régiment du Cygne dans les conditions qui m'arrangeaient. J'ai retrouvé Mark et j'ai vu que Yannis avait tenu parole… Il avait veillé sur Lyciane. »

J'ai voulu savoir comment s'étaient passées ses années à Syrtis, mais Eylir paraissait considérer que le sujet n'avait pas vraiment d'importance.

« J'ai appris à diriger un bateau, je me suis un peu battu. Le Senssiren Dellynis m'a beaucoup appris. C'est un homme très habile et très respectable. Je n'aurais obéi à personne d'autre. »

Eylir et moi sommes arrivés devant le château. Je me sentais un peu humilié qu'il ait jugé nécessaire de me raccompagner. Au moment de nous séparer, il a dit : « Quand nous nous reverrons, je te raconterai peut-être une autre histoire, beaucoup plus importante que celle-ci. »

J'ai passé le portail. Me retournant une dernière fois pour le saluer, je l'ai vu, les yeux levés vers les fenêtres de la pièce qui se trouvait au-dessus de la porte. Les appartements de Beth.

Je ne l'ai pas vu faire, mais je sais qu'il est entré dans le château, se moquant des avertissements du seigneur.

Un invité imprévu

Le lendemain soir est entré dans le château un individu que je souhaiterais n'avoir jamais vu, un monstre qui n'avait rien d'humain. Pourtant, sa perversité est telle qu'il jette comme un voile devant les yeux de tous ceux qui l'approchent, voile qui empêche de le voir tel qu'il est vraiment... Au point que c'est Beth elle-même qui l'a invité à demeurer parmi nous.

Ce soir-là, Jude se portait mieux. Il est descendu en chemise se faire servir un bouillon de poule dans la cuisine. Nous nous y sommes retrouvés, assis sur les bancs entourant le foyer central. Apprendre ma rencontre avec Eylir l'a fait rire.

« Non seulement tu as retrouvé ton Kelte, mais en plus il a jeté son dévolu sur la petite... Ça ne manque pas d'ironie. »

J'ai ignoré ses sarcasmes; j'étais d'une humeur étrange, partagé entre la triste résignation de laisser ma belle vivre comme elle le voulait et m'en préférer un autre, et l'envie de me battre, de ne pas me laisser faire, d'autant que je savais combien cet *autre* était un être inconstant et infidèle. En cet instant encore où Jude se moquait de moi dans la cuisine, les deux chemins restaient ouverts. Mais je n'ai pas eu le temps d'y réfléchir: il y a eu une grande agitation dans la cour.

Nous sommes sortis. Un valet nous a dit qu'un paysan avait trouvé un limier gisant dans la boue, un limier de la ville. Quelle ville ? On n'en savait rien. Encore vivant, et gravement blessé.

Dehors, on ne pouvait rien voir, seulement la charrette du fermier. Deux hommes portant une civière étaient engagés dans l'escalier, mais ne pouvaient plus avancer tant ils étaient entourés. Ça bavardait fort et on ne savait pas quoi faire de ce blessé. Certains, méfiants envers la police ou bien pris d'une juste intuition, suggéraient d'aller le remettre là où on l'avait trouvé, ce serait plus sûr...

J'ai entendu que Beth était arrivée, elle interrogeait le

fermier. Il disait: « C'est comme ça que je l'ai trouvé. Dans le fossé. Il avait essayé de s'en sortir, mais il n'avait plus assez de force, l'épouvantail. Je lui ai dit, je vais chercher le docteur, il a dit qu'il n'en voulait pas, pas de médecin, il a dit, pas de médecin. Je l'ai traité de bougre d'imbécile, sauf le respect dû à la fonction, bien sûr, mais de bougre d'imbécile quand même, mais il a fait un bruit tellement bizarre, désagréable, une sorte de *pfssst*, vous voyez, mélangé avec un bruit de bulles, de grosses bulles, bref, un bruit si affreux que j'ai renoncé. Il m'a dit d'envoyer mon fils chercher une fille, la Nervia, qu'il l'appelait, la Nervia, il n'y a qu'elle qui pourra le soigner, qu'il a dit. Alors moi j'ai envoyé mon fils, et puis lui, je vous l'ai amené. Ma femme, elle est bien contente que je vous l'aie amené. J'ai bien fait, j'espère. »

Beth a été très rassurante, elle a dit qu'il avait bien fait, que c'était parfait. Elle a dégagé l'escalier encombré de curieux, désigné une chambre dans la tour où le blessé pourrait reposer et ordonné qu'on y fasse du feu.

Je me suis reculé moi aussi, obéissant à l'ordre de libérer l'escalier. Tout le peuple du château restait massé dans le couloir, voulant apercevoir ce limier (on n'en voyait pas souvent, par ici), ce limier de la ville qu'on avait retrouvé blessé, vous vous rendez compte ? Blessé, dans la région, dans notre région. On supposait des histoires de brigands, d'aventuriers, de meurtriers en fuite, peut-être ?

J'ai vu passer la civière. Un homme, petit, les vêtements maculés de boue et d'herbes, y gisait les bras le long du corps. Passant à mon niveau, il a tourné la tête vers moi. Un visage masqué de cuir sale. Une fente pour la bouche, deux fentes pour les yeux. L'air d'une horrible poupée brisée, pas d'un homme. J'ai frissonné quand ses yeux se sont posés sur moi et, malgré le jour, malgré la lumière, j'ai senti mes entrailles se figer, glacé que j'étais de voir apparaître ce bonhomme bizarre dont j'avais juste entendu parler la nuit passée.

Un quart d'heure plus tard, malgré mon appréhension, je suis monté à la chambre de la tour. Beth venait de mettre les derniers curieux dehors, elle a accepté de me faire entrer. Un feu ronflait dans la cheminée.

Le limier gisait sur le petit lit, il semblait inconscient, mais comment savoir ? Je l'ai considéré un long moment, puis j'ai regardé Beth. Nous nous sommes parfaitement compris, elle devait connaître la même histoire que moi. Que faisait par ici ce limier qui avait tenté d'arrêter Eylir, des années plus tôt ? Pourquoi était-il blessé ?

Elle m'a désigné une bassine d'eau et une grande serviette pliée en quatre.

« Aide-moi, on va le laver. »

Les doigts tremblants d'une répulsion inexplicable, j'ai délacé la veste du limier, puis fait sauter les boutons de sa chemise. Il ne bougeait pas, j'avais l'impression de manipuler une charogne. J'ai eu un mouvement de recul en découvrant sa poitrine, Beth a mis sa main devant sa bouche. Il avait le corps sec et maigre, couvert d'ecchymoses, de taches rouges et noires. Certaines blessures étaient ouvertes et suintaient de pus, on apercevait l'os brisé d'une côte, l'ensemble dégageait une odeur abominable. Il respirait très doucement, mais son souffle produisait un bruit horrible, quelque chose gargouillait dans sa gorge.

J'ai terminé vivement de le déshabiller, découpant les vêtements aux ciseaux quand ils ne venaient pas, n'osant pas toucher au masque. Le reste du corps était aussi marqué de coups, moins graves… Portant de nouveau mes yeux sur cette poitrine défoncée, je n'ai pu m'empêcher de reculer.

Beth a murmuré qu'elle allait chercher un médecin à Améritys. Elle s'est dirigée vers la porte, mais ce mouvement a paru le réveiller. Il a tourné la tête et croassé : « Pas de médecin. Pas de médecin. Seulement Nervia. Nervia. »

Sa voix me faisait penser à une outre crevée. Il avait plusieurs côtes cassées, certaines avaient dû transpercer les poumons. Et par une espèce d'horrible miracle il était encore vivant.

J'ai vu la main de Beth relâcher la poignée. Elle a détourné les yeux du masque, s'est agenouillée près de lui, a passé avec légèreté un chiffon mouillé d'eau chaude sur les blessures. Ses gestes étaient précis et efficaces. Il gémissait sourdement. Je ne pouvais que la regarder sans rien faire pour l'aider. La simple pensée de l'approcher de nouveau me soulevait le cœur.

Elle a demandé d'une voix froide : « Vous voulez boire ? »

Hochement de tête.

« Je dois vous enlever votre masque, alors. »

Gémissement. Mouvement négatif. Bien.

Elle a pris un cruchon d'eau, l'a versé doucement au-dessus de l'ouverture de la bouche. J'ai vu le liquide couler dans le cou, entre les cheveux épars, peut-être que les lèvres en avaient eu une partie…

Beth a posé le cruchon et est sortie, me tenant la porte ouverte juste assez de temps pour que je puisse la suivre. Descendant quelques pas dans l'escalier, elle s'est adossée au mur, se pressant les mains sur le cœur.

La nuit était tombée sur nous.

J'ai voulu l'accompagner au rez-de-chaussée, pour lui faire servir quelque chose, mais Valère est venu à notre rencontre, sans doute pour voir de quoi il retournait vraiment. Voyant l'état de Beth, il lui a gentiment pris le bras et l'a envoyée se reposer. Elle s'est appuyée sur lui.

Je suis donc resté seul. Réfugié dans ma chambre, j'ai pu consulter les papiers du blessé, que j'avais retirés de sa veste. L'eau les avait à moitié bouffés, je n'ai pas appris grand-chose. Sinon qu'il s'agissait bien du limier Agôn, qu'il était basé à Phocéa. Pas à Léthys ?

Agôn. Face de cuir.

Le lendemain après-midi, une fille étrange est arrivée au château. Sale, les cheveux en bataille, vêtue d'une robe jaune en lambeaux, elle ne semblait pas avoir plus de dix-huit ans. Elle marchait pieds nus et tenait trois énormes dogues en laisse. Elle prétendait s'appeler Nervia.

En l'apercevant dans la cour, Beth s'est signée, je l'ai bien vue. Mais elle l'a laissée entrer, monter dans la chambre de la tour avec les chiens. Nervia s'y est enfermée.

Un peu plus tard, j'ai entendu le commentaire d'une servante qui revenait de changer les draps du limier Agôn.

« Ses chiens, elle leur fait lécher les blessures. Si c'est pas de la sorcellerie, ça ? »

Le soir, le limier avalait le bol de soupe qu'on lui avait fait monter. Il disait se porter mieux.

Tels sont nos esprits humains, compatissants et rationnels, refusant de voir le mal et la corruption, même quand ils sont sous nos yeux. Nous aurions dû le remettre dans le fossé, comme les paysans le suggéraient, et nous ne l'avons pas fait.

Le lendemain matin, Jude m'a dit que nous devions faire les présentations officielles, qu'il devait nous raconter son histoire. C'était notre devoir de serviteurs de l'Empire.

Nous sommes entrés dans sa chambre, il était encore très tôt. La pièce était surchauffée. Nervia, recroquevillée dans un coin, nous regardait d'un air méfiant. Les trois chiens se sont mis à grogner, elle les a calmés d'une voix sèche, ils se sont glissés sous le lit. Quelque chose puait, peut-être les chiens, peut-être les blessures pourrissantes. Au moins, je n'avais pas à les contempler, Agôn était caché par les draps.

Jude et moi nous sommes présentés et Jude a demandé sur un ton détaché : « Puisqu'il semble que vous soyez dans un meilleur état, expliquez-nous ce que vous fichiez dans un fossé. »

Agôn s'est tordu sous les draps, sous le coup d'une douleur subite, les chiens ont grogné. Puis il a paru se calmer. Nous avons entendu sa voix, un horrible sifflement de poumons blessés.

« Je suis... à la poursuite... d'un Kelte. Callaghan... Soldat. »

Jude a ricané, disant que ça ne l'étonnait pas vraiment. Et qu'avait fait ce Callaghan ?

« Attaque... de... représentants... autorité impériale. Moi. Rébellion... Fuite... »

Ainsi, selon lui, c'était Eylir qui l'avait mis dans cet état. Eylir ne m'avait pas dit qu'il l'avait revu, mais il avait mentionné une histoire importante. Pendant que je m'interrogeais, Jude a promis que nous arrêterions ce Kelte si nous l'apercevions. Je me souvenais de son comportement avec Kyle, j'étais certain qu'il le ferait. Et comme il disait ça, l'autre a gargouillé : « Il... est... ici. Dans... le... château. »

Jude a paru surpris. Agôn a tourné la tête vers la petite fenêtre. Depuis son lit, il pouvait voir toute la cour. Pourquoi lui avoir donné cette chambre ?

« Arrivé... cette... nuit... Là... il repart. »

Nous nous sommes bousculés près de la fenêtre. Un homme à cheval, un jeune paysan portant un grand chapeau de paille, était en train de passer le porche. Un paysan dont je reconnaissais le gros cheval marron... Jude a ri de son culot, puis il s'est précipité dehors, dévalant l'escalier. J'ai voulu le suivre, lui crier de revenir, de laisser faire, je n'avais pas envie qu'il obéisse aux suggestions d'Agôn... Mais une main s'est refermée sur mon poignet, comme un petit cercle de métal. Nervia s'était levée et me tenait.

Elle m'a tiré en arrière, m'a fait me rasseoir sur ma chaise, je n'ai pas pu résister, ma volonté était anéantie. Je regardais par la fenêtre, j'ai vu Jude franchir le porche au galop, accompagné d'un valet et de deux garçons d'écurie. Ma bouche était sèche, j'étais fasciné, Nervia ne me quittait pas des yeux, je me sentais lié par ce regard, par cette petite main sale refermée sur mon poignet. Et pire que tout, sans que je puisse comprendre, je bandais douloureusement, le sang en battait même à mes tempes.

Je me tenais comme au théâtre, dans la loge du haut, voyant s'agiter les acteurs. Jude et ses acolytes sont revenus, ils traînaient le cheval marron par la bride. Eylir les suivait en trébuchant, les vêtements salis, une corde liée à son cou, dont Jude tenait l'autre extrémité. Il y avait eu une bagarre, le nez d'un des garçons d'écurie saignait abondamment, un autre avait un œil poché et avait du mal à marcher.

Valère s'apprêtait à sortir pour une de ses longues promenades, il a paru incommodé par ce remue-ménage. Il s'est tourné vers Jude.

« Encore lui ?

— Je m'en occupe, seigneur. »

Le baron a hoché la tète et poursuivi sa route, ne tardant pas à quitter le château. Quelques curieux s'étaient rassemblés. Jude s'est tourné vers Eylir, j'ai distinctement entendu sa voix, malgré la distance.

« Le seigneur Valère t'avait interdit de séjour ici. »

Eylir a craché par terre. Depuis le haut de son cheval, Jude lui a balancé un coup de pied à l'épaule. Je détestais quand il faisait ça, je détestais quand il abusait de sa force, quand il se battait comme un lâche... Il a sauté à terre, il a insulté Eylir, comme s'il lui en voulait personnellement.

Les deux garçons d'écurie ont alors saisi les bras d'Eylir avant qu'il puisse réagir. Jude s'est approché en face et l'a plié en deux d'un coup à l'estomac. Puis encore un coup, et un autre, sans qu'Eylir puisse esquiver. Coup de botte à l'entrejambe, puis un violent crochet à la tête. Le Kelte s'est effondré, assommé.

« Emmenez-le dehors, larguez-le dans un champ. Et laissez-lui son cheval, nous ne sommes pas des voleurs. »

Quand enfin, Eylir a été entraîné hors du château, j'ai senti se relâcher l'étreinte de la main de Nervia. Deux des gros chiens léchaient bruyamment le corps meurtri du limier Agôn. Tout ceci me faisait horreur. J'ai titubé hors de la chambre, je me détestais, j'avais envie de vomir.

Je n'ai pas un souvenir très net des jours suivants. Peut-être étais-je malade à mon tour ? Atteint de fièvres et de vomissements, comme Jude… Je dormais très mal, faisais des cauchemars dont les images m'habitaient jusqu'au milieu de la journée. Je rêvais des chiens, de leur langue sur moi, sur ma poitrine et sur mes jambes, je me débattais dans le lit en rejetant les draps. Je rêvais de Nervia, aussi, je lui faisais l'amour avec violence dans mon lit trempé de sueur, mais ces étreintes me laissaient toujours essoufflé, je n'avais jamais la force de les mener à bout et je me réveillais, tourmenté et insatisfait.

L'automne s'était définitivement installé, avec sa grande cape de pluie et de nuages gris. La baronnie de Fosca prenait des airs fantomatiques, les brumes montaient des étangs, les chevaux pataugeaient sur les chemins boueux. Le château sentait le bois mouillé, la charpente jouait sous les toitures.

Je ne parlais pas à Jude. La manière dont il avait cogné Eylir me l'avait fait détester. Pourtant, il avait toujours été ainsi, préférant l'efficacité à l'honneur. Agacé par mon attitude à son égard, il m'avait dit : « Tu devrais me remercier. En le traitant comme ça, je lui ai permis de repartir sans autre dommage que quelques bleus, c'est un type costaud. Normalement, j'aurais dû le livrer à l'autre sac de morve qui crève dans sa chambre, là-haut. C'est sans doute ce que tu aurais préféré ? »

Penser qu'il pourrait avoir raison me le faisait détester encore plus.

Quand j'arrivais à m'arracher à mes draps trempés, je prenais ma jument, j'errais sur les chemins autour du château. Je cherchais Eylir, je voulais lui parler. Du limier Agôn, de Beth, de mes cauchemars... Je ne le trouvais pas, pourtant j'étais sûr que Beth sortait, qu'ils se voyaient en cachette. Mes échecs à le retrouver m'ont aigri, j'imaginais des conversations où je le prendrais de haut. Je lui dirais des choses comme : « Tu as fait des erreurs, Eylir. Ne reste pas dans la région, on te cherche, tu vas avoir des ennuis. Ne tourne pas autour de Beth, cette fille n'est pas pour toi, elle mérite mieux qu'un amant de passage, tu vas la rendre malheureuse. Pars tant qu'il en est encore temps. »

Il m'aurait regardé d'un air fier, trop fier pour me remercier de l'avoir prévenu. Et il aurait tourné bride.

Jude et moi avons reçu une lettre de Madame. Elle était arrivée à Améritys et nous faisait savoir qu'elle séjournait chez sa belle-sœur. Elle viendrait au château d'ici une dizaine de jours, où elle nous retrouverait. Jude a songé à aller la rejoindre. Cette lettre de l'extérieur a été comme un courant d'air frais dans une pièce étouffante.

Je voulais passer du temps avec Beth. Je me serais allongé chez elle, devant le feu, ma tête sur ses genoux. Nous aurions parlé, elle aurait compris, chassé les brumes et le froid, chassé ces passions malsaines qui me faisaient m'agiter sans cesse dans mon lit ou sur les chemins. Sous ses yeux, j'aurais cessé de me mentir, je serais enfin devenu lucide.

Elle travaillait sans cesse, et quand elle n'était pas en train de régenter avec autorité quelque aspect de la vie du château (les serviteurs faisaient profil bas, ils disaient que ses colères devenaient plus fréquentes), elle était dehors, chez les fermiers ou les chasseurs, les artisans du village ou les charbonniers, s'occupant de tout, organisant tout, préparant l'hiver. Mais quel hiver ? À son activité, on aurait cru qu'il allait durer des siècles...

Je m'installais parfois à l'une des grandes fenêtres donnant sur la cour, je la guettais, elle passait d'un pas rapide, concentrée, le visage fermé. Je la trouvais belle, avec sa robe toute simple et ses cheveux noirs retenus en un chignon sage par une broche de cuivre.

Un soir, j'ai été pris par les fièvres. J'avais chaud et froid, c'était l'apogée de mon délire. Alors elle est venue me veiller. Elle m'a pris la main, elle s'est assise près du lit, elle m'a fait boire des tisanes et des bouillons. Elle paraissait triste et fatiguée.

Je me suis réveillé au milieu de la nuit, je me sentais encore faible mais la fièvre avait disparu. Elle était toujours assise dans le fauteuil, près du lit, elle ne dormait pas. Nous avons parlé un long moment, nous ne dérangions personne, Jude était allé dormir ailleurs. J'ai fini par poser une question qui me rongeait.

« Raconte-moi, ai-je dit. Raconte-moi comment il est venu ici. »

J'avais pris un ton gentil, pour qu'elle sente qu'elle pouvait se confier à moi, qu'elle pouvait tout me dire, nous étions si proches. Mais cette gentillesse était fausse, elle était toute pourrie de jalousie. Et Beth était trop fatiguée pour s'en rendre compte.

SOUS LES SAULES

Où l'on affronte l'armée des eaux.
Eylir, 17e récit. (Notes pour Serena Fonte.)

Beth galopait de nuit sur les chemins inondés, traversant de grandes flaques en projetant des gerbes d'éclaboussures boueuses. Elle avait trop tardé à quitter Améritys, elle avait fait un détour pour examiner les travaux de consolidation, maintenant elle était pressée de rentrer et de prendre des nouvelles. La digue tenait encore, les gens des villages voisins avaient travaillé dur pendant son absence, pour l'instant seul le marécage avait débordé et bavait sur les champs alentour. Mais il avait encore plu, par intermittence, pendant qu'elle suivait la route de la ville à Fosca.

Elle galopait aussi pour calmer sa colère, pour s'épuiser autant qu'elle épuisait son cheval. Elle avait passé deux jours dans l'antichambre du vieux général Imbère qui commandait alors à la dixième légion, stationnée au fort Saint-Calren, près d'Améritys. Les soldats auraient pu aider les gens de Fosca dans leurs travaux, à quoi d'autre servaient-ils, en temps de paix ? Les officiers qu'elle avait rencontrés s'en étaient tous remis à la décision du général, qui, seul, pouvait commander le rassemblement des troupes. Et le général l'avait fait attendre, attendre, tandis que dehors la pluie tombait. Imbère était un vieil homme, la précipitation de Beth l'avait brusqué, il avait temporisé, relativisé le danger, pris la mesure de l'inondation par rapport à l'exaspération et à la jeunesse de sa messagère.

« L'eau va refluer, mademoiselle, l'eau va refluer, croyez-moi. Et la digue tiendra.

— Non, elle ne tiendra pas ! Pas si vous ne nous aidez pas ! »

Il s'était estimé offensé par cet éclat de colère et l'avait renvoyée froidement. Même la lettre de Valère qu'elle avait apportée n'avait servi à rien. Maintenant, elle rentrait. À défaut de convaincre les militaires, elle pourrait bien tenir une pelle !

Elle ralentit l'allure comme elle traversait les bois qui entouraient le château. Avec ces nuages bas, elle distinguait à peine le chemin et craignait que le cheval ne trébuche sur une branche morte ou un arbre abattu. Et c'est ainsi, au détour de la route, que le château se dévoila. Les tours aux toits pointus se découpaient vaguement sur la noirceur du ciel. Aux petites fenêtres brillaient quelques lanternes rappelant que la vie n'avait pas déserté les vieux bâtiments.

Beth l'avait vu ainsi, pour la première fois, quand elle avait six ans, et Julian cinq. Ils étaient dans une voiture découverte. Julian pleurait et trépignait, elle, plus sage, essayait de le calmer, pour ne pas indisposer la dame qui voyageait avec eux, la sœur Serena Fonte, une religieuse, amie de leurs parents. La voiture était sortie de l'ombre des arbres, la nuit venait de tomber. La sœur avait pris la main de Julian, l'avait fait se tourner pour qu'il regarde vers l'avant. Les arbres s'écartèrent, découvrant les vieilles tours, les toits pointus, les murs à moitié effondrés, et les saules bordant les douves, qui se balançaient dans le vent. Quand la voiture avait roulé sur le pont-levis, les deux enfants regardaient en l'air et Julian avait oublié de pleurer. Beth en avait été soulagée. Elle avait pensé alors que peut-être, on les autoriserait à rester dans cette maison-là… Sa maison, maintenant.

Les douves débordaient et baignaient le pied des murs. Le pont-levis n'était plus qu'à une largeur de main au-dessus de l'eau. Une lanterne éclairait la cour et sa lumière se reflétait dans les grandes flaques où s'enfonçaient les sabots de son cheval. Il n'y avait personne en vue.

Elle mena elle-même l'animal à l'écurie. Les chevaux y avaient les jambes dans l'eau, ils n'aimaient pas ça, ils risquaient de tomber malade, des brins de paille flottaient tout autour d'eux.

Elle monta dans les combles des écuries, y vit de nombreux hommes endormis, tombés çà et là, où ils le pouvaient, après une journée de travail épuisant. Ça sentait la boue et la sueur. Tous ceux qui travaillaient sur la digue dormaient donc au château, les femmes devaient être logées dans les autres corps de bâtiment…

Au moins, la salle à manger n'était pas inondée. Une vingtaine d'hommes y dormaient, au sec, serrés autour du feu. Dans la pièce suivante, elle vit enfin quelqu'un d'éveillé : Siméon, le plus vieil habitant du château, l'ancien secrétaire de feu le baron Enris Fonte.

« Bonsoir mademoiselle Beth, dit-il lentement en lui prenant la main. Le château coule, on dirait… »

Il eut un petit rire. Beth l'embrassa sur les joues, heureuse de le voir.

« Non, le moment n'est pas encore venu.

— Le seigneur Valère ne dort pas… Il y a de la lumière chez lui. Et nous avons eu un visiteur, hier… »

Beth écouta d'une oreille distraite, tout en se dirigeant vers la cuisine. Elle mangerait un morceau, irait dire quelques mots à Valère… puis au lit !

« Peux-tu dire à Valère que je suis rentrée et que je monte le voir ? »

Le feu ronflait dans le grand foyer de la cuisine, l'air était saturé d'humidité. Tout autour du feu, on avait étendu des dizaines de pantalons, de culottes et de chemises, on n'y voyait pas d'un bout à l'autre de la pièce. L'air chaud et moite s'enfuyait par le grand orifice de la cheminée centrale. Beth trouva un morceau de vieux pain et un peu de fromage. Comme elle se retournait, elle entendit un bruit d'éclaboussures. Elle écarta plusieurs rideaux de chemises mouillées et sursauta.

Debout dans un baquet, près du feu, se tenait un homme, jeune et musclé, entièrement nu. Tallia, une gamine du pays de dix-sept ans qui servait au château depuis deux mois, était en train de lui passer une éponge dégoulinante sur les épaules et le couvait d'un regard admiratif.

Découvrir ces deux-là qui s'amusaient au lieu de travailler ou de dormir raviva sa colère, qui ne s'était pas vraiment apaisée.

« Ça va ? Vous ne vous ennuyez pas ? »

Tallia rougit immédiatement et se cacha derrière l'homme. Ce dernier ne chercha absolument pas à dissimuler sa nudité et regarda Beth d'un air curieux. Elle détourna les yeux et se calma un petit peu.

« Tallia, nous parlerons demain. »

Elle trouva Valère dans sa chambre, en compagnie de Siméon. Le baron de Fosca portait une lourde robe d'intérieur et se tenait debout près de la cheminée. Siméon était assis dans le fauteuil du baron et tendait ses mains ridées vers le feu avec un plaisir visible. Valère sourit en voyant Beth, lui offrit un verre de vin chaud et lui demanda des nouvelles. Beth raconta d'un ton calme son entrevue avec le général, qui ne surprit pas le baron.

« Et vous, de votre côté ?

— Nous avons rassemblé tout ce que nous pouvions trouver comme sacs de sable et comme chevaux pour les transporter. Le sable ne manque pas, juste le temps. Tous ont peiné très dur, jusqu'à la fin de cet après-midi.

Quand la pluie a cessé, l'eau est un petit peu descendue. Si le temps se maintient, le village ne sera pas inondé. Je ne sais pas si nous pourrons fournir un autre effort comme celui-là... »

Beth regarda avec crainte le ciel noir par la fenêtre. Valère continua : « Un soldat est arrivé, hier matin, juste après ton départ.

— Il s'appelle Eylir Enheren, dit Siméon. Il est officier dans la cavalerie.

— Il te cherchait. Je lui ai dit que tu reviendrais vite. Il a participé aux travaux avec nous, il a fait plus que sa part... Je lui ai proposé de rester quelques jours, il est en permission, je crois bien. »

Beth repensa à l'homme nu dans son bain. Elle se souvenait maintenant de quelque chose de bizarre dans son apparence... Elle n'avait pas vu sa main droite.

« Eylir... »

Finalement, Beth ne se coucha pas après avoir vu Valère. Elle fit venir Eylir dans sa chambre à elle, le seul endroit à peu près sec et chauffé où personne d'autre ne dormait. Le Kelte referma doucement la porte et dit tout bas : « C'est un beau château, Beth. »

Elle ne se sentait pas d'humeur à en parler.

« Je ne pensais jamais te revoir. Je croyais que tu t'étais noyé.

— Argo est un bon cheval. »

Il sourit, très calme, très mesuré dans tous ses gestes. Mais elle ne voulait pas être calme, la colère ne l'avait pas quittée. Elle avait envie de se battre, envie d'en vouloir à quelqu'un, tout en sachant que c'était absurde.

« Je connais toutes les mauvaises nouvelles depuis longtemps, dit-elle durement. Tu n'as pas vraiment porté chance à ma famille... »

Elle sentit que ce qu'elle venait de dire était injuste, mais Eylir ne parut pas lui en vouloir.

« Oui, c'est possible. Il y a beaucoup de gens à qui je n'ai pas porté chance. Je ne vais pas arrêter de vivre pour autant. »

Au fond, Beth en voulait au général, elle en voulait à Eylir d'avoir entraîné son frère, elle lui en voulait d'amener dans son sillage toutes ses histoires de combats et de morts. Elle était triste et fatiguée. Elle avait peur de cette grande eau noire qui risquait de recouvrir les maisons de tous ces gens et tout ce qui avait de l'importance pour elle.

Eylir lui sourit et lui prit la main.

« J'ai quand même une petite bonne nouvelle. Je te rends Argo. Je l'ai pris à Julian qui te l'avait pris. Il est juste qu'il te revienne. C'est un bon cheval, il travaille bien. » Beth leva les yeux vers lui, ne trouva rien à dire. Il se dirigea vers la porte. « Je resterai tant que le seigneur Valère aura besoin de moi. Bonne nuit, Beth. »

Elle resta immobile, durant un instant qui lui parut très long. Puis elle se leva, courut aussi silencieusement qu'elle le put dans l'escalier. Elle le rattrapa sur les dernières marches, il l'avait entendue venir.

« Je suis désolée. Je n'ai pas été très gentille. »

Il lui donna une tape sur la joue.

« Bonne nuit, petite sœur. »

« Il a fait ce qu'il disait, m'a dit Beth. Il nous a aidés et il est parti quand l'eau est descendue. »

Elle était fatiguée, mais je savais que ce n'était pas tout. Je l'ai empêchée de dormir, un peu cruellement, pour avoir la suite, je m'en sentais le droit, puisqu'il paraissait que j'étais le chroniqueur d'Eylir.

Le ciel resta gris les jours suivants, les nuages bas étaient lourds de pluie mais ils ne crevèrent pas. Plusieurs dizaines d'hommes participèrent aux travaux pour renforcer la digue. L'eau des douves du château ne baissait pas, l'humidité pourrissait tout, Beth crut que ça allait la rendre folle.

Les habitants de la baronnie étaient épuisés. La plupart voulaient rentrer chez eux pour réparer ou renforcer leurs maisons, le baron les laissa partir, même s'il savait qu'en cas d'inondation, leurs réparations ne serviraient à rien.

Eylir fit partie de ceux qui continuaient à travailler sur la digue. Son infirmité ne le gênait en rien pour monter des sacs de sable, et les femmes du château parlaient de lui avec admiration, il paraissait inépuisable.

Un soir, il proposa à Beth de faire un tour des environs avant la nuit, pour estimer l'état des lieux. Valère accomplissait déjà la même mission deux fois par jour, mais Beth accepta. Ils auraient ainsi leur première occasion de parler depuis la nuit de leurs retrouvailles.

Alors qu'ils longeaient le marécage, Eylir demanda soudain : « Pourquoi est-ce que Julian n'est jamais revenu ici ? Il ne m'a jamais parlé de cet endroit.

— Il n'a pas eu l'occasion. Et il n'aimait pas la sœur Serena, il n'a jamais cessé de considérer qu'elle était coupable de la mort de notre mère. Et puis il voulait vivre avec notre père.

— Alors pourquoi est-ce que tu es restée, toi ? »

C'était une question très directe et très intime et Beth savait qu'Eylir en était conscient. Elle repensa à l'eau noire qui risquait toujours de recouvrir le château, et à ses premiers séjours ici.

« Un été, j'étais encore petite, c'étaient les vacances. J'étais venue à Fosca avec Serena, j'ai vu Valère pour la première fois, il m'a appris à monter à cheval. Je crois que Serena m'avait demandé si je voulais rester avec elle ou si je voulais rejoindre mon père, aller à l'école dans la ville où mon père habitait, très loin. Serena croyait que j'étais triste avec elle, et de savoir ça, ça me rendait triste. Mais cet été-là, elle était restée à Fosca avec moi, plusieurs semaines. Et le soir, on s'asseyait sur la pierre, au pied de la tour, et elle me racontait l'histoire de Gabrielle. Alors, à la fin de l'été, j'ai décidé de rester avec elle.

— Gabrielle, c'est le prénom de la Dame de Fosca ?

— Oui, c'est elle. C'est une femme qui a vécu ici, au château, après le temps de la République, au temps où les barbares avaient débarqué pour faire la guerre aux Atlans. La région était très troublée, Améritys a été pillée, plusieurs fois, il y avait des bandes armées… Sauf ici, à Fosca. La baronnie était dirigée par la Dame Gabrielle. On dit qu'elle était très belle, bien sûr, qu'elle menait parfois ses hommes à la guerre, qu'elle était très pieuse aussi, qu'elle priait l'Unique pour qu'il chasse les barbares. En tout cas, durant plusieurs dizaines d'années, grâce à elle, le château a été épargné. Mais surtout, elle est connue parce que tous les artistes pouvaient trouver refuge chez elle. On appelait ça la Cour de Musique, ou la Cour des Saules. Tous les poètes, tous les musiciens, tous les peintres importants de l'époque ont la réputation d'avoir séjourné chez Gabrielle. C'est certainement exagéré… Mais cette histoire touchait beaucoup Serena. Une femme capable de créer de la beauté dans un monde très dur. Peut-être que c'est ce que Serena a envie d'être. » Elle se tut un moment. « Voilà pourquoi je suis restée. »

Beth se réveilla en sursaut. Elle avait froid, l'aube était proche, une lumière grise filtrait dans sa chambre. Elle entendait le bruit de gouttes de pluie sur le toit.

Elle se précipita dans la cour, y retrouva Valère, Eylir, et tous les hommes du château. Tous sellaient leurs chevaux et regardaient le ciel d'un air inquiet. On alla réveiller ceux qui dormaient encore. Les nuages bas, chargés d'eau, ne leur avaient laissé que quelques jours de répit.

Les hommes chargèrent les bêtes de sacs de sable avec des gestes fatigués. Les visages étaient lourds de sommeil, les membres bougeaient lentement, et le rythme des gouttes de pluie s'accroissait peu à peu. Beth porta des sacs aussi. Elle aurait voulu trouver des paroles d'encouragement, mais la fatigue les faisait rester au fond de sa gorge.

La digue suintait de partout, des ruisseaux boueux leur coulaient entre les jambes. La surface de l'eau du lac était criblée d'impacts mouvants. Tous, hommes, femmes et enfants, déjà boueux et trempés, se mirent au travail. Il y eut un instant d'espoir, on crut que la pluie s'arrêtait, mais elle ne tarda pas à reprendre.

Eylir et Beth s'enfonçaient dans la boue presque jusqu'aux genoux. Ils soufflaient et regardaient les autres travailler, petites silhouettes brunies par la boue, comme eux-mêmes…

« Ça ne va jamais s'arrêter ? » s'interrogea Beth en regardant le ciel.

Eylir sourit pour lui-même et dit : « On dirait que les dieux nous en veulent… »

Malgré le travail et la fatigue, le Kelte restait d'une humeur égale, plaisantant même parfois. Beth trouvait très reposant, très agréable de pouvoir s'appuyer sur lui de temps en temps.

« Est-ce que tu peux me prêter Argo ? demanda Eylir.

— Pour quoi faire ?

— Je vais aller chercher des renforts. »

Elle le laissa partir sans poser plus de questions.

La journée s'avançait, la pluie continuait. Il fallut atteindre le soir pour que Beth se rende compte qu'Eylir avait disparu depuis le matin ; elle repensa alors à leur conversation, sans en déduire quoi que ce soit de valable, et elle s'effondra sur son lit sans prendre le temps d'enlever sa robe. Un groupe d'hommes à peine reposés avait pris le relais.

La journée du lendemain fut la plus terrible que Beth ait jamais passée à Fosca. Dès le matin, une coulée de boue engloutit plusieurs maisons, tuant une famille qui n'avait pas pu s'enfuir à temps. Des efforts précieux furent dépensés, en vain, pour tenter de dégager les survivants. Tous, hommes et femmes, étaient abrutis de fatigue. Ils travaillaient mécaniquement, sans réfléchir, souvent au mauvais endroit. Le désespoir minait les esprits autant que les corps, deux paysans s'entretuèrent presque pour une histoire d'outils perdus. Valère parcourait les groupes sur son grand cheval, pour rallier ses hommes et leur redonner un peu de courage. Beth, elle, essayait de faire ravitailler les travailleurs.

La pluie avait diminué dans l'après-midi, elle reprit le soir. Mauvais signe, la pierre tombale de la Dame était presque recouverte d'eau… Certains y voyaient le présage de l'engloutissement de la baronnie. Toutes les personnes trop âgées ou impotentes du village se réunirent dans l'église pour prier l'Unique et tous ses saints d'arrêter ce déluge.

Il faut croire qu'ils furent entendus, d'une certaine façon.

À la tombée du jour, Beth vit arriver sur le chantier un groupe d'une cinquantaine de militaires à cheval. Un grand homme barbu sauta à terre, chercha quelqu'un qui avait l'air d'être responsable et se dirigea vers Beth. Ils étaient venus pour aider, dit-il. Il voulait juste savoir quoi faire pour être le plus efficace. Puis ces deux-là, qui ne s'étaient jamais vus, mais avaient entendu parler l'un de l'autre se reconnurent.

« Vous êtes Maharkal.

— Et vous êtes la sœur de Julian ! La petite Beth ! »

Il l'embrassa sur les deux joues et dit joyeusement : « Alors ? Où est cette armée à vaincre ? »

Beth désigna du bras l'immense masse d'eau du lac, qui menaçait de se déverser sur les terres de la baronnie.

« Elle est ici. »

Eylir arriva dans la nuit, montant Argo, brandissant une lanterne pour éclairer son chemin. Ceux qui l'aperçurent dirent qu'ils virent un grand cavalier suivi par une armée flamboyante, un millier de soldats portant torches, lampes, pioches et pelles, toute une troupe décidée, fraîche et dispose, sortant de la nuit. Et nombreux furent ceux qui crurent à un rêve. Mais Beth était là quand ils arrivèrent au lac pour relever les hommes épuisés. Eylir, debout sur les éperons, leva haut sa lumière et leur exposa la situation. Beth put voir combien son visage était creusé, il ne s'était pas reposé depuis des jours.

Et durant la nuit et la journée du lendemain, ils creusèrent un canal, qui permit au lac de dégorger ses excédents d'eau vers des terres d'élevage inhabitées. Et la pluie cessa enfin. Eylir s'endormit sur son cheval.

Beth apprit l'essentiel des faits par Maharkal. Montant trois chevaux tour à tour comme les messagers des postes, Eylir avait rallié Lothys et convaincu ses officiers d'envoyer quelques hommes soutenir les travailleurs épuisés. Puis il avait rencontré un officier de haut rang et l'avait persuadé d'écrire au général Imbère une lettre amicale et impérieuse.

« Depuis ses exploits à Syrtis Major, dit Maharkal, il y avait quelques personnes qui lui devaient des services. Il a tiré sur la corde, assez violemment, même. »

Et il avait ramené les soldats de la dixième légion. En deux jours, il avait fait l'aller-retour de Fosca à Léthys.

Les gens dirent à Beth que la fatigue avait dû lui faire mélanger les jours et les nuits, qu'on ne pouvait être aussi rapide. Mais elle avait confiance en sa mémoire.

Quand la pluie eut cessé, tout le monde dormit durant des heures, Beth la première. Au réveil, beaucoup de choses restaient encore à organiser et elle ne chôma pas. C'est de la bouche de Siméon qu'elle apprit que les cavaliers s'en allaient.

Elle courut aux écuries, ils préparaient leurs chevaux. Elle aperçut Maharkal. « Vous partez déjà ?

— Tous nos supérieurs n'ont pas apprécié cette petite expédition. Apparemment, nous risquons tous un mois de régiment disciplinaire, et Eylir six. »

Elle se précipita à l'intérieur, le vit en train de s'occuper de sa monture. Il fut heureux de la voir. Elle essaya de masquer sa déception de le voir partir aussi vite.

« Six mois de bataillon disciplinaire ! Bravo soldat Caliaghan ! Pourquoi est-ce que ces imbéciles font ça ? »

Eylir rit.

« J'ai réveillé un général en pleine nuit, j'ai sali le salon d'un autre officier avec mes pieds boueux, j'ai commandé des troupes que je n'avais pas le droit de commander, alors ils me punissent. L'armée impériale est stupide, je me demande comment elle peut gagner des guerres… »

Beth sourit malgré elle.

« Je demanderai à Valère d'écrire des lettres aux gens qui conviennent. Il connaît beaucoup de monde… »

Il lui posa un doigt sur les lèvres.

« Laisse-les faire, ils se fatigueront plus vite que moi. Et je pourrai dormir un peu, j'en ai assez de porter des sacs de sable. »

Il avait fini de seller son cheval. Elle avait quelque chose à lui dire au sujet d'Argo, elle voulut lui en parler, mais il l'en empêcha. Il lui prit la taille et elle vint contre lui, se laissa aller, se laissa embrasser longuement. Puis il monta en selle.

Elle les regarda partir du haut des murs du château. Il se retourna pour la saluer, avant d'entrer dans le bois.

Il avait laissé dans sa chambre, sur son lit, un lourd bracelet d'or.

En vérité, Beth ne m'a pas dit qu'Eylir l'avait embrassée. Mais vu ce que je sais de la suite, ça tombait naturellement à ce moment-là. Alors qu'elle était épuisée, la jalousie m'a maintenu éveillé, me rendant même un peu méchant. J'ai cherché à savoir avec insistance si Eylir était revenu à Fosca… Si, ensuite, ils s'y étaient revus.

Beth a cligné des yeux, cherchant à fuir dans le sommeil.

« Je te le dirai demain. »

Je lui ai serré le poignet.

« Tu dormiras demain. »

Eylir revint quelques mois plus tard, à la fin de l'été. Les grandes inondations du début de l'année n'étaient plus que des souvenirs, le soleil avait asséché la terre, on avait commencé des travaux de drainage dans les marécages. Il arriva en compagnie de Maharkal, ils avaient une mission qui devait les mener dans presque toutes les garnisons de la côte est, pour porter des messages et faire des inventaires. Ils l'avaient réclamée car elle permettait de voyager un peu, et surtout de faire des détours. Ils ne devaient pas rester longtemps, deux jours au plus, au risque de prendre un trop grand retard sur leur parcours.

Les habitants du château les accueillirent avec joie, on organisa un banquet en leur honneur, Valère leur proposa de l'accompagner dans ses expéditions de chasse : un grand honneur de la part d'un seigneur pour des soldats.

Le lendemain matin, Beth en se levant trouva Eylir qui l'attendait avec deux chevaux sellés, dont Argo. Il approcha ce dernier de la jeune femme et l'aida à monter en selle.

« Si je ne t'enlève pas, je ne te verrai jamais. »

Ils partirent dans la forêt, dans les champs et le long des marécages. Et quand, vers midi, ils eurent un peu fatigué les chevaux, Eylir se tourna vers elle : « Tu ne m'as pas encore dit pourquoi tu étais restée. »

« À dix-sept ans, l'avant-dernière année de mes études à Silvemore, je suis revenue à Fosca pour passer l'été au lieu de séjourner à Atlantys comme les années précédentes. Serena et moi avions des relations assez tendues, je voulais m'éloigner d'elle, et Valère m'avait invitée à lui rendre visite, puisque j'étais sa nièce depuis l'adoption. Il a continué ses leçons d'équitation, nous avons passé des journées entières à nous promener à cheval dans toute la région. Et quand j'étais trop fatiguée, je lisais les archives de son père, le baron Enris, celui qui est mort à Maharkal. C'était un homme curieux, il avait fait des recherches dans les chroniques de la région, au sujet de Gabrielle. Tu vois, encore Gabrielle… Et un soir, quand j'étais sortie… » Beth se tut un long moment. « Sur la fin de sa vie, Gabrielle avait un amant, un soldat, un aventurier, le capitaine d'une troupe de guerriers de fortune. Les chroniques disent que c'était un barbare, un Kelte comme toi, peut-être ? Un jour, il a cessé de courir les routes, il s'est installé au château, et ses hommes en sont devenus les défenseurs. Puis les temps ont changé, le dictateur Corniel Anteras a levé ses armées, celles qui devaient lui permettre de réunifier l'Empire et de détruire les royaumes barbares sur la terre atlane. Et le château de Fosca avait le malheur d'abriter un barbare. Ils ont trouvé des preuves que la baronnie avait soutenu les envahisseurs, servi d'abri à des troupes de pillages…

En vérité, le chef de l'armée de cette région, Carolan Fonte, convoitait ces terres et rêvait de régner sur Amérritys. C'était l'ancêtre de Valère.

« Il a ravagé la région. Une partie des habitants sont venus se réfugier dans le château et il a mis le siège. Son armée était nombreuse et puissante, mais Gabrielle a tenu bon. Ils avaient un espoir. L'amant de Gabrielle était parti, juste avant le début du siège, chercher des secours dans une seigneurie voisine. Alors ils ont tenu et ils ont attendu. Tous les soirs, ils surveillaient la route et ils attendaient son retour avec l'armée de secours. Je pense que Gabrielle attendait juste son retour à lui… Il n'est jamais revenu.

« Voici mon histoire, maintenant. Cet été-là, je faisais de longues promenades à cheval. L'une d'entre elles avait été si longue que je ne suis revenue qu'à la nuit. Le ciel était très beau, l'air très doux, je marchais au pas et je me demandais ce que j'allais devenir, je pensais à Gabrielle. Alors j'ai entendu un bruit de galop, derrière moi, le pas lourd d'un grand cheval. Ça aurait pu être Valère… Mais je n'y ai pas pensé. J'ai pris peur, j'ai pressé mon cheval, il est parti comme une flèche. Et j'entendais encore ce bruit, derrière moi, sur la route. Il gagnait sur moi. Je ne voulais pas me retourner, je suis partie ventre à terre, je voulais rejoindre le château, je l'entendais toujours derrière moi, il me rattrapait…

« J'ai vu le château, les portes étaient ouvertes, je m'y suis engouffrée, je me suis arrêtée dans la cour, Valère était là, devant l'écurie. Il a calmé mon cheval, j'ai encore entendu le bruit. Nous nous sommes regardés, puis je me suis retournée et j'ai regardé la route. Elle était vide. Il n'y avait plus rien, juste le chemin, les saules et la nuit.

« Dans la région, on dit beaucoup de choses sur ceux qui entendent le galop de l'amant. Qu'ils perdront un proche dans l'année, qu'ils se marieront, que sais-je ?

Pour moi aussi ce fut un signe, j'ai décidé de rester à Fosca. »

Beth et Eylir revinrent à la nuit tombante. Eylir s'arrêta dans le bois, sur la route qui menait au château.
« C'est par ce chemin qu'il aurait dû revenir ?
— L'amant de Gabrielle ? Oui. »
Il descendit de cheval, parut écouter quelque chose. Elle l'imita, écouta le bruit du soir, les cris des corbeaux. Elle demanda en souriant : « Tu l'entends ?
— Pourquoi n'est-il jamais revenu ? »
Beth s'assombrit.
« Il était tombé dans une embuscade sur le chemin du départ, il ne reviendrait jamais, et ils ne le savaient pas. Les soldats de Carolan Fonte ont fini par prendre le château. Ils ont tué tous les défenseurs, ils ont tué les musiciens, ils ont tué Gabrielle. Plus tard, d'autres habitants de la région sont venus, ils ont retrouvé le corps de la Dame et ils l'ont enterrée dans le château. Et l'histoire est finie. »
La nuit respirait autour d'eux.
« Elle n'est pas finie », murmura Eylir.

Avant qu'ils remontent en selle, Beth mit ses rênes dans la main d'Eylir.
« Reprends Argo. Depuis qu'il n'est plus avec toi, il fait la tête. »
Eylir passa la main entre les oreilles du cheval.
« Tu fais une erreur, Beth. Tu le sais ? »
Elle haussa les épaules. Dans un rire, il sauta en selle. Ils firent la course pour retourner au château, ce fut elle qui gagna.

Ils dînèrent avec les gens du château, le baron étant parti chasser pour plusieurs jours. Maharkal était d'excellente humeur et chantait tout le temps, entraînant avec lui le vieux Siméon. Eylir, lui, parlait peu et se fit traiter de rabat-joie. Beth savait qu'il pensait à l'amant et à d'autres choses plus lointaines.

Après le dîner, Beth retrouva Eylir dans le hall d'entrée du château, une petite salle où se trouvait un siège de bois sombre pour Valère, là où il recevait les habitants de son domaine quand le temps ne permettait pas de le faire dehors. Eylir regardait la vieille enseigne kelte accrochée au mur derrière le siège. Il la décrocha, contempla l'aigle de bronze.

« Valère l'a ramassé auprès du corps de son père, dit Beth.

— Il vaut mieux alors qu'il ne sache jamais qui je suis vraiment.

— Cela vaut mieux, oui. »

Eylir tendit le bras, dressant l'enseigne si haut que l'aigle toucha le plafond, puis l'abaissa. La lampe qu'il avait apportée, posée sur le sol, l'éclairait par en dessous, le rendant plus grand qu'il n'était déjà.

« Tu sais que mon frère a perdu son enseigne pendant la bataille ? Son porte-enseigne a été tué durant la charge contre la cavalerie atlane.

— L'enseigne du chef de clan serait plus riche que celle-là.

— Pas obligatoirement. Le clan avait eu beaucoup de pertes durant les batailles précédentes. Qui sait ce qu'ils avaient laissé sur le terrain ? »

Eylir semblait ne pas vouloir lâcher le lourd symbole de bronze. Beth lui sourit gentiment, le lui retira et le remit en place, dans l'ombre du mur.

Eylir ramassa la lampe et dit à Beth : « Je vais faire quelque chose pour ta famille. »

Elle se serra contre lui.

« Tu ne lui dois rien, Eylir, rien du tout, j'en suis certaine. »

Beth dormit mal cette nuit-là. Elle rêva d'un homme frénétique, portant une curieuse couronne de bronze conique sur la tête et une lourde cape rouge qui courait dans les escaliers du château, cherchant à en massacrer les habitants.

Elle aurait aimé voir Eylir le lendemain matin, mais elle n'en eut pas le temps car elle devait s'occuper de l'approvisionnement du château et faire des visites au village. Elle revint un peu avant midi, et trouva Maharkal en train de seller son cheval, le visage sombre.

« Où vas-tu ?

— Je m'en vais, petite. Continuer la mission. Tout seul.

— Tout seul ? Où est Eylir ?

— Il m'a réveillé à l'aube, il était tout habillé. Il m'a dit de te remercier pour Argo, et qu'il partait à Phocéa. À Phocéa ! Je ne sais pas ce qu'il veut aller faire là-bas, mais je crains le pire. Il ne m'a même pas demandé de l'accompagner… »

Ils regardèrent tous les deux la route d'un air inquiet. Et Beth se demanda ce qu'il était parti faire à Phocéa, là où Julian et elle étaient nés.

Beth est partie se coucher, je crois qu'elle ne s'est jamais souvenue m'avoir confié tout cela. Et moi j'étais très triste, car j'étais maintenant certain de son amour pour lui. Valère non plus n'avait pas de doutes…

Départs

J'ai pu me lever le lendemain. À la nuit tombante, je l'ai surprise sur les vieux remparts, elle ne m'a pas vu. Elle marchait d'un pas très lent sur le chemin de ronde, elle laissait sa main traîner sur les pierres, je savais combien elle aimait ces lieux. Je me suis souvenu de ses mots, quand j'étais venu ici pour la première fois. *Un barde m'a dit qu'un endroit m'attendait. J'ai su que c'était ici.*

Elle était liée au château, elle aimait un homme qui n'y pouvait séjourner, et cette contradiction la déchirait. J'ai détesté le Kelte de la rendre si malheureuse et j'ai souhaité qu'elle fasse le bon choix, même si cela devait la blesser.

Le soir du jour suivant, je suis descendu dans la salle à manger. Quelques lampes y brûlaient encore, deux filles finissaient de débarrasser la table. Assis dans des grands sièges de bois près de la cheminée, Jude et le limier Agôn discutaient. Au matin, notre blessé avait réussi à se lever et il traînait depuis ses cicatrices et ses souffrances à travers le château, de sa chambre à la bibliothèque. Nous refusions tous de l'accepter vraiment, mais il semblait que ses chiens l'avaient guéri... Et j'avais croisé plusieurs fois sa silhouette vacillante, appuyée sur une canne, dans le grand corridor du premier étage. Heureusement, Nervia et ses chiens passaient leur temps dans la campagne quand ils n'étaient pas enfermés dans la chambre.

Ce soir-là, pourtant, les chiens étaient descendus. Ils étaient lovés aux pieds de leur maître, présentant leur dos au feu. Je les aurais presque trouvés attendrissants, si je ne les avais pas connus auparavant. Leurs côtes se soulevaient régulièrement, au rythme de leur sommeil.

J'ai écouté de loin les bavardages de mon compagnon et du limier. J'ai décidé de ne pas me joindre à eux et d'aller me coucher. Mais Jude s'est levé, il m'a rejoint.

« Tu es là ? Tu es passé dire bonne nuit aux infirmes et aux malades ? Ou bien tu es venu te joindre à nous ? »

Il a ricané. Agôn n'a pas réagi, ni même bougé, il se tenait près du feu, recroquevillé sous sa couverture comme un vieillard. Jude s'est rapproché de moi, il m'a murmuré : « Ce type est affreux. Ses chiens aussi. J'ai eu des chiens, pas des comme ça. Les siens puent la charogne. »

Notre répugnance commune envers le limier m'a rapproché de Jude, effaçant un peu les griefs que j'avais envers lui. Il m'a confié qu'il en avait assez du château, qu'il allait rejoindre Madame à Améritys et qu'il reviendrait quand elle passerait voir Valère. C'était une bonne nouvelle, qui me soulageait. À son retour, nos relations seraient meilleures, il le sentait lui aussi. Il avait prévu de partir le lendemain midi.

Nous avons souhaité, de loin, une bonne nuit au limier, mais celui-ci ne l'entendait pas ainsi. Alors que je m'engageais dans l'escalier, il m'a appelé de sa voix sifflante.

« Venez, juste un instant. Juste quelques mots avec vous avant que je monte à mon tour. »

J'ai hésité à faire celui qui n'avait pas entendu, à partir quand même. Mais je n'ai pas pu, je suis retourné près de lui, ayant l'impression de m'être fait attraper dans un filet, pris par un mélange de bête solidarité humaine et de politesse. J'ai enjambé un des chiens endormis, je me suis assis dans le fauteuil laissé libre par Jude.

La respiration d'Agôn avait de nouveau son bruit de soufflet crevé, comme si d'avoir parlé aussi fort pour m'appeler l'avait épuisé. Replié dans son fauteuil, il paraissait fragile et misérable. Cela ne me faisait pas l'aimer pour autant. Maintenant sa voix s'était affaiblie, les mots sortaient difficilement, je lui ai dit que nous pourrions attendre pour discuter qu'il souffre moins. Non, il voulait me parler, maintenant.

Le feu craquait, les chiens gémissaient parfois dans leur sommeil, roulés comme des bonnes bêtes aux pieds de leur maître. J'ai entretenu le feu. Agôn voulait me parler sans Jude, doutant, disait-il, de son objectivité concernant la famille Fonte, ce qui n'était pas faux.

Puis il m'a demandé: «Savez-vous… qui est… Larvor Yannis ?»

Oui, j'avais entendu parler de lui. Il a continué: «C'est un voleur, un naufrageur… et un contrebandier. Du clan Larvor, des Thiléens de Léthys… Une mauvaise engeance…

— Qu'est-ce que ça peut me faire ?»

J'ai tout de suite regretté mon agressivité. Il était plutôt cordial avec moi, il s'était toujours comporté ainsi. Un instant, je me suis figuré sa vie, la méchanceté des gens à son égard à cause de sa difformité, sa fragilité, son travail de limier comme unique raison de vivre. J'ai eu pitié, même si ce n'est pas un sentiment très valorisant. Alors j'ai écouté ce qu'il avait à me dire sur les Larvor de Léthys, puisqu'il les connaissait bien.

J'ai eu droit à un discours confus selon lequel le soldat Enheren fréquentait trop cette mauvaise engeance, ce clan de brigands et d'assassins, il leur rendait toute sorte de services, puisqu'ils avaient veillé sur sa famille durant des années. Ça ne m'étonnait pas, sachant ce que je savais de la vie d'Eylir.

«La loyauté… est un sentiment… honorable… Mais pas quand elle pousse… au crime.»

Au crime ? Eylir faisait de la contrebande. Il avait utilisé son autorité de soldat pour menacer et écarter des concurrents des Larvor. Eylir était resté un barbare, il se moquait de la loi de l'Empire, seules les loyautés personnelles comptaient pour lui. En cela, lui et moi nous étions différents et ici, c'était lui qui avait tort.

Pourtant, j'ai dit à Agôn que je n'y pouvais rien, que je n'étais pas limier, ni gendarme.

«Je vous parle… en tant qu'ami proche… de mademoiselle… Ysbeth Fonte.»

Elle fréquentait encore Eylir, je le savais bien. Agôn m'a fait mesurer les conséquences de pareil comportement. Quand l'affaire serait découverte, elle salirait sa réputation et celle de sa famille, ruinerait sa vie. Tout ça parce que Eylir l'avait choisie, une femme parmi tant d'autres, pour partager sa couche, qu'il abandonnerait quand il serait lassé... Oui, ces paroles me touchaient, j'y croyais.

« Vous êtes son ami... Vous devriez... »

Agôn s'est remis à tousser, très violemment, pendant plusieurs minutes. Je ne savais pas quoi faire. Les chiens s'étaient réveillés et tournaient, inquiets, autour de son fauteuil. Quand enfin l'horrible quinte s'est calmée, Agôn s'est recroquevillé, gémissant, le souffle court. J'ai alors pensé pour la première fois que c'était peut-être Eylir qui l'avait mis dans cet état-là, qui lui avait défoncé la cage thoracique. J'ai pensé aux gens que le Kelte avait tués, aux hommes qu'il avait menés à la guerre et à la mort. J'ai pensé à ses responsabilités. Je me suis demandé s'il en était conscient. Je me suis posé ces questions pendant tout le temps où j'aidais Agôn à rejoindre sa chambre Et encore un long moment tandis que je cherchais le sommeil.

Je me suis levé très tôt le lendemain matin, j'avais décidé de prendre mes responsabilités d'ami, de parler à Eylir, sinon à Beth, de leur faire comprendre tout ce que la situation avait de vicié.

Le jour n'était même pas encore levé, je pensais tomber sur Beth en cuisine mais Siméon m'a informé qu'elle venait de partir au village.

Au village ? Elle s'y rendait bien souvent...

J'ai fait seller ma jument et je suis parti dans l'air froid du petit jour, avec le vague espoir de la retrouver. J'ai traversé le bois au trot, j'ai suivi la route, et je l'ai aperçue, sur un chemin tout à fait détourné. Alors, sans réfléchir à la logique de mon comportement, je l'ai suivie de loin.

Elle s'est rendue au vieux guet, une ancienne tour ronde qui se dressait sur une pente douce, à une faible distance du château. Un peu de fumée s'en dégageait, elle servait parfois d'escale aux hommes des postes.

À moitié abrité sous un bosquet, j'ai vu Beth descendre de cheval, faire entrer sa monture dans le petit appentis de bois adossé à la tour et pénétrer à l'intérieur. Il y avait un peu de lumière au deuxième étage. Et j'avais beau être à l'extérieur à quelques centaines de pas, je savais tout ce qui s'y passait.

Beth est montée au deuxième étage. Eylir l'y attendait, il l'avait entendue venir, il a souri, l'a soulevée dans ses bras pour la serrer contre lui, ils se sont embrassés longtemps. La pièce était froide, malgré le feu qu'il y avait fait, les pierres restaient humides. Pourtant, elle l'a aidé à lui retirer sa robe, sa longue chemise et ses bas, elle fermait les yeux, elle voulait être à lui, pleinement à lui. Et elle a frissonné et tremblé quand sa main à lui est descendue sur ses épaules et dans son dos pour la presser encore plus contre lui. Puis elle a écarté sa chemise, caressé sa peau aussi rude que la sienne était douce, a pressé ses seins contre sa poitrine à lui, ses cuisses contre ses cuisses à lui, pour le sentir contre elle, tout le long de son corps.

Alors il l'a couchée devant le feu, sur sa couche de soldat, quelques couvertures sur un matelas de paille, et il est venu contre elle. Je suis certain qu'il a été un amant très présent et très doux.

Je suis resté un long moment dehors, dans le froid, jusqu'à ce qu'elle sorte, tremblante et perdue, toute concentrée sur la chaleur qu'elle avait en elle, et sur le souvenir de cette chaleur. Elle a repris son cheval et a continué sa route. Alors enfin, je me suis décidé à rentrer.

Je m'écœurais, je me suis insulté, traité de tous les noms, mais je m'étais réveillé, j'étais enfin devenu lucide. Je ne devais plus revoir Agôn, ni lui parler.

Au château, j'ai bu un café dans la bibliothèque, et j'ai écrit à Madame. Je lui ai exposé les faits, Eylir, ses rencontres avec Beth, les ennuis que cette situation allait leur apporter à tous les deux. J'ai mentionné la colère de Valère, ses réactions imprévisibles s'il découvrait ce qui se passait encore sur ses terres. Madame parlerait à Beth, elles régleraient tout ça très bien et Beth serait consolée.

À midi, j'ai confié la lettre à Jude qui prenait son cheval pour quitter le château. Il m'a fait un de ses sourires de vautour. « Je te laisse seul avec l'affreuse baudruche. Tu sauras t'en sortir ?

— Je le bouclerai dans sa chambre et je l'étoufferai sous ses chiens. »

Il a ri et m'a donné une tape sur l'épaule.

J'ai passé l'après-midi dans la salle à manger, près de la grande cheminée, à relire mes notes, à les mettre en ordre. Je croyais que mon travail était terminé, que j'allais rentrer à Atlantys, définitivement purgé de tous mes délires keltes. Mais je m'illusionnais, c'était déjà trop tard, Agôn avait bien fait son travail. Le Cornu était en chemin.

Le seigneur Valère est venu me rejoindre à la tombée de la nuit. Il revenait d'une longue promenade dans ses terres, il paraissait content de me trouver là, je l'ai senti sans qu'il dise un mot, ça m'a fait plaisir. Nous avons dîné ensemble, d'une soupe épaisse et de gros morceaux de pain que Beth nous a apportés sur un plateau. Il m'a interrogé amicalement sur sa sœur, jamais il ne m'avait parlé ainsi auparavant. Il m'a dit : « Vous et votre ami, Jude, vous comprenez bien cet endroit. Soyez-y les bienvenus, aussi souvent que vous le voudrez. Même sans ma sœur ou sans l'invitation de Beth. »

Je me suis senti profondément touché, je le lui ai dit. D'un hochement de tête, il m'a fait comprendre de ne pas en faire trop. Nous sommes restés silencieux près du feu et je croyais encore que tout se terminerait bien.

Un bruit m'a réveillé. La couverture qui me couvrait les jambes avait glissé, j'avais froid, le feu était presque éteint. Je me trouvais encore dans la salle à manger, je m'étais assoupi devant la cheminée, Valère n'était plus là. Je me suis levé, j'ai tisonné les braises, retrouvant un peu de chaleur. Il était temps de monter me coucher à mon tour… Ma belle sérénité de tout à l'heure avait disparu, je ressentais une inquiétude sourde. Dehors, le vent sifflait dans la toiture et agitait les branches des saules.

Je me suis retourné et j'ai sursauté.

Eylir se tenait debout au milieu de la pièce, dans l'ombre. Il me regardait, le visage méfiant. J'ai cligné des yeux, croyant à un rêve, à une image née de la nuit, mais il était toujours là, il ne bougeait pas. Son manteau était posé sur une chaise, près de lui. Ses manches retroussées permettaient de voir le harnais de cuir qui maintenait sa main artificielle, la même main que je soupçonnais avoir défoncé la poitrine d'Agôn. Il était arrivé depuis un moment… J'avais peur, je sentais, à raison, que nous avions fait des erreurs, tous, et que nous ne pouvions revenir en arrière… Eylir a parlé, d'un ton très calme : « Il faut que nous parlions de Beth, sans mensonge. Tu étais à la tour, ce matin, tu la suivais. »

Il m'avait vu. J'étais parti juste après Beth et il m'avait vu… Inutile de nier, il pouvait lire la vérité sur mon visage. Comment avais-je pu espérer espionner quelqu'un qui s'était caché dans la campagne pendant des mois pour échapper aux troupes de Kulayn ? J'ai balbutié : « Tu ne devrais pas la voir, Eylir, tu devrais quitter la région… »

Mes conseils maladroits ont blessé sa fierté.

« J'y reste si je le veux. Et je vois Beth si cela me plaît. Ne m'espionne pas. »

Il était méfiant, mais je le sentais prêt à me comprendre, à me pardonner si je le lui demandais. Je suis resté silencieux.

Et quelqu'un a posé une lanterne sur la table derrière nous, et l'horrible voix grinçante d'Agôn a dit : « Quitte à entrer comme un voleur, pourquoi ne reprendrais-tu pas ce qui a appartenu à ton frère, Eylir Ap'Callaghan ? »

Valère a fait tomber avec un bruit sourd le grand aigle de bronze sur le plancher. Le baron de Fosca portait une cape de fourrure et s'appuyait sur sa lourde canne. Ses yeux brillaient de colère. Agôn se tenait derrière lui, dans l'ombre de l'entrée. L'aigle reparaissait, pour jouer son mauvais rôle… La grande ombre d'Allander s'invitait dans le château de Fosca.

Eylir a regardé l'aigle avec hauteur. La colère de Valère le provoquait.

« Je le reprendrai à mon heure. »

Valère s'est avancé d'un pas rapide, sa voix grondait.

« Je ne pensais pas que les tiens, Kelte, viendraient jamais me défier jusqu'ici. Quelle arrogance ! Je t'avais pourtant ordonné de te tenir loin de moi !

— Je ne suis pas ton chien, seigneur. Ravale tes paroles. »

Cette rencontre avait quelque chose de théâtral, d'irréel. Je croyais rêver encore, je n'avais pas saisi la mesure de leurs colères, je ne bougeais pas. Valère s'est placé face à Eylir. Il était aussi grand et beaucoup plus massif. Il me faisait peur. Maintenant, tout était horriblement agencé et le Maître, derrière son masque, contemplait son œuvre.

« Quand le chien n'entend pas les ordres, il y a d'autres moyens de les lui faire comprendre, Kelte ! »

Valère a levé sa canne et l'a abattue sur Eylir, Eylir a reculé, le baron l'a manqué. Valère était très rapide malgré sa jambe boiteuse, il a poursuivi le Kelte, il a démoli la pièce à coups de canne, écartant les chaises, renversant les chandeliers d'un revers, fracassant un fauteuil… Enfin, il a acculé Eylir près de la cheminée, il l'a touché à la jambe, le Kelte est tombé à genoux. J'ai crié : « Arrêtez, seigneur ! Arrêtez, je vous en prie ! »

Valère a hésité un instant, permettant à Eylir de dégainer son épée. Encore une volée de canne, Misère l'a parée, Eylir a déséquilibré Valère d'un coup de pied, il s'est redressé, le combat devenait égal. Valère se moquait de la lame de la rapière, sa fureur lui faisait assener une nouvelle série de coups. Eylir rompait, parait, reculait vers la porte. Une fois, deux fois, il a feinté, pour forcer Valère à lui ménager un peu d'espace. Le baron de Fosca criait comme un forcené, insultait le Kelte, le visage convulsé de rage ; je ne l'avais jamais vu ainsi.

Une vitre a explosé sous la canne, projetant de grands éclats de verre triangulaires. Tout autour, des gens arrivaient. Eylir avait du mal à rester debout, sa jambe touchée le faisait souffrir, il s'est de nouveau retrouvé acculé. Alors j'ai vu son épée se tordre d'une manière bizarre, une botte trop rapide pour que je puisse la suivre, et il s'est fendu au niveau de l'épaule du baron.

Valère s'est immobilisé et a reculé, nous tournant le dos. Encore un pas en arrière. Eylir paraissait surpris, il restait immobile, la lame baissée. Valère a porté la main à sa gorge, l'en a retirée pleine de sang.

« Maudit Kelte. Maudits Keltes. Que le Corrupteur vous fasse tous brûler. Qu'il vous… »

Il est tombé à genoux, il a craché du sang. Quelqu'un a crié, a appelé un chirurgien. « Un chirurgien pour le baron ! » Les serviteurs étaient là, Valère s'est relevé, a marché vers la cheminée, sa chemise était noire et poisseuse, il maintenait sa main contre sa gorge. Il se tenait debout, appuyé sur un de ses valets, le regard vague, perdu dans les braises. Puis il est tombé en arrière et personne n'a pu le retenir tant il pesait lourd, et sa canne a rebondi au sol, roulant jusqu'au vieil étendard kelte.

Les gens criaient. Eylir s'est élancé vers la fenêtre, Agôn lui a jeté sa béquille dans les jambes, le faisant s'étaler sur le plancher. Quatre valets de ferme solides se sont jetés sur lui, l'ont immobilisé.

« Il a tué notre seigneur ! Il a tué notre seigneur ! »

Eylir s'est relevé, maintenu par les quatre types. J'ai cru un instant qu'il arriverait à se débarrasser d'eux comme ça, d'une simple torsion des épaules. Il a crié, et sa voix s'est imposée à tous : « Je ne l'ai pas tué ! Je n'ai fait que me défendre ! C'est un éclat de verre qui l'a atteint à la gorge ! Je ne voulais pas le tuer, écoutez-moi ! Je ne l'ai pas tué ! »

J'avais bien vu le coup, j'avais bien vu l'épée, il avait frappé, il se défendait mais il avait frappé. Maintenant je doute, je crois que le coup était perfide, une illusion, de la poudre aux yeux... À qui faire confiance ? À nos sens ou à la parole d'un homme qui avait fait crier la pierre de Fâll ?

À l'époque, j'étais un amant jaloux alors je n'ai pas douté. Je me suis dit que je m'étais trompé sur lui, qu'il pouvait mentir, lui, le Kelte, le Callaghan. Et curieusement, ce sentiment me l'a rendu très proche, très humain, pendant quelques instants j'en ai oublié toutes les raisons que j'avais de lui en vouloir.

Alors, quand ils ont voulu le torturer et le pendre, quand ils ont voulu venger sur-le-champ la mort de Valère, je suis intervenu : « Je suis fonctionnaire impérial, au service du nonce Serena Fonte. Si vous le tuez maintenant, le limier Agôn et moi-même vous ferons répondre de ce meurtre. Il doit passer devant un tribunal, et justice sera faite ! »

J'ai crié, je me suis démené, je savais bien le faire, en grimpant sur les tables. Ils m'ont écouté et ont emmené Eylir pour l'enfermer.

Mais tout n'était pas fini. Beth était là, en chemise de nuit, ses longs cheveux noirs défaits, ses yeux noirs immenses fixés sur le corps sans vie de Valère, qu'ils avaient allongé sur la grande table. Pendant que personne ne regardait, elle a ramassé Misère, elle l'a saisie à deux mains.

Agôn était assis dans un fauteuil au pied brisé. Beth a marché sur lui pleine de haine, brandissant Misère. Je l'ai vue au dernier moment, je me suis interposé, je l'ai enlacée pour la retenir. Elle a lâché l'épée, s'est débattue avec force, m'a frappé, nous avons roulé au sol. Elle était hystérique, haletante. Sa chemise blanche et son visage brûlant lui donnaient l'allure de ces saintes qu'on mène au martyre. Elle criait, sa voix s'éraillait dans sa gorge : « C'est lui ! C'est lui ! Tu ne le vois pas ? C'est lui ! »

On est venu m'assister, quelqu'un a ramassé l'épée, deux autres ont maintenu Beth. J'ai reculé, je n'ai pas pu supporter ses yeux sur moi, je me suis enfui, j'ai cessé de faire face, j'ai renoncé.

L'aube est venue. À contrecœur, Siméon a fait enfermer Beth, ils ont dû l'attacher sur son lit de peur qu'elle ne se blesse ou qu'elle ne blesse quelqu'un. Des habitants du village, venus aux nouvelles, se massaient devant les portes ou dans la cour. Ils pleuraient la mort de leur seigneur.

Madame est arrivée à midi, escortée de Jude et de quelques hommes.

Elle avait la figure pâle et tendue et s'est rendue immédiatement auprès de son frère, demandant à rester seule avec lui. Jude m'a saisi le poignet, autant pour m'empêcher de partir que de m'évanouir. Un rayon de soleil pâle perçait à travers les nuages.

Madame m'a reçu dans la bibliothèque. Nous ne nous sommes pas assis. Elle était très neutre, très froide.

« Racontez-moi ce qui s'est passé. Faites vite, soyez précis. »

J'ai tenté de me justifier, elle s'est mise en colère, je me suis contenté de raconter les derniers jours au château. Son regard me transperçait.

« J'aurais préféré rencontrer votre Eylir en d'autres circonstances. Quant à vous, partez d'ici, allez à Améritys, descendez dans un hôtel et n'en bougez pas. Ne me donnez aucune raison d'être mécontente de vous, il y a déjà eu assez de scandales comme ça. Nous vous rejoindrons dans quelques jours. »

D'une certaine manière, elle me considérait comme responsable des événements, elle avait en partie raison. Mais son sens de la justice était trop aigu pour qu'elle me le fasse payer plus que de mesure. J'ai quitté Fosca dans l'heure.

J'ai pleuré sur la route, pleuré devant tant de gâchis, devant cette mort stupide. Et je refusais de voir le rôle qu'Agôn y avait joué, je n'y voyais qu'une stupide histoire de jalousie, à laquelle j'avais participé à ma façon. Je me croyais lucide, mais je m'aveuglais encore et passais mon temps à m'apitoyer sur mon propre sort.

Quelques jours ont passé à Améritys, j'ai su qu'il y aurait un procès. Madame a prétexté de ma position, de mes fonctions dans la maison Impériale pour m'interdire d'y témoigner au nom d'un devoir de réserve.

« Le nom de l'Empereur ne doit pas être mêlé à cela. »

n'ai pas été invité à l'inhumation de Valère dans le caveau familial. J'ai écrit une lettre au baron de Fosca pour lui faire mes adieux, Jude l'a déposée pour moi sur le cercueil.

Madame a passé quelques jours à Fosca, accueillant Carolina, la veuve de Valère, veillant sur Beth, organisant les choses dans la propriété.

Le procès a eu lieu. J'ai pu y assister, il s'est déroulé dans les formes. Dispensé de témoigner debout à cause de ses blessures, le limier Agôn a fait un exposé clinique des faits. Beth, pâle, mais refusant de s'appuyer sur le bras de Siméon, a rappelé l'aide que le soldat Enheren avait apportée durant les inondations et a défendu son honneur.

Eylir Enheren, citoyen de l'Empire, soldat au service du prince de Léthys, a été reconnu coupable du meurtre du baron Valère Fonte de Fosca. Le juge a tenu compte des circonstances et du témoignage favorable de Mlle Ysbeth Fonte, lui évitant la pendaison. Il a condamné l'accusé à la déportation à vie avec travaux forcés.

La plupart des témoignages et la lecture de la sentence avaient laissé Eylir indifférent. Mais il avait frémi à l'apparition d'Agôn, j'avais deviné de la haine dans son regard. Et une grande tristesse quand Beth était venue parler pour lui.

Quant à sa propre défense, elle a été extrêmement brève.

Debout devant la fresque murale représentant la justice, entravé par des chaînes, il s'est contenté de dire :

« Je suis kelte de sang royal. Ma parole modèle le monde, je ne peux pas mentir. Je n'ai fait que me défendre, c'est un éclat de verre qui lui a tranché la gorge. Je ne l'ai pas tué. »

Le jury n'a pas compris et il l'a condamné.

J'ai appris qu'il partirait deux jours après le procès, escorté jusqu'aux mines d'argent de Iezebel, loin dans le sud-ouest. Alors, prenant sur moi, j'ai ignoré les ordres de Madame et je suis allé le voir. Il était emprisonné au palais de justice d'Amééritys, dans une petite cellule individuelle. J'ai présenté mes papiers de la nonciature, ils m'ont laissé accéder jusqu'à lui.

Il était assis par terre, au fond de la cellule, ses vêtements étaient sales. Nous nous sommes salués, un peu distants, puis je me suis assis en face de lui, dos à la porte. La cellule était très sombre. Je lui ai transmis quelques nouvelles sur sa situation, tout ce que j'avais pu apprendre. Il était heureux de ma visite, il disait que l'enfermement et la solitude le rendaient fou. Je lui ai souri. « Le soir où nous nous sommes vus, tu as dit que tu avais autre chose à me raconter.

— C'est un peu tard, maintenant. Est-ce que tu vas me croire, ou est-ce que tu vas me considérer comme un menteur, comme tous ces gens de justice ? » Il n'a pas attendu ma réponse. « Je te raconterai ce que tu veux. Mais je veux que tu portes pour moi un message à Beth. Serena Fonte refuse que je la voie.

— Donne ton message. »

Il m'a attrapé le poignet, m'a regardé fixement.

« Dis-lui que je reviendrai. Que nous nous retrouverons. Je reviendrai et nous nous retrouverons. Tu le lui diras ?

— Je le ferai. »

Je mentais. Je n'ai jamais transmis ce message, ce n'était pas à moi de dire ce genre de choses à une femme que je désirais. Je savais que je ne le ferais pas, mais je le lui ai dissimulé. Je me croyais plus fort. *Occupe-toi du gamin...* C'était terminé. Le gamin était devenu un meurtrier, que je refusais de comprendre et que je méprisais... Quelle belle ordure je faisais alors ! Si sûr de mon bon droit !

Et c'est à moi, qu'il croyait son ami, qu'il a raconté son voyage à Phocéa.

Il faisait froid dans la cellule et j'ai eu de plus en plus froid. Les premiers souffles de la tempête qui manqua renverser le monde…

L'ÉCOLE DES ROUSSES

Où Eylir exerce sa royauté et tente
de défaire ce qui ne peut l'être.
Eylir, 18e récit. (Notes pour Serena Fonte.)

Eylir arriva à Phocéa un peu avant la nuit, juste à temps pour voir le soleil couchant faire resplendir les toits et les maisons. La ville était belle, vue depuis les collines, gisant paresseusement le long du fleuve, couchée dans une cuvette avec au centre le piton du Veilleur observant ses ouailles. Cité de brique rose, parsemée de clochers. Le grouillement des ruelles comme un grouillement de vie, un endroit qui ne dormait sans doute jamais.

Il passa les portes avant la nuit. Les gendarmes saluèrent son uniforme, et il se mêla à la foule des colporteurs et des ouvriers itinérants qui venaient ici chercher du travail. Il se perdit dans les ruelles du Saint-Cercle, à la recherche d'un lit pas trop cher. Les chambres de *L'Auberge de Délius* étaient tout à fait convenables. Et Argo serait bien dans l'écurie.

Le patron de l'établissement s'appelait Calvo. C'était un petit homme au nez busqué et au crâne dégarni, qui parlait peu. Eylir apprécia ce silence, et se fit servir une soupe à l'oignon dans une salle aux trois quarts vide. Il demanda au patron quelques renseignements sur le quartier, mais n'obtint que des bougonnements.

Un peu plus tard, une fille vint s'asseoir à sa table.

Petite et mince, blonde, vêtue d'une robe de velours rouge ajustée qui avait connu des jours meilleurs.

« Salut beau militaire, je m'appelle Crina. Il paraît que tu cherches quelqu'un pour te guider dans le quartier. Tu m'offres à boire ? »

Eylir lui commanda un verre de vin.

« Je cherche quelqu'un pour me guider, en effet. Mais je te préviens, je ne suis pas riche… »

La moue déçue de Crina le fit rire. Elle rit aussi, posa la main sur le gant qu'Eylir portait à sa main droite. Puis la retira tout aussi brusquement.

« Qu'est-ce qui est arrivé à ta main ?

— On me l'a coupée pour que je ne sois pas roi. »

Ils sortirent ensemble dans la nuit. Les étoiles étaient visibles, on y voyait assez pour ne pas se perdre. Crina le guida dans les rues désertes entre les fabriques, où passaient de temps en temps des ombres furtives. Les bâtiments immenses les écrasaient de leur masse, Eylir devina qu'ils grouillaient d'activité pendant le jour.

« Les gendarmes n'aiment pas qu'on rôde trop tard par ici, dit-elle. Il y a eu des troubles, dans le passé… Qu'est-ce que tu cherches ? »

Il ne répondit rien. Elle s'accrocha à son bras, minauda, mais en vain. Il marcha un long moment le long des berges du Mestral, tenant la fille à son bras, puis il l'envoya se coucher et retourna, à cheval, dans le quartier des fabriques. Crina lui avait montré l'endroit qu'il recherchait. Une vieille école, abandonnée.

Eylir avançait au pas dans les rues noires de la grande ville manufacturière. Plus loin, le ciel était illuminé de rouge, comme si un immense incendie brûlait dans le lointain, il se souvint des cités que ravageait son frère et se dirigea dans cette direction. Des corps gisaient partout, ivres, endormis ou bien morts, et des ombres passaient le long des flancs d'Argo, certaines étaient armées. Eylir pensait à Julian, aux récits qu'il lui faisait dans leurs cabanes dans les arbres ou bien plus tard, sur la route. Julian Leiss aussi avait eu ses secrets.

La ville devint plus animée comme Eylir reconnaissait les rues. Des soldats débraillés s'interposèrent et lui demandèrent d'un air soupçonneux ce qu'il faisait là. Il n'avait pas vraiment d'explications à leur fournir et devant son silence buté, les hommes préféraient s'écarter. Sous le ciel rouge, sa veste militaire prenait des reflets de sang. Les fabriques tout autour étaient comme d'immenses châteaux avec des milliers de petites fenêtres où brûlaient de faibles lueurs. Une rumeur grondante en provenait, comme si un monstre était en train de se réveiller, un monstre immense, capable de tordre et de bouleverser la ville.

Enfin, Eylir retrouva la petite école. Des hommes armés de longues piques la gardaient plus ou moins. Assis autour de petits bivouacs, ils buvaient ou jouaient aux dés. Parfois, l'un d'entre eux, pris de zèle, allait patrouiller dans la cour de l'école. Le bâtiment misérable était assiégé.

Eylir s'approcha des hommes qui bivouaquaient sous le ciel rougeoyant. L'un d'eux se leva et vint vers lui.

« Ton laissez-passer.

— Je n'en ai pas. »

La voix d'Eylir résonnait entre les murs des hautes fabriques. Il sentait la force de sa parole. Elle sonnait clair quand tous les autres bruits paraissaient étouffés. L'homme rit, d'autres hommes se levèrent.

« Il n'a pas de laissez-passer !

— Je veux entrer dans l'école. »

Ils riaient, ils l'entouraient, ils le menaçaient. Alors il dégaina son épée et Argo se cabra et rua, dispersant les gardiens. Des ombres immenses se battaient, projetées sur les grands murs de brique. Eylir frappa pour tuer.

Quand tous les gardiens furent abattus, il descendit de cheval, traversa la cour de l'école, ouvrit la porte. Et il appela, dans le vide brumeux qui s'étendait au-delà. Il égrena les noms des six enfants. Julian, hanté, les connaissait par cœur et les avait transmis à son ami. « Carel ! Ermion ! Elora ! Maedro ! Stefana ! Symiel ! »

Et après eux, un dernier nom. Le plus fort.

« Anna ! »

« C'est quoi tout ce bordel ? Putain, vous avez vu l'heure ? Moi je dors ! »

Tout en se frottant les yeux, Calvo gagna la salle principale de l'auberge, puis il ouvrit la porte. Eylir salua et s'excusa : « Je suis désolé. Pouvez-vous accueillir mes amis ?

— Tes amis ?

— Une femme, et six enfants. »

L'aubergiste hésita. Sans attendre sa réponse, Eylir fit signe à ceux qui le suivaient d'entrer. Il craignait qu'une patrouille les surprenne dans la rue et il n'avait pas envie d'avoir à s'expliquer. Les enfants passèrent la porte, baissant la tête, ne voulant pas déranger. Ils étaient très sales et très maigres, les ongles noirs, les yeux cernés. Trois garçons et trois filles.

« Carel, Ermion, Elora, Maedro, Stefana et Symiel, énuméra Eylir. Ils n'ont pas mangé depuis un moment. »

Calvo soupira : « Je ne peux pas accueillir toute la misère du monde, moi ! Bon… Je vais aller voir en cuisine s'il reste quelque chose… Ils n'auront qu'à dormir dans la grande chambre, en haut, elle est inoccupée. Mais je préférerais qu'ils se débarbouillent avant. »

Eylir sourit, se tourna vers l'extérieur et dit : « Entrez, Anna… »

Une femme franchit le seuil d'un pas prudent. Elle était aussi maigre que les enfants, paraissait fatiguée et malade mais son regard brillait d'une puissante résolution. Eylir la traitait avec un immense respect, comme il aurait traité une reine. Et elle lui souriait doucement.

Calvo fut très généreux, il fit à manger pour les enfants. Eylir aida Anna à les débarbouiller au-dessus d'une bassine, puis les accompagna jusqu'à leur chambre. Il avait prévenu Calvo, tout le monde partirait dans la journée du lendemain. L'autre s'était inquiété : « Il faut qu'ils se reposent, quand même. Ils ne sont vraiment pas bien gros... »

En entrant dans sa propre chambre, Eylir eut la surprise de trouver son lit occupé. Méfiant, il approcha sa bougie de la tête blonde qui émergeait des draps. Crina cligna des yeux en l'apercevant.

« Tiens, te voilà... Tu as l'air fatigué...

— Qu'est-ce que tu fais là ? »

Elle prit un faux air timide et dit : « Je n'ai pas pu rentrer chez moi. »

Elle lui raconta une histoire confuse au sujet de son parrain, avec qui elle ne s'entendait pas, et d'ailleurs elle avait l'intention de quitter la ville bientôt, alors elle s'était souvenue de lui, puisqu'ils s'entendaient bien...

« Je me suis glissée ici pendant que Calvo ne regardait pas. Tu ne vas pas me mettre dehors, non ? »

Il comprit surtout qu'elle voulait partir, qu'elle avait besoin d'un protecteur. Cette histoire allait lui attirer des ennuis... Mais il se sentait fort, maintenant, capable de dénouer les situations les plus difficiles, alors il accepta qu'elle se mette sous sa protection. Il l'emmènerait jusqu'à Améritys, là-bas, elle se débrouillerait.

Crina se leva et l'aida à enlever ses affaires, avec circonspection, s'attendant encore à ce qu'Eylir la jette dehors. Il sourit, la prit dans ses bras et l'embrassa. Ses cheveux sentaient bon et sa peau était douce.

Il se réveilla assez tard, elle dormait encore. Le drap tiré révélait son dos nu, elle respirait très profondément comme si chaque goulée d'air était importante. La belle lumière de ce matin-là, passant au-dessus des toits du Saint-Cercle, était porteuse de beaucoup d'espoir.

Dès qu'il posa les pieds dans la salle du bas, il s'en voulut de n'être pas descendu plus vite. Les clients étaient peu nombreux, Calvo avait servi du lait chaud aux six enfants. Mais un gros chien au poil roux et pelé grognait devant une des petites filles, apeurée ; deux autres, tapis sous les bancs, intimidaient ses frères et sœurs. Eylir fit quelques pas vers eux, se demandant pourquoi Calvo n'avait pas mis dehors ces horribles animaux. Anna rassurait les enfants mais n'avait pas l'air de savoir comment chasser les chiens.

« Salut Callaghan ! Heureuse rencontre, après tant d'années ! Te voilà en bonne compagnie ! »

Eylir, désagréablement surpris, reconnut la voix aux accents métalliques. Face de cuir se tenait près du comptoir, il marcha vers Eylir et Crina, qui venait de descendre l'escalier derrière lui.

« Ce sont tes chiens, limier ? Rappelle-les, ils importunent mes amis.

— Ils aiment jouer. Mais je ne suis pas venu seulement pour toi… »

Eylir fut certain que Face de cuir avait souri, sous son masque. Le limier saisit soudain le poignet de Crina, le tordit avec méchanceté et la jeta par terre, où il l'accueillit d'un coup de pied. La violence et la brutalité de l'attaque prirent tout le monde au dépourvu.

« Non seulement cette petite salope désobéit à son parrain, mais en plus elle le dépouille durant la nuit. Elle va se souvenir de cette journée pendant longtemps… »

Crina pleurait, Face de cuir allait frapper encore quand Eylir l'écarta. Le limier dit froidement : « Soldat, reste à ta place. Tu as fait une belle carrière, on m'a dit. Ne la gâche pas pour une pute. »

Les chiens aboyèrent, une des petites filles cria. Deux clients qui venaient d'entrer préférèrent ressortir. Eylir dégaina son épée et la pointa vers le bord inférieur du masque. Une intuition urgente le pressait de se débarrasser du limier maintenant. Il aurait dû le tuer, mais il ne pouvait pas le faire devant Anna.

« Je ne t'aime pas, Face de cuir. Je n'aime pas tes façons, et je n'aime pas te retrouver sur mon chemin. »

Il exigea de Calvo qu'il lui donne la clef de sa cave et força Face de cuir à y descendre. Le limier avait d'abord proféré des menaces, puis il s'était tu. Nul dans l'auberge ne semblait disposé à lui porter secours où à aller chercher les gendarmes. Eylir attrapa les chiens par la peau du cou et les jeta dans la cave, puis il rabattit la trappe et la verrouilla. Toutes les personnes présentes parurent soulagées d'une façon ou d'une autre d'être séparées des aboiements par une épaisse porte de bois. Seule Crina avait l'air très inquiète.

« Comment est-ce que nous allons faire, maintenant ? Il finira bien par sortir, et il enverra les gendarmes à nos trousses… »

Eylir lui sourit gentiment.

« Si nous sommes loin, les gendarmes ne nous poursuivront pas. Pas pour une affaire aussi ridicule. Il nous faut juste partir très vite. »

Il se tourna vers Anna et les enfants : « Vous êtes prêts ? Nous allons faire un beau voyage ! »

Calvo leur vint en aide une nouvelle fois. Il promit de laisser le limier mariner dans sa cave une heure ou deux, le temps de trouver son autre jeu de clefs, celui qu'il égarait tout le temps. Et il les recommanda au patron de *L'Héroïque*, une barge à vapeur qui descendait le Mestral. Ainsi, ils pourraient prendre une belle avance sur toute personne qui se lancerait à leur poursuite, et ils s'économiseraient un long chemin par la route.

Au début, ce fut effectivement un beau voyage. Ils quittèrent la ville sans difficulté et avant midi embarquèrent sur *L'Héroïque*. Le patron de la barge, un gros homme barbu nommé Gregüz, ne cessait de vanter à la manière phocéenne la rapidité et la beauté de son navire. Il la fit visiter de long en large aux enfants ébahis, puis les laissa jouer sur le pont une fois la rive laissée derrière eux. Les gamins couraient d'un bout à l'autre du navire, s'enthousiasmaient pour les pistons, les bielles et toute la partie visible de la machinerie. Des trois garçons, seul Carel, le plus sage, restait tranquillement auprès d'Anna. Et il ne fallait pas trop de la vigilance d'Eylir et de Crina pour empêcher les autres de se jeter à l'eau.

Les filles n'étaient pas en reste. Symiel, petit bout blond au visage charmant, avait élu domicile dans ses bras, décrétant qu'Eylir était *son amour*. Elle blottissait son petit nez froid dans le cou du Kelte et s'accrochait de toutes ses forces à ses cheveux pour peu que le bateau roule un peu trop. Elora et Stefana, toutes deux plus âgées, grimaçaient de jalousie et ne cessaient de réclamer qu'on les porte un peu plus haut afin qu'elles puissent regarder le paysage.

« Avec toute cette précipitation, nous n'avons même pas eu le temps de vous remercier, Eylir. C'était si doux de ne plus avoir à dormir sur le plancher, j'ai à peine réussi à trouver le sommeil... »

Il sourit à Anna. Avec le soleil qui illuminait et réchauffait son visage, elle avait un air serein de madone, même si elle paraissait encore très fatiguée. Elle contemplait les berges, le ciel, et les reflets du soleil dans l'eau du fleuve.

« Je me sens tellement vivante, Eylir. »

Très ému, il la prit dans ses bras comme pour la bercer. Plus loin, Crina leur jeta un regard jaloux qu'il ignora.

Eylir avait établi son plan de route en discutant avec Gregüz. Il voulait se rendre le plus vite possible jusqu'à

Fosca. Il convint que *L'Héroïque* les déposerait à Laudomia, plus haut sur le fleuve, là où ce dernier croisait la route d'Améritys. De là, il leur resterait une bonne distance à parcourir à pied, Eylir préférant éviter de prendre la malle-poste Impériale. Et puis la saison était encore belle…

Ils débarquèrent à Laudomia, et prirent la route immédiatement. Trois enfants montaient sur Argo, à tour de rôle, tandis que les autres marchaient autour. On n'avançait pas vite, les petits étaient rapidement fatigués. Le premier soir, on fit un bon dîner dans une hôtellerie.

Après le dîner, tandis que les enfants ragaillardis jouaient avec Crina et couraient entre les tables de la grande salle à moitié vide, Eylir alla s'installer près de la fenêtre avec Anna, qui voulait profiter des derniers rayons du soleil. Il était très ému d'être avec elle, elle ressemblait à sainte Stefana, la madone des Atlans, épouse belle et dévouée d'Andall le prophète, une femme à la compagnie un peu grave, douce et sérieuse.

« Je suis pressée de revoir ma famille, Eylir. C'est la seule chose qui ait de l'importance pour moi. Et pour les petits aussi, j'imagine, même s'ils ne s'en rendent pas compte. Comment vont mes enfants ? Je sais que je ne devrais pas vous le demander… Les connaissez-vous bien ? Les avez-vous vus, récemment ? Comment va ma Beth ?

— Beth vit à Fosca, Anna, elle est très belle et le pays la rend plus belle encore, je crois qu'elle est heureuse, là-bas. Le baron ne peut pas se passer d'elle, sans elle le château tomberait et la terre serait inondée… »

Eylir raconta tout ce qu'il savait de Beth, du château et de la baronnie, tout cela pour ne pas avoir à parler de Julian ; mais il savait qu'Anna poserait la question, et il appréhendait ce moment.

Le destin vint à son secours. Dehors, les derniers rayons du soleil avaient disparu. Anna fut saisie d'un violent frisson et pâlit brusquement.

« J'ai froid… J'ai froid… »

En quelques instants, ses lèvres étaient devenues violettes comme si elle avait séjourné trop longtemps dans une eau glacée. Par réflexe, Eylir la prit contre lui, lui recouvrant les épaules de sa veste. Elle tremblait sans cesse, maigre et fragile entre ses bras, si délicate qu'il aurait pu la briser. Il lui fallait de la chaleur, plus de chaleur que celle qu'il pouvait lui donner…

Crina s'approcha de lui en courant, affolée. « Eylir, les enfants disent tous qu'ils ont froid, et Elora est devenue tellement pâle… je…

— Fais du feu ! Dépêche-toi, fais du feu ! Il faut les frictionner ! »

Crina fut très efficace. Le patron et elle allumèrent une belle flambée dans la grande cheminée qui ne servait habituellement qu'en hiver. On rassembla les enfants près du feu et la chaleur leur redonna des couleurs. Ils cessèrent de grelotter puis dirent qu'ils se sentaient mieux. Anna s'assit recroquevillée face aux flammes, adressant à Eylir un sourire fragile qui voulait dire : *Ne vous souciez pas de moi, tout va bien maintenant…*

Crina fit un caprice pour avoir une chambre où elle pourrait dormir avec Eylir. Il y céda, Anna et les enfants ne semblaient plus avoir besoin de lui ce soir-là et il n'avait pas envie de dormir seul. Une fois la porte refermée, Crina prit une expression méfiante. « Qu'est-ce que c'est que cette maladie ? C'est contagieux ? Tu ne m'as pas dit d'où tu les avais sortis, ces gamins…

— Non, je ne te l'ai pas dit. »

Eylir l'embrassa pour la faire taire. Mais il avait commencé à s'inquiéter.

Le lendemain, le soleil avait disparu et avec lui l'insouciance du voyage sur la barge. Le ciel s'assombrit, le vent portait des feuilles mortes et des promesses de pluie. La marche était difficile pour les petits, ils progressaient lentement sur la route d'Améritys, trop lentement aux yeux d'Eylir. Crina lui avait bien confirmé que même s'ils avaient assez d'argent pour se nourrir plusieurs jours, ils ne pouvaient pas prendre la malle-poste qui les amènerait à Fosca. Il fallait donc marcher. Crina tenait le petit Ermion dans ses bras, Eylir portait Symiel. Les quatre autres tenaient tant bien que mal sur le dos d'Argo, il fallait les surveiller en permanence. Heureusement que le cheval aimait bien les enfants !

Quant à Anna, elle marchait en se tenant au bras d'Eylir.

À midi, les enfants étaient fatigués, ils firent une pause au bord de la route. Anna s'assit à côté d'Eylir, elle bougeait lentement, comme une convalescente.

« J'éprouve un sentiment étrange, Eylir, depuis que nous avons quitté la ville. J'ai l'impression que nous marchons dans un rêve, que si je ferme les yeux, tout disparaîtra, la route, les relais... Je me sens si légère. Vous, vous êtes là. Vous êtes fort, et vivant. Vous êtes tellement lumineux, cher Eylir... Vous portez en vous un morceau du soleil. »

Eylir prit Anna dans ses bras, pour la protéger, lui donner sa chaleur, sa présence, être pour elle un arbre, un rocher, un bouclier. Elle crispa les mains, s'agrippa de toutes ses forces aux vêtements froissés d'Eylir comme si elle craignait de tomber, puis leva les yeux vers lui et son visage avait pris l'expression d'une absolue résolution.

« Je veux voir mes enfants, Eylir. Rien d'autre n'a d'importance.

— Je vous porterai jusqu'à eux s'il le faut. »

Elle s'abandonna contre lui et se reposa.

Quelques jours gris et fatigants passèrent. Il y eut encore une escale dans un relais de voyageurs, les petits étaient épuisés et fiévreux, on leur avait servi une bonne soupe chaude, Anna s'efforçait de les faire manger avec une sollicitude toute maternelle. Crina, elle, s'irritait de tout, se montrait agaçante. Puis soudain elle saisit le bras d'Eylir et dit d'un ton inquiet : « Regarde dans la vitre, là... Regarde, je t'en prie... »

Dehors, le vent mugissait, balayait les rues du petit village. La nuit venait... Mais Crina désignait le reflet. On voyait la salle, le grand feu, la table avec les assiettes fumantes. Anna et les enfants étaient absents de l'image.

À table, pourtant, Symiel pleurnichait et Maedro jouait avec son pain, rechignant à manger la soupe.

« Eylir, maintenant, explique-moi, dis-moi ce qui ne va pas avec eux... »

Crina était fatiguée, ses bas étaient crottés par la marche, ses yeux cernés, ses cheveux blonds en désordre. Eylir la prit dans ses bras. Il lui caressa les cheveux, d'un geste doux et lent, pour l'apaiser. Qu'aurait-il pu répondre ? Elle ferma les yeux. Eylir lui embrassa le front, déchaînant les rires gênés des trois petites filles, à table.

Ils dormirent tous dans la même chambre, une petite pièce bien chauffée par un poêle de fonte. Cette nuit-là, Carel, un des garçons, se réveilla en hurlant. Un cri inarticulé, très aigu. Un à un, les cinq autres enfants l'imitèrent, créant l'affolement dans le relais. Ils avaient les yeux clos, se tordaient dans les draps, en prise à des rêves terrifiants. Et leur peau était glacée. Malgré les édredons, malgré la chaleur étouffante du poêle que Crina avait bourré de charbon jusqu'à la gueule, la peau des petits était blanche, dure et froide. Des traces blanches et luisantes apparurent sur le visage et les mains des plus jeunes.

Eylir et Crina portèrent les petits corps tremblants près du poêle et à force de caresses et de frictions, ils les sortirent de leur cauchemar pendant qu'Anna tentait de rassurer le patron du relais. Elle-même était blême, ses lèvres et ses yeux ourlés de bleu, et Eylir finit par la traîner de force devant le poêle rougeoyant.

Ils dormirent donc les uns contre les autres, Eylir et Crina serrant chacun trois enfants contre leur peau nue. Crina avait tremblé et pleuré, disant qu'elle ne pourrait pas. Eylir l'avait regardée durement.

« J'ai besoin de toi. Seul, je ne suffirai pas. »

Alors le visage couvert de larmes, elle s'était allongée, les corps froids des enfants pressés contre son flanc. Les respirations de tous s'apaisèrent, la peau des enfants redevenait tiède. Bientôt, on n'entendit plus que les respirations rapides des petits et d'Anna. Mais Eylir, qui veillait, vit que Crina avait gardé les yeux ouverts. Lentement, elle tourna le visage vers lui et murmura : « Eylir… dis-moi ce qui se passe. Dis-moi si nous sommes malades, ou si nous sommes maudits. Si tu continues à ne rien dire, je me lève maintenant. Tu entends ? Je me lève maintenant, je te laisse. Besoin de moi ou pas. »

Elle tremblait. Ses propres menaces l'effrayaient. Eylir resta silencieux un long moment. Crina ferma les yeux, elle allait pleurer. Alors Eylir se résolut à parler et dit, tout aussi doucement qu'elle.

« Je ne sais pas donner… d'explications. Mais je peux te raconter une histoire.

— Je m'en fous de tes histoires… Dis-moi juste…

— Écoute. J'avais un ami qui s'appelait Julian Leiss. Mon meilleur ami. »

Julian parlait souvent de Phocéa à Eylir. Il disait : « Mon père m'a tout expliqué et j'ai lu des livres, des revues qui en parlaient. Je voulais savoir. Phocéa est une très grande ville, avec des manufactures, des imprimeries, des relieurs, des fabriques de tissus, beaucoup d'ouvriers, beaucoup de gens pauvres. L'école où ma mère était institutrice s'appelait l'école des rousses, dans le quartier des rousses.

Quand j'étais très petit, j'avais trois ans, quatre ans, il y a eu une insurrection à Phocéa. Les gros propriétaires avaient spéculé sur le prix du papier, sur celui du coton, alors les salaires avaient baissé dans les fabriques. L'intendant général de la ville était pourri, il avait participé à la spéculation, le peuple l'a chassé. Les gens étaient tout le temps dans la rue, ils faisaient la fête, ils voulaient organiser des élections, nommer leur assemblée. Depuis la campagne, l'intendant prétendait qu'ils se mettaient hors la loi, hors de l'Empire. Ils s'en moquaient, ils ont voté et ils ont formé un gouvernement d'artisans et d'ouvriers.

Les religieux ont commencé à avoir peur, surtout les nonnes de Sainte-Stefana. Elles nommaient l'intendant général de la ville, d'après une vieille loi datant de Carmina. Elles ont destitué l'intendant pourri, une bonne chose, mais elles ont été incapables d'en trouver un valable parmi les bourgeois de la ville. Alors elles ont fait une erreur très grave. Elles ont choisi l'une d'entre elles, une jeune nonne, qui avait déjà participé à des décisions politiques, qui administrait les écoles, une sœur converse. Elle s'appelait Serena de Fosca. Elle n'avait pas d'expérience. Elle a été cruelle et implacable. Sans aucune mesure. Et le plus étrange, c'était une amie de mes parents.

Les révoltés ont pris le contrôle de la ville, mais ils n'ont pas réussi à soulever la campagne. L'intendante a demandé qu'on lui envoie la légion, elle a commencé à faire le siège de Phocéa, tout en les laissant s'approvisionner, car elle ne voulait pas que le peuple meure de faim. Ça a duré des mois. Je passais tout le temps à l'école des rousses, avec ma mère et avec Beth. Ma mère donnait des leçons gratuitement, pour tous les enfants dont les parents le voulaient. Il faisait beau, on passait notre temps à jouer dans la cour.

Puis les révoltés ont viré à la dictature. Tous ceux qui

n'étaient pas inconditionnellement pour la république et contre les négociations avec l'Empire ont été tués ou enfermés, dans les fabriques ou dans les écoles. Ils ont voulu arrêter mon père, il s'est enfui. Mais ils ont réussi à boucler ma mère dans son école, avec tous les enfants de sa classe, et Beth et moi. Ils nous ravitaillaient à peine, ils nous utilisaient comme moyen de négociation. Les prisonniers politiques étaient devenus des otages. Il y avait des soldats devant l'école. Des types malheureux et méchants.

La sœur Serena a négocié, elle ne savait pas quoi faire pour se sortir de là. Comme elle connaissait ma mère, elle a voulu lui rendre visite, pour voir si elle était bien traitée. Ils nous ont ravitaillés juste avant, puis la sœur est arrivée, elle a parlé avec ma mère. Beth et moi, on savait qu'on était prisonniers, je crois qu'on trouvait ça drôle. Alors ma mère a dit : « Les enfants, vous allez jouer à vous cacher des soldats. »

On est allés sous les jupes de la sœur Serena et on est sortis de l'école. Juste Beth et moi. Mon père était content de nous retrouver. Ma mère et quelques autres enfants sont restés dans l'école.

Puis, après cet épisode, l'intendante a changé de politique. Elle a fait venir d'autres soldats, elle a arrêté de négocier. Dans la ville, les révoltés ont vu qu'ils allaient perdre, ils ont arrêté de nourrir les otages. Mon père savait que ma mère était dedans avec les gamins de son école, ça le rendait fou. La sœur Serena n'a pas pu retourner les voir, et elle ne voulait pas donner l'assaut. Elle voulait attendre que le peuple de la ville se retourne contre les révoltés, elle craignait un massacre en cas d'assaut sur la ville. Mon père allait la voir tous les jours, il lui demandait d'attaquer, de négocier, de faire n'importe quoi pour les otages, mais elle ne faisait rien. À la fin, il a frappé des soldats, ils l'ont mis en prison, elle ne l'en a pas fait sortir. Puis elle a attaqué. Trop tôt et trop tard. Les soldats ont tué beaucoup d'habitants, beaucoup d'ouvriers. Mais ils n'ont pas pu libérer les otages. Ils étaient tous morts. Tous les otages. Ma mère, et six enfants. Je ne me souviens pas trop de ce moment. Mon père est allé en prison. Et la sœur Serena nous a envoyés en pension, Beth et moi. »

« Julian est mort, comprends-tu ? Comprends-tu ce que je fais ? Je peux réparer l'injustice. Même la plus grande... »

Le feu mourait dans le poêle, mais Crina était si pâle qu'Eylir distinguait parfaitement son visage dans l'obscurité de la pièce. Elle se signa.

« Qui es tu ?

— Je suis Eylir Ap'Callaghan. Je suis le frère du Roi rouge. Dors, maintenant. Dors. »

À l'aube, le froid avait disparu, remplacé par la chaleur étouffante des corps serrés les uns contre les autres dans une chambre surchauffée. Toutes les respirations étaient profondes et régulières, ils avaient vaincu l'hiver.

Eylir se leva, sortit du relais pour aller s'occuper d'Argo. L'aube était grise et nuageuse. C'est à ce moment qu'il se fit surprendre.

Ils l'attendaient dehors, dans la petite cour couverte de feuilles mortes qui s'ouvrait derrière le bâtiment. Trois hommes portant des simples blouses d'artisans, râblés, aux visages épais et brutaux.

« Hé, toi ! »

Eylir s'arrêta, méfiant, se demandant ce qu'ils lui voulaient, ce qu'ils faisaient ici à une heure si matinale. Quelqu'un surgit derrière lui, un coup de bâton violent s'abattit derrière ses genoux, le faisant s'effondrer en avant. Les trois brutes se jetèrent alors sur lui, le rouèrent de coups de pied et de coups de matraque.

Eylir se ramassa sur lui-même, offrant son dos aux

coups. Puis, grimaçant de douleur, il attrapa un pied qui passait à sa portée et tira de toutes ses forces tout en se relevant. L'homme bascula en arrière et tomba, sa tête heurtant violemment le sol ; il ne se releva pas.

Eylir, titubant, se jeta alors dos au mur de la maison. Pas un cri n'était sorti de ses lèvres, ni de celles de ses adversaires. Il attrapa une fourche posée contre le mur, utilisa le manche comme une épée et attaqua avec toute sa rage et sa colère de s'être fait surprendre. Le manche de fourche frappa d'estoc à l'abdomen d'un des deux hommes restants, l'envoyant au sol, gémissant, se tenant le ventre assis au milieu des feuilles mortes.

Un coup de matraque du troisième homme s'abattit douloureusement sur le bras valide d'Eylir, lui faisant lâcher son arme improvisée. L'homme jubila. C'était le plus grand des trois et il arborait une imposante moustache noire de lutteur de foire. Mais un coup de botte au-dessous du genou lui arracha son sourire, et un coup de la main droite d'Eylir à la gorge lui coupa la respiration suffisamment longtemps pour qu'Eylir puisse ramasser une des matraques. Son corps lui faisait mal, mais il n'avait rien de cassé. Il chercha autour de lui, méfiant. Les trois hommes étaient au sol, mais il y en avait un quatrième, celui qui l'avait frappé dans le dos alors qu'il entrait dans la cour...

Face de cuir passa le coin de la maison. Malgré la fraîcheur de l'aube, son souffle ne produisait pas de buée. Il n'avait aucune arme. Eylir dit en riant : « Vous autres, limiers atlans, vous n'avez pas besoin d'une raison officielle pour frapper les gens ?

— Pas pour toi, Callaghan. »

Les brutes se relevaient en gémissant, Eylir se prépara à soutenir un nouvel assaut. Quelque chose bougeait dans le relais. On pourrait venir à son secours...

« Je suis venu t'avertir, comme toujours. Tu n'es pas assez fort pour ce que tu as tenté, Callaghan. Tu es un bâtard et un manchot, ton sang est faible, ta parole est fragile. Je les prendrai tous, tes protégés, et tu n'y pourras rien. »

Eylir aurait voulu défoncer le masque de cuir avec sa matraque pour faire taire cette horrible voix. Reculant pas à pas, gardant toujours Eylir devant lui, Face de cuir quitta la cour. Ce n'était pas la crainte qui le poussait à s'en aller ainsi, c'était juste le regard du chasseur sur sa proie.

Eylir se redressa de toute sa hauteur et cria, bravache : « Je t'attendrai ! »

Mais il était déjà parti.

Alors il retourna à l'intérieur du relais, voir si les autres étaient bien en sécurité. Il restait encore de nombreux milles jusqu'à Fosca.

Ils marchaient dans la forêt. Les feuilles brunes et pourrissantes tapissaient le sol et adoucissaient le bruit des pas. Crina cachait de moins en moins sa peur, Anna était à peine présente. Et les enfants légers, légers, s'accrochaient au cou des adultes et à la crinière d'Argo.

En quittant le relais, ce matin-là, ils étaient presque gais. Le brouillard avait noyé la route, une brume blanche et ouatée, comme du coton non filé. Le silence avait recouvert la campagne, le brouillard masquait les sons comme la lumière. Maedro, le plus turbulent des garçons, s'était amusé à hurler dans le silence. Jusqu'à ce que l'angoisse d'entendre sa voix disparaître dans la brume le fasse taire.

Eylir savait qu'ils ne pourraient plus marcher bien longtemps. Lui était blessé et ses compagnons malades. Il leur fallait une voiture.

La brume se dissipa peu avant midi, laissant place à une épaisse couverture de nuages gris. Les enfants, à moitié éveillés, murmuraient dans un demi-sommeil. Symiel accrochait ses mains dans les cheveux d'Eylir, elle se les enroulait autour des doigts et les mettait dans sa bouche.

C'est en regardant les propres cheveux de la petite fille qu'il se rendit compte que la brume n'était pas entièrement partie. Des lambeaux de brouillard, comme une dentelle très légère, s'étaient accrochés aux cheveux blonds de Symiel, aux boutons de sa robe, à ses poignets, à ses souliers. Ils disparaissaient quand on y passait la main, comme la fumée se disperse dans l'air. Mais aussitôt après ils revenaient.

C'était la même chose pour les autres. Argo portait des enfants traînant leurs lambeaux de brume comme autant de drapeaux déchirés. Maedro, amusé, essayait de les rouler en boule pour les manger. Les mains et le visage de Carel devenaient indistincts, baignés de fumerolles blanches.

Elles sortaient de la robe d'Anna et traînaient derrière elle comme une longue robe de mariée.

Une voiture passa enfin, une petite berline tirée par deux chevaux. Eylir se plaça au milieu de la route et héla le cocher.

« J'ai besoin qu'on me transporte jusqu'à Améritys ! Cette femme et ces enfants ne vont pas bien, ils ont du mal à marcher !

— Tu vois ça avec Madame », dit le cocher en pointant le doigt derrière lui.

Trois vieilles femmes voyageaient à l'arrière. La propriétaire fit la grimace en écoutant la demande d'Eylir.

« Jeune homme, si on devait ramasser tous les gens qui traînent sur les routes... »

Elle ordonna à son cocher de repartir. Alors Eylir dégaina son épée et sourit d'un air un peu méchant.

Ils abandonnèrent les bourgeoises au bord de la route et Crina leur jeta des insultes qui firent rire les enfants. Une fois les rênes en main, Eylir lança les chevaux au galop. Il voulait fuir le limier et ses hommes, toute distance qu'il pouvait mettre entre lui et le lieu de leur rencontre était bonne. Ils n'avaient pas de temps à perdre.

Après quelques milles de route, un cahot un peu brutal manqua de faire verser la berline. Il arrêta les chevaux, sauta à terre, allant voir comment se portaient ses passagers. Argo hennit nerveusement. Il n'aimait sans doute pas devoir suivre la voiture en étant attaché derrière elle.

« Tout va bien ? »

Symiel apparut à la fenêtre en se frottant comiquement la tête. Le brouillard de ses cheveux prenait une allure d'auréole. Elle dit de sa toute petite voix : « Je suis tombée mais je vais bien. »

Eylir lui sourit, ouvrit la porte, monta à l'intérieur. Anna réconfortait Ermion qui s'était fait mal au genou. Le petit garçon pleurait. Anna regarda ensuite autour d'elle et dit : « Je ne vois pas Carel. Il est descendu ? Carel ? »

Les autres enfants, curieusement agités, appelèrent leur camarade en chœur : « Carel ! Carel ! »

On n'entendait pas d'autres réponses que le vent dans les branches et le bruissement des feuillages.

Eylir s'apprêtait à descendre pour se lancer à sa recherche lorsqu'il vit le visage de Crina. Elle était aussi pâle que les autres et des traits de larmes sillonnaient ses joues en silence. Regardant Eylir dans les yeux, elle fit le geste de bercer un enfant invisible et absent.

« Carel ? »

Eylir regarda la fine nappe de brouillard qui s'étendait sous la voiture, qui se dispersait dans le vent.

« Carel ? Arrête de te cacher ! Reviens ! »

Alors Eylir se rappela les paroles de Face de cuir. Il n'était pas assez fort, il n'était qu'un bâtard. Et lui, Face de cuir, viendrait prendre ses protégés un à un. Le premier venait de disparaître.

Dégainant Misère, Eylir fit le tour de la voiture, cherchant le limier. Ils étaient en pleine forêt, aucun cheval n'était visible à part les leurs, aucun autre homme ne se montrait. Il aurait dû tuer le limier quand il en avait encore la possibilité !

Il s'éloigna un peu de la voiture, appela de toutes ses forces son adversaire, le défiant, l'appelant à le combattre en face. Mais seul le vent lui répondit.

Le jour baissait. Eylir crut voir une silhouette entre les arbres, un homme de belle stature, enveloppé dans un épais manteau, le visage dissimulé sous un casque de chevalier, il eut le sentiment qu'il s'agissait d'Agôn, se montrant sous une autre apparence…

« Face de cuir ! »

Eylir courut, trébucha, s'écorcha et déchira ses vêtements dans un buisson de ronces. Quand il se releva, l'autre avait disparu. Plus profondément dans les bois, le vent agitait les branches, lui faisant imaginer une fuite précipitée.

Il faillit se lancer dans cette direction, il voulait savoir, il voulait se battre, mais les autres étaient restés sans protection. Alors il se releva lentement, se calma et rejoignit la voiture.

Les enfants, regroupés autour d'Anna, appelaient Carel et Maedro de leurs voix aiguës. Anna, baignée de volutes pâles, leur prenait les mains et disait, du ton le plus convaincant possible : « Ne vous inquiétez pas, les enfants. Plus tard, nous serons tous rassemblés. »

« Il y en a un autre qui a disparu, pourtant je les ai bien surveillés, dit Crina, très pâle. Je ne les ai jamais quittés des yeux, je te le jure. Je les comptais tout le temps, tout le temps, je faisais bien attention que personne n'approche. »

Eylir la serra contre lui, la laissa enfouir son visage dans son cou.

Alors il vit les quatre enfants restants venir vers lui, regarder sa main égratignée par les ronces. Symiel, la première, osa toucher les petites plaies.

« C'est chaud ! »

Elle sourit à Eylir, plongea ses doigts dans sa bouche.

« Je n'ai plus froid ! »

Les autres tendaient avidement les mains pour toucher les lèvres de la plaie.

Eylir se souvint de son voyage à la pierre de Fâll avec le druide Lysender, il se souvint des formes avides qui les poursuivaient et leurs cris de faim. Il sut alors ce qu'il devait faire. Repoussant Crina, il dégaina Misère et s'entailla l'avant-bras. Les enfants se regroupèrent alors autour de lui comme de petits animaux.

Ils avaient repris des forces et des couleurs, courant et se poursuivant autour de la voiture. Eylir s'approcha d'Anna. De grosses gouttes épaisses glissaient le long de sa main de bois. Anna recula devant lui, elle pleurait.

« Je ne peux pas Eylir, je ne peux pas. »

Il se força à prendre une voix ferme : « Vous pourrez revoir Beth…

— Pas à ce prix, Eylir. »

La tête d'Eylir lui tournait, un voile rouge passait devant ses yeux. Il était épuisé, mais il devait continuer. Il tenta de remonter sur le siège de la voiture, ne réussit pas à se rétablir et tomba lourdement au sol à côté des chevaux.

Crina se tenait debout à côté de lui, le surplombant.

« Tu es fou, le Kelte.

— Tu avais dit que tu m'aiderais. »

Elle le releva, le fit monter à l'arrière, avec Anna et les enfants, tandis qu'elle prenait les rênes.

Eylir fut ballotté sur plusieurs milles, à moitié assoupi.

Les enfants s'agitaient autour de lui, Anna n'arrivait pas à les tenir. Ils jouaient sur lui, montaient sur ses épaules, tripotaient son bandage et son bras blessé. Symiel riait tout le temps et criait : « Encore ! Encore ! »

Il avait confiance. À Fosca, sous les saules, il retrouverait de la force. La distance n'était plus très longue. D'ici là, Anna et les enfants vivraient.

Cette nuit-là, ils dormirent à la belle étoile, abrités du vent par un grand pan de roches. La fin de la journée avait été particulièrement douce, comme si l'automne leur avait accordé un ultime répit. Eylir s'était reposé, il allait mieux. Il avait rassemblé du bois et fait un grand feu pour qu'Anna n'ait pas froid ; affaiblie, la peau très pâle, elle s'était recroquevillée près des flammes. Les quatre enfants, plus excités que jamais, jouèrent longtemps à se poursuivre autour de la voiture avant d'accepter d'aller se coucher à l'intérieur. Eylir emmena alors Crina un peu plus loin, sous un chêne, il lui fit l'amour avec violence. Il voulait vivre, il voulait que tous vivent ! Il s'épuisa dans le corps de la jeune femme, ignorant qu'elle avait mal et qu'elle avait peur. Elle se serra contre lui, agrippant la chemise d'Eylir de toutes ses forces, ferma les yeux et ne dit rien.

Il s'endormit enfin.

Ce fut elle qui le réveilla, au matin. Le froid était revenu, la rosée avait mouillé ses vêtements, sa peau était glacée. Crina était très pâle, le visage dur et fermé. D'un signe, elle invita Eylir à la suivre jusqu'à la voiture. À l'intérieur, le corps des enfants était recouvert de brume comme d'un drap léger, leurs peaux étaient redevenues blanches.

« Et maintenant ? demanda-t-elle d'une voix froide. Ça n'a servi à rien, ce que tu as fait. Juste à gagner un peu de temps. »

Eylir regarda Anna. D'elle, il ne restait plus qu'une silhouette indistincte, à peine un fantôme. Elle dormait encore, mais paraissait si fragile que le vent du matin aurait pu la dissiper. Alors il prit son couteau et s'entailla le bras. Le sang coula sur les joues d'Anna, dans son cou, sur sa robe.

Les brumes disparurent, Anna redevint plus nette. Le sang disparut aussi, comme absorbé par la chair qui revivait. Eylir sourit. C'était une bonne chose. Il la laissa reprendre des forces et des couleurs, jusqu'à ce que le vertige lui fasse tourner la tête.

Crina lui prit le bras et dit d'un ton dur: « Tu vas te tuer. Ils vont te tuer... Conduis la voiture, je monte avec eux.

— Donne-leur un peu de sang. Juste un petit peu. Ça ne te mettra pas en danger.

— Je sais ce que je dois faire. »

Eylir alla nettoyer et panser sa blessure. Ils reprirent la route dans l'heure qui suivit.

Pour Eylir, ce fut un long voyage halluciné, il manquait à chaque instant de perdre conscience et de chuter du siège de cocher. Mais le sentiment d'approcher de son but le maintenait éveillé et le tirait en avant...

Au soir, il décida de faire escale dans une auberge d'apparence cossue construite près d'un pont. Il voulait se reposer, dormir dans un lit confortable pour cette nuit, ils pouvaient se l'offrir, ils seraient à Fosca demain après-midi. Il descendit à terre, tituba, s'appuya sur Argo. Puis s'étonna que personne ne soit sorti de la voiture.

« Crina ? »

La jeune femme ouvrit la portière et posa pied à terre. Elle avait le même visage froid que le matin et évitait de le regarder. Elle marcha vers le pont sans se retourner. Eylir regarda à l'intérieur de la voiture. Anna et Symiel étaient endormies, l'enfant dans les bras de la femme, enroulées dans un linceul de brouillard. Des trois autres enfants, Ermion, Elora et Stefana, nulle trace. Alors Eylir se jeta dehors et courut après Crina, la rattrapant sur le pont. Il cria, en proie au chagrin comme à la colère. La fatigue et la faiblesse le faisaient vaciller.

« Crina ? Qu'est-ce que tu as fait ? Qu'est-ce que tu as fait ? »

Elle se retourna, croisa enfin son regard. Elle pleurait, calmement. Deux longs traits de larmes sur son visage, elle n'arrêtait pas de pleurer.

« Je m'en vais, Eylir. Je te laisse.

— Tu as dit que tu m'aiderais, tu as dit que tu viendrais avec moi !

— Je ne leur ai pas donné de sang. Je les ai laissés partir. Ça serait arrivé de toute façon. »

Elle l'avait presque défié. Il leva le bras, comme pour la frapper, puis le laissa retomber. Il n'avait plus de force.

« Tu as dit que tu m'aiderais. Tu l'as *dit*. Et j'ai besoin de toi. »

Elle lui sourit, comme on sourit tristement à un enfant qui croit aux miracles.

« Ce que tu désires est impossible, tu ne peux pas réussir. On ne peut pas lutter contre ça. Je veux vivre, moi. Me trouver un gentil mari, faire des enfants, des vrais enfants, pas des fantômes. Tu es un homme trop dangereux pour une femme comme moi. »

Elle l'embrassa rapidement, mais avec tendresse.

« Adieu, Eylir Ap'Callaghan. Adieu. »

Puis elle se détourna et reprit son chemin. Eylir avait froid, il était épuisé, il aurait voulu qu'elle reste, ne serait-ce que pour le soutenir, maintenant, pour l'empêcher de tomber. Mais, la voyant disparaître au détour du chemin, il ne put se retenir de crier : « Et si tes enfants mouraient, Crina, tu n'aurais pas envie de donner ton âme pour les faire revenir ? »

Elle ne se retourna pas. Il ne sut même pas s'il avait crié assez fort, même pas si elle avait entendu.

Il retourna d'un pas lent vers la voiture, donna un peu de son sang aux deux endormies. La blessure manqua de le faire s'évanouir. Anna n'avait sans doute pas ouvert les yeux depuis la veille, c'était tant mieux. Elle se réveillerait une fois à Fosca. Là-bas, la terre avait assez de force pour que tous vivent, il le sentait, c'était son seul espoir...

Demain.

Il fallait se reposer. Lui, les chevaux, tout le monde. Il entra dans l'auberge. Crina avait eu la gentillesse de lui laisser ce qui restait d'argent. Il ne devait pas pleurer, il pleurerait plus tard, demain soir, sous les saules.

À l'aube, il installa confortablement Anna dans la voiture. Il devrait sans doute lui redonner son sang juste avant d'arriver, mais il pensa qu'elle tiendrait jusque-là. Quant à Symiel, souriante et éveillée, il l'assit à côté de lui. Elle jouait avec les rubans de brume dans ses cheveux. Elle lui sourit et lui dit : « Je n'ai pas froid quand je suis avec toi ! »

Eylir ouvrit sa chemise et s'entailla le sein. Puis il prit la petite fille contre lui. Elle se blottit contre le sang chaud. « Je n'ai jamais froid quand je suis contre toi. Je t'aime. »

Il lui caressa les cheveux et lança les chevaux au galop.

« Je t'aime aussi, Symiel. »

Les nuages s'effilochaient dans le ciel, des lambeaux de ciel bleu apparaissaient. La route défilait sous lui, les grosses dalles du pavage avaient un effet hypnotique, il manqua de perdre conscience plusieurs fois, il fallut un cri de Symiel pour qu'il se redresse juste avant de tomber du siège.

Il reconnaissait les villages, il n'était plus très loin. Quelques heures à peine et il atteindrait le château des saules. Là-bas, il pourrait dormir.

Puis, alors qu'ils se dirigeaient vers un pont de pierre franchissant une large rivière, le cheval de gauche s'effondra brusquement, tombant sur le côté. La voiture vacilla, manqua de verser, Symiel s'accrocha à Eylir qui lui-même avait tiré de toutes ses forces sur le frein. Par miracle, la berline ne se renversa pas et retomba sur ses roues, juste avant l'entrée du pont.

Il y eut un claquement sec. Le second cheval se tordit sur lui-même, déstabilisant de nouveau la voiture, avant de tomber à son tour, un carreau d'arbalète planté dans le poitrail. La même arme qui avait fait chuter le premier.

Eylir sauta au sol, l'épée à la main. Les deux chevaux blessés hennissaient abominablement, il faudrait les achever, mais avant cela… Avant cela, trouver celui qui avait tiré.

Il n'eut pas à chercher longtemps. Une arbalète chargée à la main, Face de cuir marchait sur le pont, venant vers lui.

« C'est fini, Callaghan. Tu as échoué. »

Eylir n'hésita pas et courut sus à l'ennemi. Face de cuir tira, le carreau passa largement à côté. Mais dès qu'Eylir fut à proximité, il lui asséna un grand coup de son arbalète dans le visage. Emporté par son élan, ses réflexes ralentis par l'épuisement, Eylir ne put l'éviter et tomba au sol, le visage écorché et douloureux, roulant jusqu'au parapet du pont. Misère était tombée un peu plus loin. Il n'avait plus la force de se mettre debout.

Il vit les bottes de Face de cuir près de lui. Le limier lui donna un coup de pied dans l'abdomen, un autre au visage, qu'il réussit à intercepter avec son bras. Il devait se relever, mais il n'y arrivait pas. L'autre le frappa de nouveau.

Face de cuir lui donna quelques secondes de répit. Eylir avait mal, tout son corps le faisait souffrir… Pourtant, à cet instant, un souvenir d'enfant lui revint, quelque chose qui parlait de son frère. Il dit à voix haute : « Voilà ce qu'a dit le vieux Moko : *De l'autre côté du gouffre j'ai vu sortir l'homme sans visage. Ils se sont battus, épée contre épée, sur le pont au-dessus du gouffre.* »

Nouveau coup de pied, ricanement métallique de Face de cuir.

« On a les combats qu'on mérite, Callaghan. »

Eylir murmura encore son nom : Callaghan. Son nom, sa fierté, sa gloire. S'appuyant au parapet de sa main valide, il se redressa. Le limier le frappa d'un coup violent au visage, il manqua de tomber en arrière dans la rivière, il aurait dû se laisser tomber. Mais il écarta le sang qui coulait devant ses yeux. Face de cuir venait de dégainer un couteau : une trouée dans les nuages, quelques rayons de soleil qui brillaient sur la lame.

Eylir se jeta en avant, le couteau frappa, s'accrocha dans sa chemise, lui éraflant la poitrine. Le limier était léger, il tituba, recula sous la charge, heurta le parapet opposé. De sa main valide, Eylir le saisit à la gorge, serra de toutes ses forces. Nouveau coup de couteau qui lui glissa sur les côtes sans pénétrer. Le regard glacé de Face de cuir ne montrait aucune peur. Eylir sentait son souffle, son haleine avait une odeur de pourriture.

Il frappa de la main droite, de sa main de bois. Il frappa la poitrine, donna tout ce qui lui restait de forces dans ses coups. Le couteau tomba au sol, l'homme était frêle, beaucoup plus fragile qu'Eylir. Les deux adversaires se tenaient enlacés, l'un écrasant l'autre, Eylir frappant jusqu'à ce que les côtes craquent sous la veste de cuir, jusqu'à avoir l'impression de faire gémir le fragile coffre de la cage thoracique. Pas un cri de la part du limier, juste un long râle. Un filet de sang bavait hors de la fente du masque. Eylir se battait en aveugle, avec une rage qui ne s'accommoderait que de la mort de l'autre.

Et le corps du limier devint flasque dans ses bras. Il arrêta enfin ses coups, regarda sans comprendre le corps mou de son adversaire effondré à ses pieds.

Alors, avec une grimace de dégoût, il le souleva et le

fit basculer par-dessus bord. Éclaboussures. La rivière entraîna le corps, le ballotta quelques instants contre une pile du pont puis le porta plus bas, encore plus bas jusqu'à le faire disparaître au-delà des arbres. Eylir ramassa son épée, marcha comme un somnambule jusqu'à la voiture et acheva les chevaux.

C'est en relevant les yeux qu'il vit que le limier n'avait pas manqué son dernier tir. Assise sur le siège du cocher, Symiel avait refermé les mains sur le carreau d'arbalète qui la clouait au dossier.

Il tenait Anna contre lui. Elle était si légère qu'il la portait comme une enfant. Argo les emmenait de son pas rapide, lourd et sûr. Il la tenait contre sa poitrine nue, contre ses blessures qu'il n'avait pas nettoyées, contre les entailles du couteau de Face de cuir. Ils avançaient vite, la route était belle et dégagée jusqu'à la baronnie. Un fermier avait proposé de les transporter, mais Eylir avait décliné son offre d'un sourire gentil. Il la porterait lui-même, c'était ce qu'il devait faire.

Les mains froides d'Anna lui caressèrent le cou, elle reprenait conscience, gémissante. Elle appuyait sa joue contre le sein d'Eylir et ses cheveux étaient humides de brouillard.

« Reposez-vous, Anna, nous sommes bientôt arrivés. »

Ils avaient maintenant quitté la grande route, progressant sur des voies plus étroites. Les champs étaient un peu tristes, nus et moissonnés, mais les arbres restaient encore vivaces. Eylir aimait cette terre.

Puis enfin, là-bas, au-dessus de la cime des arbres, il aperçut les toits coniques d'ardoise noire qui couvraient les tours du château. Le soleil était bas sur l'horizon et donnait une belle lumière de feu.

Anna bougea encore et gémit.

« Nous y sommes, Anna, nous y sommes… »

Elle lui sourit, les yeux mi-clos, comme à moitié endormie.

« Merci, Eylir. Merci pour tous vos efforts... »

Il lui murmura de se taire, de se reposer, de garder ses forces. Mais elle l'ignora.

« Si Julian avait eu un frère, j'aurais aimé qu'il vous ressemble. Qu'il ait votre courage et votre folie... »

Ses yeux se tournèrent, rêveurs, vers le soleil, sa voix était presque inaudible.

« C'est un si bel endroit, ici. Je comprends que Beth l'ait tellement aimé. »

Eylir la serra tout doucement, la berça dans ses bras. Il se sentait si faible.

« Vivez, Eylir, vivez... J'ai si froid... »

Il suivit l'allée bordée d'arbres où croassaient les corbeaux et passa le pont-levis et la grande porte. Argo marchait au pas, Eylir se tenait digne et droit, le regard perdu sur une femme invisible qu'il berçait dans ses bras.

Il pénétra dans la cour, des serviteurs l'appelèrent, mais il ne répondit rien.

Alors Beth est sortie du château, elle l'a fixé un moment de son regard sombre, de ce regard qui me donne envie de pleurer, puis elle s'est précipitée vers lui et l'a aidé à descendre de cheval.

Elle l'a serré dans ses bras, de toutes ses forces, elle a appuyé sa joue chaude et vivante au creux de son épaule glacée. Puis elle a pris sa main de guerrier entre ses mains de femme, et l'a emmené à l'intérieur du château.

Elle n'a rien dit. Ils n'avaient pas besoin de parler pour se comprendre.

Des adieux

Eylir devenait roi et je refusais de le voir. À Endoval, au bord du monde, la Dame Moira avait parlé du royaume blessé pour un roi blessé, et devant elle s'étendaient alors les brumes des morts. Ce jour-là, ou peut-être sur l'île avec Kendall, ou encore plus tard à Syrtis, Eylir avait compris le pouvoir de sa parole. Il était roi, il faisait crier la pierre et sa parole modelait son royaume. Mais ses sujets l'attendaient dans des pays où personne, même pas lui, ne voulait se rendre.

Voilà l'aveu qu'il m'avait fait, la fameuse histoire qu'il m'avait promise, racontée dans l'ombre d'un cachot. Je l'avais entendue et je n'avais rien compris. Je croyais alors en une théorie absurde qui m'a poursuivi longtemps. Il y avait deux hommes en Eylir. Le premier, celui que j'aimais, celui dont j'avais besoin, le guerrier, le cavalier infatigable, l'homme qui pouvait traverser l'Orient, les déserts et les brumes, ce marcheur que ni la glace ni la mort ne pouvaient arrêter. Et l'autre, cet homme commun, capable de bonnes choses comme de mauvaises, qui fricotait avec les contrebandiers thiléens, qui ne savait pas comment vivre avec une femme, que la jalousie égarait et qui était maintenant en prison. Je me disais que l'histoire du premier était terminée. Quant au second, il avait ma compassion, mais il devait se soumettre à la justice.

Plusieurs jours ont passé. Trois soldats aguerris ont emmené le prisonnier vers le sud. Madame a terminé de mettre de l'ordre dans ses affaires. Elle et moi avons passé une longue soirée ensemble, très chaleureuse et très amicale, reparlant de l'ensemble de ma carrière à son service et un peu de sa carrière à elle.

Vu les circonstances, elle me détachait de ses ordres et avait obtenu pour moi une affectation à Koronia, ainsi je pourrais retrouver mes chères terres keltes. J'ai accepté cette mutation de bon cœur. J'étais libre, une nouvelle vie commençait pour moi, je me sentais très léger.

Je suis parti le lendemain matin pour Dvern. Comme je finissais de préparer mon cheval, Jude m'a rejoint, menant sa propre monture. Il était armé et équipé.

« Je t'accompagne ! Il te faut une escorte. Et ainsi, ce voyage ne te changera pas de d'habitude... »

Cette escorte était tout à fait bienvenue de la part de Madame. Car, aussitôt sur la route, j'ai repensé à Beth. Si j'étais maintenant libre des ordres de Madame, je me sentais libre de l'aimer. J'avais imaginé aller passer quelque temps à Fosca avant mon départ, mais la présence de Jude me l'interdisait.

J'ai décidé de me soumettre sagement aux directives de Madame. Il fallait laisser du temps à Beth, ce n'était pas moi qui pourrais la réconforter de l'absence d'Eylir. À notre première escale, j'ai commencé à lui écrire une lettre que je n'ai jamais finie. Jude et moi avons beaucoup bu. Sa maladie paraissait l'avoir abandonné quelque temps.

La seconde nuit, n'ayant pas trouvé de relais, nous avons dormi dans une grange, je me suis endormi en regardant son visage de vautour maigre, éclairé par notre petit feu.

Quelque chose m'a réveillé au milieu de la nuit, un cri de hibou, un craquement, je ne savais pas quoi. J'avais froid, le feu était presque mort, j'étais serré dans ma couverture, regardant le ciel nocturne à travers les planches disjointes du plafond de la grange. Jude dormait à côté de moi, sa respiration était calme et régulière. Et dans le silence et la nuit, mon esprit s'est éclairci, je me suis avoué ce que je me cachais. Je ne voulais pas partir, pas maintenant, pas sans avoir revu Beth. Alors il me fallait changer de route maintenant...

Mais Jude était très fort, il savait sans doute ce qu'il faisait, j'étais certain qu'il lisait en moi mieux que je ne pouvais le faire, il faisait sans doute semblant de dormir, pour tester ma résolution...

Je n'ai pas réfléchi, si j'hésitais la peur me vaincrait et je ne partirais jamais. Je me suis mis debout, j'ai regardé

Jude, il ne s'était pas réveillé. J'aurais naturellement dû l'immobiliser ou l'assommer. Mais je ne savais pas assommer les gens, et s'il se réveillait, il n'hésiterait pas à me faire très mal…

J'ai décidé de prendre son cheval, pour me garantir une bonne avance.

Je suis sorti en silence, j'ai chargé mes affaires, les chevaux étaient calmes, la nuit très claire. Préviendrait-il les gendarmes ? Je ne voulais pas y penser. J'ai guidé les chevaux au pas vers la route.

« Les enfants retournent se coucher. »

Mon cœur a fait un bond, comme pour sauter hors de ma poitrine. Jude ricanait. Il se tenait à dix pas derrière moi, son arquebuse pointée sur moi. Je me suis retourné, sans lâcher la bride des chevaux. J'avais échoué.

« Je suis un amateur, ai-je dit.

— C'est bien de le reconnaître. Au lit, maintenant. »

Je tenais la bride du cheval, la route était à quelques pas en contrebas et Jude était très précis au tir à l'arquebuse, il adorait ces nouvelles armes. C'était à moi de décider. D'autres auraient sauté en selle pour galoper vers la route. S'il me manquait, il lui faudrait plusieurs minutes pour recharger. Mais je n'avais jamais réussi à sauter en selle. Il s'impatientait.

« Au lit. »

J'ai mis un pied dans l'étrier.

« Tu ne vas pas me tirer dessus, ai-je dit. Je suis ton ami. »

Une grosse poussée sur ma jambe, et j'étais en selle. Le canon de l'arme s'était levé pour me suivre.

« Ce genre de pari réserve toujours de mauvaises surprises », a-t-il dit.

J'ai prié pour qu'il bluffe, et j'ai serré les jambes pour mettre ma monture au pas. Il a tiré. Ça a fait un bruit de tonnerre.

Par miracle, je suis resté en selle. La jument s'est cabrée mais j'ai tenu et j'ai réussi à la calmer. Le cheval de Jude n'arrêtait pas de hennir. Pas d'autre coup de tonnerre, la nuit était calme, Jude gisait par terre à côté de son arquebuse explosée.

Ce salaud avait tiré ! Mon cœur battait à tout rompre. Ce salaud avait tiré et son arme n'avait pas fonctionné… J'ai pensé m'enfuir quand même, le laisser crever.

Il ne bougeait pas. Il y avait du sang sur son visage. Je ne pouvais pas le laisser là.

Ses blessures n'étaient pas graves. Quelques bouts de métal s'étaient enfoncés peu profondément dans son bras, son visage avait été un peu brûlé. J'ai nettoyé tout ça comme j'ai pu et je lui ai attaché les poignets à un des montants de la grange en serrant autant que je le pouvais. Ça l'a réveillé, il était furieux.

« Qu'est-ce que tu fais ? Je suis blessé, merde, j'ai mal ! Tu ne vas pas me laisser comme ça ! »

Je me suis éloigné. Il s'agitait en tirant sur ses liens. Ses blessures ne devaient vraiment pas être graves… Il s'est même arrêté de crier.

« Arrête de faire des conneries, a-t-il dit. Détache-moi, et on fera comme si rien ne s'était passé. Tu ne peux pas aller loin, de toute façon, et je lancerai les gendarmes à tes trousses. Te prends pas pour ton Kelte, tu seras pas foutu de t'échapper dans la campagne. »

Il en faisait vraiment trop, j'avais vécu trop d'émotions, je lui ai crié : « Faire comme si rien ne s'était passé ? Tu as voulu me tuer ! Me tuer ! Ça fait cinq ans qu'on voyage ensemble et tu as voulu me tuer ! »

Il a pris l'air étonné, comme si je lui révélais quelque chose.

« Tu ne crois quand même pas ça ? Je n'aurais jamais tiré ! Le coup est parti tout seul ! »

Je ne l'ai pas cru. Puis je l'ai cru. Et de nouveau pas. Et je ne sais toujours pas. J'imagine parfois qu'il mentait, je préfère le reste du temps penser qu'il disait la vérité. Je l'ai laissé là, il me criait de rester, me traitait d'imbécile, m'a dit que je me fourrais dans les ennuis pour une pétasse qui ne me méritait pas. Il riait, en disant ça. J'ai pressé les chevaux, je me suis enfui dans la nuit, je ne savais plus quoi penser, sinon que j'avais une journée d'avance sur lui. C'était beaucoup et pas du tout assez.

J'ai lancé mes deux chevaux au galop.

Vers Fosca.

Vers Beth !

Callaghan !

8

La caravane

L'ARBRE DU MALHEUR

Où le Callaghan affronte des fantômes.
Eylir, 19e récit.

« Qu'on le détache ! Donnez-lui un peu d'eau, qu'il puisse reprendre des forces. Il en aura bien besoin ! »

Les deux soldats maussades qui avaient accompagné Eylir descendirent de cheval. On le libéra de ses liens, il tenait à peine debout. Afin de prévenir toute tentative d'évasion, les deux hommes l'avaient fait trottiner pendant des milles et des milles en lui donnant à peine à boire. Sa peau était incrustée de poussière et brûlée par le soleil. Maintenant, ils étaient entrés dans le fort rouge, le petit ensemble fortifié qui dominait cette région quasi déserte et gardait les mines d'argent. Les fortifications ressemblaient à un chicot dressé sur une gencive ravinée, mais l'ombre de leurs murs était une bénédiction après cette marche épuisante.

Les soldats du fort, un ensemble dépenaillé de militaires oubliés de l'administration, avaient quitté leurs occupations, attirés par cette visite qui les sortait de leur ennui. Eylir entendait leurs commentaires à son sujet, ils se demandaient d'un air moqueur s'il résisterait parmi *les autres*, les autres prisonniers de Iezebel. Un soldat lui donna un bol en terre cuite rempli d'eau qu'il but très lentement.

Le commandant du fort se nommait Lenos. Il était le seul soldat présent à avoir un peu d'allure, un beau militaire de salon en uniforme, égaré dans cette région perdue. Eylir se demanda comment il était arrivé là, mais il lui était reconnaissant d'avoir ordonné qu'on le détache et qu'on lui donne à boire.

Il s'approcha d'Eylir, lisant les documents administratifs qui accompagnaient le prisonnier. Malgré son uniforme bien repassé et ses manières, Lenos paraissait être un combattant tout à fait capable, Eylir s'en rendit compte à son attitude.

« Eylir Enheren… Meurtre d'un baron et ancien militaire avec de bons états de service, et une certaine tendance à l'insubordination. Je crois que nous pouvons nous entendre. »

Eylir gronda : « Je n'ai pas tué le baron de Fosca…

— Ce n'est pas à moi qu'il faut le dire. Maintenant, tu es ici, sous ma responsabilité. Ce bagne n'est pas un bagne comme un autre. Ici, nous prouvons à l'administration que les citoyens travailleurs et responsables ne sont pas un danger pour la société. Et une fois cette preuve faite, il arrive que nous les relâchions… Être travailleur, ça veut dire descendre dans les mines extraire le minerai d'argent. Être responsable signifie m'obéir, ainsi qu'à mes hommes, et ne pas troubler l'ordre qui règne en ces lieux. Je te crois capable des deux… C'est pourquoi je te mets aux fers avec Bosco, qui est un homme calme et de bon conseil… »

On fit venir un vieil homme maigre et sale, le menton couvert de touffes de barbe blanche, qui regardait par terre en grommelant. C'était le premier prisonnier que voyait Eylir. Un soldat leur passa à chacun un bracelet de fer autour d'une cheville, les deux bracelets étant reliés par une chaîne de trois ou quatre pieds de long. Trois rivets et quelques coups de marteau rendirent ce lien indéfectible. Eylir était arrivé à Iezebel.

Les forçats vivaient dans un camp de fortune qui se dressait au pied du fort. Du haut des remparts, les soldats pouvaient surveiller l'intérieur du camp. À l'intérieur, nulle intimité, nul abri autre que quelques auvents pour protéger des rares pluies. Une source fournissait l'eau pour la soif et pour la toilette. Si un homme ou bien plusieurs arrivaient à passer la haute barrière de bois qui entourait leurs taudis, les gardiens le verraient de loin et lanceraient leurs chevaux à sa poursuite.

« Ben voilà le nouveau. »

Bosco présenta ainsi Eylir, puis lui expliqua en deux mots la vie des forçats, le travail toute la longue journée et l'abrutissement du sommeil. Les autres prisonniers étaient une centaine, des hommes à la barbe folle, aux bras maigres et noueux et à la peau incrustée de terre. Ils semblaient venir de la région, un bon tiers d'entre eux étaient des Noirs, d'anciens ouvriers agricoles des plantations de canne à sucre révoltés contre leurs maîtres. Ils accueillirent Eylir avec une indifférence hostile, mais le laissèrent boire à la source.

Ils se jetèrent sur lui au milieu de la nuit. Eylir s'y attendait, il n'avait dormi que d'un œil et avait gardé une grosse pierre à portée de sa main valide. Ils lui prirent ses bottes, déchirèrent sa chemise, lui enlevèrent sa ceinture. Ils frappèrent, aussi, sans dire un mot. Au visage, dans les côtes, dans les membres… Eylir se défendit de toutes ses forces, autant qu'on peut se défendre à un contre cent. Son poing s'écrasa sur quelques figures, il donna des coups de tête, des coups de genou et de pied, mais il savait qu'ils vaincraient de toute façon…

Ils s'écartèrent soudain, alors qu'ils auraient pu le tuer

sans difficulté. Eylir se redressa, haletant, une pierre dans la main gauche, le visage couvert de sang.

Les gardiens arrivaient, portant des lampes, menés par Pâlot, un vieux soldat au visage maladivement blanc.

« C'est quoi ce boucan ? Qu'est-ce qui se passe ? C'est toi, le nouveau ?

— Il a attaqué Bosco », dit Numa, un des Noirs, parmi les assaillants les plus féroces. « On est venus le défendre, sinon il l'aurait tué. »

Eylir laissa tomber la pierre qu'il tenait à la main.

« Je n'ai attaqué personne. Je me suis défendu. »

Pâlot hocha la tête négativement, feignant d'être désolé.

« Tu commences mal, le nouveau. Dire que le commandant te faisait confiance... »

Les soldats balancèrent leurs matraques de bois dur en souriant. Ils entourèrent Eylir, lui arrachèrent les derniers lambeaux de sa chemise. La seconde partie du rituel de bienvenue commençait.

Le lendemain, il partit à la mine avec les autres, bien qu'il pût à peine marcher. Au vu de son état, le chef des travaux les autorisa, Bosco et lui, à attendre à l'extérieur des galeries, à l'ombre d'un rocher. Là, avec des moyens dérisoires, le vieux forçat nettoya les contusions d'Eylir. Il grommelait toujours, semblait parler pour lui seul, mais ses gestes étaient adroits. Eylir finit par comprendre quelques mots dans son discours indistinct :

« ... tu vas t'en sortir, va, ils ne te feront ça qu'une seule fois, juste la première fois, après, tu baisses la tête, tu lèches la poussière et tu as la paix, tu travailles et tu as la paix. T'en fais pas, tu es costaud, tu vivras, toi. Les autres, ceux qui ne peuvent pas travailler à la mine, ils les crèvent, mais toi tu vivras, même avec ta mauvaise main tu pourras travailler. Mais avant, avant, ici, ça aurait dû être différent, les Républicains disaient que ça aurait dû être un endroit modèle, la rédemption par le travail, j'ai fait les comptes, moi, j'ai tenu les livres, moi, et j'ai vu les vieux ordres. Un pour cent du minerai pour payer les prisonniers, voilà ce que c'était, et le vieux commandant le pensait, lui, mais maintenant tout le monde s'en moque de ce que ça devient, ici, ils envoient les tueurs et les Noirs, ici, tout le monde s'en moque, on est plus que des esclaves, on n'a pas notre pour cent alors qu'on devrait l'avoir, notre pour cent…

— Et l'Empereur, Bosco ? gémit Eylir. Il te le donnera, ton pour cent, il ne peut pas les laisser te voler.

— Il est trop loin, l'Empereur. Je crois qu'il s'en moque. »

Bosco était le plus vieux forçat de Iezebel, entré trente ans auparavant. Alors que les autres étaient là parce qu'ils avaient tué ou fait du banditisme, Bosco était un escroc malchanceux, qui s'était retrouvé au bagne pour avoir tenté de flouer une compagnie d'armateurs. Tous les autres prisonniers arrivés avant lui étaient morts, et lui avait survécu, obéissant sans rechigner aux gardiens, se laissant humilier par ses compagnons, dans l'espoir d'en sortir vivant.

« … c'est que je m'en moque, que je m'en irai plus tard, mais c'est pour la justice. Trente et un ans que je suis là, ma famille m'a oublié, mais moi je ne les ai pas oubliées, les années. Et je sortirai, j'irai voir le Domniam et je dirai que je m'étais racheté, racheté il y a longtemps, avec mon pour cent qu'ils ne m'ont pas donné, et qu'eux ils ne pourront pas me racheter mon dos cassé, regardez, je dirai, je ne peux même plus me tenir droit…

— Tu n'as jamais tenté de t'enfuir ?

— Ceux qui font ça, ils terminent accrochés à l'arbre du malheur… »

Bosco soigna Eylir pendant plusieurs jours. Et quand Eylir put de nouveau marcher, ils marchèrent maladroitement ensemble dans les galeries de la mine. Malgré la faible stature de Bosco, malgré la mutilation d'Eylir, ils pouvaient bien porter les hottes chargées de minerai…

Les jours passèrent, Eylir travailla avec les autres et peu à peu, il commença à se fondre dans la masse. Les galeries étaient étroites, les lampes cracheuses de suie brûlaient le peu d'air chaud qui subsistait. Les hommes travaillaient avec une morne résolution, parlant à peine, rampant sur le sable ou dans les chatières pour les plus minces, pour extraire des quantités ridicules de minerai. Les premiers jours, Eylir se demanda comment une centaine d'hommes avec des outils de mineur n'avaient jamais réussi à se débarrasser d'une vingtaine de gardiens. Le temps lui donna sa réponse. Les hommes étaient écrasés de fatigue et de lassitude, la nourriture était sèche et peu nourrissante, de nombreux forçats étaient atteints de fièvres ou de diarrhées qui les laissaient affaiblis, les yeux brillants, tout juste capables de remonter les galeries en portant la hotte sur leurs épaules. Et si on remontait trop peu de minerai, alors les rations étaient diminuées.

Les gardiens étaient des rebuts de l'armée, des hommes écartés des troupes régulières pour des raisons disciplinaires, qui trompaient leur ennui et leur situation misérable en se vengeant sur les prisonniers. Le commandant Lenos lui-même, malgré ses civilités, son bel uniforme et les jolies robes de son épouse qui vivait avec lui, Lenos lui-même avait été pris dans quelque scandale et avait reçu cette promotion en forme d'impasse.

Alors les bagnards baissaient la tête, ils renonçaient à parler ou à penser plus loin que le prochain repas, la prochaine nuit de repos. Ils reproduisaient entre eux la cruauté des gardiens à leur égard, les plus forts se nourrissaient sur les plus faibles, des bandes se formaient, qui aidaient les gardiens à mater les fortes têtes dans l'espoir d'une petite récompense, ou bien qui se mettaient à plusieurs pour dépouiller ou violer un plus isolé qu'eux. Avec leur peau incrustée de terre, leur démarche courbée, avec leur saleté effrayante et leur vie à moitié enterrée dans le sol, ils n'étaient plus que des demi-vivants, des ombres d'hommes, des morts qui marchent, et Eylir, effrayé, se jura de ne pas devenir comme eux.

Mais que faire ? Si un homme se rebellait trop ouvertement, si les gardiens se lassaient de l'un d'entre eux, alors on allait le suspendre à l'arbre du malheur, un vieux tronc desséché aux branches blanchies par le soleil qui se dressait à l'entrée du fort. Là, écartelé par les cordes, brûlé par le soleil, on le laissait mourir de soif et s'étouffer, et son supplice puis son cadavre rappelaient aux bagnards épuisés le destin qui les attendait s'ils levaient trop haut la tête.

Quelques semaines après son arrivée, un bagnard nommé Matt, qui avait sourdement menacé Eylir les jours précédents, décida de lui prendre sa pitance par la force. Matt et son compagnon de chaîne se jetèrent sur Eylir et Bosco au soir d'une journée épuisante, alors qu'Eylir n'avait pas encore récupéré de ses blessures.

Il y eut un combat inutile et vain, Eylir se fit griffer le visage par les ongles noirs de Matt, mais cassa les dents de ce dernier en lui écrasant la tête contre le sol. Les gardiens arrivèrent peu après la fin du combat, comme toujours, menés par Pâlot qui protégeait son visage sous un grand chapeau de paille.

Quand ils dégainèrent leurs épées, tenant les combattants hagards en respect, Eylir pensa à l'arbre du malheur. Pâlot cracha par terre.

« Matt, tu nous as trop fait chier. On ne peut pas dire que je ne t'ai pas averti... »

Les soldats emmenèrent le forçat malchanceux, le séparant de son compagnon. Il hurla quand ils le hissèrent sur l'arbre mort qui surplombait la route, et il cria encore quand les cordes se resserrèrent sur sa chair. Il lui fallut trois jours pour mourir. Eylir, lui, avait été épargné. Il avait survécu à tous les rituels d'initiation, il était maintenant parmi les siens.

À part Bosco, Eylir n'avait pas d'alliés parmi les prisonniers. Donc, malgré l'exemple de Matt, d'autres hommes tentèrent de s'en prendre à lui. Eylir comprit que c'étaient tous des vassaux de Numa, des types plus faibles ou indécis, qui payaient le grand Noir de diverses petites faveurs et à qui il accordait sa protection…

Deux d'entre eux l'attaquèrent dans une galerie, au cours de la journée. Ils le poussèrent brutalement, le firent tomber, le frappèrent à coups de manche de pioche. Roulé en boule, Eylir protégea son visage, attrapa un bout de minerai et l'asséna sur la cheville d'un des assaillants. L'os craqua, le type recula immédiatement, faisant tomber son compagnon, sur qui Bosco renversa sa hotte pleine de cailloux.

Eylir remercia Bosco d'un bref mouvement de tête et ils continuèrent leur route.

« … Ça fait un exemple, ça fait un exemple, maintenant, si Numa veut s'en prendre à toi, si Numa le veut, il va devoir venir lui-même, et il viendra, tu sais, il est prudent mais il n'a pas peur… »

Eylir eut un rire fatigué. « Qu'il ne s'inquiète pas, je l'attendrai et je le recevrai… »

Eylir pensa à s'évader, il observa les lieux autant qu'il pouvait et fit des projets. Les autres étaient trop abrutis pour faire des complices fiables, il devait compter sur quelqu'un de l'extérieur pour l'aider. Mais qui ? Larvor Yannis était le seul à pouvoir peut-être faire quelque chose, mais avait-il une bonne raison d'agir ? Iezebel était très loin de Léthys, Yannis n'y avait ni ami ni allié, et la disparition d'Eylir ne devait pas le déranger beaucoup. Et certes, Mark ne resterait pas sans bouger, mais où trouverait-il de l'aide ? Et à qui Eylir pouvait-il oser proposer la vie qui s'ensuivrait, une vie de fuite, de hors-la-loi ?

Les jours monotones s'écoulèrent, Eylir sentit son corps durcir et se dessécher, il devenait semblable aux autres, farouche et silencieux, ne répondant plus aux provocations des gardiens, frappant brutalement si on l'approchait trop près. Il attendait le piège que Pâlot ne manquerait pas de lui tendre, ou le moment où Numa cesserait de rire dans son coin pour l'étrangler de ses grandes mains et lui montrer qui était le maître ici-bas. Eylir dormait peu, était sur le qui-vive et voyait une attaque dans chaque mouvement un peu vif…

« Quelqu'un veut te voir. Tu nous suis. »

Pâlot l'avait abordé à la fin d'une journée, au moment où les gardiens comptaient les prisonniers qui retournaient au camp. Ils firent sauter le rivet qui l'attachait à Bosco et l'emmenèrent dans le fort. Le jour finissait, tous les soldats faisaient très attention à lui, Eylir garda la tête baissée, se préparant au pire, ne posant aucune question.

On le fit monter dans la tour, puis entrer dans une chambre. Une voix dit : « Pas de gardiens avec lui. »

Alors les soldats le laissèrent et la porte fut refermée derrière lui. Eylir se retrouva face à Beth.

Elle aussi s'était endurcie, et sa robe était pleine de poussière. Il ne montra pas sa surprise ni sa joie. Il sourit pourtant, sans pouvoir empêcher sa bouche de prendre un pli dur.

« J'avais dit que nous nous retrouverions. Je pensais que c'était moi qui te rejoindrais.

— Je n'ai pas envie de t'attendre toute une vie, mon amour. »

La voix de Beth était ferme, mais il devina la fêlure. Alors il la prit dans ses bras, la serra contre lui, retrouva un peu de force et d'humanité au contact de la peau de ses mains et de son visage. Et moi j'étais là, et je n'ai rien dit.

Beth lui apprit que Yannis avait renoncé à l'aider : trop loin, trop difficile. Eylir n'était pas assez important pour lui, et Mark n'avait pas réussi à rassembler assez d'hommes valeureux autour de lui pour prendre la prison d'assaut. Alors elle était venue par elle-même, usant de subterfuges et de mensonges pour pouvoir entrer dans la prison, pour le voir, pour le toucher, pour que son corps se souvienne qu'il était encore en vie. Elle vit son visage marqué, la poussière sur sa peau et les ombres de son regard, elle ne lui demanda rien, elle lui prit la main, lui caressa le visage, ne pleura pas et ne dit rien. Elle ne resterait pas longtemps, quelques heures tout au plus, après la visite paraîtrait trop suspecte, elle voulait pouvoir revenir.

Car elle reviendrait, elle lui apporterait de l'argent en cachette, et des armes, et de l'espoir. Quand elle repartit, Eylir se sentit devenu à la fois plus fort et plus fragile.

Ils le prirent la nuit même du départ de Beth. Ils surgirent en masse, le maîtrisèrent, le séparèrent de Bosco et l'emmenèrent, jeté sur leurs épaules. Les soldats étaient complices, pour sûr, car ils sortirent du campement, procession silencieuse et haineuse portant leur fardeau humain sous les étoiles. Leurs mains épaisses le griffaient, il passait de bras en bras, comme un ballot, entravé et bâillonné, incapable de se débattre ni de mordre.

Ils s'enfoncèrent sous terre, marchant jusqu'au fond d'une galerie, et le jetèrent dans une fosse noire et puante dont l'odeur lui souleva le cœur. Puis leurs pas s'éloignèrent et Eylir resta seul, gisant sur une masse informe, assemblage de vieux os, de linceuls, de crânes et de vêtements déchirés, de chair grouillante de putréfaction. Ils l'avaient abandonné tout vivant dans la fosse commune.

Malgré l'horreur que l'endroit lui inspirait, il se sentait comme entouré de présences familières et rassurantes, d'ombres froides mais amicales. Il tira sur ses liens qui tombèrent d'eux-mêmes, et se redressa, enfoncé jusqu'aux genoux dans les cadavres, la tête touchant presque le plafond de la caverne. Et quand sa main, tâtonnant dans l'immonde, se referma sur une tête de pioche rouillée, il eut le sentiment qu'une autre main, pourrissante, la lui avait tendue.

Une lumière rouge apparut dans l'ombre des galeries, un homme approchait portant une petite lampe de mineur. Et une énorme silhouette noire s'avança dans la fosse commune, se découpant sur les ombres, une masse aux épaules rondes et puissantes, aux longs bras et aux mains d'étrangleur qui cherchaient le cou de leur victime. Eylir parla d'une voix dure : « Numa, écoute-moi. »

Les mains s'avancèrent vers lui comme des serpents, Eylir frappa avec le manche de pioche, fit craquer quelques phalanges, les serpents se rétractèrent. L'autre hésita et s'arrêta.

« Écoute-moi, Numa. Je suis kelte et je ne mens jamais. Depuis combien de temps croupis-tu ici ? Je vais cesser de te défier, nous ferons croire que tu m'as terrorisé et humilié, que je suis devenu un de tes chiens comme les autres. Et toi, tu me laisseras préparer notre évasion… Écoute-moi, je n'ai pas peur de toi. Si tu veux te battre avec moi, je te tuerai. »

L'ombre hésita un long moment. Puis la voix de Numa gronda sourdement : « Tu es le premier qui m'ait fait peur, le Kelte. Je te suivrai. »

Les jours et les semaines passèrent, Beth revint comme elle l'avait promis. Elle lui apporta de l'or et des joyaux, des petites pierres faciles à cacher, et un poignard qu'elle dissimula dans les rochers sur la route des mines, à un endroit qu'il lui avait indiqué. Et Eylir fit l'amour avec elle, à même le sol de la chambre de la tour, en silence pour que les gardiens de l'autre côté de la porte n'entendent rien. Elle l'embrassa, le mordit, s'abandonna... Sa peau devait pourtant avoir une odeur de cadavre.

Ils avaient perdu. L'évasion avait été bien préparée, l'argent de Beth avait acheté des complices, des gardiens, l'accès aux outils de la mine, mais ils avaient perdu. Le combat était devenu inégal quand tous les soldats avaient été rassemblés. Vingt forçats, armés d'outils de mine, mal nourris et animés par la seule envie de fuir, contre vingt soldats bien armés et bien nourris, qui les avaient pris par surprise.

Eylir avait pourtant été prudent. Il avait dissimulé ses projets autant qu'il était possible, choisissant avec soin ses compagnons d'évasion. Mais un des moutons, un de ces hommes qui mouchardent auprès des gardiens en échange de quelques faveurs, avait dû le trahir. Les soldats les attendaient, ils étaient alertes et éveillés, heureux d'avoir un peu d'action, de pouvoir s'amuser. Maintenant, la plupart de ses compagnons étaient morts, d'autres, dont Numa, s'étaient soumis dès que l'action avait commencé à tourner vraiment mal, Eylir ne pouvait pas leur en vouloir. Lui-même avait tenté une dernière fuite, par la porte du fort. Ils la lui avaient refermée devant le nez. Le commandant lui-même était descendu se battre, content de pouvoir s'exercer. Eylir avait arraché une épée à un soldat, il avait engagé le fer avec l'officier, lui faisant une bien mauvaise surprise. Lenos croyait visiblement tomber sur un petit malfaiteur, un moins que rien sorti des bas-fonds d'une cité portuaire...

Avoir vaincu le commandant était maintenant sa seule satisfaction. Le vieux Bosco avait survécu, il avait tenté l'ultime fuite avec lui. Il avait suivi Eylir parce qu'il lui faisait confiance, il avait refusé de se battre, mais il l'avait aidé.

Les soldats les jetèrent à terre tous les deux, les rouèrent de coups de pied et de bâton, leur défonçant les côtes, puis ils les attachèrent fermement. Eylir sentit la rage gronder dans sa poitrine. Bosco avait l'arcade sourcilière éclatée, le sang ruisselait sur son visage. Il respirait difficilement à travers ses dents cassées.

Pâlot sortit son épée et s'approcha des deux hommes au sol.

« Vu les dégâts que vous avez causés, je ne crois pas qu'on puisse vous laisser retourner avec les autres. Même marqués au fer, comme le règlement le réclame. » Il rit. « Nous avons purgé le groupe de tous ses éléments indisciplinés. Maintenant, sans doute que les choses seront plus calmes... »

Les autres soldats n'approuvèrent qu'à moitié. Le lendemain, trois veuves pleureraient, à Iezebel. Et le combat n'avait pas été facile, plusieurs hommes étaient cruellement blessés.

Assis sur un tabouret dans un coin de la cour, mortellement pâle, le commandant faisait bander son bras mort par le médecin.

« Attends, gémit-il, d'une voix presque indistincte. Je veux le Kelte sur l'arbre. Je veux qu'il se sente crever. L'autre est à toi... »

Eylir cria : « Bosco ne s'est pas battu ! C'est moi qui l'ai entraîné dans tout ça ! »

Pâlot ricana.

« Eh bien tu devras vivre avec ça, maintenant. »

Il enfonça son épée dans la poitrine du vieux. Bosco se

tordit, cracha du sang pendant quelques instants avant de s'immobiliser. Eylir pleura de tristesse et de colère.

Ils le hissèrent sur l'arbre peu avant l'aube, tirant sur les cordes de toutes leurs forces, devant s'y mettre à six hommes. Dans une demi-conscience, Eylir se sentit soulevé dans les airs. Du sang à moitié séché lui collait les paupières, une corde passée sous ses aisselles lui râpait le torse, plusieurs blessures rendaient ses membres douloureux. Il était trop faible pour se débattre, trop faible pour se débarrasser de ces importuns qui auraient tremblé devant lui s'il avait tenu une épée… Ils lui passèrent une corde autour du poignet gauche. L'autre corde, ils furent obligés de la lui attacher à la saignée du coude. Et ils serrèrent les liens, lui faisant écarter les bras, embrasser le monde. Le chanvre rugueux mordait sa peau nue, comme son propre poids l'attirait vers le sol. Il avait du mal à respirer, il tombait en avant ; c'est ainsi qu'ils le laissèrent.

Pour ne pas étouffer, Eylir tira sur ses liens et se redressa, adossé au bois mort de l'arbre du malheur, s'appuyant douloureusement sur ses chevilles entravées. Aiguillonné par la souffrance, il retrouva un peu de lucidité. Il était attaché en croix en haut de l'arbre, l'arbre était perché sur un piton de roc rougeâtre, et devant lui s'étalaient les hauts-plateaux secs et poudreux dans le soleil de l'aube. Entre les rochers et les arbustes noirs il reconnut la route qui menait à la prison, la route qu'il avait parcourue, en compagnie de ses gardiens, six mois auparavant. La route par laquelle Beth était venue le rejoindre.

Peu à peu, le soleil lui brûla les yeux et la soif s'installa dans sa gorge, ajoutant une torture aux autres tortures. Quand les autres, en chemin pour la mine, étaient passés à ses pieds ils avaient gardé la tête baissée, comme ils l'avaient fait pour Matt en son temps. Eylir ne leur en voulut pas.

Plus tard dans la journée, d'autres vinrent, des silhouettes au pied de l'arbre qu'il eut du mal à distinguer. Puis il comprit que c'étaient là des femmes, des frères, des mères ou des enfants de soldats morts pendant l'échauffourée. Lenos les envoyait au pied de l'arbre, pour qu'ils voient combien le coupable de leurs malheurs était puni.

Une femme hurlait, elle pleurait, elle hurla longtemps, elle lui jetait des cailloux, sur les jambes, le torse et le visage, il les sentait à peine. Et elle criait dans ses larmes : « Maudit ! Maudit sois-tu ! Crève ! Crève ! »

Un de ses projectiles entailla le visage d'Eylir, juste à côté de l'œil. Et la femme se fatigua, épuisée mais non pas satisfaite par sa vengeance. Elle partit, les autres aussi, et il resta seul sous le soleil, sentant passer chaque respiration douloureuse.

Il agita la tête, éveillé par la douleur, la soif et la sensation d'étouffement. Il ne devait pas dormir… s'il s'endormait, il tomberait en avant, tirant sur ses liens, et ses poumons seraient écrasés. La venue de la nuit lui avait apporté un bref soulagement mais aucun repos. Le paysage vide s'animait chaque heure un peu plus, l'ivresse et l'épuisement lui faisaient voir bouger les rochers et les arbustes noirs. Il avait beau fermer les yeux, il voyait quand même les ombres prendre vie peu à peu et s'approcher de l'arbre, timides et maladroites. Il reconnaissait des figures de forçats, le visage et le corps ravagés de coups et de fatigue, de longues lignées d'hommes qui étaient tombés en ces lieux avant lui. Ils venaient au pied de l'arbre, ils levaient le visage vers lui, ils l'attendaient et la lune n'éclairait pas la cavité noire de leurs yeux. Ils murmuraient : « Viens, seigneur, sois des nôtres, nous te suivrons. »

Encore une journée. Le soleil ardent avait chassé les ombres aux yeux noirs, mais un défilé ininterrompu de silhouettes brouillées par le soleil les avait remplacées. File de forçats se rendant aux mines et n'osant tourner le visage vers lui, file de veuves, de fils et de filles des soldats qu'il avait tués, file de parents et d'amis de tous les hommes tombés sous son épée. Il n'avait ni la force de s'apitoyer, ni celle de se repentir. Que tous ces fantômes le laissent, qu'on le laisse mourir !

Un vautour se posa sur une branche voisine, se balançant de droite et de gauche, tenté par cette chair suspendue, à peine vivante. Eylir secoua la tête, hurla, et le vautour s'envola, effrayé. Mais le cri avait épuisé Eylir et il avait encore longtemps à attendre avant la fraîcheur du soir. Cette nuit-là serait la dernière.

Le soleil s'enfonça derrière les montagnes. Eylir n'avait plus de forces, il savait qu'il ne traverserait pas une nouvelle journée. Il pensa au long voyage dans les brumes, aux marches des géants qui s'enfonçaient dans la mer, à tous ces mouvements infimes qui animaient la surface blanche du domaine des morts. Il faudrait marcher longtemps… Un royaume blessé pour un roi blessé.

Les ombres aux orbites vides étaient là, à ses pieds. Elles levaient le visage vers lui, elles attendaient patiemment qu'il descende les rejoindre, elles murmuraient leurs invites et Eylir sentait que, la nuit avançant, leurs paroles sifflantes deviendraient de plus en plus distinctes, qu'elles l'inviteraient encore à lâcher prise. Viens, seigneur… Sois des nôtres…

Un sursaut de rage le saisit, pour chasser la peur. Il se redressa encore une fois, dominant les ténèbres à ses pieds.

« Pas encore ! Pas encore ! »

Alors le Maître vint. Il s'était débarrassé de ses oripeaux de limier, il portait un épais manteau de voyage, des bottes usées par des années de périple. Un heaume rouillé, le casque d'un seigneur de l'ancien temps, recouvrait sa tête. Il monta les pentes de la colline jusqu'à l'arbre, d'un pas autoritaire, chassant les ombres du geste agacé du seigneur que ses serviteurs importunent, et elles retournaient aux ténèbres comme si elles n'en étaient jamais sorties.

Il s'arrêta au pied de l'arbre. Beth était avec lui, il la poussait devant lui et la fit s'agenouiller ; elle obéissait sous ses mains comme une marionnette. Alors il tira la tête de la jeune femme en arrière par les cheveux, pour qu'elle offre sa gorge et son visage à la lune. Eylir se réjouit de les voir tous les deux. Sa colère contre son ennemi rejoignit la joie de revoir Beth, même si cela n'était sans doute qu'une illusion. Il tenta quand même de sourire, malgré la peau craquelée de ses lèvres.

« Salut, Eylir Ap'Callaghan, dit le Maître. Tu n'as pas beaucoup de salive, alors je te dispense de me répondre. Je ne me présente pas, tu sais qui je suis, un vieil ami de ta famille... Je connais la valeur de ta parole, je l'estime, et il ne reste plus que ça. Je suis venu te proposer un marché. »

La main gantée de cuir a affermi sa prise dans les cheveux de Beth.

« Je sais ce que tu as tenté, ce que tu as vécu. Je connais tes désirs et tes désillusions. Tu avais le sang et le pouvoir pour devenir roi, mais tu as tout gâché. Où est Armas Ap'Lleman ? Où sont les fils de Rohan Yal ? Où est le duc ? Où sont tous ceux qui se sont battus à ton côté ? » Eylir gémit au rappel de ces souvenirs. « Maharkal et Julian Leiss sont venus te sortir de la boue où tu croupissais. Est-ce que tu n'as pas toujours méprisé Mark ? Tu l'as rejeté. Et tu as entraîné Julian dans un voyage fou, vers l'Orient, parce que tu voulais encore te mesurer à ton frère. À son tour, il est mort. »

Beth geignit, essaya vaguement de se libérer, mais la poigne du Maître était ferme. La savoir sous l'emprise de cette main de cuir était à la fois horrible et presque excitant.

« Où est ta famille, Eylir Ap'Callaghan ? Ta femme te hait, ton fils a appris à se méfier de toi, ta fille ne te connaît pas. Tu n'as pas su admirer les bons modèles. Tu as pris ta mère pour une grande dame, quand elle n'est qu'une courtisane arriviste. Ton père pour un grand seigneur quand il n'était qu'une brute. Et ton frère, le Roi rouge… Comment ne pas voir qu'il était fou ? Que c'était un assassin ? Et que seule la poussière se souvient de ses conquêtes… Je dis la vérité, Callaghan. »

Le Maître poussa Beth en avant.

« Il ne te reste plus qu'elle, la pupille de ton ennemie. Tu es venu la séduire dans son château, comme tu en as séduit tant d'autres, parce que tu crois qu'un héros doit trousser toutes les filles qu'il croise, parce que ton frère en a violé tant que tu te dois de l'égaler. Mais elle ne t'en veut pas et elle t'aime, c'est la plus grande chance qui t'ait jamais été donnée. Voilà tout ce que tu peux espérer. L'amour d'une femme, la vie et la paix. »

Beth attendait. Eylir voulait la retrouver, lui faire l'amour. Il avait envie de paix et de douceur, d'un long repos. Le Maître dit : « Je connais la valeur de ta parole. Voici mon marché, Callaghan. Suis-moi. Viens parmi les miens. Laisse-moi t'accueillir. Et je te donnerai la vie, la paix et la femme qui t'aime. Elle restera à jamais à tes côtés. »

Eylir donna sa réponse. Et Beth trancha les cordes qui le retenaient.

Les femmes d'Eylir

Quelques mois auparavant, Eylir n'était pas encore arrivé à Iezebel et je me moquais bien de ce qui pouvait lui arriver. Je m'étais enfui, j'avais laissé Jude au bord d'une route et je me sentais libre. Je voulais retrouver Beth.

Je progressais sur la route de Fosca aussi vite que mon cheval voulait bien me porter. J'imaginais avec affolement comment mon vieux compagnon s'était libéré de ses liens, comment il avait envoyé les gendarmes à mes trousses, comment il galopait lui-même sur la route derrière moi, son manteau noir claquant au vent telles les ailes d'un oiseau sinistre.

À Fosca, le vieux Siméon m'a regardé d'un air désolé. Mlle Beth venait de partir, elle ne reviendrait pas de l'hiver... Partir où ? Il n'en savait rien, elle avait pris la route du Mestral. Il y avait combien de temps ? Quelques heures, tout au plus... J'avais donc une chance de la rattraper. Oubliant la fatigue, et laissant mon cheval se reposer au château pour monter celui de Jude, je suis reparti aussi vite que je le pouvais. Je ne savais pas bien galoper. J'ai eu de la chance, je ne me suis pas tué.

J'ai rattrapé Beth un peu après midi. J'avais mal aux cuisses, aux fesses, au dos et il commençait à pleuvoir, mais j'ai vu Beth devant moi sur la route. Elle montait Argo.

Nous nous sommes arrêtés à l'abri d'un bosquet de chênes. Ses salutations ont été plutôt méfiantes.

« C'est Madame, qui t'envoie ? Je croyais avoir été claire... »

Elle ne comprenait rien ! Je venais de moi-même, je l'accompagnais ! J'étais essoufflé, épuisé, affamé. Je ne sais plus ce que j'ai dit. Ses yeux noirs me brûlaient, je croyais qu'elle était en colère contre moi, mais elle en voulait au monde entier.

« Je n'ai pas demandé que tu me suives. »

Je lui ai demandé où elle allait. Nouveau regard de colère. Elle a rabattu son capuchon sur son visage et est remontée en selle. Je me suis senti forcé de la suivre. Elle s'est contentée de m'ignorer.

Je l'ai perdue deux heures plus tard. Un chien a surgi sur la route, ma jument a fait un écart, je suis tombé. J'avais tellement mal que je ne pouvais pas remonter en selle. Je l'ai vue s'éloigner, j'ai vu le gros cul d'Argo se balancer sur la route, de plus en plus loin de moi. Je n'en pouvais plus, mon regard s'est perdu dans le ciel gris et les nuages, et, chose peu admissible pour un homme, je me suis évanoui.

Des visages de cauchemar étaient penchés sur moi, souriants et ricanants, des faces hideuses de gargouilles ruinées par l'érosion, des masques de papier mâché, où la chair aurait remplacé les matières inertes. Des petits yeux noirs roulaient, la bave sortait des lèvres molles, de ma position je distinguais les poils sur les mentons sales et dans les narines béantes…

Pris de peur, je me suis relevé, chassant toutes ces figures. Mes vêtements étaient trempés, j'étais toujours au bord de la route, mais un cirque m'avait rejoint. Roulottes aux couleurs déteintes par les intempéries, animaux de bât et tout un peuple aux corps et aux visages contrefaits. Trois nains au sourire figé, un géant sans cou, une femme dont la tête avait été vissée à l'envers, un enfant aux longs bras et aux yeux globuleux qui laissait couler de sa bouche de longs filets de bave… Ils m'entouraient, touchaient mes vêtements, me regardaient avec curiosité… Et chaque fois que je me tournais pour trouver une voie par où m'enfuir, je tombais sur une nouvelle erreur de la nature.

Ils parlaient tous en même temps, voix de basse ou haut perchées, une cacophonie qui me donnait l'impression que l'ensemble de la troupe s'adressait à moi.

« On vous a trouvé… sur la route… tombé… pas peur… gardé votre beau cheval… pas peur… »

Alors j'ai compris que malgré leurs faces étranges, ces monstres étaient amicaux, qu'ils m'avaient ramassé et traîné à l'abri, qu'ils avaient fait du feu, qu'ils me proposaient à manger, à boire, de sécher mes vêtements, et je m'en suis voulu de ma réaction de crainte. Pourtant ma répulsion restait des plus vives, la simple vue de leurs plaies, de leurs pustules, de leurs bubons, des membres atrophiés ou démesurément grossis me donnait des haut-le-cœur, je n'ai jamais supporté la vision de ce genre de déformations.

Parmi les trois nains, celui qui portait une grosse moustache noire semblait être le porte-parole de l'ensemble.

« Prenez un verre de grog, un bon lhurd avec du miel, ça vous fera du bien. Reposez-vous, restez avec nous, on ne va pas vous manger. »

Ils ont bien répété cette dernière phrase, qui a provoqué quelques rires dans l'assistance. J'ai eu un rire gêné à mon tour, je me suis assis avec eux, j'ai essayé de ne pas trop les regarder.

J'ai bu une gnole brûlante et réconfortante, je les ai remerciés de leur accueil. J'ai répondu à leurs questions. Oui, j'étais un voyageur, j'écrivais des histoires, je voulais rejoindre une femme dont j'étais amoureux.

« Reste avec nous, a geint un jeune homme très laid au visage très vieux, dont la peau était mangée de boutons et de pustules. Reste avec nous, tu nous raconteras des histoires, on aime les histoires... »

Un peu gêné, j'ai prétexté que mon voyage n'attendait pas. Je les ai encore remerciés, et j'ai repris la route, les laissant derrière moi avec un certain soulagement, essayant de les oublier le plus vite possible. Mais eux ne m'ont pas oublié, ils savaient que ce n'était là que notre première rencontre... mon premier pas dans la folie. Agôn avait fini de jouer son rôle, le Maître prenait sa place.

Ces quelques instants de repos m'avaient toutefois

permis de comprendre où Beth se rendait. Elle avait pris la route de Léthys, où elle espérait sans doute retrouver des amis du Kelte.

J'ai découvert à mon tour la cité des princes à l'emblème du cygne blanc sur fond d'azur, sa belle lumière qui plaisait aux peintres, ses maisons aux façades blanches, ses rues à arcades qui descendaient vers la mer et la forêt de mâts et de voiles dans le port. Sous le soleil, l'océan était d'un bleu scintillant.

Je m'étais affermi, je ne craignais plus les gendarmes. S'ils ne m'avaient pas rattrapé maintenant, c'était que Jude n'avait pas dû les lancer à ma poursuite. Je voulais y voir une marque de la sympathie de mon vieux compagnon.

Une fois en ville, je me suis rendu à la caserne du régiment du Cygne, celui qui employait Eylir ou Maharkal. Là, mes papiers officiels de la nonciature ont fait merveille et j'ai obtenu leur adresse. Comme de nombreux autres soldats, ils vivaient dans une petite maison un peu en dehors de la ville.

Par une belle fin d'après-midi, après m'être reposé et avoir fait un peu de toilette, je suis arrivé dans un petit village de pêcheurs, à peu de distance des portes de Léthys. Sur la place devant l'église, les vieux qui regardaient passer le temps m'ont indiqué la maison des soldats. Celle-là, à la sortie du village, avec une cour et la façade couverte de lierre…

« Mais il paraît qu'un des gars, le Kelte, a eu des ennuis. Vous êtes là pour ça ? »

Eylir avait vécu à son retour de la garnison de Syrtis dans une petite maison calme, avec un poulailler et un potager. Deux gamins d'une dizaine d'années jouaient dans la cour, un métis et un Blanc. Ce dernier m'a aperçu et m'a crié d'un air hostile :

« Vous cherchez quoi ?

— Une femme a dû venir, elle est brune, elle portait une robe bleue... Elle s'appelle Ysbeth Leiss.

— Elle est repartie hier, elle n'est pas restée longtemps. »

Son attitude m'indiquait clairement de dégager. Il jouait avec un bâton dont il frappait le sol en rythme, un bruit énervant. Il voulait m'intimider. La porte de la maison s'est ouverte, une voix de femme a rappelé les enfants (Moronn ! Allan !), ils se sont enfuis. Elle est alors sortie dans la cour et elle m'a aperçu.

Je suis resté saisi par sa beauté. Elle était grande, fine comme un roseau, bougeant avec grâce. Elle portait une robe vert d'eau, très simple, qui volait autour de ses chevilles. Ses cheveux tombaient en ruissellement d'or sombre sur ses épaules. Et même méfiant, son sourire me fascinait. J'ai vu ses yeux, verts, gris, liquides et j'ai su qui elle était.

« Je connais bien votre mari, Rohan Lyciane », lui ai-je dit.

Son visage s'est instantanément fermé, je me suis traité d'imbécile.

« Ce n'est pas un titre dont on peut se vanter. Si vous le cherchez, il est absent, pour un long moment je le crains. »

Une nouvelle fois j'avais bien joué. Heureusement, une autre femme, une Noire, est sortie de la maison et a dit : « Si monsieur est un ami d'Eylir, il est le bienvenu chez nous. Nous allions dîner, monsieur. Venez vous joindre à nous. »

La femme noire se nommait Ouma. Elle avait une silhouette ronde, une voix chantante, le sourire facile, cachant une âme ferme sous sa gentillesse. Elle m'a accueilli avec générosité, me faisant la conversation comme si j'étais de toujours un ami de la maison. Elle avait épousé Marcus plusieurs années auparavant, ils avaient un fils, je l'avais sans doute vu dehors, il était charmant, mais un peu farouche, comme Moronn, le fils d'Eylir… « Avez-vous des enfants, vous-même ? »

Une autre petite fille, âgée de sept ans, se trouvait à l'intérieur, brune, très fine, très fragile. Lyciane se méfiait de moi, mais s'attendrissait au moindre sourire de la gamine.

« Elle se nomme Melian, dit-elle en lui caressant les cheveux. En souvenir de cette princesse à qui mon mari doit la vie. »

Et Melian me regardait par-dessous ses longs cils, toute consciente d'avoir hérité de la beauté de sa mère.

La maison était agréable et bien tenue. Aucun domestique n'aidait les deux femmes, mais elles s'entendaient bien, se partageant les tâches domestiques sans heurt, avec une longue habitude. J'ai tenu à expliquer ce que je faisais là, mais Ouma m'a fait taire.

« Tu parleras de tes affaires d'homme avec Marcus. »

Marcus est arrivé à la nuit. Les garçons étaient rentrés, ils se sont jetés sur lui, il les a embrassés en riant, a salué familièrement les deux femmes, s'est fait servir comme un roi. Il m'a salué cordialement.

En le regardant prendre tardivement son dîner, sa veste de cavalier jetée sur un banc, j'ai essayé d'imaginer la vie qu'Eylir, Maharkal et leurs familles avaient pu mener ici, une vie tranquille de militaires de garnison dans une petite maison non loin de la mer, avec leurs enfants autour d'eux…

Après le dîner, Marcus m'a emmené faire une promenade nocturne dans les champs. Nous avons suivi un petit chemin, jusqu'au sommet d'un escarpement qui surplombait l'océan. Je me sentais en confiance, en compagnie du grand Kelte. C'était un homme simple, aux amitiés franches.

Il a allumé une pipe, je lui ai expliqué les raisons de ma venue, ma démission brutale, tout.

« Tu es toujours amoureux, hein ? Tu devrais renoncer, oublier cette fille, oublier cette histoire. Ça ne va t'attirer que des ennuis. »

Il avait sans doute raison, mais j'avais besoin d'elle. J'étais amoureux, n'est-ce pas ?

Le Kelte a tiré sur sa pipe, m'a regardé en biais, comme pour me jauger. Puis après un soupir, il m'a raconté : « La brune est passée, Lyciane et elle ne se sont pas entendues, elle n'est pas restée. Deux femmes pour le même homme, ça n'amène jamais rien de bon… Elle est aussi passée me voir à la caserne, elle voulait que je prenne quelques hommes, que nous courions libérer Eylir. Sans l'aide de Yannis, ai-je dit, ça ne sert à rien. Tu me connais, tu sais que je ne suis pas un lâche, mais je ne suis pas un imbécile non plus. On n'attaque pas une prison de l'Empire avec trois compagnons… Yannis pourrait faire quelque chose, je lui ai dit. Alors elle a foncé, elle est allée le voir. J'ai tenté de la retenir, je savais qu'il n'était pas pressé de bouger, qu'il pensait qu'Eylir n'avait que ce qu'il méritait… Mais elle est amoureuse, elle a foncé chez Yannis hier soir. Et depuis je n'ai pas de nouvelles. C'était vraiment stupide de faire ça, une femme toute seule chez des Thiléens… Je crains qu'elle ne se soit attiré de gros ennuis. »

Marcus a craché par terre. Je me suis affolé. Ma Beth au milieu de ces truands ! Je devais aller voir Yannis !

Marcus a hoché la tête et m'a considéré avec lassitude.

« Ça ne te rend pas plus futé, toi, de courir après une fille. On verra ça demain. Tu ne vas pas aller les voir de nuit. Lyciane pourra peut-être nous aider, le vieux l'aime bien. C'est grâce à elle qu'il a pardonné à Eylir le meurtre de Sern. Ensuite, Eylir a même rendu quelques services à Yannis... Il a fait un peu de contrebande, il est allé secouer des débiteurs du vieux. J'espère que Yannis s'en souviendra. On verra demain. »

Comme nous rentrions vers la maison pour aller dormir, j'ai demandé, afin d'anticiper de nouvelles maladresses, comment s'entendaient Eylir et Lyciane, le mari et la femme.

Le grand Kelte a eu l'air triste.

« Ce ne sont ni tes affaires, ni les miennes. »

Ouma m'avait installé un lit improvisé très confortable, sous les combles de la maison, près du conduit de la cheminée. J'ai dormi profondément.

À mon réveil, Marcus était déjà parti, il avait rejoint son service. Lyciane a quitté la maison pendant que je buvais un bol de café. Auparavant, suite à un échange sec et bref avec elle, j'ai appris qu'elle avait discuté avec Marcus, et qu'elle parlerait de Beth à Yannis. Elle me traitait froidement, avec le minimum de politesse qu'on pouvait attendre d'une hôtesse, cela m'attristait beaucoup. Je la trouvais toujours aussi belle, incroyablement attirante. La distance qu'elle mettait entre nous me blessait.

Je suis resté toute la journée dans la maison, à aider Ouma et jouer avec les enfants. Contrairement à sa mère, Melian m'a pris en affection. C'était une enfant douce, gentille et curieuse et j'ai perdu un bout de mon cœur dans ses grands yeux.

Lyciane est partie en ville et est revenue me voir à la fin de l'après-midi.

« Ton amie a menacé un des hommes de Yannis avec un couteau pour pouvoir accéder jusqu'à lui. Ça ne se fait pas. Il l'a faite prisonnière. S'il peut en obtenir une rançon, il le fera. Sinon, il la vendra. Elle n'est pas mal faite, et assez jeune. Il ne faut pas longtemps pour soumettre une fille. »

Je me suis affolé, j'ai imaginé Beth, ma Beth, aux mains de ces bandits... Lyciane s'est montrée un peu plus chaleureuse.

« Calme-toi. J'ai parlé de toi à Yannis, je lui ai dit que tu étais un ami d'Eylir. Il a dit qu'il voulait te voir. Peut-être qu'il voudra bien te la rendre... D'ici là, elle ne risque pas grand-chose, je crois. Je t'emmène chez lui tout à l'heure. »

Nous y sommes allés le soir même. Yannis habitait dans les beaux quartiers qui bordent le fleuve Mestral. Lyciane s'était habillée pour l'occasion, portant une robe de soie, des anneaux d'or aux chevilles, aux oreilles et aux poignets. Elle avait jeté un manteau noir sur ses épaules.

Elle marchait d'un pas léger, chantait de temps en temps, mais ne voulait pas engager la conversation.

Des serviteurs nous ont accueillis dans une grande maison, sur une colline, un peu à l'écart. Une villa à un étage, à terrasses et à colonnes, la maison d'un homme qui étalait sa richesse. Larvor Yannis nous a reçus sur la terrasse, éclairée par la lumière orange du couchant.

Il était seul, mais deux Thiléens musclés et armés de longs couteaux jouaient aux dés un peu plus loin dans le jardin. Le chef du clan Larvor vivait dans le luxe, il s'asseyait sur des chaises de bois rare et buvait dans des coupes de cristal ouvragé. Son jardin était orné de statues de marbre, des vases précieux étaient posés sur de magnifiques tapis, des armes plaquées d'or et d'argent avaient été négligemment abandonnées sur les tables. Il s'habillait de soie brodée.

Lui-même avait des allures de petite frappe, un visage sec, creusé de rides, de longs cheveux gris un peu graisseux, des mains à la peau cornée. Il se tenait debout, une épaisse canne à la main.

« Viens ici, ma nièce, que je t'embrasse. »

Lyciane s'est approchée, il lui a passé la main derrière le dos, l'a attirée contre lui, lui a pris ses lèvres, un long moment, elle s'est laissé faire avec une étonnante sensualité. Puis elle m'a présenté, a expliqué que je venais pour la femme mabden.

« Oui, je me souviens. Viens t'asseoir. On boit d'abord, puis on parle. »

Il m'a entraîné sur la terrasse, m'a désigné un sofa aux coussins très confortables, s'est lui-même assis avec précaution dans un fauteuil de bois noir. L'homme avait quelque chose de ridicule, avec sa vulgarité et ses manières dans cette débauche de luxe, mais je n'avais pas envie de rire. Un mot de lui et je me faisais égorger.

Lyciane s'est mise à genoux à côté de lui, les yeux fermés. Il lui caressait les cheveux. Le soleil couchant leur donnait des reflets magnifiques. J'étais choqué par l'abandon dont elle faisait preuve, par la manière dont il se comportait avec elle.

Une autre fille, plus jeune, les yeux baissés, alluma un brasero, puis apporta des verres et des bouteilles. Yannis me demanda si je voulais goûter son stretch.

« Tu es de Koronia, non ? On en boit beaucoup, par là. Tu pourras me dire s'il est bon. »

Présenté ainsi, je ne pouvais pas refuser. La fille nous a servi un grand verre d'alcool ambré, nous avons porté un toast et nous avons bu. Il a descendu son verre d'un trait, j'ai bu plus doucement. Le stretch était délicieux, un des meilleurs que j'aie jamais bu, je le lui ai dit.

« Tu aimes ? Finis ton verre, je t'en resservirai. Puisque tu aimes. »

Son ton était sec, pas vraiment amical. Lyciane me fixait en silence. Son manteau noir était tombé au sol, les doigts de Yannis lui caressaient l'épaule, il la traitait comme une esclave, comme un bel animal de compagnie. J'ai bu un autre verre, puis un autre, c'était délicieux et je n'avais pas le choix.

Il buvait en même temps que moi, je me suis enivré et lui pas. Après, je ne me souviens plus de rien de précis. Nous avons parlé, certainement, j'ai parlé de Beth. D'autres choses, sans doute. Je me faisais avoir, je le savais. Lui ai-je dit qui elle était ? Lui ai-je dit qu'Ysbeth Leiss était la fille adoptive d'un nonce impérial ? Lui ai-je parlé d'Eylir, de Lyciane, des Keltes ? De Jude, de Madame, des Rohan, de Beth et de mon amour ? Comme tout le monde, je dis n'importe quoi quand je suis ivre. Je sais que Yannis était devenu cordial, familier. Qu'il m'a fait visiter la maison, le jardin, et boire, et boire encore, jusqu'à ce qu'une voiture me raccompagne.

J'ai d'autres souvenirs que je confonds avec les rêves que j'ai fait cette nuit-là. Je me souviens de tentures, de lumières assombries, de tapis épais sous mes pieds nus. Je me souviens de lampes dorées, voilées, d'une odeur de soufre et d'encens. Je me souviens de Lyciane, nue et absente, un voile sur ses cheveux, de fines chaînes d'or lui glissant sur le corps, elle détournait le visage, ses mains ouvertes, paumes vers le ciel. Je me souviens que je la désirais et que je lui avais saisi les hanches.

Quant à mes rêves les plus sombres et les plus profonds, je les garde pour moi.

Ouma m'a réveillé le lendemain à midi. Je n'étais pas du tout malade, ce qui prouve que je n'avais bu que d'excellents alcools. Lyciane n'était pas rentrée.

« C'est un homme mauvais », m'avait dit Ouma, en me servant à déjeuner. « Il ne faut pas approcher des hommes pareils. »

J'étais très inquiet. Je ne me souvenais pas de la

veille, je n'avais pas de nouvelles de Beth, ni de Lyciane, je n'étais pas très fier de moi.

Dans l'après-midi, un fiacre est venu me chercher. Yannis m'a reçu sur la même terrasse, appuyé sur sa canne.

« Je ne veux pas que tu puisses dire que tu as été mal accueilli par les Larvor de Léthys, a-t-il dit. Callaghan Eylir est un membre de ma famille, j'accueille donc ses amis avec le sourire. Quel dommage qu'il soit retenu loin de nous... »

Quelle hypocrisie ! Ne pouvait-il l'aider ? Eylir avait travaillé pour lui, et je connaissais le sens de la solidarité des Thiléens. Je lui ai donné quelques arguments en ce sens. Lui m'a fait une tape sur le bras, très amical, puis m'a emmené faire quelques pas dans son jardin. Deux types costauds nous suivaient de près.

« Tu sais, je suis d'accord avec toi. Je pense à Eylir. Je l'aime beaucoup. Il a fait des erreurs, il a tué un de mes neveux, il a tué un noble. Mais je l'aime beaucoup. Tous les jours, je prie pour lui. »

Il me tenait fermement le bras. Je me demandais s'il se moquait, ce n'était pas clair. Larvor Yannis était un vieil homme simple et rusé.

« Il a séduit des filles stupides, comme ton amie. Des filles qui imaginent beaucoup de choses, qui ne connaissent rien de la vie, qui ne savent pas se tenir. Mais dès que le visage et les seins étaient jolis, alors il cédait. La prison le fera peut-être réfléchir... »

Il a souri. Au détour d'un bosquet, nous avons retrouvé les deux types costauds que je croyais derrière nous. Ils tenaient Beth entre eux, chacun par une épaule. Elle avait les mains liées dans le dos, des marques de coups sur le visage, les yeux rouges, les cheveux défaits. Apercevant Yannis, elle a craché à ses pieds. Un des types a levé la main sur elle, Yannis l'a retenu. Je me suis retenu moi-même pour ne pas intervenir, pour m'efforcer à la patience. J'avais envie de me jeter sur cette brute, même s'il n'aurait eu aucun problème pour se débarrasser de moi.

« Si cette fille se comporte comme une idiote, c'est un peu de sa faute à lui, voilà ce que j'ai pensé. Je veux être juste et équitable. Je la relâche. Je crois qu'elle a appris la leçon. »

Une des brutes a poussé Beth, elle est tombée dans mes bras. J'ai senti qu'elle tremblait, qu'elle avait peur, même si elle se comportait en bravache. J'ai remercié Yannis comme il le fallait. Il a joué le grand seigneur. Et la voiture nous a emmenés.

Dès que nous sommes sortis de la propriété, je l'ai détachée. Elle regardait fixement devant elle, s'est frotté les poignets. Puis elle s'est mise à pleurer. J'ai voulu passer un bras autour de ses épaules, la prendre contre moi, elle m'a repoussé brusquement. Je ne savais pas quoi faire.

Elle a refusé d'aller chez Eylir et Marcus.

« Surtout pas là ! »

Nous nous sommes arrêtés en ville à la pension où elle avait laissé ses affaires. Elle est montée dans sa chambre, a commandé un bain, faisant comme si je n'étais pas là. J'ai demandé une chambre également, voisine de la sienne. La vieille dame qui tenait la maison m'a regardé d'un air compréhensif, même si elle ne comprenait rien du tout.

J'ai acheté à manger, j'ai dit à travers la porte que j'étais là, qu'elle pouvait me parler, si elle voulait, que je déposais un plateau pour elle devant sa porte.

Après une heure d'attente inquiète, n'entendant pas beaucoup de bruits venant de la pièce voisine, je suis ressorti ; le plateau était toujours là. J'ai frappé, aucune réponse, j'ai pris sur moi d'entrer. Bruit d'éclaboussures.

Elle se tenait debout dans un baquet, vêtue uniquement d'une chemise détrempée qui lui collait à la peau. Ses cheveux étaient mouillés aussi, ils dégouttaient dans son cou et devant son visage, elle me regardait à travers un rideau de cheveux noirs, un regard de haine et de défi. Elle tremblait encore, je devinais que l'eau était froide.

Je suis resté là, interdit devant elle, n'osant ni avancer ni reculer, me justifiant en bredouillant d'être entré, disant que si je pouvais faire quelque chose pour elle…

Elle a enlevé sa chemise, l'arrachant presque. Ma première pensée a été de vérifier qu'elle ne portait pas de blessure. Toujours le même regard de haine et de défi, des gouttes d'eau roulaient sur ses seins, sur son ventre, j'avais l'impression qu'elle avait envie que je la gifle, que je la jette sur le lit, et moi j'avais envie d'elle. Elle a fait un pas hors du baquet, sorti l'autre pied, marché vers moi, l'eau ruisselait sur ses épaules, le long de ses flancs, sur ses cuisses.

Mais je l'aimais, alors je n'ai pas été complètement idiot. Je lui ai saisi les bras, très fermement, comme si j'étais un homme très fort, elle s'est un peu débattue mais je l'ai maîtrisée. Je l'ai regardée bien en face, je lui ai dit qu'elle crevait de froid, de faim, de je ne savais quoi. Qu'il fallait se sécher et manger.

Je l'ai séchée, j'ai allumé le poêle, je lui ai enfilé une chemise de nuit, une robe de chambre, je l'ai fait manger, elle se laissait faire. Elle s'est blottie dans le lit, recroquevillée. Et quand j'ai voulu partir, elle a gémi, tendu la main, m'a agrippé le poignet. Je me suis couché auprès d'elle et je l'ai prise dans mes bras.

Et que dire de plus ? Le lit était doux, son corps était chaud contre moi. J'étais heureux. Et je n'ai pas dormi de la nuit, j'ai passé tout le temps à lui caresser les cheveux. Sa respiration s'est apaisée, elle s'est endormie contre moi.

Nous avons passé les jours suivants ensemble, elle et moi. Je l'emmenais se promener en ville, nous allions au café boire des chocolats chauds et la nuit, elle dormait contre moi. Son visage était triste et résolu, elle partirait pour Iezebel seule si personne ne partait avec elle. Mais moi, je l'accompagnerais, voilà ce que je lui ai dit.

« Tu n'es pas obligé. »

Je tenais sa main et je n'ai rien répondu.

Un soir, je suis repassé chez Marcus. Le Kelte m'a accueilli chaleureusement. Il y avait un peu de soleil, nous avons bu du vin dans la cour. Lyciane restait distante, mais me souriait de temps en temps, Melian est venue s'asseoir sur mes genoux. Son frère n'approuvait pas. Je les ai tous remerciés de m'avoir aidé, j'avais apporté de petits cadeaux pour chacun, j'ai parlé de mes projets, j'ai appris qu'Ouma était de nouveau enceinte. La soirée a été très douce.

Je suis parti une fois la nuit bien avancée, j'étais un peu ivre, balancé par le pas tranquille de mon cheval. J'avais discuté longtemps avec Marcus ; j'aimais cet homme, droit et fidèle. Il se sentait impuissant, un peu enfermé. Il aimait cette ville, et sa femme, et ses camarades de caserne. Mais il ne pouvait plus quitter cette vie. Et ici, en exil, loin du pays de sa naissance, il ne pouvait plus rien faire pour Eylir.

Est-ce qu'il aurait fallu vivre dans les pays keltes pour avoir un grand destin ? N'y avait-il pas de héros sur Atlan ?

J'étais tout à mes rêveries lorsque j'ai aperçu une femme, à quelques pas devant moi, assise sur le parapet d'un pont, visible dans la nuit grâce à sa robe blanche. Avec ses cheveux longs, sa silhouette mince et sa grâce, elle me faisait penser à une fille de conte, une princesse de l'autre monde. Je suis resté saisi. Le balancement paisible de ma jument m'a amené jusqu'à elle et j'ai reconnu Lyciane. Une fois à son niveau, j'ai mis pied à terre.

Cette femme me tournait la tête, elle devait rendre les hommes complètement fous. Même maintenant, j'avais encore envie de l'embrasser, de la jeter sur mon cheval. Je n'étais pas amoureux, pas vraiment, juste attiré, fasciné par quelque chose d'impalpable, dans son regard, dans sa silhouette, dans sa démarche.

Je lui ai souhaité le bonsoir, je l'ai encore remerciée pour son aide. Elle semblait considérer que ça n'avait aucune importance.

« Je voulais te parler, a-t-elle dit, me prenant le poignet, me retenant et me tenant à distance à la fois. Écoute-moi, comme si j'étais une sorcière, comme si je voyais des choses que tu ne voyais pas. » Je n'avais aucune difficulté à imaginer cela. « Éloigne-toi de mon mari. Fuis-le le plus possible. C'est parce qu'il y a des gens comme toi, pour croire qu'il est plus qu'un homme, qu'il se comporte comme s'il était plus qu'un homme. Laisse-le. Laisse ceux qui l'aiment penser à lui.

— Je ne pense pas qu'Eylir soit plus qu'un homme, ai-je dit, à moitié sûr de mon fait.

— C'est bien. Alors écoute mon conseil. Emmène la fille brune, prends-la avec toi. Gifle-la, fais-lui sortir ces folies de la tête. C'est le rôle des hommes d'empêcher les femmes de se comporter comme des idiotes. Emmène-la loin d'ici et épouse-la. Tu l'aimes. Je suis sûr qu'elle fera une très bonne épouse. »

Elle a souri, gentiment. Pendant quelques secondes, j'ai cru pouvoir faire ce qu'elle disait, j'ai pensé qu'elle avait raison. Elle me fascinait, je sentais, oui, qu'elle voyait des choses que je ne voyais pas.

Ses lèvres ont effleuré les miennes, scellant sa magie. Je suis remonté en selle, je l'ai saluée, j'étais troublé, je n'arrivais plus à penser.

Le lendemain, l'amante d'Eylir et son chroniqueur ont tout de même pris la route de Iezebel.

Le faux mariage

Nous y sommes arrivés après des jours de voyage, et nous avons découvert les plateaux desséchés, le vent mordant et la pierre rouge du fort de Iezebel. Nous sommes passés au pied de l'arbre du malheur sans deviner sa sinistre fonction. Là, nous avons servi le mensonge que nous avions préparé. J'étais un fonctionnaire impérial qui devait interroger le prisonnier Enheren, Beth était ma femme et mon assistante. Le prisonnier ayant été mêlé à un crime impliquant des personnes de la noblesse, je devais pouvoir le rencontrer dans la plus grande discrétion.

Le commandant Lenos, trop heureux de recevoir la visite d'un homme d'importance, a accédé à toutes mes demandes une fois qu'il eut reconnu les sceaux et signatures que portaient mes papiers.

Alors nous avons rencontré Eylir, dans une pièce isolée en haut de la tour du fort, et les amants se sont étreints et je me suis fait tout petit. Eylir avait besoin d'argent, nous lui en trouverions... Nous sommes repartis quelques jours après, avec cette mission.

Une vie étrange a commencé pour Beth et pour moi. Nous nous sommes établis à Isora, une petite ville manufacturière à trois jours de Iezebel. Nous nous sommes fait passer pour mari et femme, encore une fois, dans la petite pension de famille où nous nous sommes installés. Pour quelle autre raison un homme et une femme de nos âges auraient-ils pu voyager ensemble sans lever de soupçons ? Et, par un plaisir malsain, cette situation me convenait.

Pendant six mois, j'ai vécu avec elle cette comédie de mariage dans une ville de province. Nous avions passé les premiers jours à écrire à tous nos amis et connaissances de confiance pour leur demander de l'argent, puisque c'était là la volonté d'Eylir et qu'il était hors de question de la contrarier. Et après, il a fallu attendre.

J'ai tout fait pour distraire Beth. Je l'emmenais dans de longues promenades, je lui parlais de théâtre, je lui inventais des histoires, je lui offrais des livres et des friandises. Elle accueillait mes cadeaux et ma présence avec le sourire, mais elle pensait à Eylir, tout le temps, elle s'inquiétait pour lui, elle se souvenait du visage marqué et creusé qu'il nous avait présenté lors de notre visite, elle imaginait sa vie, son travail, son épuisement ; lors de notre visite, il nous avait glissé quelques mots de sa situation, que je n'avais pas de mal à me figurer. Et ces pensées la tourmentaient, l'empêchaient de dormir pendant la nuit, la faisaient se ronger d'angoisse. Alors je la prenais dans mes bras, je la serrais contre moi, je lui caressais les cheveux jusqu'à ce que l'épuisement la fasse s'endormir, et j'aimais cela.

Quelque part, je me mettais à croire à notre mensonge, et j'espérais sans me le dire que nos efforts seraient vains, que nous ne recevrions pas d'argent, que le Kelte échouerait dans ses tentatives et que nous ne pourrions rien pour le sortir de là où il était. Beth finirait alors par se résigner, elle se tournerait vers moi, elle se rendrait compte de ma fidélité et de mon amour…

Nous avons reçu de l'argent, nous sommes retournés à Iezebel pour le faire passer à Eylir.

La prison avait endurci le Kelte, je lui trouvais un regard inquiétant, je me convainquais qu'il était devenu un véritable forçat, que sa nature criminelle prenait le dessus, que le deuxième Eylir de ma théorie, l'homme commun, prenait le pas sur le héros que j'avais admiré et dont je racontais les histoires dans les auberges de la région d'Isora...

Le Kelte a reçu l'argent et l'attente a continué, il avait dit qu'il nous ferait passer un message quand il se serait évadé. Je n'y pensais pas, pour moi ce moment n'arriverait jamais. Et l'hiver s'est terminé à Isora, le printemps est venu, je cueillais des fleurs lors de mes promenades dans la campagne pour décorer chaque jour notre chambre conjugale et faire sourire Beth quand elle y rentrait. Nous dînions parfois le soir avec des personnalités de la petite ville (après tout, nous étions des gens d'une certaine bourgeoisie), nous allions écouter de la musique chez M. Loria ou Mme veuve Garès quand ils nous invitaient et on nous réclamait des nouvelles d'Atlantys, des conseils de mode ou de lectures...

Cette vie « normale » était une parodie pathétique de ma vie à Atlantys. Je me persuadais qu'il ne pouvait rien m'arriver de mieux et Beth devenait folle. Elle se levait la nuit, sortait dans le jardin et s'exerçait à l'escrime avec Misère, qu'elle gardait habituellement cachée dans son paquetage. La lame sifflait, les arbres et les buissons perdaient quelques feuilles et je priais pour que les voisins ne l'aperçoivent pas.

Le printemps s'avançait, Beth s'inquiétait de ne pas recevoir de nouvelles, elle ne voulait plus croire les mensonges que j'inventais pour la rassurer, elle voulait retourner à Iezebel, au mépris de toute prudence. Nous nous disputions souvent, elle ne dormait plus, la situation devenait difficile à supporter.

Un matin, elle avait pleuré toute la nuit, je me suis levé brusquement et je lui ai serré le poignet sans la ménager.

« On y retourne. C'est une folie, pour nous comme pour lui, mais on y retourne ! »

J'espérais que ce sacrifice de mon bonheur lui ferait comprendre tout ce que j'étais prêt à donner pour elle, mais elle s'est contentée d'approuver timidement mon éclat de colère. Malgré les semaines et les mois, ce n'était pas moi que voyaient ses yeux rougis de larmes.

Alors peu à peu nous avons glissé dans le cauchemar.

Nous avons repris la route de la prison, j'étais d'une telle mauvaise humeur que nos disputes n'ont pas cessé, bien au contraire. Et plus nous approchions du fort, plus Beth voulait presser le pas ; si je ne l'avais retenue elle serait arrivée en plein galop.

Et sur la route, quelques heures avant notre arrivée, nous avons doublé une caravane de roulottes colorées, à la peinture délavée par les intempéries, un cirque d'hommes et de femmes contrefaits. Beth n'a pas fait attention à eux, mais j'ai reconnu les monstres qui s'étaient penchés sur moi sur la route des Léthys, des mois plus tôt… La roulotte de tête était conduite par un homme étrange que je n'avais pas vu auparavant, un homme de grande stature, dissimulé sous une cape noire, d'épais vêtements d'hiver (malgré la chaleur de l'été naissant !) et un heaume de chevalier, piqueté de rouille. Un homme sans visage. J'ai détourné les yeux.

Sa troupe montait sans aucun doute possible vers le fort. Retrouver les monstres à cet endroit et à ce moment a ajouté à mon malaise. Ils venaient pour Eylir… et pour moi.

Nous sommes arrivés en fin d'après-midi, précédant de peu la caravane. Le fort rouge nous était tout à fait familier, comme était familière la silhouette de l'arbre du malheur.

Et Beth a crié, quand elle a reconnu Eylir, accroché aux branches maudites. J'ai tenté de la retenir, mais elle a éperonné son cheval, quittant la route jusqu'à la base de l'escarpement. Elle a mis pied à terre, grimpé les derniers éboulis de rocher, ne s'arrêtant qu'au pied de l'arbre. Affreusement pâle.

Tendant la main, elle toucha les pieds entravés d'Eylir.

Le soleil l'avait desséché. Des cordes épaisses lui mordaient la peau, son corps tombait en avant, son menton pesait contre sa poitrine. Il ne bougeait pas.

Beth voulait grimper à l'arbre, elle m'a dit de l'aider à monter, de l'aider à le détacher, elle criait qu'il était vivant, qu'il fallait lui donner de l'eau. J'ai essayé de la calmer, de la raisonner, de lui dire qu'en se comportant ainsi en vue du fort, elle ruinait notre imposture, que nous ne pouvions rien faire en présence des soldats. Et comme elle continuait de crier et de pleurer, je l'ai giflée de toutes mes forces et je me suis sacrifié encore une fois.

« S'il y a une chance de le sauver, c'est à Lenos qu'il faut le demander. Je lui ordonnerai de le libérer... »

Et l'espoir que mes mots ont fait naître dans son regard m'a récompensé de tous mes malheurs.

Nous sommes entrés dans le fort rouge. Tous les soldats y étaient, les prisonniers étaient déjà rentrés de la mine. Mais c'est à peine s'ils ont fait attention à nous, la caravane que nous avions dépassée les préoccupait bien plus. Ils l'attendaient depuis un moment, la perspective d'un peu de distraction les excitait beaucoup après la violence des combats des jours précédents.

Je me suis fait mener chez le commandant, pendant que Beth m'attendait dans la cour du fort. Je l'avais rassurée : « Je vais obtenir de Lenos qu'il le détache, il ne peut rien me refuser, je suis de trop haut rang dans l'administration, il n'a pas le droit de laisser mourir un prisonnier que je veux interroger. »

Elle me faisait confiance. Comme je m'apprêtais à partir, elle m'a retenu, a appuyé sa tête contre ma poitrine.

« Merci, merci, merci. Merci pour tout... »

La pièce où se reposait le commandant Lenos était si sombre que j'ai mis du temps avant de l'apercevoir. L'air puait la charogne. Je suis entré en même temps que son médecin, un prisonnier au passé de chirurgien, qui avait obtenu un allégement de peine à condition de s'occuper de la santé des habitants du fort et des baraquements.

Lenos était livide, la fièvre lui dessinait des cernes noirs, je ne reconnaissais plus l'officier élégant et cruel qui m'avait accueilli à sa table lors de mes deux précédentes visites. On avait emmailloté son bras droit de charpie.

« Vous arrivez un peu tard, m'a-t-il dit en guise de salutations. Il fallait venir il y a une semaine... Vous auriez trouvé vos deux interlocuteurs habituels en meilleur état. »

Le vieux chirurgien a dégagé la blessure, me demandant de l'aider. Lenos avait l'épaule fendue. Une plaie noirâtre descendait de la clavicule vers la poitrine, son bras me paraissait être en train de se nécroser. L'odeur était abominable. Le chirurgien a murmuré quelque chose où je crus entendre « amputation ». Lenos a crié avec colère : « Non ! Pas de ça ! Pas de ça ! »

Alors le vieux bonhomme a sorti ses scalpels, débridé la plaie, nettoyé le pus. Lenos gémissait, insultait l'autre, m'insultait moi. Ses yeux fiévreux ne me quittaient pas. Il a heureusement fini par perdre conscience. Le chirurgien a terminé son boulot, fait un nouveau pansement. Puis il m'a donné une bouteille de sels et m'a dit : « Faites-lui respirer ça », avant de s'enfuir. Dehors, la journée se finissait. Les soldats criaient et regardaient la caravane. Les prisonniers aux pieds enchaînés devaient la regarder aussi à travers les fentes de la palissade de leur campement. Et Beth attendait que j'obtienne de cet homme évanoui la grâce d'Eylir.

Le temps s'est écoulé avec une lenteur interminable. Lenos a fini par reprendre conscience. Je lui ai servi un verre de stretch, j'en ai bu avec lui. Mes mains tremblaient, ses yeux ne me quittaient pas. Il a fini par reprendre un peu d'emprise sur lui-même, il m'a raconté la tentative d'évasion d'Eylir avec une vingtaine d'autres bagnards. Par chance, le commandant et Pâlot discutaient sur les remparts au moment où Eylir et les siens avaient tenté de s'emparer des chevaux du fort. On s'était battu, force avait été aux armes des gardiens…

« Ils ne sont pas passés loin, croyez-moi. Pas loin du tout. On a dû en tuer une dizaine au total. J'y ai laissé trois hommes. »

Il a ricané.

« Trois hommes et demi, disons… »

C'est à ce moment que j'ai décidé de me montrer convaincant. J'ai invoqué une terrible nécessité de devoir interroger Eylir, une enquête de la plus haute importance… J'ai même bluffé un peu.

« J'ai dans mes affaires une lettre de la nonciature impériale, le cabinet personnel de l'Empereur ; ils veulent le voir, je dois l'accompagner jusqu'à Atlantys. »

Lenos a fermé les yeux. J'ai cru qu'il s'était endormi. Mais il a dit, après un long silence : « C'est dommage pour l'Empereur. Mais le Kelte est mort. Je l'ai fait punir comme il méritait. Quel dommage que je ne vous aie pas reçu plus tôt… »

J'ai insisté. Eylir n'était peut-être pas encore mort, si on le détachait et qu'on lui donnait à boire… Mais Lenos ne voulait rien entendre, et il se moquait bien des menaces. Et, le visage crispé par la douleur, il m'a dit d'une voix mauvaise : « J'emmerde l'Empereur, monsieur le secrétaire, même si vous n'avez que son nom à la bouche. Que croyez-vous qu'on puisse me faire ? M'exiler ? Parce qu'il existerait un endroit pire qu'ici ? Le trou du cul du monde ? Il va falloir l'inventer, alors ! Et puis je sais autre chose, monsieur. Le salopard de Kelte avait de l'or, et je ne crois pas qu'il l'ait extrait dans ma mine. Et les visites ne sont pas si fréquentes dans notre petit coin perdu. »

Il n'y avait plus rien à dire.

Je suis sorti, j'ai laissé Lenos seul avec sa souffrance. Le fort était quasiment vide. Trois soldats dépités surveillaient les prisonniers depuis le haut des remparts. Les autres étaient sortis, pour voir la caravane et le spectacle. J'entendais une voix criarde annoncer les *numéros extraordinaires, l'épopée palpitante*… Je ne voyais pas d'autre solution que d'aller détacher Eylir, avec Beth, et de nous enfuir péniblement. De préférence pendant que l'attention des soldats était encore retenue par les monstres.

Mais Beth n'était plus dans le fort. Je l'ai cherchée partout, son cheval avait disparu, les gardiens n'ont pas su me dire où elle se trouvait.

Alors je me suis senti très fatigué, mes épaules ont pesé très lourd de tous ces mois d'hypocrisie et de mensonges. J'avais échoué auprès du commandant et maintenant je ne la trouvais plus. Où avait-elle pu partir ? La nuit tombait, les soldats et les forçats poussaient des exclamations enthousiastes ou horrifiées. Je n'imaginais pas Beth aller contempler pareil spectacle, mais elle ne pouvait être nulle part ailleurs.

Et puis, je dois l'admettre maintenant, j'étais au fond de moi attiré par le spectacle dont je voyais les lueurs, là-bas, au bord de la route. Je ne savais pas quoi faire, j'étais perdu, pour ce soir j'avais renoncé. Je m'y suis rendu.

Les roulottes, rangées en demi-cercle, étaient tendues de toiles miteuses qui avaient dû figurer des décors lors de jours meilleurs. Quelques torches jetaient leurs lueurs tremblantes sur la scène ainsi délimitée.

Le spectacle figurait les aventures du *chevalier sans visage*, l'homme au heaume et aux gants de cuir que j'avais vu mener la caravane. Le Maître. Il se tenait au centre de la scène, monté sur un cheval qui marchait sans avancer. Un nain que j'avais déjà vu, petite créature épaisse au visage rougeaud barré d'une moustache noire fournie, racontait les embûches rencontrées par son héros.

« Mon maître pense en avoir terminé. Le visage de sa bien-aimée ne quitte pas son esprit, l'essentiel du chemin est parcouru. Il a affronté les géants et les nains, il a traversé une mer d'excréments, une forêt de cristal, que peut-il rester comme épreuve ? »

Son de fifre, roulement de tambour. La musique évoquait une danse sinueuse, j'ai pensé à ma bien-aimée.

« Mais mon maître n'est pas moins homme. Et sous l'armure, sous le casque, palpite une chair vivante et tremblante. Cela fait longtemps qu'il n'a pas sailli quelque beauté douce et souple... Son braquemart est raide, il tremble et palpite et ses couilles sont gonflées. Sa bien-aimée est encore loin ! »

La danse sinueuse continuait. Une femme portant un grand manteau bleu à capuchon s'est avancée sur la scène en ondulant des hanches. Pendant ce temps, le cheval marchait toujours, levant les jambes, sans avancer d'un pouce. Imperturbable, le chevalier sans nom fixait quelque chose, droit devant lui, dans notre direction. Dans ma direction, peut-être...

Je me suis approché. Les soldats, assis à même le sol, suivaient tout cela avec délectation.

« Mon maître a-t-il oublié les prophéties de la sorcière ? Le long de la rivière, dans une grotte, loge la Syrène aux charmes troublants... »

Le manteau bleu de la femme est tombé. Elle portait en dessous une tunique aux manches longues et une jupe. Son visage ovale était très beau, elle avait la peau olivâtre, les yeux noirs, d'abondants cheveux noirs bouclés qui volaient avec sa danse. J'étais arrivé pile au moment du numéro d'effeuillage. Et Beth n'était pas dans l'assistance… J'aurais dû chercher ailleurs, j'aurais dû, j'aurais dû, et je me suis assis, j'ai regardé tomber les manches de la tunique, les pans de la jupe, la tunique… J'ai été pris par les ondulations de la Syrène, par la musique serpentine. Et j'ai crié d'extase et d'horreur, comme les soldats, comme tous les hommes, quand, les vêtements tombés, s'est révélée une peau écailleuse et souple, d'un brun vert, aux longues écailles ovales, légèrement luisantes, renvoyant l'éclat de la flamme des torches. Et j'ai regardé ses seins hauts et fermes, ses longues cuisses, ses hanches qui suivaient la musique devenue frénétique.

Paroxysme. Le chevalier a dégainé son épée, l'a fait tournoyer, la Syrène est tombée, une gerbe de sang a jailli haut dans le ciel, tout le monde a crié de joie et de peur.

« *Mon maître a surmonté l'épreuve, avec son astuce, son charme, son élégance coutumière. Il poursuit son chemin… Que va-t-il encore rencontrer ? Avec votre aide, nobles seigneurs, avec quelques pièces et vos applaudissements, je vais vous le raconter !* »

Il allait encore rencontrer un poète maudit, un gros homme blond, forcé de déclamer ses vers, nu face à un auditoire de trois nains difformes qui ne cessaient de lui jeter des fruits pourris avec l'aide des spectateurs. Il allait rencontrer une petite vieille dont la tête regardait dans le dos, et l'homme le plus laid du monde, et des sœurs siamoises par l'épaule et la hanche… Le chevalier ne faisait rien, le cheval se contentait de marcher, marcher, sans avancer. Chaque fois, le numéro se terminait par un grand coup d'épée et une gerbe de sang. Jusqu'à ce que la nuit soit sombre et bien avancée, et les torches des braises rougeoyantes.

« Mais voici le château de sa bien-aimée ! Voici la promesse du bonheur ! Mon maître ne contient plus sa monture ! »

Et le cheval a soudain bondi par-dessus les spectateurs effarés, habitués à son immobilité. Dans un galop de tonnerre, le maître a disparu, le chevalier sans visage et sans nom a disparu dans la nuit.

Je suis resté seul face à la scène vide et aux torches éteintes. Les acteurs repliaient les décors, les soldats étaient rentrés au fort. Je regardais devant moi, fixement.

Un des monstres, le jeune homme au visage très vieux, mangé de gros boutons et de pustules, s'est approché de moi et m'a demandé très gentiment : « Tu veux venir te reposer avec nous, maintenant ?

— Je cherche une femme, ai-je dit. Une femme brune.

— Alors viens avec moi… »

Je l'ai suivi, entre les roulottes. Je suis passé à côté des trois horribles nains en train de jouer aux osselets. Je suis passé à côté de Versa, la femme à la tête tournée dans le dos, je suis passé à côté des siamoises. Nous nous sommes arrêtés face à la porte de la dernière roulotte. La lumière d'une bougie brillait derrière les carreaux des petites fenêtres.

Mon guide m'a désigné la porte de la roulotte, puis s'est effacé, comme un domestique.

« Entrez, monsieur, je vous en prie… »

J'ai ouvert la porte de la roulotte, ne m'attendant à rien. J'ai vu un cercle de petites bougies sur le plancher de bois de la petite pièce. Et au milieu, debout, nue, offrant ses lignes souples et sa peau écailleuse, la Syrène me tendait les mains.

Alors quoi ?

Je suis entré.

La boîte

Au matin, des soldats ont ouvert brusquement la porte de la roulotte, j'ai été ébloui, ils m'ont tiré dans le soleil, nu comme un ver et tremblant, ils ont tiré la fille écailleuse dehors, qui les insultait dans une langue inconnue. Ça les faisait rire. Ils ont fouillé la roulotte et ils n'ont rien trouvé, je ne comprenais rien.

Puis j'ai vu. Eylir n'était plus sur l'arbre du malheur, les cordes avaient été tranchées. Seule Beth avait pu faire cela. Mais pas seule. Qui l'avait aidée ? Je contemplais stupidement les branches nues et grises de l'arbre et le soleil me tapait sur le crâne, mon esprit tournait à vide, je pensais à la nuit passée. Les écailles de la Syrène étaient d'un contact étrangement doux, je me souvenais du reflet des bougies sur leur surface lisse et ondulante, je ne pensais qu'à cela, et je sentais encore sur ma peau la sueur de notre étreinte.

Et pendant ce temps, Eylir avait disparu.

« Le Maître a aidé ton amie à le détacher. »

J'ai sursauté. Un des nains se tenait à côté de moi, les mains dans les poches, me regardant d'un air de lourde complicité. Où étaient-ils, maintenant ?

« Ils n'allaient pas rester ici, imbécile. Le Maître va où il veut. Mais sans doute qu'il reviendra, il ne nous oubliera pas... »

Après, j'ai quitté Iezebel, j'ai repris mon cheval, et je suis parti seul, je ne sais plus où j'allais. Je suivais une route poudreuse sous ce soleil qui me faisait tourner la tête et la caravane m'accompagnait. Elle me suivait de près, ou elle me précédait, ou bien je chevauchais au milieu d'eux, pour un peu de compagnie, je ne sais plus, mes souvenirs se mélangent, je me souviens que je ne voulais pas aller avec elle, mais elle était sur ma route, il y avait une longue file de roulottes et peu à peu je m'y suis mêlé, dans un lent mouvement inéluctable.

Et Eylir et Beth étaient avec le Maître, le Maître reviendrait, il ne nous oublierait pas.

Comme le soir est venu, la caravane s'est arrêtée et je me suis arrêté aussi. Le jeune homme au visage très vieux et très laid, il se nommait Ori, m'a invité à partager leur repas.

« C'est triste de rester seul, viens avec nous. Viens manger avec nous, ne reste pas tout seul. »

Je me souviens avoir pensé que ma répulsion était injuste, que ces monstres avaient droit à un peu de chaleur et d'amitié, et je les ai rejoints. Et je rêvais encore aux ondulations écailleuses de la Syrène.

De repas en repas, sur la route, j'ai fait leur connaissance. Radam, Minos et Eak, les trois nains ; Squelette, une fille si maigre que l'on voyait ses os sous sa peau ; Goliath, un géant idiot à la tête enfoncée dans le cou ; Grenouille, enfant bavant, aux yeux globuleux et aux os déformés ; Cricri, la demi-femme, brûlée et atrophiée sur le côté droit, joliment tournée sur le côté gauche ; Lyd, le gros poète blond débordant de graisse ; Versa à la tête à l'envers ; et la Syrène, seule beauté au milieu de tant de laideur, et tant d'autres monstres restés loin des flammes, dans l'ombre de mes souvenirs. Je mangeais avec eux, je tendais ma gamelle qu'une louche remplissait d'une soupe épaisse et odorante, je m'habituais à leurs visages affreux, à leur saleté, à leur bavardage incessant, j'y trouvais une musique qui remplissait ma vie, qui m'évitait de penser à la femme que j'avais perdue.

Un soir, un des nains a suggéré que je devrais payer ma pitance. Si je n'avais pas d'argent, je pourrais toujours donner un bout de ma personne…

« Un œil, une main, un doigt ? Un petit morceau de toi ! »

J'ai ri à la plaisanterie et les autres ont ri avec moi, Squelette a gentiment suggéré que je pourrais plutôt me joindre à leur spectacle. Mais comment ? Je ne savais rien faire ! Mais si ! Je pourrais raconter des histoires ! Des histoires, des histoires, bien sûr ! Ils aimaient les histoires, et moi aussi. Nous avons fêté cet accord en nous gavant de viande, rouge et saignante.

Ils avaient tué mon cheval, je m'en suis rendu compte le lendemain, et j'ai juste ri bêtement en contemplant sa carcasse éventrée. La caravane m'avait avalé.

Les spectacles ont commencé… Je riais avec eux, mais je les craignais, je craignais ces grands couteaux que les nains aiguisaient à longueur de journée, avec lesquels ils tranchaient tout ce qui se présentait pour en éprouver le fil. Un fruit, un morceau de tissu, un bout de bois, un pli de peau d'Ori, qui riait avec eux en regardant le sang sur ses doigts.

J'entrais en scène, les jambes flageolantes, mais je retrouvais mon assurance comme je commençais à raconter l'histoire d'Allander ou les aventures de Jaël de Kherdan dans les mines de Kilaria. J'arrivais rarement à finir mes récits, les nains déboulaient toujours sur scène à un moment critique pour les parodier. J'osais parfois protester, je leur tapais sur la tête, ils me donnaient des coups de pied, nous nous poursuivions et le public riait. Je trouvais tous ces visages de la foule très laids, toutes ces figures vulgaires et luisantes éclairées par les torches de la scène me devenaient plus révulsantes que l'apparence de mes compagnons de voyage.

Et quand la soirée avait été bonne, nous mangions un repas abondant, qui me gonflait le ventre pour plusieurs jours. Si j'avais encore un peu de force, et si elle le voulait bien, j'allais terminer la nuit avec Syrène, jamais avare de ses charmes pour ceux qui savaient se montrer gentils avec elle.

Parfois, comme nous dormions sous les roulottes, serrés dans nos couvertures, je sentais une présence rassurante passer parmi nous, comme le pas d'un adulte bienveillant dans le dortoir des petits enfants. Le Maître veillait sur les siens.

Le Maître était revenu. La rumeur rendait Ori tout palpitant de joie et de peur mêlées. Le Maître était revenu, pour châtier et récompenser. Mais le Maître était juste, n'est-ce pas ? Je me suis senti pris moi aussi dans le frémissement de toute la troupe.

Ce soir-là, Ori est venu m'annoncer avec excitation que le Maître voulait me voir.

« J'espère que tu as bien agi… Que tu n'as rien à te reprocher… »

La pusillanimité de mon compagnon m'agaçait et me faisait rire, mais mon corps s'est tendu comme je m'approchais de la roulotte du Maître.

C'était la plus belle de toutes, la mieux entretenue. En l'absence du Maître, seule Syrène avait le droit d'y entrer pour la nettoyer. J'y ai pénétré avec une certaine appréhension.

Mes yeux ont mis du temps à s'habituer aux ombres de la roulotte exiguë. Une voix sourde a dit : « Bienvenue. Assieds-toi. Ne crains rien. »

J'ai posé mes fesses sur un petit tabouret. Le Maître était assis en face de moi, dans un grand siège de bois, droit et noble comme un seigneur. Ses mains gantées de cuir étaient posées sur les accoudoirs, le vieux heaume piqueté de rouille dissimulait toujours son visage. À ses pieds, un autre homme se tenait recroquevillé, le visage caché par ses cheveux longs, les bras resserrés sur une grosse boîte à ferrures.

Je me sentais comme dans un temple, la roulotte n'était plus si petite, elle prenait sa vraie importance. Je craignais le Maître, le dispensateur des paroles de louange et de condamnation.

« Tu as bien fait de nous rejoindre, tu es trop différent pour vivre parmi les autres. Chez nous toutes les différences sont accueillies, respectées et protégées. Je sais ce que tu cherches, et je vais te le donner.

— Je voudrais juste savoir où sont Eylir et Beth, seigneur. Les autres m'ont dit qu'ils étaient avec vous...

— Ils ne se sont pas trompés. Voici celui que tu cherches... »

La main du Maître s'est posée sur les cheveux de l'homme, il lui a tiré la tête en arrière, avec douceur et fermeté, et j'ai reconnu le visage fou et perdu de mon Kelte.

Le Maître m'a raconté comment il s'était révolté et comment ses gardiens l'avaient monté sur l'arbre. J'ai frémi d'horreur.

« Le troisième jour, je suis venu, je lui ai proposé de le libérer, de lui donner la femme qu'il aimait, à condition qu'il me suive. Il a accepté, le voici. Je sais que tu l'aimes, que tu lui es fidèle, que tu veilleras sur lui. Je te le confie. Apprends-lui les usages de notre compagnie. Il est faible, maintenant, personne ne résiste à une telle douleur sans être frappé de folie. Accueille-le parmi nous. »

Le regard d'Eylir était égaré et il tremblait. Du sang noir gouttait de son moignon. Je me suis dit que oui, il était bien faible... Je me suis donc agenouillé pour accepter l'honneur que le Maître me faisait de nous accueillir, lui et moi. Nous sommes sortis tous les deux. Mais juste avant de quitter la roulotte, j'ai osé demander : « Pourriez-vous me donner des nouvelles de Beth, seigneur ?

— Elle est avec lui, ne t'inquiète pas. »

Et Eylir serrait très fort sa boîte contre lui, comme pour confirmer ce fait.

Alors j'ai passé un bras autour de ses épaules.

« Viens mon ami, viens, je vais te présenter aux autres. »

J'ai fait un rêve cette nuit-là. Eylir et moi dormions l'un contre l'autre sous une roulotte. Un bruit me réveillait, je me levais, je marchais dans le campement endormi jusqu'à la roulotte du Maître, j'y pénétrais. Mon cœur tremblait d'être surpris, l'endroit était vide, j'étais comme un cambrioleur. Je m'agenouillais au pied du grand siège, je saisissais la boîte d'Eylir dans mes mains tremblantes, je l'ouvrais... Un bruit derrière moi ! Je me retournais. Une grande silhouette sévère se tenait dans l'encadrement de la porte.

Alors je me suis réveillé brusquement, ma tête a cogné contre le plancher de la roulotte, un des nains a ri quelque part. Tout tremblant, je me suis recouché, serré dans ma couverture. Dans mon rêve, la tête de Beth me regardait depuis l'intérieur de la boîte, les yeux grands ouverts, flottant sur une mer de cheveux noirs.

Le joug

J'avais retrouvé Eylir, avec lui j'ai pris de l'importance dans la caravane. J'étais son ami, son protecteur, son initiateur. Je me souvenais de l'histoire d'Esterya, quand la souffrance et le chagrin l'avaient abattu jusqu'à le pousser à mendier dans les rues ; je tenais maintenant le rôle de Tomà, je devais faire preuve de patience et de courage, et à la fin il se relèverait, il ferait de nouveau face, il redeviendrait le héros qu'il était. Descendre plus bas pour remonter plus haut.

Le soleil avait brûlé son esprit encore plus que son corps, il ne disait plus un mot, mais il me regardait avec confiance. Alors je passais tout mon temps avec lui. Je lui ai appris à se redresser, à retrouver son pas assuré. Je lui ai donné une épée de bois, trouvée dans de vieux décors, et j'ai jeté sur ses épaules une cape de velours rouge élimé. Il mimait mes mouvements, et reprenait ainsi de l'allure et de la prestance. Il gardait comme son plus grand trésor la boîte qu'il avait rapportée de la roulotte du Maître.

Quand les nains venaient m'asticoter pour plaisanter, il restait à mon côté, et son épée de bois s'abattait sur leurs têtes dures, ils s'enfuyaient en braillant, tout le monde riait avec nous, tout le monde l'aimait.

Rapidement, il a retrouvé sa vieille aisance avec les femmes. Je crois que toutes celles de la caravane l'ont accueilli entre leurs cuisses, même la vieille Versa, les siamoises ou bien Squelette. Quant à Syrène, il était devenu son amant préféré. J'éprouvais bien un peu de jalousie, mais ça n'avait plus d'importance. Je jouais enfin un rôle dans la vie d'Eylir, j'étais devenu un élément essentiel de son histoire, et sans moi, il n'était plus rien.

Les jours passaient, il a fallu qu'Eylir participe aux spectacles, le Maître m'avait justement rappelé que tous devaient contribuer à la vie de la caravane. Peu avant d'entrer en scène, j'ai donc aidé Eylir à se raser, je lui ai donné son épée et mis sa cape, je savais ce que je voulais faire. Syrène m'a regardé faire et elle m'a dit : « Et toi ? Comment vas-tu t'habiller ? Comment vas-tu faire rire les gens ? Il te faut une figure, que tous reconnaissent… Lui, il a sa cape et son épée. Et toi ? »

Je ne comprenais pas ce qu'elle voulait dire, mais elle avait son idée. Ils m'ont attaché un joug sur les épaules, une pièce de bois très lourde, qui me pesait sur le dos et m'entraînait vers le sol. Ma démarche devenait plus malaisée, plus titubante, et c'est ainsi que je suis entré en scène, hésitant, sous les rires de spectateurs.

« Le soleil brûle les peaux, nobles gens. Un soleil si ardent qu'il ferait passer le grand incendie de Dvern pour l'éclat pâlot d'une bougie ! Et dans ce petit village des terres arides de Seljucie, tout le monde tremble, car voici les Djinns ! Ba-da-boum, ba-da-boum, ba-da-boum, leurs chevaux défilent en tempête, terribles et sauvages leurs cavaliers menacent les villageois... Et parmi eux, chevauche l'homme qui a fait crier la pierre de Fâll et contemplé les marches des morts. Je vais vous raconter son histoire, nobles gens, et l'histoire de l'épée Misère qu'il porte au côté ! »

Combats et aventures dans le désert. Je mimais l'action, Eylir m'imitait, frappait à l'épée et marchait dans les dunes. Tombait, inanimé, quand la soif le terrassait, se relevait quand les faucons de Misère le capturaient... Mon récit redonnait vie à tout cela, et lui retrouvait ces gestes qui avaient été les siens.

À la fin de mon récit, au moment où Eylir reprenait l'épée dans la tombe, les nains se sont mis à courir autour de moi. Radam criait : « Les morts ne veulent pas être dérangés, les morts ne veulent pas être dérangés ! Le mort veut garder son épée ! »

Il essayait d'arracher l'arme de bois d'Eylir. Titubant sous le joug, j'ai tenté de les repousser ; autour, les gens riaient de cette nouvelle facétie qui me rendait malheureux. Les nains piaillaient encore : « Si les morts sont dérangés, ils sortent en bondissant de la terre, ils attrapent les gens, ils les prennent au cul ! Tout le monde ! Tout le monde ! Ils les prennent au cul ! Veau, vache, cochon, garçons et filles ! »

Je les détestais de faire ça, mais le public riait encore, comme je les poursuivais et tentais de les faire taire. Je n'ai pas pu finir mon histoire et nous avons été applaudis.

Je suis sorti de scène, épuisé, un peu triste, hésitant entre le rire et la honte. Syrène m'attendait dans l'ombre des coulisses, elle m'a entraîné plus loin, à la lumière des torches je voyais ses seins écailleux dans l'échancrure de son corsage délacé. J'étais inquiet, je craignais que le Maître n'ait pas aimé le spectacle, j'avais peur qu'il ne me chasse. Mais elle a souri, rassurante.

« Le Maître est très satisfait, tu vas rester parmi nous, tu vas rester longtemps. »

Puis dans un geste lent et sensuel, elle a caressé le bois du joug, et elle a frotté sa main entre mes jambes.

« Tu sais ce qu'on dit sur les bossus ? »

Elle s'est allongée sur le dos et m'a attiré contre elle.

Le joug pesait sur mes épaules, mon corps pesait contre celui de Syrène, tout ce poids nous écrasait contre terre. Je me sentais fort de toute cette pesanteur, je la faisais gémir, j'avais maintenant fini de trouver mon personnage et ma place dans la caravane.

Les vieilles histoires ne suffisaient pas, il en fallait de nouvelles, de nouvelles aventures pour Eylir. Le vrai sujet de mes histoires m'est venu lors d'une de nos escales, en écoutant parler le public. Un bandit de grand chemin terrorisait la région, dépouillait les gens, enlevait les filles. Les histoires que l'on racontait sur lui m'ont tout de suite frappé, ils l'appelaient le Roi manchot.

Il avait dévasté une ferme dans laquelle nous nous étions arrêtés, et dépouillé le collecteur d'impôts de la ville suivante, et vidé une grande demeure de tous ses meubles précieux, à quelques milles de là. Les petites gens en parlaient avec la fascination qu'elles ont pour les monstres qui défient les autorités. Le Senssiren

Solomon, un vétéran des guerres oroliennes, avait été lancé spécialement à sa poursuite, avec une troupe de cent cavaliers, en vain jusque maintenant. On reconnaissait le Roi manchot à sa main manquante et au foulard rouge marqué d'une couronne qui lui couvrait le visage. Il avait été mutilé dans les terres vierges d'Orolys, au milieu des Noirs barbares et sauvages. Là, un sorcier lui avait fait manger sa propre main pour terminer une terrible initiation à des pouvoirs occultes. Le frère du sorcier était revenu avec lui, un nain noir et lubrique, au sexe démesuré, qui n'aimait rien tant que violer les vierges à la peau blanche... Et après chaque forfait, ces deux terribles compères et leur bande disparaissaient comme de la fumée, ne laissant aucune trace au courageux Senssiren Solomon pour tenter de les retrouver.

Voilà les histoires qu'on me racontait.

Eylir avait trouvé sa voie, les choses s'accordaient étrangement, un manchot combattrait un autre manchot. N'était-ce pas le rôle d'un héros de protéger les faibles ? De réparer les injustices ? Mes histoires étaient toutes trouvées. Et cet ennemi pittoresque plaisait aux autres, qui s'amusaient à l'incarner.

Alors chaque soir, Eylir revêtait sa cape rouge et prenait son épée, et parcourait le monde, à la poursuite du Roi manchot, du Nain noir et de leurs hommes, aidant parfois le courageux Senssiren Solomon, dépassé par les événements. Et chaque soir, les crimes du Roi manchot et du Nain noir étaient plus odieux et plus cruels... et notre spectacle s'est étoffé, est devenu une œuvre d'une amplitude inconnue dans la caravane, et le public accourait pour nous voir jouer.

LE HÉROS

Eylir, 20ᵉ récit.

« Eylir Ap'Callaghan errait sur les terres mornes et grises traînant sa mélancolie. Depuis combien de temps marchait-il ? Nul ne pouvait le dire. Des siècles, sans doute, à rechercher sa bien-aimée, à mettre son épée au service des plus faibles, à protéger partout sa maîtresse la plus chérie, la justice ! »

Eylir a traversé la scène d'un pas lent, tenant sa boîte sous le bras et portant une cape interminable. Radam le suivait, jouant une musique lente sur sa flûte en os. Le public a ri. Il était composé ce soir-là d'un groupe d'ouvriers agricoles noirs et de leurs contremaîtres, cherchant auprès de nous un peu de distraction. J'ai pris une voix plus sombre et plus sérieuse, pour qu'ils se concentrent. La scène suivante s'est mise en place.

« Non loin de là, dans une maison isolée au bord de la route, Siletta écoute les bruits de la nuit qui vient et berce son enfant. C'est une jeune femme mal mariée à un gros fermier plus vieux qu'elle, qui n'a pour seul bonheur que ce bébé qu'elle veille avec une tendre attention… Chacun de ses sourires est comme un soleil dans la vie de la jeune mère… »

Sur scène, Squelette, si maigre et si fragile, berçait un chat enveloppé de langes. Son mari était joué par Lyd, qui méditait sombrement sur les ennuis de sa ferme imaginaire, son gros cul posé sur une vieille chaise perdant sa paille.

« Mais la fatalité va frapper cette jeune mère d'un coup terrible. N'est-ce pas un bruit de chevaux qu'elle entend dans la cour ? »

Quelque chose est apparu dans l'ombre des roulottes

qui servent de toile de fond et de décor. Des silhouettes tapies à la limite de la lumière des torches de la scène. Excité, le public a commencé à murmurer : « Le Roi manchot ! Le Roi manchot ! »

Puis la silhouette s'est avancée, grande et terrible, portant un foulard rouge marqué d'une couronne, et une épée de bois tenue d'une main ferme. Eak suivait, le visage noirci au charbon, roulant des yeux lubriques. Le Roi manchot s'est jeté sur le fermier, qui s'était relevé en criant. Il a roué le pauvre Lyd de coups de bâton… Squelette a crié de façon tout à fait convaincante quand il lui a arraché son bébé chat, et Eak a culbuté la pauvre jeune femme, mimant un viol à même le sol, la langue pendante. Le public criait de plaisir et d'horreur.

Ori, dans le rôle du bandit, a paradé un long moment avant d'accepter de s'en aller. Il aimait profondément ce rôle qui le valorisait. Il a même demandé au Maître de lui couper une main afin de pouvoir l'incarner avec plus de justesse. Le Maître a refusé, mais les nains ont regardé leurs couteaux d'un air qui m'a fait frissonner.

« Pauvre Siletta ! Son mari est mort, son bébé emporté par ces monstres, elle est écrasée par le désespoir… Mais tout n'est pas perdu ! Un homme arrive dans sa demeure, un voyageur qui demande l'hospitalité… »

Eylir est alors entré en scène, traînant encore sa longue cape. Les deux nains musiciens l'accompagnaient, l'un soufflant un air assez joli dans sa flûte en os, l'autre marquant un rythme approprié sur un petit tambour.

« “Aidez-moi, monsieur, aidez-moi ! a gémi Squelette d'un ton pathétique. Des bandits sont venus qui ont pris mon enfant.

— Ne pleurez pas, madame, a dit Eylir. Je suis kelte et ma parole ne peut mentir. Nous retrouverons votre enfant et votre honneur sera vengé.”

Et, une fois ces mots prononcés, le destin est inéluctable, le mal sera vaincu. Après quelques heures de repos, Eylir se lance sur la piste du Roi manchot. Il le retrouvera, dût-il retourner le monde entier ! »

Fin du premier acte, toute la troupe était enthousiaste et chacun voulait revenir sur scène tout de suite, j'ai dû calmer un peu les esprits. Puis je suis retourné vers le public, me balançant d'un pied sur l'autre comme si je sautais de caillou en caillou pour traverser un gué. Derrière moi, Eylir m'imitait fidèlement.

« Voici maintenant des jours qu'il suit la piste des bandits, à travers les plaines poudreuses et les marécages. Il dort à peine, s'arrête le moins possible, il ne prendra plus de repos avant d'avoir retrouvé les criminels. Maintenant, il marche dans une gorge profonde où rugit un torrent rapide, de l'eau jusqu'aux genoux. À chaque instant, il pourrait être emporté… Et il ignore que ce torrent est la demeure d'un serpent redoutable, capable de broyer dans ses anneaux les guerriers les plus endurcis… »

Le serpent est arrivé sur la scène, un tube de tissu gris et épais tendu par des arceaux dans lequel s'étaient glissés les nains. Dans l'ombre, l'effet produit par cette longue chose grise et rapide était tout à fait saisissant, j'ai entendu plusieurs personnes crier dans le public.

« Eylir dégaine son épée, le serpent tente de l'entraîner dans le flot tumultueux, le combat est féroce ! »

Je sautais ici et là, Eylir m'imitait, donnant des coups d'épée sur la créature de tissu, qui gémissait « Aïe » quand la lame de bois frappait un crâne. Bientôt, le monstre a été vaincu. Pour rire, Eylir a continué à donner des coups de pied aux nains pris dans leur costume ; j'ai dû lui attraper l'épaule pour le faire cesser.

« Eylir ignorait que cette gorge était la demeure d'une Syrène. Celle-ci surgit auprès du guerrier blessé et l'entraîne vers sa grotte où elle le soignera à l'aide de ses baumes de sorcière, pour le remercier de l'avoir libérée du monstre. Il lui explique sa quête, peut-être pourra-t-elle l'aider, s'il accepte de l'aimer… Prends garde, homme, aux fascinations de la Syrène ! »

Les nains ont battu leur tambour et la Syrène a dansé, dévoilant peu à peu sa peau écailleuse, ses longues cuisses et ses seins. Pour cette partie-là, je n'avais pas besoin de parler…

À la fin de la danse, elle s'est jetée sur Eylir qui la regardait, fasciné lui aussi, allongé sur le sol. Elle l'a chevauché, ses cheveux flottaient librement, j'ai dû intervenir pour les interrompre, je craignais que le public, excité, ne s'avance pour s'emparer de mon actrice.

« Par un immense effort de volonté, Eylir s'arrache à l'attraction de la Syrène. »

Fin du deuxième acte.

Pour le troisième acte, nous avons fait les choses en grand. Des éléments de décor peints par les membres de la caravane figuraient les parois du temple antique qui servait de repaire au Roi manchot. On lui avait fait un trône, et des bancs pour sa troupe, et tous les monstres de la caravane étaient rassemblés sur scène pour faire foule. Ori siégeait sans rien dire, le visage dissimulé sous le foulard rouge, le Nain noir criait d'un air féroce en tenant le bébé chat dans ses bras. Une petite musique énervante rythmait la fête des bandits. Caché derrière une roulotte, Eylir espionnait l'assemblée.

« … La fête arrive à son paroxysme, le Nain noir veut accomplir son sacrifice ignoble ! On offrira le bébé aux dieux noirs de son pays puis sa chair tendre sera dévorée par toute l'assemblée. Dans le lointain, sentant venir la mort de celui qu'elle aime, Siletta s'évanouit. Le Roi enlève son foulard pour se préparer à ce festin impie… »

Instant de stupeur quand le public découvre la face boutonneuse et verruqueuse d'Ori.

« Le moral se réfléchit sur le physique, le visage du bandit est aussi laid que son âme ! Eylir sent que le moment est venu. Mais que peut-il faire, face à tant d'hommes rassemblés ? Toute son ardeur au combat ne suffirait pas à les vaincre ! Il ne reste qu'une seule solution… le duel ! Eylir sort de sa cachette, s'avance d'un pas royal qui impose le silence à tous ces monstres. Il parle d'une voix forte : "Roi manchot ! Je suis Eylir Ap'Callaghan ! J'ai dit que je ramènerai cet enfant vivant à sa mère… Rends-le-moi ! Si tu refuses, je te défie en duel loyal, car je sais qu'il reste de l'honneur sous la noirceur de ton âme… »

Eylir était au milieu de tous, les nains s'étaient tus. Accroupi aux pieds d'Eylir, Grenouille bavait et plongeait ses doigts dans les trous de la cape de velours. J'aimais la solennité de cet instant. J'ai écarté les bras et j'ai crié : « *Callaghan !* »

Mais Goliath s'est approché d'Eylir par-derrière et l'a ceinturé, il n'arrivait jamais à comprendre son rôle, il sortait toujours de sa position de figurant… J'ai essayé de redresser la situation, comme chaque fois…

« Un traître saisit le héros dans le dos. Eylir se débat vigoureusement, et l'autre, impressionné, le relâche ! »

Goliath serrait, ne comprenait pas, Eylir restait amorphe. J'ai tapé sur la tête de Goliath pour lui faire rentrer l'idée dans le crâne.

« Le bandit, vaincu, le relâche ! »

L'obstination de Goliath à ne rien entendre a fait rire le public. Toute la troupe a perdu son sérieux, la musique s'est endiablée, le Nain noir a planté son couteau dans le ventre du chaton, s'est barbouillé le visage avec le sang, et il a crié : « Vivent les bandits ! Les bandits gagnent à la fin ! Les bandits sont les meilleurs ! Les bandits prennent le cul de tout le monde ! »

Et leur danse a commencé, Ori pleurait de joie, ils se tenaient la main, ils renversaient les décors, ils sautaient par-dessus les bancs. Menés par les nains, qui entraînaient Syrène, et Lyd, et Versa, et Grenouille, et Squelette, et tous les autres... Goliath s'est joint à la farandole, entraînant le bras mutilé d'Eylir. Celui-ci, tout perdu, m'a tendu la main. Je l'ai saisie, j'ai couru avec eux, je sautais partout, le public s'est levé aussi et a commencé à danser...

Le spectacle avait du succès, les gens accouraient pour nous voir.

Et moi, stupidement, je pleurais.

Par de drôles de pays

Les jours glissaient comme de l'eau, pourtant je ne m'en rendais pas compte. Mes épaules se courbaient, ma peau s'incrustait de crasse, j'étais préoccupé le matin par mon repas du midi, et le soir par la nuit à venir. Je mangeais bien, des choses lourdes, souvent de la viande dont je ne connaissais pas l'origine, et mon ventre se gonflait et s'alourdissait, déformant encore ma silhouette. Ça ne paraissait pas gêner Syrène. Comme tous les hommes de la caravane, je faisais des rêves moites dont elle était l'héroïne... Et parfois ces rêves se concrétisaient, je crois qu'elle aimait le poids du joug elle aussi.

Nous avons traversé des villages et des villes, des campagnes, des fleuves, des mers peut-être, je ne me souviens plus, et partout où nous passions des visages grimaçants se penchaient sur nous et riaient de nous, des visages que je trouvais de plus en plus étranges, comme je trouvais plus communs ceux de mes compagnons.

Nous sommes passés de nombreuses fois de l'hiver à l'été et de l'été à l'hiver, notre vie était rythmée par les départs et les retours du Maître. À la fin de périodes d'absence angoissante qui pouvaient durer plusieurs semaines (Grenouille prenait alors la direction de la caravane, si absurde que ça puisse paraître), le Maître revenait parfois avec un nouveau compagnon. Un homme couvert de poils, un enfant tordu n'ayant qu'une jambe et qu'un bras, une femme chauve à la tête gonflée et déformée… Et ce compagnon finissait par se mêler à nous, par trouver sa place autour du feu, par mêler sa petite histoire triste aux nôtres.

Je me préoccupais aussi des spectacles, des histoires que nous montions et racontions ensemble sur scène. Chacun avait son mot à dire, chacun voulait placer sa petite idée, chacun pensait savoir mieux que les autres… Et c'étaient des petites disputes continuelles, des arguties et des chicanes, et nous nous arc-boutions sur nos positions, pour dire si, oui ou non, Ori devait porter un chapeau quand il jouait le bandit.

Eylir était au-dessus de tout cela. Il me regardait avec une grande attention, s'agitait ou secouait son épée quand il fallait, souriait souvent, caressait les filles de sa main valide et veillait jalousement sur sa boîte chérie que nul n'avait le droit d'ouvrir. Je crois qu'il était parfaitement heureux.

Puis tout ceci s'est terminé, à Laudomia, une petite ville sur le fleuve Mestral.

C'était le printemps. Le Maître était parti depuis plusieurs jours sur son grand cheval, nous avions dressé notre camp dans les faubourgs et les enfants nous observaient de loin et venaient nous jeter des cailloux. Un roulement d'yeux de Goliath ou bien Radam jonglant avec ses couteaux suffisaient à les disperser.

Le patron d'une des auberges les plus réputées de Laudomia était venu assister à notre comédie et il nous avait demandé de venir la jouer chez lui. Nous jouions rarement en intérieur, les bourgeois considéraient notre spectacle comme tout juste bon pour la populace, même s'ils venaient parfois le regarder en cachette.

« Vous jouerez après le repas du soir. Il ne faut pas que vos sales figures coupent l'appétit des gens ! Et ne dites pas trop de grossièretés, parlez poliment, ne blasphémez pas l'Unique. La fille-serpent, là, elle peut se déshabiller, je dirai que je ne savais rien, les duègnes s'indigneront, mais tous les hommes reviendront le lendemain pour la revoir… »

Nous nous sommes préparés avec tout le sérieux dont nous étions capables, le salaire valait bien ça.

La nuit allait tomber, nous attendions avec notre décor dans la cour de l'auberge, entre l'arrière-cuisine et les ordures, que l'on veuille bien nous appeler. Le patron est venu, excité et nerveux, la salle paraissait agitée. Il ne paraissait plus si heureux de son idée de nous avoir fait venir.

« Allez-y, ça va être à vous… Faites attention ! J'ai une riche cliente dans la salle, elle s'appelle la Dame Fortune. Ne lui déplaisez pas… »

Ori a gémi que cet homme ne nous aimait pas, qu'il ne voulait pas jouer. Radam lui a écrasé le pied.

« Personne ne nous aime, imbécile. Moi, je ne t'aime pas. »

La Dame Fortune. Je connaissais ce nom. Lentement, le souvenir a progressé dans mon esprit ; il n'a éclos qu'au milieu du deuxième acte.

Je suis entré en scène, dans un coin de la salle pleine du murmure des conversations, avec Squelette, Lyd et Eylir. Nous avons installé notre petit décor, j'ai commencé à parler.

« Eylir Ap'Callaghan errait sur les terres mornes et grises traînant sa mélancolie. Depuis combien de temps marchait-il ? Nul ne pouvait le dire… »

Je m'agitais comme d'habitude, je ne sais pas si les gens faisaient attention à nous, je crois qu'ils riaient de temps en temps, j'étais concentré sur mon texte. Et le Roi manchot et le Nain noir ne sont pas venus pour tuer Lyd, violer Squelette et prendre le bébé. Cela arrivait parfois, Ori devait être en train de geindre parce qu'un des nains l'avait piqué avec son couteau, et il ne voulait pas entrer en scène. Alors j'ai raconté, et les personnages étaient là, dans mes mots, sous mes mains, et Lyd est mort et Squelette a bien été violée, ils sont retournés en coulisse, Eylir est parti en quête de l'enfant perdu. La salle était maintenant très agitée, les gens parlaient fort, se levaient, ne faisaient pas attention, mais le spectacle devait continuer.

Je suis passé rapidement en coulisse pour crier sur Ori. Il n'y avait plus personne dans l'arrière-cour, à côté des tas d'ordures. Même nos décors étaient repartis… Ces idiots ne m'avaient jamais fait ça ! J'ai rejoint Eylir sur la scène et j'ai repris malgré tout, secouant bien les bras pour faire le serpent.

« Eylir ignorait que cette gorge était la demeure d'une Syrène… Quand la Syrène sera revenue, après l'entracte, messieurs-dames, je continuerai ce récit véridique ! »

La Syrène n'était pas là, je ne pouvais pas danser à sa place, je me suis tu. Assise seule à une table, au premier rang, une femme nous regardait. Elle était peut-être la seule personne à faire encore un peu attention à mon histoire en lambeaux… Une belle femme rousse, d'une cinquantaine d'années, les épaules rondes et la gorge blanche, vêtue d'une robe magnifique, couleur de soleil couchant. Elle nous souriait, à Eylir et à moi.

« La Dame Fortune, Eylir, ai-je dit. Elle te connaissait, tu veux peut-être aller lui parler ? »

Nous nous sommes approchés de sa table. Des soldats se tenaient aux entrées et sorties de la salle, les gens criaient et s'indignaient ; je marchais, inconscient, au milieu de la tourmente. Elle nous a invités à nous asseoir, nous a servi un verre de vin à chacun, semblait considérer qu'il ne fallait pas faire attention à l'agitation tout autour.

« Vous connaissez Eylir, ai-je dit. Je suis son chroniqueur, j'écris sa vie. Je voyage beaucoup, vous savez, maintenant je compose des spectacles, ce n'est pas facile, surtout si les acteurs disparaissent... »

Je parlais vite, mon cœur battait à tout rompre, j'agitais les bras, j'ai renversé un verre, j'étais désolé, tellement désolé... Elle souriait, bienveillante, me prenait la main pour me calmer, tout ceci paraissait l'amuser, je ne comprenais pas ce qu'elle y voyait de si drôle.

Alors un officier s'est approché de nous, il avait une allure altière et le regard dur des soldats de métier. J'ai reconnu le Senssiren Solomon, je l'avais déjà aperçu de loin lors d'une représentation. Que faisait-il ici, en cet instant ? Il a regardé Eylir avec méfiance. Sa présence me paralysait.

« Qui est celui-ci ? Qu'est-il arrivé à sa main ? »

La Dame Fortune allait répondre, mais j'ai bredouillé : « Il se nomme Eylir Ap'Callaghan, Senssiren. On lui a coupé la main pour qu'il ne puisse pas être roi... Il est votre allié, c'est un homme épris de justice, il poursuit également le Roi manchot... »

L'officier a souri, un peu moqueur.

« Je n'aurai peut-être pas besoin de son aide.

— Le Roi manchot est ici ? »

Mon cri de surprise l'a agacé.

« Ce n'est pas un roi, c'est une vermine, un hors-la-loi et un assassin ! »

Il s'est tourné vers la Dame Fortune.

« Madame, j'ai des raisons de croire que ce bandit s'est réfugié dans cette auberge. Mes hommes en tiennent les issues et fouillent toutes les pièces, mais votre chambre nous est inaccessible...

— Peut-être votre homme s'y est-il introduit en cachette, officier, je comprends, a répondu la Dame en souriant aimablement. Je vais vous y accompagner. »

Elle s'est levée et m'a fait un petit signe de la main pour que je vienne avec elle. Eylir, perdu dans une rêverie heureuse, regardait en souriant l'agitation des soldats.

La Dame Fortune aimait toujours autant le luxe, sa chambre était pleine de petits meubles charmants, de soieries et de parfums. Le Senssiren, gêné par sa bonne éducation, s'y sentait tout à fait indiscret, la Dame lui a fait observer que ni la porte ni la fenêtre n'avaient été fracturées. Moi, je m'enivrais des parfums, je ne comprenais pas pourquoi ma troupe avait disparu, pourquoi la Dame m'avait dit de monter avec elle, j'espérais que c'était pour faire l'amour : elle avait un décolleté très troublant et elle sentait bon.

Le Senssiren est ressorti en s'excusant, la Dame a regardé la porte se refermer d'un air rêveur, puis elle a tourné la clef dans la serrure et tiré les rideaux.

Alors sa garde-robe s'est agitée, et un homme portant une tenue de cavalier, des bottes usées et une épée, s'est extrait d'entre les tissus précieux. Il portait un foulard rouge qui lui masquait le visage mais ses yeux riaient.

« Madame, vous portez bien votre nom ! Comment a-t-il fait pour ne pas me voir ? C'est de la chance pure ! »

Sa présence brutale dans ces lieux délicats m'intimidait. J'ai reculé vers la porte, songé à appeler le Senssiren. Mais le Roi manchot m'a reconnu.

« Toi, ici ? Quelle surprise ! Pourquoi portes-tu cela ? »

Il a dégainé un couteau, j'ai pris peur en voyant la lame et il a tranché les cordes qui attachaient le joug à mes épaules, il a enlevé ce poids qui me courbait depuis si longtemps. Je ne me suis pas redressé pour autant.

Mon dos avait pris une courbure dont il ne s'est pas encore défait, même maintenant.

Alors j'ai commencé à prendre peur, à cause des miroirs, à cause des regards que le bandit et la Dame portaient sur moi. Par leurs yeux, après tant de temps, je me voyais tel que j'étais devenu. J'avais engraissé, pris du ventre et des fesses, mon corps s'était amolli. J'étais vieux, sale et poilu, ma peau était couverte de croûtes noires, mes épaules tombaient, et mon esprit était aussi déformé que mon corps. J'ai été pris d'un tremblement irrépressible, mes mains s'ouvraient et se fermaient, je claquais des dents...

Le bandit a passé son bras autour de mon épaule, pour me soutenir.

« N'aie crainte, n'aie crainte mon ami. J'ai l'impression que tu es passé par de drôles de pays depuis que nous nous sommes vus la dernière fois. Mais maintenant tu es revenu parmi nous... »

Il a enlevé son foulard et j'ai vu son visage.

Je me suis mis à rire, rire, il ne comprenait pas, et mon rire m'étouffait, j'ai cru que j'allais en mourir. J'ai pris la mesure de ma déraison, je n'arrivais plus à respirer ni à me dépêtrer de mes folies. C'était l'éruption, une coulée de lave, de boue, de pus, de merde ; je riais, je pleurais, je criais des horreurs, je voulais me fracasser la tête contre les murs.

Je suis tombé à genoux, il m'a soutenu encore, il m'a giflé, il m'a parlé, longtemps, jusqu'à ce que je me calme, et j'ai reposé un long moment dans ses bras.

Voici son histoire, telle qu'on me l'a racontée plus tard, telle que je l'écrirais finalement, telle qu'il aurait pu alors me la dire.

LE ROI MANCHOT

Pourquoi mon esprit s'est effondré.
Eylir, 21e récit.

Les étoiles brillaient dans un ciel dégagé. Maharkal pressa le pas de sa monture, déjà fatiguée par une longue journée de chevauchée. Un pressentiment l'avait saisi, un froid le long de sa nuque, qu'il avait interprété comme un présage. L'autre monde était proche, des brumes invisibles lui effleuraient la peau, il en avait déduit, à tort ou à raison, qu'il ne fallait pas s'arrêter cette nuit, la prison n'était plus très loin.

Les deux Thiléens, Seyrig et Silmor, avaient rechigné à remonter en selle. Leur endurance n'était pas celle du grand Kelte et Seyrig, le neveu favori de Larvor Yannis, n'appréciait pas l'autorité que Maharkal avait prise sur le groupe. Foutu orgueilleux ! Qu'il ravale sa rage ! Mark se moquait bien de son humeur, pourvu qu'il obéisse.

Yannis l'avait fait venir chez lui, lui avait désigné un fauteuil confortable et lui avait fait servir son meilleur stretch. Mark était resté méfiant, il n'avait jamais fait confiance au vieux truand. Ce dernier, cette fois-ci, paraissait faible et fatigué. Son visage aux traits creusés était pâli par la souffrance, on le disait malade depuis plusieurs semaines, il ne paraissait plus en public.

Ils avaient bu ensemble, échangé des nouvelles polies de leur famille et le Thiléen était rapidement venu aux faits.

« Je vais mourir, soldat.

— C'est notre cas à tous, Yannis.

— Moi, c'est pour bientôt, je le sens, et tu sais où tu peux te carrer tes protestations et tes bonnes manières… Nous nous sommes toujours bien entendus, toi et moi, gardons nos bonnes relations jusqu'au bout. J'ai un service à te demander, un service que tu rêves de pouvoir me rendre... J'ai besoin du Callaghan, j'ai besoin de lui vivant, je dois le revoir avant de passer.

— Ça n'a pas toujours été le cas, Yannis. Quand je suis venu te le demander, l'hiver dernier...

— L'hiver est passé ! Prends des hommes avec toi, prends tout l'argent dont tu auras besoin et fais-le sortir de son trou à rat. Et ramène-le vivant. Je parlerai à tes officiers, tu obtiendras un congé exceptionnel... »

Ils mirent pied à terre en vue de la prison, la nuit tirait à sa fin. Laissant les chevaux cachés dans un creux de terrain, ils suivirent la route avec discrétion. Mark avait l'intention d'observer les lieux pendant une journée ou deux avant d'intervenir. Mais comme ils passaient au pied de l'arbre décharné qui surplombait le chemin, Mark fut de nouveau saisi par son présage. Un homme sale et décharné pendait aux branches, le menton posé sur sa poitrine.

Le Kelte quitta vivement la route et monta la pente pierreuse, la main sur la garde de l'épée. Il sentait encore la présence de l'autre monde, l'arbre devenait un point de passage au sommet d'un tumulus ancien où reposaient des rois morts depuis longtemps... Son imagination faisait naître toute sorte de silhouettes inquiétantes à la limite de son champ de vision et le froid vif qui précède l'aube le faisait frissonner. Alors une forme jaillit de la nuit devant lui, tendant une épée vers son cœur. Une femme à la peau pâle et aux yeux brûlants qui dit : « N'avance pas davantage ! Un pas de plus et tu es mort ! »

La gardienne du passage. Mark s'arrêta, écartant pacifiquement les mains, paumes en dessus. Il nc voulait pas se battre, pas aux portes de l'autre monde, pas contre des êtres inconnus. Et après un temps d'observation, il lui sembla que si la femme était peut-être une créature fantastique, elle était surtout une créature épuisée. La lame tremblait, son visage était tiré, son regard ne distinguait plus ce qu'il y avait en face d'elle. Le Kelte s'avança d'un pas, souriant, et sa main gantée se posa sur la lame et la fit s'abaisser. Il avait reconnu la brune de Fosca, et l'épée qu'elle tenait était l'épée Misère.

« Je te salue, mademoiselle Leiss. Ouvre les yeux, je ne suis pas un ennemi. Celui que je cherche est sans doute derrière toi… Est-ce que je suis arrivé trop tard ? »

À son tour, elle le reconnut, et le froid et les brumes disparurent, elle parut se détendre mais sa main restait crispée sur l'épée.

« Trop tard ? Je ne sais pas, Mark… C'est *l'autre*, il est ici… »

Quel autre ? Aussi loin qu'il pouvait voir sous les étoiles, seuls des rochers tenaient compagnie à l'arbre mort et à son fardeau. Et la prison se dressait à quelques centaines de pas. Curieusement, aucun homme ne semblait monter la garde sur les murs du fort. Cette nuit n'était pas naturelle, il était grand temps qu'elle se finisse.

« Quel autre, mademoiselle ?

— Le limier Agôn… Tu te souviens ? Il a changé, il a grandi, son visage est toujours masqué… Je l'ai reconnu… Il venait chercher Eylir, il disait qu'il lui appartenait, il venait le tuer. J'ai prié pour qu'il parte, il se tenait là, là où tu te trouves, je fermais les yeux mais j'entendais sa voix, il disait des choses horribles, il ne cessait de dire des choses horribles… »

Mark prit la fille dans ses bras, elle tenait à peine debout, elle voyait des choses qu'il ne voyait pas. Peut-être était-ce une folie née de la fatigue ou de la douleur de sentir mourir celui qu'elle aimait, juste au-dessus d'elle. Mais sans doute, comme toutes les femmes, avait-elle un peu le don de prophétie ; peut-être pouvait-elle voir ce qui rôdait dans les ombres. Il la réconforta un long moment, jusqu'à être sûr qu'aucun démon ne surgirait des rochers pour fondre sur elle.

Et les deux Thiléens montèrent dans l'arbre, tranchèrent les liens, et Mark reçut dans ses bras le corps étrangement léger de son ami. Il l'allongea avec tendresse et passa la lame de son épée au-dessus de ses lèvres desséchées. Un peu de buée s'y déposa. Le Callaghan était vivant.

Le retour vers Léthys dura plusieurs semaines. Ils voyagèrent autant que possible sur des navires thiléens afin que leurs poursuivants éventuels perdent leurs traces dans les rivières. Eylir reprit conscience bercé par le balancement du fleuve, les mains de Beth refermées sur la sienne. Elle l'avait lavé et rasé, elle avait soigné autant que possible ses blessures, elle l'avait veillé plusieurs heures chaque nuit et elle se reposait près de lui. Mark avait appris tout ce qu'elle avait fait pour aider son évasion et son audace l'avait impressionné et rendu un peu honteux. Mais que deviendraient les Callaghan sans les femmes qui ne cessaient d'en tomber amoureuses ?

Ce jour-là, le Callaghan était encore faible mais son regard clair et lucide se posait sur ceux qui l'entouraient. Il but un peu d'eau et dit d'une voix très basse : « J'ai fait un rêve, de roulottes et de monstres, et d'un homme sans visage. Je suis heureux de vous trouver au réveil, mes amis. Mark, j'avais été bien ingrat de te chasser à Esterya…

— Tais-toi, Callaghan. Laisse les fantômes entre eux. Bienvenue chez les vivants. »

Mark veilla à ce qu'il ne manque de rien, laissa les amants entre eux, puis s'installa à l'avant du navire, où sa silhouette hiératique poussa les Thiléens à ne pas le déranger.

À leur arrivée à Léthys, Eylir avait repris suffisamment de forces pour pouvoir marcher sans assistance et il avait retrouvé l'usage de sa main. Beth, Mark et lui firent alors une visite qui ne pouvait passer après aucune autre. Ils se rendirent dans les beaux quartiers, à la demeure de Larvor Yannis.

Le vieux Thiléen était assis au fond d'une chaise en osier, vêtu, comme d'habitude, d'habits trop riches pour la petite frappe qu'il avait toujours été. Sans doute parce qu'il était de mauvaise humeur, tous restaient loin de lui, craignant sa colère. Seule Marla, sa belle-sœur, une femme habillée de noir, au regard dur, trouvait grâce à ses yeux. La maladie l'affaiblissait, mais il bouillait de rage de ne pouvoir se lever.

Quand ils furent en sa présence, sur la terrasse de sa maison surplombant la ville et la mer, Marla emmena Beth, laissant les hommes entre eux.

« Salut Callaghan, murmura le vieux. Tu as de la chance d'avoir de bons amis. Assieds-toi, bois du vin, moi je ne peux plus en boire à cause de cette boule, dans ma gorge. Je suis content de te revoir. Tu arrives juste à temps. »

Mark restait méfiant, malgré l'aide que Yannis leur avait apportée. Il ne pouvait accorder pleinement sa confiance au vieux truand. Mais maintenant, Eylir lui devait une vie. Et Yannis lui fit une proposition qu'il ne pouvait refuser.

Quelques jours plus tard, Larvor Yannis, chef du clan des Larvor de Léthys, reçut chez lui une bonne partie de sa famille. Mark était invité, même s'il n'avait rien à dire ni à faire. Assis dans un coin du plus grand salon, il observait le spectacle en souriant, une bouteille près de lui.

Les cousins, les frères, les fils et les neveux arrivèrent dans la matinée, envahissant la maison. Les femmes leur servirent à boire. Ils constituaient toute une foule de

Thiléens arrogants, particulièrement les jeunes. Même quand ils ne savaient rien de rien, ils se comportaient en maîtres et en seigneurs. Les disputes étaient faciles. On se bousculait, on se jaugeait, on frimait. Cambrés, la main sur la hanche, les neveux et les fils du vieux s'évaluaient une fois encore... Mais on n'allait pas se battre au couteau dans la maison d'un mourant. Et Marla calmait les plus excités de son regard noir ; elle régentait la maison, nul n'osait s'attirer ses foudres.

La mise en scène était terrible. Larvor Yannis avait fait porter son lit dans le salon, il voulut qu'on lui ouvre les fenêtres.

« Je veux de l'air, de l'air et du soleil ! Je ne vais pas crever dans le noir comme un rat, quand même ! »

Il s'épuisait à crier. Les femmes se dépêchèrent de lui obéir, de peur qu'il ne se fatigue trop.

Il était donc installé dans son lit, au milieu de la grande salle, les fenêtres étaient ouvertes, il faisait beau, le vent faisait voler les rideaux. Au loin, la mer et le fleuve scintillaient.

Les neveux, les cousins et les fils se rassemblèrent, ils essayaient de rester calmes. Le vieux les rappela à l'ordre.

« Seyrig, arrête de remuer. Tu es agité comme un gosse, on dirait que la morve te pend encore au nez. Nervi, range ce couteau, sinon je te fixe la main sur le mur avec ! Tu vois ces traces, entre les briques ? Tu sais que je ne plaisante pas. »

Il y eut quelques rires mais ils finirent par se taire, ils craignaient encore les éclats de colère du vieux. Pourtant, Mark devinait que Yannis aimait sa famille, même si ce n'étaient que des idiots incultes et des petites frappes.

Eylir et Marla se tenaient de chaque côté du lit. Les neveux étaient étonnés par la présence du Mabden. Ils le connaissaient, bien sûr, tout le monde se souvenait de la mort de Larvor Sern...

« Vous, mes fils, mes neveux, mes cousins, merci d'être venus assister votre parent mourant… » Ils protestèrent, dirent qu'il allait se remettre, que demain soir il irait boire avec eux, que… « Je me meurs, bande d'imbéciles ! J'ai une boule, là, qui me fait souffrir comme le feu de l'Achéron, je meurs, je le sais, je ne sens plus mes jambes ni mes mains. Alors vous m'écoutez, ou je vous fais trancher la langue, à tous, et je m'en fais un collier ! » Encore des rires, puis le silence. « Vous, et vos femmes, et vos parents, et vos enfants, vous êtes mon sang et mon clan, les Larvor des fleuves de l'Est. Ce sont ici nos eaux et nos terres et je veux qu'on les respecte… »

Il s'étrangla. Marla, inquiète, le redressa, lui versa de l'eau dans la gorge. Pendant un instant, Larvor Yannis roula des yeux affolés, et cette vision du vieux saisi par la peur de mourir tout de suite fit taire les derniers bavards. Il continua, parlant moins fort.

« Comme tous les autres membres du peuple des fleuves, nous venons de Thilée. Nous sommes du même rang que les autres clans, que les Valerio, les Nuada, les Annaviel, les Rohan des plaines de l'Est. »

Ils approuvèrent, tous, sentant la fierté de leur nom et de leur sang. Il continua, faisant sa supplique sur un ton qui n'admettait pas de contestation, un ton lourd de menaces.

« Vous allez donc m'accorder une dernière faveur, vous, mes parents. À cause de notre rang et de notre sang. Je veux que mon corps repose à Thilée… »

Étonnement des parents. À Thilée ? Mais cela faisait des années, des siècles qu'aucun Larvor de Léthys n'avait fait le pèlerinage jusqu'à Thilée ! Mark, lui, ne pouvait s'empêcher d'admirer son culot. Plus que les Thiléens, Maharkal avait rêvé de leur cité engloutie cachée au milieu des marécages, il avait entendu leurs chansons et partagé avec eux tant d'histoires… Yannis continuait.

« Je sais ce que vous pensez. Nous n'y sommes pas allés depuis des siècles. Les autres clans s'y rendent bien, eux. Ils ont leur Premier navire, ils y envoient des représentants, tous les neuf ans... Nous, notre Arvor, notre Premier navire a été détruit. Et sans lui, le pèlerinage est impossible. Je sais. »

Sa voix s'était presque tue, il avait fermé les yeux. Puis il les rouvrit. Son regard était dur quand il le posa sur les membres de sa famille.

« J'ai chargé le Callaghan de nous fabriquer un nouvel Arvor. Il rassemblera les hommes, l'or et les matériaux, toute ma fortune, toutes les ressources du clan pour que nous ayons un nouvel Arvor. Et pour ça, tant que l'Arvor ne sera pas fini, il dirigera le clan. Le Callaghan est un Kelte, sa parole le lie plus sûrement qu'une chaîne d'acier. Il me doit la vie, alors il s'est engagé devant moi à le faire, je sais qu'il le fera. »

Un Mabden, diriger le clan ! C'était inconcevable... Ils voulurent protester contre cette folie, Seyrig s'avança, la main sur son couteau, mais le regard du vieux le figea. Il ne plaisantait pas.

Et, un à un, il les appela. Pour qu'ils s'agenouillent devant le Mabden. Leur expression était pour le moins mitigée. Maharkal se dit que ça n'allait pas être facile...

Larvor Yannis mourut deux jours plus tard et fut pleuré par le clan tout entier. Suivant son vœu, son corps ne fut donc pas placé dans les grottes des morts et confié à la marée. Les femmes l'embaumèrent, puis le placèrent dans un cercueil, en attendant le pèlerinage de Thilée. Le cercueil fut laissé dans la chambre, dont Marla fit murer les portes et les fenêtres. Et la pensée de ce cercueil, rappelant les dernières volontés du mort, obsédait les hommes qui se rassemblaient et buvaient en sa mémoire.

Eylir partagea le deuil du clan tout en reprenant lentement des forces. Les fils et les neveux de Yannis l'invitèrent, lui servirent du vin rouge et du lhurd, les meilleures bouteilles. Il chanta avec eux, ils marchèrent sur la berge ensemble en évoquant la mémoire du mort. Il passa aussi un peu de temps avec Lyciane, ils s'affichèrent ensemble, même si certains savaient qu'il ne dormait pas chez elle mais dans une simple tente, sur la plage, à côté des baraques des nautoniers.

Le reste du temps, il était comme les autres, ivre mort.

Puis il y eut assez de vin, assez de larmes et de tristesse. Eylir marchait sur la plage en compagnie de plusieurs jeunes hommes et de Maharkal. L'air frais de l'aube montait de la mer et chassait les vapeurs de vin. Les plus jeunes tournaient autour d'Eylir et crânaient.

« Mabden, je me demande comment tu vas faire, pour le navire. Tu n'y connais rien ! Les tiens savent faire des épées, pas des bateaux...

— Je me demande comment les gens vont t'écouter, quand on sait que tu ne sais pas retenir ta femme. Tu n'étais pas là quand la gamine est née ! Elle a une jolie figure, pas vraiment la tienne...

— Et ta brune, Mabden, qu'est-ce que tu en as fait ? Tu l'as donnée au vieux pour le réconforter juste avant sa mort ? »

Au début, Eylir tapa sur la tête des gamins, les menaça d'une bourrade. Ils se taisaient puis revenaient à la charge. Maharkal comprenait leur jeu, il savait qui les menait. Eylir ne pouvait pas s'en prendre à des gosses trois fois plus légers que lui, même s'ils le provoquaient. Les autres se contentaient de rire.

Alors tranquillement, Eylir se tourna vers Seyrig, qui n'avait jamais caché son hostilité aux projets de son oncle.

« Seyrig, retiens tes frères et tes cousins. Leur jacassement me casse les oreilles. S'ils continuent, j'en attrape un et je lui enroule la langue sur mon couteau. Je te dis ça à toi, parce que je t'aime bien et que tu es venu me chercher à Iezebel... »

Mark se tendit. Seyrig attendait ça.

« Calme-toi, Mabden. Ils plaisantent. Je ne vais pas les empêcher de s'amuser !

— Mon nom est Eylir, pas Mabden, et je n'aime pas leurs plaisanteries. Tu ne sais pas tenir ta famille, Seyrig ? »

La colère enflamma les yeux de l'autre. L'insulte était dite. Le Thiléen cracha par terre.

« Si tu ne retires pas ça tout de suite, tu vas me le payer, Mabden ! »

Eylir sourit doucement.

« Je n'ai qu'une parole, Larvor Yannis l'a dit. »

Un duel. Maharkal craignait qu'il ne soit que le premier de nombreux autres. Eylir avait visité toutes les maisons, toutes les familles, assurant qu'il tiendrait la parole donnée au mort puis qu'il se retirerait. Et même si ceux qui lui faisaient confiance étaient nombreux, il restait assez de jalousie et de rancœur dans le clan pour faire couler beaucoup de sang.

La rumeur courut dans la communauté. Le Mabden allait se battre contre Seyrig, Seyrig le rapide, Seyrig le colérique, sur son terrain, avec l'arme que le Thiléen choisirait... Cela devait arriver.

La foule se rassembla sur la plage le même soir. Lyciane avait amené Moronn. Mark était à son côté et pensait à un autre duel, dix ans plus tôt, sur une autre plage, en Elmédia.

Torse nu au milieu du cercle, les deux combattants tenaient dans leurs mains les lames effilées des poignards que les Thiléens manient avec une redoutable dextérité. Seyrig était beau et léger, les filles l'admiraient. Son pas ne laissait que de légères marques sur le sable dur, on disait qu'il se battait comme on danse et que ses gestes étaient vifs comme le vent. Le Mabden était plus lourd, son pas était lent, son regard morne, ses épaules puissantes et musclées. Il avait retiré sa main de bois, pour qu'on ne prétende pas qu'il l'utilisait comme une arme.

Une jeune fille laissa tomber un mouchoir rouge. Le duel commença au moment où il toucha le sol. Il durerait tant que le soleil était encore au-dessus des montagnes.

Eylir s'avança, Seyrig virevolta. Sa lame traçait des arabesques, une ligne rouge apparut sur le bras d'Eylir, une autre sur sa poitrine. Ceux qui avaient misé sur le Kelte retinrent leur souffle. Mais Seyrig était un gamin, une petite frappe grandie sur le port. À son âge, Eylir avait vécu plusieurs batailles, un gamin avec un couteau, même rapide, ne lui faisait plus peur. Lui aussi savait être rapide.

Il asséna un coup de son moignon dans le visage du Thiléen, puis son poing au creux de son ventre, comme un coup de marteau. Seyrig ne s'attendait pas à la violence du choc. Suffoqué, il roula par terre, lâcha son couteau. Eylir lui tomba dessus, lui pesa sur la gorge, la pointe du couteau près de l'œil affolé du jeune homme.

« Tu parleras sagement à tes frères, maintenant ? Je te demande ça gentiment parce que c'est toi, parce que tu es venu me chercher à Iezebel. »

Eylir voulait que Seyrig pense qu'il n'hésiterait pas à lui crever les yeux. L'autre le pensa, il jura, il promit tout ce qu'on voulait.

Alors Eylir le releva, lui donna une grande tape sur les épaules qui manqua de le renvoyer par terre et il sourit.

« Je suis content que tu aies été raisonnable, Seyrig. Tu es un homme audacieux, et j'ai besoin d'hommes audacieux pour ce qui va suivre... »

Maharkal connaissait les projets de son ami, Eylir et lui en avaient parlé durant l'après-midi, pendant qu'Eylir se dérouillait les membres en préparation du combat.

« Seyrig ne me fait pas peur, mais il y en aura d'autres si je ne fais rien. Tant que je n'aurai pas commencé à construire le bateau, les caïds du clan guetteront la moindre occasion pour me tomber dessus. J'ai besoin de beaucoup d'argent, très vite, et d'une troupe de gars du clan qui me seront fidèles...

— Comment est-ce qu'on fera ? Il faudra aussi qu'on trouve un charpentier de navires. »

Eylir sourit, heureux de voir que Mark le suivrait. Maharkal leva sa bouteille, but une gorgée et la passa familièrement à son ami.

« À Iezebel, le commandant gardait pour lui une partie du minerai et des fonds affectés pour les prisonniers. Un paquet de lingots d'argent. Ce sera très bien, pour commencer. On cherchera le charpentier ensuite. »

Ils retournèrent donc à Iezebel : Eylir, Maharkal, une dizaine de Thiléens motivés, et Beth, avec des chevaux et des armes pour tout le monde. Beth était soucieuse et distante depuis la mort de Yannis, ces histoires ne lui plaisaient pas. Elle venait parce qu'elle espérait encore retrouver ma trace à la prison.

Eylir connaissait bien les lieux, Maharkal et lui savaient mener ce genre d'action. Les Thiléens étaient comme des chiens fous, masquant leur peur sous un excès d'audace. Heureusement, ils obéissaient à quiconque paraissait savoir ce qu'il faisait.

Ils attaquèrent le fort à midi, capturant la demi-douzaine de soldats qui le gardaient pendant que les autres étaient à la mine avec les forçats. Eylir les traita sans haine, même Pâlot, qui avait pris le commandement du fort depuis la mort de Lenos, quelques jours plus tôt. Les gardiens furent désarmés, enchaînés et parqués là où logeaient les prisonniers. Eylir rendit visite à la veuve du commandant qui se terrait dans son logement et lui garantit qu'il veillerait à sa sécurité.

Puis la troupe monta à la mine et prit le reste des gardiens par surprise, quasiment sans combat. On libéra les prisonniers de leurs chaînes, Eylir rassembla tous les lingots d'argent et toutes les économies accumulées par Lenos et les partagea en deux parts. L'une d'elles irait aux anciens forçats. Les Thiléens n'aimèrent pas cette idée, car le butin était moindre que ce qu'ils imaginaient. Mais ils n'avaient pas envie de devoir se battre contre une centaine d'hommes violents, à la peau incrustée de terre et de poussière et au regard endurci par des années de souffrances.

Au milieu de l'après-midi, pendant qu'on faisait le partage des lingots dans la cour du fort, des cris de douleur s'élevèrent de l'enclos des forçats. Un des prisonniers libérés avait pris une pioche et attaqué les gardiens enchaînés. Déjà, un des soldats gisait, le crâne fendu. Le bagnard s'en prenait maintenant à Pâlot, qui tentait désespérément d'échapper aux coups. Maharkal vit une lueur mauvaise dans les yeux des autres bagnards et craignit le moment où ils décideraient de se venger de toutes leurs douleurs. Il ordonna à Beth de rester près de lui… Même à dix, et armés, ils ne pourraient faire face à une pareille bande déchaînée.

Eylir sauta dans l'enclos, arracha l'outil des mains du forçat et cria : « J'avais dit qu'on les laisse en paix ! »

L'autre, enragé, tenta de ramasser l'outil.

« Si tu crois que je te dois quelque chose, Kelte, tu peux aller te faire foutre. Je vais saigner tous ces connards, un par un. Et toi aussi, si tu ne me fous pas la paix… Toi aussi je te casse la tête, Kelte. Quand tu veux !

— Alors choisis ton arme. »

L'autre choisit la pioche. Donc, au milieu du cercle formé par les autres bagnards, Eylir lui brisa les membres à coups de manche de pioche. Il souffla une fois le combat terminé et se tourna vers l'assemblée.

« Je ne sais pas si vous méritiez d'aller au bagne. Mais vous ne méritiez pas de crever ici, j'en suis certain. Prenez votre argent, refaites votre vie ailleurs, si vous le pouvez. Et laissez ces types face à face avec leur conscience. »

Les bagnards hésitaient encore. Maharkal commença à envisager de retourner vers les chevaux... Mais un grand Noir sortit du groupe, s'approcha d'Eylir et lui posa la main sur l'épaule.

« Moi je pars, Kelte. Je pars avec toi, quoi que tu fasses. Et je casserai le cou de tous ceux qui ne respecteront pas ce que tu dis. »

Quelques heures plus tard, ils avaient enterré le gardien mort et quitté la prison. Le groupe des forçats les accompagnait. À la grande satisfaction de Maharkal, ils les laissèrent quelques jours plus tard, sur la route des provinces du Sud. En plus de Numa, le grand Noir, Eylir accepta dans sa troupe deux autres anciens prisonniers en qui il avait confiance ; les autres se dispersèrent. On lança alors les chevaux au galop pour retourner vers Léthys. Même s'il faudrait du temps aux autorités pour se rendre compte de ce qui s'était passé à Iezebel, elles finiraient bien par réagir...

Le soulagement grandit au fur et à mesure du voyage, comme les paysages devenaient plus familiers aux Thiléens. Aucun poursuivant ne s'était manifesté, les lingots d'argent s'entassaient toujours dans les sacoches du cheval de bât, les trois anciens forçats paraissaient dignes de la confiance qu'Eylir leur avait accordée. Les Thiléens riaient à tout bout de champ de leur propre audace, Seyrig interpellait Eylir comme un vieil ami, toutes querelles oubliées. Ils amusaient Maharkal, qui se revoyait en eux avec dix ans de moins...

Dès qu'il pensa que la route était sûre, Eylir fit une étape et acheta de la viande et de l'alcool. On alluma un feu dans une clairière, loin de toute habitation, et les hommes festoyèrent. Et s'ils buvaient ici plutôt qu'à l'auberge, ils n'iraient pas raconter à tout le monde d'où ils venaient.

Quand la nuit fut avancée, Eylir et Maharkal laissèrent les hommes finir de s'enivrer et s'isolèrent un peu plus loin. Beth s'endormait, elle s'était allongée, la tête sur les genoux d'Eylir, qui lui caressait les cheveux. Mark jeta un regard vers les hommes.

« Ce sont de bons gars, Eylir. Pas très intelligents, mais ils ont été courageux. Par contre, l'affaire ne nous a pas rapporté tant d'argent que ça... Pas assez pour faire un bateau en bois précieux avec des peintures d'or, comme Yannis avait l'air de le vouloir...

— Si tu trouves que ce sont de bons gars, alors nous les avons bien choisis. Ils sont plus importants que le butin... Avec eux, leurs bateaux, et de bons chevaux, nous pourrons aller prendre l'or là où il est. Il y a trop de riches qui ne savent pas quoi faire de leur argent, et l'Empire est une terre assoupie. On pourrait les secouer un peu, non ? »

La perspective paraissait l'amuser. Maharkal sourit aussi, l'idée faisait revenir de bons souvenirs. Il objecta, pour la forme : « Ça va être dangereux... Les gendarmes, les limiers, les soldats... On aura tout le monde à nos trousses...

— Ça te fait peur ?

— Moi, avoir peur ? »

Ils rirent ensemble, heureux de retrouver leur vieille complicité et leur rire réveilla Beth qui voulut savoir de quoi ils parlaient. Maharkal trouvait que la jeune femme avait l'air malheureux. Ils n'auraient pas dû l'emmener dans l'expédition, et les projets d'Eylir n'avaient rien d'enthousiasmant pour elle.

« Il n'y a pas beaucoup d'honneur à jouer les bandits, Callaghan. »

Elle avait parlé d'un ton neutre, mais Eylir était troublé par son regard.

« Je sais. Mais ma cause sera juste. Je ne m'en prendrai qu'aux voleurs et aux malhonnêtes, aux mauvais gouvernants, aux généraux corrompus... Je ne pillerai pas les églises, je ne tuerai personne. Tu sais que je tiendrai parole.

— Voler les voleurs, ça n'a jamais été rendre la justice... Et si les gendarmes t'attrapent, ils te pendront. »

Elle se leva comme pour s'en aller, Eylir l'imita, lui prit la main pour la retenir.

« Est-ce que tu viendras avec nous, Beth ? Reste avec moi. Tu nous empêcheras de faire les imbéciles... Reste avec moi, je t'en prie. »

Maharkal soupira en lui-même. Ils avaient vieilli, tout de même... Quelle idée de demander à une femme, à une femme qui n'avait jamais tenu une arme qui plus est, de se joindre à une pareille bande... Bien sûr, elle accepta de se joindre à eux, elle était amoureuse, elle n'allait pas le laisser partir. Mais si jamais elle lui avait demandé de renoncer à ses projets, aurait-il accepté ?

Mark les laissa s'enlacer et s'éloigna. Il n'était pas sûr de sa réponse.

Une nouvelle époque commença alors pour la communauté thiléenne de Léthys. Eylir s'installa définitivement sur les berges du fleuve en compagnie de Beth et, pendant plusieurs mois, il prépara son expédition. Mark et lui étaient d'accord : il fallait frapper loin de Léthys, pour protéger leurs familles. Tout le monde serait masqué, et l'on utiliserait les routes et les rivières pour brouiller les pistes, comme au bon vieux temps.

Eylir demanda aux nautoniers qui naviguaient le long du Mestral d'écouter les nouvelles et les rumeurs et de lui signaler des proies à dépouiller. Et, à la fin de l'automne, au bout de plusieurs mois de préparation, il embarqua avec une douzaine d'hommes sur un navire marchand qui remontait le fleuve. Cette fois-ci, Maharkal n'avait pu que les regarder partir. Sa permission était terminée et son contrat avec l'armée ne se finissait que l'année suivante. Mais il avait tant suivi la préparation de la mission qu'il était de tout cœur avec eux.

La rumeur précéda leur retour. Le baron Selies, oligarche d'Empire et ancien intendant général de Phocéa, avait été victime d'une agression odieuse, en compagnie de ses frères, cousins et clients, qu'il recevait dans son pavillon de chasse pour une partie fine. Le pavillon avait été attaqué de nuit, par une bande d'une trentaine, non d'une centaine d'hommes armés et masqués, qui avaient surgi en plein milieu du dîner, avaient marché sur les tables, bu dans le verre des courtisanes, volé les bijoux de celles-ci et les vêtements de velours et de fil d'or de ces messieurs. Ils avaient aussi emporté tous les chandeliers d'or, les nappes, les couverts d'argent, et les chevaux et tout leur harnachement.

Un serviteur inquiet avait découvert au matin ces messieurs et ces dames, dans des tenues très inconvenantes, ligotés dans la salle à manger du pavillon. On retrouva les chevaux errant dans les prés. Quant aux voleurs, il n'en restait plus aucune trace. Toutefois, une des victimes se souvenait du chef des bandits, un homme très grand, à la voix forte, portant un large chapeau et un foulard rouge. Un manchot.

On fit une grande fête au retour d'Eylir. Le butin fut confié aux receleurs de Léthys qui se chargèrent de l'écouler vers les colonies, et Eylir mit l'argent reçu de côté. Il commença alors à rechercher un charpentier de navires assez talentueux pour réaliser la première nef des Larvor de Léthys. Le travail était d'importance : ce navire-là devait être un chef-d'œuvre. Mais aucun charpentier du clan n'avait assez de courage ni de talent pour le réaliser. Or, il aurait été humiliant de confier ce travail à un membre d'un autre clan, et pis encore à un Mabden... La situation paraissait inextricable, Seyrig et ses cousins se disputaient sans cesse à ce sujet. Eylir, lui, ne se prononçait pas, mais Mark soupçonnait qu'il n'avait aucune idée de comment résoudre le problème.

Ces soucis passèrent toutefois à l'arrière-plan durant l'hiver. Un soir de pluie, au retour d'une expédition de reconnaissance, Marla accueillit Eylir et Maharkal avec une expression soucieuse. Pendant leur absence, un visiteur était arrivé chez elle, qui cherchait Eylir Ap'Callaghan, ce nom précisément, un grand Kelte manchot. L'homme était étrange, les enfants s'étaient demandé s'il ne s'agissait pas d'une sorte de démon... On lui avait offert l'hospitalité quand même, il ne paraissait pas hostile.

Intrigué, Eylir le rencontra en compagnie de Maharkal dans une des maisons thiléennes du bas de la ville.

Le visiteur était de petite taille, la peau sombre, les yeux noirs et brillants. Il portait des vêtements de voyage usés, qui auraient à peine convenu à un mendiant tant ils étaient abîmés, et qui entravaient ses mouvements plutôt qu'ils ne l'habillaient.

« J'ai joué aux osselets avec les os de mes ancêtres, Eylir. Il faut croire que j'ai gagné !

— Mak Morn ! »

Le Picte avait changé. Ses traits étaient encore plus creusés, si c'était possible, et de nouvelles scarifications ornaient son visage. Mais Maharkal fut transporté de joie à la vision de ce vieil ami sorti du temps des batailles du Haut-Royaume. Il enlaça le Picte, le souleva du sol et l'embrassa, provoquant force cris et coups de poing. Les habitants de la maison furent étonnés de toutes ces effusions, autant quand Eylir cria qu'on dresse la plus belle table, qu'on sorte les vins et les viandes, qu'on fasse venir les danseuses et les musiciens, car on recevait un seigneur !

« Es-tu roi, maintenant, mon ami ? As-tu reçu de Kyle l'enseignement de tes pères ?

— Oui, je le suis. Je suis un roi errant, au royaume oublié, aux vassaux dispersés. Le roi de terres qui ne seront jamais plus et de peuples engloutis. Mes dieux sont si vieux qu'ils ne sont plus bons qu'à mâchonner les racines des arbres ! Mais je suis roi, comme toi ! Je propose un traité d'alliance, que nous scellerons autour de quelques verres ! »

Durant le repas, Mak Morn parla de ses voyages. Maharkal se figura une route interminable depuis les landes et les brumes du nord jusque dans l'Empire, une route solitaire car les Atlans se méfiaient des Pictes et les considéraient comme des barbares. Mak Morn s'était vendu comme docker pour payer la traversée de la mer de Dvern. Il avait traversé les campagnes atlanes moitié sur les routes, moitié en se cachant, une odyssée digne de chansons, guidée par les murmures des dieux qui rampaient sous terre…

« Pourquoi un tel acharnement à me retrouver, Picte ?

— Je te l'ai déjà dit il y a longtemps. Tu es le seul compagnon digne de mon rang ! »

Et, dans le regard de Mak Morn, cela signifiait beaucoup plus que ce qu'Eylir comprit ce soir-là.

Alors commença pour Maharkal une époque heureuse. Mak Morn se joignit à la bande d'Eylir avec enthousiasme et participa à la deuxième expédition. Ils dévalisèrent la grande ferme d'un collecteur d'impôts que la rumeur disait corrompu, collectant un butin abondant, encombrant, difficile à écouler mais très impressionnant. Alors qu'ils croyaient tenir tous les habitants de la maison enfermés dans une des chambres, un gamin réussit à s'échapper et avertit les gendarmes de la caserne voisine. Heureusement, Mak Morn les vit arriver de loin, et il y eut un combat enjoué au terme duquel les gendarmes furent rossés et dispersés dans la campagne.

La bande revint à Léthys d'humeur très joyeuse. Maharkal pensait à Julian avec nostalgie et se dit qu'il aurait aimé vivre ces moments-là avec eux.

Suite à cette nouvelle attaque la rumeur se répandit qu'une bande de brigands d'une nouvelle trempe avait commencé à sévir dans le sud-est de l'Empire. Le Domniam de Phocéa désigna un officier de cavalerie réputé, le Senssiren Solomon, et le chargea d'arrêter ce manchot qui s'en prenait impunément aux honnêtes citoyens. Solomon était un héros des guerres oroliennes, Eylir trouva plutôt flatteur d'être poursuivi par lui et sa compagnie de cavaliers.

En même temps, les colporteurs commencèrent à distribuer dans les campagnes des petits livrets mal imprimés qui racontaient sur deux ou quatre pages les assauts audacieux de la maison du collecteur d'impôts ou bien de celle du baron Selies. Les récits, anonymes, étaient enjolivés et nettement plus sanglants que la réalité. De mauvaises illustrations représentaient un homme avec un grand chapeau, un foulard rouge sur le visage et une main manquante : le chef des bandits, le Roi manchot. Mak Morn fut baptisé le Nain noir par un autre opuscule quelques mois plus tard, et cette réputation terrible facilita leurs affaires. Quand ils se présentaient ici ou là, frappant toujours loin de chez eux (et de préférence loin de leur dernière attaque), leur réputation les précédait et les serviteurs s'empressaient de livrer leurs maîtres, de peur d'être égorgés par le Roi manchot, ou bien de voir leur fille subir les derniers outrages de la part du Nain noir.

Oui, au début tout cela amusait Maharkal. On galopait,

on se cachait, on cassait la figure des imbéciles, on surgissait en criant de manière effrayante dans les maisons bourgeoises, on se laissait glisser au fil de l'eau sur les jolies nefs thiléennes qui les ramenaient à Léthys. Puis, au retour, retrouvant Ouma et ses trois enfants (car Ouma était féconde et lui avait donné une fille et un autre fils), il prenait la mesure des risques absurdes de cette vie. Il se disait comme Beth qu'on aurait pu gagner cet argent autrement, que maintenant ils risquaient tous la pendaison. Mais même Beth oubliait cela quand ils galopaient dans la campagne et qu'ils dévalisaient un banquier ou un gouverneur corrompu. Et quand elle avait des doutes, Eylir riait, il la prenait par la taille et la soulevait sur son cheval. Alors elle l'enlaçait et lui faisait confiance, et tout paraissait simple, tout paraissait possible.

Tout paraissait possible, même de trouver un charpentier pour fabriquer l'Arvor.

Le deuxième hiver qu'ils passèrent à Léthys, un groupe de Thiléens se présenta devant Eylir et proposa de remettre à plus tard la construction du navire. On partagerait le butin accumulé, la moitié pour Eylir, la moitié pour le clan, et le Kelte serait libre de partir. Eylir rit et refusa, ils retournèrent chez eux plutôt frustrés. Mais quelques jours plus tard, il confia la direction du clan à Marla et quelques autres personnes de confiance et il partit avec Mak Morn. Maharkal fut agacé de se rendre compte qu'il n'avait prévenu personne de sa destination, à part peut-être Beth qui ne voulait pas en parler. Elle attendit toutefois son retour avec inquiétude et Mark la vit souvent prendre son cheval pour suivre sur quelques milles la route qu'il avait prise.

Il revint au bout de trois semaines, pâle, épuisé et amaigri, le regard brillant. Mak Morn marchait devant et tenait la bride d'Argo. Le Picte rit quand il vit les visages inquiets des autres.

« Ça ira, il va bien. Il a jeûné plusieurs jours, c'était une de mes idées. Il doit être trop bien nourri, ici, ça ne lui réussit pas. »

Le reste du clan ne le vit pas dans cet état. Veillé par Beth, il reprit des forces et commença à préparer leur attaque suivante comme si rien ne s'était passé. Mais il parla un peu à Maharkal quand ils étaient seuls.

« Avec Mak Morn, je voyage plus vite et je peux aller plus loin. Je trouverai l'homme qu'il nous faut...

— Je peux venir avec vous, je ne vous ai jamais ralentis que je sache.

— Je préfère que tu restes ici. Tu pourras calmer le jeu s'ils s'excitent trop pendant mon absence. »

Eylir prenait cela à la plaisanterie, mais Mark sentit que ce voyage avait été plus éprouvant que ce qu'il voulait bien montrer.

Ce voyage ne fut que le premier. Parfois, comme ils chevauchaient ensemble, Maharkal voyait le regard de son ami changer. Il comprit qu'Eylir avait peur, qu'il rassemblait ses forces et son courage pour se décider à repartir. En même temps, cette résolution le changeait, quelque chose dans ces expéditions avec Mak Morn le tentait, l'attirait, comme un vertige ou un gouffre auquel il n'aurait pu se dérober. Puis un soir, il disait juste quelques mots et il partait.

Une attente inquiète unissait alors Beth et Maharkal. D'un accord tacite, ils n'en parlaient pas aux autres. Eylir était en voyage, il cherchait le charpentier, il reviendrait bientôt... Mais entre eux, ils guettaient les signes. Les vols des oiseaux, les vieilles femmes qui lisaient les lignes de la main, les veines dans les feuilles des arbres, le bruit de la mer et l'humeur des chevaux, craignant d'y voir l'annonce de sa mort.

Le Callaghan revenait toujours.

Et un soir, au crépuscule, ils revinrent à trois. Un autre homme marchait à côté d'Argo, un Thiléen aux longs cheveux et à la barbe blanche et soyeuse qui portait des habits d'une facture inconnue et exotique. Il parlait peu, regardait chaque chose et chaque personne avec une curiosité bienveillante et amusée.

Le soir même, Eylir rassembla le clan sur la plage pour lui parler. Il paraissait à la fois exalté et inquiet. Presque tous les Thiléens de la ville étaient présents quand il prit la parole.

« Je parle au clan Larvor de Léthys et le clan écoute ! Cet homme avec moi se nomme Cirdan, et il construira votre premier navire parce que je le lui ai demandé. Et ce navire sera le plus beau de tous et il sera le trésor du clan. Tous ceux qui participeront à sa construction obéiront à Cirdan en tout point, sans jamais discuter. Et quand tout sera fini, il repartira et vous louerez vos dieux de vous avoir accordé sa présence. Vous retournerez à Thilée ! »

Le clan accueillit ces paroles avec des cris et des acclamations, on fêterait ce soir le début de la construction de l'Arvor ! Eylir sauta à bas de l'estrade improvisée sur laquelle il était monté, et il tituba. Maharkal lui offrit son soutien et l'emmena près d'un feu pour le réchauffer. La peau d'Eylir était glacée.

Eylir ne refit plus de voyage avec Mak Morn. Mais ce même soir, le Picte dit à Maharkal, alors qu'ils s'enivraient ensemble : « Il croit qu'il en a terminé, alors que ça ne fait juste que commencer… Je ferai ce que je peux pour l'aider. »

Maharkal avait trop bu pour penser à lui demander des précisions et il le regretta par la suite.

Les jeunes gens du clan se disputèrent le privilège de servir le charpentier. Pour ce que Mark put voir de lui, Cirdan était un homme à la voix douce qui semblait savoir exactement ce qu'il voulait. Il choisit cinq jeunes hommes et autant de jeunes filles pour travailler auprès de lui, lui-même ne fréquentant pas le reste du clan. Cette attitude ne plut pas à tout le monde, mais on cessa d'y faire attention quand les premières structures du navire se dressèrent sur la plage. Cirdan avait fait acheter les meilleurs bois d'Orolys, il avait embauché les ouvriers les plus réputés de Léthys jusqu'à Dvern, et des peintres, des ébénistes et des sculpteurs, qui mirent tout leur talent au service du clan Larvor durant de nombreux mois.

Pendant ce temps-là, les expéditions s'arrêtèrent, à part celles pour aller châtier les imposteurs qui profitaient de la réputation du Roi manchot pour commettre des crimes en son nom. Maharkal et Mak Morn travaillaient sur le chantier de l'Arvor, Eylir s'occupait de la vie du clan et vivait avec Beth. Et tout ceci aurait continué un an ou deux, les Thiléens auraient eu leur navire, Seyrig serait devenu chef de clan, et Maharkal et Eylir seraient partis s'installer ailleurs, s'achetant une ferme dans un pays sauvage où la terre ne serait pas trop chère. Tout ceci aurait continué si le feu n'avait pas détruit ce rêve un peu trop beau.

Le bruit et les cris réveillèrent Maharkal en pleine nuit. Des Thiléens affolés frappaient à la porte de sa maison. L'Arvor brûlait !

Il courut avec eux sur la plage et vit avec rage les flammes dévorer la coque dressée sur ses quilles. Malgré la proximité de la mer, malgré le courage des hommes qui tentaient d'éteindre le feu avec des moyens de fortune, Mark sut que la lutte était perdue. Eylir se précipita au combat contre l'incendie avec une rage que son compagnon ne lui avait pas vue depuis longtemps, mais en vain. Ils purent seulement sauver les ateliers et les réserves de bois, les plans, et toutes les pièces qui n'avaient pas encore été assemblées. La coque, le pont, la voile et les cordages de soie furent réduits en cendres.

Seul Cirdan avait été blessé. En voyant le sang noircir ses cheveux blancs, en le voyant reposer dans les bras des femmes qui le soignaient, Mark lui trouva une délicatesse et une fragilité d'enfant et il craignit que le vent et les flammes ne l'emportent comme ils avaient emporté son œuvre…

Les flammes moururent à l'aube, ne laissant de l'Arvor que des poutres noircies aux arêtes rougeoyantes. Le clan à moitié incrédule se tenait tout autour du lieu de construction. Quelques hommes pleuraient, ceux qui avaient le plus participé à la construction du navire.

Eylir avait le visage et les mains noirs, ses cheveux et sa barbe avaient roussi, mais son allure était celle d'un chef de guerre qui rassemble ses troupes démoralisées pour les préparer à la prochaine bataille.

« Nous le reconstruirons. Larvor Yannis dormira à Thilée. »

Il s'approcha de chacun, il répéta les mêmes mots, et il les renvoya chez eux pour qu'ils se reposent, sauf une dizaine qui restèrent sur place à garder les ateliers, et les femmes qui veillaient sur Cirdan. Les Thiléens eurent confiance en lui, ils surent qu'il ne céderait pas, que leur chef ne les abandonnerait pas.

Puis il rejoignit Maharkal et se laissa tomber sur le sable à côté de lui. Maharkal pensa alors à la silhouette qu'il avait cru voir au loin sur la plage, contemplant les flammes de l'incendie pendant que les autres combattaient le feu. Un homme, protégé par un manteau épais, portant un heaume de chevalier. Une illusion née de la nuit, qui rappelait à Maharkal les derniers pas qui l'avaient mené au pied de l'arbre du malheur, et Beth tendant l'épée dans le vide, défiant les ombres.

Eylir était très fatigué, Maharkal n'en parla pas.

Cirdan se remit en quelques jours, le site de construction fut nettoyé, gardé nuit et jour, et l'on fabriqua sur le sable une nouvelle quille en acajou, on étala les pièces d'azobe, de chêne et de cèdre qui serviraient pour les longerons, les lisses et la charpente. Mais on manqua vite de bois, alors il fallut repartir en expédition, pour pouvoir acheter les billes d'essences précieuses venues des colonies, le goudron délicat, les pigments rares pour la peinture et la feuille d'or pour orner les bastingages.

Maharkal finit par penser qu'il devenait vieux. Quand les ouvriers venaient annoncer à Eylir que tout l'argent avait été dépensé, Eylir prenait la nouvelle avec le sourire et rassemblait de nouveau ses hommes, comme s'il était ravi de pouvoir de nouveau quitter la vie tranquille du camp pour galoper dans les campagnes. Assis sur un tonneau au bord du fleuve avec Mak Morn près de lui, Eylir écoutait les Thiléens du fleuve et des rivières lui rapporter les histoires des hommes riches et détestés par le peuple. Et si le navire était détruit de nouveau, continuerait-il de même ? En fabriquerait-il un troisième ?

Quelques Thiléens murmuraient que cette histoire finirait par attirer des ennuis au clan. On se demandait alors d'où venait Cirdan, de quelle ville lointaine Eylir avait fait venir cet homme étrange qui ne se mêlait pas aux autres. On parlait de ses vêtements surannés, de sa curieuse façon de parler, quelques vieux disaient que son nom rappelait celui de ce fameux architecte naval, celui qui avait construit le navire d'or des empereurs d'Atlantys, leur nef d'apparat sur le lac d'Ylynyn. Et n'étaient-ce pas des lambeaux de brumes qui s'accrochaient parfois à ses cheveux ? Un homme pareil apporterait la poisse sur le clan…

Mais en vérité, la plupart des rats des rivières étaient heureux de faire leurs rapports au Roi manchot, ils se sentaient partie prenante d'une aventure qui dépassait tout ce que leur clan avait connu. Ils s'amusaient fort de ridiculiser les Mabdens, de subtiliser tant de richesses à leur nez et à leur barbe, en plein cœur de l'Empire. Et Maharkal jugeait que ce n'était pas le moindre talent d'Eylir que d'avoir créé un tel élan et une telle fidélité autour de lui.

Mark, lui, répugnait de plus en plus à quitter sa femme et ses enfants, il sentait que chaque expédition pouvait être la dernière. Les soldats atlans n'étaient pas stupides, ils finiraient par les retrouver... Beth partageait son avis. Maharkal comprit qu'elle avait rêvé du moment où l'Arvor serait terminé, où Eylir ne serait plus forcé de vivre parmi les Thiléens, près de Lyciane, qu'il croisait sans doute trop souvent aux yeux de Beth.

Il faudrait bien arrêter ces expéditions un jour, quelqu'un finirait par trahir. Les autorités avaient promis une récompense très élevée pour l'arrestation du Roi manchot, un Thiléen avec moins de scrupules que les autres apprendrait le secret et serait trop heureux de toucher l'argent en livrant le bandit au Senssiren Solomon.

Après un long hiver, le printemps revint enfin, et Eylir décida qu'on ferait encore une expédition, pour payer la peinture d'or du navire qui attendait au bord du fleuve. On murmurait que cette sortie-ci serait la dernière, mais on avait murmuré la même chose pour les deux de l'automne précédent...

La victime en était Denys Qessel, un oligarche de la ville de Laudomia, un financier dont on disait qu'il s'était enrichi sur les impôts payés par les pauvres gens. Mark savait aussi que Qessel, tout comme le baron Selies et tant d'autres victimes du Roi manchot, avait eu le malheur d'exercer un office public à Phocéa lors de la grande révolte où la mère de Julian et de Beth avait trouvé la mort.

« J'aurais été membre du conseil à Phocéa, je me poserais des questions, Eylir. Et nous sommes déjà allés à Laudomia, l'an passé. D'habitude, on ne frappe jamais deux fois au même endroit.

— Ça leur fera une surprise. Eux aussi savent que le Roi manchot ne frappe jamais deux fois au même endroit... »

Mark n'en était pas si sûr.

Après quelques semaines de préparation, on sella les chevaux, on chargea les navires et tout fut prêt. Numa, cachant sa main droite et portant un foulard rouge et un chapeau à larges bords, se fit apercevoir dans les environs de Laudomia, pendant qu'Eylir et les autres jouaient les soldats en permission et circulaient dans la ville sans problème, grâce à des uniformes volés quelques mois plus tôt. Qessel était connu en ville pour les banquets somptueux qu'il donnait dans sa maison, en face de l'hôtel de ville. Eylir voulait s'emparer de sa vaisselle, de ses couverts d'or et d'argent, de ses nappes précieuses... L'idée était excellente, mais la maison à cambrioler se trouvait sur la place principale de la ville.

Pourtant, jusqu'à un certain point, tout se passa très bien.

Au matin, très tôt, un officier de cavalerie se présenta avec trois soldats et demanda à parler à l'oligarche.

« Monsieur dort encore... »

L'officier eut un sourire aimable.

« Mes hommes et moi pouvons bien patienter... Nous avons fait une longue route... »

Alors le majordome s'effaça, leur offrant d'entrer pour se reposer. Eylir assomma le domestique aussitôt la porte refermée, puis les bandits parcoururent la maison pour rassembler et enfermer le personnel de service. Quelques autres soldats, placés aux portes, arrêtèrent tous ceux qui, ayant aperçu quelque chose, voulurent aller chercher de l'aide à l'extérieur. Mak Morn roula férocement des yeux devant la gouvernante et ses filles de maison, qui, transies de peur, avouèrent dans quel coffre fermé à triple tour se trouvait la vaisselle des grandes occasions.

Le contenu du coffre fut transvasé dans des caisses plus petites amenées dans ce but par les Thiléens, et Mark se demanda en soupirant s'il valait la peine de prendre autant de risques pour quelques centaines de pièces de vaisselle, qui plus est très lourdes à transporter. En tout cas, tout le monde s'amusait bien, et tout s'était déroulé sans heurts, à l'exception de quelques bosses pour deux ou trois valets.

Eylir enleva vivement sa veste blanche et la jeta dans un sac. Il souriait, Mark savait qu'il aimait ces expéditions, ces ruses où l'on grugeait toute la troupe de soldats qui lui courait après.

« Tout va bien, Mark ?

— Tout va bien. On a attrapé deux gamins qui voulaient jouer les héros et courir donner l'alerte dans la rue, ils ont rejoint les autres à la cave. Je sors, il ne reste plus qu'à évacuer notre butin. »

Voyant la mine contrite de son compagnon à cette pensée, Eylir éclata de rire.

« J'ai imaginé qu'une fois nous pourrions voler toute une maison, du toit aux fondations… Cela ferait forte impression, non ? »

Mark rit aussi. Eylir serra le foulard rouge sur son visage, posa son chapeau à larges bords sur sa tête et fit un signe amical de la main. Mark le salua et sortit dans la rue, sur la place de l'hôtel de ville. Personne ne semblait se douter de ce qui se passait depuis une demi-heure dans la maison de l'oligarche Qessel.

« Sur le toit, là, regardez ! Il y a quelqu'un ! Plusieurs hommes ! Le Roi manchot, c'est le Roi manchot ! »

La rumeur se répandit en un éclair, les têtes se levèrent vers la maison de l'oligarche, plusieurs silhouettes se promenaient sur le toit, à près de cinquante pieds au-dessus de la place. On croyait les reconnaître. Mark levait les yeux avec les autres et surveillait les réactions de la foule.

« Ils sont trois ! Le Nain noir est là aussi ! Et le troisième ! On dirait qu'il est prisonnier… C'est Qessel ! »

Les silhouettes marchaient au bord de la corniche, un grand personnage avec un chapeau, un plus petit à la figure hideuse (Mak Morn s'était composé un masque terrible, de bois et de terre) et l'oligarche Qessel à la peau très pâle. Trois marionnettes fantastiques pour un grand spectacle… On cria. Quelque chose tombait vers le sol ! Un chapeau ! Le chapeau de l'oligarche ! Puis sa veste, et ses chaussures ! On poussa, on tira pour avoir un bout du trophée.

« Ils le dépouillent ! Ils le foutent à poil ! Ils mettent ce gros porc à poil ! »

Un groupe d'hommes résolus voulut entrer dans la maison, pour aider l'oligarche, peut-être. Mark réussit à les intercepter. « Des soldats sont déjà à l'intérieur, ne les dérangez pas ! »

D'autant que les soldats, dans la cour, terminaient d'embarquer les caisses de vaisselle sur un chariot pendant qu'Eylir faisait le guignol sur le toit. Autant leur laisser le temps de finir leur travail.

Les cris reprirent de plus belle comme tombaient les bas de l'oligarche. Les petites gens crachaient leur haine du bourgeois, les femmes bien mises regardaient le spectacle avec une fascination horrifiée, les mendiants riaient. Et, de plus en plus dénudé, le pauvre Qessel se balançait entre les deux créatures fantastiques qui le dépouillaient…

Mark faillit se laisser distraire par le spectacle et ne pas voir les soldats qui arrivaient sur la place. Un groupe de cavaliers, dirigés par un homme au visage dur et résolu, un ancien des guerres oroliennes. Maharkal avait déjà croisé, de loin, le Senssiren Solomon. Pour la première fois, il se retrouvait dans la même ville que le Roi manchot, au mauvais moment. Et à côté de lui chevauchait Yannis le jeune, les mains liées, menant les chevaux qu'il gardait un peu plus loin, les mêmes chevaux qui devaient permettre à Eylir et à Mak Morn de s'enfuir une fois leur comédie terminée... La chemise de Qessel tomba en virevoltant sur la foule, Solomon regarda le toit d'un air plein de colère.

« Entrez dans cette maison, ne le laissez pas s'échapper. Dix hommes à cheval restent dehors au cas où il s'enfuirait par les toits. Frappez si on ne s'écarte pas pour vous laisser passer... Nous ne devons pas manquer cette occasion ! »

Le jeune Yannis aperçut Mark et lui jeta un regard plein d'espoir. Mais Mark ne pouvait rien faire... Il était seul, les soldats étaient une centaine et ils tenaient le gamin qui n'en menait pas large. La main sur son épée, il approcha quand même, il lui restait dix pas pour trouver une idée...

« Soldat ! lui cria Solomon. Garde ces chevaux et ne laisse pas échapper ce gosse, c'est un de leurs complices ! Artus, reste avec lui ! »

Voilà comment Mark se retrouva dans une ruelle proche de la maison, en compagnie d'un cavalier, pendant que les soldats de Solomon donnaient l'assaut à la maison. Dès que l'attention se fut détournée d'eux, Mark sauta sur Argo et, se servant de son épée dans le fourreau comme d'un gourdin, en donna une volée de coups qui jetèrent l'autre soldat à terre, inconscient. Le Kelte trancha les liens du jeune Yannis, la foule cria...

Au-dessus d'eux, le Nain noir venait de sauter sur le toit d'une maison voisine, pourtant distante d'une quinzaine de pas... Le Roi manchot sauta à son tour, atterrit juste au bord, tenta de se rattraper à une cheminée de sa mauvaise main, battit des bras pour retrouver son équilibre… Le Nain noir agrippa la manche de sa chemise et le tira en avant et dès qu'ils furent rétablis, ils saluèrent la foule en bas. Maharkal éclata de rire et pressa son cheval. Contrairement aux hommes du Senssiren qui tentaient de suivre la course des bandits depuis la rue, lui savait où ils se rendaient et il voulait y arriver avant les soldats.

Solomon avait été malin, il avait laissé deux hommes là où il avait trouvé les chevaux et surpris le jeune Thiléen qui montait la garde, sur une petite place près de la sortie de la ville. Les deux soldats laissèrent le Kelte approcher sans méfiance, trompés par l'uniforme, et la surprise permit à Mark d'en assommer un. Il dut croiser le fer avec le second, un type endurci qui voulait en découdre… Maharkal mena assaut furieux sur assaut furieux, forçant l'autre à rompre jusqu'au bord d'un puits. Debout sur la margelle, le petit Yannis écrasa le seau sur la tête du militaire, le sonnant suffisamment pour permettre à Maharkal de le désarmer. Quelques passants avaient regardé le combat avec circonspection, ne sachant trop qui était qui ni ce qu'il fallait faire.

Heureusement Mark n'eut pas à attendre trop longtemps. Un petit homme encapuchonné déboucha d'un escalier branlant et marcha vers les chevaux.

« Nous partons, Kelte. Ils ne vont pas tarder à arriver.

— Et notre autre compagnon ?

— S'il ne se fait pas prendre, nous le retrouverons ce soir. »

Ils quittèrent la ville et Mak Morn brouilla leur piste : ils n'étaient pas nés les pisteurs atlans qui réussiraient à suivre la trace d'un Picte !

Quand ils furent à l'abri, Mak Morn raconta à Maharkal qu'Eylir et lui s'étaient séparés pour augmenter leurs chances de s'en sortir.

« La plus grande partie des hommes est partie derrière lui, il aura du mal à s'échapper, d'autant que lui, personne ne l'attendait avec des chevaux... S'il s'est fait prendre, on montera ce soir un plan avec les Thiléens pour le libérer... »

Mais le Picte s'inquiétait vainement, Solomon n'avait pas capturé Eylir cette fois-ci. Comme ils l'apprirent tous plus tard, Eylir, descendant des toits, avait jeté à bas de leurs montures deux de ses poursuivants et était parti au galop dans les rues de la ville. Sentant qu'il n'arriverait pas à quitter la cité de cette manière, il avait laissé les chevaux continuer tout seuls après un virage, avant de se cacher dans une maison, sautant par la fenêtre ouverte.

Et là il s'était retrouvé, haletant, l'épée à la main, dans une chambre de femme joliment meublée, face à face avec la Dame Fortune. Alors, avec une certaine présence d'esprit, et sans se préoccuper des hasards ni des coïncidences, il avait lâché son épée et avait embrassé sa vieille amie.

Le village de toile

Le Roi manchot a embrassé la Dame Fortune, ils ont fait l'amour et elle l'a caché. En bas, dans la salle de l'auberge, je faisais le clown, et comme cette femme avait l'âme joyeuse, et qu'après tout ce temps, les hasards la faisaient encore sourire, elle m'a fait venir avec elle et nous a rassemblés.

Après, je ne me souviens plus bien. J'ai été emmené hors de la ville, à cheval. Des hommes attendaient, cachés dans un bois, heureux de retrouver leur chef. Puis un navire est arrivé, une longue barque effilée glissant sur l'eau grise, nous y sommes tous montés. J'étais assis à l'avant, je regardais défiler les berges du fleuve, je ne supportais pas qu'on m'approche. Je m'occupais seulement de mon compagnon de scène, mon héros, celui qu'ils avaient emmené en même temps que moi. Il avait besoin de moi.

Des jours plus tard, nous avons accosté sur une plage. Sur une berge basse se dressaient des dizaines de tentes bariolées, un vrai village de toile autour de quelques maisons de bois. Des navires de pêche étaient tirés à sec, d'autres s'engageaient sur le fleuve. Les femmes portaient de longues jupes noires, les hommes des chemises rouges ou jaunes, et un couteau à la ceinture. Des enfants pieds nus couraient entre les tentes, au milieu des chèvres et des oies en liberté. Le repaire du Roi manchot.

Sur le coup, je n'ai rien compris. Quelqu'un de confiance a pris en charge mon pauvre compagnon. Quant à moi, on m'a donné à manger, on m'a lavé, on m'a couché, et j'ai déliré pendant des jours. Je parlais, je parlais sans cesse, je croyais que le monde allait disparaître si je me taisais… Écoutez-moi ! Mon âme a divagué longtemps, elle a erré dans des terres vides, des royaumes gris et poussiéreux, mais elle a fini par rejoindre le grand cours de l'univers.

Beth m'a veillé longtemps, ma Beth, mon amour. Et quand j'ai ouvert les yeux, c'est elle que j'ai vue penchée sur moi, ce sont ses mains qui ont nettoyé mon front, et j'ai souri comme un enfant car je me souvenais du moulin sur le Rohan, de ma maladie et de sa présence près de moi, je me souvenais de nos voyages ensemble et de toutes ces nuits où je l'avais tenue chastement dans mes bras.

Elle a fait taire mon délire, à force de patience, et sa voix a apaisé mon sommeil.

Un matin, j'ai ouvert les yeux, j'étais serré dans une couverture, le soleil pénétrait en biais dans la grande salle de la maison thiléenne. Assise à mon chevet Beth lisait.

Elle portait une jupe noire et un chemisier rouge, ses longs cheveux noirs ne lui tombaient plus qu'à l'épaule, le soleil avait bruni sa peau claire de femme du beau monde. Je savais ce qu'elle avait abandonné pour suivre Eylir, et sans doute ma présence lui rappelait-elle tout cela. Sa bouche avait pris ces dernières années un pli un peu triste, un peu amer.

Je l'ai regardée longtemps, jusqu'à ce qu'elle se rende compte de mon réveil. Alors elle a souri et j'ai été complètement guéri.

Dès que j'ai pu me lever, j'ai fait deux visites.

La première a été pour le Roi manchot. Je l'ai trouvé en train de partager une bouteille de vin avec un groupe de nautoniers, assis sur des tonneaux, non loin de l'endroit où les navires étaient tirés sur la plage. Sa chemise était trempée de sueur et ses cheveux collés à son front, car il avait passé la matinée à charger et décharger des marchandises. Il avait beaucoup changé, il était maintenant plus épais, plus fort. Son œil gauche restait à moitié fermé, conséquence sans doute d'une blessure, ce qui lui donnait un regard curieux, moitié méfiant, moitié amusé, le regard d'un homme sage et avisé, plus heureux peut-être de trinquer au soleil avec des bateliers que de mener des armées en marche... Il portait de nouveau les cheveux longs, à la kelte, et se rasait la barbe.

Dès qu'il m'a vu, il s'est levé.

« Salut, mon chroniqueur ! Heureux de te revoir debout.

— Salut Eylir. Je suis content de te retrouver. »

Il m'a serré contre lui, je me sentais fragile, encore convalescent. Il le savait et, gentiment, il m'a pris le bras et présenté aux autres, m'invitant à m'asseoir parmi eux.

« Un verre pour toi, mon ami ! Ce soir, nous ferons une fête pour célébrer nos retrouvailles. Du vin, de la musique, des chants et des danses ! »

J'ai souri timidement, encore un peu effrayé par tout ce mouvement et toutes ces paroles. Une fille à la taille déliée est passée parmi nous pour servir du vin et nous apporter à manger. Je me suis détendu peu à peu, j'ai eu l'impression d'être revenu à la maison.

La deuxième visite m'a demandé beaucoup de courage. J'ai cherché celui qui était arrivé avec moi, celui contre qui j'avais dormi sous les roulottes tant de fois.

Je l'ai trouvé assis sur un banc. On lui avait donné des vêtements propres. Il avait du mal à garder la bouche fermée, un filet de bave tombait sur sa chemise. Il était grand, avait de longs cheveux blonds, bouclés, le visage maigre, il ne devait pas être âgé de plus de trente ans. On lui avait tranché la langue et la main droite, il y avait longtemps, maintenant. Il jouait à ouvrir, refermer, ouvrir, refermer, une boîte de bois vide qui ne le quittait pas.

J'ai imaginé un instant la présence du Maître, sa silhouette sans visage, sa voix métallique… J'ai frissonné.

Il a cessé de jouer avec la boîte, a levé les yeux vers moi. Il y avait autant d'intelligence et de fidélité dans son regard que dans celui d'un chien. Je ne l'ai pas supporté et j'ai fui.

Mon compagnon. Mon Eylir de théâtre.

Je n'ai jamais pu l'approcher de nouveau, je n'ai jamais voulu apprendre ce qu'il était devenu, j'espère qu'il a survécu à tous les malheurs qui ont suivi, j'espère qu'on l'a traité gentiment… Je n'ai jamais su.

Ce soir-là, une fête a été organisée, pour se réjouir d'être ensemble. La nuit était belle, au bord du fleuve, tout un peuple de Thiléens s'est rassemblé sur la grande plage qui formait ici la berge du fleuve, on a apporté des bouteilles de vin et fait rôtir de la viande. Comme promis, il y aurait de la musique, des danses et des chansons.

Les gens étaient très gentils avec moi, on m'a donné une bonne place, sur des coussins, près du feu, de la viande et du vin, juste à côté de la place d'Eylir. Plusieurs personnes sont passées me voir, dont Mark et Ouma et leurs enfants. Maharkal m'a salué avec chaleur.

« Je savais qu'on te reverrait ! Ça fait du bien d'être tous réunis ! »

Eylir passait parmi les Thiléens, souriait, écoutait les plaintes et les remontrances, ébouriffait les cheveux des gamins, pinçait la joue des jolies filles. Les jolies filles étaient nombreuses parmi les Thiléens, ça oui ! La musique et les danses ont commencé, des femmes et des hommes cambrés devant le feu qui mimaient l'amour et la mort...

À ma droite s'est assis le Nain noir en personne, un petit homme musclé au visage renfrogné rayé de cicatrices rituelles.

« Je te reconnais ! ai-je dit. Tu es le descendant de Bran Mak Morn, le roi picte qui a accompagné Kendall d'Harmorée dans ses conquêtes. Ton sang est le plus ancien et le plus noble de tous, ici, et personne ne s'en rend compte... »

Il a penché la tête de côté et a grimacé. J'ai compris qu'il souriait.

« Tu connais bien tes histoires, garçon, voilà qui réjouira la mémoire de mes ancêtres. Bienvenue parmi nous ! Toi-même, tu m'es familier... Tu me rappelles, en plus jeune, quelqu'un que j'ai bien connu. »

Je n'ai pas compris de qui il voulait parler, je n'étais pas encore prêt pour comprendre. Mak Morn était familier des chemins des brumes, il avait rencontré nombre de fantômes et parcouru des terres oubliées. Quel ombre de moi-même avait-il pu croiser ? Sa remarque m'a travaillé sourdement.

Maharkal nous a rejoints, nous avons trinqué tous les trois, et j'ai appris auprès d'eux toute l'histoire du Roi manchot.

Plus tard, une des filles du camp a chanté pour Eylir la chanson du Vagabond. Je me souviens un peu des paroles, ça disait quelque chose, comme :

Un baiser, mon doux amour, je ferai une prise cette nuit
Je reviendrai avec l'or jaune avant la lumière du matin ;
Mais s'ils me pressent et me poursuivent tout le jour,
Alors attends-moi sous la lune,
Guette-moi sous la lune,
Je te reviendrai sous la lune, même si l'enfer barre mon chemin.

La chanson m'a fait pleurer, elle me fait pleurer chaque fois. Beth se tenait au bras d'Eylir, elle pleurait aussi, même si personne ne s'en est rendu compte à part moi. C'était elle qui avait demandé à la fille de chanter cela.

Quand le chant a été terminé (il y en aurait d'autres plus tard), on a servi le vin et la viande grillée. Eylir s'est approché de moi. Il a levé son verre, tout le monde s'est tu pour l'écouter.

« Aujourd'hui, c'est un jour de fête ! J'ai retrouvé mon chroniqueur, et j'ai retrouvé un ami ! Je l'invite à demeurer parmi nous aussi longtemps qu'il le souhaite. Il connaît toutes les histoires qui valent la peine d'être connues, et si les gamins et les femmes ne le saoulent pas de leurs bavardages, il vous en racontera certainement quelques-unes... Il vous fera entendre les bruits de la bataille, ou les mots de l'amour, c'est selon ! »

J'ai été acclamé, on m'a réclamé une histoire. En rougissant, j'ai prétexté une grande fatigue, mais plus tard, plus tard peut-être... À ce moment-là, le simple fait de penser à parler devant un public me rappelait trop les spectacles de la caravane, et mes épaules s'affaissaient d'elles-mêmes.

J'ai passé la nuit à manger, à boire, à écouter de la musique, assis avec ses compagnons que je connaissais si bien sans les avoir jamais vraiment fréquentés. Ils m'ont accueilli comme l'un des leurs, le chroniqueur officiel du Roi manchot, le seigneur d'un peuple de bandits, de contrebandiers, de mendiants et de prostituées, fiers et prompts à sortir le couteau, imbéciles et beaux, vaniteux et sans avenir. Ici se mêlaient la misère et la grandeur.

Puis il nous a rejoints et s'est assis avec nous. Nous avons parlé un long moment sous les étoiles, lui et moi, comme nous avions parlé dans cette auberge près de Fosca. En quelque sorte, comme il l'avait dit, nous étions amis.

Il m'appartenait

Ainsi, j'ai vécu parmi les Thiléens de Léthys et les bandits du Roi manchot. J'étais l'hôte d'Eylir, je n'avais rien à faire, j'étais nourri et logé. Quand les enfants venaient me demander de leur raconter des histoires, je les envoyais promener. Le souvenir de la caravane m'était toujours aussi douloureux.

J'ai vu l'Arvor, dressé sur ses quilles, entouré d'ouvriers et de peintres, Mabdens et Thiléens confondus. On l'avait refait depuis l'incendie, plus beau que celui qui avait brûlé, si on en croyait les ouvriers, et je sentais bien qu'il serait magnifique, une fois lancé sur les eaux du fleuve. Peut-être pourrait-on entreprendre le pèlerinage pour Thilée ce même été... Mais tout cet enthousiasme ne me touchait pas, mon cœur y restait insensible, je n'ai même pas cherché à rencontrer Cirdan...

Eylir régnait maintenant sur le clan avec une autorité tranquille. Les expéditions de pillage n'étaient plus nécessaires, mais il accompagnait souvent les contrebandiers qui transportaient en ville les épices et l'ivoire venus d'Orolys. Il craignait apparemment que sa troupe ne s'ennuie... Régulièrement, aussi, tous festoyaient sur la plage en souvenir de leurs exploits passés. Je les voyais, rassemblés autour du feu, se passant les cruchons de vin. Eylir, Mak Morn et Maharkal. Numa, le Noir venu de la prison de Iezebel, et Seyrig, le neveu de Yannis, qui deviendrait chef du clan quand Eylir partirait, s'il partait un jour...

Les jeunes gens qui avaient défié la Haute-Reine étaient devenus vieux, ils buvaient plus et prenaient moins de risques.

Eylir avait acheté une ferme à quelque distance du fleuve où Beth et lui dressaient des chevaux ensemble pour les revendre, avec l'aide de quelques jeunes hommes du clan. Ainsi, Beth avait gagné leur respect. Certains de ces chevaux servaient pour les expéditions du Roi manchot.

Ma Beth était heureuse. Elle regrettait sans doute Fosca, mais cette vie lui convenait. Eylir était souvent auprès d'elle, elle était enceinte, et leur séjour à Léthys se finirait bientôt.

« Eylir et moi, nous accompagnerons le corps de Yannis à Thilée, avec d'autres gens du clan. Connais-tu les poèmes qu'ils chantent sur leur ville ? Viens avec nous, nous ferons un beau voyage... »

J'ai refusé, et cela lui a fait de la peine. Je n'arrivais pas à me réjouir pour elle. En vérité, je n'étais pas vraiment guéri de mon passage dans la caravane, l'ombre du Maître pesait encore sur moi, une part de moi lui appartenait. Cela, ni Beth, ni Eylir, ni aucun de mes nouveaux compagnons ne le savait.

Maharkal m'avait accueilli chez lui. Je dormais dans le grenier de la maison, dans la même pièce que Moronn et les enfants d'Ouma. Je mangeais à table avec eux, je participais aux tâches domestiques, j'accompagnais souvent les plus petits à l'école. Melian avait douze ans et ses regards me rendaient fou. Quant à Moronn, bel adolescent au visage sombre, il était doué pour les études et fréquentait le gymnase, au grand regret de son père qui aurait préféré le voir apprendre à naviguer et à commercer avec les Thiléens de son âge. Moronn veillait sur sa mère avec une attention jalouse et cela nous a rapprochés.

Car je vivais aussi dans la même maison que l'ondine.

Rohan Lyciane dansait en ville tous les soirs et jouissait d'une réputation flatteuse. Les bourgeois et les nobles payaient cher pour la voir, elle dansait pieds nus dans leurs cours, leurs salons ou leurs jardins, des anneaux d'or à ses chevilles et à ses poignets. J'ai pu l'accompagner plusieurs fois, j'ai compris pourquoi les hommes riches lui faisaient tant de cadeaux et pourquoi les pauvres lui écrivaient des poèmes. Elle était souriante et drôle avec les uns comme avec les autres, et n'acceptait jamais leurs avances. Quelquefois, des hommes du clan avaient dû jouer du couteau pour écarter quelque prétendant un peu trop entreprenant… Cette réputation accroissait encore son prix.

Et moi, j'habitais sous son toit, je la voyais chaque jour. Comme elle ne sortait que le soir, nous passions souvent la journée ensemble. Ses préventions envers moi avaient disparu et nous étions devenus amis. Sa compagnie me sortait de la torpeur un peu molle dans laquelle je me complaisais depuis tant de temps. Je me promenais en ville avec elle, je l'invitais à boire du vin sous les tonnelles, je la distrayais et je la faisais rire en me moquant de ses admirateurs transis. En gagnant sa sympathie, j'ai gagné aussi celle de Moronn, ce dont je n'étais pas peu fier.

Alors bien sûr, je me suis mis à rêver À la voir marcher, à la voir danser, je l'ai désirée. Je me souvenais des danses et des baisers de Syrène, et je savais que Lyciane n'avait pas d'écailles, ni sur les bras, ni sur les seins. J'ai commencé à lui faire la cour, et je l'imaginais m'abandonnant ses lèvres, me laissant poser les mains sur sa taille et sur ses hanches.

J'ai passé quelques semaines ainsi, à me fabriquer des espoirs et des obsessions. Je faisais de beaux rêves, ces nuits-là, et le jour je courais en ville pour gagner un peu d'argent, de quoi m'acheter papier et encre pour lui écrire des lettres, de quoi lui offrir des petits cadeaux, des fleurs, des friandises ou un nouveau bracelet d'or.

Je crois que ces attentions l'ont flattée, et je lui ai avoué mon amour, un soir que nous étions ensemble au bord de la mer. Elle m'a pris les mains et m'a dit d'un ton doux : « Je t'aime beaucoup, mais je n'ai pas envie d'un amant. Pas maintenant. Je ne te rendrais pas heureux. »

J'ai protesté, j'ai tenté de la convaincre, en vain. Mes rêves sont restés des rêves, et j'en ai encore une fois voulu à Eylir. Je lui en ai voulu de mener cette vie de petit bandit, je lui en ai voulu d'avoir séduit Beth, je lui en ai voulu de mon échec à séduire sa propre femme…

Alors j'ai plongé dans une vie un peu minable. Je ne fréquentais plus le village de toile, je ne voulais pas du bonheur fragile de Beth et de l'autosatisfaction d'Eylir et de ses hommes. Et j'en voulais injustement à Lyciane de s'être refusée à moi. Je ne voulais plus passer de temps avec elle… Je traînais en ville durant des heures, je buvais un verre ici, un verre là, je lisais un peu, je regardais la mer, je me confiais à des ivrognes rencontrés dans les tavernes. Rien ne me plaisait, rien ne m'intéressait, je ne faisais plus rien. Ça n'allait pas du tout.

Le solstice d'été et les jeux Carminiens approchaient. Une fois encore, je traînais dans la rue, quand j'ai vu passer une troupe de cavaliers lourdement armés, près d'une centaine d'hommes au visage résolu. Je reconnus leur officier, je l'avais croisé dans une certaine auberge, j'étais monté avec lui dans la chambre de la Dame Fortune.

Le Senssiren Solomon avait le visage maigre, dur et las. Je sentais qu'il n'avait pas renoncé à trouver sa proie, même si cela faisait des mois que le Roi manchot n'avait plus fait parler de lui. Je connaissais sa réputation. Un combattant redoutable, un soldat fidèle à l'Empire, un homme qui ne supportait pas d'échouer. Que faisait-il à Léthys, si loin du lieu des forfaits de sa proie, si près de son campement ? J'ai regardé passer sa troupe, et je l'ai fixé un long moment en tentant d'imaginer cela…

Alors Solomon a tourné la tête, il a croisé mon regard, j'ai frissonné et il m'a reconnu.

« Toi ! Viens ici ! »

Quel idiot j'étais ! J'aurais dû m'approcher, dire quelque chose de futé. Au lieu de quoi mon cœur a battu la chamade, j'ai pris peur, je me suis enfui, j'ai dévalé la rue à toutes jambes, je devais paraître coupable de tout et n'importe quoi.

Deux cavaliers m'ont rattrapé, m'ont traîné sur quelques pas en me tirant par les cheveux, j'ai crié à l'aide ! Les habitants de la rue, les gens qui passaient ont regardé tout ce vacarme avec désapprobation. Je n'étais qu'un vagabond, tout juste bon à rôder avec les Thiléens.

Ils m'ont emmené à la forteresse où se trouvait leur caserne, ils sont restés dans la cour, m'ont plaqué contre un mur : je perdais tous mes moyens. Un soldat aux cheveux courts et à l'air dur m'a attrapé par le col. Il m'a postillonné au visage : « Pourquoi tu t'es enfui, poivrot ? On voulait juste te parler ! »

J'ai inventé n'importe quoi, j'ai dit que je n'aimais pas les militaires. Ils m'ont balancé quelques coups, je me suis dit qu'ils allaient me secouer un peu et me laisser partir, je voulais qu'ils me laissent partir.

Mais Solomon est arrivé à son tour. Il a écarté la brute, m'a regardé dans les yeux. Malgré la chaleur, malgré le soleil, je me suis mis à trembler de froid, j'avais envie de pisser dans mes braies, ce type me faisait une peur atroce.

« Je te reconnais, il a dit. Tu es le conteur que j'ai vu dans la salle de l'auberge, à Laudomia. Tu racontais des histoires de héros et de bandits… Pourquoi est-ce que tu t'es enfui ? Je voulais juste te poser quelques questions… »

Il lisait en moi, j'en étais certain. J'avais peur qu'il me frappe, peur qu'il me torture… Je n'ai pu que bredouiller : « Laissez-moi partir, je vous en prie… »

À ce moment-là, Solomon a été certain que je savais quelque chose. Il s'est rapproché de moi, les soldats me serraient de près, j'aurais voulu me fondre dans le mur derrière moi, avoir de l'espace pour respirer…

« Tu sais qui je suis ? Je rends la justice, je poursuis le Roi manchot. Tu es un conteur, tu as bien dû entendre parler du Roi manchot. Que sais-tu de lui ? » Solomon avait un sourire froid, les brutes me serraient les bras, sa question était horriblement insistante. « Que sais-tu de lui ? »

Alors ma lâcheté a pris le dessus, il fallait que je réponde, j'avais peur des coups, je me suis dit qu'ils pouvaient être beaucoup plus méchants que tout à l'heure... J'ai balbutié des tas de choses incohérentes sur les exploits du bandit, les filles violées, le Nain noir.

Mon récit l'a un peu déçu, mais curieusement, ça a paru lui suffire.

« Tu n'es pas comme ces colporteurs qui vendent toutes sortes d'histoires flatteuses sur lui ?

— Non, pas du tout, je ne suis pas du tout comme ça. »

J'ai senti la menace s'éloigner, j'ai eu l'impression que la cour de la caserne s'agrandissait. J'allais bientôt sortir, j'allais bientôt respirer, la vie normale reprenait son cours, les gens passaient dans la rue, là-bas, au-delà des grandes portes ouvertes. Les cavaliers s'occupaient de leurs chevaux. J'allais sortir. Solomon a dit : « Tu es donc bien d'accord quand je dis que ce n'est qu'une petite crapule qui mérite la corde. Qui ne vaut pas la merde dans laquelle il a toujours baigné... »

J'ai répondu, comme si je le condamnais « Je suis bien d'accord. Une petite crapule. »

Non.

Je n'ai pas répondu cela. En tout cas, pas sur ce ton-là. J'ai dû moduler ma voix différemment, je ne pensais pas ce que je disais, je pensais aux princes keltes, je pensais qu'en vérité Eylir n'était pas une crapule, pas un voleur, pas comme ça, non. Solomon savait jauger les hommes, il a senti cette nuance dans ma voix, il a été certain que j'avais des choses à lui apprendre.

Ils ne m'ont pas laissé partir.

Ils m'ont jeté à terre, ils m'ont battu. À coups de botte et de poing. J'ai hurlé. Puis Solomon m'a remis debout, m'a plaqué contre le mur, m'a plaqué la main contre le mur et l'a clouée avec sa dague. J'ai hurlé encore, la douleur me déchirait, je n'en pouvais plus.

Il m'a fait taire. Il m'a murmuré à l'oreille : « Je vais te couper les pouces, le gauche, puis le droit. Puis les oreilles et le nez. Je te crèverai les yeux, je te châtrerai, et tu pourras encore parler. »

J'avais son couteau planté dans la main, je voulais que ça s'arrête, je priais de toutes mes forces pour que ça cesse et je l'ai cru. Il a retiré le couteau, je me suis roulé par terre, dans ma douleur et dans mon sang, je pleurais, et il allait falloir que je parle ; je maudissais ma lâcheté.

Je me suis relevé, face à eux, face à ces soldats dont le capitaine était aussi froid que du métal. J'ai eu l'impression qu'il faisait soudain très sombre et très noir. Mes jambes tremblaient sous moi, je sentais mes dents claquer, je n'y pouvais rien. Derrière moi, sur le mur, je sentais sans la voir la tache rouge de ma blessure, de mon humiliation. Je les haïssais, je voulais les écraser, les vaincre, rien qu'une fois, depuis le fond de mon trou.

Alors je leur ai raconté, qui était leur adversaire, pour qu'ils mesurent à qui ils s'en prenaient. Eux, les petits serviteurs, les petits limiers. Je leur ai tout raconté, comme devant un auditoire d'auberge, au milieu des larmes et du sang. Le prince kelte né en même temps que Maharkal, le révolté contre la Haute-Reine, aimé d'une princesse de Thilée. L'homme couronné au bord du monde, le vainqueur des naufrageurs de Syrtis, des brumes et de la mort. L'homme au sang de roi qui commandait aux brumes et pouvait bouleverser le monde…

Je leur ai tout jeté à la face, pour qu'ils s'abaissent devant ces choses qui les dépassaient. Je leur ai raconté mon Eylir. Celui-là, il m'appartenait, il était à moi. Mon Eylir.

Ils m'ont bouclé dans un trou sordide. Avant qu'ils m'emmènent, j'ai entendu l'officier dire : « Je n'aurais jamais cherché à Léthys. Pourtant, j'avais entendu parler de ce Kelte qui a épousé une Thiléenne. Les chiens s'accouplent avec les chiennes. »

9

Atlantys

> Il est criminel d'en ôter un gramme de lumière
> Y entrer dans les nuages, couronné de ramures d'or, au galop d'un grand cheval.
>
> *Les Villes invisibles*

Le mystère de ses yeux

Maintenant, vous connaissez ma trahison. Il faut boire la coupe jusqu'à la lie…

Au milieu de ce déluge de lâcheté et de bêtise, il reste pourtant quelques beaux moments. Valaient-ils le prix qu'ils ont été payés ?

La forteresse était en pleine ville, sur les hauteurs. En dessous se trouvaient de grandes caves voûtées, abritant les citernes, le ravitaillement et toutes sortes d'utilités. Ils m'ont entraîné là, ils m'ont attaché les mains à un anneau dans le mur, balancé un ou deux coups de pied et laissé tout seul dans les ténèbres. Je n'ai rien senti, je n'avais pas encore compris ce que j'avais fait.

Ce qui s'est passé ensuite, je peux vous le raconter, aussi bien que si j'avais été capable de voir à travers les murs.

J'ignorais encore que Solomon était à Léthys pour s'embarquer vers Dvern. Il avait rassemblé ses hommes et quitté la vallée du Mestral, sa mission était un échec, il n'avait pas trouvé le Roi manchot, il avait renoncé, il n'avait jamais pensé chercher aussi bas sur le fleuve qu'à Léthys. Jusqu'à ce qu'il croise par hasard ce vagabond, ce conteur qui lui rappelait quelque chose, qui lui donnait une dernière chance de ne pas rentrer bredouille.

Alors voilà ce qu'ils ont fait. Un groupe de soldats, le Senssiren en tête, s'est rendu à la petite maison, dans les collines qui surplombaient la mer. C'était la fin de l'après-midi, Lyciane s'y trouvait seule. Par chance, Ouma et ses enfants aidaient à préparer les fêtes du solstice au camp de toile, Melian se trouvait avec eux et Moronn suivait ses leçons au gymnase.

Ils sont entrés dans la maison, ont renversé les meubles, ont saisi la Thiléenne pour l'emmener. Elle s'est battue, ils l'ont giflée, elle leur a craché dessus. Exaspéré par son arrogance, Solomon lui a saisi le cou, a serré et lui a demandé si elle était la femme du Callaghan. Les yeux pleins de rage, elle a répondu : « Oui, je suis sa femme, et je te pisse dessus. Quand il apprendra que tu m'as touchée, il t'arrachera les yeux. »

Ils l'ont emmenée au fort militaire pour l'interroger. Ils sont descendus dans les caves, là où j'étais emprisonné, j'ai vu leurs ombres se dessiner contre les murs. Ils lui avaient lié les mains dans le dos, pour l'empêcher de se débattre, de les frapper et de les griffer ; ils se sont enfermés, deux soldats, Solomon et elle, derrière une porte épaisse. D'en haut, de la surface où les autres soldats de la garnison de la ville et ceux de Solomon préparaient le repas du soir, on ne pouvait pas entendre les cris. Mais moi, au fond de mon trou, je les entendais.

Solomon voulait savoir où se trouvait le Roi manchot, comment le camp était organisé, qui étaient les chefs, les lieutenants, qui était le Nain noir. Il avait l'esprit pratique et savait que les femmes parlaient facilement, surtout si on menaçait de faire pendre leurs enfants. Mais elle était une princesse de Thilée et elle avait toute l'arrogance de son sang. Ils s'étaient mariés sur le lac d'Ederlezi, on les avait unis et les torches tournoyaient au-dessus de l'eau comme des soleils, jamais elle ne le trahirait. Elle les a regardés avec mépris, elle qui était fine et gracieuse comme un roseau. Ils ne l'ont pas supporté et ils l'ont battue.

Moi, je savais tout ce qu'ils voulaient savoir. Ils imaginaient que j'avais tout dit, mais j'aurais pu en dire tellement plus ! J'ai voulu hurler que je leur parlerais, ma voix n'a fait que croasser. S'ils m'avaient entendu, s'ils m'avaient entendu, ils l'auraient épargnée...

Elle ne leur a rien dit, ses yeux les défiaient. Alors Solomon s'est lassé. Il y a eu des pointes et des lames, des hommes violents et fatigués. Il l'a torturée et mutilée, j'entendais ses hurlements et je hurlais moi aussi.

Puis soudain, un choc sourd, et des grognements de rage. Elle a échappé à leur étreinte et, de peur de céder devant le sang et la douleur, elle s'est précipitée sur une lame brandie.

Ainsi, l'ondine est morte, au fond d'une cave des Atlans.

Ils l'ont enroulée dans un drap sale, ils ont jeté son corps sanglant à mes pieds. À la lumière des torches, j'ai vu son visage, pâle et immobile. Ils n'avaient pas eu le temps de percer le mystère de ses yeux, plus personne ne le pourrait.

Et j'ai pleuré de rage et d'humiliation, j'ai pleuré sur ma lâcheté. Avec mes larmes, la folie m'a quitté je le crois, et le joug est enfin tombé de mes épaules.

Solomon tremblait maintenant d'une colère froide. Il a renvoyé des hommes à la petite maison, au milieu de la nuit, ils n'ont trouvé personne. Il ne restait donc plus qu'une seule solution, mais qui nécessitait l'accord du prince de Léthys et de différents officiers des gendarmes et de l'infanterie. Il a obtenu cet accord entre le milieu de la nuit et le lendemain matin.

Il fallait frapper le quartier thiléen et le village de toile, arrêter tous les hommes qu'on trouverait et en profiter pour écraser ce nid de crime et de luxure, brûler, disperser, purifier. Avec un peu de chance, le Kelte se trouverait au milieu des prisonniers.

L'opération nécessitait beaucoup d'hommes, afin d'être sûr qu'aucune crapule n'en réchapperait. Solomon agirait comme il avait agi en Orolys, dans les villages des Noirs rebelles : brûlant les maisons, faisant tonner les arquebuses, tournoyer les cavaliers pour qu'aucun ne puisse s'enfuir, abattant ceux qui se défendaient, rassemblant les autres au centre, pour les faire ployer devant la force.

Le prince de Léthys était un homme éclairé. « Qu'on leur prenne leurs enfants, dit-il, je leur trouverai une place dans nos institutions. Qu'ils deviennent ensuite de bons citoyens. » Quant aux femmes, toutes ces danseuses et prostituées maquillées, elles connaîtraient la rédemption par le travail, dans les grandes manufactures de cordes de la ville.

Enfin, on pendrait le Roi manchot au cœur de la ville, après un procès exemplaire.

Vers dix heures, le lendemain matin, j'ai senti de grands mouvements au-dessus de ma tête. Solomon avait rassemblé ses hommes et obtenu toutes les autorisations officielles. Une colonne de gendarmes à pied est descendue vers le quartier thiléen, une autre vers le village de toile, à quelques milles de la ville. Cette dernière était accompagnée par la compagnie de cavalerie de Solomon.

SANS GLOIRE ET SANS HONNEUR

La dernière bataille.
Eylir, 22e récit.

Le soleil a disparu depuis peu derrière l'horizon quand Moronn entre dans la maison. Il est habitué à la trouver vide, le soir sa mère descend souvent en ville pour danser. Il jette ses affaires dans un coin, ouvre le garde-manger, s'empare d'une pomme et d'un morceau de pain, puis va les manger un peu plus loin, en haut de la rue, sur cet escarpement d'où l'on domine la mer. C'est un garçon d'humeur sombre et solitaire.

Il finit par aller se coucher. Rêve à je ne sais quoi, les yeux ouverts dans le noir. Et c'est parce qu'il rêve qu'il entend les pas lourds des soldats, dans la cuisine, en dessous de lui. Un regard entre les planches disjointes du plancher lui montre les cavaliers en veste blanche, qui inspectent la maison à la lueur d'une lampe. Moronn est à moitié thiléen, il sait que la présence de l'autorité ne signifie jamais rien de bon pour ceux de sa race. Est-ce encore un de ses nombreux oncles du clan Larvor qui a fait une bêtise ? Il ne veut pas payer pour lui.

Les hommes montent à l'étage, traversent négligemment les chambres, ne se rendent pas compte que le lit est encore chaud. Perché sur le toit, Moronn attend qu'ils repartent, mais ils s'installent devant la porte de la maison, assis dans l'ombre.

Le garçon redescend sans bruit, s'empare d'une couverture, se laisse tomber derrière la maison et va dormir dans le grenier d'un voisin. Cette nuit, il ne sert à rien d'agiter le quartier. Demain, il aura des explications. Il sait que si sa mère rentre, elle ne manquera pas d'apercevoir des guetteurs aussi peu discrets. Les Mabdens ignorent souvent que les Thiléens voient très bien dans l'obscurité et les Thiléens se gardent bien de le leur rappeler.

Le lendemain très tôt, le garçon interroge les voisins. On a vu des soldats, disent-ils, emmener ta mère. Pas des gendarmes, des cavaliers, comme ceux d'hier… Moronn s'inquiète. Sa mère n'a commis aucun crime, il le sait, la fille d'un duc ne sera jamais criminelle. Il n'y a qu'une seule autre explication : l'arrestation a un rapport avec son père.

Le gamin n'hésite pas, il descend en courant au village de toile, il lui faut presque une demi-heure pour y arriver. Des nuages gris sont venus de la mer pendant la nuit, une pluie fine tombe sur la ville, les chemins sont mouillés. Dans le village thiléen, tout est calme, les petits bateaux de pêche sont partis voici un moment déjà.

Moronn marche droit sur l'Arvor, dressé sur ses quilles. Au pied du navire rituel se trouve la tente du chef du clan, ni plus grande ni plus visible que celle d'aucun autre. Il y pénètre sans s'annoncer.

Son père s'y trouve, assis sur un tabouret, vêtu uniquement d'une longue chemise. Derrière lui, une mince Thiléenne à la peau mate et au regard sombre est en train de le peigner avec application. Moronn déteste le regard que toutes ces femmes jettent sur son père.

« Bonjour, fils. Qu'est-ce qui t'amène ? Tes professeurs t'ont libéré ? »

Le ton d'Eylir est neutre, distant. Moronn est malgré lui impressionné par la masse et la carrure de l'homme qui lui fait face. Au fond, il le craint.

« Eylir. Des soldats sont venus, hier soir. Ils ont emmené ma mère… »

Eylir renvoie la fille, se lève et s'habille. Moronn continue ses explications.

Une heure plus tard, Maharkal arrive en ville, le gamin en croupe. Il le lâche devant les portes du gymnase, promettant de passer lui donner des nouvelles le soir même. Puis le Kelte monte jusqu'à la forteresse. Dès qu'il a disparu, le gosse retourne au camp.

On laisse entrer Maharkal dans la caserne, tous connaissent son visage, les hommes de garde l'invitent à boire, ça fait toujours du bien de revoir un vieux camarade. Et on ne va pas rester dehors, sous cette pluie qui glace les os ! Mark accepte en souriant, va s'asseoir à l'intérieur, bavarde un moment. Dehors, dans la cour, des cavaliers se rassemblent pour descendre vers la ville.

Depuis l'intérieur, Mark croit reconnaître ces cavaliers qui quittent la forteresse, ils lui rappellent ces hommes aperçus à Laudomia et leur officier au regard froid. Il essaie de garder son calme et se tourne vers ses hôtes : « Qu'est-ce qu'ils faisaient ici, ces types ? »

Les explications sont longues et embrouillées, des vétérans, oui, venus des colonies sur le continent, pour chasser le chef des bandits, tu sais, le manchot, celui qui dépouille les usuriers yezdites dans la vallée du Mestral. Maharkal doit boire un verre avec ses camarades, sa main tremble, les cavaliers ont disparu depuis plusieurs minutes.

« J'ai entendu dire qu'ils avaient arrêté une fille... »

Son vis-à-vis prend un visage sombre.

« Oui, ils l'ont fait venir ici. Une petite Thiléenne. Ils n'y sont pas allés en douceur... Ils ont frappé un peu fort, un gars me l'a avoué hier. Mais ce Senssiren, il en veut aux Thiléens, il a quelque chose contre eux, tu sais. Là, ça va s'agiter dans le bas de la ville. »

Maharkal a compris, il devient pâle. Il arrive pourtant à inventer une excuse, une raison urgente de partir. Il a compris. De combien d'avance disposent les autres ? Dix minutes ? Un quart d'heure ? Mark saute sur son cheval, le lance au galop aussitôt passé les portes de la forteresse. Il va devoir descendre sans passer par les rues principales, pour ne pas croiser le chemin des hommes de Solomon. La pluie fouette son visage, il presse son cheval, les dents serrées.

Et les choses se mettent en place. Les gendarmes à pied avancent au pas de course sur la route qui longe le fleuve. Solomon les précède au petit trot avec ses hommes. Cette pluie joue en leur faveur, on ne les verra pas venir. Et quand ils sont en vue des tentes, sur cette longue plage au bord du Mestral, il lance les cavaliers au galop, le vent de la course fouette le visage des soldats, la perspective de l'action les excite. Ils dégainent leurs sabres et fondent sur les petites maisons de toile.

Le camp s'agite avant même qu'ils y arrivent, des silhouettes minces courent vers la plage. Les cavaliers de Solomon s'étendent en un long ruban, ils vont entourer le camp, galoper en décrivant une spirale, pour empêcher les rats des rivières de fuir, les serrer de plus en plus vers le centre. Ils arrivent sur les tentes, abattent leurs sabres, coupent les cordes, défoncent à coups de sabot les édifices fragiles. Un peu en retrait, Solomon observe les opérations, donne l'ordre à la trentaine de gendarmes de se déployer en demi-cercle et de pénétrer dans le campement…

Mais une petite troupe de cavaliers sans uniforme sort de nulle part, d'un repli du terrain. Ils galopent parallèlement au cercle des soldats, se rapprochent, les rejoignent. Ailleurs, des hommes en veste blanche tombent soudain, la nuque transpercée par des flèches empennées de noir, des chevaux roulent au sol en hennissant, trébuchant sur des cordes tendues entre les tentes à hauteur de poitrail, la belle charge devient confuse et désordonnée.

Maharkal, essoufflé, a eu le temps de prévenir Eylir, quelques minutes seulement avant l'arrivée des soldats. Le Callaghan a rassemblé ses compagnons, prévenu les Thiléens.

« Il faut partir ! Il faut partir ! Embarquez sur les bateaux ! Ne prenez rien, courez ! »

Puis il a sauté sur Argo, et tous ceux qui pouvaient, une vingtaine au plus, ont pris leur cheval.

C'est une bataille sans gloire ni honneur. Sans chants de ralliement, sans enthousiasme. Les hommes d'Eylir ont surgi dans le dos de leurs ennemis, ils ont frappé pour tuer, pour défendre leur famille ou leurs amis. Eylir Ap'Callaghan courait en tête, son épée a tournoyé, fendu des membres et des crânes, jeté des hommes à bas de leurs chevaux. Ni gloire ni honneur, le sang ruisselle sur les épées et les sabres, les chevaux piétinent dans la boue. On se bat en selle, on se bat au sol. Si un cavalier ennemi tombe, les femmes surgissent hors des tentes avec des cris de harpie et lui crèvent les yeux. Les jeunes Thiléens jouent du poignard, sautent en selle, agrippent la taille de l'ennemi, plantent leur lame sous la cuirasse, la font glisser dans l'abdomen, là où les coups sont toujours mortels, même s'il faut du temps pour en mourir.

Les sabres de cavalerie s'abattent sur les hommes et les femmes qu'aucune armure ne protège. Les chevaux piétinent les feux de camp, renversent ceux qui ne s'enfuient pas assez vite. Le sang jaillit, les corps tombent dans la boue et, dans l'autre monde, le Cornu se réjouit de sa moisson.

Seul Maharkal a crié : *Callaghan !* Sa voix gronde au milieu du combat, son bras est ferme, ses coups sont lourds et puissants. Il aurait hésité à frapper ses anciens compagnons de caserne, mais ces soldats-là, il ne les connaît pas.

Numa, l'ancien prisonnier, combat à terre, armé d'un long gourdin. Il se jette sous les chevaux, leur casse les jambes, défonce le crâne des hommes tombés au sol avec de grands cris de rage. Un des lieutenants de Solomon surgit derrière lui, abat son sabre, fend la tête chauve du grand forçat qui s'écroule dans la boue, plein de bave, de sang et de cervelle.

Seyrig virevolte à cheval, démentant que son peuple ne connaît rien à l'équitation. Le Thiléen est partout, son épée décrit des courbes rapides, il défend les siens, son clan, il gagne leur respect. Pour chacun de ses frères qu'il voit tomber, il veut tuer dix ennemis.

Beth est là, également. Elle ne connaît pas le maniement des armes, mais elle monte mieux que bien des hommes. Près de la plage, dressée sur ses étriers, elle dirige l'embarquement des femmes et des enfants sur les bateaux, jusqu'à ce qu'une demi-douzaine d'adversaires arrive sur elle au galop. Alors, ne voyant rien d'autre à faire, elle fait volte-face et leur court sus, jetant son cheval contre les leurs... Mais sa monture, moins entraînée que les chevaux militaires, prend peur avant eux, se cabre et la jette à terre. Un cavalier se précipite sur elle, tandis qu'elle se redresse, incertaine. L'autre la saisit par les cheveux, la traîne derrière lui. Jusqu'à ce qu'un gamin lui barre la route, brandissant un long piquet de tente à la pointe effilée. Moronn a refusé de s'embarquer sur les navires, il veut se battre aussi, même pour sauver la maîtresse de son père.

Et les flèches noires volent, mortelles. Le cavalier qui tenait Beth est forcé de la lâcher, porte les mains à sa gorge et crache du sang. Une ombre noire court entre les tentes renversées, des mains calleuses bandent un petit arc, des yeux noirs résolus brillent au milieu d'un visage enduit de boue, les projectiles ne manquent jamais leur cible, l'ennemi ne trouve pas le tireur invisible.

Au milieu du camp dévasté, Eylir galope à la rencontre du Senssiren Solomon. L'officier s'est battu avec ses hommes. Avec rage et colère, il a tenté de les rassembler, de les sortir de ce piège bourbeux, de ce trou où son offensive est venue s'enliser. Il a abattu personnellement plusieurs Thiléens, mais la confusion est totale, les ordres ne portent pas, les gendarmes n'ont servi à rien.

Il est heureux de voir arriver le Kelte, il reste une chance de changer la tournure de ce combat. Le but n'était-il pas de le vaincre lui ? Quelle importance alors ces pouilleux et leurs navires peuvent-ils bien avoir ?

Eylir s'arrête à quelques pas de lui. Les deux cavaliers se font face, Solomon devine que le Kelte cherche le combat singulier. Il fait un signe discret de la main, deux de ses hommes sortent de derrière une tente à moitié effondrée, non loin de là. Ils sont à pied, plantent dans la boue une fourche de métal et y posent le canon de leurs arquebuses. Le Kelte ne les a pas vus. Les deux arquebusiers tirent, bruit de tonnerre, nuage de fumée, le vieux cheval du Kelte frémit mais ne bronche pas.

Eylir fait demi-tour, ils l'ont manqué, le Senssiren jure, il joue de malchance. Le Kelte galope droit sur les arquebusiers, ils sont ralentis par le poids de leurs armes. L'un d'entre eux tombe dans la boue, l'épaule fracassée par un coup d'épée. Les sabots d'Argo renversent le second. Le cavalier continue sur sa lancée, décrit un arc de cercle, revient sur Solomon, son visage est froid et résolu.

Solomon charge à son tour, il pourra porter un seul coup. Le barbare ne lui fait pas peur.

Les lames se rencontrent dans un grand fracas, celle de l'Atlan se brise, le Senssiren vide les étriers, tombe sur le sol meuble. Il se relève en gémissant, grognant contre la malchance, encore la malchance. Eylir a mis pied à terre, il vient vers lui, son visage reste toujours aussi froid. L'Atlan est intelligent, son épaule est démise, il sait qu'il ne pourra pas l'emporter face à un combattant aussi redoutable. Alors il jette son épée brisée au loin et dit : « Il paraît que tu as de l'honneur, Callaghan ! Je me rends à toi. Ma vie t'appartient. »

Eylir s'arrête face à lui. Sa paupière à demi fermée donne l'impression qu'il jauge son adversaire.

« Ta vie m'appartient, dit-il. Je la prends. »

Et il enfonce Misère jusqu'à la garde dans la poitrine de l'Atlan surpris.

La pluie cesse, les nuages s'écartent un peu, on aperçoit une déchirure de ciel bleu. Beaucoup sont morts, d'autres agonisent dans les débris du village de toile, des chevaux blessés hennissent pitoyablement. Quelques silhouettes errent au milieu de ce chaos, les cavaliers survivants se sont enfuis vers la ville. Sur le fleuve glissent les fins bateaux des Thiléens, leur voile triangulaire gonflée par le vent. Et les précédant tous, semblant les guider, l'Arvor est le plus beau d'entre eux. On l'a mis à l'eau, les événements en ont décidé : il est terminé.

Mak Morn s'approche d'Eylir, contemple avec mépris le cadavre de l'Atlan.

« Les dieux vont t'en vouloir pour ça, Kelte. Il s'était rendu, tout de même. »

Eylir hausse les épaules et s'en va.

Quelques heures plus tard, deux cavaliers fatigués pénètrent dans la forteresse. Les soldats de garde ont entendu parler du massacre chez les Thiléens, ils savent qu'on prépare une expédition punitive, mais qu'on ne trouvera personne. Les bandits ont même libéré ceux que les gendarmes avaient capturés dans leur quartier du bas de la ville. Maintenant, tous les rats de rivière se sont enfuis. Tant pis, qu'on les oublie…

On s'empresse autour des cavaliers à l'uniforme taché de sang, aux cuirasses cabossées. Personne ne s'étonne de reconnaître Marcus Flann, ni le soldat Enheren. Après tout, ils sont des habitués, ici, et dans toute l'agitation du moment, on ne leur prête pas attention.

Eylir descend dans les caves, Maharkal le suit, portant une lampe. Ils me trouvent, dans mon coin, attaché misérablement contre le mur. Eylir tranche mes liens d'un coup de couteau. Puis il me met debout.

« Tu peux marcher ? »

Sa voix est aimable, pleine de sollicitude. Je balbutie quelque chose, j'ai honte de me trouver là, honte de me trouver face à lui.

Il range le couteau, se penche. Maharkal éclaire le visage blanc de Lyciane, Eylir lui ferme les yeux. Il la prend tendrement dans ses bras et remonte. Je sors des ténèbres en trébuchant derrière lui.

Le messager

Deux jours s'étaient enfuis. Nous nous trouvions sur une grande plage de sable, face à la mer, dans une crique au sud de Léthys, un endroit que je ne connaissais pas. Le soleil était couché depuis quelque temps déjà. De grands feux avaient été allumés sur la plage, tous les Thiléens étaient rassemblés.

Pendant ces deux jours, j'avais suivi Beth et l'avais aidée à préparer le départ du clan Larvor. Je m'étais rendu plusieurs fois en ville, le plus discrètement possible, pour sonder les intentions du prince de la ville et écouter ce qui se disait dans les quartiers populaires. J'avais participé à des expéditions nocturnes pour récupérer ce qui pouvait être récupéré dans les maisons thiléennes ou dans les ruines du camp, avant que les rôdeurs ou les pauvres gens ne s'en emparent.

Car oui, le clan allait partir, s'établir ailleurs pour un temps, les Thiléens étaient coutumiers du fait. Où l'on s'établirait, je l'ignorais. On parlait de Mirven, d'autres emplacements sur les rives du Mestral ou bien de cités portuaires plus au sud. En tout cas, loin du domaine de Léthys. Plus tard, peut-être qu'ils reviendraient ici, quand ce prince aurait passé et qu'un autre, plus clément, l'aurait remplacé. Ou bien lors d'une fête religieuse ou d'une amnistie impériale… On verrait bien, alors.

Eylir avait galopé d'un bout à l'autre du pays, en compagnie de Maharkal, de Mak Morn et d'autres, rassemblant les hommes et les femmes éparpillés pendant la bataille, volant des vivres et de l'or. Et moi, je m'étais traîné avec ma trahison, avec le souvenir de mon crime, de mon absurde vantardise devant Solomon, cause de tout ce désordre, de cette destruction et de ces morts.

J'avais résolu de me mettre face à Eylir et de tout lui avouer, mais je n'avais pas eu l'occasion de me retrouver avec lui et de pouvoir lui parler. Peut-être aurais-je pu parler à Beth en premier… Elle sentait que quelque chose me rongeait, mais elle-même était abattue, usée par toutes ces souffrances, et elle avait d'autres chats à fouetter.

Nous étions donc rassemblés sur la plage, autour de grands feux. Tous les Thiléens, et ceux de la bande du Roi manchot, tous ceux qui avaient survécu. Les navires étaient tirés sur la plage, des dizaines de longues barques effilées alignées, écho douloureux de la fête où le Callaghan avait séduit l'ondine. C'était le temps du deuil et des funérailles, les femmes ont pleuré, on a chanté, on a mangé et on a bu, en mémoire des disparus. Plusieurs dizaines d'hommes, quelques femmes, trois enfants. Et surtout Lyciane, auprès de qui Eylir était revenu chaque nuit. J'aurais dû parler à ce moment, dire quelques mots pour la défunte... Après tout, ne l'avais-je pas aimée moi aussi ? Mais les mots sont restés coincés dans ma gorge, ce sont les autres qui ont parlé pour elle, je me suis contenté de pleurer.

Un peu avant l'aube, s'éclairant par des torches, les Thiléens ont porté leurs morts en procession jusqu'à une caverne marine aux parois noires et luisantes et au sol couvert d'algues. À l'équinoxe viendrait une marée qui emporterait les corps des enfants de Thilée et les entraînerait jusqu'aux eaux vertes de leur cité. Alors rassemblés avec le reste de leur peuple, les errants des rivières connaîtraient le repos.

Pendant toute la nuit, Eylir avait joué son rôle de chef de clan, passant de feu en feu, veillant à toutes choses, montrant qu'il était fort et sûr, un bouclier pour toutes les familles éprouvées. Puis avant l'aube, on a transbordé les cercueils de Lyciane et de Yannis dans l'Arvor, dont Cirdan tenait la barre. Le soleil s'est levé sur la mer et Eylir a enfin pleuré. Il regardait les vagues, les hommes qui embarquaient les défunts dans le navire du clan, et ses épaules tremblaient.

Nous sommes peu nombreux à nous en être rendu compte : Beth, Moronn et moi. Il nous a regardés, son visage était plein de larmes, je ne l'avais jamais vu aussi désemparé. Il a serré son manteau autour de ses épaules.

« Écoutez-moi... Je veux être seul. »

Et, rabattant son capuchon sur son visage, il est parti vers la falaise qui surplombait la grotte des morts. Nous l'avons suivi sur quelques pas, inquiets, puis nous lui avons obéi.

Il s'est installé loin de tous, en haut de la falaise, face à la mer, assis contre un rocher, son épée plantée dans le sol devant lui. Il est resté immobile, toute la journée, sous le vent et la pluie, toute la nuit, et toute la journée suivante. Je suis monté le voir, une fois. Ses vêtements étaient détrempés, ses cheveux tombaient devant son visage, il ne bougeait pas, mais ses yeux étaient vivants, fixés sur l'horizon, sur la mer, le vent et les nuages.

Je n'ai pas osé m'approcher, je suis redescendu.

En bas, Seyrig avait pris la direction du clan avec l'accord de Marla et les autres avaient accepté son autorité. Ils attendaient son ordre pour partir, mais Seyrig attendait aussi. Il regardait en haut de la falaise, il hésitait à partir, avec le Kelte au visage de statue qui fixerait ses voiles… Il craignait sans doute quelque mauvais présage, je le comprenais.

La troisième nuit, Beth est arrivée en courant au bas de la falaise, sous le rebord qui nous servait d'abri. Elle paraissait très inquiète.

« Il n'est plus là ! Il est parti ! »

Maharkal et Moronn ont sauté sur leurs pieds, ils sont partis en courant vers le sentier, Beth les suivait de près. J'ai failli m'y engager derrière eux, mais j'ai vu que Mak Morn restait en arrière. Le Picte était tout à fait éveillé, il m'a regardé d'un air entendu.

« Ce n'est pas une bonne chose qu'il parte seul. Allons voir les chevaux. »

Argo manquait. Le Picte s'est hissé sur le dos de son petit cheval, il a regardé la pleine lune dans le ciel. Quelques nuages passaient çà et là, une pluie fine tombait sur la côte.

« Je vais suivre sa piste. Préviens les autres, qu'ils me rejoignent comme ils peuvent.

— Ils comprendront bien ce que tu as fait, ai-je dit. Je viens avec toi. »

J'ai harnaché un autre cheval comme j'ai pu et je me

suis mis en selle. Le Picte m'avait attendu, nous sommes partis au galop.

Au début, Mak Morn se penchait parfois vers le sol, accroché d'une main ferme à la crinière de sa monture. Il ralentissait, observait une ombre dans les ombres et disait : « Il est passé par là. »

Puis bientôt il a cessé et s'est contenté de galoper droit devant lui, à travers les chemins et les champs. Je me demandais quel secret surnaturel lui permettait de savoir la direction à prendre... Derrière nous, aucun bruit. Les autres s'étaient-ils lancés à notre poursuite ?

« Le voilà ! »

Eylir nous attendait, sur la route de Dvern, là où elle passait une crête. Il nous tournait le dos. Argo soufflait lourdement. Nous l'avons rejoint. Il regardait la route qui serpentait sous la lune, s'enfonçant dans la campagne. J'ai compris qu'il fixait une flamme, une toute petite flamme, qui semblait nous attendre, à près d'un mille. On aurait dit une torche, peut-être portée par un cavalier ou un marcheur, je n'y voyais pas bien.

« Elle est venue me chercher, Picte. Regarde, elle m'attend. Je savais qu'elle reviendrait.

— Qui ? j'ai demandé.

— Lyciane. Notre parole nous lie comme une chaîne. »

Le Kelte était maigre et livide, après trois jours d'attente face à la mer. La barbe lui mangeait le visage, il avait le regard fou d'un ermite. J'espérais que Mak Morn le ramènerait à la raison, mais le Picte a fixé la flamme au loin à son tour.

« Tu n'es pas obligé de la suivre, Eylir. Mais si tu la suis, je t'accompagnerai. »

Cette idée ne me plaisait pas du tout.

« Nous pourrions attendre Maharkal et puis Beth. Ils ne vont pas tarder... »

Comme je prononçais ces mots, la flamme s'est mise à bouger, s'éloignant de nous. Eylir a pressé les flancs d'Argo qui s'est lancé dans la pente dans un grondement de sabots. Mak Morn l'a imité, et, après une hésitation, je les ai suivis. *Callaghan !*

Je ne suis pas un bon cavalier. Nous avons quitté la route, nous avons foncé à travers bois et champs, je n'ai pas réussi à tenir le galop, j'ai manqué de vider les étriers. Alors j'ai cessé de vouloir maîtriser mon cheval, je me suis couché sur son dos et j'ai été secoué comme un ludion. Et ma monture, prise de frénésie, suivait le cheval du Picte et le Picte suivait Eylir. Je n'y voyais rien, je craignais sans cesse de tomber dans un fossé ou qu'une branche trop basse me jette à bas...

Il n'en a rien été. Nous avons quitté les bois pour une lande sous la lune. Il n'y avait plus de route, plus de chemin, nous courions après une flamme lointaine, après les étoiles. Je voyais Eylir, dressé sur ses étriers, et Mak Morn qui le suivait de près, et je n'étais pas très loin derrière. Les chevaux ne paraissaient pas se fatiguer mais notre proie nous précédait avec une vitesse surnaturelle. Un fleuve a soudain barré la route, Eylir et Mak Morn en ont descendu les berges avec de grands cris, sans ralentir, et j'ai pris peur, j'ai voulu tirer sur les rênes pour m'arrêter, mais ça n'a servi à rien. Nos montures se sont précipitées dans les flots dans de grandes gerbes d'écume et je me suis accroché comme j'ai pu à la crinière de la mienne. À peine avaient-elles repris pied sur la berge qu'elles se relançaient au galop...

Et je sentais leurs souffles fous, et leurs robes se maculaient d'écume, et leurs poitrails grondaient comme d'immenses soufflets. Notre chasse nous a encore entraînés dans une forêt immense et noire dont les branches griffaient nos manteaux, dont les chemins nous égaraient. Mais le vieil Argo avait le pied sûr, il évitait d'instinct les racines et les crevasses et les autres le suivaient, et toujours dans l'ombre des branches une lumière brillait devant nous. Nous poursuivions une flammèche, un feu follet, et je craignais qu'elle ne nous précipite tout droit vers la mort.

Enfin, nous sommes sortis de la forêt, débouchant sur une grande plaine.

Elle nous attendait, je la distinguais à plusieurs milles de distance.

Elle ne portait pas de lampes, mais la flamme, c'était elle, petite silhouette blanche et brûlante dans la nuit, qui nous attendait sur la ligne d'horizon. Et derrière l'horizon, bouleversant toute idée de géographie, je savais que nous trouverions la mer.

Lyciane.

Je la distinguais là-bas, très belle et toute petite, qui se dessinait sur la nuit avec la finesse et la précision d'une miniature, elle tendait la main vers nous, elle nous faisait signe de venir, elle lui faisait signe à lui !

« J'arrive ! »

Argo a trouvé un nouveau souffle, il nous a distancés, j'entendais gronder son galop sur la plaine, j'entendais le choc lourd de ses sabots. Non, pas ses sabots... Un autre cheval venait, puissant, et lourd, et rapide. Quelque chose chevauchait derrière nous, qui nous dépassait. Mark ? Beth ? Je me suis retourné.

Le Maître venait, sur un grand cheval, harnaché comme un chevalier, brandissant une lourde épée. À grandes foulées, il nous a rejoints, puis dépassés. La peur m'a saisi, et la joie de le revoir, la joie lâche de baisser la nuque devant une autorité plus grande, qui saurait quoi faire de moi... Le Maître était devant nous, il rattrapait Eylir, et son manteau flottait en lambeaux de ténèbres dans sa course. Alors j'ai redressé la tête et j'ai crié de toute ma voix pour avertir Eylir, qui galopait vers l'horizon et ne se rendait compte de rien.

Mak Morn a tiré une flèche qui a manqué sa cible. L'arme du Maître s'est abattue, Eylir s'est retourné au dernier moment, dégainant Misère dans le même geste. Les lames se croisent, celle d'Eylir se brise, le coup du Maître passe. Argo a henni, manqué une foulée et est tombé, éjectant Eylir des étriers. Le Kelte est tombé lourdement dans l'herbe non loin de son cheval.

Mak Morn et moi l'avons rejoint puis dépassé, tirant comme des fous sur les rênes pour calmer nos bêtes affolées. Le Maître avait fait demi-tour, il revenait sur Eylir.

Le Picte a encoche une flèche, puis une autre, qui sont venues se ficher aux défauts de l'armure du Maître, en vain. Il nous ignorait, il n'en avait pas après nous, il ne faisait même pas attention à moi. Seul Eylir avait de l'importance.

Le Kelte s'est relevé en titubant, brandissant ce qui restait de Misère, environ un pied de lame. Il a couru vers le cavalier qui venait sur lui.

« *Callaghan !* »

Choc brutal. Alors que la lourde épée du Maître s'abattait de nouveau, Eylir a fait un bond de côté et son moignon d'épée a tranché un étrier de son adversaire. Le Maître a vidé la selle lourdement, comme son grand cheval continuait droit devant. Eylir a attendu qu'il se relève. Ils étaient face à face, mon Kelte et le grand chevalier sans visage, et je me souvenais des paroles du fou d'Erynéthis qu'avait rapportées Tomà.

De l'autre côté du pont, j'ai vu sortir l'homme sans visage…

Mak Morn, tout comme moi, avait renoncé à intervenir.

La voix métallique du Maître résonna sous son heaume rouillé : « Tu n'es pas digne de ce cri, bâtard, fils d'Atlans. Tu n'as jamais été digne de porter l'insigne de tes ancêtres. »

Eylir était blessé, du sang coulait de son épaule, sa démarche était lourde. Pourtant, il a ri.

« Si tu tentes de me tuer, c'est que tu as peur que je le fasse. Je porterai l'aigle des Callaghan et je rirai de toi ! »

Et brandissant son épée brisée, Eylir s'est jeté sur son ennemi.

Le Maître était protégé par une lourde armure, ses membres étaient infatigables et ses coups puissants. Pourtant il a rompu face à l'assaut, face à la fureur guerrière kelte. Les blessures n'arrêtaient pas Eylir et sa lame tailladait le manteau noir du Maître. *Callaghan !*

Le Maître assénait de grands coups à la manière des chevaliers, mais le Kelte était trop vif, il bougeait comme un fauve. Et, s'étant rapproché, il a arraché d'un grand revers le volet du heaume de son ennemi. *Callaghan !*

La lame de Misère s'est enfoncée entre les plaques d'armure, elle a lacéré les membres de l'ennemi, le Maître a titubé et lâché son épée. Un choc encore, et le géant est tombé, Eylir s'est jeté sur lui, s'agenouillant sur sa poitrine, levant haut son arme pour le coup final.

Alors pour la première fois, le Kelte a plongé les yeux dans l'ouverture noire du heaume, contemplant le visage de son ennemi. Son geste s'est arrêté, un instant il a paru prendre peur. Et il a ri, d'un rire de folie et de jeunesse, et il a enfoncé à trois reprises la lame d'acier dans l'ouverture du heaume, brisant les chairs et les os de la face. *Callaghan !*

Eylir s'est redressé, il a retiré sa chemise pleine de sang. Mak Morn s'est approché de lui, menant par la bride un Argo blessé, mal assuré, mais encore capable de marcher.

« Bon cheval. »

Le Kelte a cherché l'autre partie de la lame et l'a mise au fourreau. Les épées brisées peuvent être reforgées. Je le trouvais beau, fort et jeune. Il a paru heureux de nous voir là. Et à ma grande surprise, ses deux mains étaient parfaitement vivantes. Il est remonté en selle.

« Elle nous attend. »

Avant de l'imiter, j'ai marché jusqu'au corps de son ennemi, enfoncé dans l'herbe comme s'il reposait là déjà depuis une éternité, dans son manteau en lambeaux et son armure rouillée, j'ai regardé moi aussi dans l'ombre du heaume. Et sans l'avoir jamais vu auparavant, j'ai reconnu ce visage pourrissant, déchiré et mangé de vers.

Celui d'Allander.

Et dans un grouillement de vers, la face morte a paru se liquéfier.

Menant mon cheval par la bride, le corps trop fourbu pour faire autrement, j'ai rejoint l'horizon, là où les autres m'attendaient. Et à mon tour, j'ai vu le bord du monde.

Une large baie s'ouvrait devant moi, et des volées de marches de pierre hexagonales s'enfonçaient dans l'océan. Mais je n'entendais nul bruit de mer, seules des vagues de brumes blanches et froides venaient lécher cette côte et recouvrir ce formidable passage. Le froid glacé de l'autre monde m'a saisi tout entier.

Eylir avait mis pied à terre, il serrait Lyciane contre lui, leurs pieds disparaissaient dans le néant blanc. Plus loin, plus bas, des ombres indistinctes attendaient, je devinais tout un peuple flou et attentif, qui nous observait de sous la surface mouvante. J'entendais leurs murmures et les frottements de leurs pas sur les rochers humides, ils étaient innombrables, ils nous appelaient, j'avais peur d'approcher cette mer étrange…

Mak Morn était assis sur ses talons, il observait pensivement le paysage blanc et uniforme devant nous. Je me souviens lui avoir demandé :

« Que fait-il ? Il lui dit adieu, pour la dernière fois ?

— Peut-être. Peut-être aussi qu'il se prépare à assumer enfin son royaume. »

Eylir a relâché Lyciane, elle a reculé dans les brumes, leurs visages à tous deux étaient calmes et sereins. Puis le Kelte est revenu vers nous.

« J'aimerais que tu m'accompagnes pour un dernier voyage, Ang Mak Morn.

— Je te suivrai. »

J'ai tremblé. Je me sentais encore rongé de culpabilité envers lui, alors, par fidélité, je me devais de le suivre. Mais ce voyage-là, je ne voulais pas l'entreprendre. J'ai dit crânement que je viendrais aussi.

Eylir a souri. Son visage avait rajeuni, ses blessures ne saignaient plus. Il avait rajeuni, oui, mais son regard était devenu plus sage.

« Non, pas toi. Tu mourrais, et j'ai besoin de toi, j'ai besoin que tu retournes près des hommes. Veux-tu être mon messager ? »

Je suis tombé à genoux.

« Je suis à ton service, seigneur. Parle, je t'écoute. »

Il a posé ses mains sur mes épaules, et sa droite me brûlait d'un feu glacé à travers mes vêtements. Je ne pourrai jamais oublier les mots qu'il a prononcés alors.

Eylir est remonté en selle, il a fait face aux brumes, il a demandé gentiment à son vieux cheval d'avancer. Après une hésitation, Argo a commencé à descendre les milliers de marches, et Mak Morn marchait à côté. Même le Picte avait peur.

Je les ai vus s'enfoncer dans les brumes, j'ai vu le néant blanc se refermer sur eux. J'ai vu les ombres se rapprocher, les entourer, comme des insectes attirés par la flamme. Ils s'éloignaient de moi, tous, et le néant les a peu à peu effacés. J'étais seul dans le silence.

Alors j'ai retrouvé mon cheval et j'ai fait demi-tour, je suis retourné vers le monde des hommes et je ne raconterai pas mon voyage.

Une aube se levait quand j'ai retrouvé Beth et Maharkal, et le camp thiléen. Mon voyage de retour avait duré un temps infini, et pourtant je suis revenu le matin même de la nuit où j'avais disparu. Ils m'ont amené près du feu, ils ne m'ont pas posé de questions avant que je ne parle, et je me souviens surtout de mes mains et de ma peau, glacées, que seul le plein soleil a pu réchauffer.

Quand le jour s'est levé, je leur ai tout dit, les chevaux, les flammes dans la nuit et la chute du Maître. Les brumes et les ombres qui l'attendaient. Beth a tremblé et s'est signée, Mark l'a soutenue.

« Ce n'est pas encore le temps pour les larmes, ai-je dit. Eylir a dit : *que les Thiléens partent avec Seyrig.* Il a dit : *Toi, Maharkal, prends tous les hommes qui voudront bien te suivre et attends-moi près des moulins de Phocéa. Je t'y retrouverai si j'en ai la force. Il restera peut-être un combat à livrer.* »

Il y avait aussi des mots pour Beth et pour Moronn et Melian, mais je ne les ai dits qu'à eux.

« Et je dois porter un dernier message. Un message pour l'empereur d'Atlantys. »

Je suis parti pour la capitale après avoir pris juste quelques heures de repos, accompagné de Beth et de Moronn. L'état de la jeune femme lui interdisait de suivre Maharkal et Moronn avait décidé sans qu'on puisse le faire changer d'avis qu'il veillerait sur elle. Le jeune garçon était devenu adulte. Beth accepta sa compagnie avec joie.

Nous avons voyagé à cheval, puisque Beth pouvait encore monter. Le chemin est long de Léthys à Atlantys, mais les routes sont bonnes, pavées et rectilignes. En les suivant, nous quittions un monde pour un autre. Je replongeais dans les souvenirs de mes voyages avec Jude et Madame, je retrouvais des réflexes que je croyais perdus, une façon de me tenir et de parler, je me rendais compte combien la vie avec les Thiléens (ou bien dans la caravane, mais je ne voulais pas y penser) m'avait tenu à la marge de la société civilisée, qui vivait pourtant juste à côté de nous.

L'été était là, nous progressions rapidement, à peine ralentis par quelques orages. Autour de nous, des bourgeois en voiture, des estafettes militaires, des paysans amenant leurs vivres pour les marchés dans les villes. Des étudiants sur la route du gymnase ou de l'université, des artisans allant vers leur atelier, des ouvriers sortant de leurs manufactures. Tout me paraissait neuf, étrange, assez lointain. Les choses avaient-elles changé à ce point ? J'avais connu tout cela, j'y avais vécu, mais je m'en sentais maintenant complètement détaché. J'étais passé dans la caravane du Maître, j'avais vu les brumes et le bord du monde. Je m'étais transformé.

Et nous sommes arrivés à Atlantys, l'immense capitale du monde, bruissante, frénétique et lumineuse, avec ses larges avenues, ses jardins, ses toits et ses centaines de tours et de clochers. Une ville fantastique, un rayonnement de soleil et de puissance, le rêve de lumière des empereurs, aussi resplendissante qu'une cité de l'autre monde, ni plus ni moins réelle qu'une cité de l'autre monde.

J'y avais vécu, pourtant.

Dans les faubourgs grondaient les machines à vapeur des nouvelles fabriques qui se nourrissaient de milliers d'ouvriers. Vers le centre, boutiques et échoppes vendaient des produits du monde entier, aussi loin que s'étendait la puissance impériale, des plaines d'Ameris jusqu'aux terres giboyeuses des Keltes, des rives seljuckes aux pyramides des Telcatls.

Je ne retrouvais plus mon chemin, je me perdais dans le quartier de l'Université où je croyais pourtant avoir eu mes habitudes…

Beth nous a trouvé une chambre miteuse pour trois, au-dessus d'une taverne bruyante. Elle est partie dépenser tout ce qui nous restait d'argent pour nous habiller correctement, pour que nous puissions nous présenter au palais. Moronn et moi l'avons attendue assis à la fenêtre, regardant vivre la rue, tandis qu'elle errait dans le quartier à la recherche d'un tailleur correct. Le gamin était émerveillé, il ouvrait des yeux ronds sur tout.

Je tentais de répondre à ses questions, mais les mots me manquaient. Je la sentais pourtant, cette ville, je sentais ses artères, ses palpitations et ses vibrations, je sentais la face noire sous la face lumineuse, la pauvreté et l'oppression, l'avidité de la grande cité s'alimentant dans le monde tout entier.

« Nous sommes juste des messagers, ai-je dit. Juste des messagers. Tout petits. Venus nous agenouiller aux pieds de Dieu. »

Beth est revenue, elle a jeté en souriant des vêtements sur le lit.

« Je n'ai pu habiller que toi. Maintenant, nous n'avons plus rien, plus d'argent. Il faudra réussir du premier coup, ou bien vendre les chevaux, et je sais qu'ici ils ne valent rien. »

J'ai enfilé les vêtements : une belle chemise, une culotte un peu trop serrée, des bas, des chaussures qui me déformaient le pied, et une longue veste brune. Je me sentais déguisé, j'avais l'air d'un clown, pourtant j'avais porté ce genre de tenue pendant des années. Mais quel inconfort ! Quelle légèreté, quelle fragilité ! Comment pouvait-on vivre sur les routes habillé ainsi ?

Moronn m'a contemplé et a éclaté de rire. Beth a rajusté ici, resserré là, utilisé fils et aiguilles pour me donner une apparence correcte.

« Tu auras l'air d'un valet de ferme à côté du moindre laquais de l'Empereur. J'espère que ça suffira. » Puis elle a froncé les sourcils. « Tu avais des lunettes, avant… Je ne pourrai pas en racheter… Tu y vois assez ? »

Je lui ai souri gentiment. « J'y vois assez. »

Je n'avais plus besoin de lunettes. J'étais transformé.

Le lendemain matin, ils m'ont accompagné, aussi loin qu'ils l'ont pu. Nous avons marché le long d'immenses avenues bordées d'immeubles aux façades régulières, où passaient fiacres et cavaliers. Chaque perspective donnait sur une autre perspective, ce n'étaient qu'alignements, jardins et fontaines, places, statues et obélisques. Mais toujours au centre, toujours devant nous s'élevait l'Apogée, le cœur de la ville, couronnée par le palais impérial.

Ils m'ont laissé là, à l'entrée de l'Apogée. Des soldats m'ont demandé ce que je voulais, j'ai fouillé nerveusement dans mes poches, sorti des papiers écornés et délavés, mais lisibles. Le sceau de cire bleue de la nonciature était tout à fait net. J'avais eu mes entrées ici, je les avais encore. Ils m'ont laissé passer.

Mon cœur battait à tout rompre, j'arrivais au cœur de ma mission. Et je riais tout seul… Je n'avais plus qu'à trouver l'Empereur, et espérer qu'il aurait quelques minutes pour me recevoir. Même du temps où je servais Madame, c'était impossible.

Je suis entré dans le palais, je m'y suis perdu. La foule était pourtant dense, sous les colonnes, les voûtes, les plafonds peints. Au milieu des escaliers se pressaient courtisans et secrétaires, soldats, laquais et nobles gens. J'étais effectivement habillé pauvrement à côté des hommes en gilet doré et chapeau élégant (mon chapeau à moi était de feutre marron, tout simple). Je me suis enivré d'or, de tableaux et de statues, et, à la fin de l'après-midi, je n'avais appris qu'une chose : l'Empereur était dans le palais, il assistait au conseil des Colonies en compagnie de son fils. Je crevais de faim, je n'avais rien pu manger. Je m'étais juste désaltéré à une fontaine pendant que personne ne regardait et j'aurais bien volé un fruit ou une cuisse de volaille sur un plateau passant à ma portée…

La faim a dû me rendre lucide. Quelques souvenirs du temps où je travaillais ici me sont revenus, j'ai su que Sa Majesté passerait par la galerie des Victoires pour rejoindre ses appartements après le conseil. De nombreux courtisans se tiendraient là pour La saluer… C'était mon unique chance d'apercevoir Rhadamanthe aujourd'hui. Et après, pour lui parler ? On verrait bien.

Je me suis retrouvé à faire les cent pas dans une large galerie du premier étage. Les plafonds représentaient les combats victorieux de la famille des Atlanès. Des armes prises aux ennemis, des drapeaux et des étendards pendaient des voûtes, rappelant ces faits d'armes. Madame me disait que l'Empereur actuel n'aimait ni la guerre, ni les batailles. Pourquoi n'avait-il pas fait retirer tous ces trophées ? Peut-être pour se souvenir…

Le soleil se couchait, la poussière dansait dans l'air de la galerie. De nombreux courtisans, laquais et soldats sont arrivés. Chacun espérait pouvoir glisser un mot à l'Empereur, au sujet de son affaire urgente et privée. Rhadamanthe s'attardait parfois ici, bavardant un peu avec les habitants du palais. Ce soir, peut-être…

Bien sûr, j'ai été rejeté contre le mur. Je n'étais qu'un secrétaire, un petit rien du tout derrière toutes ces montagnes d'importances, hommes et femmes du monde. J'aurais voulu crier que je portais la parole d'Eylir Ap'Callaghan. Des Keltes se seraient alors tus, m'auraient laissé passer, ignorant ma mise. Ici, ils m'auraient ri au nez. Je me sentais résolu et misérable.

Trois coups ont été frappés au sol. Le bruit des conversations a aussitôt décru. Un homme de haute taille, portant l'habit blanc de la maison impériale, a dit d'une voix forte : « Sa Majesté rejoint ses appartements. Elle n'écoutera ce soir aucune requête ! »

Murmures de déception, tout le monde espérait toutefois peut-être que… si l'Empereur l'apercevait…

Trois coups encore.

« Sa Majesté impériale ! L'Empereur ! »

Tous reculent et s'inclinent. Rhadamanthe est entré, accompagné de quelques proches. Je me suis baissé moins que les autres, j'ai regardé par-dessous le bord de mon chapeau, le cœur battant. L'Empereur était un vieil homme, grand, mince et blanc, légèrement voûté, s'appuyant sur une canne pour marcher. Il était très beau, dégageant un grand calme et une grande douceur, même dans cette galerie, sous les étendards, au milieu des hommes et femmes avides et empressés. Je me suis souvenu de notre première rencontre, je me suis souvenu qu'on le disait Incarnat de l'Unique, l'esprit de Dieu vivait en lui.

Il est passé devant nous, personne n'osait parler, à peine si on entendait des murmures. Il a traversé la galerie d'un pas lent et calme, je crois qu'il était épuisé. Il régnait depuis cinquante ans. Depuis un demi-siècle, il portait le destin de l'Empire et de ses millions d'habitants. Il ne m'a pas vu.

Alors je me suis souvenu de ma mission, et d'Eylir devant les brumes. Je me suis relevé, les laquais ont tiqué, et j'ai dit aussi fort que je le pouvais :

« Sire ! Je porte la parole d'Eylir Ap'Callaghan ! »

On a ricané, j'ai entendu « fou ! », « insolent ! ». Deux soldats se sont approchés de moi, m'ont pris fermement les épaules, je les ai laissés m'emmener.

Je ne suis pas sorti de la galerie. Rhadamanthe s'est retourné, j'ai vu ses yeux, ils étaient presque blancs. Il a parlé, très calmement.

« Je veux entendre cet homme. »

J'ai entendu des protestations, des grognements, voire même des réflexions à voix basse sur la sénilité de l'Empereur. Mais le grand type qui avait frappé du bâton pour annoncer l'arrivée impériale s'est tourné vers moi et m'a dit : « Approchez-vous. Sa Majesté veut vous parler. »

Les soldats m'ont lâché, j'ai fait quelques pas sur le marbre lisse, je me suis agenouillé aux pieds de Rhadamanthe. Je me sentais bien, très léger. Je faisais ce que je devais faire. J'étais de nouveau devant lui, sous son regard de lumière, je savais qu'il pourrait comprendre.

« Je me souviens de vous, il a dit. Mais je ne connais pas Eylir Ap'Callaghan.

— Vous avez connu son frère, Majesté, que vous avez rencontré à Salania. Eylir était présent, ce n'était qu'un petit garçon. Maintenant, il vit sur vos terres, et sa parole est juste. C'est celle-ci que je porte. Voulez-vous l'entendre ? »

Les courtisans s'étaient tus. L'Empereur a hoché la tête. « Je veux l'entendre. »

Voici alors ce que j'ai dit, et ma voix n'était plus la mienne, mais celle que j'avais entendue, des jours plus tôt, agenouillé au bord de l'océan du bord du monde. Eylir avait parlé doucement, j'ai parlé comme lui, personne ne m'a interrompu.

Rhadamanthe, on dit que tu es sage et juste, le meilleur des hommes. On dit que Dieu vit en toi. Ton empire unit plus d'hommes qu'on ne peut en compter.

Rhadamanthe, je te demande une grâce, au nom des

morts et des humiliés, de tous ceux qu'on a écrasés en ton nom ou en celui de tes ancêtres. Ceux qu'on a tués parce qu'ils luttaient contre les injustices, ceux qui se sont révoltés contre leurs maîtres trop avides, ceux qui étaient esclaves et qui cherchaient la liberté. Je ne connais pas Dieu, mais je connais ceux-là, je connais les brumes, ils sont ma terre, mon sang et mon royaume. Je sais qu'ils ont froid, qu'ils attendent et qu'ils sont perdus. Je les rassemblerai et je les mènerai devant toi. Parle-leur, réconforte-les, demande-leur pardon, au nom de l'Empire, au nom des hommes. Ta parole seule peut éclairer ceux que le mal et l'injustice ont frappés. Parle-leur, qu'ils sachent pourquoi ils ont vécu et pourquoi ils sont morts, qu'ils puissent ainsi pardonner à leur tour. Ton empire ne peut pas être juste s'il vit sur du sang versé.

Rhadamanthe est resté grave et préoccupé, la flamme qu'il portait paraissait voilée par la fatigue, par la vieillesse, peut-être. Cela m'a rendu triste.

« Merci d'être venu jusqu'ici, a-t-il dit. Vous avez fait un très long voyage. Je répondrai à Eylir Ap'Callaghan, et vous accompagnerez mon message, si vous le voulez bien. D'ici là, qu'on vous accueille dignement. Relevez-vous. »

Je me suis relevé. Il m'a souri, mes jambes tremblaient. Je l'ai salué et il est parti dans un froissement de velours. Autour de moi, les courtisans grondaient et murmuraient. Je n'en avais rien à faire.

J'étais dans un des jardins intérieurs du palais, je regardais le ciel noir au-dessus, à cause des fenêtres illuminées je ne voyais aucune étoile. J'avais pu me restaurer tranquillement, on m'avait prévenu que quelqu'un viendrait me chercher.

La personne en question est entrée dans le jardin, et j'ai reconnu avec un sursaut de surprise la silhouette noire et la tête penchée en avant, comme celle d'un vautour. C'était à peine si quelques cheveux gris étaient venus se mêler aux cheveux noirs. Il ne paraissait pas malade. Jude a ri et m'a dit: « Alors ? On se décide à revenir à la maison ? Bien joué, jolie surprise ! Tu aurais pu passer nous voir d'abord ! »

Il s'est approché de moi, a posé ses mains sur mes épaules.

« Ça te laisse muet, hein ? Mais devine qui l'Empereur a chargé de porter sa réponse au Kelte ?

— Toi ? ai-je demandé avec crainte.

— Mais non, andouille ! Madame ! On ne confie pas ce genre de tâches à un palefrenier. »

Il a ri, il paraissait vraiment content de me revoir, considérant apparemment notre séparation violente comme une aimable plaisanterie. Mais je n'avais jamais su si on pouvait faire confiance à Jude, et je le savais moins que jamais.

Et voici comment je suis retourné dans le grand appartement où j'avais vécu quelques années. Tout m'y paraissait maintenant très fragile et très délicat, je n'étais plus habitué à tant de finesse dans l'ameublement.

La sœur Serena m'a accueilli dans le salon. Elle m'a tendu les mains, je les ai prises, je me suis agenouillé. Retrouver Jude ne m'avait procuré que des sentiments mitigés, retrouver Madame m'a fait plaisir, et je me sentais curieusement plus assuré face à elle. Moins maladroit.

Elle m'a dit en souriant un peu tristement : « Vous avez donc poursuivi seul la mission que je vous avais confiée…

— C'était la mienne. Ça a toujours été la mienne, Madame.

— Avez-vous rempli d'autres cahiers ? »

J'ai montré mes mains. « C'est à peine si je sais encore tenir une plume… »

Nous nous sommes assis ensemble dans son salon et avons bu du vin dans la pénombre. Elle bougeait avec grâce et délicatesse, et paraissait encore plus fine que quand je l'avais quittée. L'Empereur lui avait parlé, m'a-t-elle dit, et l'avait chargée de porter sa réponse.

« Quelle est-elle ? ai-je demandé.

— Je ne peux vous la donner. Mais votre ami et notre Empereur sont tous les deux épris d'idéal... »

Cette réponse m'a réchauffé le cœur. Eylir serait heureux. S'il était encore vivant... Je n'envisageais que vaguement ce qu'il était allé faire, mais cela me paraissait terrifiant. J'étais maintenant pressé de le revoir.

Pour la première fois depuis longtemps, j'ai dormi dans un excellent lit.

Le lendemain matin à l'aube, je suis allé retrouver Beth et Moronn. Ils partageaient tous les deux mon enthousiasme et mon inquiétude au sujet d'Eylir. Il fallait le retrouver au plus vite. Beth ne tenait pas en place.

« Quand tout sera fini », m'a-t-elle dit, très excitée, « je repartirai à Koronia, je vivrai près de mon père. Avec Eylir. Voudras-tu venir ? »

Je lui ai souri, j'ai dit que oui. Et j'ai deviné que son agitation avait aussi un rapport avec la présence de la sœur Serena, non loin de nous. Je l'ai dit à Beth, elle a ri nerveusement.

« Veux-tu la revoir ?

— Oui, mais je suis inquiète... Je ne sais pas si elle le veut, je ne sais pas comment elle le prendra. »

Je l'ai rassurée, persuadé que la sœur Serena serait très heureuse de revoir sa fille.

Pour une fois, je ne me suis pas trompé. Les retrouvailles ont été très émouvantes et j'ai su, le soir, que Beth lui avait annoncé qu'elle attendait un enfant. Madame en parut très affectée, à la fois très heureuse et très fragile.

De son côté, Jude a gagné facilement l'amitié de Moronn. J'aurais bien dissuadé le jeune homme de fréquenter mon ancien compagnon, mais je n'avais aucune raison de le faire. Il a donc été décidé que nous voyagerions tous ensemble, et que je mènerais Madame jusqu'à Eylir.

Nous étions tous dans un état de grande excitation fiévreuse.

En passant par ma chambre, j'ai trouvé un paquet de notes et de papiers concernant Eylir. J'avais l'impression qu'ils avaient été rédigés par un étranger. J'ai tout rassemblé sans le relire et l'ai fait envoyer à Selaya Vendares.

Dès le lendemain, nous sommes montés dans une voiture et avons pris la route du Sud-Est. Il faisait très beau et très chaud, nous n'avions aucune escorte.

J'ai vu des chemins s'ouvrir...

J'avais repris le voyage, en compagnie de la sœur Serena et de Jude. Beth était là, aussi, et Moronn, qui avait refusé de quitter ses vêtements de cavalier. Le gamin passait plus de temps en selle à galoper devant qu'assis avec nous. Jude l'accompagnait.

Madame lisait beaucoup et travaillait. Ses responsabilités n'avaient pas changé, sa tâche n'était pas devenue plus simple. Elle quittait Atlantys en emportant avec elle de nombreuses préoccupations. Mais jamais elle ne se serait plainte d'un ordre de l'Empereur.

Le balancement de la voiture sur les routes régulières m'endormait. Nous avalions les milles sans que je m'en rende compte, le voyage était confortable et rapide.

Je me souviens d'un après-midi de soleil. Madame rêvassait en regardant par la fenêtre. Beth s'était endormie, sa tête dodelinait au rythme des vibrations de la route. Madame s'est tournée vers moi et a dit : « J'ai souvent pensé à votre ami, à Eylir Ap'Callaghan. C'est un Kelte, il n'est pas de notre culture… Pourquoi est-il venu ici ? Pourquoi fait-il cela ?

— Il est un peu de votre culture, j'ai répondu. Sa mère était à moitié atlane, il vous connaît… Il a vécu plusieurs années à Koronia et plusieurs années comme soldat de l'Empereur.

— C'était un déguisement…

— C'était sincère, je crois. Et il m'a envoyé auprès de l'Empereur parce que des soldats ont tué sa femme, qui était innocente, parce qu'il a le cœur généreux et qu'il ne veut pas que pareils crimes se reproduisent. Parce qu'il en a le pouvoir et la responsabilité. »

Je ne la sentais pas convaincue. Moi-même, je ne faisais que des suppositions. Et elle a regardé les champs de blé, dorés par le soleil, les routes droites, les alignements d'arbres fruitiers dans les vergers.

« Comment fera-t-il, alors ?

— Il parlera, Madame. Eylir est roi sacré, sa parole est vérité. Là-bas, dans les brumes, il va les appeler et ils vont venir. Tous ceux qui ont été tués et ceux qui ont été humiliés, au nom de l'Empire, toutes les victimes, pour que l'Empereur leur demande pardon, pour qu'ils soient en paix et que l'Empire lui-même soit purifié. »

Dans l'été très beau et très doux, la voiture se balançait tranquillement et Madame n'était toujours pas convaincue. J'essayais de m'imaginer Eylir, galopant à travers les brumes, Mak Morn avec lui.

Chemin faisant, je me suis demandé le rôle que j'avais joué dans tous ces événements, quand je voulais n'être qu'un chroniqueur et un témoin. Un bien sortirait-il d'un mal ? Ma trahison aurait-elle servi à quelque chose ? Sans elle, peut-être Eylir serait-il resté au village de toile, et il aurait vécu non loin de Lyciane (car je ne crois pas qu'il l'aurait abandonnée de nouveau, même par amour), il se serait occupé de son autre fils, celui que Beth portait.

Le Maître avait voulu arrêter Eylir, l'empêcher de tenir son rang... Mais il n'avait fait que réveiller sa jalousie et sa crainte, la grande ombre de son frère qui n'avait cessé de le surplomber. Voulant à son tour se montrer digne de son sang et bouleverser le monde, Eylir Ap'Callaghan avait trouvé son chemin.

Les jours ont passé. Eylir nous avait donné rendez-vous sur la route d'Orient, celle qui part d'Atlantys et descend jusqu'à Arcast, à l'extrême sud-est de l'Empire. Nous suivions cette route à sa rencontre, sans savoir quand celle-ci aurait lieu.

Chaque soir, nous nous arrêtions dans les grands relais qui bordent les routes impériales. Et une fois le dîner terminé, Madame et Beth montaient se coucher tandis que je restais à boire un dernier verre (ou plusieurs) en compagnie de Jude et de Moronn.

Une fois, un type s'est avancé dans la salle commune, un pèlerin, un mendiant, qui traînait sa misère comme un manteau de roi.

« Seigneurs et dames, bourgeois, bourgeoises, voici les nouvelles du sud, telles que me les a transmises mon bon ami l'Iguane. »

Il parlait de manière approximative. Le gérant a menacé de le faire déguerpir, mais Jude s'est interposé. Il voulait sans doute s'amuser aux dépens de ce vieux type ridicule qui faisait des effets de manche... Moi, je me sentais de la sympathie pour lui. N'avais-je pas joué ce rôle ? Vêtu d'habits au moins aussi miteux ?

« Seigneurs et dames, le nouveau siècle est en marche ! Période de miracles et de merveilles et longue vie à notre saint Empereur. Les saisons se bouleversent, Cyana l'hiver danse avec Samma l'été. Il neige sur les déserts de Kervinie, les étangs du palais de Léthys ont été pris par la glace. Les vivants se couchent et les morts se lèvent, la nuit devient le jour et la lune brille comme le soleil... Oui, croyez-moi, je le tiens du plus honnête et du plus menteur des voyageurs. Là-bas, dans le Sud, ils portent les fourrures qu'ils n'ont pas, la terre gèle aussitôt semée, les abricots sont recouverts de givre. Les mains des morts sortent du sol pour décrocher les oranges. Les chevaux se rebellent contre les maîtres, qui doivent tirer les voitures, les arquebuses tirent par la crosse, les flèches reviennent vers leurs envoyeurs...

— Eh bien, ça promet », a ricané Jude à côté de moi.

J'ai terminé ma bière, je me sentais un peu ivre. Moronn dodelinait de la tête. Jude griffonnait la tête du mendiant sur un bout de papier. J'étais revenu dans le passé, je buvais en compagnie de ce type dont je ne savais jamais s'il était mon ami, un bon copain ou bien le pire des salopards. Je me souvenais de cette fois où un garçon d'auberge maladroit avait fait glisser son carton à dessins dans le feu. Il y avait eu une grande flamme et un an de croquis et de travail avait disparu en fumée. Jude avait collé une baffe au garçon, puis il s'était rassis et avait continué à boire. Était-ce de l'indifférence ou bien simplement de la pudeur ?

« Je me suis pas mal ennuyé, ces dernières années », m'a-t-il dit, penché sur son dessin. « On voyageait moins, tout se passait à Atlantys, à cause du jubilé. Je suis content que ça reprenne... »

Cela reprenait, oui. Pour une dernière fois.

Les jours suivants, aux escales, nous avons entendu les mêmes histoires folles, tout entières ou par petits bouts, répétées par des voyageurs ivres ou des colporteurs. Dans le Sud, les morts sortaient de terre, dans le Sud l'hiver revenait, le givre prenait les oranges, les arbres retournaient dans la terre au lieu d'en sortir, les miroirs montraient d'étranges paysages. Jude dessinait ces élucubrations à grands traits de fusain.

Notre cocher a crié, puis il a tiré sur les rênes, arrêtant la voiture. Madame a demandé d'une voix forte ce qui se passait, elle n'a pas compris la réponse, elle est sortie de la voiture. Jude, à cheval, se tenait à côté, son arquebuse à la main. J'ai aidé Beth à descendre.

Un nuage noir venait de l'horizon, progressant contre le vent, venant vers nous. À part nous, trois ouvriers agricoles marchaient sur la route, un peu en avant. Ils fixaient le nuage avec fascination.

« Ce n'est pas un nuage », dit Jude. Pour la première fois depuis que je le connaissais, je le sentais vraiment inquiet. Impressionné.

Les chevaux devenaient nerveux, le cocher essayait de les calmer. Et quand le nuage qui n'était pas un nuage est passé devant le soleil, j'ai entendu des milliers, des millions de battements d'ailes. Un essaim d'oiseaux, corbeaux, corneilles ou crébains, je ne sais pas, une armée d'oiseaux noirs, tournoyant au-dessus du pays... Ils sont passés en hurlant, produisant un bruit de tonnerre au-dessus de nos têtes, et la route a été couverte de fientes grises, et les chevaux se sont cabrés, affolés. Misérablement, par simple réflexe, nous nous sommes protégés le visage et la tête, nous avons cherché vainement un abri. Les ouvriers se sont jetés à terre.

Dans un grand vent de plumes noires, les oiseaux sont passés, se sont abattus sur un champ voisin, qu'ils ont dévasté avant de repartir plus vers le nord. Madame s'est signée. Bientôt, elle ne douterait plus.

Au soir, la grande salle du relais était bruyante d'exclamations et de rumeurs. On parlait des corbeaux, on avait vu des loups, aussi, de grands loups sombres aux yeux brillants qui remontaient du sud, des milices s'étaient armées pour les repousser, le Domniam avait levé la légion, des soldats armés d'arquebuses patrouillaient dans les chemins creux. Et la neige ! La neige ! Cela faisait des années qu'on n'avait pas vu de neige dans nos régions, et, pour sûr, jamais en été. On parlait aussi de bandits et de pillages, d'hommes au visage dissimulé par des masques, des faux visages, ornés d'émaux et de métaux précieux.

Le lendemain, il a été clair que nous étions les seuls à continuer dans cette direction. Un gendarme très sérieux nous a conseillé de rester chez nous et nous a assuré que les autorités faisaient le nécessaire. Madame a souri gentiment et nous avons repris notre route. J'avais le sentiment très clair que nous marchions vers une immense tempête.

Un mur de nuages gris de plomb barrait l'horizon, la route courait au milieu des champs aux épis courbés par le vent. Nous allions dans cette direction et l'air était glacial.

Et Eylir galopait dans les brumes à notre rencontre.

À midi, nous étions sous les nuages, il faisait sombre et froid. La route était déserte, les chevaux avançaient vite, comme s'ils fuyaient quelque chose qu'ils ne voyaient pas. Ils ne se rendaient pas compte qu'ils couraient droit vers le centre de leurs terreurs. Et la neige a commencé à tomber à gros flocons, le monde se renversait... Madame était pâle, elle ne lisait plus, regardait dehors avec inquiétude. Beth, sereine, lui tenait la main. Et Jude, nerveux, éclatait de rire de temps en temps.

La terre refroidie ne faisait plus fondre les flocons. Le paysage a commencé à se nimber de blanc.

J'ai vu les arbres en fleurs recouverts de neige, les voyageurs abrités dans le fossé espérant que ça passe, les villages déserts, les maisons calfeutrées. J'ai vu les rivières prises par la glace et nos chevaux fumants, j'ai vu disparaître la lumière du soleil absorbée par l'épaisseur des nuages, nous plongeant dans une demi-nuit.

Et sur les bords de la route, j'ai vu des chemins s'ouvrir vers des paysages qui n'étaient plus sur les cartes. Ma nuque devenait froide et raide, je grelottais, d'étranges visions me venaient. Je sentais la présence de l'autre monde.

Madame a consulté une carte de la région, donné l'ordre au cocher de quitter la route par un chemin de traverse, quelques milles plus loin. Notre voiture est montée dans les collines.

« Où voulez-vous aller ? a demandé Beth.

— Au fort Saint-Calren. Je veux voir des gens calmes, mesurer l'étendue de ce désastre. »

Elle restait maîtresse d'elle-même, raisonnable, je crois qu'elle ne voulait pas se rendre compte de ce qui se passait. Elle agissait en administratrice, en représentante de l'Empire, il lui fallait combattre ce désordre comme elle aurait combattu les effets d'une inondation…

Le fort est apparu, se découpant sur le ciel sombre. Une masse de pierre, d'antiques créneaux recouverts de neige. La route verglacée a été particulièrement difficile pour les chevaux épuisés. Aucune sentinelle n'était de garde et le pont-levis était abaissé, les portes grandes ouvertes.

Nous nous sommes arrêtés dans la cour, les portes des écuries béaient, noires. J'ai aidé Madame et Beth à descendre de la voiture. Ici, dans les murs, nous nous trouvions à l'abri du vent, mais de gros flocons tombaient tout autour de nous. La nuit venait. Madame paraissait inquiète et contrariée.

« Une garnison permanente de mille hommes stationne ici, dit-elle. Ils sont commandés par le général

Amarus, chef de la dixième légion. J'aimerais les retrouver. »

Jude avait parcouru les casernements à grandes enjambées. Il est revenu vers nous, serré dans son manteau.

« C'est désert, Madame. Leur paquetage et leurs armes ne sont plus là. Il faut croire…

— Là, de la lumière ! »

C'était Moronn qui l'avait aperçue. Une lumière brillait en effet à une des petites fenêtres d'un des fortins. Nous avons pénétré sous une voûte obscure pour tenter de la rejoindre, pendant que notre cocher abritait les chevaux et la voiture.

« Halte ! Qui va là ? »

Une voix avait crié depuis le sommet d'un escalier obscur. La sœur Serena s'est présentée, on nous a fait attendre puis nous sommes montés. Un soldat méfiant nous a dévisagés avant de nous faire entrer dans une partie du fort encore éclairée, une salle de garde surplombant l'escalier. Là, un autre soldat, tout aussi prudent, nous a débarrassés de nos bagages.

« Où est le général Amarus ? a demandé sèchement la sœur Serena.

— N'vous en faites pas, il va vous recevoir. »

Nous avons pénétré dans une grande salle voûtée, éclairée et réchauffée par un feu de cheminée. Sans doute la salle à manger des officiers, si je devais en juger par l'ameublement. Un homme grand, aux larges épaules et aux cheveux blancs, nous a accueillis. Il portait une longue veste rouge à parements d'or et des chaussures bien cirées, son élégance me paraissait étrange dans cette austère forteresse. Il s'est présenté comme étant le général Amarus.

« Je suis désolé, a-t-il dit, je n'attendais pas votre visite si tôt.

— Si tôt ?

— Vous venez suite aux messages que j'ai envoyés à la capitale, n'est-ce pas ?

— Nous avons dû croiser vos messagers », lui a répondu la sœur, toujours aussi sèche. « Je viens pour ma propre mission. Où sont vos hommes ? Que se passe-t-il ? Vous êtes censé assurer la sécurité de la région. »

Le général a pris un air désolé.

« Il ne me reste plus qu'une vingtaine d'hommes, Madame, et ils refusent de rester dans toute autre partie du fort que celle-ci, qui, au moins, est facile à contrôler. Je suis vraiment désolé que notre accueil n'ait pas été plus conforme aux règles de l'étiquette et de la hiérarchie. Nous avons laissé les portes ouvertes pour que tous ceux qui le souhaitent puissent trouver un abri dans notre fort... Je crois que la tempête ne diminue pas. »

Jude regardait dehors, par une petite fenêtre. « Elle s'accroît, plutôt. On n'en a pas fini... »

Le général nous a invités pour le dîner. Deux autres officiers aux visages hâves et fatigués nous ont rejoints. Dans le lointain, nous entendions des portes claquer, secouées par le vent. Ce campement avait des airs d'apocalypse. Et, lorsque nous avons tous avalé une bonne soupe chaude, le général a donné des explications à Madame.

LA TEMPÊTE

Où l'on fait face à l'autre monde.

Les nouvelles ont commencé à venir du Sud deux semaines auparavant. Elles étaient confuses, on parlait de vent et de neige, de mauvaises récoltes, d'orages très violents, de révoltes de paysans. Le général n'a pas été surpris, les fortes chaleurs d'été provoquaient souvent quelques catastrophes naturelles, les annales gardaient le souvenir de nombreuses récoltes gâchées par des orages dévastateurs. Il s'est contenté d'écrire à ses égaux et supérieurs situés plus au sud pour leur demander des nouvelles. Peut-être des vents plus violents que les années précédentes avaient-ils soufflé depuis l'océan ?

Au bout de quelques jours, les messagers n'étaient pas revenus. L'un d'entre eux, celui qui s'était le moins éloigné, a toutefois rapporté des récits inquiétants, entendus sur la grande place d'Améritys, d'un homme qui se faisait appeler l'Iguane. Le général y a accordé de l'importance. La catastrophe climatique était apparemment de plus grande envergure et les conditions de survie, devenues précaires, avaient provoqué des mécontentements populaires.

Il a écrit à Atlantys et au Domniam, obtenant de celui-ci l'autorisation de rappeler les réservistes de la dixième légion. Sous peu, il a disposé de cinq mille fantassins bien armés et de presque mille cavaliers. Large ment assez pour réprimer tout soulèvement ou pou. participer à de grands travaux afin de contrer les effets d'une tempête ou d'une inondation, si c'était nécessaire.

Puis un groupe de voyageurs épuisés et dépenaillés est arrivé au fort. Ils étaient passés par Améritys, où le Domniam les avait accueillis, mais ne se jugeant pas assez en sécurité, ils avaient demandé à pouvoir se réfugier au fort. Ils portaient une lettre du Domniam pour le général, qui lui demandait d'écouter leur histoire, qu'il jugeait digne d'intérêt.

Le groupe était composé de M. Ephranel Cara, fonctionnaire auprès de l'intendant général de Phocéa, de sa jeune et jolie femme, de sa belle-sœur et de ses deux petites filles. Cara était un petit jeune homme aux cheveux hirsutes, à l'élocution rapide, à moitié incompréhensible. Il raconta que les quartiers populaires de

Phocéa s'étaient soulevés, que des hommes armés avaient envahi les rues.

« Ils veulent la République, ils veulent la République », balbutiait-il.

Mais dans les rues, M. Cara et sa femme avaient aussi aperçu les meneurs de ce soulèvement facilité par les récents bouleversements climatiques.

« Les Cavaliers. Ils marchent lentement, monsieur, sur des chevaux noirs, et tous s'écartent devant eux. Ils sont menés par un roi sanglant, ils portent des épées nues. Ils sont sortis de l'Achéron, monsieur, croyez-moi. Et ceux qui les voient ne peuvent s'empêcher de ressentir une terreur glacée... »

Le petit homme ne cessait de se signer en faisant son récit. Il n'est pas resté plus d'une journée au fort Saint-Calren, puis il a repris sa voiture et s'est enfui vers le nord.

Le général savait faire face à un soulèvement populaire. Il a envoyé des hommes à Améritys, soutenir les gendarmes et assurer le calme dans la ville au cas où les événements de Phocéa s'y propageraient. Puis des patrouilles d'éclaireurs se sont rendues aux quatre coins du Domaine pour signaler l'arrivée des Cavaliers. Au milieu des délires de Cara, le général avait réussi à comprendre que ces derniers n'étaient pas plus d'une vingtaine.

D'autres messagers sont revenus des domaines voisins, rapportant des histoires semblables. Puis les guetteurs ont signalé les Cavaliers dans la région. On les avait aperçus dans le Sud, ils étaient une dizaine, sur de grands chevaux, et un nuage de corbeaux les suivait. Dans l'Ouest, on lui a parlé de mille hommes, montés et à pied, une vraie troupe de révoltés entourés de neige tourbillonnante. Le long de la route d'Orient revenaient des cavaliers affolés, racontant comment un roi nu, à cheval, menait une compagnie de va-nu-pieds.

La tempête avait recouvert le domaine d'Améritys, la neige, le vent, les fantômes et les loups étaient venus. Le général sentait la situation lui échapper, comme le sable fin s'écoule hors d'une main fermée. Il a donné l'ordre à tous ses hommes de se rassembler. On faisait face à une grande compagnie de maraudeurs. En quadrillant les routes du Domaine, il les coincerait et les combattrait. Il a fait seller son cheval, rassembler ses officiers et a quitté le fort.

Les habitants ne savaient rien ou ne voulaient rien savoir. Ils se sont calfeutrés dans leurs maisons, volets fermés, lâchant les chiens sur les étrangers. On avait vu les Cavaliers, ici ou là, à deux milles de distance, à dix jours de voyage, et ils étaient trois ou quatre, dix ou vingt, cent, mille... La neige tombait sur les routes. Les hommes marchaient vivement, pour se réchauffer, la discipline était bonne.

Enfin, à la fin d'un après-midi ténébreux, les éclaireurs ont annoncé la présence des Cavaliers, là-bas, devant, dans la vallée. Jusqu'à eux, la route était bonne, elle traversait un paysage de champs à peine vallonnés. Prudent, le général a fait transmettre l'ordre aux différents régiments de se préparer à passer en ordre de bataille. L'ennemi affronterait cette fois un adversaire préparé.

Enfin, ils les ont vus. Du haut d'une colline, le général et ses officiers les ont observés à la longue-vue, une petite troupe sortant des brumes qui s'élevaient au-dessus de la rivière, des cavaliers, oui, portant de grands manteaux pour se protéger des rigueurs du froid, et les brumes s'avançaient avec eux.

« Ce brouillard les avantage. Ils sont plus nombreux qu'ils en ont l'air », a murmuré un vieux Senssiren.

Se fiant à l'intuition de son subordonné, le général a donné l'ordre de déployer les lignes. En ordre parfait, il a vu les régiments s'étaler sur presque un mille de large, les piques en avant. Entre chaque compagnie se déployait un petit groupe d'arquebusiers. Jamais encore il n'avait commandé sa légion complète en ordre de bataille, mais les entraînements n'avaient pas été vains. Au-dessus de lui, le vent faisait claquer l'étendard impérial, étoile d'or sur fond de neige, à peine visible sous le ciel de plomb.

Et la brume s'est écartée, les ennemis se sont avancés, dévoilant leur nombre. Cent, mille, dix mille, une armée aux lambeaux de brouillard, de gens à pied, massés les uns contre les autres, avançant le regard vide, d'un pas inexorable, dix mille, vingt mille, innombrables, qui se perdaient à l'infini dans les brumes. Pour la plupart, ils n'étaient même pas armés, et le givre raidissait leurs corps et leurs vêtements. Devant eux avançaient les Cavaliers, couverts de grands manteaux pour se protéger du froid. Et en tête, dressé sur son grand cheval, marchait un roi nu et sanglant, tenant son épée à la main, pointe vers le ciel, comme un sceptre.

Les sergents de la légion ont ordonné de tenir la ligne, les cris de combat ont retenti dans les rangs de l'infanterie, les tambours ont tenté de battre et les buccins de sonner. Mais le givre mordait les lèvres des sonneurs et raidissait la toile des tambours. Toute la vie de l'armée s'est retrouvée gelée et paralysée, la peur a saisi les hommes et le général a senti un vent glacé mordre son visage. Il a murmuré : « Que l'Unique nous protège. Sonnez la retraite. »

Personne ne l'écoutait plus. Les officiers s'étaient enfuis au galop et les lignes, devant lui, se débandaient face à l'armée des morts.

Alors le général Amarus a maîtrisé son cheval et fait

demi-tour, avant de s'éloigner aussi vite que sa monture pouvait le porter. Ses cheveux étaient devenus blancs.

Derrière lui grondait un pas immense.

Plus maintenant

« Que sont devenus vos hommes ? a demandé Madame.

— Je l'ignore. Le vent s'est levé, la neige tombait, les brumes recouvraient tout. J'ai retrouvé la route par chance, j'ai été rejoint par quelques soldats, juste un petit groupe. Ils m'ont dit que les autres avaient fui, dans toutes les directions. Nous avons lutté contre les éléments pour rejoindre la forteresse. C'était avant-hier... Je crois.

— Vous croyez ? »

Le général a haussé les épaules.

« Toutes les pendules sont arrêtées, c'est à peine si on distingue le jour de la nuit, Madame. Quant à mes autres soldats, pour répondre à votre question, j'imagine qu'ils sont rentrés chez eux pour protéger leurs familles. Du moins c'est ce que je leur souhaite, plutôt que d'avoir été rattrapés par cette... armée. »

La sœur Serena considérait toujours l'officier avec sévérité, comme si elle jugeait que, dans de telles circonstances, il aurait dû être capable de faire mieux. Mais jamais ses soldats, ni lui, n'avaient été préparés à affronter pareille situation. Et si la tempête s'étendait jusqu'à Atlantys...

« Que comptez-vous faire, Madame ? a continué l'officier.

— Je suis à la recherche d'un homme. Je crois qu'il accompagne ces Cavaliers dont vous nous avez parlé... Je dois lui porter un message.

— Dans ce cas, il vous faut vous rendre à Améritys.

En temps normal, c'est une question d'heures, mais avec cette visibilité, il vous faudra peut-être la journée. Je vous laisserai une quinzaine d'hommes pour vous accompagner.

— C'est presque tout votre compte ! »

J'ai cru qu'elle le fustigeait pour son imprudence.

« D'autres, peut-être, vont me rejoindre. Et vous en aurez plus besoin que moi. »

Pour cette nuit, les militaires nous accueillaient. Plusieurs chambres d'officiers étaient libres, les lits étaient un peu humides mais propres. Je partageais la même chambre que Moronn. En me couchant, j'eus l'impression que la cheminée de la salle à manger était le seul point de lumière et de chaleur à des milles à la ronde. Je n'avais pas tort. Je me suis serré sous ma couverture pour ne pas avoir trop froid.

À l'aube, une clarté grise est apparue derrière la couche de nuages. Je suis monté avec Beth sur le haut de la tour où nous avions dormi. Des vagues de brume roulaient, glissaient, s'étendaient le long des murs, s'accrochaient aux arbres, se déchiraient parfois, nous permettant de voir à quelques milliers de pas, puis replongeaient le paysage dans un néant blanc. Tout n'apparaissait plus alors que sous forme d'ombres, à peine discernables.

Nous sommes restés un moment silencieux, elle était devant moi, me tournant le dos, je la tenais serrée dans mes bras. Les soldats nous avaient donné de longs manteaux d'hiver, je leur en étais bien reconnaissant.

« Tu ne dis rien depuis des jours, tu ne parles pas de lui, ni de ce que nous voyons, lui ai-je murmuré.

— Il n'y a rien à dire. Les choses sont, c'est tout. Fermer les yeux ne les chassera pas. Il a pris son royaume… Je ne le jugerai pas, je ne peux pas… Tais-toi… écoute. »

Tout d'abord, je n'entendis rien. Puis j'ai senti une vibration, lourde, lointaine. Un pas lent ébranlait le sol, le pas d'un cheval, mais un cheval si puissant et si grand que son pas se ferait sentir à des milles de distance… La vibration s'est accrue, le pas se rapprochait, calme et inexorable.

Et nous avons vu, derrière les brumes, une silhouette immense, qui dépassait la hauteur des arbres, la hauteur de la tour, quelque chose de gigantesque. Et j'ai cru deviner des cornes de cerf, larges comme les voiles d'un navire, ceignant une tête, là-haut, dans les nuages…

J'ai serré Beth dans mes bras, de toutes mes forces, et nous avons retenu notre souffle, nous faisant tout petits, attendant que *cela* s'éloigne.

En bas aussi, ils avaient senti la présence, mais personne n'en a parlé. Et accompagnés par une douzaine d'hommes à cheval, nous avons quitté la forteresse. Le visage de Madame était résolu et fermé, elle n'a pas prononcé un mot durant le voyage.

La route était très mauvaise, verglacée et recouverte de neige. À peine trois milles après notre départ, un essieu s'est cassé et la voiture s'est renversée. Nous avons dû continuer à cheval. Après l'accident, nous n'avons plus rencontré personne, les maisons paraissaient vides, la brume baignait tout, le givre couvrait la moindre feuille d'arbre de milliers de petits fils blancs, paraissant doux au toucher, mais en vérité froids et durs. Des cheveux d'anges se mêlaient à notre coiffure, les cils des femmes, blanchis et allongés, paraissaient ceux de fées des glaces.

Madame était particulièrement triste, je crois, car nous n'étions qu'à quelques milles de Fosca. Ce pays était le sien, celui de ses ancêtres, de son père et de son frère.

Nous étions gelés et épuisés quand nous avons atteint Améritys. Le général avait raison, il n'y avait plus ni jour ni nuit, juste une épaisse couverture de nuages et la blancheur de la neige… Je connaissais bien la cité pour y être passé de nombreuses fois, mais je n'en ai pas reconnu les abords. On avait dressé un mur d'enceinte autour de la ville, une muraille de pierre à la façon des anciens temps de l'Empire, aux parois lisses et hostiles, hérissée de tours carrées. Puis j'ai compris que ce mur n'était pas nouveau, mais ancien, et que l'aimable cité que je connaissais avait pris un autre visage.

La route montait jusqu'à une grande porte voûtée, heureusement ouverte. La foule s'y massait, silencieuse, pour nous accueillir.

Des hommes et des femmes, par centaines, quelques enfants aussi. Ils portaient des habits d'une forme que des tableaux vus à Atlantys m'avaient rendue familière. Quand nous sommes arrivés à leur niveau, ils se sont à peine écartés devant le poitrail de nos chevaux. Leurs visages étaient blêmes, la lumière crépusculaire teintait tout de gris, la brume laiteuse leur baignait les pieds. Ils nous regardaient, leurs yeux paraissaient des trous d'ombre.

« Laissez-nous passer ! a crié Madame d'une voix trop aiguë. Je viens au nom de l'Empereur !

— L'Empereur… l'Empereur… l'Empereur… »

Ils se sont mis à murmurer, tous en même temps, le mot les parcourait comme une vague. Je me suis rendu compte avec horreur que nombre d'entre eux étaient blessés. Du sang séché couvrait la moitié droite du visage de cette femme. Cet homme n'avait qu'un bras, cet autre paraissait avoir été entièrement brûlé. Les habits étaient déchirés ou abîmés, partout tachés de sang noir. Alors je me suis souvenu que la population de la ville, accusée de fidélité envers les barbares qui l'avaient prise, avait été massacrée par les troupes de

Corniel Anteras, le dictateur. Il y avait deux siècles de cela.

« Écartez-vous ! a crié Madame. Écartez-vous ! »

Les soldats du général Amarus, pâles et résolus, sont passés devant nous pour nous frayer un chemin. La foule envahissait les rues, se pressait partout pour nous regarder. On tendait les mains pour nous toucher, sans violence, le contact était parfois très doux mais toujours froid. Nous regardions tous devant nous, résolus, avançant au pas dans des rues étroites (tellement plus étroites que dans mon souvenir...) au milieu de cette foule oppressante. La ville me paraissait changer presque sous mon regard. Je détournais les yeux, je regardais de nouveau et d'autres maisons se dressaient, d'autres ruelles s'ouvraient entre ces murs, d'autres clochers, plus grands ou plus vieux, dépassaient au-dessus des toits. Des strates entières d'histoire se mélangeaient, Améritys et toutes les villes qu'elle avait été émergeaient des brumes.

Mes jambes étaient glacées, mon cheval tremblait sous moi, les oreilles aplaties en arrière.

Une voix a sonné dans le silence ouaté : « Écartez-vous ! Par le très Saint Nom de l'Unique, écartez-vous ! Laissez passer ! Laissez passer les messagers de l'Empereur ! »

La foule a bougé, paraissant reculer, se fondre directement dans les murs noirs des maisons. Un homme vêtu d'une chasuble, portant une grande lanterne à bout de bras, marchait d'un pas résolu et les fantômes s'écartaient comme s'il ouvrait la mer devant lui. Il me semblait la figure même d'Andall, le saint Ermite venu porter la lumière de l'Unique dans le cœur des hommes.

Je l'ai reconnu sans surprise, mais j'ai été le seul. Le regard du père Tomas Dies était toujours aussi ardent. Il est arrivé à notre niveau, m'a adressé un signe de tête entendu et a dit : « Le roi sait que vous venez, il vous attend ! Vous allez pouvoir vous réchauffer un peu. »

Il a fait demi-tour et nous a entraînés vers la place de Nelren, la principale place de la ville. Ici, les choses changeaient peu, les vieilles façades à arcades étaient toujours présentes, seules quelques ombres se cachaient entre les piliers de l'hôtel de ville. Un grand feu brûlait sur la place, dans le bassin de la fontaine centrale. De hautes flammes d'un jaune pâle jetaient des éclats de lumière sur les anciennes façades.

Nous sommes descendus de cheval, nous nous sommes approchés du foyer. Celui-ci, comme tout le reste, me paraissait totalement irréel. Mais il réchauffait les mains et le corps…

La sœur Serena a saisi la main du prêtre.

« Mon père… Où est-il ? Je veux lui parler. Je ne resterai pas plus de temps que ce qu'il faudra pour porter mon message.

— Réchauffez-vous, ma sœur. Il va venir. »

Nous avons eu le temps de trouver un peu de chaleur près du foyer. Les soldats apeurés murmuraient entre eux ou marmonnaient des prières. Moronn se tenait crânement auprès de Beth et de Madame. Fils de Kelte, il n'avait pas peur. Et Jude paraissait très méfiant.

Il est venu.

Le feu a disparu en un claquement de doigts, le froid a envahi la place. Il est venu à cheval, descendant l'avenue, suivi de Mak Morn et de Maharkal, et d'autres ombres portant de grands manteaux qui masquaient leurs visages. Et la foule est revenue aussi, grise, brumeuse et pressante, gens d'Améritys et gens d'ailleurs, hommes et femmes des temps d'hier.

Argo avançait de son pas lent de vieux cheval, ses yeux étaient entourés de poils blancs. Eylir se tenait droit, ses deux mains vivantes reposant sur le pommeau de la selle, le visage baissé. Il était torse nu et des filets de sang ruisselaient dans son cou, sur sa poitrine et dans son dos, jusqu'à la selle du cheval. Sa peau était d'une blancheur terrifiante, aussi pâle que celle des morts, mais il paraissait bien vivant, jeune et fort, portant la responsabilité de tout ce froid et de toutes ces glaces, de ces foules sorties de l'oubli...

Jamais je ne l'ai tant admiré, aimé et craint qu'en ce moment. Et Tomà le nommait roi. Même Beth tremblait devant lui.

Eylir a parlé, d'une voix très calme, presque sourde, comme s'il avait voulu respecter le sommeil de milliers d'âmes endormies.

« J'ai fait porter un message à l'Empereur. A-t-il été entendu ?

— Il l'a été, ai-je répondu. La sœur Serena t'apporte la réponse de sa majesté Rhadamanthe d'Atlantys. »

Madame était presque aussi pâle que lui. Comme elle s'avançait vers le roi à cheval, sous le regard de la foule silencieuse massée sur la place autour de nous, elle m'a paru extrêmement petite et fragile. Elle tremblait de froid et marchait comme un automate. Soudain, son pied s'est pris entre deux pavés, elle a trébuché et est tombée lourdement à genoux ; Jude a failli se précipiter. Eylir est descendu immédiatement de cheval, s'est penché sur elle et lui a pris la main.

« Relevez-vous, ma sœur, et parlez. Je vous laisserai bientôt. »

Il bougeait avec lenteur et grâce, sa voix était aussi sûre et chaude que l'air était froid.

La sœur Serena s'est redressée, s'appuyant sur lui. Des larmes avaient gelé sur son visage, elle paraissait égarée et perdue. Elle a pourtant salué avec révérence et, lui tenant toujours la main, elle a dit : « Voici ce qu'a répondu Rhadamanthe d'Atlantys, porteur de la lumière de l'Unique. Il vous invite à le rencontrer, à vous présenter devant lui avec tous les vôtres. Au bord de lac d'Ylynyn, à quelques milles d'Atlantys, se dresse une petite chapelle, très ancienne, bénie par Andall lui-même lors de sa longue route. C'est là qu'il vous attendra et que vous pourrez lui parler. Et il appelle la bénédiction de l'Unique sur votre voyage. »

La sœur s'est redressée et a posé solennellement le bout des doigts sur le front d'Eylir, comme si elle lui imposait les mains. Puis elle a dit en baissant la tête :

« J'ai transmis mon message, seigneur. Maintenant, j'aimerais me reposer puis repartir.

— J'ai bien entendu la parole de l'Empereur, et je m'en réjouis. »

Il ne souriait pas, pourtant. Sa peau palpitait, le sang faisait des taches noires sur la neige. Il portait des blessures au cou, derrière les oreilles, sur la poitrine et les épaules, des plaies très fines qui ne semblaient pas cicatriser. Il a ajouté : « Je reconnais la sagesse de l'Empereur de vous avoir envoyée, Serena de Fosca. J'ai une prière à vous faire... Votre famille détient injustement un étendard de mon clan, un aigle de bronze des Callaghan. Je le veux pour mener les miens. »

La sœur Serena a gardé les yeux baissés. Eylir attendait une réponse, un long silence a suivi, j'ai retenu mon souffle.

« Je n'aime pas la guerre, seigneur, que m'importent les trophées ? Je vous rendrai votre aigle. »

Jude a tremblé de colère, mais Eylir a paru apprécier la réponse.

« Je vous en remercie. Maintenant, reposez-vous. Vous logerez dans la même maison que mes compagnons, ce soir. Je veux pour mes hôtes le plus bel accueil que cette ville puisse offrir. »

À ces mots, l'hôtel de ville s'est illuminé soudain, chaque fenêtre déversait des flots d'or sur la place. J'ai entendu de la musique, senti des odeurs de cuisine savoureuse. Les portes se sont ouvertes, des valets et des servantes, jeunes et beaux, vêtus de vêtements colorés, nous ont invités à entrer nous restaurer et reprendre des forces. L'apparition a été si soudaine que nous sommes tous restés saisis un long moment avant d'accepter ce nouvel état des choses.

Je ne me souviens plus vraiment de ce qui a suivi. Il y avait de la lumière, oui, et des viandes délicieuses, des gâteaux et du vin, mais le souvenir m'en paraît incroyablement lointain. J'ai été heureux, pourtant, je me suis réchauffé, et nous avons banqueté, toute une nuit (était-ce la nuit ?) avec Beth, Moronn, Tomas Dies, Maharkal et la plupart des soldats de l'escorte.

« Eylir ne nous a pas suivis ? ai-je demandé.

— Il doit rester avec les siens, pour qu'ils ne rentrent pas tous chez eux, a dit le prêtre en se servant du vin. Et le Picte reste avec lui, il comprend ces choses-là mieux que nous tous. »

Nous avons ri, l'écho de ces rires s'est perdu dans un vide profond, comme se délite dans ma mémoire le souvenir de cette fête. Sans doute n'était-elle que le souvenir d'une autre fête, infiniment plus ancienne, donnée en l'honneur d'hôtes depuis longtemps retournés à la poussière.

Madame était montée dans sa chambre en compagnie de Jude. À moitié ivre, entre deux chansons de guerre keltes, j'ai compris qu'elle avait aperçu dans la foule des visages connus.. Eylir n'était-il pas passé à Phocéa, dans cette ville où, selon Jude, la sœur Serena avait tant de morts sur la conscience ?

J'aurais dû monter la voir, lui parler, la soutenir. L'épreuve était terrible pour elle, et j'aurais ainsi anticipé un grand mal. Mais j'étais ivre et je ne me suis plus soucié de rien. J'avais besoin du vin pour oublier la mort.

Je me suis réveillé, transi et grelottant, la tête douloureuse. Il m'a fallu du temps pour comprendre que le lit confortable et chaud dans lequel je m'étais couché en titubant la veille au soir était devenu une couche froide et humide, aux draps tombant en lambeaux. J'ai ouvert les yeux, affolé. La grande maison pleine de lumière s'était dissipée, tout était sombre et froid, la moisissure rongeait les lambris, les planchers gémissaient sous les pas.

J'ai titubé jusqu'à la fenêtre. Dehors, la place était déserte, le ciel aussi sombre qu'il l'avait toujours été. L'estomac tordu par une crampe violente, j'ai vomi un flot de bile dans un coin de la pièce.

Mes vêtements, eux, ne s'étaient pas transformés heureusement. Je me suis rhabillé et, tant bien que mal, je suis parti à la recherche de mes compagnons. Au rez-de-chaussée, assis sur un banc, les coudes reposant une table branlante, Maharkal se tenait la tête entre les mains. Le vin d'hier ne lui réussissait pas mieux qu'à moi.

J'ai découvert Tomas Dies et Moronn endormis dans le même lit, dans une belle posture d'ivrognes, je ne les ai pas réveillés, préférant qu'ils découvrent sans mon aide l'horreur du monde…

Je cherchais Beth, surtout, et Madame et Jude. Je n'ai trouvé aucune trace des soldats de l'escorte, ni de ces trois-là. Dans les écuries, les chevaux nous attendaient, malheureux et serrés les uns contre les autres. Trop peu de chevaux. Ceux de l'escorte avaient disparu, ceux de Madame et de Jude aussi.

Je ne comprenais pas. Où étaient-ils passés ? Qu'avaient-ils fait ? Pourquoi Beth était-elle partie avec eux ?

J'ai mis du temps à comprendre, mais pas trop de temps. Le cheval de Beth était là. Elle n'était pas partie avec eux de son plein gré

Ils étaient devenus fous. Jude était devenu fou. J'avais

vu la manière dont il se tenait, la veille. Il aimait trop Madame pour accepter qu'elle titube, qu'elle tombe ou qu'elle s'agenouille devant un Kelte qu'il méprisait. C'est la seule explication que j'ai pu trouver.

J'ai su tout de suite où ils s'étaient rendus. À Fosca, là où se mêlent la terre et l'eau.

J'aurais pu appeler Eylir, le prévenir... Mais j'avais bien trop peur de lui, je n'osais pas approcher un roi du givre qui commandait aux morts, je ne voulais pas voir réapparaître la foule aux yeux vides qui le suivait. On ne dérange pas un seigneur de l'autre monde pour de telles broutilles. Il saurait bien assez vite ce qui s'était passé. J'avais peur pour Jude et pour Madame, peur de la colère d'Eylir. Et les autres dormaient dans les salles délabrées du palais, sans pouvoir m'être d'aucune aide. Il n'y avait plus que moi pour tenter d'éviter un combat et un massacre inutiles.

Alors j'ai enfourché ma monture, vaille que vaille, j'ai traversé au galop la ville déserte (où étaient passés ses vrais habitants ? Enfermés chez eux, tremblants de peur et de froid, ou bien avalés par les brumes ?), je me suis élancé dans la campagne. La neige brillante permettait d'y voir assez clair, je connaissais bien la route. Mon cheval était heureux de fuir cet endroit de mort.

Les plaines blanches et les arbres couverts de givre me paraissaient presque accueillants à côté d'Améritys.

Autour de Fosca, le gel paraissait avoir frappé moins durement. Certes, tout était immobile dans les marais, mais nulle couche de neige ne recouvrait les routes, la surface des étangs était libre. La couche de nuages était moins épaisse, je devinais même la position du soleil.

J'ai retrouvé avec plaisir le chemin du château, reconnaissant les toits noirs et pointus au-dessus des frondaisons. Les corbeaux croassaient toujours dans les arbres qui longeaient l'allée, ils paraissaient plus nombreux que jamais. De la fumée sortait des cheminées. J'avais vu juste, j'en étais persuadé.

Le vieux pont-levis était baissé, comme toujours, mais les portes étaient closes. Je suis passé au-dessus des douves, j'ai mis pied à terre et cogné du poing contre les portes, me présentant et m'annonçant.

Il a fallu du temps pour que quelque chose paraisse bouger à l'intérieur. Enfin, Siméon m'a ouvert.

« Désolé, monsieur, m'a-t-il dit, on ne chauffe pas la tour de la porte, alors il n'y a personne. Et puis on ne savait pas qui c'était... je suis venu voir. Si on avait su que c'était vous, on aurait ouvert tout de suite.

— Madame est ici ?

— Elle est arrivée il y a une heure. Les soldats se réchauffent dans la salle du rez-de-chaussée. »

Il a regardé le ciel. « On dirait que cette diablerie s'éloigne... »

J'ai vu Jude apparaître à la porte du bâtiment principal. Son visage était rouge de colère.

« Merde ! J'avais dit de n'ouvrir à personne ! À personne ! Même pas à ta propre mère, abruti ! »

J'ai écarté Siméon et j'ai marché sur lui. L'attrapant au col, je l'ai poussé à l'intérieur, le collant contre un mur.

« Où est Beth ? Où est-elle ? »

Je n'aurais pas dû m'en prendre violemment à lui. Il m'a balancé un coup violent au menton, je me suis retrouvé par terre, un goût de sang dans la bouche.

Il s'est calmé. Je l'avais rarement vu énervé, mais là, il était incroyablement tendu. On a refermé la porte, il m'a entraîné à l'étage, me laissant récupérer. Puis, se maîtrisant, il a dit sans me regarder : « Elle est là. Elle va bien. Un peu agitée, mais elle va bien. »

Il s'est tourné vers moi.

« Si tu fais la moindre connerie, je t'assomme et je te jette à poil dans les douves. Au moindre geste. Je sais que tu en es capable, et je sais que ce n'est pas le moment. Compris ? »

Il ne plaisantait pas, je l'ai senti. Alors il m'a mené jusqu'à la chambre que nous avions occupée, dans la petite tour de la façade. Un soldat, assis sur les marches de l'escalier, montait la garde, se réchauffant les mains sur un bol de soupe.

Jude a ouvert la porte à l'aide d'une clef qu'il portait dans sa poche, et il m'a saisi l'épaule. Il a bien fait. Beth avait été bâillonnée. Il lui avait lié les poignets et les chevilles aux quatre coins d'un des lits. Jude faisait très bien les nœuds.

Elle a gémi quand elle m'a vu. Son regard était brûlant de rage.

Jude m'a tiré en arrière et a claqué la porte.

« Pourquoi est-ce que tu as fait ça ? ai-je demandé, essayant de calmer l'agressivité de ma voix.

— Ordre de Madame. »

J'ai ri.

« Emprisonner sa propre fille ? Enceinte ? Dans quel but ? »

Il a répondu d'un ton froid : « Va lui demander. Elle t'expliquera ça mieux que moi. »

À contrecœur, j'ai redescendu l'escalier. Je ne pouvais rien faire dans l'immédiat, l'impuissance me rongeait. Mais je pourrais peut-être convaincre Madame de la folie de son comportement.

Je l'ai trouvée dans la chambre de Valère, là où de grandes fenêtres permettaient de contempler une partie du domaine, la pièce la plus claire du château. Le lit était fait, nul n'y avait dormi depuis longtemps.

Elle était assise dans un fauteuil de bois, les mains crispées sur les accoudoirs, pâle et tendue, le regard brillant. La sœur Serena Fonte était devenue une vieille femme.

Je suis venu me placer à côté d'elle, j'ai attendu qu'elle

me remarque, me fasse signe de m'asseoir. Elle n'a pas bougé, elle regardait fixement l'horizon nuageux.

« C'est une folie d'avoir fait ça, lui ai-je dit. Il va venir, il va réclamer son étendard, il va démolir le château pierre à pierre. Il sait très bien que vous ne permettrez pas que Jude s'en prenne à Beth. »

Enfin, elle s'est tournée vers moi. Son visage était incroyablement résolu. Elle avait pleuré, sans doute, mais les larmes avaient séché.

« Je la tuerai de mes mains, s'il le faut. Ce ne sera que le couronnement… J'espère… J'espère qu'il m'entendra. »

Beth avait été emprisonnée sur son ordre. Jude n'avait fait que lui obéir, comment avais-je pu croire qu'il en avait été autrement ? Ainsi, le comportement de Madame face à Eylir avait été d'une totale hypocrisie.

« Il faut qu'il renonce », a-t-elle dit, très lentement, comme pour expliquer à un tout petit enfant. « On ne construit pas un État sur le pardon. On ne peut pas demander pardon, c'est trop tard. Un homme peut demander pardon, l'Empereur ne le peut pas. Sinon, les crimes impunis surgiront de toute part, chaque morceau de l'Empire se rappellera avoir été lésé, de dix vies, de cent vies, de sa liberté ou de son indépendance.

— Et alors ?

— Alors ce serait la fin. L'Empire est fait. Il a fallu des siècles et des milliers de vies pour le faire, mais il est fait. Il unit des hommes, par la force s'il le faut, mais il unit des hommes et ces hommes vivent en paix. S'ils se souviennent du prix que leurs pères ont payé, ce sera la fin… Vous comprenez ? »

Oui, je comprenais. Et j'ai ressenti le poids de cette machine, de cette idée, de l'Empire qui maintenait ensemble les hommes, de cette union pour qui tant de vies avaient été prises. J'ai ressenti ce poids, cet héritage lourd et immense, non, pas sur mes épaules, mais sur les siennes. Les siennes et celles d'autres hommes et femmes, prêts à le porter, prêts à porter la culpabilité des crimes en son nom, à la place de l'Empereur s'il le fallait. Car elle pensait que si Rhadamanthe avait l'occasion de demander pardon pour tous ces crimes devant les victimes, il le ferait. L'empereur au visage de moine le ferait. Et l'Empire ne tolérerait pas une telle faiblesse.

J'ai reculé, effrayé. J'aurais dû crier qu'elle avait tort, trouver des arguments... je suis sorti de la pièce. Et j'ai heurté Jude, qui souriait. Il tenait son arquebuse à la main. Il m'a dit d'un ton aimable :

« Tu sais, j'ai réfléchi.

— À quoi ?

— Je crois que tu vas faire une connerie. »

Et il m'a balancé un coup de crosse sur la tête, m'envoyant dans le néant.

J'ai repris douloureusement conscience, allongé en travers du lit seigneurial. À ma grande surprise, je n'étais pas entravé. Madame avait-elle interdit à Jude de me maltraiter plus avant ? Dehors, le ciel s'était assombri. Le soir venait. Madame n'était plus dans la pièce.

Je me suis levé, j'ai trouvé un baquet d'eau glacée, je m'en suis frotté le cuir chevelu. Le froid a un peu apaisé la douleur, la nécessité a fait le reste. Je me suis traîné dans le château, me suis retrouvé je ne sais comment sur le chemin de ronde. Les corbeaux s'étaient tus. Un soldat s'est approché de moi, un jeune type de notre escorte, à peine un adulte. Il a regardé la forêt avec crainte, en serrant la main sur la garde de son épée. Aucun bruit.

« Il arrive, je crois... Il arrive... »

Le froid était mordant, je me suis mis à grelotter. Il arrivait, oui... Il était trop tard pour libérer Beth, je l'ai vue, sur un autre pan du chemin de ronde, maintenue par deux soldats, les mains attachées dans le dos. Madame était debout auprès d'elle, tenant ce maudit étendard de bronze... Tous les soldats avaient des airs farouches, ils sentaient qu'ils allaient mourir. Je me suis demandé comment elle les avait convaincus.

« Il arrive... »

J'ai entendu le bruit des sabots dans la forêt, je me suis souvenu de la Dame Gabrielle et de son amant. Le château entier frémissait du souvenir de cette histoire, et sur les murs tous les soldats entendaient le bruit du cheval, et tous pensaient mourir. Ils avaient vu les morts, à Amérítys, ils avaient compris qui était leur adversaire. Et derrière lui passait celui qui récoltait les âmes.

La neige avait recouvert le pont-levis, effaçant les marques des derniers passages. Les sabots se sont rapprochés, un grand murmure les accompagnait, le souffle profond d'une foule.

Eylir est sorti de l'ombre des arbres, d'autres cavaliers le suivaient de près. J'ai reconnu Mak Morn, Maharkal, Moronn et Tomas Dies... Ils se découpaient sur la neige. Ils se sont arrêtés face au château.

Le sang frais ruisselait encore sur la poitrine d'Eylir. Il a levé les yeux, sa voix grondait de colère.

« Serena Fonte ! Tu m'entends ? »

La sœur Serena s'est révélée au coin d'un créneau. J'ai vu que Mak Morn avait son arc à la main.

« Je t'entends, Eylir Ap'Callaghan !

— Tu m'as promis l'aigle de mon clan ! Tiens ta parole ! Je ne suis pas patient ! »

Comme il disait ces mots, une foule de soldats aux armes grises, de fantassins, d'artisans, de paysans armés, de serfs et d'esclaves révoltés est sortie de sous le couvert des arbres, et ils levaient les yeux vers les remparts. Ils se tenaient, raides et silencieux, plus nombreux encore que toute l'armée d'Allander, plus froids et plus résolus... Le jeune gars à côté de moi s'est mordu la main jusqu'au sang et s'est mis à pleurer. Le givre recouvrait les vieilles murailles du château, les brumes suintaient dans la cour...

« Je ne te donnerai pas l'étendard, Callaghan ! a crié la sœur Serena. Renvoie ton armée, donne-moi ta parole de renoncer à ton projet. L'Empereur ne peut pas demander pardon.

— Tu ne parles pas en son nom. Donne-moi l'aigle, et libère ta fille. »

Debout au créneau, l'étendard à la main, Serena faisait face à Eylir et à son armée, j'ai admiré son courage.

« Je ne te le donnerai pas. Renvoie tes hommes, renvoie-les tous, maintenant. Sinon, crois-moi, je tuerai ma propre fille, nous aurons tous les deux son sang sur les mains... »

J'entendais ses larmes et sa souffrance. Mais qu'espérait-elle ? Qu'espérait-elle face à lui ? Eylir a grondé et j'ai senti dans sa voix l'ombre des colères de son frère. « Voilà la parole que je te donne ! Si tu ne me rends pas Ysbeth Leiss indemne et vivante, je détruirai cet endroit, je tuerai chacun de ses habitants, chacun de tes soldats et de tes serviteurs... »

Un frémissement a parcouru toute son armée, comme si ses mots trouvaient un écho direct dans le cœur de chacun des fantômes.

Puis un long silence s'est établi. Je voyais Madame appuyée, dos à un créneau, tremblant de peur, Beth maintenue solidement par deux soldats, d'autres soldats qui murmuraient entre eux.

Un grondement. Une partie du mur d'enceinte, brisée par le gel, est tombée dans les douves. Ça a été comme un signal, les soldats se sont affolés. L'un d'eux a ceinturé et bâillonné la sœur Serena, un autre, l'officier, s'est emparé de l'aigle de bronze, s'est penché entre les créneaux et a crié d'une voix apeurée : « Nous te la rendons, le Kelte ! Nous te rendons tout ! Laisse-nous ouvrir les portes, prends-la et pars ! Nous te la rendons ! »

J'ai cherché Jude des yeux, me suis demandé quand il allait intervenir pour rétablir l'ordre, pour libérer sa maîtresse… Mais je ne le voyais pas. Où était-il ?

Les soldats sont descendus précipitamment dans la cour, entraînant Beth. Ils ont ouvert les grandes portes, ils ont tranché ses liens, enlevé son bâillon. Elle toussait et pleurait, se frottait les poignets, ils lui ont donné le lourd étendard de bronze. Elle l'a soutenu fièrement, elle a marché vers Eylir, brandissant l'aigle des Callaghan.

Eylir s'est avancé à cheval sur le pont-levis. Il a dit en souriant : « Viens, amour. Nous partons. »

Je me suis penché par-dessus le rempart pour mieux le voir.

Alors Jude est apparu à une des meurtrières de la tour de la porte. Il a pointé son arquebuse sur l'homme à cheval, juste en contrebas, à quelques pas de lui à peine.

Le coup a grondé comme le tonnerre.

Une grande tache rouge est apparue sur le cœur d'Eylir. Il a été projeté en arrière mais les étriers l'ont retenu, Argo s'est cabré. On a entendu un grand cri, sourd et lointain, celui de la foule des oubliés, puis le hurlement de Beth.

Je me suis retrouvé dans la cour, je ne sais comment. Je l'ai vue attraper les rênes du cheval, calmer la monture affolée. Eylir a glissé dans les bras de Maharkal, dans ceux de Beth et de Moronn, son visage était très jeune, surpris et triste.

Ils l'ont couché sur le sol, Beth criait, mais je n'entendais rien.

Et derrière, lentement, les esclaves ont reculé, et les serfs et les soldats, et les paysans, et tous les hommes et les femmes massacrés ou humiliés au nom de quelque chose plus grand qu'eux, au nom du poids que Serena

Fonte portait sur ses épaules. Ils ont reculé, tous ces visages, tous ces êtres qui avaient eu un nom, et ils sont retournés à l'oubli.

Le Kelte avait une grande tache rouge sur le cœur, il reposait sur le sol entouré de ceux qui l'aimaient, moi je regardais de loin.

Eylir Ap'Callaghan était mort.

Je me suis précipité dans la tour qui surplombait la porte, je suis entré dans la grande chambre que Beth occupait, avant… Jude était là, assis par terre dos au mur, son arme à ses pieds. Du sang coulait du coin de sa bouche, une flèche noire de Picte était enfoncée à travers sa gorge. Il s'étouffait.

En me voyant entrer, il a souri, content de me voir. Comme s'il allait me raconter une histoire amusante du bon vieux temps.

Puis sa respiration est devenue un gargouillement affreux, il a été secoué par une violente quinte de toux et il est mort dans mes bras.

Je suis redescendu longtemps après. Les nuages dans le ciel se déchiraient, dévoilant les étoiles d'un ciel d'été. L'air était devenu plus doux, presque chaud, les corbeaux sont sortis de leur mutisme.

J'ai vu Siméon emmener Madame à l'intérieur, j'ai décidé de laisser la sœur Serena à ses doutes et à sa culpabilité, je ne pouvais rien pour elle. Moi-même, j'étais comme un fantôme.

Devant le château, ils avaient allongé Eylir dans son manteau, sur une civière mortuaire qui serait traînée par Argo. Maharkal avait passé son bras autour des épaules de Beth. Elle avait les mains posées sur son ventre qui s'arrondissait, elle n'était pas en danger.

La terre s'est réchauffée, le soleil a chassé les brumes,

les habitants des villes traversées par l'armée des morts se sont réveillés de leurs cauchemars. Certains ont gardé tout le restant de leur vie une lumière allumée près de leur lit, par crainte des ombres. D'autres sont devenus moines, ou bien poètes. La vieille coutume d'aller déjeuner en famille au-dessus des tombes et de renverser du vin pour les défunts a resurgi. Et la plupart ont oublié et n'ont pas changé.

Nous avons pleuré Eylir, avec ses Keltes et ses Thiléens. J'ai raconté son histoire tout entière, pour la première fois, et je me suis forcé à reprendre la plume pour terminer les récits de sa vie. Il a été enterré, dans un endroit secret. Quand des amis passent dans la région, ils déposent une pierre sur sa tombe pour que grandisse un tumulus. On m'a dit que Rhadamanthe lui-même y était venu, quelque temps après son abdication, vieillard aveugle guidé par une nonne fidèle.

Mais bien avant cela, chacun avait repris son chemin. La petite Melian dont les yeux me rendaient fou est restée avec le clan Larvor et l'a accompagné jusqu'à Thilée, et cela ferait le sujet d'une bonne histoire. Maharkal, lui, est rentré à Léthys, auprès d'Ouma et de ses enfants. Il avait beaucoup vu, beaucoup vécu, et cela l'a rendu sage.

Beth est partie en même temps que lui, je l'ai serrée longtemps dans mes bras quand nous nous sommes séparés, je savais que je ne la reverrai plus. Accompagnée par Moronn, elle a retrouvé Mme Vendares à Atlantys. Dans une maison d'Atlans, au cœur du monde, est né un nouveau petit Kelte, porteur lui aussi du sang des Callaghan.

À la fin, ne restaient plus auprès de la tombe d'Eylir que Mak Morn et moi. Nous avons beaucoup parlé et chanté encore plus. Puis un soir d'automne, alors que le soleil couchant était plus beau que jamais, le Picte m'a dit : « Je rentre dans mes terres, les miens me manquent. Puis je voyagerai, je retournerai à Endoval, je chercherai des exploits à accomplir et je louerai la mémoire des amis disparus. Viendras-tu faire un bout de chemin avec moi ? »

J'ai ri. Moi, marcher au côté d'un héros ? D'un Picte, prince de sang, dont la lignée remontait aux commencements du monde ? Bien sûr !

Ma réponse lui a fait plaisir. Une question l'a préoccupé un instant : « Et quel sera le nom de mon compagnon ?

— Kyle... Quel autre nom ?

— Ha ! Je t'avais dit que nous nous étions déjà croisés ! »

Alors j'ai remis mon grand chapeau, hérité de la caravane, je me suis promis d'apprendre un jour à jouer de la harpe, et nous sommes partis à notre tour.

Et j'ai vu s'ouvrir, au-delà des arbres, les chemins qui n'étaient pas sur les cartes. J'ai vu le château de Fosca, tel qu'il avait été du temps des barons et de la Dame Gabrielle, tel qu'il était maintenant et tel qu'il deviendrait. Les brumes s'écartaient pour moi dans le lointain. Tant de pays, tant de héros, tant de mondes... Et Allander, Selaya Ap'Rilke, Kendall l'Harmoréen, Eva Serano et Jaël de Kherdan, jusqu'au Roi sans nom qui, à la fin, me révélera le cœur de toutes choses et rassemblera ceux qui sont séparés...

Derrière moi, j'ai laissé Eylir le jeune, que j'avais aimé et trahi et je suis enfin sorti de cette histoire.

LES DEMEURES DU CRÉPUSCULE

Beth — Au-delà de l'horizon.

Beth marche vers une vieille abbaye, très loin d'ici, un trou de terrain au milieu de la lande, avec de vieilles pierres mangées par le lierre, et des chevaux libres qui viennent boire dans la rivière.

Elle marche vers le pays où le ciel flamboie, où le soleil reste fixé sur l'horizon, dans un jour qui n'est pas le jour, une nuit qui n'est pas la nuit. Elle arrive aux demeures du crépuscule éternel.

Un feu brûle dans la cheminée de la cuisine, des édredons épais ont été jetés sur les lits. Un gros livre est abandonné près de la fenêtre, un chat dort sur un fauteuil inoccupé. Quelqu'un travaille dans le potager du cloître en chantant de vieilles chansons d'amour, un petit filet d'eau coule de la bouche usée de la fontaine.

Dans cet endroit, ceux qui sont perdus peuvent se reposer.

Beth marche dans la lande depuis longtemps, ses bottes sont usées d'avoir tant marché. Elle porte une robe épaisse, comme celle d'un moine, un gros sac de cuir, une large ceinture. Un long couteau y pend dans son fourreau ; cette arme a plusieurs fois servi à la défendre. Elle est couverte de poussière, son visage est plein d'une résolution fatiguée. Elle a traversé les plaines et les montagnes, les villes et les déserts. Elle marche depuis si longtemps qu'elle a oublié. Des cheveux gris se sont mêlés à ses cheveux noirs, mais son regard brûle toujours autant.

Maintenant, elle est arrivée. Son pas sonne dans la cour, elle laisse tomber son sac et soupire, s'appuie à la fontaine, met les mains sous le filet d'eau et boit. L'eau froide lui fouette le visage, elle voudrait tellement pouvoir s'allonger.

Puis elle sent une présence derrière elle, se retourne. Eylir se tient sous le porche, calme et serein.

Alors elle vient vers lui, il la serre dans ses bras et la retient longtemps.

J'ai été la lumière du soleil sur une feuille
J'ai été un rayon d'étoile
J'ai été une lanterne au bout de la houlette d'un berger
J'ai été un murmure dans le vent
J'ai été un mot
J'ai été un livre empli de mots
J'ai été un pont sur sept rivières
J'ai été un sentier dans la mer
J'ai été un coracle sur l'eau, une barque de cuir au sillage éclatant
J'ai été une bulle dans la bière, un fragment de mousse dans la coupe de mon père
J'ai été une corde sur la harpe d'un barde pendant neuf fois neuf ans
J'ai été une mélodie sur les lèvres d'une jeune fille
J'ai été une étincelle dans le feu,
une flamme d'un bûcher de Beltane,
une flamme…
une flamme…
une flamme…

(Taliesin)

Paris, Andé, Romainmôtier

Appendice

L'HARMORÉEN

[Retrouvée dans les papiers remis à Serena Fonte par son secrétaire, voici une autre version d'un des épisodes les plus curieux de la vie d'Eylir Ap'Callaghan. Sans rien apporter de fondamentalement nouveau à ce que nous savons de l'histoire du Kelte, elle pourra intéresser les amateurs d'aventures exotiques.]

> Imbéciles ! Ignorez-vous que quatre cents ans avant votre ère, Atlantys est tombée ? Les empereurs avaient été remplacés par une république corrompue. Alors un barbare, le plus grand héros de son temps, s'est forgé de ses propres mains un royaume sur le continent atlan. Et a pillé le palais des empereurs pour s'asseoir sur le trône de Carmina !
>
> Kyle, *Le Dit de l'errant*

Le cheval jaillit hors de l'écume, d'un bond puissant qui paraissait prendre appui sur la surface même de la mer. Le vent sifflait tout autour, les vagues roulaient sur la plage, se brisaient contre les rochers. Les hurlements de la tempête masquaient presque les hennissements de terreur de la monture d'Eylir.

Aussitôt, Eylir lança Argo au galop, pour finir de l'épuiser, pour que la fatigue prenne le pas sur la peur. Quand le cheval fut calmé, il sauta à terre sans lâcher les rênes. Argo se cabra une fois, deux fois, puis retomba sur ses jambes, la tête basse. Lui parler ne servait à rien, il y avait trop de bruit. Eylir ne pouvait rien faire d'autre que rester près de lui, marcher à côté de lui, et surtout l'emmener dans un endroit moins terrifiant. Le paysage indistinct était noyé par la pluie et le vent. Était-ce le jour ou la nuit ? Eylir n'aurait su le dire. Il distinguait des arbres, plus haut, secoués en tous sens par la tempête. Plus loin, peut-être pourrait-il trouver un abri ? Le temps pressait, le vent soufflait de plus en plus fort, les vagues s'écrasaient sur les dunes, véhiculant toutes sortes de débris. Sans tarder, il courut vers l'intérieur des terres le cheval trottant derrière lui. Derrière cet affleurement de terrain qu'il devinait devant lui, ils seraient abrités du vent venu de la mer et Argo pourrait enfin se reposer.

Une fois sur la crête, Eylir jeta un dernier regard vers l'océan. Les vagues étaient maintenant aussi hautes que des navires, elles dessinaient un paysage déchiqueté, mouvant, sans forme. C'était de là qu'il sortait, c'était à travers ces vallées, ces monts et ces cols qu'Argo l'avait mené, depuis qu'une lame l'avait projeté par-dessus le bord du navire qui les transportait. Brave cheval. Cheval digne d'un roi.

Soudain, Eylir aperçut une forme humaine sur la plage. Une silhouette à peine distincte, qui paraissait tituber, battue par les embruns. Un autre naufragé ? Eylir appela de toutes ses forces : « Venez ! Venez ! », mais sa voix n'était qu'un gémissement dans le vent. Il fit demi-tour pour venir en aide au malheureux ; traînant sa monture récalcitrante derrière lui, il redescendit le long de la dune. Mais une rafale de vent particulièrement violente le força à détourner le visage et quand il put de nouveau regarder, il ne put retrouver cette tache d'ombre dans la tempête qui lui avait paru être un homme. Argo hennit avec force et se cabra de nouveau, terrifié par l'écume. Eylir fit encore quelques pas ; avancer plus loin le mènerait à une mort certaine. Il appela encore : « Par ici, venez ! »

La mer roulait avec des troncs et des rochers et les vagues montaient plus haut à chaque instant. Branches et débris volaient de toute part. Avait-il vraiment vu un homme ? N'était-ce pas un arbre rejeté sur la plage dont le vent tordait les branches en tous sens ? Eylir enragea, l'eau salée lui ruisselait dans les yeux, il fallait partir d'ici, mettre Argo à l'abri.

Il repassa le sommet de la dune et se précipita vers l'orée d'un bosquet de petits arbres dont les branches épaisses cassaient la force du vent. Il s'enfonça aussi loin que possible de la mer, s'accrochant à l'encolure du cheval.

« Bon cheval. Il faudra un barde pour chanter tes exploits, ta course à travers la tempête. La course d'Argo, qui galope sur les vagues ! »

Vinrent le jour et la lumière, la pluie cessa peu à peu et le vent chassa les nuages, révélant un pur ciel bleu. Eylir se réveilla, transi et trempé, allongé près de sa monture. Argo broutait paisiblement entre les racines d'un arbre. Le Kelte se redressa, l'esprit indécis, le corps moulu. Il avait faim et soif.

Son premier soin fut toutefois pour sa monture : juste avant de trouver la terre (que soit bénie la Fortune qui les avait sortis de l'océan !), Argo avait été malmené par des rochers. Le cheval portait plusieurs coupures et marques de coups, il boitait un peu, mais aucune blessure ne paraissait préoccupante. Après un peu de repos, on pourrait le monter de nouveau. Eylir enleva sa chemise en lambeaux. À part quelques contusions et coupures, lui non plus n'était pas blessé. Son épée lui avait meurtri plusieurs fois la jambe durant sa chevauchée, mais il ne l'avait pas perdue.

« Nous avons eu de la chance, Argo. »

Prenant sa monture par la bride, Eylir quitta l'abri des arbres et retourna sur la plage. Le soleil illuminait la mer calme, les montagnes roulantes de la veille n'étaient plus que des souvenirs. Le monde était neuf, la marée se chargerait bientôt d'emporter les débris empêtrés dans le sable. Juste des algues, des branches, du bois pourri. Aucune trace de naufrage. Le *Prince Jaran*, vaisseau de ligne qui amenait Eylir depuis Koronia jusqu'à Dvern, avait sans doute évité le gros de la tempête et continué sa route.

Un peu plus tard, le Kelte découvrit l'embouchure d'une petite rivière. Il la remonta sur deux ou trois milles, jusqu'à ce que l'eau soit douce et non plus salée et qu'aussi bien le cheval que le maître puissent se désaltérer. Le cheval but à grandes gorgées dans l'eau fraîche de la rivière.

Eylir se déshabilla, lava le sel incrusté dans sa peau et s'allongea au soleil, l'épée à portée de la main. On ne savait jamais.

Où étaient-ils arrivés ? Sur une île, sans doute. Le *Prince Jaran* était loin de toute côte quand Argo était passé par-dessus bord.

Autour de lui, la végétation grasse, couleur émeraude, était celle d'un pays chaud. La tempête les avait donc entraînés loin vers le sud. Il ne lui restait plus qu'à espérer que l'île était habitée, qu'il pourrait trouver un navire et reprendre sa route vers Léthys. Cette partie-là de la côte paraissait déserte.

Il resta deux jours au même endroit, se reposant et se nourrissant de fruits et d'oiseaux qu'il abattait avec une fronde rudimentaire. Argo et lui reprenaient des forces.

Plus haut sur les berges de la rivière, il découvrit un trou d'eau où les animaux venaient se désaltérer. Sur le sable humide, à côté des traces de petits herbivores et d'un gros félin (une panthère ?), il vit la marque de pieds nus. D'après la taille des empreintes, c'était une petite femme ou un enfant. S'agissait-il du naufragé qu'il avait cru apercevoir sur la plage la nuit de son arrivée ?

Le lendemain à l'aube, il laissa Argo en aval et s'installa sur la rive en face du trou d'eau, dissimulé par les feuilles tombantes d'une sorte de saule. Il y resta jusqu'au soir ; ses voyages en Orient l'avaient habitué à de longues chasses immobiles. Il vit passer les habitants des sous-bois : une sorte de chevreuil, des petits porcs sombres aux yeux vifs, et même, le soir venu, une belle panthère à la robe fauve qui, heureusement, ne sentit pas sa présence. Aucun être humain. Son visiteur était-il parti plus loin ?

Malgré les courbatures, il reprit sa place le lendemain, espérant que cette journée serait plus fructueuse. Sa patience fut récompensée : peu après midi, comme il s'assoupissait, une petite silhouette aux cheveux sombres sortit prudemment du couvert des arbres, s'agenouilla au bord de la rivière et but dans ses mains.

Eylir se redressa avec précaution, mais le petit visiteur entendit quelque chose et recula dans l'ombre des arbres, attentif. Le Kelte se dévoila alors et dit : « Salut l'ami… Ne pars pas, je ne te veux aucun mal… »

L'autre n'attendit pas, se retourna et s'enfuit. Eylir se lança à sa suite, comptant sur ses plus grandes jambes. En quelques pas, il avait franchi la rivière et rattrapé l'autre avant qu'il ne disparaisse sous les arbres. La petite proie se débattit, mais le Kelte était beaucoup plus lourd et plus fort. C'est alors qu'Eylir se rendit compte que c'était une jeune femme.

Il la laissa se dégager, lui tenant toujours le poignet de sa main valide. Elle ne criait pas, se tordant seulement en tous sens et tentant de lui griffer le visage.

« Du calme, je suis ton ami. Je ne te veux pas de mal. Ne pars pas. Je dois te parler. Je veux parler à quelqu'un. »

Il la lâcha, elle recula vivement puis s'arrêta un peu plus loin, vérifiant qu'il ne la poursuivait pas.

C'était la femme la plus curieuse qu'Eylir ait jamais vue. Une jeune adulte, assurément, mais à peine plus grande qu'une enfant, avec la peau brune, une crinière ébouriffée de cheveux sombres, et un visage curieux, presque rond, aux yeux en amande, légèrement bridés. Elle ne ressemblait à aucun peuple de sa connaissance.

Elle était entièrement nue, semblant vivre en cet état avec le plus grand naturel. Ses seins étaient petits, haut perchés sur sa poitrine, sa taille bien marquée, ses hanches et ses cuisses tout en courbes et rondeurs. Elle considérait Eylir avec une attention curieuse, encore un peu effrayée.

Ils restèrent ainsi à se regarder l'un l'autre un long moment. Puis Eylir parla, se désigna, et répéta trois fois son nom. Elle sourit, plissa les yeux, puis se désigna elle-même et dit : « Mya. »

Elle se retourna d'un geste gracieux, puis disparut dans les ombres du sous-bois. Refrénant son impulsion, Eylir la laissa partir.

Il mit près d'une semaine à l'apprivoiser. D'abord farouche, Mya se rapprocha peu à peu et ils partagèrent la nourriture. Elle se nourrissait de fruits et de la chair de petits oiseaux, qu'elle dévorait crue, les yeux fixés dans ceux d'Eylir, comme elle déchirait la viande à coups de dent rapides. Elle lui parlait dans une langue faite de petits cris et de bruits de gorge, et ne semblait rien connaître ni des armes, ni des vêtements, ni des outils. Elle vint de plus en plus près, joua avec la ceinture d'Eylir, avec son poignard, ses bottes, ne voulant pas toucher à l'épée, trop lourde ou bien trop effrayante. Elle passait de longs moments à caresser la main en bois d'Eylir, en lui tenant d'étranges discours chantants.

Le cheval l'intrigua beaucoup, sans vraiment l'effrayer. Argo, par contre, se méfiait d'elle et n'aimait pas la voir approcher.

D'où venait-elle ? Elle portait des tatouages dans le cou et sur l'épaule, des cercles et des lignes, elle appartenait donc à une communauté. Pourquoi était-elle seule ? Où étaient les siens ? Où disparaissait-elle, durant la nuit ? Il tenta de lui en parler, marcha avec elle dans la forêt, mais elle répugnait à se rendre plus loin vers l'intérieur des terres. Quelque chose lui faisait peur.

Vint la nuit de la pleine lune, Eylir avait retrouvé toutes ses forces. Le vent s'était levé et secouait les branches des arbres. Couché dans un lit de mousse, il regardait briller les étoiles et attendait le sommeil. Cette nuit-là, Mya sortit de l'ombre, vint se lover contre Eylir, frotta son visage dans le cou du Kelte, puis tout son corps contre lui, avec une intensité presque douloureuse.

Elle cria, griffa et mordit pendant qu'ils faisaient l'amour puis se détendit enfin et s'endormit contre lui, accrochée à lui de toutes ses forces. Sa peau était veloutée et odorante, elle ronronnait quand il lui caressait la nuque et le dos.

D'humeur souriante et joueuse, elle voulut faire l'amour encore le lendemain matin. Puis elle fit comprendre à Eylir qu'elle acceptait enfin de marcher vers l'intérieur des terres. Le mènerait-elle vers les siens ? Serait-il forcé d'épouser une petite sauvage ? L'idée le fit rire. Dans une communauté, il espérait trouver des renseignements sur la région, quelqu'un qui parlerait atlan ou bien seljuck, ou l'une des nombreuses langues qu'Eylir baragouinait plus ou moins bien. Et Mya semblait perdue, loin de chez elle. La ramener parmi les siens ne pouvait être qu'une bonne chose.

Tenant Argo par la bride, il remonta la rivière,

s'enfonçant sous les frondaisons. Mya marchait vivement, en balançant les hanches. Eylir avait du mal à la suivre. Le terrain montait, les arbres devenaient de plus en plus hauts. La forêt bruissait de bourdonnements, de cris, de chants d'oiseaux. Eylir écarta d'un coup d'épée une grosse araignée tombée par hasard sur la croupe du cheval. Argo était nerveux et aplatissait ses oreilles en arrière en signe de contrariété. Eylir finit, à contrecœur, par le renvoyer vers la plage.

« Je te retrouverai bientôt, Argo, je reviendrai bientôt. Bon cheval. »

Le cheval partit au petit trot en longeant la rivière.

Le lendemain, après une autre nuit de caresses, Eylir et Mya reprirent la route, globalement vers le sud. Le paysage changea. Le sommet des arbres se perdait dans un fouillis de feuilles et de soleil, loin au-dessus. Le sous-bois, assez dégagé, facilitait leur progression. Eylir entendait moins d'animaux.

Mya devenait nerveuse. Elle ne cessait de regarder au-dessus d'elle, derrière, tout autour. Vers midi, Eylir aussi eut le sentiment nouveau qu'ils étaient suivis. Il croyait deviner une grande ombre derrière, un animal puissant qui se déplacerait dans le plus grand silence… Il aurait voulu s'arrêter, tendre une embuscade à ce mystérieux poursuivant, mais la petite sauvage était pressée d'avancer.

À midi Mya disparut. Eylir ne l'avait quittée des yeux que quelques instants. Plus rien ne bougeait dans la forêt. Il attendit, tous les sens en alerte. Mya revint une heure plus tard, expliquant quelque chose qu'il ne comprit pas. Était-elle partie reconnaître le chemin ? Prévenir quelqu'un ? Elle sourit, se coula contre lui. Il l'écarta et lui fit signe de continuer. Elle fit une grimace puis rit, Eylir rit avec elle.

Ils traversèrent un bosquet d'arbres aux troncs très

droits, très hauts et aux racines épaisses et enchevêtrées. Eylir était forcé d'avancer très doucement, faisant attention à ne pas se coincer une cheville dans un trou. Mya s'impatientait avec une joie nerveuse.

On entendit soudain un cri étrange, une sorte de long miaulement. Mya sursauta, apeurée, et regarda au-dessus d'elle. Eylir l'imita, eut juste le temps d'apercevoir un filet qui lui tombait dessus, suivi par des silhouettes agiles qui descendaient d'entre les arbres.

Le filet lesté le plaqua au sol. Des sortes de singes, un peu plus grands que Mya, tombèrent sur la sauvage et sur le dos d'Eylir. Ces créatures avaient le poil moucheté, des têtes félines aux crocs aiguisés, et ils brandissaient des armes primitives. Eylir se redressa aussitôt, se débattit, il était tellement plus grand qu'eux qu'il en envoya sans difficulté deux ou trois à terre. Mais, dans un mouvement bien accordé, ils tirèrent sur le filet, jetant de nouveau le Kelte au sol, puis lui tombèrent dessus, griffant, mordant, lui interdisant de se relever ; le sang commença à couler, Eylir tenta en vain de dégager son épée ou son couteau… Combien étaient-ils ? Dix ? Quinze ? Mya ne cessait de crier de peur, il ne vit pas ce qu'elle devenait.

Une griffure lui déchira l'épaule, une autre la poitrine. Il saisit enfin son couteau, le planta avec rage dans l'abdomen d'un de ses agresseurs. On lui écrasa les doigts à coups de bâton, il lâcha son arme, se releva encore, puis tomba de nouveau, peu à peu coincé entre des racines épaisses… Ils étaient trop nombreux pour lui, trop nombreux.

Alors un nouveau cri retentit sous les arbres, un hurlement d'homme. Les singes-félins miaulèrent de surprise. Une lame s'abattit, le sang éclaboussa le visage d'Eylir, un agresseur tomba. La lame s'abattit encore, les singes se détournèrent d'Eylir, faisant face au nouveau danger. Dans la pénombre des arbres, une silhouette formidable armée d'une épée se battait contre les monstres. Ils se jetaient tous sur lui, s'accrochaient à lui, comme des puces sur le dos d'un géant. Et lui les jetait au sol, leur broyait la gorge à coups de talon, leur fendait la tête, les écrasait contre les arbres de sa main libre.

Eylir se dégagea fébrilement du filet, voulant prêter main-forte à son sauveur. Quand il fut enfin libre, une dizaine de petits cadavres gisaient au sol, quelques survivants s'enfuyaient dans les arbres en gémissant de peur et de douleur.

L'allié inattendu d'Eylir avait la stature d'un géant, la peau claire des hommes du Nord. Sa longue chevelure sauvage était noire comme la nuit et son regard brillait comme de l'acier. Il portait des vêtements en lambeaux, des bottes et un pantalon de cuir. Son épée était rouge de sang. Il souriait comme un loup.

« Salut l'ami, dit Eylir, parlant d'instinct en langue kelte. Je m'appelle Eylir Ap'Callaghan. Je te dois une vie. »

L'autre le considéra en plissant les yeux et répondit dans la même langue :

« Je suis Kendall. Je viens de l'île d'Harmorée. Je suis certain que tu en aurais fait autant. »

Les deux hommes se serrèrent la main avec franchise. Ils n'avaient rien à se dire de plus, la confiance était établie.

« Est-ce toi qui nous suis depuis ce matin ? demanda Eylir. Je ne t'ai pas vu, mais j'ai senti ta présence. »

Le géant éclata de rire. « Tu as du flair, le Kelte. Oui, j'ai trouvé vos traces ce matin, à toi et à ta petite sauvage. Je me demandais où elle te menait. Où est-elle, maintenant ? »

Ils regardèrent tout autour, Mya n'était plus visible nulle part ; la forêt était redevenue étrangement silencieuse. Il ne fallait pas s'attarder, leurs adversaires pouvaient revenir… Eylir appela, espéra que la petite s'était cachée, mais rien ne bougea et personne ne répondit. D'un air sombre, il conclut : « Ces monstres l'auront enlevée. Elle avait senti le danger. Elle me menait vers les siens… Je voulais savoir où je me trouvais. »

Il raconta brièvement son naufrage à l'Harmoréen, tout en pansant ses blessures avec des lambeaux de sa chemise. L'histoire fit de nouveau rire son compagnon.

« Je ne sais pas mieux que toi où nous sommes, mon ami. Mais quelle ironie ! Tu es passé par-dessus bord pour suivre ton cheval ; moi j'y suis passé parce qu'on m'a poussé dans le dos pendant la tempête. Je crois que c'est moi que tu as aperçu sur la plage… Pendant que tu filais le parfait amour avec ta sauvage dans la forêt, j'ai reconnu la côte en long et en large, il n'y a rien à des milles à la ronde. J'avais décidé de m'enfoncer vers l'intérieur des terres quand j'ai aperçu tes traces…

— On t'a poussé à l'eau ?

— Et j'ai nagé ! Un rude effort, tu en sais quelque chose, mon frère de naufrage ! Mais assez bavardé. Les singes ont enlevé ton amie. Tiens-tu à elle ou es-tu prêt à la laisser se faire dévorer par ces démons ? »

L'après-midi se terminait, une ombre verte noyait le sous-bois. Eylir et son compagnon se lancèrent à la poursuite des singes-félins survivants. Les petites créatures se déplaçaient dans les hauteurs des arbres, mais certaines étaient blessées, leur sang avait coulé, laissant des marques que distinguaient les yeux perçants de l'Harmoréen.

Quelques heures plus tard, ils arrivèrent au village des ravisseurs de Mya. Là, les arbres étaient encore plus hauts que les autres, telles les colonnes d'une cathédrale de verdure. Et, au niveau où commençaient les premières branches, à des dizaines de pieds du sol, se trouvaient des plates-formes de bois, des nids, des huttes, reliées les unes aux autres par d'étroites passerelles tressées.

« Par tous les enfers, murmura Kendall. Ils sont des centaines ! »

De petites silhouettes marchaient sur les passerelles, d'autres se livraient à de mystérieuses activités sur les plates-formes moussues, d'autres encore montaient et descendaient. D'autres huttes, à moitié enterrées, se blottissaient au pied de certains arbres et de la fumée en sortait. Et comme l'obscurité venait, des taches d'un vert pâle commencèrent à clignoter dans les hauteurs ; c'étaient les yeux de ces étranges créatures qui, comme ceux des chats, renvoyaient le peu de lumière qui tombait sous les branches.

Eylir avait aperçu Mya. Elle était suspendue par les pieds, au niveau des maisons les plus hautes, en plein cœur du village arboricole. La libérer était une gageure Il fallait monter dans les branches et s'avancer jusqu'en plein cœur de la communauté... Kendall posa une main sur l'épaule d'Eylir.

« Tu y tiens beaucoup, à cette femme ? Qu'est-ce que tu es prêt à risquer pour elle ? Elle est peut-être déjà morte. »

Eylir garda un long moment les yeux fixés sur la petite silhouette qui se balançait dans l'ombre des arbres.

« Peut-être. Mais si elle est en vie, je ne peux pas la laisser comme ça. Je dois l'aider. Je vais monter la chercher. »

Un sourire de loup se dessina sur le visage de l'Har moréen. Il entraîna Eylir à quelques centaines de pas du village.

« Tu es fou, Callaghan. J'aime ça. Mais tu ne peux pas monter. Tu fais autant de bruit qu'une armée en marche et avec ta mauvaise main, tu ne serviras à rien dans les hauteurs. Ils finiront bien par dormir... Je vais monter moi, je la décrocherai. Toi, tu restes en bas et tu la rattrapes quand elle tombe. Après, nous devrons courir...

— Pourquoi fais-tu cela, Kendall ? Tu n'es pas obligé de m'aider.

— Je n'abandonne pas ceux qui ont besoin de moi. »

L'Harmoréen avait répondu avec amertume. Il entreprit de se couvrir les membres, le torse et le visage avec de la boue humide. Puis il parla :

« J'étais avec toute une armée, vois-tu ? Deux cents navires. Des Keltes, des Harmoréens, des Worgalds. Et même des Pictes. Des milliers d'hommes. Une armée que j'ai levée dans toutes les terres de l'Est, dans tous les clans keltes. Je leur ai promis de l'or et la gloire, pour peu qu'ils me suivent et qu'ils restent unis. Plus de gloire et plus d'or que s'ils restaient dans leurs trous à s'entretuer comme ils l'ont toujours fait. Mais dès que nous avons été en mer, leurs chefs ont commencé à se battre pour le commandement. Gersen Ap'Aern, Jorgun Aegirssen, Thorann Ap'Vilna. Seul Mak Morn m'est resté fidèle. »

Kendall ricana. On ne le voyait presque plus dans l'obscurité. Seuls ses yeux étincelaient d'une fureur froide.

« Je leur ai dit ma pensée, je me suis méfié, mais pas assez. Ils m'ont jeté par-dessus bord, ces imbéciles. Je les aurais récompensés, je les aurais rendus puissants et riches, grands parmi les grands de leur peuple et ils m'ont jeté par-dessus bord. Je suis peut-être un idiot, Callaghan. Je ne crois pas aux livres de lois, ni à toutes ces paroles mortes que les civilisés écrivent. Mais je crois à ce que les hommes font, je crois à la loyauté, d'un regard à un autre. Ces crétins n'ont rien compris. »

Il se tourna vers le village et passa le fourreau de son épée dans son dos.

« Assez parlé. Allons chercher ta princesse.

— Je sais qui sont ces créatures, murmura Eylir. Ce sont des hommes-chats, des *meowls*. Ma mère disait qu'ils étaient nombreux, au temps des héros. »

Kendall ricana.

« Le temps des héros n'a jamais existé, crois-moi. Il n'y a jamais eu que le temps des hommes. »

Eylir s'avança en silence entre les arbres. Tout était calme. Au-dessus de lui, des hommes-chats se parlaient dans une langue étrange faite de chuintements et de cris. Un tapis de feuilles et de mousse étouffait le bruit des pas. Quelques yeux verts brillaient dans l'ombre.

Le monde était très simple. Une femme était prisonnière, il fallait la libérer ; pour cela, deux hommes s'étaient alliés face à des ennemis nombreux. Il n'y avait plus de rois, de druides, de guerres ni de conquêtes. Juste des combats à venir et une mort bien probable. Eylir se sentait bien. Sa main absente ne le faisait plus du tout souffrir.

Il était maintenant au cœur du village. Il devina le corps de Mya qui se balançait, loin au-dessus de lui. Où en était Kendall ?

Un mouvement dans les hauteurs. Un corps tomba et heurta le sol avec un bruit sourd. Eylir entendit un cri de femme, une longue modulation stridente, peur ou avertissement. Kendall cria :

« Foutue femelle ! Je te l'envoie, Kelte ! »

Loin dans les hauteurs, la lame de l'Harmoréen trancha une corde. Une ombre tomba vers Eylir. Le Kelte fit un pas en arrière, le choc le jeta au sol. Il se releva puis trancha à tâtons les liens de la jeune femme. Elle était vivante, secouée mais vivante, sans rien de cassé. Il la mit sur ses pieds, elle tenait debout, sonnée.

Tout autour, la forêt endormie un instant plus tôt s'agita avec effervescence. Cris, chuintements, feulements. Les feuilles bruissaient comme si des milliers de mains les agitaient. Des centaines d'yeux verts s'allumaient dans le noir, des petites silhouettes couraient sur les passerelles, descendaient des arbres.

Eylir vit une passerelle se rompre, tranchée à une extrémité. Les hommes-chats qu'elle portait sautèrent en tous sens avec une agilité extraordinaire. Kendall, accroché au bout, heurta un tronc avec violence et atterrit sur le dos, immobile. Une dizaine d'hommes-chats fondirent sur lui.

Eylir cria « *Callaghan !* », fit tournoyer son épée, l'abattit sur les ennemis les plus proches. Il fracassa un crâne, écrasa une gueule aux dents aiguës. Cris, miaulements. Eylir tailla et trancha, le sang rendait la garde de Misère moite et glissante. Kendall se redressa, titubant, dégaina son épée, et dans le même mouvement empala un ennemi.

« Fuyons », cria Eylir.

Eylir jeta Mya sur son épaule. Ils s'élancèrent dans une direction au hasard, courant frénétiquement ; les ennemis étaient partout, ils tombaient du haut des arbres, jaillissaient entre les racines. Kendall pourfendait tous ceux qui passaient à sa portée, ils n'osaient plus approcher, mais ils se rassemblaient, de plus en plus nombreux.

Le terrain se mit à monter raide, leurs ennemis les pressaient, les poumons d'Eylir étaient en feu. Mya pesait sur son épaule. Kendall s'arrêta pourtant tout net et se retourna.

« Es-tu fou, Kendall ? Cours !

— Du calme. Ils ne nous poursuivent plus. »

Eylir posa Mya, se retourna à son tour. Les hommes-chats étaient là, arrêtés à une soixantaine de pas, brandissant en silence des sagaies, des poignards à lame de pierre, montrant les dents. Leurs yeux luisaient à la lumière des étoiles. Le feuillage était moins dense, le ciel se dévoilait par endroits. Les yeux de chat de ses poursuivants donnèrent la chair de poule à Eylir.

« Ils étaient sur nous. »

Kendall dit en riant : « Apparemment, ils ne peuvent plus avancer. Profitons-en pour partir loin. »

Malheureusement, ils ne pouvaient s'enfuir. Ils se trouvaient sur le sommet d'une colline étroite, coiffée d'un arbre très grand et vieux dont le feuillage couvrait une grande étendue tout autour. Les hommes-chats avaient encerclé le sommet, mais s'interdisaient apparemment d'avancer sous les branches du grand arbre. Quand Mya s'aperçut de l'endroit où elle se trouvait, elle se recroquevilla sur elle-même et ne voulut plus bouger.

L'aube vint peu après, Kendall et Eylir firent le tour de leur étrange prison. Un cordon d'ennemis les suivaient du regard en silence.

« Encore une chance qu'ils n'aient pas d'arcs », dit l'Harmoréen en riant.

Eylir rit aussi. Ils étaient sales, épuisés, blessés, entourés d'ennemis, mais encore vivants. Ils décidèrent donc de dormir.

Quand Eylir ouvrit les yeux, midi avait passé. Mya n'était toujours pas sortie de sa prostration, mais il avait d'autres chats plus urgent à fouetter. Une odeur de feu l'avait réveillé.

Kendall, assis sur une grosse racine, regardait les hommes-chats s'agiter. Ils avaient allumé plusieurs petits foyers.

« Ils vont mettre le feu à leur arbre sacré ? demanda Eylir en bâillant. Non, ce serait absurde… »

Kendall lui désigna cinq petits foyers : « Regarde, ils récupèrent les cendres. Des singes un peu plus vieux sont venus, ont allumé les feux avec des braises. Maintenant, ils font brûler tout ce qu'ils trouvent et récupèrent les cendres… »

Eylir observa le manège des petites créatures, cherchant à comprendre le mauvais coup qui se préparait. Il en vit certaines, au poil gris, plus âgées, passer de foyer en foyer, activer les flammes. Il vit des guerriers se frotter le pelage avec la cendre. Longtemps auparavant, le vieux Moko lui avait parlé de tels rites, dans les peuples d'Orolys.

« Ils se vieillissent, expliqua-t-il. Quand ils seront vieux, ils pourront entrer sous les branches et venir nous chercher.

— Alors nous devrons monter dans l'arbre et nous battre là-haut, dit pensivement Kendall, la main sur la garde de son arme. Nous pourrons les affronter en petit nombre. Je les ai comptés, ils sont un peu plus de trois cents.

— Trois cents adversaires, à deux, c'est un bel exploit ! Qu'est-ce que tu feras une fois que nous aurons retrouvé la mer ?

— Je retrouverai mon armée, j'étranglerai les traîtres, prendrai Atlantys et je me ferai couronner roi ! Et toi ? Que feras-tu ? »

La question, pourtant prévisible, dérouta Eylir plus qu'il n'aurait cru.

« Je vais retrouver ma femme. Je l'ai abandonnée, voici cinq ans. Puis je vais voir mon fils. Et après... ma foi... Je vais vivre.

— Pourquoi ne pas te joindre à moi ?

— Non, merci beaucoup. Mais j'ai eu mon content de conquêtes, pardonne-moi, mon ami.

— Dommage. »

Kendall posa alors son menton sur son poing et considéra pensivement les alentours, cherchant une issue à ce piège.

Ce fut Mya qui la trouva. Le soir tombait ; de plus en plus de guerriers avaient maintenant une fourrure grise, il était évident que les hommes-chats passeraient à l'attaque à la nuit tombée. La petite femme, qui était restée effrayée et silencieuse pendant les heures précédentes, se leva et s'approcha d'Eylir, le visage chiffonné et craintif. D'un geste hésitant, elle lui désigna un trou dans le sol entre deux racines, à moitié masqué par des broussailles. Eylir s'y glissa, y disparut quelques instants et ressortit.

« Kendall ! Il y a une sorte de terrier, par là. Ça descend assez raide, mais c'est très large, on peut passer… »

Quelques vieux hommes-chats se mirent à crier et la foule des guerriers reprit leurs cris. L'Harmoréen grogna : « Ça n'a pas l'air de leur plaire, en tout cas. Allons voir. »

Il avait allumé un feu durant l'heure précédente. À l'aide de branches mortes et de vieux tissus, il fabriqua deux torches. Puis il sourit méchamment.

« Si ça ne donne rien, on fera brûler leur arbre… »

Eylir passa devant, Mya derrière lui, Kendall en dernier. Le boyau terreux sentait la terre, les feuilles pourries et l'urine de chat. Mais il était large et tout à fait praticable en rampant pour des hommes, même de la stature de l'Harmoréen. Au bout d'une faible distance, il déboucha sur une grotte plus grande qui s'étendait juste sous le tronc de l'arbre. De grosses racines formaient les arcs de cette voûte végétale. La racine principale occupait la paroi du fond, elle avait été sculptée à la forme d'un grotesque homme-chat, haut deux fois comme Kendall.

Leur boyau débouchant à mi-hauteur, les deux hommes et la sauvage durent sauter au fond de la grotte. Des petits os craquèrent sous les bottes d'Eylir ; cet endroit puait la charogne. Des crânes aux orbites vides étaient enfoncés dans la terre grasse des parois. Les flammes de leurs torches leur donnaient des allures inquiétantes et paraissaient animer l'idole qui leur faisait face.

« C'est une nécropole, grogna Kendall. Ça ne me dit rien qui vaille, les morts n'aiment pas qu'on leur marche dessus. »

Mya tomba à genoux, poussant des petits cris. Elle était en proie à des tremblements violents qui lui tor daient le corps. Puis soudain une fourrure épaisse couvrit sa peau, ses oreilles s'allongèrent, sa tête changea de forme… En quelques instants, elle prit l'apparence d'une petite femme-chatte aux oreilles pointues, aux yeux verts et aux pupilles écarquillées qui les regardait en tremblant.

« Elle est des leurs ! », cria Kendall en levant son épée. Le spectacle de la métamorphose l'avait fait blêmir, il avait pris l'air d'une bête acculée. Eylir s'interposa, serrant fermement le bras de son compagnon.

« Elle est des leurs, mais c'est une femme. On ne la tue pas ! »

L'Harmoréen, les yeux plissés, baissa peu à peu sa lame.

« Tu as peut-être eu tort de lui faire confiance, Kelte. Mais ce qui est fait est fait ! »

Une hypothèse se fit jour dans l'esprit d'Eylir. Et si, Mya, victime d'un opprobre dans son village, avait ramené Eylir pour se faire pardonner ? Pour la remplacer dans quelque sacrifice affreux ? Elle se tenait à genoux et toute son attitude le suppliait de la pardonner. Que devait-elle se faire pardonner ? Et pourquoi les avoir amenés ici ?

Kendall hurla, tiré en arrière, Eylir cria aussi en voyant ce qui l'entraînait. Un serpent mou et visqueux, sorte de lombric géant et gluant, avait jailli de derrière l'idole, balançant une extrémité aveugle de gauche et de droite. Il avait craché une langue fine et longue comme un fouet qui s'était enroulée autour du cou de Kendall.

Le cri de l'Harmoréen s'était tu, ses yeux étaient exorbités, son corps secoué par d'horribles spasmes. La langue du monstre était enduite de quelque poison qui brisait la force vitale…

Eylir s'élança, abattit son épée sur le lien gluant, une fois, deux fois, puis le trancha, avant de tirer Kendall plus loin. Leurs deux torches grésillaient au sol. Eylir dut lâcher son épée pour pouvoir en ramasser une.

Kendall était paralysé, mais vivant. Ses yeux voyaient, il entendait, mais ne pouvait bouger.

Mya cria, Eylir se retourna juste pour éviter la langue mutilée du monstre qui fouettait l'air à côté de lui. Il brandit la torche, fit reculer la bête, cherchant de manière désespérée un moyen de la fuir. La langue-fouet s'abattit de nouveau, Eylir leva son bras droit et elle s'enroula autour de la prothèse et de ses attaches en cuir. Il sentit une brûlure intense dans la partie encore vivante de son bras, puis une paralysie qui lui remonta jusqu'au coude.

Le monstre aspira l'appendice, attirant Eylir à lui. Le Kelte lâcha de nouveau la torche pour pouvoir, de sa main, agripper une racine épaisse qui dépassait de la paroi terreuse. Ce fut une lutte de forces : la force d'aspiration du monstre contre les muscles d'Eylir. Ses épaules et ses bras étaient tendus à se rompre, sa main s'était refermée comme de l'acier sur la racine à laquelle il s'accrochait. Comme il ne cédait pas, le ver fut obligé de se rapprocher, de sortir de son trou, d'étendre dans la grotte son corps luisant, large comme la taille d'Eylir. Une bouche ronde cerclée de dents s'ouvrait et se refermait autour de la langue rose, comme la tête du monstre se rapprochait peu à peu. Cinq pas, quatre pas… Eylir désigna du menton le brandon incandescent qui finissait de s'éteindre au sol. « Mya ! Donne-moi la torche ! »

La petite femme-chatte se tenait, terrorisée, près du boyau qui menait à la sortie. Trois pas… Deux pas.

« Mya ! La torche ! »

Elle bondit, fouilla le sol et lui jeta le brandon. Eylir lâcha sa racine et enfonça le bois brûlant dans l'horrible orifice. Une odeur épouvantable se dégagea, la langue rose le libéra immédiatement, la bête se tordit sur le sol d'une façon obscène.

Ramassant alors son épée, Eylir l'abattit en plusieurs coups formidables qui tranchèrent le monstre en deux. La créature agonisa quelques minutes et mourut en dégageant un sang noir et gluant. Mya s'était enfuie par le boyau d'accès.

La vitalité de Kendall prit peu à peu le dessus sur le poison qui le paralysait. Il se redressa, se frottant le cou.

« Je déteste les serpents. Nous sommes quittes, Callaghan. »

Eylir soupira. Leurs torches finissaient de brûler, bientôt ils n'auraient plus de lumière, il faudrait sortir affronter les hommes-chats. Il se sentait fatigué. Il jeta à Kendall une poignée de bijoux d'or, des torques et des fibules.

« Je les ai ramassés parmi les ossements. »

Il avait gardé un torque pour lui, passé au poignet de sa main invalide, en souvenir de sa victoire, pour peu qu'il puisse un jour fêter cette victoire. Il faisait de plus en plus noir. Kendall fit le tour de l'idole.

« Je vois une crevasse derrière, j'entends l'eau, au fond. Une espèce de rivière souterraine. C'est de là que sortait cette chose ? »

Il donna un coup de pied dans le corps mou.

« Non, ce ver vivait dans la terre. Il y en a peut-être d'autres, d'ailleurs. »

Ils eurent un rire fatigué. Eylir se pencha au bord de la crevasse, elle était très large, la racine principale y plongeait. L'eau grondait, loin tout au fond.

« Une rivière souterraine, c'est ça, dit Kendall, satisfait. Elle devrait déboucher sur un lac, ou dans la mer, au final.

— Elle passe sûrement par des lieues et des lieues de boyaux étroits, sans aucun air pour respirer », répondit Eylir en souriant.

Kendall abattit son épée sur l'idole, lui arrachant un

bras long de quatre pieds, de quoi faire un bon flotteur. Dehors, les hommes-chats criaient. Leurs pas faisaient tomber des mottes de terre du plafond. Eylir remit son épée au fourreau.

Kendall se plaça au bord de la crevasse et sourit à Eylir, le même sourire de loup qu'il lui avait déjà vu.

« Crois-tu qu'on vive éternellement ? »

Il lui tendit une main. Eylir la saisit et ils sautèrent.

Le choc. De l'eau froide. Des remous. Les membres du Kelte heurtèrent des rochers. Secousses. Longue glissade. Sa tête émergea un instant hors de l'eau, juste le temps d'une respiration. Nouvelles secousses, nouveaux chocs, il perdit conscience, respira encore, glissa encore… À l'infini.

L'eau tout autour brilla d'une lueur bleue translucide. Un point de soleil apparaissait, très loin au-dessus de lui. Ses poumons allaient exploser. Infatigable, Kendall nageait vigoureusement vers le haut et tirait Eylir derrière lui ; ils ne s'étaient jamais lâchés. La tête de l'Harmoréen creva la surface. Les poumons d'Eylir explosèrent, il perdit conscience.

Eylir était allongé sur la plage, les vagues lui léchaient les jambes, le sel brûlait ses blessures. C'était l'aube. Une grosse tête de cheval était penchée sur lui, les naseaux lui soufflant à la figure. Il se releva, le corps tout perclus de douleurs, caressa les flancs d'Argo. Bon cheval.

Il ne retrouva aucune trace de Kendall. Aucune marque de pas sur la plage, pas davantage dans la forêt plus haut. Quand il se fut reposé, il retourna avec prudence dans l'intérieur des terres. Au bout de quelques jours, il retrouva l'emplacement du village des hommes-chats : quelques passerelles pourries qui pendaient dans le vide et des huttes abandonnées depuis bien longtemps.

Une nuit, il fut réveillé par un bruit dans les feuillages, il rêvait que Mya lui rendait visite, qu'elle se glissait contre lui. Les flancs d'Argo frémirent. Et dans la lumière de la lune, il distingua une panthère en train de boire à la rivière.

Il retourna vers la côte. Le torque était toujours à son poignet. Peut-être lui porterait-il chance ?

Trois semaines plus tard, un navire passa non loin de l'île. Le capitaine était d'humeur généreuse, il accepta d'embarquer le Kelte avec son cheval.

NOTES ET REMERCIEMENTS

Les paroles de la chanson kelte de la bataille de Maharkal sont librement adaptées de la traduction française des paroles de *Kan Ar Kann, chant de combat*, par le groupe Tri Yann. La chanson du vagabond, quant à elle, est une traduction de certains vers du poème « *The Highwayman* » d'Alfred Noyes. Merci à Loreena McKennit de me l'avoir fait découvrir et à Patrick Marcel pour son aide.

Le château de Fosca se trouve en réalité à Bannegon, non loin de Bourges (et il existe d'autres lieux magiques, comme la maison du prieur et surtout le moulin d'Andé !).

Enfin, un grand merci à tous ceux qui m'ont aidé dans mon travail sur ce livre, tout particulièrement Alex (l'autre), Juliette, Dimitri, la sorcière rousse, Gilles Dumay et ma Laure. Sans eux, rien de tout cela n'aurait jamais été possible. *Callaghan !*

DU MÊME AUTEUR

Aux Éditions Denoël

LE ROYAUME BLESSÉ, 2006 (Folio Science-Fiction n° 333)

Aux Éditions Mnémos

MÉMOIRE VAGABONDE, 1997, 2001
LA VOIE DU CYGNE, 1999 (Folio Science-Fiction n° 59)

Aux Éditions Nestiveqnen

RÉMINISCENCES 2012, 2001

Dans la même collection

257\. Georges Foveau — *Les Chroniques de l'Empire,* II
Les Falaises de l'Ouest — Les Mines de l'Est
258\. Tom Piccirilli — *Un chœur d'enfants maudits*
259\. S. P. Somtow — *Vampire Junction*
260\. Christopher Priest — *Le prestige*
261\. Poppy Z. Brite — *Âmes perdues*
262\. Ray Bradbury — *La foire des ténèbres*
263\. Sean Russell — *Le Royaume Unique*
264\. Robert Silverberg — *En un autre pays*
265\. Robert Silverberg — *L'oreille interne*
266\. S. P. Somtow — *Valentine*
267\. John Wyndham — *Le jour des triffides*
268\. Philip José Farmer — *Les amants étrangers*
269\. Garry Kilworth — *La compagnie des fées*
270\. Johan Heliot — *La Lune n'est pas pour nous*
271\. Alain Damasio — *La Horde du Contrevent*
272\. Sean Russell — *L'île de la Bataille*
273\. S. P. Somtow — *Vanitas*
274\. Michael Moorcock — *Mother London*
275\. Jack Williamson — *La Légion de l'Espace* (Ceux de la légion, I)
276\. Barbara Hambly — *Les forces de la nuit* (Le cycle de Darwath, I)
277\. Christopher Priest — *Une femme sans histoires*
278\. Ugo Bellagamba et Thomas Day — *Le double corps du roi*
279\. Melvin Burgess — *Rouge sang*
280\. Fredric Brown — *Lune de miel en enfer*
281\. Robert Silverberg — *Un jeu cruel*
282\. Barbara Hambly — *Les murs des Ténèbres (Le cycle de Darwath, II)*

283.	Serge Brussolo	*La nuit du bombardier*
284.	Francis Berthelot	*Hadès Palace*
285.	Jack Williamson	*Les Cométaires* (Ceux de la légion, II)
286.	Roger Zelazny et Robert Sheckley	*Le concours du Millénaire*
287.	Barbara Hambly	*Les armées du jour* (Le cycle de Darwath, III)
288.	Sean Russell	*Les routes de l'ombre* (La guerre des cygnes, III)
289.	Stefan Wul	*Rayons pour Sidar*
290.	Brian Aldiss	*Croisière sans escale*
291.	Alexander Jablokov	*Sculpteurs de ciel*
292.	Jack Williamson	*Seul contre la Légion* (Ceux de la Légion, III)
293.	Robert Charles Wilson	*Les Chronolithes*
294.	Robert Heinlein	*Double étoile*
295.	Robert Silverberg	*L'homme programmé*
296.	Bernard Simonay	*La porte de bronze*
297.	Karl Schroeder	*Permanence*
298.	Jean-Pierre Andrevon	*Šukran*
299.	Robert Heinlein	*Sixième colonne*
300.	Steven Brust	*Jhereg*
301.	C.S. Lewis	*Au-delà de la planète silencieuse*
302.	Jack Vance	*Les langages de Pao*
303.	Robert Charles Wilson	*Ange mémoire*
304.	Steven Brust	*Yendi*
305.	David Brin	*Jusqu'au cœur du Soleil* (Le cycle de l'Élévation, I)
306.	James A. Hetley	*Le Royaume de l'été*
307.	Thierry Di Rollo	*Meddik*
308.	Cory Doctorow	*Dans la dèche au Royaume Enchanté*

309.	C. S. Lewis	*Perelandra*
310.	Christopher Priest	*La séparation*
311.	David Brin	*Marée stellaire*
312.	Ray Bradbury	*Les machines à bonheur*
313.	Jack Vance	*Emphyrio*
314.	C. S. Lewis	*Cette hideuse puissance*
315.	Frederik Pohl et C.M. Kornbluth	*Planète à gogos*
316.	Robert Holdstock	*Le souffle du temps*
317.	Stéphane Beauverger	*Chromozone* (La trilogie Chromozone, I)
318.	Michael Moorcock	*Le nomade du Temps*
319.	John Varley	*Gens de la Lune*
320.	Robert Heinlein	*Révolte sur la Lune*
321.	John Kessel	*Lune et l'autre*
322.	Steven Brust	*Teckla*
323.	Mary Gentle	*La guerrière oubliée* (Le livre de Cendres, I)
324.	Mary Gentle	*La puissance de Carthage* (Le livre de Cendres, II)
325.	Mary Gentle	*Les Machines sauvages* (Le Livre de Cendres, III)
326.	Mary Gentle	*La dispersion des ténèbres* (Le Livre de Cendres, IV)
327.	Charles Dickinson	*Quinze minutes*
328.	Brian Aldiss	*Le Monde Vert*
329.	Elizabeth Moon	*La vitesse de l'obscurité*
330.	Stéphane Beauverger	*Les noctivores*
331.	Thomas Day	*La maison aux fenêtres de papier*
332.	Jean-Philippe Jaworski	*Janua vera*
333.	Laurent Kloetzer	*Le royaume blessé*
334.	Steven Brust	*Les Gardes Phénix*

Composition IGS.
Impression CPI Firmin Didot
à Mesnil-sur-l'Estrée, le 9 février 2009.
Dépôt légal : février 2009.
Numéro d'imprimeur : 93983.

ISBN 978-2-07-035740-6/Imprimé en France.